Eine laue Sommernacht im Jahre 1987. Es ist Vollmond im schwedischen Nordkoster. In der Nacht wird es eine Springflut geben – und einen brutalen Mord. Das Opfer: eine junge, hochschwangere Frau. Ihre Identität: unbekannt. Tom Stilton, der ermittelnde Polizeibeamte, zerbricht an diesem Fall. Er kann weder Motiv noch aussagekräftige Spuren finden. Die Tat bleibt ungesühnt.

23 Jahre später: Eine Serie von feigen Angriffen auf Obdachlose erschüttert die Hauptstadt Stockholm. Die Ermittlungen verlaufen schleppend. Olivia Rönning, angehende Polizistin im zweiten Jahr ihrer Ausbildung, beobachtet das Geschehen aus der Distanz. Sie ist mit anderen Dingen beschäftigt. Sie soll einen »Cold Case« knacken – den Tod einer jungen Frau an einem Strand vor vielen Jahren klären. Ihr ist klar: Sie muss Tom Stilton finden. Doch der ist wie vom Erdboden verschluckt.

Cilla und Rolf Börjlind gelten als Schwedens wichtigste und bekannteste Drehbuchschreiber für Kino und Fernsehen. Sie sind unter anderem verantwortlich für zahlreiche Martin-Beck-Folgen sowie für die viel gepriesene Arne-Dahl-Serie. Ihr Markenzeichen sind starke Charaktere und eine stringente Handlung. »Die Springflut« ist der Start einer Serie um die angehende Polizistin Olivia Rönning und den wortkargen Ermittler Stilton.

CILLA & ROLF
BÖRJLIND

DIE SPRINGFLUT

Kriminalroman

Aus dem Schwedischen
von Paul Berf

btb

Die schwedische Originalausgabe erschien 2012
unter dem Titel »Springfloden« bei Norstedts, Stockholm.

Verlagsgruppe Random House FSC® N001967
Das für dieses Buch verwendete FSC®-zertifizierte
Papier *Lux Cream* liefert Stora Enso, Finnland.

1. Auflage
Genehmigte Taschenbuchausgabe Februar 2015

Umschlaggestaltung: semper smile, München nach einem
Umschlagentwurf von Valentin & Byhr
Umschlagmotiv: Shutterstock
Satz: Uhl + Massopust, Aalen
Druck und Einband: CPI – Clausen & Bosse, Leck
RK · Herstellung: sc
Printed in Germany
ISBN 978-3-442-74820-4

www.btb-verlag.de
www.facebook.com/btbverlag
Besuchen Sie auch unseren LiteraturBlog www.transatlantik.de

… wenn erbarmungslos die Nacht hereinbricht.

C. Vreeswijk

SPÄTSOMMER 1987

Der Unterschied zwischen Ebbe und Flut beträgt an der seichten, Hasslevikarna genannten Bucht auf der Insel Nordkoster vor der schwedischen Westküste fünf bis zehn Zentimeter, außer bei einer Springflut, zu der es kommt, wenn Sonne, Mond und Erde sich auf einer Geraden befinden. Dann beträgt der Unterschied fast einen halben Meter. Der Kopf eines Menschen ist ungefähr fünfundzwanzig Zentimeter hoch.

In dieser Nacht würde es eine Springflut geben.

Vorerst war jedoch noch Ebbe.

Der Vollmond hatte das Meer viele Stunden zuvor zurückgesogen und eine weite Fläche feuchten Schlicks entblößt. Kleine, glänzende Strandkrabben liefen in dem stahlblauen Licht wie schimmernde Lichtreflexe kreuz und quer über den Grund. Schnecken saugten sich noch fester an die Steine und harrten aus. All diese Lebewesen wussten, dass sie das Meer schon bald wieder überspülen würde.

Auch den drei Gestalten am Ufer war das bekannt. Sie wussten sogar, wann das geschehen würde: in einer Viertelstunde. Dann würden die ersten sanften Wellen heranrollen und befeuchten, was getrocknet war, und kurz darauf würde der Druck der dunklen Tiefen Welle für Welle hochpressen, bis die Springflut ihren Höchststand erreicht hatte.

Noch blieb ihnen jedoch etwas Zeit. Die Grube, die sie ausgehoben hatten, war fast fertig. Sie war gut einen Meter fünfzig tief und hatte einen Durchmesser von sechzig Zentimetern. Der Körper würde perfekt umschlossen werden, nur der Kopf über den Rand hinausragen.

Der Kopf der vierten Gestalt.

Der Frau, die mit gefesselten Händen und schweigend ein wenig abseits stand.

Ihre langen, dunklen Haare bewegten sich sanft in der leichten Brise, ihr nackter Körper glänzte, ihr Gesicht war ungeschminkt und schutzlos. Nur ihre Augen enthüllten eine eigentümliche Abwesenheit. Sie beobachtete das Ausheben der Grube. Der Mann mit dem Spaten zog das leicht gekrümmte Blatt aus dem Loch, kippte den Schlick auf den Haufen daneben und wandte sich um.

Er war fertig.

Aus der Ferne betrachtet, von den Felsen aus, hinter denen sich der Junge versteckt hatte, lag eine seltsame Stille über dem mondbeschienenen Ufer. Er sah dunkle Gestalten auf der anderen Seite der Bucht. Was taten sie da? Er wusste es nicht, hörte aber das stärker werdende Rauschen des Meeres und beobachtete, wie die nackte Frau scheinbar widerstandslos über den nassen Schlick geführt und in die Grube gehoben wurde.

Er biss sich auf die Unterlippe.

Einer der Männer schaufelte feuchten Schlick hinab, der sich wie nasser Zement um den Körper der Frau legte. Schnell war das Loch gefüllt. Als die ersten, tastenden Wellen kamen, lugte nur noch ihr Kopf heraus. Ihre langen Haare wurden immer nasser, eine kleine Krabbe blieb in einer dunklen Strähne hängen. Der Blick der Frau war auf den Mond gerichtet.

Die Gestalten zogen sich zwischen die Dünen zurück. Zwei von ihnen waren nervös, unsicher, die dritte dagegen war ruhig. Alle betrachteten den einsamen, mondbeschienenen Kopf auf dem Meeresgrund.

Und warteten.

Als die Springflut dann auflief, kam sie schnell. Mit jeder neuen Welle stieg das Wasser, überspülte den Kopf der Frau und floss ihr in Mund und Nase, so dass sich ihre Kehle mit Wasser füllte. Als sie sich wegdrehen wollte, schlug ihr eine neue Woge ins Gesicht.

Eine der Gestalten trat zu ihr und ging in die Hocke. Ihre Blicke begegneten sich.

Von seinem Standort aus beobachtete der Junge, wie das Wasser stieg. Der Kopf auf dem Grund verschwand, tauchte wieder auf und verschwand erneut. Zwei der Gestalten waren inzwischen verschwunden, die dritte bewegte sich aufs Ufer hinauf. Plötzlich hörte er einen furchtbaren Schrei. Es war die Frau in der Grube, die so besinnungslos schrie. Ihr Ruf hallte über die seichte Bucht hinweg und traf den Fels des Jungen, bevor die nächste Welle über ihren Kopf hinwegrollte und ihr Schrei verstummte.

Im selben Moment lief der Junge los.

Und das Meer stieg und kam dunkel und glänzend zur Ruhe, und unter seiner Oberfläche schloss die Frau ihre Augen. Das Letzte, was sie spürte, war ein leichter, sanfter Tritt von innen gegen ihre Bauchdecke.

SOMMER 2011

Die sture Vera hatte zwei gesunde Augen und einen vernichtenden Blick. Sie sah ausgezeichnet, diskutierte jedoch im Stile eines Schneepflugs. Sie startete mit einer eigenen Meinung und pflügte sich so durch, bis die Gegenargumente in alle Richtungen davonstoben.

Auf einem Auge blind, aber beliebt.

Im Moment stand sie mit dem Rücken zur untergehenden Sonne, deren flache Strahlen über das Wasser der Värtafjärden glitten, die Brücke zur Insel Lidingö trafen und bis zum Park bei Hjorthagen hinaufreichten, wo sie eine Aura aus hübschem Gegenlicht um Veras Silhouette zauberten.

»Hier geht es um meine Wirklichkeit!«

Der leidenschaftliche Ton ihrer Worte hätte jede Parlamentsfraktion beeindruckt, auch wenn ihre heisere Stimme im Plenarsaal ein wenig fremd geklungen hätte. Wahrscheinlich hätte auch ihre Kleidung, zwei halbschmutzige T-Shirts in unterschiedlichen Farben und ein abgewetzter Tüllrock, Aufsehen erregt. Außerdem war sie barfuß. Aber sie stand natürlich auch in keinem Plenarsaal, sondern einem kleinen, versteckten Park in der Nähe des Värta-Hafens, und ihre Fraktion bestand aus vier Obdachlosen in unterschiedlicher körperlicher Verfassung, die auf ein paar Bänken zwischen Eichen, Eschen und Unterholz saßen. Einer von ihnen war der stille, großgewachsene Jelle, der scheinbar in Gedanken versunken abseits hockte. Auf einer anderen Bank saßen Benseman und Muriel, eine junge Fixerin. Neben ihr lag eine Plastiktüte vom Supermarkt.

Auf der Bank ihr gegenüber döste Arvo Pärt vor sich hin.

Am Rande des Parks kauerten hinter dichten Sträuchern versteckt zwei junge und schwarz gekleidete Männer, deren Blicke auf die Bänke gerichtet waren.

»Meine Wirklichkeit und nicht deren! Oder!«

Die einäugige Vera schlug mit dem Arm in Richtung eines fernen Punktes aus.

»Die tauchen einfach so bei mir auf und klopfen an meinen Wagen, ich hab mir gerade erst das Gebiss eingesetzt, und dann stehen diese Typen vor der Tür! Drei Stück! Und glotzen mich an!? Verdammt, was wollt ihr, hab ich gesagt.

Wir sind vom Ordnungsamt. Ihr Wohnwagen muss hier weg.

Und warum?

Das Gelände soll genutzt werden.

Aha, und wofür?

Eine beleuchtete Joggingstrecke.

Eine was?

Eine Laufstrecke, sie soll hier direkt durchführen.

Was soll das, verdammt noch mal? Ich kann den Wohnwagen nicht wegsetzen! Ich hab kein Auto!

Tut uns leid, aber das ist nicht unser Problem. Er muss vor nächstem Montag weg sein.

Die einäugige Vera holte Luft, und Jelle nutzte die Gelegenheit, um möglichst diskret zu gähnen, denn Vera konnte es nicht ausstehen, wenn man während ihrer Tiraden gähnte.

»Kapiert ihr?! Da stehen diese drei Typen, die in den Fünfzigern in einem Aktenschrank groß geworden sind, und erzählen mir, dass ich zum Teufel gehen soll!? Damit ein paar gemästete Idioten direkt durch mein Zuhause laufen können, um sich so ihre überflüssigen Pfunde abzutrainieren?! Kapiert ihr, warum ich so wütend bin?!«

»Ja.«

Es war Muriel, die eine Antwort zischte. Sie hatte eine ziemlich angegriffene, dünne und heisere Stimme, und wenn sie sich nicht gerade einen Schuss gesetzt hatte, war sie immer sehr zurückhaltend.

Vera warf ihre dünnen, rötlichen Haare zurück und setzte zum nächsten Wortschwall an.

»Aber es geht natürlich auch gar nicht wirklich um diese verdammte Joggingstrecke, es geht um diese Leute, die hier mit ihren kleinen pelzigen Ratten Gassi gehen und sich davon gestört fühlen, dass jemand wie ich in ihrer scheißvornehmen Gegend wohnt, weil ich nämlich nicht in ihre hübsch gepflegte Wirklichkeit passe! So sieht das aus! Die scheißen doch auf uns!«

Benseman lehnte sich ein wenig vor.

»Aber weißt du, Vera, man könnte sich doch immerhin vorstellen, dass sie …«

»Lass uns gehen, Jelle! Komm!«

Vera machte ein paar große Schritte und stieß Jelles Arm an. Bensemans Ansichten interessierten sie nicht. Jelle stand auf, zuckte kurz mit den Schultern und folgte ihr. Egal wohin.

Benseman schnitt nachsichtig eine Grimasse, er kannte seine Vera. Mit etwas zittrigen Händen zündete er sich eine leicht verbeulte Kippe an und öffnete eine Bierdose. Ein Geräusch, das Arvo Pärt zum Leben erweckte.

»Jetzt werden lustig.«

Pärt stammte aus Estland und hatte seine ganz eigene Ausdruckweise. Muriel schaute Vera hinterher und drehte sich dann zu Benseman um.

»Ich find schon, dass an dem, was sie sagt, etwas dran ist. Wenn man irgendwie nicht ins Bild passt, soll man verschwinden … ist doch so, oder?«

»Ja, das stimmt schon …«

Benseman war Nordschwede und vor allem für einen übertrieben festen Händedruck und seine schnapsmarinierten Augäpfel bekannt. Korpulent, mit einem unverkennbaren nordschwedischen Dialekt und ranzigem Atem, der stoßweise zwischen spärlich stehenden Zähnen aus seinem Mund drang. In einem früheren Leben war er Bibliothekar, sehr belesen und ebenso sehr allen alkoholhaltigen Getränken zugeneigt gewesen. Von Moltebeerenlikör bis zu Selbstgebranntem. Eine Trinkerlaufbahn, die innerhalb von zehn Jahren seine Existenz zerstört und ihn in einem gestohlenen Lieferwagen nach Stockholm gebracht hatte, wo er sich als Bettler, Ladendieb und menschliches Wrack über Wasser hielt.

Aber belesen war er.

»… wir leben gnadenhalber«, erklärte Benseman.

Pärt nickte zustimmend und streckte sich nach der Bierdose. Muriel zog eine kleine Plastiktüte und einen Löffel heraus, was Benseman nicht entging.

»Wolltest du nicht endlich aufhören mit dieser Scheiße?«

»Ja, schon. Mach ich auch.«

»Und wann?«

»Ich hör auf!«

Das tat sie tatsächlich. Allerdings nicht, weil sie ihren Schuss nicht mehr wollte, sondern weil ihr Blick plötzlich auf zwei junge Burschen fiel, die zwischen den Bäumen heranschlenderten. Der eine trug eine schwarze Kapuzenjacke, sein Kumpel eine dunkelgrüne. Beide hatten graue Jogginghosen, harte Stiefel und Handschuhe an.

Sie waren auf der Jagd.

Das Obdachlosentrio reagierte relativ schnell. Muriel schnappte sich ihre Plastiktüte und rannte los, Benseman und Pärt stolperten hinterher, bis Benseman auf einmal seine zweite Dose Bier einfiel, die er hinter dem Papierkorb versteckt hatte. In der kommenden Nacht könnte sie den Unterschied zwischen Wachen und Schlafen ausmachen. Er kehrte um und stolperte vor einer der Bänke.

Sein Gleichgewichtssinn ließ zu wünschen übrig.

Seine Reaktionsfähigkeit auch. Als er sich aufzurappeln versuchte, traf ihn ein kräftiger Tritt mitten ins Gesicht, und er wurde auf den Rücken geworfen. Der Kerl in der schwarzen Kapuzenjacke stand direkt neben ihm. Sein Kumpel hatte ein Handy herausgezogen und die Kamera eingeschaltet.

Es war der Beginn eines besonders brutalen Falls von Körperverletzung, gefilmt in einem Park, aus dem keine Geräusche drangen und in dem es nur zwei Zeugen in panischer Angst gab, die sich weit weg in einem Gebüsch versteckt hielten.

Muriel und Pärt.

Selbst aus dieser Entfernung sahen sie jedoch, dass aus Bensemans Mund und Ohren Blut lief, und hörten sein dumpfes Stöhnen bei jedem Tritt, der ihn in den Unterleib und ins Gesicht traf.

Immer und immer wieder.

Erspart blieb ihnen allerdings anzusehen, wie Bensemans

wenige Zähne in das Wangenfleisch getreten wurden und die Haut durchbohrten. Stattdessen beobachteten sie, wie der massige Nordschwede versuchte, seine Augen zu schützen.

Mit denen er so gerne las.

Muriel weinte still und presste eine zerstochene Armbeuge auf ihren Mund. Ihr ausgemergelter Körper zitterte. Schließlich nahm Pärt die junge Frau an der Hand und zog sie fort. Sie konnten ohnehin nichts tun. Oder doch, sie konnten die Polizei rufen, dachte Pärt und zerrte Muriel so schnell es ging zum Lidingövägen.

Es dauerte eine Weile, bis sich das erste Auto näherte. Pärt und Muriel begannen schon zu schreien und zu winken, als es noch fünfzig Meter entfernt war, was zur Folge hatte, dass es in einem weiten Bogen um sie herumfuhr und beschleunigte.

»Du Dreckschwein!!«, schrie Muriel.

Neben dem nächsten Fahrer saß eine Frau, eine gepflegte Dame in einem schönen, kirschfarbenen Kleid. Sie deutete durch die Windschutzscheibe.

»Fahr jetzt bloß keinen dieser Fixer an, denk daran, dass du getrunken hast.«

So rauschte auch der graue Jaguar vorbei.

Als Bensemans Hand mit einem Fußtritt gebrochen wurde, waren die letzten Sonnenstrahlen über dem Wasser der Värtafjärden verschwunden. Der Mann mit dem Handy schaltete die Kamera aus, und sein Freund griff nach Bensemans vergessenem Bier.

Dann liefen sie davon.

Zurück blieben nur die Dunkelheit und der korpulente Nordschwede auf dem Erdboden. Seine gebrochene Hand scharrte ein wenig im Kies, seine Augen waren geschlossen. *Clockwork Orange* war das Letzte, was ihm durch den Kopf ging. Wer zum Teufel hatte das noch mal geschrieben? Dann rührte er sich nicht mehr.

Die Decke war heruntergerutscht und ihr nackter Oberschenkel entblößt. Eine warme, raue Zunge leckte sich nach oben. Sie bewegte sich im Schlaf und spürte ein Kitzeln. Als aus dem Lecken ein sanfter Biss in ihren Schenkel wurde, schoss sie hoch und verscheuchte den Kater.

»Nein!«

Mit dem Ausruf war allerdings nicht der Kater, sondern ihr Wecker gemeint. Sie hatte verschlafen, und zwar gründlich. Außerdem war ihr Kaugummi, das sie an den Bettpfosten gepappt hatte, abgegangen und hatte es sich in ihren langen, schwarzen Haaren bequem gemacht. Die Lage war ernst.

Sie sprang aus dem Bett.

Durch die einstündige Verspätung mussten sämtliche morgendlichen Prozeduren unter Zeitdruck absolviert werden. Ihre Fähigkeit, simultan zu handeln, wurde, vor allem in der Küche, auf eine harte Probe gestellt: Die Milch für den Kaffee kochte fast über, gleichzeitig begannen die Toastbrote zu rußen, und ihr nackter rechter Fuß trat in farbloses Erbrochenes, während sie gleichzeitig am Telefon von einem unerträglich aufdringlichen Verkäufer zugetextet wurde, der sie mit ihrem Vornamen ansprach und ihr garantierte, er habe nicht vor, ihr etwas aufzuschwatzen, er wolle sie nur zu einem Kurs in Finanzberatung einladen.

Die Lage war katastrophal.

Als Olivia Rönning aus dem Mietshaus in der Skånegatan

eilte, war sie immer noch ziemlich gestresst. Sie war ungeschminkt und hatte ihre langen Haare hastig zu etwas hochgesteckt, was an einen Dutt erinnerte. Ihre dünne Kunstlederjacke stand offen, darunter lugte ein gelbes T-Shirt hervor, das unten etwas ausgefranst war. Ihre verwaschene Jeans endete in einem Paar ausgelatschter Sandalen.

Auch an diesem Tag schien wieder die Sonne.

Sie überlegte kurz, für welchen Weg sie sich entscheiden sollte. Welcher war schneller? Der rechte. Sie hastete im Laufschritt los und warf am Supermarkt einen hastigen Blick auf die Schlagzeilen der Zeitungen: »WIEDER EIN OBDACHLOSER SCHWER MISSHANDELT«.

Olivia lief weiter.

Sie war auf dem Weg zu ihrem Auto, denn sie musste nach Sörentorp in Ulriksdal nördlich der Stadt. Zur Polizeischule. Sie war dreiundzwanzig Jahre alt und im dritten Semester. In sechs Monaten würde sie sich bei einem Revier in Stockholm und Umgebung als Polizeianwärterin bewerben.

Ein halbes Jahr später würde sie dann eine fertig ausgebildete Polizistin sein.

Etwas außer Atem erreichte sie den weißen Mustang und zog die Schlüssel aus der Tasche. Den Wagen hatte sie von ihrem Vater Arne geerbt, der vier Jahre zuvor an Krebs gestorben war. Es war ein Cabriolet. Jahrgang 1988, rote Ledersitze, Automatikgetriebe und glatte vier Zylinder, die wie ein V 8 röhrten. Viele Jahre war der Mustang der Augenstern ihres Vaters gewesen, und jetzt gehörte er ihr. Neuwertig war er nicht gerade, die Heckscheibe musste sie von Zeit zu Zeit mit Klebeband befestigen, und der Lack hatte ein paar Kratzer abbekommen. Aber bei der Hauptuntersuchung lief es fast immer tadellos.

Sie liebte ihr Auto.

Mit ein paar simplen Bewegungen öffnete sie das Verdeck und setzte sich ans Steuer. Dort nahm sie, nur für zwei Sekunden, fast immer das Gleiche wahr: einen Duft. Nicht den der Sitze, sondern den Geruch ihres Vaters, das Coupé roch nach Arne. Zwei Sekunden nur, dann war er verflogen.

Sie steckte die Ohrstöpsel ins Handy, ließ Bon Iver laufen, drehte den Zündschlüssel, schaltete auf Drive und fuhr los.

Bald würden die Sommerferien beginnen.

*

Eine neue Ausgabe von *Situation Stockholm*, der Stockholmer Obdachlosenzeitung, war gerade frisch erschienen. Nummer 166. Mit Prinzessin Victoria auf dem Cover und Interviews mit den Sahara Hotnights und Jens Lapidus. Die Redaktion in der Krukmakargatan 34 war deshalb voller obdachloser Verkäufer, die sich ihre Exemplare der neuen Ausgabe abholen wollten. Sie durften sie zum halben Preis, also zwanzig Kronen, kaufen und den Rest behalten, wenn sie ihre Exemplare absetzten.

Ein simples Geschäft, das für viele von ihnen dennoch von entscheidender Bedeutung war. Der Erlös aus dem Verkauf der Zeitungen hielt sie über Wasser. Einige gaben den Gewinn für Drogen oder Alkohol aus, andere dafür, Schulden zurückzuzahlen. Die meisten brauchten es schlichtweg, um sich etwas zum Essen zu kaufen.

Und um ihr Selbstwertgefühl zu stärken.

Schließlich war es trotz allem eine Arbeit, für die sie bezahlt wurden. Sie schnorrten nicht, klauten nichts und überfielen auch keine Rentner. Das taten sie nur, wenn es richtig schlecht lief. Zumindest einige von ihnen. Jedenfalls betrachteten die meisten es als eine Frage der Ehre, ihren Job als Verkäufer gut zu machen.

Einen ziemlich harten Job.

An manchen Tagen standen sie zehn oder zwölf Stunden an ihren festen Verkaufsstellen und schafften es mit Mühe und Not, eine einzige Zeitung loszuwerden. Bei schlechtem Wetter und eisiger Kälte. Dann war es nicht besonders spaßig, mit leerem Magen in irgendeinen Müllkeller zu kriechen und zu versuchen einzuschlafen, bevor sich Alpträume in die Gedanken drängten.

An diesem Tag jedoch wurde eine neue Ausgabe verteilt, was für alle Anwesenden normalerweise ein feierlicher Moment war, denn mit etwas Glück konnte man bereits am ersten Tag einen ordentlichen Stapel loswerden. Diesmal herrschte allerdings keine fröhliche Stimmung im Raum.

Im Gegenteil.

Es war eine Krisensitzung.

Am Vorabend war wieder einer ihrer Kameraden schwer misshandelt worden. Benseman, der Nordschwede, der so unglaublich viel gelesen hatte. Ihm waren viele Knochen gebrochen worden. Seine Milz war gerissen, und die Ärzte hatten die ganze Nacht gegen starke innere Blutungen gekämpft. Der Mann am Empfang war am Morgen im Krankenhaus gewesen.

»Er wird es überleben … aber es wird sicher noch eine ganze Weile dauern, bis wir ihn wieder bei uns haben.«

Die Anwesenden nickten kurz. Mitfühlend. Angespannt. Es war nicht das erste Mal, dass einer von ihnen in der letzten Zeit zusammengeschlagen worden war, es war bereits der vierte Fall, und die Opfer waren ausnahmslos Obdachlose gewesen. Die Taten liefen immer nach dem gleichen Muster ab. Zwei junge Burschen tauchten an einem ihrer Treffpunkte auf, suchten sich ein Opfer, nahmen es in die Mangel, filmten das Ganze und stellten es anschließend ins Internet.

Das war fast noch das Schlimmste an dem Ganzen.

Es war so unglaublich erniedrigend, als wären sie bloß Prügelknaben in einer Dokusoap über Gewalt in Filmen und Videospielen.

Fast genauso bedrückend war die Tatsache, dass alle vier Misshandelten Verkäufer von *Situation Stockholm* waren. War das ein Zufall? Es gab ungefähr fünftausend Obdachlose in Stockholm, aber nur ein Bruchteil von ihnen verkaufte die Zeitung.

»Picken die sich ausgerechnet uns heraus?!«

»Warum zum Teufel sollten sie das tun?!«

Darauf gab es natürlich keine Antwort, jedenfalls nicht im Moment. Aber es reichte, um die ohnehin erschütterte Schar im Raum noch nervöser zu machen.

»Also, ich habe mir Reizgas besorgt«, meldete sich Bo Fast zu Wort. Die anderen sahen ihn an. Er hielt sein Spray für alle sichtbar hoch.

»Du weißt schon, dass das illegal ist?«, wollte Jelle wissen.

»Was denn?«

»Na, so ein Spray?«

»Na und? Wie legal ist es denn, zusammengeschlagen zu werden?«

Darauf fiel Jelle keine gute Antwort ein. Er lehnte neben Arvo Pärt an der Wand. Ein paar Meter weiter stand Vera, die ausnahmsweise den Mund hielt. Als Pärt angerufen und erzählt hatte, was nur wenige Minuten, nachdem sie und

Jelle den Park verlassen hatten, mit Benseman passiert war, hatte sie das völlig fertiggemacht. Wenn sie geblieben wären, hätten sie es verhindern können, davon war sie überzeugt, aber Jelle war anderer Meinung.

»Was hättest du denn getan?«

»Mich mit ihnen geschlagen! Du weißt doch, wie ich die Typen fertiggemacht habe, die in Midsommarkransen unsere Handys klauen wollten!«

»Die waren total besoffen, und einer von ihnen war ein Gnom.«

»Dann hättest du mir eben ein bisschen helfen müssen!?«

Nach dem Telefonat hatten sie sich für die Nacht getrennt, und nun standen sie hier. Und Vera war still. Sie kaufte einen Stapel Zeitungen, Pärt kaufte einen Stapel, Jelle konnte sich nur fünf Stück leisten.

Als sie gemeinsam auf die Straße hinaustraten, brach Pärt plötzlich in Tränen aus. Er lehnte sich gegen die raue Fassade und hielt sich eine schmutzige Hand vors Gesicht. Jelle und Vera betrachteten ihn. Sie begriffen, was in ihm vorging. Er war dort gewesen, hatte alles gesehen und trotzdem nichts tun können.

Vera legte behutsam einen Arm um Pärt und zog seinen Kopf auf ihre Schulter. Pärt war ein zerbrechlicher Mann.

Eigentlich hieß er Silon Karp, stammte aus Eskilstuna und war der Sohn zweier estnischer Flüchtlinge, aber während eines nächtlichen Heroinrausches auf einem Dachboden in der Brunnsgatan war sein Blick zufällig auf eine alte Zeitung mit dem Bild des scheuen estnischen Komponisten gefallen, und daraufhin war er sich schlagartig der ungeheuren Ähnlichkeit bewusst geworden. Zwischen Karp und Pärt. Er hatte seinen Doppelgänger gesehen. Und einen Schuss später war er in seinen Doppelgänger geglitten, und die beiden waren eins geworden. Er war Arvo Pärt und nannte sich seither Pärt. Und da es seinen Bekannten völlig egal war, wie wer wirklich hieß, wurde er zu Pärt.

Arvo Pärt.

Viele Jahre lang hatte er in den südlichen Vororten als Briefträger gearbeitet, aber seine schwachen Nerven und das starke Verlangen nach Opiaten hatten ihn in sein heutiges, entwurzeltes Dasein als obdachloser Verkäufer von *Situation Stockholm* heruntergezogen.

Jetzt weinte er hemmungslos an Veras Schulter, weinte wegen dem, was Benseman zugestoßen war, wegen aller Teufeleien, aller Gewalt. Aber am meisten weinte er wohl, weil das Leben so war, wie es war.

Vera strich ihm über die verfilzten Haare und schaute zu Jelle hoch, der auf seinen Zeitungsstapel hinunterschaute und dann ging.

*

Olivia fuhr durch das Tor auf das Gelände der Polizeischule und parkte gleich rechts. Zwischen den grauschwarzen Limousinen verschiedener Automarken stach ihr Mustang ein wenig heraus. Sie schaute kurz nach oben zum Himmel und überlegte, ob sie das Verdeck schließen sollte, verzichtete jedoch darauf.

»Und was ist, wenn es regnet?«

Olivia drehte sich um. Ulf Molin. Ein gleichaltriger Klassenkamerad, der die seltsame Fähigkeit besaß, stets in Olivias Nähe aufzutauchen, ohne dass sie es mitbekam.

Diesmal hinter ihrem Auto. Ich frage mich, ob er mir hinterherschleicht, dachte sie.

»Dann werde ich das Verdeck wohl schließen müssen.«

»Mitten im Unterricht?«

Diese Art vollkommen sinnloser Unterhaltungen hatte Olivia mittlerweile gründlich satt. Sie nahm ihre Tasche und ging. Ulf folgte ihr.

»Hast du das hier gesehen?«

Ulf trat neben sie und hielt ihr sein Tablet hin.

»Das ist der Obdachlose, der diese Nacht misshandelt worden ist.«

Olivia schielte hinüber und sah, wie der blutende Benseman an unterschiedlichen Körperstellen von Tritten getroffen wurde.

»Das Video ist wieder auf derselben Seite zu sehen«, meinte Ulf.

»Trashkick?«

»Ja.«

Sie hatten am Vortag im Unterricht über die Internetseite gesprochen, und alle waren ziemlich aufgebracht gewesen. Einer ihrer Lehrer hatte erklärt, wie das erste Video und eine Webadresse auf *4chan.org* hochgeladen worden waren. Das Video und die Adresse waren relativ schnell entfernt worden, aber den Link hatten dennoch viele gesehen, und daraufhin hatte er rasch große Verbreitung gefunden. Er führte zu der Internetseite *trashkick.com*.

»Kann man die nicht sperren lassen?!«

»Wahrscheinlich liegt sie bei irgendeinem obskuren Webhoster, der für die Polizei nicht so einfach zu finden und zu sperren sein dürfte«, hatte ihr Lehrer erklärt.

Ulf ließ das Tablet sinken.

»Das ist jetzt schon das vierte Video, das sie hochladen … das ist verdammt krank.«

»Dass sie Menschen zusammenschlagen oder dass sie es ins Netz stellen?«

»Na ja … beides.«

»Und was findest du schlimmer?«

Sie wusste, dass sie ihn lieber nicht zu einem Gespräch ermutigen sollte, aber bis zum Schulgebäude waren es noch zweihundert Meter, und Ulf hatte denselben Weg. Außerdem mochte sie es, andere zum Nachdenken anzuregen. Keine Ahnung, warum. Wahrscheinlich war es eine Art, auf Distanz zu bleiben.

»Ich denke, für diese Typen ist das ein und dasselbe«, antwortete Ulf. »Sie misshandeln ihre Opfer, um die Tat ins Netz zu stellen. Wenn sie kein Forum dafür hätten, würden sie vielleicht auch niemanden misshandeln.«

Gut, dachte Olivia. Ein langer, logisch aufgebauter Satz, eine kluge Überlegung. Wenn er weniger schleichen und mehr denken würde, könnte er in ihrem wählerisch zusammengestellten Bekanntenkreis ein deutlich höheres Niveau erreichen. Außerdem war er sportlich, einen halben Kopf größer als sie und hatte dunkelbraune, lockige Haare.

»Hast du heute Abend schon etwas vor? Wollen wir vielleicht ein Bier trinken gehen?«

In diesem Punkt blieb er auf seinem alten Niveau.

Der Seminarraum war fast voll besetzt. Olivias Klasse bestand aus 24 angehenden Polizisten, die in vier Gruppen eingeteilt waren. Ulf gehörte nicht zu ihrer. An der Tafel stand ihr Dozent Åke Gustafsson, ein Mann von gut fünfzig Jahren, der auf eine lange Karriere im Polizeicorps zurückblickte. Er war beliebt. Ein bisschen umständlich, wie manche fanden. Charmant, fand Olivia. Sie mochte seine buschigen Augenbrauen, die kurz über den Augen ein Eigenleben zu führen schienen. Er hielt ein Kompendium in der Hand, von dem weitere Exemplare in einem Stapel neben ihm auf dem Tisch lagen.

»Da wir in ein paar Tagen auseinandergehen, habe ich mir überlegt, euch für die Sommerferien eine, natürlich freiwillige, kleine Aufgabe zu stellen. Ich habe ein Kompendium zusammengestellt, das eine Reihe ungelöster schwedischer Mordfälle enthält. Ich habe mir gedacht, dass ihr euch einen von ihnen herauspicken und eine eigene Analyse der Ermittlungen durchführen könntet. Überlegt euch, was man mit den Methoden, die uns heute zur Verfügung stehen – DNA-Technik, geographische Analyse, elektronische Abhörmethoden etcetera, etcetera – mittlerweile anders machen würde. Im Grunde ist es eine kleine Übung darin, wie die Arbeit an einem so genannten Cold Case aussehen könnte. Fragen?«

»Es ist also keine obligatorische Aufgabe?«

Olivia warf einen verstohlenen Blick auf Ulf. Er stellte immer solche Fragen, nur um eine Frage zu stellen. Åke Gustafsson hatte doch schon gesagt, dass es freiwillig war.

»Es ist vollkommen freiwillig.«

»Aber es ist schon ein Pluspunkt, wenn man es macht?«

Als der Unterricht vorbei war, ging Olivia nach vorn und nahm sich ein Exemplar. Åke Gustafsson kam zu ihr und deutete auf die Mappe in ihrer Hand.

»An einer der Ermittlungen war Ihr Vater beteiligt.«

»Wirklich?«

»Ja, ich fand es interessant, sie aufzunehmen.«

Olivia saß auf einer Bank in der Nähe des Schulgebäudes neben drei Männern, die alle schwiegen, da sie aus Bronze waren. Einer von ihnen war der Bildschöne Bengtsson, ein notorischer Knastbruder früherer Zeiten.

Olivia hatte noch nie von ihm gehört.

Die beiden anderen waren Tumba-Tarzan und Wachtmeister Björk. Im Schoß des Letztgenannten lag eine Polizeimütze, auf der jemand eine leere Bierdose abgestellt hatte.

Olivia öffnete ihre Fallsammlung. Eigentlich hatte sie nicht vor, während der Ferien für die Schule zu arbeiten, auch wenn die Aufgabe freiwillig war. Es war ihr in erster Linie darum gegangen, aus dem Gebäude zu kommen und sich Ulfs belangloses Gerede zu ersparen.

Aber jetzt war ihre Neugier geweckt.

An einer der Ermittlungen war ihr Vater beteiligt gewesen.

Schnell blätterte sie die Seiten um. Es handelte sich um sehr kurz gehaltene Zusammenfassungen. Ein paar Fakten über die Vorgehensweise, Ort und Datum, ein paar Sätze über die Ermittlungen. Mit der polizeilichen Terminologie war sie einigermaßen vertraut, da sie während ihrer gesamten Kindheit die Gespräche ihrer Eltern am Küchentisch über Kriminalfälle mitbekommen hatte. Ihre Mutter Maria war Strafverteidigerin.

Ganz hinten fand sie schließlich den Fall. Verantwortlich für die Ermittlungen war unter anderem Arne Rönning gewesen.

Kriminalkommissar bei der Landeskriminalpolizei.

Papa.

Olivia schaute auf und ließ den Blick in die Ferne schweifen. Die Schule lag fast mitten in der Natur, man sah große, gepflegte Rasenflächen und schöne Wäldchen, die sich bis zum Wasser der Bucht Edsviken erstreckten. Eine außergewöhnlich friedliche Umgebung.

Sie dachte an Arne.

Sie hatte ihren Vater sehr geliebt, und nun war er tot. Er war nur neunundfünfzig Jahre alt geworden. Das war ungerecht, grübelte sie. Und daraufhin tauchten die Gedanken wieder auf, die sie so oft quälten, fast schon körperlich wehtaten und davon handelten, dass sie ihn im Stich gelassen hatte.

Während ihrer ganzen Kindheit und Jugend hatten sie eine enge und innige Beziehung zueinander gehabt, aber als er dann plötzlich krank geworden war, hatte sie ihn im Stich gelassen. Sie war nach Barcelona gegangen, um Spanisch zu lernen, zu jobben, zu chillen … Spaß zu haben!

Ich bin geflohen, dachte sie. Aber das habe ich damals nicht begriffen. Ich habe mich aus dem Staub gemacht, weil ich unfähig war zu akzeptieren, dass er krank war und sich sein Zustand verschlechtern und er tatsächlich sterben könnte.

Aber genau so war es gekommen, als Olivia noch in Barcelona gewesen war.

Sie erinnerte sich noch an den Anruf ihrer Mutter.

»Papa ist diese Nacht gestorben.«

Olivia strich sich schnell über die Augen und dachte an ihre Mutter und an die Zeit nach dem Tod ihres Vaters, als sie aus Barcelona zurückgekehrt war. Eine furchtbare Zeit. Maria war am Boden zerstört und mit ihrer eigenen Trauer beschäftigt gewesen, eine Trauer, in der für Olivias Schuldgefühle und Angst kein Platz war. Stattdessen waren sie sich schweigend aus dem Weg gegangen, als hätten sie gefürchtet, dass die ganze Welt zerbrechen könnte, wenn sie einander zeigten, was sie empfanden.

Mit der Zeit war der Schmerz natürlich schwächer geworden, aber es war immer noch ein Thema, über das sie nicht sprachen.

Olivia vermisste ihren Vater sehr.

»Na, hast du einen Fall gefunden?«

Es war Ulf, der sich mal wieder auf seine seltsame Art vor ihr materialisiert hatte.

»Ja.«

»Welcher ist es?«

Olivia schaute auf ihren Ordner.

»Ein Mordfall auf der Insel Nordkoster.«

»Wann hat er sich zugetragen?«

»Siebenundachtzig.«

»Und warum hast du dir gerade den ausgesucht?«

»Hast du auch einen gefunden? Oder lässt du es einfach bleiben? Die Aufgabe ist ja nicht obligatorisch.«

Ulf lächelte kurz und ließ sich auf die Bank nieder.

»Was dagegen, wenn ich mich setze?«

»Ja.«

Olivia wusste ganz gut, wie man sich Leute vom Hals hielt. Außerdem wollte sie sich auf den Fall konzentrieren, den sie gerade aufgeschlagen hatte.

Den Fall, in dem ihr Vater ermittelt hatte.

Ein ziemlich spektakulärer Fall, wie sich herausstellte, der von Åke Gustafsson so interessant zusammengefasst worden war, dass Olivia sofort nach mehr Informationen verlangte.

Also fuhr sie zur Königlichen Bibliothek und ging ins Untergeschoss, wo sich der Lesesaal für Zeitungen auf Mikrofilm befand. Eine Bibliothekarin zeigte ihr, wie man in den Regalen das Gesuchte fand und welches Lesegerät sie benutzen konnte. Alles war minutiös erfasst worden. Jede einzelne Zeitung im Land war seit den fünfziger Jahren auf Mikrofilmen archiviert worden. Man musste sich lediglich für eine Zeitung und eine Jahreszahl entscheiden, sich an das Lesegerät setzen und anfangen.

Olivia begann mit einem Provinzblatt, dessen Lokalteil auch über Nordkoster berichtete. Die *Strömstad Tidning*. Das Datum und den Tatort des Mordfalls hatte sie den Fallunterlagen entnommen. Als sie die Suchfunktion betätigte, dauerte es nur wenige Sekunden, bis die fettgedruckte Schlagzeile auf dem Bildschirm prangte: »MAKABERER MORD AM UFER VON NORDKOSTER«. Der Artikel war von einem ziemlich erregten Reporter geschrieben worden und enthielt eine Reihe von Informationen über Ort und Zeitpunkt.

Sie legte los.

In der nächsten Stunde arbeitete sie sich über diverse Lokalzeitungen in immer größeren Kreisen zu den Tageszeitungen in Göteborg, den Boulevardblättern in Stockholm und den großen überregionalen Tageszeitungen vor und machte sich fieberhaft Notizen.

Über Wichtiges und scheinbar Nebensächliches.

Der Fall hatte im ganzen Land aus mehreren Gründen große Aufmerksamkeit erregt. Es war ein äußerst brutaler Mord gewesen, der von unbekannten Tätern an einer jungen, hochschwangeren Frau begangen worden war. Man hatte weder Verdächtige noch ein Tatmotiv gefunden. Man kannte nicht einmal den Namen des Opfers.

Dieser Mord war all die Jahre ein ungelöstes Rätsel geblieben.

Olivia faszinierte der Fall als Phänomen, aber vor allem der Mord selbst immer mehr: was sich in einer sternenklaren Nacht in einer Bucht auf Nordkoster abgespielt hatte. Die teuflische Methode, eine nackte, schwangere Frau mit Hilfe der Flut zu ermorden. Der Flut?

Das ist nicht mehr und nicht weniger als eine Foltermethode, dachte Olivia. Eine extreme Form des Ertränkens. Langsam, sadistisch.

Warum war sie ausgerechnet so ermordet worden?

Auf diese spektakuläre Art?

Olivia ließ ihrer Fantasie freien Lauf. Gab es eine Verbindung zum Okkultismus? Gezeitenanbeter? Mondanbeter? Der Mord war am späten Abend geschehen. Handelte es sich um eine Art Opferritual? Um eine Sekte? Sollte der Fötus herausgeschnitten und irgendeiner Mondgottheit geopfert werden?

Jetzt komm mal wieder runter, dachte sie dann, schaltete das Lesegerät aus, lehnte sich zurück und blickte auf ihren vollgekritzelten Notizblock: eine Mischung aus Fakten und Spekulationen, Wahrheiten und Vermutungen und mehr oder weniger glaubwürdigen Hypothesen von diversen Kriminalreportern und Kriminologen.

Einer »zuverlässigen Quelle« zufolge waren im Körper des Opfers Spuren von Drogen gefunden worden. Rohypnol. Rohypnol ist eine klassische Vergewaltigungsdroge, dachte Olivia. Aber sie war doch hochschwanger? Hatte man sie etwa betäubt? Aber warum?

Laut Polizei hatte man in den Dünen einen dunklen Stoffmantel entdeckt, auf dem man Haare der Frau gefunden hatte. Wenn das der Mantel des Opfers war, wo waren dann die restlichen Kleider? Hatten die Mörder sie mitgenommen und den Mantel vergessen?

Man hatte weltweit, aber vergeblich nach der Frau gesucht. Schon seltsam, dass keiner eine schwangere Frau vermisst, überlegte sie.

Laut Polizeibericht war sie zwischen fünfundzwanzig und dreißig Jahre alt und möglicherweise lateinamerikanischer Herkunft gewesen. Was war mit »lateinamerikanischer Herkunft« gemeint? Welches Gebiet umfassten diese Worte?

Die Vorgänge am Ufer waren von einem neunjährigen Jungen beobachtet worden, der einem Lokalreporter zufolge Ove Gardman hieß. Der Junge war nach Hause gelaufen und hatte seine Eltern alarmiert. Was machte er heute? Konnte man sich mit ihm in Verbindung setzen?

Laut Polizei war die Frau zwar bewusstlos, aber noch am Leben gewesen, als Gardmans Eltern zum Ufer kamen. Die beiden hatten daraufhin alles versucht, aber als der Rettungshubschrauber eintraf, war sie bereits tot gewesen. Wie weit entfernt wohnten die Gardmans?, dachte sie. Wie lange hatte der Helikopter gebraucht, um dorthin zu kommen?

Olivia stand auf. Ihr schwirrte der Kopf vor lauter Eindrücken und Gedanken. Beim Aufstehen hätte sie fast das Gleichgewicht verloren.

Ihr Blut befand sich noch in Knöchelhöhe.

Sie ließ sich in der Humlegårdsgatan auf den Autositz fallen und merkte, dass ihr der Magen knurrte, ein Knurren, das sie mit einem Powerbar-Energieriegel aus dem Handschuhfach dämpfte. Stundenlang hatte sie im Lesesaal gesessen. Verblüfft stellte sie fest, wie spät es schon war. Die Zeit war wie im Flug vergangen. Olivia warf einen Blick auf ihren Notizblock. Dieser alte Mordfall am Ufer hatte sie wirklich gefesselt. Nicht nur, weil Arne bei den Ermittlungen dabei gewesen war, das war nur eine private Zusatzmotivation, sondern wegen der vielen mysteriösen Aspekte. Vor allem ein ganz bestimmtes Detail hatte sich ihr eingebrannt: Es war der Polizei nie gelungen, die Identität der ermordeten Frau zu ermitteln. Sie war und blieb über all die Jahre hinweg eine Unbekannte.

Das forderte Olivia heraus.

Wenn ihr Vater noch am Leben wäre, was hätte er ihr dann erzählen können?

Sie zog ihr Handy heraus.

Åke Gustafsson und eine Frau mittleren Alters standen auf einer der gepflegten Rasenflächen der Polizeischule. Die Frau stammte aus Rumänien und war in der Schule für die Verpflegung zuständig. Sie bot ihm eine Zigarette an.

»Es gibt heute nicht mehr viele, die noch rauchen«, sagte sie.

»Da haben Sie recht.«

»Hängt wohl mit der Krebsgefahr zusammen.«

»Wahrscheinlich.«

Daraufhin rauchten sie.

Als ihre Zigaretten halb heruntergebrannt waren, klingelte sein Handy.

»Hallo, hier spricht Olivia Rönning. Also, ich habe mich für diesen Fall auf Nordkoster entschieden und wollte …«

»Das habe ich mir fast gedacht«, unterbrach Åke Gustafsson, »Ihr Vater war ja dabei und …«

»Aber das ist nicht der eigentliche Grund.«

Olivia war es wichtig, eine klare Grenze zu ziehen. Hier ging es um sie und um die Gegenwart. Das hatte nichts mit ihrem Vater zu tun. Sie hatte sich für eine Arbeitsaufgabe entschieden, die sie auf ihre Art durchführen würde. So war sie.

»Ich habe mich für den Fall entschieden, weil ich ihn interessant finde«, erklärte sie.

»Aber er ist auch ziemlich knifflig.«

»Stimmt, und genau deshalb rufe ich an. Ich würde mir gerne die richtigen Ermittlungsakten anschauen, wo finde ich die?«

»Hm, die liegen wahrscheinlich im Zentralarchiv in Göteborg.«

»Aha? Okay, schade.«

»Aber die hätten Sie ohnehin nicht einsehen dürfen.«

»Warum nicht?«

»Weil es sich um einen ungelösten Mordfall handelt, der noch nicht verjährt ist. Niemand wird in eine laufende Ermittlung eingeweiht, wenn er nicht zum Team gehört.«

»So, so … und was soll ich jetzt tun? Woher bekomme ich mehr Informationen?«

Es wurde still in der Leitung.

Olivia saß, das Handy ans Ohr gepresst, am Steuer. Worüber dachte er nach? Sie sah mit entschlossenen Schritten eine Politesse näher kommen. Ihr Wagen stand auf einem Behindertenparkplatz. Das war nicht gut. Sie ließ den Motor an und hörte gleichzeitig Åke Gustafssons Stimme.

»Sie könnten mit dem Leiter der Ermittlungen sprechen«, sagte er.

»Er hieß Tom Stilton.«

»Ich weiß.«

»Wo finde ich ihn?«

»Keine Ahnung.«

»Im Präsidium?«

»Das glaube ich nicht. Aber fragen Sie Olsäter, Mette Olsäter, sie ist Kriminalkommissarin, und die beiden haben früher häufig zusammengearbeitet, vielleicht kann sie Ihnen weiterhelfen.«

»Und wo finde ich sie?«

»Bei der Landeskriminalpolizei, im Gebäude C.«

»Danke!«

Olivia fuhr vor den Augen der Politesse davon.

*

»*Situation Stockholm!* Die neueste Ausgabe! Lesen Sie die Reportage über Prinzessin Victoria und unterstützen Sie die Obdachlosen!«

Für die sture Vera war es kein Problem, sich bei den wohlsituierten Bürgern des Stadtteils Södermalm Gehör zu verschaffen, die in die Markthalle wollten, um ihre Taschen zu füllen. Ihre ganze Erscheinung war wie gemacht für die große Bühne des Königlich Dramatischen Theaters. Eine verlebtere Variante der großen schwedischen Schauspielerin Margaretha Krook zu ihren Glanzzeiten. Der gleiche stechende Blick, die gleiche natürliche Autorität und eine Ausstrahlung, der man sich nicht entziehen konnte.

Sie verkaufte gut.

Die Hälfte ihres Stapels war sie bereits losgeworden.

Bei Arvo Pärt lief es weniger gut. Er verkaufte nichts. Stattdessen stand er ein paar Meter entfernt an eine Wand gelehnt. Es war nicht sein Tag, und er wollte nicht allein sein. Er schielte zu Vera hinüber, deren Stärke er bewunderte. Er wusste das eine oder andere über ihre dunklen Nächte, genau wie die meisten ihrer Bekannten. Trotzdem stand sie dort und sah aus, als gehörte ihr die ganze Welt. Eine Obdachlose. Es sei denn, man betrachtete einen heruntergekommenen grauen Wohnwagen aus den Sechzigern als vollwertiges Zuhause.

Das tat Vera.

»Ich bin nicht obdachlos.«

Was teilweise sogar der Wahrheit entsprach, da sie auf einer Warteliste der Stadt für Wohnungen stand, ein politisches Projekt, um die Lage der Penner in Stockholm ein bisschen zu beschönigen. Mit etwas Glück würde sie im Herbst probehalber eine Wohnung bekommen. Wenn sie sich im Griff hatte, konnte sie eventuell die ihre werden.

Vera hatte sich fest vorgenommen, sich im Griff zu haben.

Das hatte sie fast immer. Sie besaß ihren Wohnwagen und bezog eine Frührente von gut fünftausend Kronen im Monat, die mit Ach und Krach für das Nötigste reichte. Den Rest suchte sie sich aus Müllcontainern zusammen.

Es ging ihr nicht schlecht.

»Situation Stockholm!«

Inzwischen hatte sie drei weitere Exemplare verkauft.

»Du willst hier stehen?«

Die Frage kam von Jelle. Er war mit seinen fünf Zeitungen wie aus dem Nichts aufgetaucht und hatte sich in Veras Nähe gestellt.

»Ja. Wieso?«

»Das ist Bensemans Stelle.«

Jeder Verkäufer hatte eine eigene Verkaufsstelle in der

Stadt. Der Platz stand zusammen mit dem Namen auf der Plastikkarte angegeben, die um ihren Hals hing. Auf Bensemans Karte hatte »Benseman/Markthalle Södermalm« gestanden.

»Es dürfte noch eine ganze Weile dauern, bis Benseman hier wieder steht«, erwiderte Vera.

»Das ist seine Stelle. Hast du hier eine Vertretungsstelle?«

»Nein. Hast du?«

»Nein.«

»Und was machst du dann hier?«

Jelle antwortete nicht. Vera ging einen Schritt auf ihn zu.

»Hast du etwas dagegen, dass ich hier stehe?«

»Es ist eine gute Stelle.«

»Ja.«

»Können wir sie uns nicht teilen?«, fragte Jelle.

Vera lächelte kurz und sah Jelle mit diesem Blick an, dem er immer möglichst schnell auswich. Er schaute zu Boden. Vera stellte sich dicht neben ihn, bückte sich ein wenig und suchte hochschauend seinen Blick. Als wollte sie von unten kommend einer Forelle auf den Leib rücken. Keine Chance. Jelle drehte sich weg. Vera ließ ihr typisches, heiseres Lachen hören, das vier Familien mit kleinen Kindern augenblicklich veranlasste, mit ihren elegant designten Buggys auszuweichen.

»Jelle!«, rief sie lauthals lachend.

Pärt drückte sich ein wenig von der Wand ab. Gab es Ärger? Er wusste, dass Vera leicht aus der Haut fuhr. Über Jelle wusste er hingegen wenig. Es hieß, er stamme aus den Schären, von einer weit draußen gelegenen Insel. Rödlöga, hatte irgendwer gesagt. Jelle ist der Sohn eines Robbenjägers! Aber es wurde so viel erzählt, und so wenig davon war wahr. Jetzt stand der angebliche Robbenjäger jedenfalls vor der Markthalle und stritt sich mit Vera.

Oder vielleicht auch nicht.

»Worüber streitet ihr euch?«

»Wir streiten uns nicht«, antwortete Vera. »Jelle und ich streiten uns nie. Ich sage, wie es ist, und er glotzt den Boden an. Stimmt's?«

Vera drehte sich zu Jelle um, aber der war schon nicht mehr da, sondern fünfzehn Meter weiter. Er hatte nicht vor, sich mit Vera über Bensemans Verkaufsstelle zu streiten. Letztlich war es ihm vollkommen egal, wo Vera ihre Zeitungen verkaufte. Das musste jeder fliegende Händler selbst wissen.

Er war sechsundfünfzig Jahre alt, und im Grunde war ihm alles egal.

*

Olivia fuhr durch den späten Sommerabend nach Hause. Es war ein anstrengender Tag gewesen. Sie hatte an einem Tiefpunkt begonnen, sich wie üblich ein kleines Wortgefecht mit Ulf Molin geliefert und dann diesen Mordfall gefunden, von dem sie aus privaten und anderen Gründen nicht mehr loskam.

Während der Stunden in der Königlichen Bibliothek hatte er sie richtig gepackt, was eigentlich seltsam war, da die Sache so gar nicht ihren Plänen entsprach. In Kürze würde sie nach einer harten und intensiven Arbeitsphase Sommerferien haben. Wochentags hatte sie die Polizeischule besucht und an den Wochenenden in der Justizvollzugsanstalt gejobbt. Jetzt hatte sie sich eigentlich erholen wollen. Sie hatte ein bisschen Geld gespart, so dass sie eine ganze Weile gut über die Runden kommen würde. Sie dachte unter anderem an eine Last-Minute-Reise. Außerdem hatte sie seit fast einem Jahr keinen Sex mehr gehabt. Dagegen wollte sie auch etwas unternehmen.

Und dann tauchte das hier auf?

Sollte sie vielleicht doch auf die Zusatzaufgabe verzichten? Immerhin war sie freiwillig. Dann rief Lenni an.

»Ja?«

Lenni war seit dem Gymnasium ihre beste Freundin. Ein Mädchen, das sich durchs Leben treiben ließ und verzweifelt nach einem Halt suchte, um nicht zu versacken. Die immer ausgehen und überall dabei sein wollte, weil sie sonst Angst hatte, etwas zu verpassen. Diesmal hatte sie vier Freundinnen zusammengetrommelt, um Jakob nicht zu verpassen, den Typen, an dem sie im Moment interessiert war. Sie hatte auf Facebook gelesen, dass er an diesem Abend in das Lokal *Strand* am Hornstull gehen wollte.

»Du musst mitkommen! Das wird super! Wir treffen uns um acht bei Lollo und ...«

»Lenni.«

»Ja?«

»Daraus wird nichts, ich muss ... es geht um eine Aufgabe für die Schule, ich muss das heute Abend erledigen.«

»Aber Jakobs Kumpel Erik ist auch da, und er hat schon ein paarmal nach dir gefragt! Der ist doch total süß! Er passt perfekt zu dir!«

»Tut mir leid, heute geht's nicht.«

»Mensch, du bist echt eine Spaßbremse, Olivia! Dabei könnte es dir wirklich nicht schaden, mal mit einem Typen zu schlafen, damit du wieder in Form kommst!«

»Ein anderes Mal.«

»Das sagst du in letzter Zeit immer! Na schön, aber gib mir nicht die Schuld, wenn du was verpasst!«

»Versprochen. Ich hoffe, es klappt mit Jakob!«

»Ja, drück mir die Daumen! Küsschen!«

Olivia kam nicht mehr dazu, selbst Küsschen zu sagen, denn Lenni hatte sie schon weggedrückt. Sie war schon auf dem Weg dorthin, wo etwas passierte.

Warum hatte sie eigentlich Nein gesagt? Als Lenni sie anrief, hatte sie doch selbst gerade an Männer gedacht. War sie etwa wirklich so langweilig geworden, wie Lenni behauptete? Eine Aufgabe für die Schule?

Warum hatte sie das erwähnt?

Olivia gab neues Katzenfutter in den Napf und säuberte das Katzenklo. Anschließend ließ sie sich vor ihrem Notebook nieder. Eigentlich hatte sie Lust auf ein Bad, aber ihr Abfluss war verstopft, so dass der ganze Fußboden überschwemmt würde, sobald sie das Wasser abließ, und darauf hatte sie an diesem Abend wirklich keine Lust. Das würde sie morgen machen. Sie würde es auf die Morgen-zu-erledigen-Liste setzen, eine Liste, die sie den größten Teil des Frühjahrs vor sich hergeschoben hatte.

Jetzt öffnete sie Google Earth.

Nordkoster.

Die Möglichkeit, zu Hause an einem Bildschirm zu sitzen und an Häusern in der ganzen Welt entlang zur nächsten Fensterreihe zu zoomen, faszinierte sie noch immer. Auch wenn sie sich dabei wie ein Spion oder Spanner vorkam.

Nun wurden jedoch ganz andere Gefühle in ihr geweckt. Je näher sie an die Insel heranzoomte, an die Landschaft, die schmalen Wege, die Häuser, je näher sie ihrem Ziel kam, desto intensiver wurden ihre Gefühle. Und dann war sie da.

An der Bucht Hasslevikarna.

Im nördlichen Teil der Insel.

Fast wie eine kleine Förde, dachte sie und versuchte, möglichst nahe heranzukommen. Sie konnte die oberhalb liegenden Dünen und das Ufer erkennen, an dem man die schwangere Frau eingegraben hatte. Auf dem Bildschirm lag der Ort vor ihr.

Grau, körnig.

An welcher Stelle die Frau wohl eingegraben worden war?

War es dort gewesen?

Oder dort?

Wo hatte der Mantel gelegen, den sie später fanden?

Und wo hatte der kleine Junge gehockt, der alles beobachtet hatte? Auf den Felsen an der Westseite des Ufers? Oder doch an der Ostseite? Am Waldsaum?

Plötzlich ärgerte es sie, dass sie nicht näher herankam. Bis zum Ufer hinunter. Um sozusagen mit den Füßen am Wasser zu stehen.

Dort zu sein.

Aber es ging nicht, näher kam man nicht. Sie fuhr den Computer wieder herunter. Jetzt würde sie sich das Bier gönnen, von dem Ulf des Öfteren gesprochen hatte. Aber sie würde es alleine trinken, zu Hause, ohne die Gesellschaft ihrer Kurskameraden in einer Kneipe.

Alleine.

Olivia lebte gerne als Single. Sie hatte es selbst so gewollt, obwohl sie nie Probleme mit Männern gehabt hatte, im Gegenteil. Ihre ganze Kindheit und Jugend hatten ihr bestätigt, dass sie attraktiv war. Da waren die vielen Fotos von einem süßen, kleinen Mädchen und Arnes zahllose Urlaubsfilme mit Olivia im Mittelpunkt. Dann all die Blicke, als sie in die große Welt hinaustrat. Eine Zeitlang war sie dem Hobby nachgegangen, sich eine Sonnenbrille aufzusetzen und die Männer zu beobachten, denen sie begegnete. Wie ihre Blicke auf sie fielen, wo immer sie unterwegs war, und sich erst dann wieder von ihr lösten, wenn sie an ihnen vorbei war. Das war sie jedoch ziemlich schnell leid gewesen. Sie wusste, wer sie war und was sie auf dieser Ebene zu bieten hatte. Das gab ihr Sicherheit.

Sie musste nicht auf die Jagd gehen.

Wie Lenni.

Olivia hatte ihre Mutter und ihre kleine Wohnung. Zwei weißgestrichene Zimmer mit Dielenböden, die ihr allerdings eigentlich nicht gehörten, sondern nur zweiter Hand von einem Cousin gemietet waren, der für den Staatlichen Schwedischen Exportrat in Südafrika arbeitete. Zwei Jahre würde er dort bleiben und sie solange in seiner Möblierung wohnen.

Damit musste sie leben.

Außerdem hatte sie ja Elvis, den Kater, der ihr von einer intensiven Beziehung zu einem attraktiven Jamaikaner geblieben war, den sie in der *Nova Bar* in der Skånegatan kennengelernt hatte. Erst hatte er sie unglaublich heiß gemacht, und dann hatte sie sich in ihn verliebt.

Ihm hatte sie die umgekehrte Version erzählt.

Fast ein Jahr lang waren sie gereist und hatten gelacht und gevögelt, aber dann hatte er eine Freundin aus seiner Heimat getroffen. So hatte er sich ausgedrückt. Die allergisch gegen Katzen war, weshalb der Kater in der Skånegatan geblieben war. Als der Jamaikaner ausgezogen war, hatte sie ihn Elvis getauft. Er hatte ihn vorher nach Haile Selassies Namen in den dreißiger Jahren Ras Tafari genannt.

Elvis entsprach eher ihrem Geschmack.

Mittlerweile liebte sie den Kater genauso sehr wie den Mustang.

Sie trank einen Schluck Bier.

Es schmeckte gut.

Als sie die zweite Dose öffnen wollte, entdeckte sie, dass es Starkbier war, woraufhin ihr einfiel, dass sie weder zu Mittag noch zu Abend gegessen hatte. Wenn sie sich in etwas verbiss, genoss die Nahrungszufuhr nicht unbedingt höchste Priorität. Jetzt spürte sie, dass eine gewisse Grundlage nötig gewesen wäre, um dem leichten Rollen im Gehirn entgegenzuwirken. Sollte sie sich eine Pizza holen gehen?

Nein.

Das leichte Rollen war eigentlich ganz angenehm.

Sie nahm Büchse Nummer zwei in das kompakte Schlafzimmer mit und ließ sich auf die Tagesdecke fallen. An der gegenüberliegenden Wand hing eine länglich schmale, grauweiße Holzmaske, eines der afrikanischen Objekte ihres Cousins. Sie war sich immer noch nicht sicher, ob sie ihr nun gefiel oder nicht. Es gab Nächte, in denen sie aus einem eisigen Traum erwachte und sah, wie das Mondlicht vom weißen Mund der Maske reflektiert und auf sie selbst geworfen wurde. Das war ein wenig gruselig. Olivia ließ den Blick zur Decke schweifen. Plötzlich fiel ihr ein, dass sie schon seit Stunden keinen Blick mehr auf ihr Handy geworfen hatte! Das war ungewöhnlich, denn das Handy gehörte zu Olivias Outfit. Wenn es nicht in ihrer Tasche steckte, fühlte sie sich nackt. Jetzt zerrte sie es heraus und schaltete es ein. Las Mails und SMS, ging in ihren Kalender und landete schließlich bei der App des Schwedischen Fernsehens. Bevor sie eindösen würde, konnte sie noch kurz die Nachrichten schauen, das war perfekt!

»Aber wie wollen Sie jetzt vorgehen?«

»Dazu kann ich momentan nichts sagen.«

Der Mann, der momentan nichts sagen konnte, hieß Rune Forss, war Kommissar bei der Stockholmer Polizei und gut fünfzig Jahre alt. Er hatte den Auftrag erhalten, die Gewalttaten an Obdachlosen aufzuklären. Ein Auftrag, der Forss offensichtlich nicht dazu gebracht hat, vor Freude an die Decke zu springen, dachte Olivia. Der Mann schien vom alten Schlag zu sein und zu jenem Teil des alten Schlags zu gehören, der fand, dass viele Menschen an einigem selber schuld waren. Vor allem, wenn es um Gauner ging, und ganz besonders, wenn es um Leute ging, die sich nicht am Riemen reißen, einen Job besorgen und benehmen konnten wie alle anderen auch.

Diese Menschen waren mit Sicherheit selber schuld.

Eine Haltung, die in der Polizeischule nicht gelehrt wurde, auch wenn alle wussten, dass sie in manchen Köpfen noch existierte. Einige von Olivias Kurskameraden hatten sich bereits von dem Jargon anstecken lassen.

»Werden Sie die Obdachlosen infiltrieren?«

»Infiltrieren?«

»Ja. Als Obdachlose agieren, um an die Täter heranzukommen.«

Als Rune Forss die Frage endlich verstand, schien es ihm schwerzufallen, sich ein Lächeln zu verkneifen.

»Nein.«

Olivia schaltete das Handy aus.

In der guten Version hätte eine dieser Obdachlosen auf einem schlichten Stuhl am Bett eines schwer verletzten Mannes gesessen. Ihre Hände hätten über die Decke des Mannes gestrichen und versucht, ihm ein wenig Trost zu spenden. In der wahren Version, die beschreibt, wie es wirklich war, hatte das Personal am Empfang des Krankenhauses jedoch augenblicklich den Sicherheitsdienst alarmiert, als die einäugige Vera auf dem Weg zu den Aufzügen die Eingangshalle durchquerte. Die Wachleute hatten sie in der Nähe von Bensemans Zimmer abgefangen.

»Hier dürfen Sie sich nicht aufhalten!«

»Warum denn nicht? Ich will doch nur einen Freund besuchen, der …«

»Kommen Sie jetzt bitte mit!«

Und damit war Vera hinausbegleitet worden.

Was eine verharmlosende Umschreibung dafür war, dass die Wachleute eine grölende Vera auf unnötig brutale und zutiefst beschämende Art an glotzenden Menschen vorbei durch die große Eingangshalle des Krankenhauses führten und mehr oder weniger auf die Straße warfen. Obwohl sie ihre gesammelten Menschenrechte in ihrer ganz persönlichen Version herunterleierte, flog sie hinaus.

In die Sommernacht. Und trat alleine ihre lange Wanderung zu dem Wohnwagen im Wald Ingenting im nördlichen Vorort Solna an.

In einer Nacht, in der junge, gewalttätige Männer unterwegs waren und Rune Forss auf dem Bauch liegend eingeschlafen war.

Die Frau, die sich gerade einen Bissen Marzipantorte in den Mund schob, hatte roten Lippenstift aufgetragen, besaß eine große, grau melierte, gelockte Haarpracht und Volumen. So hatte es ihr Mann einmal ausgedrückt: »Meine Frau hat Volumen.« Was heißen sollte, dass sie sehr umfangreich war. Eine Tatsache, die sie phasenweise quälte, phasenweise aber auch nicht. Wenn ihr Übergewicht ihr wieder einmal zu sehr zusetzte, versuchte sie mit kaum messbarem Erfolg, das Volumen zu verringern. In den anderen Phasen genoss sie es, die Frau zu sein, die sie war. In diesem Moment saß sie in ihrem geräumigen Büro in der Landeskriminalpolizei und aß heimlich ein Stück Torte. Mit halbem Ohr lauschte sie gleichzeitig den Rundfunknachrichten. Eine Firma namens MWM, Magnuson World Mining, war soeben zum schwedischen Unternehmen des Jahres im Ausland gewählt worden.

»Die Nachricht hat am heutigen Tag zu heftigen Protesten von allen Seiten geführt. Das Unternehmen sieht sich wegen seiner Methoden beim Coltanabbau im Kongo mit massiver Kritik konfrontiert. Bertil Magnuson, der Vorstandsvorsitzende der Firma, stellte sich der Kritik mit den folgenden Worten.«

Die tortenessende Frau schaltete das Radio aus. Der Name Bertil Magnuson war ihr vertraut, seit sie in den achtziger Jahren im Fall eines vermissten Mannes ermittelt hatte.

Sie betrachtete eine Porträtaufnahme am Rande ihres

Schreibtisches. Ihre jüngste Tochter Jolene. Das Mädchen sah sie mit einem eigentümlichen Lächeln und rätselhaften Augen an. Sie hatte das Down-Syndrom und war neunzehn Jahre alt. Geliebte Jolene, dachte die Frau, wohin wird das Leben dich noch führen? Sie wollte sich gerade nach dem letzten Bissen Torte strecken, als es an der Tür klopfte. Hastig schob sie den Teller hinter zwei stehende Aktenordner auf ihrem Tisch und drehte sich um.

»Herein!«

Die Tür öffnete sich, und eine junge Frau schaute herein. Der Blick ihres linken Auges lag nicht ganz parallel zu dem des rechten, sie schielte leicht. Ihre Haare hatte sie zu einem strähnigen schwarzen Dutt hochgesteckt.

»Mette Olsäter?«, fragte der strähnige Dutt.

»Worum geht es?«

»Darf ich eintreten?«

»Worum geht es?«

Der strähnige Dutt schien sich nicht sicher zu sein, ob dies eine Aufforderung zum Eintreten war oder nicht, und blieb deshalb in der halb geöffneten Tür stehen.

»Ich heiße Olivia Rönning und gehe auf die Polizeischule, ich suche Tom Stilton.«

»Und warum?«

»Ich arbeite an einer Seminararbeit zu einem Fall, bei dem er die Ermittlungen geleitet hat, und müsste ihm einige Fragen stellen.«

»Um welchen Fall geht es?«

»Ein Mord auf der Insel Nordkoster im Jahr 1987.«

»Kommen Sie herein.«

Olivia trat ein und schloss die Tür. Es gab einen Stuhl in der Nähe von Olsäters Tisch, aber Olivia traute sich nicht, unaufgefordert Platz zu nehmen. Die Frau hinter dem Schreibtisch war nicht nur ausgesprochen umfangreich, sie strahlte zudem Autorität aus.

Immerhin war sie eine Kriminalkommissarin.

»Was ist das für eine Arbeit?«

»Wir sollen uns alte Mordermittlungen ansehen und uns überlegen, was man heute, mit modernen Methoden, vielleicht anders machen würde.«

»Eine Cold-Case-Übung?«

»So ungefähr.«

Es wurde still. Mette warf einen verstohlenen Blick auf ihr Tortenstück. Sie wusste, dass es ins Blickfeld geraten würde, wenn sie die junge Dame bat, Platz zu nehmen, deshalb sorgte sie lieber dafür, dass sie auf den Beinen blieb.

»Stilton hat gekündigt«, sagte sie kurz angebunden.

»Aha, okay. Wann?«

»Spielt das eine Rolle?«

»Nein, ich … ich meine, er könnte meine Fragen ja vielleicht trotzdem beantworten. Auch wenn er nicht mehr hier arbeitet. Warum hat er gekündigt?«

»Aus privaten Gründen.«

»Was macht er heute?«

»Keine Ahnung.«

Wie ein Echo von Åke Gustafsson, dachte Olivia.

»Wissen Sie, wo ich ihn erreichen kann?«

»Nein.«

Mette Olsäter sah Olivia an, ohne eine Miene zu verziehen. Das Signal war deutlich. Das Gespräch war für sie beendet.

»Trotzdem danke«, sagte Olivia.

Sie ertappte sich dabei, sich fast unmerklich zu verneigen,

bevor sie zur Tür ging. Auf halbem Weg drehte sie sich noch einmal um.

»Sie haben da ein bisschen, na ja, Sahne oder so, am Kinn.«

Anschließend zog sie rasch die Tür hinter sich zu.

Mette Olsäter strich sich ebenso schnell mit der Hand über ihr Kinn und wischte den kleinen Sahneklecks fort.

Ärgerlich.

Aber auch ein bisschen komisch, darüber würde ihr Mann Mårten am Abend sicher herzlich lachen. Er liebte peinliche Momente.

Weniger lustig war, dass diese Rönning Tom suchte. Sie würde ihn sicher nicht finden, aber schon die Tatsache, dass sie seinen Namen erwähnt hatte, reichte aus, um Mette Olsäter innerlich aufzuwühlen.

Es gefiel ihr nicht, innerlich aufgewühlt zu sein.

Mette Olsäter war ein analytisch denkender Mensch, eine brillante Ermittlerin mit einem geschulten Intellekt und einer beeindruckenden Fähigkeit zu simultanem Handeln. Das war keine Prahlerei, sondern eine Tatsache, die sie zu der Position geführt hatte, die sie heute bekleidete. Sie war eine der erfahrensten Mordermittlerinnen im ganzen Land. Eine Frau, die einen kühlen Kopf behielt, wenn sensiblere Kollegen sich in irrelevante Emotionen verstrickten.

So etwas kam bei Mette Olsäter nicht vor.

Aber auch sie hatte ein Inneres, das sich in seltenen Fällen aufwühlen ließ. Und diese Fälle hatten fast immer etwas mit Tom Stilton zu tun.

Olivia hatte Mette Olsäters Büro mit einem Gefühl von … tja, von was verlassen? Sie wusste es nicht genau. Es war ihr so vorgekommen, als hätte es diese Frau gestört, dass sie nach Tom Stilton gefragt hatte. Aber warum? Er hatte einige Jahre die Ermittlungen in dem Mordfall auf Nordkoster geleitet, dann waren die Ermittlungen eingestellt worden. Und mittlerweile hatte er gekündigt. Riesensache. Dann würde sie diesen Stilton eben auf eigene Faust auftreiben müssen. Oder den Fall aufgeben, falls er sich als zu kompliziert herausstellen sollte. Obwohl sie das eigentlich nicht vorhatte, jedenfalls noch nicht und nicht so leicht. Es gab andere Wege, um an Informationen zu kommen, wenn sie schon einmal in den Polizeigebäuden unterwegs war.

Einer war Verner Brost.

Und deshalb eilte sie nun im Laufschritt einen gesichtslosen Bürokorridor hinunter, bis sie sieben Meter hinter ihm war.

»Entschuldigung!«

Der Mann hielt kurz inne. Er war Ende fünfzig und auf dem Weg zu einem leicht verspäteten Mittagessen. Er schien nicht gerade gut gelaunt zu sein.

»Ja?«

»Olivia Rönning.«

Olivia hatte ihn eingeholt und streckte ihm die Hand entgegen. Sie hatte schon immer einen festen Händedruck gehabt und hasste es, ein Milchbrötchen in die Hand zu bekommen. Verner Brosts Hand war so ein Milchbrötchen. Darüber hinaus war er der frisch ernannte Chef der Cold-Case-Gruppe in Stockholm. Ein erfahrener Ermittler mit der nötigen Patina aus Zynismus und echt empfundenem Berufsethos, ein im Großen und Ganzen guter Beamter.

»Ich wollte mich nur erkundigen, ob sie auch den Uferfall bearbeiten?«

»Den Uferfall?«

»Den Mord auf Nordkoster, 1987.«

»Nein.«

»Aber der Fall ist Ihnen bekannt?«

Brost betrachtete die aufdringliche Frau.

»Er ist mir bekannt.«

Olivia ignorierte seinen betont abgeklärten Tonfall.

»Und warum steht er bei Ihnen nicht auf der Tagesordnung?«

»Er ist nicht gangbar.«

»... gangbar? Was meinen Sie mit ...«

»Hat das werte Fräulein schon zu Mittag gegessen?«

»Nein?«

»Ich auch nicht.«

Verner Brost drehte sich abrupt um und setzte seinen Weg zum Pflaumenbaum fort, wie die Kantine des Präsidiums genannt wurde.

Don't pull ranks, dachte Fräulein Olivia und fühlte sich völlig zu recht altväterlich behandelt.

Nicht gangbar.

»Was meinen Sie mit nicht gangbar?«

Olivia war Brost in zwei Schritten Abstand gefolgt. Er war schnurstracks zur Kantine gegangen und hatte sich auf einem Tablett ein Tellergericht und Leichtbier geholt, ohne dabei nennenswert an Tempo einzubüßen. Jetzt saß er an einem kleineren Tisch und aß mit maximaler Konzentration. Olivia hatte ihm gegenüber Platz genommen.

Sie hatte schnell begriffen, dass der Mann auf eine schnelle Nahrungsaufnahme aus war. Proteine, Kalorien, Blutzucker. Es ging offenkundig um eine ziemlich wichtige Mahlzeit.

Also wartete sie mit ihrer Bemerkung, musste allerdings nicht besonders lange warten, denn Brost verspeiste sein

Essen in beeindruckendem Tempo und lehnte sich anschließend mit einem kaum verhohlenen Rülpser auf seinem Stuhl zurück.

»Was haben Sie eben mit nicht gangbar gemeint?«, fragte sie ihn erneut.

»Ich meine damit, dass die nötigen Voraussetzungen für eine Wiederaufnahme der Ermittlungen nicht gegeben sind«, antwortete Brost.

»Warum nicht?«

»Wie bewandert sind Sie?«

»Ich gehe auf die Polizeischule und bin im dritten Semester.«

»Also überhaupt nicht bewandert«, erwiderte er, lächelte bei seinen Worten jedoch. Sein Schlund hatte bekommen, was er brauchte. Jetzt konnte er sich ruhig auf ein kürzeres Gespräch einlassen. Vielleicht würde die junge Frau ihm ja einen Kaffee und ein Minztäfelchen spendieren.

»Voraussetzung dafür, dass wir einen Fall übernehmen, ist, dass wir etwas auf ihn applizieren können, was bislang nicht möglich gewesen ist.«

»DNA? Geographische Analyse? Neue Zeugenaussagen?«

Ganz unbewandert ist sie also doch nicht, dachte Brost.

»Genau, Dinge dieser Art oder neue Indizien oder dass wir auf etwas stoßen, was bei den ursprünglichen Ermittlungen übersehen wurde.«

»Aber das alles trifft auf den Mord auf Nordkoster nicht zu?«

»Nein.«

Brost lächelte nachsichtig. Olivia erwiderte sein Lächeln.

»Möchten Sie einen Kaffee?«, erkundigte sie sich.

»Gerne.«

»Etwas dazu?«

»Zu einem Minztäfelchen würde ich nicht Nein sagen.«

Olivia war schnell zurück und stellte ihre nächste Frage, noch ehe der Kaffee auf dem Tisch stand.

»Die Ermittlungen in dem Fall wurden von Tom Stilton geleitet?«

»Ja.«

»Wissen Sie, wo ich ihn erreichen kann?«

»Er ist nicht mehr bei der Polizei, schon viele Jahre nicht mehr.«

»Ich weiß, aber lebt er noch hier?«

»Das weiß ich nicht, es gab mal Gerüchte, er wolle ins Ausland gehen.«

»Aha… oje… dann könnte es in der Tat schwierig werden, ihn zu erwischen.«

»Mit Sicherheit.«

»Warum hat er gekündigt? Er war doch sicher noch nicht im Rentenalter?«

»Nein.«

Olivia sah, dass Brost mit der unverkennbaren Absicht in seiner Kaffeetasse rührte, ihrem Blick auszuweichen.

»Warum hat er gekündigt?«

»Aus privaten Gründen.«

An diesem Punkt müsste eigentlich Schluss sein, dachte Olivia. Private Gründe gingen sie beim besten Willen nichts an. Mit ihrer Aufgabe für die Polizeischule hatten sie nicht das Geringste zu tun.

Aber Olivia war nun einmal Olivia.

»Wie war das Minztäfelchen?«, fragte sie.

»Delikat.«

»Was waren das für private Gründe?«

»Wissen Sie nicht, was das Wort privat bedeutet?«

So delikat war das Minztäfelchen dann wohl doch nicht, dachte sie.

Olivia verließ das Präsidium und ärgerte sich. Sie hasste es, wenn sie bei etwas nicht weiterkam. Im Auto zog sie ihr Notebook heraus und fütterte die Suchmaschine mit »Tom Stilton«.

Eine Reihe von Artikeln tauchte auf, die bis auf einen mit der Polizei zu tun hatten. Bei diesem Text handelte es sich um eine Reportage von 1975 über einen Brand auf einer Ölbohrinsel vor der norwegischen Küste. Ein junger Schwede war in die Rolle des Helden geschlüpft und hatte drei norwegischen Ölarbeitern das Leben gerettet. Der Schwede hieß Tom Stilton und war einundzwanzig Jahre alt. Olivia speicherte den Artikel ab. Anschließend begann sie, nach Informationen zu seiner Person zu suchen.

Zwanzig Minuten später war sie kurz davor aufzugeben.

Ganz gleich, wo sie den Namen auch eingab: nirgendwo gab es einen Tom Stilton. Der Mann existierte nicht.

War er etwa wirklich ins Ausland gegangen, wie Brost erwähnt hatte? Saß er mit einem Cocktail vor sich in Thailand und gab vor ein paar betrunkenen Barbies mit seinen Mordermittlungen an? Oder war er vielleicht umgekehrt gepolt?

Homosexuell?

Das war er nicht.

Zumindest früher nicht, denn in der Vergangenheit war er zehn Jahre mit derselben Frau verheiratet gewesen. Marianne Boglund, forensische Sachverständige, eine spezialisierte Kriminaltechnikerin. Das hatte Olivia herausgefunden, als sie Stilton schließlich im Eheregister des Finanzamts ausfindig gemacht hatte.

Dort war er auch mit einer Adresse ohne Telefonnummer verzeichnet, die sie sich notierte.

*

Fast auf der anderen Seite des Erdballs, in einem kleinen Küstendorf in Costa Rica, lackierte sich ein älterer Mann seine Fingernägel mit Klarlack. Er saß auf der Veranda eines sehr seltsamen Hauses, und sein Name war Bosques Rodriguez. Von seinem Platz aus konnte er auf der einen Seite das Meer und auf der anderen Seite den Regenwald sehen, der einen Berghang hinaufkletterte. Früher hatte man ihn »Der alte Barbesitzer aus Cabuya« genannt. Wie sie ihn heute nannten, wusste er nicht. Er war nur noch selten in Santa Teresa, wo seine alte Bar lag. Er fand, dass der Ort seine Seele verloren hatte, was wohl vor allem an den Surfern und den vielen Touristen lag, die herbeiströmten und für fast alles die Preise in die Höhe trieben.

Selbst die für Wasser.

Bosques lächelte schwach.

Die Ausländer tranken immer Wasser aus Plastikflaschen, die sie für Wucherpreise kauften und anschließend wegwarfen. Danach hingen sie Plakate auf, die alle dazu ermahnten, umweltbewusst zu leben.

Aber der große Schwede in Mal Pais ist anders, dachte Bosques.

Ganz anders.

Die beiden Jungen saßen unter einer windgepeitschten Palme schweigend im Sand und kehrten dem Pazifik den Rücken zu. Einige Meter entfernt saß ein Mann mit einem zugeklappten Notebook auf dem Schoß. Er hatte auf einem einfachen Bambusstuhl vor einem flachen blauen und grünen Haus Platz genommen, dessen Farbe abblätterte. Es war eine Art Restaurant, das zu willkürlichen Öffnungszeiten selbstgefangenen Fisch und Schnaps verkaufte.

Im Moment war es geschlossen.

Die Jungen kannten den Mann, er war einer ihrer Nachbarn im Dorf. Er war immer nett zu ihnen gewesen, hatte mit ihnen gespielt und für sie nach Muscheln getaucht. Sie begriffen, dass sie jetzt lieber still sein sollten. Der Oberkörper des Mannes war nackt, und er trug helle Shorts und war barfuß. Er hatte schüttere blonde Haare, und über seine braungebrannten Wangen liefen Tränen.

»Der große Schwede weint«, flüsterte einer der Jungen mit einer Stimme, die im lauen Wind verschwand. Der andere Junge nickte. Der Mann mit dem Notebook weinte schon seit vielen Stunden. Anfangs hatte er in seinem Haus im Dorf in den letzten Nachtstunden geheult, aber dann hatte er das Bedürfnis gehabt, frische Luft zu schnappen, und war zum Strand hinuntergegangen, wo er nun, das Gesicht dem pazifischen Ozean zugewandt, saß und weiterweinte.

Viele Jahre war es her, dass er hier, in Mal Pais, auf der

Nicoya-Halbinsel in Costa Rica, eingetroffen war. Ein paar Häuser an einer staubigen Küstenstraße. Auf der einen Seite das Meer und auf der anderen der Regenwald. In südlicher Richtung nichts, in nördlicher Playa Carmen und Santa Teresa und eine Reihe anderer Dörfer. Allesamt Anziehungspunkte für Backpacker. Lange, fantastische Surfstrände, billige Zimmer und noch billigeres Essen.

Und niemand, der nach einem fragte.

Ein perfekter Ort, um sich zu verstecken, hatte er damals gedacht. Um noch einmal von vorne anzufangen.

Als Unbekannter.

Unter dem Namen Dan Nilsson.

Mit finanziellen Rücklagen, die ihn mehr schlecht als recht über Wasser hielten, bis er das Angebot bekam, Fremdenführer in einem nahe gelegenen Naturschutzgebiet zu werden. Cabo Blanco. Es war der perfekte Job für ihn. Mit seinem Quad war er in einer halben Stunde dort, und mit seinen wirklich guten Sprachkenntnissen konnte er sich um die allermeisten der Touristen kümmern, die den Weg dorthin fanden. Anfangs waren es nicht besonders viele gewesen, aber in den letzten Jahren kamen immer mehr und heute genug, um ihn vier Tage in der Woche zu beschäftigen. Die anderen drei verbrachte er in Gesellschaft der Einheimischen. Nie mit Touristen oder Surfern. Er war kein Wassermensch und interessierte sich auch nicht für Marihuana. Tatsächlich war er in fast jeder Hinsicht sehr maßvoll, fast anspruchslos, ein Mensch mit einer Vergangenheit, die vergangen bleiben sollte.

Er hätte perfekt in jedes Buch von Graham Greene gepasst.

Jetzt saß er mit seinem Notebook im Schoß auf einem Bambusstuhl und weinte, während zwei kleine, besorgte

Jungen ein paar Meter entfernt saßen und keine Ahnung hatten, warum der große Schwede so traurig war.

»Sollen wir ihn fragen, was los ist?«

»Nein.«

»Vielleicht hat er ja etwas verloren, was wir für ihn finden können?«

Das hatte er nicht.

Dagegen hatte er unter Tränen schließlich eine Entscheidung getroffen, von der er geglaubt hatte, sie niemals treffen zu müssen, aber nun hatte er es doch getan.

Er stand auf.

Als Erstes suchte er seine Pistole heraus, eine Sig Sauer. Er wog sie ein wenig in der Hand und warf einen kurzen Blick zum Fenster. Er wollte nicht, dass die kleinen Jungen sie sahen. Er wusste, dass sie ihm mit etwas Abstand gefolgt waren. Das taten sie immer. Jetzt hockten sie draußen in den Sträuchern und warteten. Er senkte die Pistole, ging in sein Schlafzimmer und schloss die Fensterläden. Mit etwas Mühe schob er das Holzbett zur Seite und legte den Steinfußboden darunter frei. Eine der Platten war lose, und er hob sie ab. Unter ihr lag eine Ledertasche. Er nahm sie heraus, legte die Pistole in den Hohlraum und verschloss die Öffnung wieder mit der Steinplatte. Er merkte, dass er präzise, effektiv handelte, und wusste, dass er nicht vom Kurs abkommen, nicht nachdenken und nicht riskieren durfte, es sich doch noch anders zu überlegen. Mit der Ledertasche in der Hand ging er zu seinem Drucker im Wohnzimmer und griff nach einem dicht beschriebenen A4-Blatt, das er in die Tasche legte, in der sich bereits zwei andere Gegenstände befanden.

Als er aus seinem Haus trat, war die Sonne über die

Bäume gestiegen und beschien seine schlichte Veranda. Die Hängematte schaukelte träge in der trockenen Brise, und er wusste, dass er auf der Straße mächtig Staub aufwirbeln würde. Verstohlen sah er sich nach den Jungen um. Sie waren verschwunden. Oder hatten sich versteckt. Einmal hatte er sie auf der Rückseite des Hauses unter einer Decke ertappt. Zunächst hatte er gedacht, sie wären ein großer Waran, der sich ans Haus geschlichen hatte, und hatte die Decke deshalb mit einer gewissen Vorsicht weggezogen.

»Was macht ihr denn da?!«

»Wir spielen Warane!«

Er setzte sich mit der Tasche in der Hand auf sein Quad und rollte zur Straße hinunter. Er wollte nach Cabuya, einem nahe gelegenen Dorf.

Er wollte einen Freund besuchen.

Es gab solche und solche Häuser, und dann gab es noch das Haus von Bosques, das einzigartig war. Ursprünglich war es eine Fischerhütte aus Holz gewesen, gezimmert von Bosques' Vater vor ewigen Zeiten. Zwei kleine Zimmer. Dann war Familie Rodriguez gewachsen, sehr sogar, und bei jedem neuen Kind hatte Vater Rodriguez darauf bestanden anzubauen. Nach einiger Zeit war der Vorrat an legalem Bauholz jedoch aufgebraucht gewesen, woraufhin der Vater improvisieren musste, wie er es nannte, so dass er mit allem gebaut hatte, was ihm in die Finger gekommen war. Blech- und Laminatplatten und Netze verschiedener Art. Manchmal Treibholz, aber auch Teile eines untergegangenen Fischerboots. Dessen Kiel hatte Vater Rodriguez für sich selbst reserviert. Ein Erker an der Südseite, in den er mit etwas Mühe seinen Körper hineinzwängen, sich in das eine oder andere Glas schlechten Likörs verlieren und Castaneda lesen konnte.

Doch das galt für den Vater.

Rodriguez junior, also Bosques, war im Laufe der Zeit alleine in dem Haus zurückgeblieben. Seine sexuelle Veranlagung hatte ihm keine Kinder geschenkt, und sein letzter Liebhaber war vor zwei Jahren gestorben.

Bosques war inzwischen zweiundsiebzig Jahre alt und hatte seit vielen Jahren keine Zikaden mehr gehört.

Aber er war ein guter Freund.

»Was soll ich mit der Tasche machen?«, fragte er.

»Du sollst sie Gilberto Lluvisio übergeben.«

»Aber er ist Polizist?«

»Gerade deshalb«, erwiderte Dan Nilsson. »Ich vertraue ihm. Er vertraut mir. Manchmal jedenfalls. Wenn ich bis zum ersten Juli nicht zurück bin, bringst du sie zu Lluvisio.«

»Und was soll er damit machen?«

»Er soll dafür sorgen, dass die schwedische Polizei sie bekommt.«

»Und wie?«

»Das steht auf einem Blatt in der Tasche.«

»Okay.«

Bosques schenkte Nilsson etwas Rum ein. Sie saßen an der Vorderseite des seltsamen Hauses auf dem, was man in Ermangelung eines treffenden architektonischen Begriffes wohl als Veranda bezeichnen musste. Nilsson hatte den gröbsten Straßenstaub mit lauwarmem Wasser hinuntergespült. Er war, wie gesagt, ein sehr maßvoller Mann, so dass Bosques sich ein wenig gewundert hatte, als Nilsson ihn fragte, ob er Rum im Haus habe. Jetzt betrachtete er den großen Schweden mit einer gewissen Neugier. Es war eine ungewöhnliche Situation, nicht nur wegen des Rums, sondern wegen der ganzen Art des Schweden. Bosques kannte ihn seit seinem ersten Tag in der Gegend. Damals hatte Nilsson das Haus seiner Schwester in Mal Pais gemietet und es ihr später abgekauft. Es war der Beginn einer langen und engen Beziehung gewesen. Bosques' sexuelle Neigungen hatten sich nie auf Nilsson übertragen, darum ging es nicht. Aber es gab etwas in der Haltung des Schweden, was Bosques angesprochen hatte.

Nilsson nahm nie etwas als selbstverständlich hin.

Das tat auch Bosques nicht. Die Umstände hatten ihn gelehrt, sorgsam mit dem umzugehen, was es gab. Plötzlich existierte es nicht mehr. Solange es da war, war es gut, dann war es nichts.

Wie Nilsson.

Er war da. Das war gut. Würde es ihn bald nicht mehr geben, fragte Bosques sich plötzlich.

»Ist etwas passiert?«

»Ja.«

»Möchtest du darüber reden?«

»Nein.«

Dan Nilsson stand auf und sah Bosques an.

»Danke für den Rum.«

»De nada.«

Nilsson blieb vor Bosques stehen. So lange, dass Bosques sich genötigt sah aufzustehen, und als er stand, schloss Nilsson ihn in seine Arme. Es war eine sehr kurze Umarmung, wie sie viele Männer hastig ausführten, wenn sie sich trennten, zu etwas Besonderem wurde sie erst, weil sie sich nie zuvor umarmt hatten.

Und es nie wieder tun würden.

Das Radio gehörte der einäugigen Vera. Es war ein kleines Transistorgerät, das sie mit Antenne und allem auf dem Sperrmüll gefunden hatte. Das Gehäuse war beschädigt, aber der Apparat funktionierte noch. Im Moment saßen sie gemeinsam im Glasblåsarpark und hörten *Funkschatten*, die Rundfunksendung der Obdachlosen, eine Stunde in der Woche. In dem Beitrag, der gerade gesendet wurde, ging es um die Misshandlungen in der letzten Zeit. Der Empfang war leicht gestört, aber alle wussten natürlich, wovon die Rede war. Benseman. Trashkick. Dass ein paar Sadisten frei herumliefen und nach neuen Opfern suchten.

Um sie zu misshandeln und ihre Tat anschließend ins Netz zu stellen.

Sie waren in einer schwierigen Lage.

»Wir müssen zusammenhalten!«

Der Ausruf kam von Muriel. Sie hatte irgendetwas Enthemmendes eingeschmissen und fand, dass sie auch mal auf den Putz hauen könnte. Pärt und die vier anderen auf den Bänken sahen sie an. Zusammenhalten? Wie meinte sie das?

»Was heißt denn das, zusammenhalten?«

»Na, zusammen bleiben! Damit keiner allein ist und sie sich nicht auf denjenigen stürzen können, der … allein …«

Als alle sie ansahen, verlor sich Muriels Stimme schnell im Nichts. Sie senkte den Blick. Vera ging zu ihr und strich ihr über die strähnigen Haare.

»Ein guter Gedanke, Muriel, wir sollten wirklich nicht allein sein. Wenn wir alleine unterwegs sind, haben wir Angst, und das riechen diese Typen sofort. Da sind sie wie Hunde. Sie spüren diejenigen auf, die Angst haben, und schlagen sie.«

»Genau.«

Muriel hob ein wenig den Kopf. In einer anderen Zeit hätte sie Vera gern als ihre Mutter gehabt, als eine Mutter, die ihr übers Haar strich und sie in Schutz nahm, wenn die Leute sie anstierten. So eine hatte sie nie gehabt.

Jetzt war es dafür zu spät.

Jetzt ist es für fast alles zu spät, dachte Muriel.

»Habt ihr gehört, dass die Bullen eine Sonderkommission gebildet haben, die diese Schweine jagen soll?«

Vera schaute sich um und sah, dass zwei der anderen nickten, allerdings ohne rechte Begeisterung. Alle auf den Bänken hatten ihre persönlichen Erfahrungen mit den Bullen gemacht, früher und in jüngster Zeit, und keine dieser Erfahrungen hatte Anlass zu größerem Enthusiasmus gegeben. Keiner glaubte auch nur eine Nanosekunde, dass die Bullen mehr tun würden, um Obdachlose zu schützen, als unbedingt nötig war, um den Medien Sand in die Augen zu streuen. Sie wussten, dass sie auf der Liste der Fälle, die Priorität genossen, nicht unbedingt ganz oben standen.

Sie standen nicht einmal ganz unten.

Sie waren auf der Rückseite einer Dönerserviette, mit der Rune Forss sich den Mund abwischte.

Das wussten sie genau.

*

Der Hörsaal der Polizeischule war fast vollständig gefüllt. Es war der letzte Tag des Frühjahrssemesters, und sie hatten Besuch vom Staatlichen Kriminaltechnischen Labor in Linköping. Eine Vorlesung über forensische Technik und Methodik.

Ein langer Vortrag mit der Möglichkeit, anschließend Fragen zu stellen.

»Es sind Forderungen laut geworden, dass wir mehr Speichelproben entnehmen sollen, wie sehen Sie das?«

»Wir sehen das ausgesprochen positiv. In Großbritannien werden schon bei Einbruchsdelikten Speichelproben entnommen, so dass der britischen Polizei mittlerweile eine riesige DNA-Datenbank zur Verfügung steht.«

»Und warum machen wir es nicht genauso?«

Die Frage kam wie üblich von Ulf.

»Das Problem, wenn man es denn als Problem beschreiben möchte, besteht in unseren Datenschutzbestimmungen. Wir dürfen diese Art von Datenbanken nicht erstellen.«

»Und warum nicht?«

»Zum Schutz der Privatsphäre.«

So ging es zwei Stunden lang weiter. Als die neuesten Entwicklungen bei DNA-Analysen zur Sprache kamen, erwachte Olivia zum Leben und stellte sogar eine Frage, was Ulf mit einem kurzen Lächeln registrierte.

»Kann man eine Vaterschaft bestimmen, indem man eine DNA-Probe von einem ungeborenen Fötus nimmt?«

»Ja.«

Die Antwort war kurz und eindeutig und kam von einer rothaarigen Frau in einem schlicht geschnittenen, blaugrauen Kleid. Einer Frau, die Olivias Aufmerksamkeit bereits erregt hatte, als man sie ihnen vorgestellt hatte.

Sie hieß Marianne Boglund und war Forensikerin beim SKL.

Es hatte ein paar Sekunden gedauert, bis der Groschen gefallen war, aber dann klirrte er dafür ziemlich laut. Das war also die Frau, mit der Tom Stilton früher verheiratet gewesen war.

Jetzt stand sie am Rednerpult.

Olivia überlegte, ob sie es mal mit Frechheit probieren sollte. Am Vortag war sie zu der Adresse gefahren, die als Stiltons angegeben gewesen war, aber dort hatte kein Stilton gewohnt.

Also beschloss sie, es mit Frechheit zu probieren.

Um Viertel nach zwei war die Vorlesung vorbei. Olivia hatte gesehen, dass Marianne Boglund Åke Gustafsson danach in dessen Büro begleitet hatte. Nun stand sie selbst davor und wartete.

Und wartete.

Sollte sie anklopfen? Oder war das zu aufdringlich? Und was war, wenn die beiden da drinnen Sex hatten?

Sie klopfte an.

»Ja, bitte?«

Olivia öffnete die Tür, grüßte und erkundigte sich, ob sie kurz mit Marianne Boglund sprechen könne.

»Einen Augenblick, bitte«, sagte Åke Gustafsson.

Olivia nickte und zog die Tür wieder zu. Die beiden hatten definitiv keinen Sex gehabt. Wie war sie nur darauf gekommen? Zu viele Filme? Oder weil Boglund eine wirklich attraktive Frau war und Åke Gustafsson diese Augenbrauen hatte?

Marianne Boglund kam heraus und streckte ihr die Hand zum Gruß entgegen.

»Was kann ich für Sie tun?«

Ihr Händedruck war trocken und fest, ihr Blick sehr förmlich, sie war bestimmt keine Frau, die einem schnell Zugang zu ihrer Privatsphäre gewährte. Olivia bereute ihr Vorhaben bereits.

»Ich versuche, Tom Stilton zu finden«, erklärte sie.

Schweigen. Eindeutig kein schneller Zugang.

»Ich finde seine Adresse nicht und keiner weiß, wo ich ihn finden kann, und deshalb wollte ich Sie einfach nur fragen, ob Sie vielleicht eine Ahnung haben, wo ich ihn antreffen könnte?«

»Nein.«

»Ist er ins Ausland gegangen?«

»Keine Ahnung.«

Olivia nickte, bedankte sich kurz, drehte sich um und ging den Korridor hinunter. Marianne Boglund blieb stehen. Ihre Augen folgten der jungen Frau. Unvermittelt lief sie ihr ein paar Schritte hinterher, blieb dann jedoch wieder stehen.

Marianne Boglunds Worte gingen Olivia nicht mehr aus dem Kopf. Mittlerweile hatte sie diese Antwort schon einige Male von verschiedenen Personen gehört. Offenbar die gängige Formulierung, wenn es um diesen Stilton ging. Sie resignierte ein wenig.

Und fühlte sich beschämt.

Sie hatte die Privatsphäre der Frau verletzt, das spürte sie. Als sie Stilton erwähnt hatte, war ein seltsamer Ausdruck in Boglunds Augen getreten. Ein Ausdruck, mit dem sie nicht das Geringste zu tun hatte.

Was machte sie hier eigentlich?

»Was machst du da?«

Es war nicht etwa ihre innere Stimme, die körperliche Gestalt angenommen hatte, sondern Ulf. Er holte sie auf dem Weg zum Auto ein und lächelte.

»Bitte?«

»Die DNA eines ungeborenen Kindes? Warum wolltest du das wissen?«

»Reine Neugier.«

»Hast du das wegen dieses Falls auf Nordkoster gefragt?«

»Ja.«

»Worum geht es dabei?«

»Um einen Mord.«

»Ach wirklich, stell dir vor, so viel habe ich auch schon kapiert.« Und mehr sagt sie wie üblich nicht, dachte Ulf.

»Warum tust du eigentlich immer so geheimnisvoll?«, sagte er.

»Tue ich?«

»Ja.«

Damit hatte Olivia nicht gerechnet, weder damit, wie privat seine Frage war, noch mit ihrem Inhalt. Wieso denn geheimnisvoll?

»Was meinst du damit?«

»Ich meine damit, dass du einem immer irgendwie ausweichst, irgendeine Entschuldigung auf Lager hast oder eine …«

»Meinst du das mit dem Bier trinken gehen?«

»Das auch, aber eigentlich eher, dass du nie weiterredest. Du fragst und antwortest, und dann gehst du.«

»Aha?«

Worauf wollte er bloß hinaus? Fragen und antworten und gehen?

»So bin ich eben«, sagte sie.

»Sieht ganz so aus.«

An diesem Punkt hätte Olivia ihrem gängigen Handlungsmuster folgen und davonfahren können, aber auf einmal fiel ihr Molin senior ein. Ulf war der Sohn von Oskar Molin, einem der höchsten Beamten bei der Landeskriminalpolizei. Wofür er natürlich nichts konnte. Trotzdem hatte es Olivia anfangs ein wenig gestört, obwohl sie nicht ganz begriff, wieso. Vielleicht dachte sie, dass Ulf den anderen in der Klasse gegenüber im Vorteil war. Was natürlich überhaupt nicht stimmte. Er musste dieselben Sachen machen und bewältigen wie alle anderen auch. Außerdem wurde er zu Hause vermutlich stärker unter Druck gesetzt als sie. Später würde er jedoch mit Hilfe eines Vaters, der die dicksten Hindernisse aus dem Weg räumen konnte, sicherlich größere Aufstiegschancen haben als sie.

Egal.

»Hast du eigentlich Kontakt zu deinem Vater?«, erkundigte sie sich.

»Ja, klar. Warum fragst du?«

»Ich suche einen alten Kripobeamten, der gekündigt hat, und keiner scheint zu wissen, wo man ihn finden kann. Er heißt Tom Stilton. Vielleicht weiß dein Vater ja was?«

»Stilton?«

»Ja. Tom Stilton.«

»Ich kann ihn gerne mal fragen.«

»Danke.«

Olivia stieg in den Wagen und fuhr davon.

Ulf blieb zurück und schüttelte den Kopf. Eine schwierige Dame. Nicht eingebildet, aber schwierig. Sie hielt einen immer auf Distanz. Mehrmals hatte er versucht, sie zu überreden, mit ihm und ein paar anderen ein Bier trinken zu gehen, aber sie hatte immer eine Ausrede gehabt. Wollte lernen, wollte Sport machen, wollte Dinge tun, die alle anderen auch taten, die aber trotzdem noch die Zeit fanden, ein Bier trinken zu gehen. Ein bisschen geheimnisvoll, dachte Ulf, aber hübsch, mit leichtem Silberblick, schönen, vollen Lippen, immer erhobenem Kopf, ungeschminkt.

So leicht würde er nicht aufgeben.

*

Olivia auch nicht. Weder was den Ufermord noch was den verschwundenen Kripobeamten betraf. Gab es einen Zusammenhang zwischen seinem Verschwinden und dem Mordfall? Hatte er womöglich etwas entdeckt, war gestoppt worden und hatte sich daraufhin ins Ausland verzogen? Aber warum hätte er das tun sollen? Er hatte doch aus privaten Gründen gekündigt. War es das, was sie in Boglunds Augen gesehen hatte?

Olivia erkannte, dass ihre Fantasie mit ihr durchging. Das war der Nachteil, wenn man mit einer lebhaften Fantasie gesegnet und mit Eltern aufgewachsen war, die am Küchentisch Kriminalfälle gelöst hatten. Sie versuchte immer, eine Verschwörung, irgendeinen Zusammenhang zu finden.

Ein Rätsel, über dem sie einschlafen konnte.

Das weiße Auto fuhr auf den Klarastrandsleden. Die Musik in den Kopfhörern war dumpf und einschmeichelnd, diesmal liefen die Deportees. Olivia mochte Texte mit Tiefgang.

Als sie an der Kaninchenböschung vorbeifuhr, lächelte sie in sich hinein. Hier hatte ihr Vater immer abgebremst und seiner Tochter im Rückspiegel einen Blick zugeworfen.

»Na, wie viele sind es heute?!«

Und die kleine Olivia hatte gezählt, was das Zeug hielt.

»Siebzehn! Ich habe siebzehn gesehen!«

Olivia verdrängte die Erinnerung und gab Gas. Es war ungewöhnlich wenig Verkehr. Anscheinend haben die Ferien schon begonnen, dachte sie. Die Leute sind aufs Land gefahren. Sie musste an das Sommerhaus der Familie auf Tyningö denken, wo sie mit Maria und Arne inmitten einer geschützten Idylle die Sommer ihrer Kindheit verbracht hatte. Ein kleiner See, Flusskrebse, Schwimmschule und Wespen.

Jetzt war Arne fort, genau wie die Krebse. Heute waren nur noch sie und ihre Mutter übrig. Und das Sommerhaus, das für sie so eng mit Arnes Werkeleien und dem Angeln und seinen immer neuen Einfällen an den Abenden verbunden war. Da draußen war er zu einem ganz anderen Vater geworden. Zu einem Vater, der für seine Tochter da war und Zeit für all das hatte, wofür im Berufszuhause, wie sie ihr Elternhaus in Rotebro nannte, kein Platz gewesen war. Wo alles genau festgelegt und geregelt ablief und es hieß, »nicht jetzt, Olivia, wir reden später darüber«. Im Sommerhaus war es stets umgekehrt gewesen.

Aber jetzt war Arne nicht mehr da, nur ihre Mutter Maria lebte noch, und das war einfach nicht das Gleiche. Das Sommerhaus war für sie eher zu einer Belastung geworden, weil es laufend instand gehalten werden musste, damit Arne sich nicht geschämt hätte, wenn er es denn hätte sehen können. Aber wie sollte er denn? Er war doch tot. Ihm war es mit Sicherheit egal, ob die Farbe von der Fassade abblätterte. Maria dagegen nicht. Manchmal fand Olivia das neurotisch, als müsste Maria da draußen arbeiten, um etwas anderes in

Schach zu halten. Sollte sie ihre Mutter darauf ansprechen? Vielleicht sollte sie …

»Ja?«

Ihr Handy hatte geklingelt.

»Hallo, ich bin's, Ulf!«

»Hallo.«

»Ich habe mit meinem Vater über diesen Stilton gesprochen.«

»So schnell?! Toll. Danke! Was hat er gesagt?«

»Keine Ahnung … hat er gesagt.«

»Okay. Er hat also keine Ahnung, wo Stilton steckt?«

»Nein. Aber von dem Fall auf Nordkoster hatte er schon einmal gehört.«

»Aha.«

Es wurde still. Olivia fuhr gerade auf der Brücke, die an der Altstadt vorbeiführte. Was sollte sie noch sagen? Danke? Für was? Wieder einmal »keine Ahnung«.

»Trotzdem danke.«

»Gern geschehen. Wenn ich dir noch bei etwas anderem helfen kann, ruf mich einfach an.«

Olivia drückte ihn weg.

*

Bosques' Schwester hatte ihn nach Paquera auf der anderen Seite der Halbinsel gefahren. Dort hatte er die Fähre nach Puntaneras genommen und anschließend ein Taxi nach San José. Das war zwar teuer, aber er wollte sein Flugzeug nicht verpassen.

Vor Juan Santamaria, dem internationalen Flughafen von San José, stieg er aus dem Taxi. Er hatte kein Gepäck dabei.

Die Luft war heiß und feucht. Die Schweißringe auf seinem dünnen Hemd reichten fast bis zur Taille. Ein paar Meter weiter strömten frisch eingetroffene Touristen aus dem Gebäude und waren begeistert von der Hitze. Costa Rica! Endlich waren sie da!

Nilsson betrat die Abflughalle.

»Welches Gate ist es?«

»Sechs.«

»Wo ist die Sicherheitskontrolle?

»Dort.«

»Danke.«

Er marschierte in Richtung Kontrolle. Er war nie in diese Richtung gereist, nur aus ihr angekommen. Vor langer Zeit. Jetzt würde er das Land verlassen. Er versuchte, konzentriert zu bleiben. Das war unabdingbar. Er durfte nicht denken, musste immer nur den nächsten Schritt im Auge haben. Jetzt kam der Sicherheitsschritt, dann kam der Gateschritt, danach würde er an Bord gehen. Wenn er schließlich dort war, dann würde er dort sein. Ab da spielte es keine große Rolle mehr, ob er ein wenig ins Wanken geriet, damit würde er zurechtkommen. Wenn er dort war, würde der nächste Schritt folgen.

Der Schwedenschritt.

Unruhig rutschte er auf seinem Flugzeugsitz hin und her.

Wie befürchtet war er in der Maschine zusammengesackt. Sein Schutzschild hatte nachgegeben, und Stück für Stück war die Vergangenheit eingebrochen.

Als die professionell freundlichen Flugbegleiter ihre Arbeit getan hatten und in der Maschine endlich das Licht gelöscht wurde, war er eingeschlafen. Jedenfalls hatte er das geglaubt.

Aber was sich in dem traumgleichen Wachzustand in seinem Gehirn abspielte, ließ sich kaum als Schlaf bezeichnen, eher als eine Folter mit Bestandteilen, die quälend greifbar waren.

Ein Ufer, ein Mord, ein Opfer.

Darum drehte sich alles.

Und darum würde sich auch weiterhin alles drehen.

*

Olivia hatte den Abfluss im Badezimmer in Angriff genommen. Mit wachsendem Ekel hatte sie mit Hilfe einer Zahnbürste und eines geliehenen Schraubenziehers einen mehrere Zentimeter großen Klumpen aus Haaren herausgefischt, der ihren Abfluss verstopft hatte. Noch angeekelter war sie, als ihr bewusst wurde, dass ein Teil dieser Haare wahrscheinlich nicht ihre eigenen waren, sondern sich im Laufe vieler Jahre angesammelt hatten. Sie trug den Haarklumpen mit ausgestrecktem Arm zum Mülleimer und schnürte die Mülltüte zu, sobald sie ihn fallen gelassen hatte. Sie hatte das Gefühl, dass er zum Leben erwachen könnte.

Jetzt würde sie in ihre Mails schauen.

Lauter Spams. Dann klingelte ihr Handy.

Es war ihre Mutter.

»Du bist noch wach?«, fragte sie.

»Es ist halb neun.«

»Bei dir weiß man ja nie.«

»Weshalb rufst du an?«

»Wann soll ich dich morgen abholen kommen?«

»Bitte?«

»Hast du Tesakrepp gekauft?«

Tynningö? Ja, richtig! Maria hatte zwei Tage zuvor angerufen und erklärt, es werde Zeit, sich die Sonnenseite der Fassade vorzunehmen, die am meisten auszuhalten habe. Die Arne immer so wichtig gewesen sei. Die wollten sie am kommenden Wochenende streichen. Sie hatte erst gar nicht gefragt, ob Olivia vielleicht schon etwas vorhatte. Das hatte man in Marias Welt nicht, wenn man Marias Tochter war und Maria Pläne geschmiedet hatte.

An diesem Wochenende würden sie die Wand streichen.

»Das klappt leider nicht.«

Blitzschnell durchkämmte Olivia ihr Gehirn auf der Suche nach einer passenden Entschuldigung.

»Was soll das heißen? Was klappt nicht?«

Eine Zehntelsekunde, bevor sie ertappt worden wäre, fiel ihr Blick auf das Kompendium. Der Ufermord.

»Ich muss am Wochenende nach Nordkoster fahren.«

»Nach Nordkoster? Was willst du denn da?!«

»Es ist für die Polizeischule, eine Seminararbeit.«

»Kannst du das nicht auf nächstes Wochenende verschieben?«

»Nein ... ich habe schon die Fahrkarte gekauft.«

»Aber die kannst du doch sicher ...«

»Weißt du, worum es dabei geht?! Um einen Mordfall, in dem Papa ermittelt hat! In den Achtzigern! Ist das nicht spannend?!«

»Was?«

»Dass es derselbe Fall ist.«

»Er hat in vielen Fällen ermittelt.«

»Ich weiß, aber trotzdem.«

Es wurde ein kurzes Gespräch. Maria schien einzusehen, dass sie Olivia nicht zwingen konnte, sie aufs Land zu begleiten. Also erkundigte sie sich, wie es Elvis ging, und legte auf, sobald Olivia geantwortet hatte.

*

Jelle war den ganzen Tag für sich geblieben. Er hatte ein paar Zeitungen verkauft, war zur Tafel der *Neuen Gemeinschaft* in der Kammakargatan gegangen, wo er etwas zu essen bekommen hatte, und war anderen Menschen ansonsten aus dem Weg gegangen. Das tat er die meiste Zeit. Vera und vielleicht noch zwei oder drei andere Obdachlose bildeten die Ausnahme, ansonsten mied er jeden menschlichen Kontakt. So hielt er es schon seit Jahren. Er hatte sich eine Glocke aus Einsamkeit erschaffen, sich körperlich und mental isoliert und eine innere Leere erzeugt, in der er zu bleiben versuchte, eine Leere, der jegliche Vergangenheit entzogen war. Alles, was gewesen war und nie wieder sein würde. Er hatte psychische Probleme, die diagnostiziert worden waren, und nahm Medikamente, um seine Psychosen in Schach zu halten. Um halbwegs funktionieren zu können. Oder um zu überleben, dachte er, was der Wahrheit wohl näherkam. Um sich vom Aufwachen bis zum Einschlafen zu schleppen und dabei so wenig Kontakt mit der Außenwelt aufzunehmen wie möglich.

Und so wenig wie möglich daran zu denken, wer er früher gewesen war, in einem anderen Leben, einem anderen Universum, bevor der erste Blitz einschlug, der sein normales Dasein hinwegfegte und eine Kettenreaktion aus Zusammenbrüchen und Chaos und schließlich die erste Psychose auslöste. Und die Hölle, die auf sie folgte.

Wie er zu einem vollkommen anderen Menschen geworden war, der schrittweise und bewusst alle menschlichen Kontakte gekappt hatte. Um sinken und sich fallen lassen zu können.

Um sich alles zu ersparen.

Objektiv betrachtet war das vor sechs Jahren gewesen, für Jelle war es jedoch schon wesentlich länger her. Für ihn hatte jedes Jahr, das verstrichen war, jegliche normale Wahrnehmung von Zeit ausradiert. Er befand sich in einem zeitlosen Nichts. Er holte Zeitungen, verkaufte Zeitungen, aß gelegentlich, suchte nach halbwegs geschützten Schlafplätzen, an denen er seine Ruhe hatte. Vor einer Weile hatte er vor den Toren der Stadt einen abseits gelegenen, alten und halb verfallenen Holzschuppen gefunden.

Dort würde er sterben können, wenn es so weit war.

Dorthin war er jetzt unterwegs.

*

Der Fernseher hing an der Wand eines spärlich möblierten Zimmers. Er war ziemlich groß. Heutzutage bekam man ein 42-Zoll-Gerät für einen Spottpreis nachgeschmissen. Vor allem, wenn man es in einem weniger renommierten Laden erwarb. Zwei junge Burschen saßen davor, deren Jacken Kapuzen hatten. Der eine von ihnen zappte ein wenig hektisch zwischen den Programmen hin und her. Plötzlich stutzte der andere.

»Guck mal!!«

Der Mann mit der Fernbedienung hatte einen Kanal eingeschaltet, auf dem immer wieder ein Mann getreten wurde.

»Das ist doch der Typ im Park! Das ist unser verdammter Handyfilm!«

Zwei Sekunden später tauchte eine Moderatorin auf dem Bildschirm auf und leitete eine zusätzlich ins Programm aufgenommene Diskussionsveranstaltung ein.

»Sie sahen einen kurzen Ausschnitt aus einem der Gewaltvideos auf der Seite Trashkick, über die derzeit so viel debattiert wird. Wir werden gleich über sie sprechen.

Sie machte eine Geste in Richtung Kulissen.

»Sie ist eine bekannte Journalistin, die seit vielen Jahren über große gesellschaftliche Probleme schreibt wie Drogen, Prostitution, Menschenhandel… gegenwärtig arbeitet sie an einer Artikelserie über gewaltbereite Jugendliche – herzlich willkommen, Eva Carlsén!«

Die Frau, die das Studio betrat, trug eine schwarze Jeans, ein weißes T-Shirt und darüber ein schwarzes Jackett. Sie hatte ihre blonden Haare hochgesteckt, und ihre halbhohen Absätze trugen einen durchtrainierten Körper. Sie war fast fünfzig, wusste, was sie tat, und hatte Charisma.

Eva Carlsén nahm in einem Studiosessel Platz.

»Vor ein paar Jahren haben Sie ein viel beachtetes Buch über so genannte Escortservices in Schweden geschrieben, ein Deckname für Luxusprostitution, heute beschäftigen Sie sich mit gewaltbereiten Jugendlichen. Ihre Artikelserie beginnen sie mit den folgenden Worten…«

Die Moderatorin hob eine Zeitung an.

»Angst ist die Mutter des Bösen und Gewalt der Hilfeschrei des verlorenen Kindes. Die Angst ist der Nährboden für die sinnlose Gewalt Jugendlicher, die wir heute beobachten müssen. Es ist die Angst, in einer Gesellschaft aufzuwachsen, in der du nicht gebraucht wirst.«

Die Moderatorin ließ die Zeitung sinken und sah Eva Carlsén an.

»Harte Worte. Ist die Lage wirklich so schlimm?«

»Ja und nein. Wenn ich schreibe, ›die sinnlose Gewalt Jugendlicher‹, meine ich damit natürlich eine ganz bestimmte Art von Gewalt, ausgeübt von bestimmten Individuen in einem begrenzten Umfang. Das heißt mit anderen Worten nicht, dass Jugendliche generell gewaltbereit sind, im Gegenteil, wir reden hier über eine relativ kleine Gruppe.«

»Trotzdem sind wir alle schockiert über diese Filme, die ins Netz gestellt wurden und in denen Obdachlose brutal misshandelt werden. Wer tut so etwas?«

»Im Grunde genommen sind die Täter verletzte, gedemütigte Kinder, Kinder, die nie eine Chance hatten, echtes Mitgefühl zu entwickeln, weil sie von der Welt der Erwachsenen im Stich gelassen wurden. Deshalb übertragen sie ihre eigene Demütigung nun auf Menschen, die in ihren Augen noch wertloser sind als sie selbst, im vorliegenden Fall auf Obdachlose.«

»Was labert die denn da für eine Scheiße!!«, rief der junge Mann in der dunkelgrünen Jacke. Sein Freund streckte sich nach der Fernbedienung.

»Warte! Ich will das hören.«

Auf dem Bildschirm schüttelte die Moderatorin den Kopf und stellte ihre nächste Frage.

»Und wer trägt die Schuld.«

»Es ist unser aller Schuld. Wir alle, die wir eine Gesellschaft erschaffen haben, in der junge Menschen so weit außerhalb aller sozialer Schutznetze landen können, dass sie unmenschlich werden.«

»Und was kann man Ihrer Meinung nach dagegen tun? Kann man überhaupt etwas dagegen unternehmen?«

»Es ist eine politische Entscheidung, wie unsere Gesellschaft die vorhandenen Mittel investieren will. Ich kann nur be-

schreiben, was geschieht, warum es geschieht und welche Folgen es hat.«

»Schockierende Filme im Internet?«

»Unter anderem.«

An dieser Stelle drückte der junge Mann auf die Fernbedienung. Auf seinem Unterarm hatte er ein kleines Tattoo.

Zwei Buchstaben in einem Kreis: KF.

»Wie hieß die Alte?«, erkundigte sich sein Freund.

»Carlsén. Komm, wir müssen nach Årsta!«

*

Edward Hopper hätte es gemalt, wenn er noch leben würde, ein Schwede wäre und sich in dieser Nacht östlich von Stockholm in einem Waldgebiet am Järlasjön aufgehalten hätte.

Er hätte diese Szene gemalt.

Er hätte das Licht der einzigen schmalen Laterne an einem hohen Metallpfahl eingefangen und wie dieses sanfte, gelbe Licht auf die lange, verlassene Straße fiel, auf den Asphalt, die Leere, die dumpfen grünen Schatten des Waldes, und genau am Rande des Lichtkegels befand sich die einsame Gestalt, ein abgezehrter, großer und ein wenig gebeugter Mann, vielleicht auf dem Weg ins Licht, vielleicht auch nicht … er wäre mit seinem Bild zufrieden gewesen.

Oder auch nicht.

Vielleicht hätte es ihn gestört, dass sein Modell plötzlich von der Straße abwich und im Wald verschwand? Und dem Maler eine öde Straße der Enttäuschung hinterließ.

Dem verschwundenen Modell war das jedoch völlig egal.

Der Mann war unterwegs zu seinem Nachtquartier, dem halb eingestürzten Holzschuppen hinter einem stillgelegten

Maschinenpark. Dort hatte er ein Dach gegen Regen, Wände gegen den Wind, einen Boden gegen die schlimmste Kälte. Kein Licht, aber was sollte er auch damit? Er wusste, wie es in dem Raum aussah. Wie er selbst aussah, hatte er schon vor Jahren vergessen.

Hier schlief er.

Bestenfalls.

Schlimmstenfalls, wie in dieser Nacht, krabbelte heran, was er nicht haben wollte. Es waren keine Ratten oder Kakerlaken oder Spinnen, Tiere durften von ihm aus so viel krabbeln, wie sie wollten. Was da näher krabbelte, kam von innen.

Aus dem, was vor langer Zeit geschehen war und womit er nicht umgehen konnte.

Das konnte er nicht mit einem Stein erschlagen oder durch heftige Bewegungen verscheuchen. Das konnte er nicht einmal mit einem Schrei töten. Obwohl er auch in dieser Nacht kaputtzuschreien versuchte, was da krabbelte, wohl wissend, dass es sinnlos war.

Die Vergangenheit tötete man nicht mit einem Schrei.

Nicht einmal, wenn man eine Stunde lang ununterbrochen schrie. Dabei machte man sich nur die Stimmbänder kaputt. Wenn man das getan hatte, griff man zu dem, was man nahm, weil man wusste, dass es einem half und einen gleichzeitig zerstörte.

Man nahm seine Medikamente.

Haldol und Stesolid.

Sie töteten, was da krabbelte, und ließen den Schrei verstummen. Und verstümmelten ein weiteres Stück seiner Menschenwürde.

Danach dämmerte man weg.

Die Bucht hatte die gleiche Form wie damals. Die Felsen lagen noch da, wo sie immer gelegen hatten. Das Ufer erstreckte sich in einem weiten Bogen entlang des gleichen dichtbewachsenen Waldsaums. Bei Ebbe fiel der Meeresgrund immer noch bis weit draußen trocken. In dieser Hinsicht hatte sich an der Bucht Hasslevikarna dreiundzwanzig Jahre später nichts verändert. Es war nach wie vor ein schöner und friedvoller Ort. Wer heute zu ihr kam, konnte sich mit Sicherheit nicht vorstellen, was sich dort in jener Nacht abgespielt hatte, in der eine Springflut aufgelaufen war.

*

Er trat in kurzer Lederjacke und schwarzer Jeans aus der Ankunftshalle des Göteborger Flughafens Landvetter. Umgezogen hatte er sich auf der Toilette. Er kam mit leeren Händen und ging zielstrebig zu der Reihe wartender Taxis. Ein morgendlich müder Einwanderer stieg aus dem vordersten Wagen und öffnete eine der hinteren Türen.

Dan Nilsson stieg ein.

»Zum Hauptbahnhof, bitte.«

Von dort wollte er einen Zug nach Strömstad nehmen.

*

Es war schon spürbar gewesen, als die *Kostervåg* das Hafenbecken verlassen hatte. Die hohen Wellen setzten der großen, roten Fähre zu und wurden mit jeder Seemeile höher. Die ganze Nordsee rollte heran. Als Windstärke neun bis zehn erreicht war, spürte Olivia es im Magen. Sie wurde eigentlich nie seekrank. Mit ihren Eltern war sie oft im Boot unterwegs gewesen, meistens in den inneren Schärengewässern, aber auch dort konnte es sehr stürmisch werden. Ihr Körper reagierte eigentlich immer nur, wenn lange, schwere Wogen heranrollten.

Wie jetzt.

Sie hielt nach der Toilette Ausschau. Auf der linken Seite, gegenüber der Kantine. Die Überfahrt würde nicht sonderlich lange dauern, das sollte sie eigentlich schaffen. Sie hatte sich eine Tasse Kaffee und eine Zimtschnecke gekauft, wie man es auf Fähren dieser Art tat, und sich an eines der großen Fenster gesetzt. Sie war neugierig auf die Schären hier, die so ganz anders waren als an der Ostküste. Hier waren die Felsen flacher, glattgeschliffen, dunkel.

Gefährlich, dachte sie, als sie sah, wie die Wellen sich weiter draußen an einer kaum sichtbaren Untiefe brachen.

Für den Kapitän war das jedoch bestimmt Routine. Drei Fahrten hin und zurück im Winterhalbjahr, und jetzt, im Juni, mindestens zwanzig pro Tag. Olivia ließ den Blick über das Innere des Boots schweifen. Der Passagierraum war ziemlich voll, obwohl es eine frühe Fähre war. Inselbewohner, die nach ihrer Nachtschicht in Strömstad auf dem Festland nach Hause fuhren. Sommergäste auf dem Weg in die erste Urlaubswoche. Ergänzt um einige Tagestouristen.

Wie sie.

Jedenfalls fast.

Eine Nacht würde sie auf der Insel bleiben. Nicht länger. Sie hatte eine kleine Hütte in einer Ferienhaussiedlung mitten auf der Insel gebucht, die ziemlich teuer war, immerhin war Hauptsaison. Sie schaute wieder hinaus. In der Ferne erblickte sie einen dunklen Küstenstreifen und erkannte, dass dies die norwegische Küste sein musste. So nah, dachte sie, gleichzeitig klingelte ihr Handy. Es war Lenni.

»Man könnte meinen, du wärst tot! Ich habe ewig nichts von dir gehört! Wo steckst du?«

»Ich bin auf dem Weg nach Nordkoster.«

»Und wo liegt das?«

Geographie gehörte nicht zu Lennis Stärken, auf einer Karte hätte sie nicht einmal angeben können, wo Göteborg lag. Aber sie hatte andere Talente. Und an diesen ließ sie Olivia jetzt teilhaben. Mit Jakob war es super gelaufen, mittlerweile waren sie so gut wie zusammen und wollten gemeinsam zum Musikfestival Peace & Love fahren.

»Erik ist mit Lollo nach Hause gegangen, aber vorher hat er nach dir gefragt!«

Wie nett, dachte Olivia, wenigstens war man die erste Wahl.

»Und was machst du da? Auf der Insel, meine ich. Hast du jemanden kennengelernt?«

Olivia erklärte ihr ein wenig, aber nicht alles, da sie wusste, dass Lenni an ihrer Ausbildung nur mäßig interessiert war.

»Warte mal, es klingelt!«, unterbrach Lenni sie. »Das ist bestimmt Jakob! Bis bald, Olivia! Ruf mich an, wenn du zurück bist!«

Während Lenni sich verabschiedete, näherte sich das Fährboot dem Sund zwischen den beiden Kosterinseln.

Es legte am Kai im südöstlichen Teil von Nordkoster an. Auf dem Anleger parkten einige der obligatorischen Lastenmofas mit ihren obligatorischen Inselbewohnern. Die erste Lieferung des Tages war eingetroffen, zu der auch Olivia gehörte.

Sie trat auf den Kai hinaus und spürte, dass sich alles drehte. Fast hätte sie das Gleichgewicht verloren, und es dauerte ein paar Sekunden, bis ihr klar wurde, dass der Anleger fest war. Sie selbst war es, die schwankte.

»Hoher Seegang?«

Die Fragestellerin, eine ältere, grauhaarige Frau in einem langen, schwarzen Regenmantel und mit einem wettergegerbten Gesicht, kam auf Olivia zu.

»Ein bisschen.«

»Betty Nordeman.«

»Olivia Rönning.«

»Haben Sie kein Gepäck?«

Olivia hielt eine Sporttasche in der Hand und war unübersehbar der Meinung, dass dies eine Form von Gepäck war. Immerhin würde sie nur eine Nacht bleiben.

»Nur die hier.«

»Haben Sie Sachen zum Umziehen dabei?«

»Nein, wieso sollte ich mich umziehen?«

»Sie merken es doch selbst, der Wind kommt vom Meer und wird mit Sicherheit stärker werden, und wenn es dann noch anfängt zu regnen, ist hier draußen die Hölle los. Oder hatten sie vor, den ganzen Tag in ihrer Hütte zu hocken?«

»Nein, aber ich habe noch einen zweiten Pullover dabei.«

Betty Nordeman schüttelte den Kopf. Dass diese Landratten es aber auch nie lernten. Nur weil auf dem Festland die Sonne schien, fuhren sie mit Badehose und Schnorchel zur

Insel hinaus und mussten eine Stunde später in Leffes Laden rennen und sich Regenjacken und Gummistiefel und Gott weiß was besorgen.

»Wollen wir?«

Betty Nordeman marschierte los, und Olivia folgte ihr. Hier galt es, nicht den Anschluss zu verlieren. Sie kamen an einer großen Zahl von Reusen vorbei, und Olivia zeigte auf sie.

»Sind das Hummerreusen?«

»Ja.«

»Werden hier viele Hummer gefischt?«

»Nicht mehr so viele wie früher, heute darf jeder Fischer nur vierzehn Reusen haben, in den guten alten Zeiten hatten wir so viele, wie wir wollten. Aber es ist im Grunde ganz gut, dass man so entschieden hat, da draußen gibt es ohnehin kaum noch Hummer.«

»Schade, ich mag Hummer.«

»Ich nicht. Das erste Mal, dass ich einen Hummer gegessen habe, war mein letztes Mal, seither esse ich Krabben. Die da lieben Hummer!«

Betty zeigte auf zwei riesige Motoryachten an einem Anleger.

»Norweger. Sie segeln hierher und kaufen jeden Hummer auf, den wir fangen. Wenn das so weitergeht, kaufen sie bald ganz Nordkoster.«

Olivia lachte auf. Sie konnte sich lebhaft vorstellen, dass es zu einigen Spannungen zwischen neureichen Norwegern und alteingesessenen Inselbewohnern kam, so nahe, wie sie wohnten.

»Aber die Hummersaison fängt erst im September an, bis dahin werden sie sich also noch gedulden müssen … oder welche aus Amerika einfliegen lassen, wie dieser Magnuson es früher getan hat.«

»Wer ist das?«

»Ich zeige es Ihnen, wenn wir vorbeikommen.«

Sie gingen durch die kleine Ansammlung von Holzhäusern am Wasser. Ein paar rote und schwarze Fischerhütten. Das Restaurant *Strandkanten.* Zwei Souvenirläden mit einer Mischung aus Schärenkitsch und alten Fischerutensilien. Und dahinter Leffes Waschsalon. Und Leffes Fischhandel.

Leffes Kajakverleih.

Und Leffes Veranda.

»Dieser Leffe hat anscheinend viele Eisen im Feuer?«

»Kann man wohl sagen, wir nennen ihn Hansdampf, er ist auf der Ostseite der Insel aufgewachsen. Er war einmal in Strömstad und hat dort Kopfschmerzen bekommen, seither bleibt er lieber hier. Da ist es!«

Inzwischen befanden sie sich ein ganzes Stück oberhalb des Hafens. Kleine und größere Häuser säumten die schmale Straße, fast alle gepflegt, geputzt und frisch gestrichen. Das würde Mama gefallen, dachte Olivia und schaute in die Richtung, in die Betty zeigte und in der ein großes, architektonisch interessantes Haus schön auf einer Böschung mit Meerblick stand.

»Das ist Magnusons Haus. Bertil Magnuson, Sie wissen schon, der Mann, dem dieses Bergbauunternehmen gehört, er hat es in den Achtzigern gebaut, schwarz, ohne jede Genehmigung, und anschließend hat er sich freigekauft.«

»Wie das?«

»Er hat die Bonzen von der Stadtverwaltung eingeladen und hundert Hummer aus den USA einfliegen lassen. Damit war das Problem aus der Welt geschafft. Für die Landratten gelten etwas andere Regeln als für uns.«

Ihr Spaziergang führte sie nun in den dünner besiedelten Teil der Insel. Betty erklärte, und Olivia lauschte ihr gern, denn Betty konnte gut erzählen. Olivia war vollauf damit beschäftigt, sich zu merken, wer verbotenerweise Hummer gefischt oder eine Affäre mit der Frau eines anderen gehabt hatte oder seinen Garten verwildern ließ.

Große und kleine Verbrechen.

»Da drüben wohnte übrigens sein Kompagnon, der dann verschwunden ist.«

»Wessen Kompagnon?«

Betty sah Olivia an.

»Magnusons natürlich, von dem ich eben erzählt habe.«

»Aha. Und wer ist verschwunden? Magnuson?«

»Nein, sein Kompagnon. Ich weiß nicht mehr, wie der hieß. Jedenfalls ist er verschwunden, und wenn ich mich recht erinnere, ist man damals davon ausgegangen, dass er gekidnappt oder ermordet wurde.«

Olivia blieb stehen.

»Wie bitte?! Ist das hier passiert?!«

Betty musste über Olivias erregte Miene grinsen.

»Nein, irgendwo in Afrika, und zwar vor vielen, vielen Jahren.«

Olivias Fantasie war dennoch geweckt worden.

»Wann ist er denn verschwunden?«

»Irgendwann in den Achtzigern.«

Jetzt hatte Olivia Witterung aufgenommen. Gab es da etwa einen Zusammenhang?

»Ist das in dem Jahr gewesen, als hier eine Frau ermordet worden ist?«

Betty Nordeman blieb unvermittelt stehen und wandte sich Olivia zu.

»Sind Sie deshalb hier? Als Touristin auf den Spuren eines Mordes?«

Olivia versuchte Bettys Reaktion zu ergründen. Hatte sie sich über die Frage geärgert? Olivia beeilte sich, ihr zu erklären, warum sie auf der Insel war. Dass sie die Polizeischule besuchte und an einer Seminararbeit über den Ufermord arbeitete.

»So, so. Sie wollen Polizistin werden.«

Betty Nordeman musterte Olivia mit ungläubigen Augen.

»Ja, das habe ich vor, aber meine Ausbildung ist natürlich noch nicht ...«

»Nun ja, jedem das seine.«

Die Inselbewohnerin schien nicht sonderlich daran interessiert zu sein, mehr über Olivias zukünftige Laufbahn zu erfahren.

»Die Antwort lautet jedenfalls nein, er ist nicht in dem Jahr verschwunden, in dem die Frau ermordet wurde.«

»Und wann ist er verschwunden?«

»Viel früher.«

Olivia war enttäuscht. Andererseits, was hatte sie erwartet? Dass sie einen Zusammenhang zwischen einem Mordfall und dem Verschwinden eines Menschen entdecken würde, sobald sie ihren Fuß auf Nordkoster setzte? Den die Polizei noch dazu all die Jahre übersehen hatte?

Sie begegneten ein paar Familien auf Fahrrädern, die Betty alle grüßte, während sie weitersprach.

»Aber diesen Mord am Ufer, den vergisst hier keiner. Das war schrecklich. Der hing uns noch jahrelang nach.«

»Waren Sie hier, als es passiert ist?«

»Ja, natürlich. Wo soll ich denn sonst gewesen sein?«

Betty Nordeman sah Olivia an, als wäre das die dümmste Frage gewesen, die man ihr je gestellt hatte, weshalb Olivia es sich sparte, darauf hinzuweisen, dass es außerhalb von Nordkoster eine ganze Welt gab, in der sie sich hätte aufhalten können. Es folgte ein langer Wortschwall darüber, was Betty Nordeman getan hatte, als der Rettungshubschrauber landete und die Insel von Polizisten und anderen überschwemmt wurde.

»Dann haben sie jeden Einzelnen auf der Insel verhört, und ich habe ihnen gesagt, was meiner Meinung nach passiert ist.«

»Und was ist Ihrer Meinung nach passiert?«

»Satanisten. Rassisten. Gangs. Es war mit Sicherheit irgendeine Gruppe, das habe ich ihnen gesagt.«

»Fahrradfahrer?«

Die Frage war scherzhaft gemeint, aber es dauerte ein paar Sekunden, bis bei Betty Nordeman der Groschen fiel. Machte sie sich etwa über eine alte Inselbewohnerin lustig? Aber dann lachte sie. Großstadthumor. Den musste man wohl nehmen, wie er war.

»Da vorne sind unsere Ferienhütten!«

Betty zeigte auf eine Reihe gelber Holzhütten, die ebenfalls sehr gepflegt aussahen. Pünktlich zum Saisonbeginn frisch gestrichen standen sie in Hufeisenform am Rande einer schönen Wiese.

Gleich hinter den Häuschen begann ein dunkler Wald.

»Heute kümmert sich mein Sohn Axel um alles. Bei ihm haben Sie gebucht.«

Sie näherten sich den Hütten, und Betty Nordeman ergriff erneut das Wort. Ihre Hand zeigte von Hütte zu Hütte.

»Ja, hier haben schon die unterschiedlichsten Leute gewohnt, das kann ich Ihnen sagen ...«

Olivia betrachtete die Häuschen. Alle waren mit einer Messingziffer nummeriert, die frisch poliert wirkte. Bei den Nordemans herrschte vorbildliche Ordnung.

»Wissen Sie noch, wer hier gewohnt hat, als die Frau ermordet wurde?

Betty Nordemans Mundwinkel zuckten.

»Sie lassen nicht locker. Aber ich erinnere mich tatsächlich noch, zumindest an einen Teil von ihnen.«

Betty Nordeman zeigte auf die erste Hütte in der Reihe.

»Da drüben haben zum Beispiel zwei Homophile gewohnt, damals war so was ja noch verpönt, es war nicht wie heute, wo sich alle naslang einer outet. Sie haben gesagt, sie wollten Vögel beobachten, aber soweit ich mich erinnere, haben die nur sich selbst beobachtet.«

Homophile, dachte Olivia. Den Ausdruck hatte sie bisher im Grunde nie gehört. Hätten zwei Homophile die Frau am Ufer töten können? Wenn sie denn wirklich Homophile gewesen waren, vielleicht war das ja nur eine Tarnung gewesen?

»In der Zwei wohnte eine Familie mit Kindern. Ja, genau. Mutter und Vater mit zwei Kindern, die überall herumgelaufen sind und die Schafe auf den Weiden erschreckt haben. Einer ihrer Sprösslinge hat sich dann am Weidezaun verletzt, und die Eltern haben sich furchtbar aufgeregt, weil sie fanden, dass der Bauer verantwortungslos war. Manche Sünden bestraft der Liebe Gott sofort, habe ich persönlich gedacht. Die Vier stand leer, aber in der Fünf wohnte ein Türke. Er ist lange geblieben, ein paar Wochen, hat immer einen roten Fez getragen, hatte eine Hasenscharte und lispelte wie verrückt. Aber ein sehr netter und höflicher Mann. Einmal hat er mir sogar einen Handkuss gegeben.«

Bei der Erinnerung musste Betty Nordeman lachen. Olivias Gedanken kreisten um den höflichen Türken. Die Frau hatte dunkle Haare gehabt, konnte sie eine Türkin gewesen sein? Oder eine Kurdin? Ein Ehrenmord? In den Zeitungen hatte gestanden, dass sie möglicherweise aus Lateinamerika stammte, aber wie war man eigentlich zu dieser Vermutung gelangt? Betty zeigte auf Hütte Nummer Sechs.

»Und da haben leider zwei Fixer gewohnt, aber mit so was will ich nichts zu tun haben, also habe ich sie rausgeworfen. Als sie weg waren, musste ich die ganze Hütte putzen. Pfui Teufel! Im Papierkorb habe ich gebrauchte Spritzen und blutige Servietten gefunden.«

Drogen!? Irgendwo hatte sie gelesen, dass die Frau Rohypnol im Blut hatte. Konnte es da einen Zusammenhang geben? Sie kam nicht dazu, den Gedanken weiterzuverfolgen, denn Betty Nordeman sprach schon weiter.

»Obwohl, wenn ich es recht bedenke, habe ich sie schon vor dem Mord raus… ja, genau, so war es, denn dann haben die zwei ein Boot geklaut und sind zum Festland gefahren. Wenn Sie mich fragen, um sich neuen Stoff zu besorgen.«

Damit löste sich diese Spur in Luft auf.

»Was für ein fantastisches Gedächtnis Sie haben!«, sagte Olivia.

Betty holte Luft und genoss das Lob sichtlich.

»Nun, das habe ich vielleicht, aber wir führen natürlich auch Buch.«

»Aber trotzdem!«

»Na ja, ich interessiere mich eben für Menschen. So bin ich einfach.«

Betty Nordeman sah Olivia selbstzufrieden an und zeigte auf eine Hütte ganz außen mit der Ziffer Zehn.

»Und da hat dieser Vamp aus Stockholm gewohnt. Anfangs hat sie da übernachtet und später auf einer norwegischen Yacht im Hafen. Eine richtige Schlampe war das, unten am Kai ist sie halbnackt vor den armen Hummerjungs herumstolziert, bis die Stielaugen bekommen haben. Aber dann ist sie von der Polizei vernommen worden!«

»Sie wurde zur Sache befragt?«

»Ach, das weiß ich nicht, sie haben erst hier mit ihr gesprochen, und dann habe ich gehört, dass die Polizei sie nach Strömstad mitgenommen und da weiter verhört hat. Das hat Gunnar mir erzählt.«

»Und wer ist das?«

»Gunnar Wernemyr, ein Polizist, aber mittlerweile ist er in Rente.«

»Und wie hieß dieser Vamp?«

»Sie hieß... wie hieß sie denn noch, das weiß ich nicht mehr, aber sie hatte denselben Vornamen wie Kennedys Frau.«

»Und wie hieß die?«

»Sie wissen nicht, wie Kennedys Frau hieß? Die war doch später mit diesem Griechen zusammen, mit Onassis.«

»Aha?«

»Jackie... Jackie Kennedy. Also hieß dieser Vamp Jackie, aber an den Nachnamen erinnere ich mich nicht mehr. Das ist Ihre Hütte!«

Betty Nordeman zeigte auf eines der gelben Häuschen und begleitete Olivia bis zur Tür.

»Der Schlüssel hängt innen. Sollten Sie etwas brauchen, wohnt Axel gleich da drüben.«

Betty zeigte auf ein Haus aus Eternit auf einem Hügel in der Nähe. Olivia öffnete die Tür und stellte ihre Sporttasche ab. Betty Nordeman blieb vor der Tür stehen.

»Ich hoffe, sie ist in Ordnung.«

»Sie ist völlig in Ordnung!«

»Schön. Vielleicht sehen wir uns ja heute Abend im Hafen. Der Hansdampf spielt im *Strandkanten* Posaune, falls es Sie dorthin verschlagen sollte. Tschüss!«

Betty Nordeman machte sich auf den Weg. Plötzlich fiel Olivia ein, was sie die Frau schon die ganze Zeit hatte fragen wollen, ohne eine Chance dazu zu bekommen.

»Frau Nordeman!«

»Betty.«

»Betty… ich frage mich nur, es gab damals doch einen kleinen Jungen, der gesehen hat, was am Ufer passiert ist, nicht wahr?«

»Das ist Ove gewesen, Gardmans Junge, sie wohnten im Wald.«

Betty Nordeman zeigte auf den dunklen Wald hinter den Hütten.

»Die Mutter lebt nicht mehr, und der Vater wohnt in einem Altersheim in Strömstad, aber das Haus gehört immer noch Ove.«

»Ist er da?«

»Nein, er ist verreist. Er ist, wie heißt das… Meeresbiologe, aber wenn er in Schweden ist, kommt er ab und zu vorbei und schaut nach dem Rechten.«

»Okay. Danke!«

»Ach ja, Olivia, denken Sie bitte daran, was ich über das Wetter gesagt habe, es wird stündlich schlechter werden, gehen Sie also bitte nicht alleine auf die Klippen an der Nordseite. Wenn Sie dahin wollen, sollte Axel Sie vielleicht begleiten. Da oben könnte es gefährlich werden, wenn man den falschen Weg nimmt.«

Betty Nordeman ging. Olivia blieb einen Moment stehen und sah ihr nach. Dann betrachtete sie das Haus, in dem ihr Sohn Axel wohnte. Der Gedanke, dass ein fremder Mann sie als eine Art Leibwächter begleiten sollte, nur weil es etwas stürmisch war, kam ihr ein bisschen komisch vor.

*

Er hatte in Strömstad einen Trolley gekauft, einen Koffer mit Rädern und einem ausziehbaren Griff. Als er an Bord der Fähre nach Koster ging, sah er aus wie ein gewöhnlicher Tourist.

Aber das war er nicht.

Ein Tourist war er vielleicht schon, aber kein gewöhnlicher.

Er war ein Mann, der während der Anreise von Göteborg mit einem wachsenden Chaos in seiner Brust gekämpft hatte und sich erst vor Kurzem wieder in den Griff bekommen hatte.

Als er an Bord ging.

Jetzt wusste er, dass es nicht mehr weit war und er sich im Griff haben musste. Bei seinem Vorhaben konnte er sich keine Schwäche leisten. Er musste sich stählen.

Als die Fähre ablegte, war sein Inneres so kalt und glattgeschliffen wie die Felsen, an denen er vorüberglitt. Plötzlich fiel ihm Bosques ein.

Sie hatten sich umarmt.

Olivia hatte sich auf das schlichte Bett in ihrer Hütte gelegt. Im Zug hatte sie schlecht geschlafen. Jetzt streckte sie sich und sog den leicht feuchten und schimmeligen Hüttenduft ein. Vielleicht riecht die Luft aber auch gar nicht schimmelig, überlegte sie, sondern nur etwas muffig. Ihr Blick schweifte über die kahlen Wände. Kein Bild, kein Plakat, nicht einmal eine alte Fischerkugel aus grünem Glas. Betty Nordeman würde sicher nie von *Schöner Wohnen* interviewt werden, genauso wenig wie ihr Sohn Axel, falls er für die Einrichtung verantwortlich gewesen sein sollte. Sie griff nach der Karte, die sie gekauft hatte, ehe sie in Strömstad an Bord gegangen war. Es war ein ziemlich detaillierter Plan der Insel, auf dem viele Orte mit Namen eingetragen waren. Seltsame Namen. Spannende Namen. Die Schaumbuchten, an der Nordwestspitze, wie das klang. Die Schaumbuchten! Und nicht weit davon, zumindest auf der Karte, Hasslevikarna.

Ihr eigentliches Ziel.

Der Tatort.

Denn darum ging es bei dieser Reise. Den Tatort aufzusuchen und zu inspizieren, wie es an ihm aussah.

Eine Touristin auf den Spuren eines Mordes?

Okay, dann war sie das eben, aber sie wollte einfach zu diesem Ufer, zu dem Ort, an dem eine einsame junge Frau eingegraben und ertränkt worden war.

Mit einem Kind im Bauch.

Olivia ließ die Karte auf ihre Brust sinken und ließ sich von ihrer Fantasie leiten, glitt zu der Bucht und dem Ufer, dem Wasser, der Ebbe, der Dunkelheit, und zu der nackten jungen Frau im Schlick und dem kleinen Jungen irgendwo in der Dunkelheit, und schließlich zu den Tätern. Drei sollten es laut Zeugenaussage des Jungen gewesen sein, aber wie sicher konnte man sich da eigentlich sein? Es war dunkel, schrecklich und weit weg gewesen, woher wollte man wissen, dass der Junge richtig beobachtet hatte? Ein verängstigter Neunjähriger mitten in der Nacht? Oder wusste man es gar nicht und war nur einfach davon ausgegangen, dass er richtig gesehen hatte? Oder hatte man seine Angabe akzeptiert, weil es keine anderen Hinweise gab? Und wenn es nun fünf gewesen waren? Eine kleine Sekte?

Schon war sie wieder an dem Punkt.

Das war nicht besonders konstruktiv.

Sie stand auf und spürte, dass die Zeit reif war.

Sie würde sich als Mordtouristin betätigen.

Abgesehen davon, dass es schon jetzt, am Nachmittag, regnete, traf das, was Betty Nordeman über das Wetter gesagt hatte, durchaus zu. Der Seewind hatte weiter aufgefrischt, und die Temperatur war bedenklich gefallen.

Es war ein richtiges Mistwetter.

Als sie aufbrechen wollte, bekam Olivia kaum die Tür auf, die hinter ihr von alleine zuknallte. Ihr zusätzlicher Pullover half ein wenig, aber der Wind zerrte so an ihren Haaren, dass sie kaum etwas sah, außerdem goss es in Strömen. Warum habe ich keine Regenjacke mitgenommen?! Wie amateurhaft darf man eigentlich sein?! Landratte, hätte Betty Nordeman geschimpft. Olivia warf einen Blick zu Axels Haus hinauf.

Nein, das ging nun wirklich zu weit.

Sie entschied sich für einen Weg, der in den finsteren und sehr wildwüchsigen Wald hineinführte, in dem seit Jahrzehnten kein Holz mehr geschlagen worden war. Harte, trockene, ineinander verkeilte und fast schwarze Äste, hier und da unterbrochen von rostigen Weidezäunen.

Aber sie folgte dem Pfad, was einigermaßen gut ging. Glücklicherweise war der Wind im Wald nicht so stark, es regnete nur. Anfangs hatte sie sich ihre Karte schützend über den Kopf gehalten, bis ihr klar geworden war, dass dies eine ziemlich bescheuerte Idee war, da sie nur mit der Karte eine Chance haben würde, den richtigen Weg zu finden.

Als Erstes wollte sie zu dem Haus des kleinen Jungen. Ove Gardman. Betty hatte gesagt, dass es im Wald liege, was Olivia allerdings allmählich bezweifelte. Hier gab es doch nur undurchdringliche Büsche und dunkle, umgestürzte Bäume und Zäune.

Plötzlich tauchte es vor ihr auf.

Ein einfaches schwarzes Holzhaus. Zwei Stockwerke, mitten im Wald, auf einer seltsamen, kleinen Lichtung. Mit einer steilen Böschung auf der Rückseite und keinem Garten. Sie betrachtete das Gebäude. Es sah verlassen und ein wenig gespenstisch aus. Zumindest in diesem Moment, bei aufkommendem Sturm und zunehmender Dunkelheit. Sie schauderte kurz. Warum hatte sie das Haus sehen wollen? Sie wusste doch, dass der Junge, oder besser gesagt der Mann, der heute 32 Jahre alt war, nicht zu Hause war. Das hatte Betty Nordeman ihr doch schon gesagt. Sie schüttelte kurz den Kopf, zog ihr Handy heraus und machte ein paar Fotos von dem Haus. Vielleicht konnte sie die in ihren Bericht einbauen.

Ove Gardmans Haus.

Sie nahm sich vor, ihn anzurufen, sobald sie wieder in ihrer Hütte sein würde.

Olivia benötigte fast eine halbe Stunde, um zu den Schaumbuchten zu gelangen. Einen Ort mit diesem Namen musste sie sich einfach ansehen, und sei es auch nur, um bei passender Gelegenheit eine Bemerkung dazu fallen lassen zu können: »Ist von euch schon einmal jemand bei den Schaumbuchten gewesen?«

Jetzt war sie fast dort und begriff, wovor Betty Nordeman sie gewarnt hatte. Vor ihr lag das offene Meer. Der Regen peitschte aus schwarzen Wolken herab. Der Wind pfiff um die Felsen. Die riesigen Wellen der Nordsee wurden gegen die Klippen getrieben und aufs Land geworfen. Wie weit, ließ sich nicht schätzen.

Sie hockte sich hinter einen Felsen, blickte aufs Meer hinaus und glaubte, gut geschützt zu stehen, bis plötzlich eine gigantische Welle heranrollte, die bis zu ihrem Felsen hochschlug und sich um ihre Beine schloss. Als sie den kalten Sog spürte, der ihren Körper packte, geriet sie in Panik und schrie auf.

Nur weil sie in eine Felsspalte fiel, wurde sie nicht ins Meer gesogen.

Aber das begriff sie erst viel später.

Vorher lief sie nur so schnell sie konnte landeinwärts.

Sie rannte immer weiter, bis sie stolperte und auf einem flachen Stein oder einer Ansammlung flacher Steine der Länge nach hinschlug. Keuchend und mit einer blutenden Wunde an der Stirn von ihrem Sturz in die Felsspalte presste sie sich auf den Boden, auf Mutter Erde.

Es dauerte eine ganze Weile, bis sie sich wieder umdrehte, zum tosenden Meer zurückschaute und erkannte, wie idiotisch sie sich verhalten hatte.

Daraufhin begann sie, durchnässt zu zittern.

*

Für einen Posaunenabend mit dem Hansdampf war es in dem ansonsten so renommierten Restaurant *Strandkanten* relativ leer.

Vielleicht aber auch gerade deswegen. An den Tischen saßen einige Inselbewohner mit Biergläsern vor sich, in einer Ecke stand der Hansdampf mit seiner Posaune, und schließlich war da noch Dan Nilsson.

Er saß an einem Tisch mit Blick aufs Meer. Der Wind peitschte Regen gegen die Scheibe. Von der Fähre aus war er auf direktem Weg hierher gegangen, allerdings nicht, weil er hungrig oder durstig gewesen wäre, sondern um dem Wetter zu entkommen.

Und um Kraft zu schöpfen.

Alle Kraft, die er aufbringen konnte.

Ihm war bewusst, dass es ein winziges Restrisiko gab, erkannt zu werden, da er vor vielen, vielen Jahren ein Sommerhaus auf der Insel besessen hatte. Aber das war ein Risiko, das er eingehen musste.

Jetzt saß er mit einem Bier vor sich in dem Restaurant. Eine der Kellnerinnen flüsterte dem Posaunisten in einer Pause zu, der Typ am Fenster sehe aus wie ein Polizist, und der Hansdampf erwiderte daraufhin, dass ihm das Gesicht des Mannes irgendwie bekannt vorkomme. Diesen Wortwechsel hörte Nilsson jedoch nicht, da er mit seinen Gedanken ganz woanders war. Weiter nördlich auf der Insel, wo er früher schon einmal gewesen war.

An einem Ort, den er an diesem Abend erneut besuchen würde.

Und danach einen weiteren Ort.

Und wenn das abgehakt war, würde er fertig sein.

Oder im Gegenteil erst recht weitermachen müssen.

Das wusste er noch nicht.

Genau das wollte er herausfinden.

*

Nicht genug, dass sie völlig durchnässt war, blutete und halb unter Schock stand, zu allem Überfluss war sie auch noch das Opfer einer mittleren Katastrophe geworden. Sie hatte ihre Karte verloren. Oder die Riesenwelle hatte sie weggespült. Jedenfalls hatte sie keine Karte mehr und wusste nicht, wohin sie sich wenden sollte. Nordkoster war bei Sommersonne und Juniwärme keine große Insel, aber bei Sturmböen, Platzregen und einsetzender Dunkelheit war sie groß genug, um sich auf ihr zu verlaufen.

Wenn man eine Landratte war.

Voller Wäldchen und Heideflächen und plötzlich auftauchender Felsen war sie.

Vor allem, wenn man wie Olivia zum ersten Mal auf Nordkoster war.

Sie war mitten im Nirgendwo und hatte vor sich den finsteren Wald und hinter sich die schlüpfrigen Felsen. Und da ihr sonst so ausgezeichnetes Handy einen Schwall Meerwasser abbekommen und den Dienst eingestellt hatte, blieb ihr keine andere Wahl, als in die eine oder andere Richtung zu gehen.

Also ging sie, zitternd, in die eine oder andere Richtung.

Mehrere Male.

*

Dan Nilsson wusste genau, wie er zu gehen hatte, auch wenn es wegen des Unwetters schon ziemlich dunkel war. Er benötigte keine Karte, zog seinen Trolley über den Kiesweg, bog ins Inselinnere ab und nahm den Weg, der wie erwartet vor ihm auftauchte und ihn zu dem Ort führen würde, an den er gelangen wollte.

Den ersten Ort.

*

Normalerweise hatte sie keine Angst im Dunkeln. Schon als kleines Kind hatte sie in ihrem Elternhaus in Rotebro genau wie auf dem Land stets alleine geschlafen. Im Gegenteil, wenn die Dunkelheit sie umschloss und alle Geräusche verebbten, empfand sie immer eine innere Ruhe. Und sie war allein. Einsam.

Das war sie jetzt auch, allerdings unter etwas anderen Vorzeichen. Jetzt war sie in einer Umgebung allein, die sie nicht kannte. Es blitzte, donnerte und regnete in Strömen. Sie konnte kaum die Hand vor Augen sehen. Es gab nur abwechselnd Felsen und Bäume. Sie glitt auf Moos aus, stolperte über Steine, wurde ohne Vorwarnung von Ästen im Gesicht gerammt, rutschte in Felsspalten und hörte Geräusche. Das Jaulen des Windes machte ihr genauso wenig Angst wie das tosende Meer ringsum, bei beidem wusste sie zumindest, was es war. Aber die anderen Geräusche? Dieses plötzliche dumpfe Röhren, das aus der Dunkelheit kam. Waren das Schafe? So hörten sich doch keine Schafe an? Und dann diese dünnen Schreie, die sie gerade noch zwischen den Bäumen gehört hatte, woher kamen die? Es waren doch keine Kinder unterwegs?! Plötzlich hörte sie sie wieder und näher den Schrei und danach noch einen. Sie presste sich gegen einen Baumstamm und starrte in die Dunkelheit hinaus. Waren das Augen dort hinten? Zwei gelbe Augen? Waren das Waldkäuze? Gab es auf Nordkoster Waldkäuze?

Dann sah sie den Schatten.

Ein ferner Blitz warf einen Lichtstrahl in den Wald und enthüllte einen Schatten, der nur wenige Meter entfernt zwischen den Bäumen vorüberglitt.

Glaubte sie. Und bekam panische Angst.

Das Licht erlosch so schnell, wie es gekommen war, und es wurde wieder dunkel. Sie wusste nicht, was sie zwischen den Bäumen gesehen hatte.

Einen Menschen?

*

Der Mann, der seinen Trolley durch den dichten Wald trug, war eindeutig ein Mensch, ein ausgesprochen zielstrebiger Mensch. Wegen des Regens fielen ihm seine blonden Haare in nassen Strähnen ins Gesicht, aber das machte ihm nichts aus. Er war schon in weitaus schlechterem Wetter als diesem unterwegs gewesen. An anderen Orten auf der Erde, mit vollkommen anderen und in seinen Augen immer unangenehmeren Aufgaben. Er verfügte über ein gewisses Training. Ob es ihm auch diesmal helfen würde, wusste er nicht.

Bei der Aufgabe, die vor ihm lag, nutzten ihm seine Erfahrungen nichts.

*

Sie hatte sie zwar nur auf ihrer Karte und auf Google Earth gesehen, aber da die Regenwolken sich plötzlich entschlossen hatten, Richtung Festland abzuziehen, und in einer Lücke einen kalten Mond herauslugen ließen, erkannte Olivia sie wieder.

Die Bucht. Hasslevikarna.

Sie war schon eine ganze Weile ziellos umhergeirrt, und ihre Kleider waren immer noch nass. Die Wunde an ihrer Stirn blutete zwar nicht mehr, aber sie zitterte am ganzen Leib, und nun hatte es sie an den Ort verschlagen, zu dem sie vor einer halben Ewigkeit bereits unterwegs gewesen war.

Jetzt zitterte sie zudem aus anderen Gründen.

Das seltsam blaue Licht des toten Himmelskörpers über ihr beschwor rund um die Bucht eine ganz eigene Atmosphäre herauf. Außerdem war offenbar Ebbe. Das Ufer schien kein Ende zu nehmen. Es begann bei den Dünen und erstreckte sich bis weit ins Meer hinaus.

Sie erreichte das Ufer am Ende der langgestreckten Bucht, setzte sich auf einen großen Stein und verfiel zitternd in eine seltsam hypnotische Stimmung.

Hier war der grausame Mord also geschehen?

Hier war das Ufer, der Ort, an dem man die nackte Frau eingegraben hatte.

Sie strich mit der Hand über die Felsen vor sich.

Wo hatte der Junge gehockt, als er es beobachtet hatte? Wo sie gerade saß oder am anderen Ende des langen Uferstreifens? An dem man andere Felsen sah. Sie stand auf und schaute zur anderen Seite hinüber. Da sah sie ihn.

Den Mann.

Er kam in der Ferne aus dem Wald und hatte einen … was war das? Einen Trolley dabei? Olivia hockte sich hinter den

Stein und sah, dass der Mann den Koffer losließ und über das Ufer zum Meer ging. Langsam ging er immer weiter hinaus, bis er weit draußen plötzlich anhielt, vollkommen regungslos stehen blieb und zum Mond hochblickte … und danach auf den Grund hinab und wieder hoch. Der Wind zerrte an seinen Haaren und seiner Jacke. Auf einmal ging er in die Hocke und senkte den Kopf wie zum Gebet. Olivia presste ihre geballten Fäuste gegen den Mund. Was trieb dieser Mensch da? Gerade dort. Auf halbem Weg zum Meer hinaus und ausgerechnet bei Ebbe und Vollmond?

Wer war er?

War er verrückt?

Wie lange der Mann da draußen stehen blieb, ließ sich schwer schätzen, vielleicht drei Minuten, vielleicht auch eine Viertelstunde. Sie wusste es nicht. Jedenfalls drehte er sich schließlich um und kehrte genauso langsam zu seinem Trolley zurück, drehte sich ein letztes Mal um, blickte aufs Meer hinaus und verschwand anschließend im Wald.

Olivia blieb so lange in der Hocke, bis sie sicher sein konnte, dass der Mann einen gewissen Vorsprung hatte. Wenn er im Wald nicht stehen geblieben war.

*

Das war er nicht. Stattdessen hatte er sich zu seiner zweiten Station begeben. Der nächsten Station vielmehr, die eigentlich die wichtigere war. Sein Gang zur ersten war eher ein Akt der Trauer gewesen. Die zweite hatte dagegen eine konkrete Bedeutung.

Dort würde er handeln.

Er wusste natürlich, wo das grüne Haus lag, hatte jedoch

vergessen, dass das Grundstück von einer derart dichten Hecke umzäunt wurde, was für ihn allerdings nur von Vorteil war. So konnte er leicht hindurchschlüpfen und hinter der Hecke von außen nicht mehr gesehen werden.

Er sah, dass in dem Haus Licht brannte, und das störte ihn. Es waren Leute da. Er würde sich an der Hecke entlang vorbeischleichen müssen, um zur richtigen Stelle zu gelangen.

Vorsichtig setzte er sich, den Koffer in der Hand und möglichst leise, in Bewegung. Die Dunkelheit machte es ihm schwer zu sehen, wohin er trat. Als er fast auf Höhe des Hauses war, hörte er, dass auf der anderen Seite eine Tür aufgestoßen wurde. Er presste sich in die Hecke, und ein kräftiger Ast schlug in sein Gesicht. Er rührte sich nicht von der Stelle und sah in zehn Meter Entfernung einen kleinen Jungen lachend um die Hausecke laufen, der sich dann an die Wand drückte. Spielte er Verstecken? Nilsson atmete so leise, wie es nur ging. Wenn der Junge sich umdrehte und in seine Richtung sähe, würde er ihn ertappen, so nahe, wie sie sich in diesem Moment waren.

»Johan!«

Der Ruf kam von einer Frau. Der Junge kauerte sich ein wenig zusammen und wandte den Kopf kurz der Hecke zu, so dass Nilsson ganz kurz das Gefühl hatte, dass sich ihre Blicke begegneten. Der Junge rührte sich nicht.

»Johan!«

Die Frau rief jetzt lauter, worauf sich der Junge plötzlich von der Wand abdrückte, loslief und hinter der anderen Hausecke verschwand. Nilsson blieb in der Hecke stehen, bis er die Tür hörte. Es wurde still. Dennoch wartete er noch einige Minuten, bevor er weiterging.

Vermutlich wäre sie im Wald erfroren oder auf eine andere schlagzeilentaugliche Art umgekommen. Aber es kam anders, was allerdings nicht ihr Verdienst war, sondern Axels. Als sie sich schließlich völlig erschöpft neben einem nassen Findling auf die Erde fallen ließ, hörte sie die Stimme.

»Haben Sie sich verirrt?«

Ein großer, breitschultriger Mann mit kurzen Haaren und intensiven Augen stand einen Meter von ihr entfernt und betrachtete ihre nasse Gestalt. Eine Antwort erübrigte sich im Grunde, und deshalb gab sie ihm auch keine.

»Wer sind Sie?«, fragte sie stattdessen.

»Axel Nordeman. Meine Mutter meinte, ich solle mal Ausschau nach Ihnen halten. Sie ist an Ihrer Hütte vorbeigekommen, und da waren Sie noch nicht zurück. Haben Sie sich verlaufen?«

Das ist noch untertrieben, dachte sie, ich habe mich so verlaufen, wie das auf dieser verdammten Insel überhaupt möglich ist.

»Ja«, antwortete sie.

»Alle Achtung.«

»Wie bitte?«

»Eine echte Leistung, sich auf unserer Insel zu verirren, sie ist ja nicht sonderlich groß.«

»Vielen Dank.«

Axel half ihr auf und sah sie an.

»Sie sind ja völlig durchnässt? Sind Sie etwa reingeplumpst?«

Reingeplumpst? Oben an den Schaumbuchten? Nannten die Insulaner das so? Dass man reinplumpste? Wenn sich die ganze verdammte Nordsee auf einen warf?

Ein seltsamer Menschenschlag.

»Können Sie mir den Weg zurück zeigen?«

»Sicher. Hier, nehmen Sie meine Jacke.«

Axel legte seine große, warme und dicke Jacke um die frierende Olivia.

Dann führte er sie durch den tiefen, dichten Wald bis zu der kleinen gelben Hütte und bot ihr anschließend an, ihr etwas zu essen vorbeizubringen.

Ein Held, dachte Olivia, als sie mit einem Teller lauwarmer Bratkartoffeln in eine Decke gehüllt auf ihrem Bett saß. Jemand, der Leben rettet und nicht viel redet, sondern einfach handelt.

Das war Axel Nordeman.

»Sind Sie einer von den Hummerjungen?«, hatte sie ihn halb scherzhaft gefragt.

»Ja«, hatte er ihr geantwortet. Und das war es dann auch schon gewesen.

Das war wirklich etwas anderes als Ulf Molin.

Mit dem Essen, der Wärme und dem Überleben kehrten Olivias Lebensgeister zurück. Und die ihres Handys, das inzwischen mit freundlicher Unterstützung eines geliehenen Föhns ebenfalls trocken war.

Als sie ihre SMS und Mails durchsah, fiel ihr wieder ein, woran sie sich erinnern sollte: Ove Gardman anzurufen. Sie hatte schon am Vortag im Nachtzug seine Nummer gewählt, aber nur seinen Anrufbeantworter erreicht. Nun versuchte sie es noch einmal.

Sie sah auf die Uhr, es war kurz vor zehn. Wieder wurde sie nur mit seinem AB verbunden, woraufhin sie ihm eine neue Nachricht hinterließ und ihn bat, sie zurückzurufen, sobald er die Nachricht abgehört hatte. Anschließend bekam sie einen heftigen Hustenanfall.

Eine Lungenentzündung, schoss ihr durch den Kopf.

*

Völlig andere Dinge schossen Dan Nilsson durch den Kopf. Er war in die Hocke gegangen. Der Trolley stand neben ihm. Weit hinter ihm war schemenhaft das grüne Haus zu sehen, in dem mittlerweile kein Licht mehr brannte.

Er musste ziemlich viel Kraft aufbieten, um den größeren Stein zur Seite zu schieben. Den kleineren hatte er bereits abgehoben. Dann blickte er in das entblößte Loch hinab. Ein tiefes Loch, so wie er es in Erinnerung hatte. Er hatte es selbst vor langer Zeit für den Fall der Fälle ausgehoben. Er schaute zu seinem Trolley hinüber.

*

Plötzlich wurde sie von Müdigkeit übermannt und ihr ganzer Körper zu einer willenlosen Masse. Ihr zielloses Umherirren forderte Tribut, so dass sie es gerade noch schaffte, die Decke wegzuziehen und sich ins Bett zu legen. Die kleine Nachttischlampe verströmte warmes Licht, und sie spürte, dass sie langsam wegdämmerte … und ihr Vater auftauchte. Als er sie betrachtete, schüttelte er kurz den Kopf.

Das hätte übel ausgehen können.

Ich weiß. Das war dumm von mir.

Das sieht dir gar nicht ähnlich. Du hast doch sonst immer alles im Griff.

Das habe ich von dir.

Daraufhin lächelte Arne, und Olivia spürte, dass ihr Tränen die Wangen herabliefen. Er sah so mager aus, wie er am Ende ausgesehen haben musste, als sie ihn nicht mehr gesehen hatte, sondern in Barcelona war, auf der Flucht.

Schlaf gut.

Olivia öffnete die Augen. Hatte Arne das gesagt? Sie schüttelte leicht den Kopf und spürte, wie sehr Gesicht und Stirn glühten. Fieber? War ja klar, dass ich ausgerechnet hier Fieber bekommen würde. In einer Hütte an der Westküste, die ich nur für eine Nacht gemietet habe. Wie mies kann es eigentlich laufen? Was mache ich denn jetzt?

Axel?

Vielleicht war er noch nicht im Bett, immerhin wohnte er da oben allein, wie er ihr erzählt hatte. Saß der Hummerjunge noch an seinem Computer und spielte? Wohl kaum. Und wenn er nun plötzlich an die Tür klopfen und sie fragen würde, ob das Essen in Ordnung gewesen sei?

Es hat toll geschmeckt.

Schön. Brauchen Sie sonst noch etwas?

Nein, danke. Oder warten Sie, ein Fieberthermometer vielleicht?

Ein Fieberthermometer?

Anschließend hätte eins das andere ergeben, und wenn die Nachttischlampe schließlich ausgeschaltet worden wäre, hätten sie beide nackt und sehr erregt im Bett gelegen.

Dachte Olivia fiebrig.

*

Die einäugige Vera war bei einem Fußballspiel gewesen. BK Situation hatte gegen ein Pflegeheim in Rågsved gespielt.

Situation hatte die Partie 2:0 gewonnen, und Pärt hatte beide Tore geschossen.

Davon würde er noch lange zehren.

Nun waren er, Vera und Jelle gemeinsam unterwegs und genossen die warme Sommernacht. Das Spiel hatte auf dem Fußballplatz im Tantolunden stattgefunden. Weil sie noch ein paar Dinge mit dem Schiedsrichter diskutieren und ein paar andere Sachen erledigen mussten, waren sie erst gegen elf aufgebrochen. Inzwischen war es fast halb zwölf.

Pärt war gut gelaunt, schließlich hatte er zwei Tore geschossen. Vera war gut gelaunt, denn sie hatte in einem Mülleimer schwarzen Nagellack gefunden. Jelle ging es mittelprächtig. Aber so ging es ihm meistens, weshalb es keiner sonderlich beachtete. Zwei Gutgelaunte und ein Halbdeprimierter auf dem Weg durch die Nacht.

Vera hatte Hunger und schlug vor, ins *Dragon House* zu gehen, den Chinesen am Hornstull. Sie hatte gerade ihre Sozialhilfe bekommen und fand, dass sie ihre minderbemittelten Freunde einladen konnte. Aber daraus wurde nichts. Pärt traute sich nicht hinein, und Jelle hielt nicht viel von chinesischem Essen. Also gab es eine Festmahlzeit mit diversen Würstchen und Beilagen in Abrahams Imbissbude in der Hornsgatan. Als Pärt seine üppige Portion bekommen hatte, lächelte er.

»Jetzt wird lecker.«

Später schlenderten sie die Hornsgatan hinab.

»Weiß jemand, wie es Benseman geht?«

»Unverändert.«

Plötzlich trippelte ein sehr kleiner Mann ohne Schultern mit einem kurzen, strähnigen Pferdeschwanz und einer spitzen Nase an ihnen vorbei. Der Mann schielte trippelnd zu Jelle hinüber.

»Hallo! Alles klar?«, sagte er mit ausgesprochen piepsiger Stimme.

»Bisschen Zahnschmerzen.«

»Okay! Bis bald!«

Der Kleine trippelte weiter.

»Wer zum Teufel war das denn?«

Vera schaute dem Pferdeschwanz hinterher.

»Der Nerz«, antwortete Jelle.

»Der Nerz? Wer ist das?«

»Ein Typ von früher.«

»Obdachlos?«

»Nein, soweit ich weiß jedenfalls nicht. Er hat eine Bude in Kärrtorp.«

»Kannst du da nicht pennen?«

»Nein.«

Jelle hatte nicht vor, beim Nerz zu pennen. Ihr kurzer Wortwechsel hatte in etwa ausgedrückt, wie nahe sie sich heute standen.

Jelle wusste genau, was als Nächstes kommen würde.

»Du darfst gerne bei mir im Wohnwagen pennen«, sagte Vera.

»Ich weiß. Danke.«

»Aber das willst du nicht?«

»Nein.«

»Du pennst also lieber wo?«

»Das wird sich schon ergeben.«

Diesen Dialog hatten Vera und er in der letzten Zeit schon öfter geführt. Es ging darin nicht darum, in ihrem Wohnwagen zu schlafen oder nicht. Das wussten sie beide nur zu gut. Es ging um etwas, worauf Jelle nicht sonderlich erpicht war, und der einfachste Weg, Vera nicht zu sehr zu verletzen, bestand darin, das Angebot eines Schlafplatzes in ihrem Wohnwagen dankend abzulehnen.

Auf die Art lehnte er auch das andere ab.

Fürs Erste jedenfalls.

*

Olivia wälzte sich in der einsamen Hütte in ihrem Bett. Ihre Fieberträume kamen und gingen. Mal war sie am Ufer der Bucht, mal in Barcelona. Plötzlich spürte sie eine eiskalte Hand an der Bettkante über ihren nackten Fuß gleiten.

Sie schoss hoch!

Ihr Ellbogen kippte den kleinen Nachttisch um, und die Lampe fiel zu Boden. Sie warf sich gegen die Wand, und ihre Augen suchten die Hütte ab – da war nichts. Sie schob die Decke ein wenig fort. Ihr Herz raste, und sie atmete keuchend. Hatte sie das nur geträumt? Natürlich hatte sie geträumt, was sonst. Hier war ja sonst niemand.

Sie setzte sich auf die Bettkante, hob die Nachttischlampe auf und versuchte, sich zu beruhigen. Ruhig atmen, hatte Maria ihr als Kind beigebracht, wenn sie mal schlecht geträumt hatte. Als sie sich den Schweiß von der Stirn wischte, hörte sie ein Geräusch vor ihrer Tür. Es klang wie eine Stimme.

Axel?

Olivia schlang die Decke um sich, ging zur Tür und öffnete sie – zwei Meter vor ihr stand ein Mann mit einem Trolley in der Hand. Der Mann aus der Bucht. Olivia knallte die Tür wieder zu, schloss ab, stürzte zum einzigen Fenster, zog das Rollo herunter und hielt gleichzeitig nach einem Gegenstand Ausschau, mit dem sie sich verteidigen könnte.

Dann klopfte es an der Tür.

Olivia erstarrte. Sie zitterte am ganzen Leib. Würde man es bis zu Axels Haus hören, wenn sie schrie? Wahrscheinlich nicht, der Wind brüllte lauter als sie.

Es klopfte wieder.

Olivia hyperventilierte und ging vorsichtig und ganz leise zur Tür.

»Hallo, ich heiße Dan Nilsson, entschuldigen Sie bitte die Störung.«

Die Stimme drang durch die Tür. Dan Nilsson?

»Was ist los?! Was wollen Sie?!«, erwiderte Olivia.

»Mein Handy hat hier keinen Empfang, und ich muss ein Taxiboot bestellen. Ich habe das Licht gesehen und … wäre es vielleicht möglich, dass ich mir kurz Ihr Handy ausleihe?«

Sie besaß ein Handy. Aber das wusste der Mann hinter der Tür natürlich nicht.

»Es ist nur ein kurzes Gespräch«, erklärte er durch die Tür. »Ich kann es Ihnen auch gerne bezahlen.«

Für ein kurzes Handygespräch bezahlen? Um ein Taxiboot zu rufen? Olivia war ratlos. Sie könnte lügen und ihn mit der Behauptung abweisen, sie habe kein Handy. Oder ihn zu Axel schicken. Gleichzeitig war ihre Neugier geweckt worden. Was hatte er in der Bucht gemacht? Warum hatte er bei Ebbe im Mondschein am Ufer gestanden? Wer war er? Was hätte Arne getan?

Er hätte die Tür geöffnet.

Das tat Olivia auch, aber ganz vorsichtig und nur einen Spaltbreit. Sie hielt ihr Handy durch die Ritze hinaus.

»Danke«, sagte Nilsson.

Er nahm das Handy, tippte eine Nummer ein und bestellte ein Taxiboot zur westlichen Anlegestelle. Er wolle in einer Viertelstunde dort sein.

»Danke fürs Ausleihen«, sagte er.

Olivia nahm ihr Handy durch den Spalt an. Nilsson drehte sich um und ging.

Daraufhin öffnete Olivia die Tür ganz.

»Ich habe Sie heute Abend oben an der Bucht Hasslevikarna gesehen.«

Als Nilsson sich umdrehte, stand Olivia im Gegenlicht der Nachttischlampe. Er sah sie an und blinzelte, als stutze er wegen irgendetwas, aber sie begriff nicht, wegen was. Es dauerte nur den Bruchteil einer Sekunde.

»Was haben Sie dort gemacht?«, fragte er.

»Ich hatte mich verlaufen und bin zufällig da oben gelandet.«

»Ein schöner Ort.«

»Ja.«

Stille … Und was haben Sie dort gemacht? Begriff er denn nicht, dass die Frage in der Luft lag.

Das tat er möglicherweise, aber es war eine Frage, die er ihr ganz offensichtlich nicht beantworten wollte.

»Gute Nacht.«

Mit dem Bild Olivias auf der Netzhaut ging Dan Nilsson davon.

*

Die Posaune lag in ihrem schwarzen Koffer, und der Hansdampf saß neben ihm auf dem Kai unterhalb des Restaurants *Strandkanten*. Es war ein langer Abend geworden, und es war einiges seine Kehle hinuntergelaufen. Nun wollte er ein wenig nüchterner werden. Am nächsten Tag würde er eine Räucherei eröffnen. Frisch geräucherter Fisch für die Landratten, damit gedachte er einiges Geld zu machen. Der grobschlächtige Einheimische neben ihm war nüchtern. Er hatte die Nachtschicht für das Taxiboot und war ein paar Minuten zuvor gebucht worden.

»Von wem?«

»Einem von drüben.«

Von drüben konnte alles von Strömstad bis Stockholm bedeuten.

»Was nimmst du für die Fahrt?«

»Zweitausend Kronen.«

Der Hansdampf machte eine Überschlagrechnung und verglich das Ergebnis mit seiner Räucherei. Der Stundenlohn fiel nicht zum Vorteil der Räucherei aus.

»Ist er das?«

Der Hansdampf nickte landaufwärts. Ein Mann in Lederjacke und schwarzer Jeans näherte sich ihnen.

Ein Mann, der auf Nordkoster alles erledigt hatte.

Nun musste er den nächsten Schritt machen.

In Stockholm.

*

Die Lampe eingeschaltet, die Tür abgeschlossen und mit dem Namen Dan Nilsson auf den Lippen war sie schließlich eingeschlafen.

Der Mann in der Bucht.

Die restliche Nacht wurde sie stundenlang von Fieberalpträumen geschüttelt. Plötzlich drang ein heiserer Schrei aus ihrer Kehle und dem weit aufgerissenen Mund. Ein fürchterliches Brüllen. Kalter Schweiß drang aus jeder Pore, und ihre Hände scharrten in der Luft. Auf dem Fensterbrett hinter ihr saß eine Spinne und betrachtete das Drama im Bett, in dem die junge Frau verzweifelt versuchte, aus einer schrecklichen Grube zu klettern.

Am Ende gelang es ihr.

Der Alptraum blieb ihr bis ins kleinste Detail im Gedächtnis. Man hatte sie am Meeresufer nackt eingegraben. Es war Ebbe, der Mond schien, und es war kalt. Langsam rollte das Meer heran und kam immer näher. Wasser strömte auf ihren Kopf zu, aber es war gar kein Wasser, es war ein Lavastrom aus kleinen schwarzen Krabben, der sich zu ihrem nackten Gesicht und in ihren offenen Mund wälzte.

Das war der Moment gewesen, in dem sie gebrüllt hatte.

Olivia warf sich keuchend aus dem Bett. Sie zog mit einer Hand die Decke zu sich heran, wischte sich den Schweiß aus dem Gesicht und starrte in der Hütte umher. War diese ganze Nacht vielleicht nur ein Traum? War dieser Mann tatsächlich da gewesen? Sie ging zur Tür und öffnete sie. Sie brauchte Luft und trat in die Dunkelheit hinaus. Der Wind war deutlich schwächer geworden. Sie merkte, dass sie pinkeln musste, stieg die Treppe hinunter und ging hinter einem großen Strauch in die Hocke. Da sah sie ihn links von sich.

Den Trolley des Mannes.

Sie trat zu ihm und ließ den Blick durch die Dunkelheit schweifen, konnte aber nichts und niemanden erkennen. Zumindest keinen Dan Nilsson. Sie beugte sich zu dem Koffer hinab. Sollte sie ihn öffnen?

Sie zog den Reißverschluss auf und hob vorsichtig den oberen Teil des Trolleys an.

Der Koffer war vollkommen leer.

*

Aus der Ferne betrachtet mochte der graue Wohnwagen idyllisch aussehen, der eingebettet in das nächtliche Grün des Waldes Ingenting in Solna stand und aus dem durch das ovale Fenster ein schwacher gelber Lichtschein hinausfiel.

Doch in seinem Inneren verschwand jegliche Idylle.

Der Wohnwagen hatte längst seine besten Tage gesehen. Früher funktionierte der Gasherd an der Wand, heute war er durchgerostet. Früher ließ das Plexiglasoberlicht die Sonnenstrahlen herein, heute war es moosbewachsen. Früher war die Tür von einem Vorhang aus langen, bunten Plastikstreifen verdeckt worden, heute waren nur noch drei halb abgerissene Streifen übrig. Früher war er der Urlaubstraum einer Kleinfamilie gewesen, heute gehörte er der einäugigen Vera.

Anfangs hatte sie ihn noch oft geputzt und versucht, ein annehmbares hygienisches Niveau aufrechtzuerhalten, aber je mehr Fundstücke sie aus Müllcontainern herangeschleppt hatte, desto deutlicher war dieses Niveau gesunken. Inzwischen verliefen Ameisenstraßen kreuz und quer durch das Gerümpel, und in den Ecken hockten Ohrenkneifer.

Trotzdem war der Wohnwagen immer noch besser, als in Fußgängerunterführungen und Fahrradkellern zu pennen.

Die Wände hatte sie mit Zeitungsartikeln über Obdachlose und kleinen Plakaten geschmückt, die sie ab und zu fand, und über der einen Pritsche hing etwas, was wie eine Kinderzeichnung von einer Harpune aussah. Über die andere hatte sie einen ausgeschnittenen Satz geklebt: »Nicht die Outsider nutzen die Gesellschaft aus, sondern die Insider!«

Das gefiel Vera.

Jetzt saß sie an ihrem abgewetzten Sperrholztisch und lackierte ihre Fingernägel schwarz, was ihr allerdings nicht besonders gut gelang.

Es waren die Nachtstunden, in denen ihr einfach nichts gelingen wollte. Die Zeit des Wachens. In den Nächten lag Vera häufig wach und wartete krampfhaft. Nur selten wagte sie es, einfach einzuschlafen. Wenn der Schlaf sie schließlich doch übermannte, war dies eher eine Form von Kollaps. Sie brach zusammen oder fiel in eine Art Halbschlaf.

So ging das schon sehr lange.

Wie bei so vielen Menschen in ihrer Umgebung war ihre Psyche vor sehr langer Zeit gepeinigt und schließlich verstümmelt worden.

In ihrem Fall, der sicher kein Einzelfall war, aber ganz persönliche Details enthielt, waren es zwei Dinge gewesen, die sie am meisten gepeinigt oder verstümmelt hatten. Der Schlüsselbund hatte sie körperlich und mental gepeinigt. Die Schläge mit dem großen Schlüsselbund ihres Vaters hatten in ihrem Gesicht sichtbare weiße Narben und in ihrem Inneren unsichtbare Narben hinterlassen.

Sie fand, dass sie mit diesem Schlüsselbund häufiger verprügelt worden war, als sie es verdient gehabt hätte, und begriff, wenn sie so dachte, nicht, dass kein Kind es jemals verdient hatte, mit einem Schlüsselbund ins Gesicht geschlagen zu werden: Für einen Teil der Schläge nahm sie also die Schuld auf sich. Sie hatte gewusst, dass sie ein schwieriges Kind war.

Dagegen hatte sie damals nicht gewusst, dass sie ein schwieriges Kind in einer dysfunktionalen Familie war, in der die Eltern ihre eigene Lebensunfähigkeit an dem einzigen ausließen, was es in ihrer Nähe gab.

An ihrer Tochter Vera.

Der Schlüsselbund peinigte sie, doch das, was mit ihrer Großmutter geschehen war, verstümmelte sie.

Vera hatte ihre Großmutter geliebt, und die Großmutter hatte Vera geliebt, und mit jedem Schlüsselbundschlag in Veras Gesicht war die Großmutter ein wenig geschrumpft.

Sie war machtlos und voller Angst vor ihrem eigenen Sohn gewesen, bis sie schließlich aufgegeben hatte.

Als es passierte, war Vera dreizehn. Sie hatte die Großmutter mit ihren Eltern auf dem Hof nördlich von Stockholm besucht. Durch den mitgebrachten Schnaps entwickelte sich der Tag wie immer, und ein paar Stunden nach ihrer Ankunft hatte die Großmutter das Haus verlassen, da sie es nicht länger ertrug, das Elend zu sehen und zu hören. Sie hatte gewusst, was kommen würde: der Schlüsselbund. Als er schließlich herausgeholt wurde, war es Vera gelungen, ihm ausnahmsweise zu entkommen, und sie war losgerannt, um ihre Großmutter zu holen.

Vera hatte sie in der Scheune gefunden, wo sie an einem dicken Seil tot vom Dachbalken herabhing.

Das allein war bereits ein Schock gewesen, aber dabei sollte es nicht bleiben. Vergeblich hatte sie versucht, ihre sinnlos betrunkenen Eltern irgendwie zu erreichen. Deshalb hatte sie es schließlich selbst tun müssen. Sie hatte ihre Großmutter aus der Schlinge gelöst, sie auf die Erde gelegt und geweint. Stundenlang hatte sie neben der Leiche ihrer Großmutter gelegen, bis ihre Tränen versiegt waren.

Das hatte sie verstümmelt.

Und das machte es ihr heute so schwer, den kürzlich gefundenen schwarzen Nagellack so gleichmäßig aufzutragen, wie sie sich das gewünscht hätte. Er verlief. Zum einen, weil Veras Augen von der Erinnerung an ihre Großmutter getrübt wurden, aber auch, weil sie zitterte.

Aber dann dachte sie an Jelle.

Das tat sie fast immer, wenn das Wachsein sie zu sehr schmerzte. Sie dachte an ihn und seine Augen, in denen es etwas gab, was ihr schon bei ihrer ersten Begegnung in der Zeitungsredaktion aufgefallen war. Er guckte nicht, er sah, fand Vera, als sähe er sie, als dränge sein Blick durch ihr verlebtes Äußeres bis zu dem Menschen durch, der sie in einer anderen Welt war.

Oder vielmehr hätte sein können. Wenn ihr nicht das nötige Rüstzeug gefehlt hätte und sie nicht in schlechte Gesellschaft geraten wäre und einen Leidensweg zwischen Anstalten und Heimen angetreten hätte.

Es kam ihr so vor, als sähe er die andere Vera, die starke, ursprüngliche Frau, die eine Bürgerin in jedem funktionierenden Wohlfahrtsstaat hätte sein können.

Wenn es einen solchen noch gegeben hätte.

Den gibt es nur leider nicht mehr, dachte Vera, den haben sie Schicht für Schicht abgehobelt. Aber wir haben ja die Aktion Sorgenkind!

Und daraufhin lächelte sie schwach und sah, dass ihr der Nagel des kleinen Fingers ganz hervorragend gelungen war.

Der Mann auf dem Bett hatte in seinem Gesicht zwei diskrete Schnitte ausführen lassen, mit denen die Tränensäcke unter seinen Augen fortgezaubert worden waren. Ansonsten war er noch intakt. Seine grauen Haare waren kurz und dicht und wurden alle fünf Tage in Fasson gebracht, der restliche Körper wurde in seinem privaten Sportstudio eine Etage tiefer in Form gebracht.

Er trotzte seinem Alter.

Vom Doppelbett in seinem Schlafzimmer konnte er nur zwei Grundstücke weiter den Cedergren'schen Turm sehen, das berühmte Wahrzeichen des vornehmen Stocksunds, mit dem sich der Forstmeister Albert Gotthard Nestor Cedergren Ende des 19. Jahrhunderts ein Denkmal hatte setzen wollen.

Er selbst wohnte im Granhällsvägen, in Ufernähe, in einem wesentlich kleineren Gebäude von etwas mehr als 420 Quadratmeter Wohnfläche mit Meerblick. Das musste reichen. Immerhin hatte er ja auch noch seine kleine Perle auf Nordkoster.

Jetzt lag er auf dem Rücken und ließ sich von seinem Bett massieren, es war eine sanfte, exklusive Ganzkörpermassage. Sogar die Innenseiten der Schenkel wurden bedacht. Ein Luxus, der die zusätzlichen zwanzigtausend wert war, die es gekostet hatte.

Er genoss es.

An diesem Tag würde er den König treffen.

»Treffen« war vielleicht nicht das richtige Wort. Er würde bei einer Zeremonie in der Handelskammer anwesend sein, deren Hauptperson der Monarch war. Er selbst war die andere Hauptperson. Die Zeremonie fand nämlich zu seinen Ehren statt. Ihm würde die Auszeichnung für das erfolgreichste schwedische Unternehmen des vergangenen Jahres im Ausland überreicht werden, oder wie auch immer die exakte Formulierung lauten mochte.

In seiner Eigenschaft als Gründer und Vorstandsvorsitzender von Magnuson World Mining AB.

MWM.

Er war Bertil Magnuson.

»Und was ist mit dem, Bertil?!«

Linn Magnuson rauschte in einer ihrer Kreationen ins Schlafzimmer. Es war wieder das kirschfarbene Kleid, das sie erst kürzlich abends getragen hatte. Es war sehr schön.

»Es ist hübsch.«

»Findest du? Ist es auch nicht zu … du weißt schon …«

»Provozierend?«

»Das nicht, aber vielleicht zu schlicht? Du weißt ja, wer heute alles da sein wird.«

Das wusste Bertil Magnuson in etwa. Die Crème de la crème der Stockholmer Wirtschaft, ein paar Vertreter des Adels, eine Reihe sorgsam ausgewählter Politiker, zwar nicht auf Regierungsebene, aber fast. Oder vielleicht doch? Mit etwas Glück würde der Finanzminister für ein paar Minuten vorbeischauen. Das sorgte immer für besonderen Glanz. Erik würde leider nicht kommen können. Sein letzter Eintrag bei Twitter lautete: »Brüssel. Besprechungen mit wichtigen Vertretern der Kommission. Ich hoffe, ich schaffe es noch zum Friseur.«

Erik achtete immer penibel auf sein Äußeres.

»Und das hier?«, fragte Linn.

Bertil Magnuson setzte sich im Bett auf, allerdings nicht als Reaktion auf die nächste Präsentation seiner Frau, eine kostbare rot-weiße Robe, die sie in einer Nobelboutique in der Sibyllegatan gefunden hatte, sondern weil sich etwas ankündigte.

In seiner Blase.

Sie hatte ihm in der letzten Zeit Probleme bereitet. Er musste häufiger auf die Toilette, als ein Mann in seiner Position sich das zeitlich leisten konnte. Vor einer Woche war er einem Professor für Geologie begegnet, der ihn fast zu Tode erschreckt hätte. Der Mann hatte ihm erzählt, dass er als Vierundsechzigjähriger an Inkontinenz litt.

Bertil Magnuson war sechsundsechzig.

»Ich finde, das solltest du anziehen«, sagte er.

»Findest du? Ja, vielleicht hast du recht. Es ist schnuckelig.«

»Genau wie du.«

Er hauchte einen Kuss auf die Wange seiner Frau. Er hätte gerne mehr getan, denn für ihre fünfzig Jahre war sie außerordentlich schön, und er liebte sie abgöttisch, aber seine Blase schob ihn an ihrem Körper vorbei aus dem Zimmer.

Er merkte, dass er nervös war.

Es war in vieler Hinsicht ein großer Tag für ihn und ein noch größerer für MWM. Sein Unternehmen. Nach der Verkündung der Auszeichnung war die Kritik an der Erschließung der Vorkommen im Kongo in den letzten Tagen immer lauter geworden. Aus allen Richtungen hagelte es Proteste und kritische Artikel über dubiose Geschäftsmethoden und Ausbeutung und Verstöße gegen das Völkerrecht und was sie sich sonst noch alles einfallen ließen.

Andererseits war auf ihnen herumgehackt worden, solange Bertil denken konnte. Sobald es für Schweden im Ausland gut lief, wurde auf ihnen herumgehackt. Und für MWM lief es ganz hervorragend. Das kleine Unternehmen, das er einst mit einem Kollegen gegründet hatte, war zu einem multinationalen Konglomerat aus großen und kleinen Firmen gewachsen, die über die ganze Welt verteilt waren.

MWM gehörte heute zu den Großen auf dem Weltmarkt.

Er gehörte zu den Großen.

Mit einer etwas zu kleinen Blase.

*

Lange nach der Zeit zum Auschecken war sie schließlich aufgewacht. Axel Nordeman war es egal gewesen. Olivia hatte es auf das Fieber, die klatschnassen Kleider, das »Hineinplumpsen«, wie er es genannt hatte, geschoben. Ihm war es immer noch egal gewesen. Als sie zu erklären versuchte, dass sie normalerweise eine Frühaufsteherin war, hatte er sie gefragt, ob sie vielleicht noch eine Nacht bleiben wolle. Das wollte sie, einerseits, ihm zuliebe, aber andererseits wusste sie, dass sie zurückfahren musste.

Ihrem Kater zuliebe.

Es hatte sie einige Überredungskunst gekostet, Elvis bei einem Nachbarn unterzubringen. Einem Freak, der im Plattenladen Pet Sounds arbeitete, aber am Ende war es ihr gelungen.

Für zwei Nächte.

Drei wären unmöglich gewesen.

»Tut mir leid, ich würde wirklich gerne bleiben«, sagte sie.

»Die Insel hat Ihnen gefallen.«

»Die Insel gefällt mir sehr. Das Wetter hätte besser sein können, aber ich komme gerne zurück.«

»Das wäre nett.«

So drücken sich nur echte Hummerjungen aus, dachte sie, als sie die Badhusgatan in Strömstad hinaufging und spürte, dass ihr Hals erneut zuschwoll. Sie war auf dem Weg zu einem pensionierten Polizisten namens Gunnar Wernemyr, dem Mann, der laut Betty Nordeman den Vamp Jackie aus Stockholm vernommen hatte. Olivia hatte Wernemyr im Internet gefunden und ihn angerufen, bevor sie an Bord der Fähre zum Festland gegangen war. Er war sehr freundlich gewesen und hatte nichts dagegen gehabt, sich mit einer jungen angehenden Polizistin zu treffen. Außerdem war ihm in weniger als drei Sekunden klar gewesen, welche Jackie aus Stockholm Olivia im Zusammenhang mit dem Mord auf Nordkoster meinte.

»Sie hieß Jackie Berglund. An die erinnere ich mich noch gut.«

Unmittelbar bevor sie rechts in die Västra Klevgatan einbog, klingelte ihr Handy. Es war Åke Gustavsson, ihr Dozent. Er war neugierig.

»Wie läuft es denn so bei Ihnen?«

»Beim Ufermord?«

»Ja. Haben Sie mit Stilton gesprochen?«

Stilton? Den hatte sie in den letzten vierundzwanzig Stunden nicht auf dem Schirm gehabt.

»Nein, aber ich habe mit Verner Brost von der Cold-Case-Einheit gesprochen, der meinte, Stilton habe aus privaten Gründen gekündigt. Wissen Sie etwas darüber?«

»Nein. Oder doch.«

»Nein oder doch?«

»Er hat aus privaten Gründen gekündigt.«

»Okay. Nein, ansonsten habe ich noch nicht viel herausgefunden.«

Sie fand, dass sie sich ihre Erlebnisse auf Koster lieber für eine spätere und besser durchdachte Zusammenfassung aufsparen sollte.

Falls es jemals zu einer solchen kommen würde.

Wernemyrs wohnten im ersten Stock eines hübschen älteren Hauses und hatten einen schönen Blick auf den Hafen. Gunnars Frau Märit hatte Kaffee gekocht und Olivia einen Löffel einer braunen Flüssigkeit gegen ihre Halsschmerzen gegeben.

Jetzt saßen sie zu dritt in der grüngestrichenen Küche des Ehepaars, die wahrscheinlich seit Anfang der sechziger Jahre nicht mehr renoviert worden war. Auf den Fensterbänken konkurrierten kleine Porzellanhunde, Fotos von den Enkelkindern und rosa Mårbacka-Geranien um den vorhandenen Platz. Bilder erweckten immer Olivias Neugier. Sie zeigte auf eines.

»Sind das Ihre Enkelkinder?«

»Ja. Ida und Michel. Sie sind unser Ein und Alles«, antwortete Märit. »Sie kommen nächste Woche und bleiben über Mittsommer. Wir freuen uns schon darauf, uns um sie kümmern zu dürfen.«

»Ach, nun übertreib nicht«, warf Gunnar lächelnd ein. »Du bist auch immer herzlich froh, wenn sie wieder nach Hause fahren.«

»Sicher, es ist schon ziemlich anstrengend mit ihnen. Wie geht es Ihrem Hals?«

Märit Wernemyr sah Olivia mitfühlend an.

»Danke, etwas besser.«

Olivia trank einen Schluck Kaffee aus der filigranen Porzellantasse mit einem Muster aus roten Rosen, ihre Großmutter hatte die gleichen gehabt. Anschließend unterhielten sie sich alle drei über die heutige Polizeiausbildung. Märit hatte in Strömstad im Polizeiarchiv gearbeitet.

»Mittlerweile haben sie ja alles zentralisiert«, erläuterte sie, »die einzelnen Archive zusammengelegt und in Göteborg ein Zentralarchiv aufgebaut.«

»Da liegen die Ermittlungsakten heute bestimmt«, meinte Gunnar Wernemyr.

»Ja«, bestätigte Olivia.

Sie hoffte, dass er nicht zu verschwiegen sein würde, wenn er von den Ermittlungen erzählen sollte. Die Sache lag immerhin schon lange zurück.

»Und, was wollen Sie über Jackie Berglund wissen?«

Offenbar nicht sonderlich verschwiegen, dachte Olivia und sagte: »Wie oft haben Sie sie vernommen?«

»Hier im Präsidium zwei Mal. Außerdem ist sie auf Nordkoster zur Sache befragt worden. Das war die erste Vernehmung«, sagte der pensionierte Polizist.

»Warum wurde sie zu einer weiteren Vernehmung hierher gebracht?«

»Wegen dieser Yacht. Haben Sie von ihr gehört?«

»Nicht wirklich …«

»Nun, diese Jackie war offenbar als eine professionelle Begleiterin an Bord.«

Eine Luxushure, dachte Olivia.

»Sie wissen schon, so eine Luxushure«, sagte Märit.

Olivia lächelte schwach. Gunnar fuhr fort:

»Sie hat sich mit zwei Norwegern an Bord einer norwegischen Yacht aufgehalten, die die Insel kurz nach dem Mord verlassen hat. Besser gesagt, versucht hat, sie zu verlassen, denn eines unserer Polizeiboote hat die Yacht auf offener See gestoppt, überprüft, woher sie kam, und anschließend zur Insel zurückbegleitet. Und weil die Norweger ziemlich betrunken waren und Jackie Berglund eindeutig unter dem Einfluss von etwas anderem als Alkohol stand, hat man alle drei hierher verfrachtet, damit wir sie verhören konnten, sobald sie ausgenüchtert waren.«

»Und diese Vernehmungen haben Sie dann geleitet?«

»Ja.«

»Gunnar war damals der beste Vernehmungsleiter.«

Märits Worte klangen wie eine sachliche Feststellung und nicht nach Prahlerei.

»Was haben Sie herausgefunden?«, fragte Olivia.

»Der eine Norweger hat behauptet, sie hätten im Radio gehört, dass am nächsten Tag ein Sturm aufkommen würde und dass sie die Insel deshalb verlassen wollten, um ihren Heimathafen zu erreichen. Der andere meinte, es sei kein Alkohol mehr an Bord gewesen, sie hätten nach Norwegen zurückgewollt, um neuen zu bunkern.«

Ziemlich unterschiedliche Versionen, dachte Olivia.

»Und was hat Jackie Berglund gesagt?«

»Sie habe keine Ahnung gehabt, warum sie losgesegelt seien, sie sei einfach nur mitgekommen.«

»Diese Segelei ist nicht mein Ding«, zitierte Märit die Frau mit ausgeprägtem Stockholmer Tonfall.

Olivia sah Märit an.

»Das hat sie gesagt, diese Berglund. Als du nach Hause gekommen bist und mir davon erzählt hast, haben wir darüber gelacht, erinnerst du dich?!«

Märit lächelte Gunnar an, der ein wenig verlegen wirkte. Informationen aus einer Vernehmung an seine Frau weiterzugeben entsprach nicht gerade den geltenden Vorschriften, aber Olivia war das egal.

»Was haben die drei denn zu dem Mord gesagt?«, wollte sie wissen.

»In dem Punkt waren sich alle einig, keiner von ihnen war in der Bucht gewesen, weder am Abend des Mordes noch vorher.«

»Entsprach das der Wahrheit?«

»Hundertprozentig sicher können wir natürlich nicht sein, immerhin ist der Fall nie aufgeklärt worden, aber wir hatten nichts in der Hand, was sie mit dem Tatort in Verbindung gebrachte hätte. Sagen Sie, sind Sie eigentlich mit Arne Rönning verwandt?«

»Er ist mein Vater. Oder besser gesagt war.«

»Wir haben gelesen, dass er gestorben ist«, sagte Gunnar. »Mein Beileid.«

Olivia nickte und Märit ging ein Fotoalbum mit Bildern aus Gunnars Karriere bei der Polizei holen. Auf einer der Aufnahmen stand er mit Arne Rönning und einem weiteren Polizisten zusammen.

»Ist das Tom Stilton?«, erkundigte sich Olivia.

»Ja.«

»So, so… Sie wissen nicht zufällig, wo Stilton heute zu finden ist?«

»Nein.«

*

Am Ende hatte sie sich dann doch für das kirschfarbene entschieden. Sie mochte es sehr, es war zwar ein wenig schlichter, aber elegant. Jetzt stand sie in der Handelskammer neben ihrem Mann und lächelte. Es war kein gezwungenes Lächeln. Sie lächelte, weil sie stolz auf ihn war, und sie wusste, dass er stolz auf sie war. Sie hatten niemals Probleme mit der beruflichen Balance gehabt. Er ging seiner Arbeit nach und sie ihrer, und sie waren beide erfolgreich. Sie in einem global betrachtet kleineren Maßstab, aber dennoch erfolgreich. Sie war Karriere-Coach, und in den letzten Jahren war es bei ihr richtig gut gelaufen. Jeder wollte Karriere machen, und sie kannte die nötigen Tricks. Einiges hatte sie von Bertil gelernt, der mehr Erfahrung hatte als die meisten, aber vieles hatte sie sich selbst erarbeitet.

Sie war kompetent.

Als sich der schwedische Monarch zu ihr vorbeugte und ihr wegen des kirschfarbenen Kleids ein kleines Kompliment machte, war das deshalb keine indirekte Schmeichelei an Bertil Magnusons Adresse, sondern an sie selbst gerichtet.

»Danke.«

Es war nicht ihre erste Begegnung. Der Monarch und Bertil interessierten sich für die Jagd, vor allem auf Schneehühner. Zwei, drei Mal hatten sie in derselben Gesellschaft zusammen gejagt und bei der Gelegenheit ein paar Worte gewechselt. Soweit man mit einem König Worte wechseln kann, dachte sie. Jedenfalls waren es genug gewesen, um ihnen mehrere Einladungen zu kleineren Festessen mit Menschen aus dem engeren Umfeld des Königshauses einzutragen. Für Linn Magnusons Geschmack waren es etwas steife Veranstaltungen gewesen, die Königin war ja bekanntermaßen alles andere als ein Partygirl, aber für ihren Mann waren diese Essen wichtig. Es wurden Kontakte geknüpft, und es konnte nicht schaden, wenn sich herumsprach, dass man gelegentlich mit dem König dinierte.

Linn Magnuson schmunzelte. Dinge dieser Art waren wichtig in der Welt ihres Mannes, in ihrer eigenen dagegen weniger. Wesentlich wichtiger war es zu versuchen, etwas gegen den Dreck zu unternehmen, mit dem die MWM im Moment beworfen wurde, denn dieser Dreck besudelte auch sie. Auf dem Weg zur feierlichen Verleihung hatte in der Västra Tradgårdsgatan eine kleinere Menschenmenge mit Transparenten gestanden, auf denen MWM ziemlich unschöne Dinge vorgeworfen wurden. Sie hatte Bertil angesehen, wie sehr ihn dies geärgert hatte. Er wusste, dass die Medien auch über die Proteste berichten und sie seiner Auszeichnung gegenüberstellen würden, die dadurch leider ein wenig von ihrem Glanz verlor.

Das war bedauerlich.

Sie schaute sich um. Die meisten Gäste kannte sie. Es war eine Versammlung von Leuten, die Pirre und Tusse und Latte und Pygge und Mygge und so weiter genannt wurden. Sie hatte nie wirklich behalten, wer von ihnen eigentlich wer war. In ihrer Welt hatte man etwas klarere Namen, aber sie wusste, dass diese Leute ihrem Mann wichtig waren. Es waren Männer, mit denen er auf die Jagd ging, segelte, Geschäfte machte und verwandt war.

Allerdings nicht körperlich.

So gut kannte sie ihren Mann.

Sie liebten sich immer noch und hatten ein erfülltes Liebesleben. Sie machten es nicht besonders oft, aber wenn es dazu kam, war es völlig befriedigend.

»Befriedigend«, dachte sie. Was für ein Wort für Sex. Und lächelte, als Bertil Magnuson sie ansah. Er sah elegant aus. Eine matt purpurfarbene Krawatte, ein einfacher, aber eleganter schwarzer Anzug, es war sein maßgeschneiderter italienischer. Das Einzige, was sie störte, war sein Hemd. Es war uniblau mit weißem Kragen und damit so ziemlich das Hässlichste, was sie sich vorstellen konnte. Jahrelang hatte sie eine regelrechte Kampagne gegen diese Art von Hemden geführt.

Leider vergeblich.

Manche Dinge saßen tiefer als Narben. Bei ihrem Gatten waren es blaue Hemden mit weißem Kragen. Sie waren eine Art archetypisches Emblem für ihn und sollten eine Zugehörigkeit signalisieren, die ihr selbst ziemlich fremd war.

Zeitlose Klasse.

Glaubte er.

Ziemlich lächerlich, fand sie. Und hässlich.

Bertil Magnuson erhielt seine Auszeichnung aus der Hand des Königs. Er verneigte sich nach links und rechts, schaute verstohlen zu Linn hinüber und zwinkerte ihr zu. Ich hoffe, seine Blase spielt mit, dachte sie. Dies war nicht der richtige Moment, um zur Toilette zu hetzen.

»Champagner!«

Eine Reihe angemieteter Kellner in weißen Livreen machte mit kleinen Tabletts, auf denen gekühlter Grande Cuvée stand, die Runde. Linn und Bertil Magnuson nahmen sich je ein Glas und stießen an.

Im selben Moment klingelte das Handy.

Besser gesagt, es vibrierte in Bertils Tasche.

Er enfernte sich mit seinem Champagnerglas ein wenig von den anderen, fischte es heraus und nahm das Gespräch an.

»Magnuson.«

Am anderen Ende war ein ziemlich kurzer, aber für Magnuson schockierender Dialog zu hören, ein Ausschnitt aus einem aufgezeichneten Gespräch.

Ich weiß, dass du bereit bist, weit zu gehen, Bertil, aber ein Mord?

Niemand kann uns damit in Verbindung bringen.

Aber wir *wissen Bescheid.*

Wir wissen nichts ... wenn wir nicht wollen.

Der Dialog brach ab.

Bertil ließ das Handy nach einigen Sekunden mit einem auffällig starren Arm sinken. Er wusste genau, was für eine Unterhaltung das war. Er wusste genau, wann sie stattgefunden hatte und wessen Stimmen das gewesen waren.

Die von Nils Wendt und Bertil Magnuson.

Er selbst hatte die letzten Worte gesprochen.

Wir wissen nichts ... wenn wir nicht wollen.

Dagegen hatte er nicht gewusst, dass dieses Gespräch aufgezeichnet worden war.

»Auf Ihr Wohl, Bertil!«

Der König erhob Bertil Magnuson zugewandt sein Glas. Es kostete den Geehrten allergrößte Anstrengung, sein eigenes ebenfalls zu erheben und sich ein krampfhaftes Lächeln abzuringen.

Linn Magnuson reagierte sofort. Die Blase, dachte sie, bahnte sich schnell den Weg zu ihm und lächelte.

»Würde seine Majestät die Güte haben, uns einen Moment zu entschuldigen, ich müsste meinen Mann ganz kurz entführen.«

»Aber selbstverständlich, selbstverständlich.«

Der König war niemand, der Umstände machte. Vor allem

nicht einer kirschfarbenen Erscheinung wie Linn Magnuson gegenüber.

Also zog sie ihren auffallend geistesabwesenden Mann ein wenig zur Seite.

»Die Blase?«, flüsterte sie.

»Was? Ja.«

»Komm mit.«

So wie eine tatkräftige Frau agieren sollte, wenn ihr Mann schwächelte, übernahm sie das Kommando über Bertil und scheuchte ihn zu einer nicht allzu fernen Toilette, in die er sich wie ein Schatten hineinschob.

Sie würde draußen auf ihn warten, was aus einem einfachen Grund ein Glück war.

Er hatte überhaupt nicht vor, seine Blase zu entleeren.

Stattdessen krümmte er sich über der Toilette und übergab sich. Schnittchen und Champagner und die kurz getoasteten Marmeladenbrote vom Frühstück kamen hoch.

Der große Wirtschaftsmagnat war geschrumpft.

*

Der Fahrgast auf dem Nachbarsitz sprach davon, wie unglücklich es war, so beengt zu sitzen, wenn man bedachte, wie schnell Bazillen sich in der Luft verbreiteten. Olivia gab ihm recht. Außerdem hielt sie sich die Hand vor den Mund, wenn sie wieder einmal heftig husten musste, und versuchte sich von ihm wegzudrehen, so gut es eben ging. Es ging nicht besonders gut. Bei Linköping wechselte ihr Mitreisender den Sitzplatz.

Olivia blieb in einem sanft schaukelnden X-2000-Zug alleine sitzen. Ihre Brust schmerzte, und ihre Stirn war alarmierend heiß. Eine Stunde hatte sie ihrem Handy und eine halbe Stunde ihren Notizen gewidmet. Anschließend hatte sie an das Gespräch in Strömstad und an Jackie Berglund denken müssen… »Diese Segelei ist nicht mein Ding.« Und was war dein Ding, Jackie?, dachte sie. Auf einer Yacht angemietet zu werden und mit Norwegern zu vögeln? Während eine Viertelstunde von euren Orgien entfernt eine junge Frau eingegraben und ertränkt wurde. Oder?

Oder? Plötzlich tauchte etwas ganz anderes in Olivias fiebrigem Kopf auf.

Was wusste sie eigentlich über die ertränkte Frau?

Schlagartig wurde ihr bewusst, wie sehr sie sich von der Tatsache hatte beeinflussen lassen, dass man über das »arme« Opfer nichts wusste, wodurch das Bild einer jungen, wehrlosen und schwangeren Frau entstanden war, die man grausam zu Tode gequält hatte.

Und wenn es nun gar nicht so gewesen war?

Es wusste doch niemand etwas über das Opfer.

Man kannte ja nicht einmal ihren Namen.

Und wenn sie nun auch als Escortgirl engagiert worden war?

Aber sie war doch schwanger!

Beruhige dich, Olivia, es gibt für alles Grenzen.

Aber stimmte das wirklich? In der Polizeischule hatten sie eine Vorlesung über Pornoseiten im Internet gehört. Wie sie hochgeladen wurden, wie schwierig es war, sie aufzuspüren, wie schwierig es war… schwangere Frauen! Hier und da, aber gar nicht mal so selten, gab es unter den Milliarden von Pornos, die ins Netz gestellt wurden, Spezialseiten für »euch, die ihr etwas besonders Dreckiges sucht«, »fucking pregnant women?«. Sie erinnerte sich, weil sie es besonders abstoßend gefunden hatte. Sex mit Eselinnen oder siamesischen Zwillingen, okay, das war einfach nur lächerlich. Aber gekaufter Sex mit hochschwangeren Frauen?

Dafür gab es leider Gottes einen Markt.

Das war die Realität.

Man stelle sich also vor, dass dieses Mordopfer eine Freundin Jackies war, die man engagiert hatte, gerade weil sie schwanger war. Und dann ging auf dieser Yacht irgendetwas schief und die Sache endete mit Mord.

Oder … Inzwischen lief ihre fiebrige Fantasie auf Hochtouren. Oder einer der Norweger war der Vater des Kindes, und sie weigerte sich, es abtreiben zu lassen? Vielleicht hatten sie und Jackie ja schon vorher Sex mit diesen Norwegern gehabt, und das Opfer war schwanger geworden und hatte versucht, von dem Norweger Geld zu erpressen, und daraufhin ging die Sache gründlich schief, und die beiden Männer und Jackie brachten sie um?

Dann klingelte ihr Handy.

Es war ihre Mutter. Sie wollte Olivia zum Essen einladen.

»Heute Abend?«

»Ja. Hast du schon etwas vor?«

»Ich sitze gerade im Zug von Nordkoster und …«

»Wann bist du hier?«

»So gegen fünf, aber dann muss ich …«

»Sag mal, wie hörst du dich eigentlich an?! Bist du krank?«

»Ich bin ein bisschen …«

»Hast du Fieber?«

»Vielleicht, ich habe kein …«

»Ist dein Hals zugeschwollen?«

»Ein bisschen.«

Innerhalb von fünf Sekunden hatten Marias besorgte Fragen Olivia zu einer Fünfjährigen regrediert. Sie war krank, und Mama kümmerte sich um sie.

»Um wie viel Uhr?«

»Um sieben«, antwortete Maria.

*

Die Esplanade am Strandvägen war eine ausgesprochen schöne Straße. Von der Seeseite betrachtet wurde die parallel zum Ufer verlaufende Allee von einer beeindruckenden Mischung älterer Architektur gesäumt. Vor allem, wenn man den Blick auf die Dächer mit ihren vielen eigensinnigen Formationen aus Türmen, Winkeln und Stuck richtete. Der Welt wurde ein würdiges Gesicht zugewandt.

Was sich hinter diesem Gesicht verbarg, war eine ganz andere Frage.

Die Schönheit der Straße ging Bertil Magnuson jedoch sicher nicht durch den Kopf, als er am Ufer entlangging. Seine besorgte Frau hatte ihn am Nybroplan abgesetzt, nachdem er ihr mit Nachdruck versichert hatte, dass mit ihm wieder alles in Ordnung sei. Die Zeremonie und der König und die Parolen der Demonstranten vor der Handelskammer waren bloß ein bisschen zu viel für ihn gewesen.

»Es ist alles in Ordnung«, erklärte er.

»Sicher?«

»Sicher. Ich muss nur einen Vertrag durchdenken, über den wir am Mittwoch verhandeln wollen, und möchte ein wenig spazieren gehen.«

Das tat er oft, wenn er sich etwas durch den Kopf gehen lassen wollte, so dass sie ihn absetzte und heimfuhr.

Bertil Magnuson war tief erschüttert. Ihm war sofort klar gewesen, wer hinter der Aufnahme des Gesprächs steckte.

Nils Wendt.

Früher war dieser Mann ein sehr enger Freund von ihm gewesen. Ein Musketier. Einer von dreien, die in den Sechzigern in guten wie in schlechten Zeiten an der Handelshochschule zusammengehalten hatten. Der dritte war Erik Grandén gewesen, der heute als Staatssekretär im Außenministerium tätig war. Die drei hatten sich als moderne Nachfahren von Dumas' Helden begriffen. Sie hatten sogar einen Wahlspruch gehabt: einer für alle.

Weiter hatte ihre Fantasie nicht gereicht, aber sie waren der festen Überzeugung gewesen, dass sie die Welt verblüffen würden, was ihnen zumindest teilweise auch gelungen war.

Grandén hatte sich zu einem politischen Wunderkind entwickelt und war als Sechsundzwanzigjähriger Vorsitzender im Jugendverband der Konservativen Partei geworden. Er selbst und Wendt hatten MWM gegründet – Magnuson Wendt Mining. Die Firma war rasch zu einem kühnen und erfolgreichen Bergbauunternehmen im In- und Ausland aufgestiegen.

Bis die Dinge etwas schlechter liefen.

Nicht für das Unternehmen, das sowohl global betrachtet als auch ökonomisch gesehen wuchs und nach ein paar Jahren an der Börse notiert wurde. Sondern für Wendt. Oder vielmehr für die Beziehung von Bertil Magnuson und Nils Wendt. Ihr Verhältnis hatte sich zusehends verschlechtert, und das Ganze hatte damit geendet, dass Wendt von der Bildfläche verschwunden war. Daraufhin wurde Wendt durch World ersetzt – Magnuson World Mining.

Und nun war Wendt wieder aufgetaucht. Über den Umweg eines sehr unangenehmen Gesprächs zwischen ihm selbst und Bertil Magnuson. Einem Gespräch, von dessen Aufnahme er keine Ahnung gehabt, deren Bedeutung er jedoch augenblicklich erkannt hatte. Falls sein Inhalt publik werden sollte, würde Bertil Magnusons Zeit als Wirtschaftsmagnat auf allen Ebenen vorbei sein.

Er warf einen flüchtigen Blick zur Grevgatan hinauf. Dort war er in einem untadeligen, bürgerlichen Elternhaus geboren worden. In seinem Kinderzimmer hatte er die Glocken der Hedvig-Eleonora-Kirche hören können. Er stammte aus einer Industriellenfamilie. Sein Vater und sein Onkel hatten das Werk begonnen. Adolf und Viktor. Die Brüder Magnuson. Gemeinsam hatten sie ein relativ kleines, aber solides Bergbauunternehmen aufgebaut, ein feines Gespür für Mineralien besessen und waren von heimischen Gruben zu internationalen Schürfprojekten übergegangen. Im Laufe der Zeit hatten sie das Familienunternehmen weltweit etabliert und Bertil bei seinem Einstieg ins Wirtschaftsleben mit einem Aktienpaket versehen.

Er selbst war eigensinnig gewesen, hatte kühner gedacht. Zwar hatte er geholfen, das Familienunternehmen zu verwalten, gleichzeitig jedoch erkannt, dass man ganz andere Märkte als die traditionellen erschließen könnte, die den Brüdern so am Herzen lagen.

Exotische Märkte.

Schwierige Märkte.

Was nicht ohne Feilschen und Schachern mit zahlreichen diktatorischen Machthabern ging. Personen, mit denen sich die Brüder niemals abgegeben hätten. Aber die Zeiten änderten sich, und Vater und Onkel starben. Sobald Adolf und

Viktor unter der Erde waren, gründete Bertil ein Tochterunternehmen.

Mit Unterstützung Nils Wendts.

Des unglaublich talentierten Wendt. Eines der Musketiere. Ein Genie, wenn es um Bergbauprojekte und die Analyse von Mineralien und Marktstrukturen ging, all die Dinge, die Bertil Magnuson weniger gut beherrschte. Gemeinsam wurden sie gleich auf mehreren Kontinenten zu industriellen Pionieren. Asien. Australien. Aber vor allem: Afrika. Bis es zum Konflikt kam und Wendt plötzlich wegen etwas sehr Unangenehmen verschwand, das Bertil Magnuson verdrängt und in ein Nichtereignis verwandelt hatte.

Das hatte Nils Wendt ganz offensichtlich nicht getan.

Denn es konnte kein anderer als sein alter Kompagnon sein, der ihn angerufen und ihm den Gesprächsfetzen vorgespielt hatte. Eine andere Möglichkeit gab es nicht.

Davon war Bertil Magnuson überzeugt.

Als er die Brücke nach Djurgården erreichte, hatte er innerlich seine erste Frage formuliert: Was zum Teufel will er? Und seine zweite: Mehr Geld? Und als er gerade seine dritte Frage – Wo ist er? – formulieren wollte, klingelte erneut sein Handy.

Er hielt es vor sich oder vielmehr unten am Oberschenkel, und um ihn herum kamen und gingen Menschen, von denen viele mit Hunden unterwegs waren, es war eine Gegend dafür. Er nahm das Gespräch an und hob das Handy ans Ohr.

Wortlos.

Still.

»Hallo?«

Es war Erik Grandén. Der fleißige Twitterer, der sich

Hoffnung auf einen Friseurbesuch in Brüssel gemacht hatte. Bertil Magnuson erkannte seine Stimme sofort.

»Hallo, Erik.«

»Gratuliere zu deiner Auszeichnung!«

»Danke.«

»Und, wie war der König?! War er gut in Form?!«

»Sicher.«

»Wie nett, wie nett. Und jetzt wird gefeiert?«

»Nein, ich … Wir reden später darüber. Hast du einen Friseur gefunden?«

»Noch nicht, der, den ich haben wollte, hatte keinen Termin mehr frei. Seltsam. Aber jemand hat mir einen anderen Salon empfohlen, zu dem ich es hoffentlich morgen früh vor dem Flieger schaffe, ich melde mich dann am Wochenende bei dir! Grüß Linn von mir!«

»Danke. Tschüss.«

Bertil Magnuson dachte an Erik Grandén, das dritte Musketier. Auch er war auf seinem Gebiet ein Schwergewicht mit einem gigantischen Kontaktnetz im In- und Ausland.

»Hol ihn in den Vorstand.«

Bertil Magnusons Mutter hatte nach dem Tod des Vaters diesen Vorschlag gemacht, als Bertil die weitverzweigten Tentakel seines Freundes Erik beschrieben hatte.

»Aber er hat doch gar keine Ahnung vom Bergbau«, hatte er zu bedenken gegeben.

»Das Gleiche könnte man auch über dich sagen. Deine Kompetenz besteht darin, dich mit Leuten zu umgeben, die etwas von der Sache verstehen. Mit den richtigen Leuten. Das ist deine Begabung. Hol ihn in den Vorstand.«

Als sie es zum zweiten Mal sagte, erkannte Bertil, dass ihre Idee brillant war. Warum war er nicht selbst darauf gekommen? Manchmal sah man den Wald vor lauter Bäumen nicht. Erik hatte ihm als Freund und Musketier zu nahegestanden. Natürlich musste Erik im Vorstand von MWM sitzen.

So kam es dann auch.

Er bekam einen Sitz, was anfangs von seiner Seite ein kleiner Freundschaftsdienst gewesen war. Aber da er im Laufe der Zeit ein umfangreiches Aktienpaket der Firma erworben hatte, konnte er natürlich genauso gut auch Verantwortung übernehmen. Immerhin war es ihm möglich, an einigen Strippen zu ziehen, zu denen Bertil keinen Zugang hatte. Er war ja Erik Grandén.

So blieb es viele Jahre, bis Eriks politische Karriere ihn so weit nach oben geführt hatte, dass der Posten eines Vorstands in einem Privatunternehmen, das in den Medien noch dazu häufig Kritik einstecken musste, ein wenig heikel wurde.

Also erklärte er seinen Rücktritt.

Heute erledigte er die Dinge, die getan werden mussten, unter vier Augen. So war es weniger heikel.

Nach außen waren sie nur gute Freunde.

Bisher jedenfalls.

Erik hatte keine Ahnung von dem Gespräch und seiner Herkunft. Wenn er davon erführe, würde seine Musketiertreue auf eine harte Probe gestellt werden.

Auch auf einer politischen Ebene.

*

Es war kurz vor sieben. Jelle hatte in vier Stunden lediglich drei Zeitungen abgesetzt. Das war nicht viel. Einhundertzwanzig Mäuse, von denen sechzig ihm gehörten, was einem Stundenlohn von fünfzehn Kronen entsprach. Aber für eine Dose Fischbällchen würde es reichen. Im Grunde mochte er die Fischbällchen gar nicht, es ging ihm ausschließlich um die Hummersauce, in der sie schwammen. Er interessierte sich generell nicht sonderlich für Essen, das hatte er selbst zu Zeiten nicht getan, als er sich das eine oder andere hätte leisten können. Essen war für ihn Nahrungsaufnahme. Gab es keine richtige Mahlzeit, musste man sich die Nahrung eben auf andere Art beschaffen. Das ging auch. Sein größtes Problem war nicht die Beschaffung von Essbarem, sondern die Frage, wo er schlafen sollte.

Er hatte natürlich seinen Holzverschlag am Järlasjön, aber mittlerweile ging der ihm mächtig auf die Nerven. In den Wänden hatte sich etwas festgesetzt, was ihn bedrängte, sobald er den Raum betrat und es ihm immer schwerer machte, dort Schlaf zu finden. Diese Wände haben zu lange zu viele Schreie gehört, dachte er, es wird Zeit umzuziehen.

Aber was hieß hier »umziehen«. Das tat man von einer Wohnung zu einer anderen, man zog aus einem schmucklosen Bretterverschlag ohne Möbel nicht aus, sondern haute dort einfach ab.

Er wollte abhauen.

Jetzt dachte er darüber nach, wohin die Reise gehen sollte. Er hatte schon überall in der Stadt geschlafen, gelegentlich auch in einem Obdachlosenheim, aber das war nichts für ihn. Streit und Suff und Drogen und Personal, das einen spätestens um acht Uhr morgens vor die Tür setzte. Das kam für ihn nicht mehr in Frage. Er musste etwas anderes finden.

»Hallo, Jelle! Hast du dich mit einer Handgranate gekämmt?«

Die einäugige Vera kam breit grinsend auf ihn zu und zeigte auf Jelles zerzauste Haare. Sie hatte ihre dreißig Zeitungen am Ring verkauft und war jetzt zu der Stelle vor der Markthalle am Medborgarplatsen gekommen, die Jelle ein paar Tage zuvor für sich beansprucht hatte. Benseman würde ja ohnehin nicht kommen. Er hatte geglaubt, es sei eine gute Verkaufsstelle, aber die drei Zeitungen am heutigen Tag widersprachen dieser Einschätzung.

»Hallo«, sagte er.

»Wie läuft's denn so?«

»Geht so … drei Zeitungen.«

»Ich habe dreißig verkauft.«

»Toll.«

»Wie lange willst du hier noch stehen?«

»Weiß nicht, ich hab noch ein paar.«

»Die könnte ich dir abkaufen.«

Die Verkäufer kauften sich des Öfteren gegenseitig Exemplare ab, um einander zu helfen. Sie hofften, selbst mehr Glück zu haben als der ursprüngliche Besitzer. Veras Angebot war also nichts Ungewöhnliches.

»Danke, aber ich …«

»Dafür bist du ein bisschen zu stolz, was?«

»Schon möglich.«

Vera lachte kurz und schob einen Arm unter Jelles.

»Von Stolz wird man aber nicht satt.«

»Ich hab keinen Hunger.«

»Du bist kalt.«

Vera hatte Jelles Hand in ihre genommen. Sie war wirklich ziemlich kalt, was seltsam war, da es mit Sicherheit mehr als zwanzig Grad warm war. Sie hätte nicht kalt sein dürfen.

»Hast du letzte Nacht wieder in dieser Bruchbude geschlafen?«

»Ja.«

»Wie lange hältst du das noch durch?«

»Weiß nicht …«

Es wurde still. Vera betrachtete Jelles Gesicht, und Jelle musterte die Fassade der Markthalle, und so wurde aus den Sekunden eine Minute. Dann sah Jelle Vera an.

»Ist es okay, wenn ich …«

»Ja.«

Mehr sagten sie nicht. Mehr musste nicht gesagt werden. Jelle griff nach seinem abgewetzten, kleinen Rucksack und stopfte seinen dünnen Zeitungsstapel hinein. Dann gingen sie Seite an Seite, jeder in Gedanken bereits unterwegs zu Veras Wohnwagen und der Frage, wie es dort werden würde.

Und wenn man so in Gedanken versunken ist, bemerkt man nicht, dass zwei junge Männer in dunklen Kapuzenjacken im nahe gelegenen Park stehen und einen beobachten. Man nimmt nicht einmal wahr, dass sie in dieselbe Richtung gehen wie man selbst.

*

Das rote Reihenhaus im Vorort Rotebro war Mitte der sechziger Jahre gebaut worden. Die Rönnings waren die bislang zweiten Besitzer. Es war ein hübsches und gepflegtes Haus in einem ruhigen Straßenabschnitt in einer Siedlung, in der alle Häuser gleich aussahen. Hier war Olivia als Einzelkind aufgewachsen, aber das ganze Viertel war damals voller Spielkameraden gewesen. Heute waren die meisten von ihnen erwachsen und wohnten woanders. In den Häusern lebten mittlerweile vor allem Eltern ohne Kinder.

Wie Maria.

Als Olivia zur Garagenauffahrt kam, sah sie ihre Mutter durchs Küchenfenster. Die Strafverteidigerin mit der spanischen Herkunft, die schlagfertige und stets adrette Frau, die ihr Vater über alles in der Welt geliebt hatte.

Und sie ihn, wenn Olivia es recht sah. In ihrem Elternhaus hatte eine ruhige und abgeklärte Atmosphäre geherrscht, es hatte nur sehr selten Streit gegeben. Argumente, gegensätzliche Meinungen, endlose Diskussionen, das ja, aber niemals Aggressivität. Niemals etwas, was ein Kind hätte belasten können.

Sie hatte sich zu Hause immer gut behütet gefühlt.

Und sie hatte immer das Gefühl gehabt, gesehen zu werden. Zumindest von Arne oder vor allem von ihm. Maria war nun einmal, wie sie war. Eher keine Schmusemutter, aber dafür immer zur Stelle, wenn wirklich Not am Mann war. Zum Beispiel, wenn man krank war wie jetzt. Dann war ihre Mutter mit Fürsorglichkeit und Rezepten und Ermahnungen für sie da.

Was Vor- und Nachteile hatte.

»Was gibt es zu essen?«

»Knoblauchhühnchen spezial.«

»Und was ist daran spezial?«

»Das, was nicht im Rezept steht. Trink das hier«, sagte Maria.

»Was ist das?«

»Heißes Wasser, Ingwer, ein bisschen Honig und zwei Tropfen Geheimnis.«

Olivia lächelte und trank. Was war das Geheimnis? Roch

sie in ihrer laufenden Nase einen Hauch von Minze? Vielleicht. Sie spürte, dass der sanfte, warme Trank von ihrer rauen Kehle als sehr angenehm empfunden wurde, und dachte: meine Mama Maria.

Sie hatten sich in der blitzsauberen Küche an den weißen Esstisch gesetzt. Manchmal wunderte sich Olivia darüber, wie sehr sich ihre Mutter das nordische Einrichtungsideal zu eigen gemacht hatte. Es gab nicht einen Hauch von leuchtenden Farben. Alles war weiß und in gedeckten Farbtönen gehalten. Als Teenager hatte sie dagegen revoltiert und durchgesetzt, dass die Wände ihres Zimmers leuchtend rot gestrichen wurden. Mittlerweile hatten sie einen wesentlich dezenteren beigen Farbton bekommen.

»Und, wie war es auf Nordkoster?«, fragte Maria.

Olivia erzählte ihr eine stark zensierte Version ihres Aufenthalts auf der Insel, die im Grunde alles Wesentliche ausschloss. Danach aßen sie und tranken guten Rotwein. Fieber und Rotwein?, hatte Olivia überlegt, als Maria einschenkte. Aber so dachte Maria nicht. Ein paar Schlucke Rotwein konnten in ihren Augen niemals schaden.

»Habt ihr euch mal über diesen Mord auf Nordkoster unterhalten?«, fragte Olivia.

»Ich kann mich nicht erinnern, aber du warst damals ja auch gerade erst auf die Welt gekommen, da wurde nicht viel diskutiert.«

Klang sie ein bisschen enttäuscht? Nein, schäm dich, Olivia, reiß dich zusammen!

»Willst du den ganzen Sommer an der Sache arbeiten?«, erkundigte sich Maria.

Machte sie sich Sorgen wegen des Sommerhauses? Wegen Tesakrepp und Farbe abkratzen?

»Ich glaube nicht, ich werde nur einigen Dingen nachgehen und anschließend ein paar Seiten darüber schreiben.«

»Und was für Dingen willst du nachgehen?«

Seit Arnes Tod hatte Maria nur noch selten die Chance, bei einem guten Glas Wein am Küchentisch zu sitzen und Kriminalfälle zu diskutieren. So gut wie nie. Also ergriff sie ihre Chance.

»Als der Mord geschah, befand sich eine Frau namens Jackie Berglund auf der Insel, auf die ich ein bisschen neugierig geworden bin.«

»Und warum?«

»Weil sie und ein paar Norweger kurz nach dem Mord auf einem Boot von der Insel abgehauen sind und ich finde, dass die Vernehmungen mit ihnen ziemlich oberflächlich geführt wurden.«

»Du glaubst, dass sie das Opfer gekannt haben?«

»Wäre möglich.«

»Vielleicht war sie ja von Anfang an mit auf dem Boot?«

»Ja, könnte sein. Diese Jackie hat für einen Escortservice gearbeitet.«

»Aha…«

Was heißt denn hier aha, dachte Olivia. Was meint sie damit?

»Vielleicht hat das Opfer ja auch für einen Escortservice gearbeitet«, fuhr Maria fort.

»Daran habe ich auch schon gedacht.«

»Dann solltest du mal mit Eva Carlsén sprechen.«

»Wer ist das?«

»Ich habe sie gestern in einer Fernsehsendung gesehen, sie hat ein Buch über Escortservices früher und heute geschrieben. Sie machte einen sehr kompetenten Eindruck.«

Genau wie du, dachte Olivia und merkte sich den Namen Eva Carlsén.

Als sie pappsatt und auf wackligen Beinen gezwungen wurde, ein von Maria bezahltes Taxi nach Hause zu nehmen, ging es ihr schon viel besser. So gut, dass sie fast vergessen hätte, die Frage zu stellen, die ihr eigentlich als Erstes in den Sinn gekommen war.

»Die Ermittlungen auf Nordkoster wurden von einem Tom Stilton geleitet, erinnerst du dich an ihn?«

»An Tom, na klar!«

Maria lächelte hinter dem Gartentor.

»Er war ein unglaublich guter Squashspieler. Wir haben ein paar Mal zusammen gespielt. Außerdem sah er gut aus, ein bisschen wie George Clooney. Warum fragst du nach ihm?«

»Ich habe versucht, ihn zu erreichen, aber er ist nicht mehr bei der Polizei.«

»Ja, stimmt, daran erinnere ich mich, das muss zwei Jahre vor Papas Tod gewesen sein.«

»Weißt du warum?«, fragte Olivia.

»Warum er gekündigt hat?«

»Ja.«

»Nein. Aber ich weiß noch, dass er ungefähr zur selben Zeit geschieden wurde, Arne hat mir davon erzählt.«

»Von Marianne Boglund.«

»Ja. Woher weißt du das?«

»Ich bin ihr begegnet.«

Um den Abschied der beiden etwas zu beschleunigen, stieg der Taxifahrer aus dem Wagen. Olivia machte schnell einen Schritt auf Maria zu.

»Tschüss, Mama, und vielen Dank fürs Essen und die Medizin und den Wein und alles!«

Mutter und Tochter umarmten sich.

*

Es war ein anspruchsloses Hotel in Stockholm, das *Oden* hieß und am Karlbergsvägen lag. Mittelklasse, schmucklos eingerichtete Zimmer. Dieses enthielt ein Doppelbett, etwas dekorative Grafik und einen Fernseher an einer hellgrauen Wand. Die Nachrichten sendeten aus Anlass der Auszeichnung als Firma des Jahres einen Beitrag über das Bergbauunternehmen MWM. Hinter dem Studiomoderator wurde ein Foto des Vorstandsvorsitzenden Bertil Magnuson eingeblendet.

Der Mann auf der Bettkante kam gerade aus der Dusche. Er war halbnackt und hatte ein Handtuch um seine Hüften geschlungen. Seine Haare waren noch nass. Er stellte den Ton lauter.

»Die Auszeichnung des Bergbauunternehmens MWM als Schwedisches Unternehmen des Jahres im Ausland hat bei Umwelt- und Menschenrechtsorganisationen im In- und Ausland heftige Reaktionen ausgelöst. Die Firma widmet sich dem Abbau von Mineralien und ist im Laufe der Jahre immer wieder wegen ihrer Verbindungen zu Ländern mit korrupten Regimes und Diktatoren kritisiert worden. Bereits in den achtziger Jahren, als sich das Unternehmen im damaligen Zaire etablierte, wurde es scharf kritisiert. MWM sah sich unter anderem mit dem Vorwurf konfrontiert, sich durch die Zahlung von Schmiergeldern gute Beziehungen zu Präsident Mobutu erkauft zu haben, eine Anschuldigung, der auch der preisge-

krönte Journalist Jan Nyström nachging, als er 1984 in Kinshasa unter tragischen Umständen ums Leben kam. Bis heute werden die Methoden des Unternehmens kritisiert. Unsere Reporterin Karin Lindell meldet sich aus dem östlichen Kongo.«

Der Mann auf dem Bett lehnte sich ein wenig vor. Das Handtuch um seine Hüften glitt zu Boden. Er war ganz auf den Fernsehbericht konzentriert. In einem Viereck hinter dem Studiomoderator tauchte eine hellblonde Frau auf, die vor einem eingezäunten Gelände stand.

»Hier in der Provinz Nord-Kivu im Osten des Kongo befindet sich eine der Anlagen MWMs zum Abbau von Coltan, das auch das graue Gold genannt wird. Wir dürfen das Grubengelände nicht betreten, der Eingang wird von Angehörigen des Militärs bewacht, aber die Bevölkerung in Walikale hat uns von den furchtbaren Arbeitsbedingungen erzählt, die hier herrschen.«

»Es gibt Gerüchte über Kinderarbeit bei der Förderung des Coltans, trifft das zu?«

»Ja. Hinzu kommen gewaltsame Übergriffe auf die örtliche Bevölkerung. Leider wagt es hier aus Angst vor Repressalien niemand, sich vor laufender Kamera befragen zu lassen. Eine Frau hat es mir gegenüber so ausgedrückt: ›Ist man einmal vergewaltigt worden, hütet man sich davor, noch einmal zu protestieren.‹«

Bei diesen Worten reagierte der nackte Mann auf dem Bett heftig. Seine Hand schloss sich krampfhaft um die Tagesdecke.

»Sie haben Coltan als graues Gold bezeichnet, was meinen Sie damit?«

Karin Lindell hielt einen grauen Steinbrocken ins Bild.

»Was auf den ersten Blick wie ein wertloses kleines Steinchen aussieht, ist Coltanerz. Daraus wird der Grundstoff Tan-

tal gewonnen, eine der wichtigsten Komponenten in moderner Elektronik. Tantal findet man heute unter anderem in Platinen für Computer und Mobiltelefone in der ganzen Welt. Es gibt mit anderen Worten eine riesige Nachfrage für dieses Erz, das viele Jahre lang illegal abgebaut und in großen Mengen außer Landes geschmuggelt wurde.«

»Aber der Coltanabbau im Kongo durch MWM ist doch mit Sicherheit nicht illegal?«

»Nein, MWM ist eines der wenigen Unternehmen, das seine alte Schürfgenehmigung behalten durfte, obwohl sie noch von einem der früheren diktatorischen Regimes stammt.«

»Wogegen richtet sich dann die Kritik?«

»Wie schon gesagt gegen Kinderarbeit und Misshandlungen sowie die Tatsache, dass nichts von dem, was hier gefördert wird, dem Kongo zugutekommt, da alles ausgeführt wird.«

Der Studiomoderator wandte sich ein wenig dem eingeblendeten Bild von Bertil Magnuson im Hintergrund zu.

»Telefonisch zugeschaltet ist uns nun Bertil Magnuson, Vorstandsvorsitzender von MWM. Herr Magnuson, was sagen Sie zu diesen Informationen?«

»Ich bin zunächst einmal der Meinung, dass diese Reportage von einem unnötig aggressiven Ton und einer ausgesprochen einseitigen Sichtweise geprägt ist. Die Sachinformationen kann ich derzeit nicht kommentieren. Ich möchte allerdings nachdrücklich unterstreichen, dass unser Unternehmen eine nachhaltige und verantwortungsvolle Firmenphilosophie im Rohstoffsektor verfolgt, und ich bin der festen Überzeugung, dass der wirtschaftliche Nutzen von verantwortungsvoll erschlossenen Rohstoffvorkommen eine große Rolle dabei spielen kann, die Armut in der Region zu lindern.«

Der Mann auf dem Bett schaltete den Fernseher aus und

hob das Handtuch vom Fußboden auf. Sein Name war Nils Wendt. Nichts von dem, was in dem Fernsehbericht gesagt wurde, war ihm neu. Die Reportage hatte ihn zusätzlich darin bestärkt, dass er seine Zeit noch eine ganze Weile Bertil Magnuson würde widmen müssen.

Einer für alle.

*

Jelle war auch früher schon einige Male zu kurzen Besuchen in Veras Wohnwagen gewesen, nicht zuletzt um ihr Gesellschaft zu leisten, wenn es ihr schlecht ging. Bei ihr übernachtet hatte er jedoch noch nie. Diesmal würde er es tun. Zumindest war das seine Absicht, als er den Wohnwagen betrat, der über drei Schlafplätze verfügte. Einer links und einer rechts vom Tisch sowie einer dahinter. Diese Pritsche war zu kurz für Jelle, und die beiden anderen waren zu schmal, um zu zweit nebeneinanderzuliegen.

Aber nicht zu schmal, um aufeinanderzuliegen.

Jelle wusste, was nun geschehen würde. Er hatte unterwegs an nichts anderes gedacht. Er würde mit der einäugigen Vera schlafen. Ein Gedanke, der sich schon am Medborgarplatsen in ihm eingefunden hatte. Jetzt spürte er, dass er im Laufe der Zeit zu etwas anderem gewachsen war. Zu Begierde. Oder Geilheit.

Vera war neben ihm gegangen, hatte in der U-Bahn neben ihm gesessen und auf der 66 Meter langen Rolltreppe in der Station Västra Skogen schweigend neben ihm gestanden. Auf dem Weg durch den Wald Ingenting hatte sie sich bei ihm eingehakt und die ganze Zeit kein Wort gesagt. Er nahm an, dass sie an das Gleiche dachte wie er.

Das tat sie. Und das stellte etwas mit ihrem Körper an. Seine Temperatur änderte sich, und ihr wurde innerlich ganz warm. Sie wusste, dass sie einen guten Körper hatte, der immer noch üppig war. Ihre Brüste hatten nie gestillt und füllten ziemlich große Körbchen, wenn sie ausnahmsweise einmal auf die Idee kam, einen BH anzuziehen. Ihr Körper machte ihr folglich keine Sorgen, er würde bereit sein. Das war er immer gewesen, wenn es nötig gewesen war, was mittlerweile allerdings schon sehr lange her war. Also sehnte sie sich und war nervös.

Es sollte schön werden.

»Im Schrank steht etwas für die Lebensgeister.«

Vera zeigte auf einen der Furnierschränke hinter Jelle. Er drehte sich um und öffnete ihn. Eine kleine Flasche Wodka, die halb voll oder halb leer war, je nachdem, wie man es sah.

»Möchtest du einen?«

Jelle sah Vera an. Sie hatte eine kleine Kupferlampe an der Wand angezündet, die gerade so viel Licht spendete, wie benötigt wurde.

»Nein«, sagte sie.

Jelle schloss den Schrank und sah Vera an.

»Wollen wir?«

»Ja.«

Vera entblößte zunächst ihren Oberkörper, und Jelle saß ihr regungslos gegenüber. Er sah ihre nackten Brüste. Es war das erste Mal, dass er sie so sah, und er spürte, dass sein Glied unter dem Tisch steif wurde. Seit über sechs Jahren hatte er nicht mehr die Brüste einer Frau berührt. Nicht einmal in Gedanken. Er hatte nie erotische Tagträume. Jetzt saß er zwei großen, schönen Brüsten gegenüber, die durch das schräg einfallende Licht der Wandlampe Schatten warfen. Er zog sein Hemd aus.

»Es ist ziemlich eng hier.«

»Ja.«

Vera zog ihr Kleid aus, streifte den Slip über die Waden und lehnte sich ein wenig zurück. Jetzt war sie vollkommen nackt. Jelle war aufgestanden und hatte die Hose heruntergezogen. Er sah, dass sein Glied in einem Winkel stand, den er fast vergessen hatte. Vera sah ihn auch und spreizte ihre Beine ein wenig. Jelle lehnte sich vor, streckte eine Hand aus und strich über Veras Oberschenkel. Sie sahen sich an.

»Möchtest du, dass wir das Licht löschen?«, fragte sie.

»Nein.«

Er hatte nichts zu verbergen. Er wusste, dass Vera wusste, worum es hier ging und wer sie waren, es gab nichts Beschämendes daran. Wollte sie das Licht anlassen, dann wollte er das auch. Die Frau vor ihm war der Mensch, der sie war, und er würde mit ihr schlafen. Als seine Hand zu ihrem Schoß gelangte, spürte er, wie feucht sie war. Er glitt mit zwei Fingern über ihre glatten Schamlippen, und Veras rechte Hand umfasste Jelles Glied. Dann schloss sie die Augen.

Sie hatte alle Zeit der Welt.

Die jungen Männer standen ein paar Meter entfernt in der Dunkelheit und wussten, dass man sie nicht sehen konnte. Das schwache Licht im ovalen Fenster des Wohnwagens fiel kaum nach draußen, war aber hell genug, um ihnen gute Sicht ins Innere zu gewähren.

Vera legte sich auf die schmale Pritsche. Ihr Kopf ruhte auf einem Kissen. Mit einem Bein stützte sie sich auf dem Fußboden ab und ließ Jelle Platz, sich über sie zu beugen. Sein Glied ließ sich ganz leicht einführen, aber er tat es vorsichtig, langsam, und hörte Vera kurz und leise aufstöhnen.

Jetzt war es so weit.

Sie liebten sich.

Ihre Körper schaukelten in kleinen, rhythmischen Stößen auf und ab, und die Enge der Pritsche schränkte ihre Bewegungen auf erregende Art ein. Jelle musste sich zurückhalten, um Vera genügend Zeit zu lassen.

In der Dunkelheit im Freien leuchtete diskret das kleine, gelbe Licht einer Handykamera.

Vera spürte es, als Jelle kam, und auch, dass sie selbst fast in derselben Sekunde so weit war. Als er in ihr liegen blieb, fuhr ein letztes Beben durch ihren Körper. Dann schlief sie ein.

Jelle blieb lange in ihr, bis sein Glied von alleine herausglitt. Er merkte, dass sein Ellbogen schmerzte. Er hatte sich an der Seitenwand gestoßen. Vorsichtig richtete er sich auf und setzte sich auf den Rand der Pritsche. Er sah, dass Vera eingeschlafen war, und hörte ihre gleichmäßigen Atemzüge, die in einer Weise gleichmäßig waren, die er so nicht von ihr kannte. Er hatte auch früher schon zugesehen, wenn Vera eingeschlafen oder eingedöst war, und hatte viele Nächte bei ihr in ihrem Wohnwagen gewacht, ohne bei ihr zu übernachten.

Es waren Nächte gewesen, in denen sie darum gekämpft hatte, nicht zu zerbrechen, nicht den manischen Masken nachzugeben, die sich in ihrem Gehirn wanden und hinauswollten. Manchmal hatte er sie stundenlang umarmt und leise über Licht und Dunkel gesprochen, über sich selbst, über alles Mögliche, was sie bei ihm halten sollte. Oft hatte es geholfen, und sie war mit dem Kopf an seiner Brust und verstörend unruhigen Atemzügen eingeschlummert.

Jetzt atmete sie ganz ruhig.

Jelle lehnte sich zu ihrem Gesicht vor und strich sanft über die kleinen weißen Narben. Er wusste von dem Schlüsselbund, hatte die Geschichte mehr als einmal gehört und dabei jedes Mal ohnmächtige Wut empfunden.

Wie konnte man einem Kind nur so etwas antun?!

Er zog eine Decke über Veras nackten Körper, stand auf und setzte sich auf die andere Pritsche. Geistesabwesend zog er sich an, ließ sich auf den Rücken zurücksinken und blieb lange so liegen.

Dann stand er auf und vermied es, Vera anzusehen.

Vorsichtig schloss er die Tür des Wohnwagens hinter sich. Er wollte sie nicht wecken, ihr nicht erklären müssen, was er nicht erklären konnte. Warum er ging. Stattdessen ging er mit dem Rücken zum Wagen einfach durch den Wald davon.

*

An der Brücke nach Djurgården hatte Bertil Magnuson sich schließlich wieder in den Griff bekommen und erkannt, dass er handeln musste. Was er tun sollte, wusste er allerdings noch nicht genau. Als Erstes schaltete er sein Handy aus. Zunächst hatte er überlegt, seine Handynummer zu wechseln, aber dann würde er Gefahr laufen, dass Wendt auf die Idee käme, ihn zu Hause anzurufen, wo unter Umständen seine Frau an den Apparat gehen würde. Das wäre nicht so gut.

Es wäre eine Katastrophe.

Deshalb begnügte er sich damit, das Telefon auszuschalten, den Kopf in den Sand zu stecken und zu hoffen, dass es bei diesem einen Anruf bleiben würde.

Ehe er nach Hause fuhr, schaute er noch in der Firmenzentrale am Sveavägen vorbei. Seine Angestellten hatten Blumen und Champagner gekauft. Letztlich war ja das gesamte Unternehmen ausgezeichnet worden. Niemand hatte die Demonstrationen erwähnt. Das wäre ja auch noch schöner gewesen. Seine Mitarbeiter waren ihm treu ergeben, und wenn sie es nicht waren, ließen sie sich schnell ersetzen.

In seinem Büro hatte er telefonisch eine richtig miese Fernsehreportage über MWM kommentiert und anschließend seine Sekretärin gebeten, in einer Pressemitteilung zu unterstreichen, wie sehr MWM die heutige Auszeichnung zu schätzen wisse und welch ein Ansporn sie für das schwedische Unternehmen sei, sein Auslandsengagement, gerade auch in Afrika, weiterzuführen.

Man musste den Stier bei den Hörnern packen.

Nun näherte er sich seiner Villa in Stocksund. Es war schon spät, und er hoffte, dass seine Frau nicht auf die Idee gekommen war, Krethi und Plethi einzuladen, um mit ihnen zu feiern. Das würde ihn jetzt überfordern.

Das hatte sie nicht getan.

Stattdessen hatte sie auf der Veranda den Tisch für ein kleines, schlichtes Abendessen zu zweit gedeckt. Sie kannte ihren Mann. Die beiden speisten relativ schweigsam, bis Linn Magnuson ihr Besteck ablegte.

»Wie fühlst du dich?«

Ihre Augen hatte sie bei der Frage auf das Wasser gerichtet.

»Gut. Du meinst wegen meiner …«

»Nein, ich meine ganz allgemein.«

»Warum fragst du?«

»Weil du nicht hier bist.«

Sie kannte ihren Mann sehr gut. Sobald er das Weinglas in der Hand gehalten hatte, waren seine Gedanken abgeschweift, was sonst nicht seine Art war, da er die Fähigkeit besaß, Arbeit und Privatleben trennen zu können, und zu Hause gehörte er ihr. Hier war ihr Kontakt zueinander rein privat, intim.

So war es im Moment jedoch nicht.

»Geht es um diese Demonstrationen?«

»Ja«, log Bertil Magnuson sie an, denn die Wahrheit war keine Option.

»Das passiert doch nicht zum ersten Mal, warum stört es dich jetzt so sehr?«

»Es scheint schlimmer zu werden.«

Das war ihr nicht entgangen, denn sie hatte wie er die Fernsehreportage gesehen und sie als aggressiv und alles andere als objektiv empfunden.

»Möchtest du darüber sprechen? Sollen wir …«

»Nein. Nicht jetzt, ich bin zu müde. Dem König hat dein Kleid gefallen?«

Damit war das Thema erledigt.

Danach wurde die Atmosphäre trotz allem privat und so intim, dass es, wie Linn Magnuson zu denken pflegte, in ihrem Doppelbett so richtig zur Sache ging. Kurz, aber »befriedigend«. Und mit einem für Bertils Verhältnisse ungewöhnlich intensiven Engagement. Als wollte er im Bett irgendetwas kompensieren, dachte sie. Dagegen hatte sie nichts einzuwenden, solange es um geschäftliche Probleme und nicht um etwas anderes ging.

Als sie eingeschlafen war, stand Bertil Magnuson leise wieder auf.

In seinen eleganten grauen Morgenmantel gehüllt schob er sich auf die Veranda hinaus, ohne Licht zu machen, fischte sein Handy heraus und zündete sich einen kleinen Zigarillo an. Das Rauchen hatte er schon vor Jahren aufgegeben, auf dem Heimweg jedoch plötzlich eine Schachtel gekauft, ohne wirklich darüber nachzudenken. Mit leicht zitternden Händen schaltete er das Handy ein, wartete und sah, dass vier Nachrichten auf seiner Mailbox waren. Die beiden ersten waren Gratulationen von Leuten, denen es wichtig war, sich gut mit ihm zu stellen. Der dritte Anrufer hatte nichts hinterlassen, und dann kam der vierte. Ein Ausschnitt aus der Aufnahme eines Gesprächs.

»Ich weiß, dass du bereit bist, weit zu gehen, Bertil, aber ein Mord?«

»Niemand kann uns damit in Verbindung bringen.«

»Aber wir *wissen Bescheid.«*

»Wir wissen gar nichts… wenn wir nicht wollen. Warum regst du dich so auf?«

»Weil ein unschuldiger Mensch ermordet worden ist!«

»Das ist deine Interpretation.«

»Und was ist deine?!«

»Ich habe ein Problem gelöst.«

Wieder ein paar Dialogfetzen aus demselben Gespräch derselben Personen, die über ein Problem sprachen, das vor vielen, vielen Jahren gelöst worden war.

Und jetzt war plötzlich ein neues geschaffen worden, von dem Bertil noch nicht wusste, wie er mit ihm umgehen sollte. Wenn es Probleme gab, rief er normalerweise irgendjemanden an, und anschließend wurde das Problem aus dem

Weg geräumt. Im Laufe der Jahre hatte er eine ganze Reihe von Machthabern in der ganzen Welt angerufen und auf diese Art zahlreiche Probleme aus dem Weg räumen lassen. Diesmal konnte er jedoch niemanden anrufen. Stattdessen wurde er selbst angerufen.

Er hasste diese Situation.

Und er hasste Nils Wendt.

Als er sich umwandte, sah er, dass seine Frau am Schlafzimmerfenster stand und ihn beobachtete.

Blitzschnell versteckte er den Zigarillo hinter seinem Rücken.

*

Vera wurde von einem unbekannten Geräusch geweckt, das in ihren Schlaf eindrang und sie veranlasste, sich auf den Ellbogen zu stützen. Die Pritsche neben ihr war leer. Kam das Geräusch von Jelle? Pinkelte er draußen? Vera stand auf und hüllte ihren warmen, nackten Körper in die Decke, mit der Jelle sie zugedeckt haben musste, nachdem sie sich geliebt hatten. Denn das war es, was sie getan hatten. Sie hatten sich geliebt. So empfand Vera es, und das wärmte ihre gemarterte Seele. Es hätte auch danebengehen können, aber es hatte sich vollkommen richtig angefühlt. Sie lächelte und wusste, dass sie in dieser Nacht nicht von dem Schlüsselbund träumen würde. Dann öffnete sie die Tür.

Der Schlag traf sie mitten ins Gesicht.

Vera wurde zurückgeschleudert und fiel gegen die Pritsche. Aus Mund und Nase schoss Blut. Einer der Männer war in den Wohnwagen eingedrungen, bevor sie wieder auf den Beinen war, und schlug ein zweites Mal zu, aber Vera war hart im Nehmen. Sie warf sich zur Seite, rappelte sich mit wild fuchtelnden Armen auf und schlug selber zu. Der enge Raum machte den Kampf chaotisch. Der Angreifer schlug, und Vera schlug zurück, und als der zweite Bursche mit laufender Handykamera hereinkam, wurde ihm schnell klar, dass er seinem Freund helfen musste, die Alte niederzuschlagen.

Daraufhin kämpften sie zu zweit gegen Vera, und das war einer zu viel. Und da sie heftig austeilte, musste sie auch heftig einstecken. Es dauerte fast zehn Minuten, bis ein harter Schlag mit der Gasflasche ihr Nasenbein traf und sie zu Boden ging. Zwei Minuten später hatten die Männer sie bewusstlos getreten. Als sie schließlich reglos und mit nacktem und blutverschmiertem Körper auf dem Boden lag, begann einer der beiden wieder zu filmen.

Einige Kilometer entfernt saß ein einsamer Mann auf dem Fußboden eines baufälligen Holzschuppens und rang mit seiner Erbärmlichkeit. Wie eine Ratte war er einfach abgehauen. Ihm war klar, wie Vera sich fühlen würde, wenn sie aufwachte, und wie sie ihn bei ihrer nächsten Begegnung ansehen würde, und dann würde er ihr keine gute Erklärung geben können. Er würde ihr überhaupt keine Erklärung geben können.

Vielleicht wäre es das Beste, wenn sie sich überhaupt nicht begegneten.

Dachte Jelle.

Ein paar einsame Blätter aus dem Vorjahr trieben in der leichten Brise über die Erde, zwischen den Bäumen sah man das Wasser der Bucht glitzern, und in der entgegengesetzten Richtung lagen Hügel und Wald, und irgendwo dort gab es eine Lichtung, an der die Stadt eine Joggingstrecke anlegen wollte.

Sobald man diesen schäbigen Wohnwagen los sein würde.

Arvo Pärt humpelte durch das Wäldchen oberhalb des Wassers. Er hatte schwere Beine. Muskelkater. Das Fußballspiel hatte Spuren hinterlassen. Dennoch wogen zwei Tore leichte körperliche Schmerzen mühelos auf, deshalb wollte er nicht zu Vera. Es ging um einen anderen Schmerz. Irgendwann in der Nacht hatte er am See Trekanten unerwartet einen Typen getroffen, und sie hatten gemeinsam ein paar wohlschmeckende Dosen Bier geleert, bis dieser Typ plötzlich einen Wutanfall bekommen hatte.

»Du bist doch gar nicht dieser verdammte Arvo Pärt!«

»Was zum Teufel meinst du?«

»Arvo Pärt komponiert Musik und ist berühmt, also warum, verdammte Scheiße noch mal, sagst du, dass du Arvo Pärt heißt?! Hast du nicht mehr alle Tassen im Schrank?!«

Arvo Pärt, der vor ziemlich langer Zeit und ziemlich gründlich verdrängt hatte, dass er Silon Karp hieß, war erst richtig wütend geworden, hatte dann einen Schlag aufs Maul bekommen und am Ende geweint. Warum durfte er nicht Arvo Pärt sein? Er *war* es doch?!

Jetzt humpelte er zum Wohnwagen der einäugigen Vera. Er wusste, dass sie ihn trösten würde, denn Vera beherrschte die Kunst, Leute wieder aufzurichten, die zusammengestaucht worden waren.

Aber vor allem wusste sie, dass er Arvo Pärt war.

»Vera!«

Pärt hatte schon zwei Mal angeklopft. Jetzt rief er. Man öffnete Veras Tür nicht einfach, denn dann konnte sie wütend werden.

An diesem Morgen jedoch nicht, wie Pärt schlagartig klar wurde, als er sich endlich traute, die Tür zu öffnen, und auf dem Boden einen nackten Körper in einer eingetrockneten Blutpfütze umgeben von einer Ameisenstraße liegen sah.

Ihr Gesicht erkannte er nicht mehr wieder.

Ihr Gebiss lag an der Türschwelle.

*

Olivia wachte mit einem Ruck auf, fühlte sich ausgeschlafen und merkte, dass es ihrem Hals schon wieder deutlich besser ging. Mamas Medizin, dachte sie. Könnte das vielleicht eine neue Aufgabe für Maria sein? Alternative Heilmittel. Honig mit etwas Hokuspokus. Statt sich auf das Sommerhaus zu fixieren. Dann fiel ihr Eva Carlsén ein, die Frau, die Maria im Fernsehen gesehen hatte und die ein Buch über Escortservices geschrieben hatte.

Carlséns Nummer fand sie im Internet.

Olivia hatte ihr statt eines längeren Telefonats ein Treffen vorgeschlagen. Sie telefonierte nicht gern, hielt ihre Gespräche kurz. Außerdem wollte sie sich Notizen machen, so dass sie sich auf der Insel Skeppsholmen verabredeten, wo die Journalistin eine Besprechung hatte, die gegen elf endete, was zur Folge hatte, dass sie nun gegen halb zwölf auf einer Bank saßen und auf das Wasser hinaussahen, in dem vor Hunderten von Jahren die »Vasa« untergegangen war.

»Und dabei sind Sie auf Jackie Berglund gestoßen?«

»Ja.«

Carlsén hatte von ihrem Buch über Escortservices erzählt. Alles hatte damit angefangen, dass eine Freundin ihr offenbart hatte, sie habe in ihrer Jugend ein paar Jahre als Escortgirl gearbeitet, was Eva Carlsén neugierig gemacht hatte. Schon bald hatte sie festgestellt, dass diese Agenturen auch heute noch, vor allem im Internet, florierten. Aber es gab auch einen verdeckten und exklusiveren Zweig dieser Branche, und dort kam Jackie Berglund ins Spiel. Sie betrieb einen dieser verdeckten Escortservices, die niemals in Zeitungsannoncen oder im Internet auftauchten.

»Wie hieß ihre Firma?«, fragte Olivia.

»*Red Velvet.*«

»Hat sie den Service alleine geführt?«

»Ja, und soweit ich weiß, betreibt Jackie ihn bis heute. Sie ist eine ziemlich umtriebige Geschäftsfrau.«

»Inwiefern?«

»Sie hat einen langen Weg hinter sich, hat selbst als Escortgirl begonnen, sich dann hochgearbeitet und eine Weile mit diesem Milton zusammengehangen, hat einen Haufen junger Frauen an sich gebunden und ihren eigenen Escortservice gegründet.«

»Kriminell?«

»Es ist eine Grauzone, ein Escortservice ist an sich

nichts Illegales, aber wenn der Service organisierte sexuelle Dienste umfasst, wird das Ganze als eine Art Bordell eingestuft, und Bordelle sind in Schweden bekanntermaßen verboten.«

»Und ihr Service hat so gearbeitet?«

»Wahrscheinlich, aber dafür habe ich leider keine Beweise gefunden.«

»Sie haben es versucht?«

»Ja, aber ich hatte das Gefühl, dass es ziemlich hochgestellte Persönlichkeiten gab, die sie deckten.«

»Zum Beispiel?«

»Keine Ahnung. Ich habe einen Teil meines Materials mitgebracht, ich weiß nicht, ob es etwas darin gibt, was Sie ...«

»Gern!«

Eva Carlsén reichte Olivia einen Ordner und betrachtete sie.

»Warum interessieren Sie sich für Jackie Berglund?«

»Sie taucht in einem alten Mordfall auf, in dem ich recherchiere, es ist eine Seminararbeit, es geht um eine Frau, die auf Nordkoster ermordet wurde.«

»Und wann?«

»1987.«

Eva Carlséns Reaktion war unübersehbar.

»Sie kennen den Fall?«, fragte Olivia.

»Ja, allerdings, es war schrecklich, ich hatte damals ein Sommerhaus auf der Insel.«

»Auf Nordkoster?!«

»Ja.«

»Sind Sie dort gewesen, als es passiert ist?!«

»Ja.«

»Wirklich?! Das ist ja ein Ding. Erzählen Sie! Ich bin auf

der Insel gewesen und habe mit Betty Nordeman gesprochen, die…«

»Die Frau mit der Ferienhaussiedlung.« Eva Carlsén schmunzelte.

»Ja! Sie war auch auf der Insel und hat mir eine Menge über verrückte Leute erzählt, die in ihren Hütten wohnten und so weiter. Aber erzählen Sie!«

Die Journalistin schaute aufs Wasser hinaus.

»Eigentlich bin ich nur da gewesen, um mein Sommerhaus leerzuräumen, das ich verkaufen wollte. Ich bin nur übers Wochenende da gewesen, und am Abend habe ich dann einen Hubschrauber gehört und gesehen, dass es ein Rettungshubschrauber war. Ich dachte, jemand wäre aus einem Boot ins Wasser gefallen oder so, aber dann ist am nächsten Morgen die Polizei gekommen und hat mit allen auf der Insel gesprochen und… na ja, es war ziemlich gruselig… aber wie kommt es, dass Sie diesen alten Fall als Seminaraufgabe bekommen? Will die Polizei ihn wieder aufrollen?«

»Ach wo, die haben den Mord längst zu den Akten gelegt. Ich habe es nicht einmal geschafft, den Typen zu erwischen, der damals die Ermittlungen geleitet hat. Aber diese Jackie Berglund hat mich ein bisschen neugierig gemacht.«

»Ist sie dort gewesen, als es passiert ist?«

»Ja.«

»Was hat sie auf der Insel gemacht?«

Olivia erzählte, dass Jackie sich zum Zeitpunkt des Mordes auf der Insel befunden und die Polizei sie vernommen habe, ohne dass sich daraus jedoch etwas ergeben habe.

Eva Carlsén nickte kurz.

»Diese Dame könnte durchaus in so Einiges verwickelt

gewesen sein. Ich habe sie vor ein paar Jahren interviewt, wenn Sie möchten, schicke ich Ihnen die Datei.«

»Das wäre echt klasse.«

Olivia riss ein Stück Papier aus ihrem Block, notierte ihre Mailadresse darauf und reichte der Journalistin den Zettel.

»Danke. Aber passen Sie ein bisschen auf«, sagte Eva Carlsén.

»Wie meinen Sie das?«

»Ich meine, wenn Sie Jackie Berglund hinterherschnüffeln wollen, sie umgibt sich mit ziemlich brutalen Gestalten.«

»Okay.«

Eva Carlsén wollte aufstehen.

»Woran arbeiten Sie im Moment?«, erkundigte sich Olivia.

»Ich schreibe eine Serie von Artikeln über gewaltbereite Jugendliche oder das, was sich in den Filmen im Internet manifestiert. Jugendliche, die Obdachlose misshandeln und ihre Taten anschließend ins Netz stellen.

»Die Clips habe ich gesehen … abstoßend.«

»Ja. Seit heute Morgen gibt es einen neuen Fall.«

»Ist er genauso widerwärtig?«

»Nein, der neue ist noch schlimmer.«

*

Jelle hatte die ganze Nacht damit verbracht, über seinen Besuch in Veras Wohnwagen nachzugrübeln, und war in seinem Schuppen erst im Morgengrauen kurz eingenickt. Jetzt saß er in den Räumen des Wohltätigkeitsvereins *Neue Gemeinschaft* und versuchte, seinen Körper mit Hilfe eines kaum genießbaren, pechschwarzen Kaffees zum Leben zu erwecken. Er hatte beschlossen, nicht zu kneifen. Das hatte keinen Sinn. Er würde zu Vera am Ring gehen, oder wo sie heute stehen mochte, und sie um Entschuldigung bitten.

Viel mehr konnte er nicht tun.

Als er aufstand, piepste sein Handy. Eine SMS. Sie war voller Rechtschreibfehler, aber ihre Bedeutung war glasklar und die Unterschrift kurz.

Pärt.

Bis er den Waldrand erreichte, war Jelle vieles durch den Kopf gegangen. Seine Fantasie hatte ihn zu den finstersten Verliesen geführt. Zeitweise war er gerannt, jetzt hastete er keuchend zwischen Bäumen und Felsen hindurch. Dann sah er ihn schließlich, neben dem Wohnwagen: Rune Forss.

Der Polizist.

Früher einmal hatte er mit Forss zu tun gehabt und wusste deshalb nur zu gut, was für ein Typ er war. Im Moment stand Forss vor dem abgesperrten Wohnwagen und rauchte eine Zigarette. Jelle schlich sich hinter einen Baum und versuchte, sich zu beruhigen. Sein Herz war in der letzten halben Stunde in allen möglichen Taktarten gerast. Schweiß lief ihm unter den Jackenkragen. Plötzlich sah er eine Hand, die ihm zwischen ein paar Sträuchern zuwinkte.

Pärt.

Jelle ging zu ihm. Der Este saß vollkommen verheult auf einem großen Stein, auf seinem Kinn vermischten sich Speichel und Rotz. Er hatte seinen Pullover ausgezogen, und sein nackter Oberkörper war auf Bauch und Rücken mit Tattoos von blau- und rotgemusterten Porzellantellern überzogen. Er wischte sich sein verzweifeltes Gesicht mit dem Pullover ab. Pärt hatte sie gefunden, Hilfe gerufen und war bei ihr geblieben, bis die Polizei kam und die einäugige Vera in einen Krankenwagen getragen wurde, der mit heulenden Sirenen davonfuhr.

»War sie am Leben?!«

»Ich glaube … ja …«

Jelle starrte zu Boden und sank ein wenig in sich zusammen. Wenigstens lebte sie. Pärt erzählte, dass die Polizei ihn vernommen habe. Die Beamten hatten festgestellt, dass man sie Stunden vorher, irgendwann im Laufe der Nacht, zusammengeschlagen haben musste. Jelle begriff schlagartig, wann es passiert sein musste: Als er selbst den Wohnwagen verlassen und sich aus dem Staub gemacht hatte.

Ohne jeden Grund hatte er sich davongeschlichen wie eine Ratte.

Im nächsten Moment musste er sich übergeben.

Der Mann, der aus dem Wohnwagen trat, hieß Janne Klinga und gehörte zu Rune Forss' Sonderkommission im Fall der misshandelten Obdachlosen. MO, wie sie intern genannt wurde. Klinga trat zu dem rauchenden Forss.

»Dieselben Täter?«, sagte er.

»Vielleicht, vielleicht auch nicht.«

»Wenn die Frau stirbt, wird aus dem Ganzen eine Mordermittlung.«

»Ja … aber wenigstens müssen wir die Beschriftung nicht ändern, MO kann ja auch für Mord an Obdachlosen stehen, das ist schon mal gut.«

Klinga musterte seinen Kollegen verstohlen. Er hielt nicht viel von Forss.

*

Auf dem Heimweg von ihrem Treffen mit Eva Carlsén hatte Olivia Lenni angerufen und sich mit ihr verabredet. Sie hatte das Gefühl, ihre Freundin schon viel zu lange vernachlässigt zu haben.

Jetzt saß sie im *Blå Lotus*, einem Straßencafé in der Nähe ihrer Wohnung, trank roten Tee und dachte an Eva Carlsén. Sie fand, dass sie sofort einen guten Draht zu der Journalistin bekommen hatte, wie ihr das bei gewissen Frauen manchmal gelang. Das Gespräch war etwas ganz anderes gewesen als ihre Begegnung mit dieser kühlen Marianne Boglund. Eva Carlsén war offen und interessiert gewesen.

Der Ordner, den Olivia bekommen hatte, lag auf dem kleinen Tisch. Jackie Berglund hatte darin eine eigene Abteilung bekommen. Während sie auf Lenni wartete, begann Olivia, das ziemlich umfangreiche Material zu lesen.

Seit deinen Norwegern auf Nordkoster bist du ganz schön aufgestiegen, dachte Olivia, als sie Jackies Aktivitäten studierte. Die Auswahl an Escortgirls der Agentur *Red Velvet* war groß. Dennoch war der sichtbare Teil des Geschäfts, wie Eva Carlsén in einer Fußnote anmerkte, vermutlich nicht der einträglichste Bereich. Das meiste Geld wurde über andere Kanäle und mit ganz anderen Kunden gemacht.

Hochgestellten Kunden, dachte Olivia und hätte in diesem Moment viel darum gegeben, einen Blick in Jackie Berglunds Kundenkartei werfen zu dürfen. Welche Namen würde sie dort finden? Auch welche, die sie kannte?

Sie fühlte sich ein bisschen wie in einem Fünf-Freunde-Buch.

Mit dem Unterschied, dass sie allein und dreiundzwanzig Jahre alt war, die Polizeischule besuchte und man von ihr erwartete, dass sie dieser Kinderbuchwelt entwachsen war.

Aber sie wusste natürlich auch selbst, dass es hier nicht um eine erfundene Geschichte ging. Sie hatte es mit einem konkreten und ungelösten Mordfall zu tun, mit einer konkreten Leiche und einem konkreten Rätsel, für das es eine Lösung geben musste. Ein Rätsel, mit dem einst ihr eigener Vater gerungen hatte. Sie wollte gerade einen Energieriegel aufreißen und verschlingen, als Lenni auftauchte.

»Hallo, Süße, tut mir leid, dass ich zu spät bin!«

Lenni beugte sich nach unten und umarmte Olivia. Sie trug ein dünnes gelbes und sehr weit ausgeschnittenes Sommerkleid und roch intensiv nach ihrem Lieblingsparfüm *Madame*. Die langen blonden Haare waren frisch gewaschen, und ihr Mund leuchtete knallrot. Lenni war immer ein bisschen zu viel des Guten, aber die beste und treueste Freundin, die Olivia hatte.

»Und was treibst du so? Eine Abhandlung schreiben?«

»Nein… du weißt schon, es geht um diese Seminararbeit.«

Lenni seufzte laut.

»Bist du damit nicht bald fertig, es kommt mir vor, als würdest du dich schon eine halbe Ewigkeit damit beschäftigen.«

»Das stimmt nicht, aber es ist eine ziemlich komplizierte Angelegenheit, so dass es schon…«

»Was trinkst du da?«

Wie gewohnt unterbrach Lenni sie, sobald sie das Gesprächsthema langweilig fand. Olivia sagte es ihr, und Lenni verschwand im Café, um etwas zu bestellen. Als sie wieder herauskam, hatte Olivia das Material über Jackie Berglund weggepackt und war auf einen erschöpfenden Bericht über die neuesten Entwicklungen in Lennis Leben eingestellt, den sie mit allen erwünschten und unerwünschten Details auch bekam. So durfte sie sich Bilder von Jakob mit und ohne Kleider ansehen und Anekdoten über Lennis verrückten Chef anhören. Gegenwärtig arbeitete sie in einer Videothek. Olivia lachte über Lennis vernichtende und scharfzüngige Kommentare über ihre und anderer Leute Abenteuer. Lenni besaß die unbezahlbare Fähigkeit, dafür zu sorgen, dass Olivia sich entspannte und langsam, aber sicher zum Leben einer ganz gewöhnlichen Dreiundzwanzigjährigen zurückkehrte. Olivia bereute es fast, dass sie Lenni an jenem Abend nicht ins *Strand* begleitet hatte. Ich bin wirklich ein bisschen langweilig geworden, dachte sie. Erst voll auf die Polizeischule fixiert und jetzt auf diesen Ufermord.

Deshalb beschlossen Lenni und sie, sich einen Filmabend zu gönnen. Nur sie beide. Horrorfilme gucken, Bier trinken und Käseflips essen. Und alles würde wieder so sein wie früher.

Vor Jackie Berglund.

*

Die Roulettekugel rollte immer langsamer. Schließlich landete sie in der Null, die jedes todsichere System zu Fall bringen konnte. Wenn es ein solches überhaupt gab.

Manche behaupteten es oder glaubten sogar fest daran, aber Abbas tat dies nicht. Abbas el Fassi war der Croupier am Tisch und hatte die meisten Systeme kommen und gehen sehen. Hier, im *Casino Cosmopol* in Stockholm, und in einer Reihe anderer Casinos in der ganzen Welt. Er wusste, dass es kein System gab, mit dem man beim Roulette ein

Vermögen machen konnte. Es gab Glück, und es gab Betrug, kein System.

Aber Glück gab es, und damit konnte man an jedem Roulettetisch Geld machen. Vor allem, wenn man den erlaubten Höchsteinsatz auf die Null gesetzt hatte und die Kugel in ihr landete, was gerade passiert war. Das bescherte dem Spieler eine hübsche Summe, in diesem Fall einem Unternehmer mit operativ entfernten Tränensäcken und einem großen, quälenden Problem.

Bertil Magnuson nahm den ansehnlichen Gewinn entgegen, schnippte Abbas den üblichen Anteil zu und schob einen weiteren Teil der Chips dem Mann neben sich zu. Lars Örnhielm, der im Allgemeinen Latte genannt wurde und zu Bertil Magnusons Entourage gehörte. Er war solariumgebräunt und armanigekleidet. Latte nahm die Jetons fröhlich entgegen und verteilte sie willkürlich auf dem Tisch. Wie ein aufgescheuchtes Huhn, dachte Abbas.

Dann vibrierte Bertil Magnusons Handy in seiner Tasche.

Er hatte vergessen, es auszuschalten, stand auf, zog es gleichzeitig heraus und zwängte sich durch die Schar der Schaulustigen hinter den Rücken der Spieler, um sich ein paar Meter zurückzuziehen.

Allerdings nicht so weit, dass Abbas ihn als der professionelle Croupier, der er war, nicht weiterhin im Auge behalten hätte. Er sah nichts, beobachtete jedoch alles. Er war ganz auf den Spieltisch konzentriert, verfügte aber über Facettenaugen, für die eine Wespe gerne die Art gewechselt hätte.

Deshalb sah er jetzt auch, dass Magnuson, einer seiner Stammkunden, sich das Handy ans Ohr hielt, ohne ein einziges Wort zu sagen, aber mit einem Mienenspiel, das einiges von dem enthüllte, was er hörte.

Es war etwas, was ihm nicht gefiel.

Als er später ins Riche kam, dachte Abbas über dieses Telefonat nach. Nicht weil es besonders lang gewesen wäre, sondern weil Magnuson unmittelbar nach dem Gespräch das Casino verlassen hatte. Am Tisch hatte er ein kleineres Vermögen und einen offensichtlich verblüfften Spielkameraden zurückgelassen, der erst merkte, dass Magnuson gegangen war, als er seine letzten eigenen Jetons verloren hatte. Daraufhin hatte Latte begriffen, dass er seinem Freund wohl besser nachgehen sollte. Doch vorher versuchte er noch, Magnusons Kapital nach bestem Wissen und Gewissen zu verwalten, und verlor innerhalb einer Viertelstunde alles.

Wie ein aufgescheuchtes Huhn.

Dann ging er.

Es war das Telefonat, das Abbas so beschäftigte. Warum war Magnuson danach sofort verschwunden? Worum war es gegangen? Um Geschäftliches? Vielleicht, aber da Magnuson schon lange zu seinen Stammkunden zählte, wusste er, dass er normalerweise sein Geld zusammenhielt. Er war nicht geizig, aber auch niemand, der es zum Fenster hinauswarf. Diesmal hatte er jedoch achtlos einige Tausender liegen lassen.

Und war einfach gegangen.

Abbas bestellte an der Bar ein Glas stilles Wasser und stellte sich etwas abseits. Er war ein Beobachter, fünfunddreißig Jahre alt, marokkanischer Herkunft, aufgewachsen in Marseille. In einem früheren Leben hatte er sich als Straßenverkäufer von Markentaschenimitaten über Wasser gehalten. Zunächst in Marseille, später in Venedig. Nach einer Messerstecherei an der Rialtobrücke hatte er seine geschäftlichen Aktivitäten nach Schweden verlagert. Danach kam es zu diversen weniger erfreulichen Kontakten mit der Polizei, die damit endeten, dass Abbas sowohl seine Lebensanschauung als auch den Beruf wechselte, eine Ausbildung zum Croupier absolvierte und vom Sufismus fasziniert war.

Heute war er Angestellter des *Casino Cosmopol.*

Ein eleganter Mann, hätten manche nach einem flüchtigen Blick auf ihn gesagt. Zartgliedrig, glattrasiert. Manchmal benutzte er einen diskreten Kajalstrich, um seine Augen zu akzentuieren. Er trug stets gut geschnittene Kleider, immer in gedeckten Farben und maßgeschneidert. Von fern sah es aus, als wären sie direkt auf seinen Körper gemalt worden.

»Hallo!«

Das Mädchen, das Abbas schon eine ganze Weile gemustert hatte, war blond, einigermaßen nüchtern und ein wenig einsam. Er sah auch ein wenig einsam aus, so dass sie dachte, sie könnten gemeinsam einsam sein.

»Wie geht's?«

Abbas sah das junge Mädchen von neunzehn oder zwanzig Jahren an.

»Ich bin nicht hier«, antwortete er.

»Bitte?«

»Ich bin nicht hier.«

»Du bist nicht hier?«

»Nein.«

»Es sieht aber so aus, als wärst du hier.«

Das Mädchen lächelte unsicher, und Abbas erwiderte ihr Lächeln. Seine Zähne wirkten in dem braunen Gesicht besonders weiß, seine leise Stimme übertönte seltsamerweise mühelos die laute Barmusik.

»Das glaubst du nur«, erklärte er.

An diesem Punkt traf das Mädchen eine schnelle Entscheidung. Schwierige Typen waren nicht ihr Ding, und der hier war definitiv schwierig. Der ist auf irgendeinem Trip, dachte sie, nickte ihm kurz zu und kehrte zu ihrer einsamen Ecke zurück.

Abbas schaute ihr hinterher und dachte an Jolene Olsäter. Sie war im selben Alter und hatte das Down-Syndrom.

Jolene hätte haargenau verstanden, was er gemeint hatte.

*

In dem engen Raum im Polizeipräsidium an der Bergsgatan erlosch die Projektorlampe. Rune Forss schaltete die Deckenlampen ein. Seine MO-Gruppe und er hatten sich soeben einen überspielten Handyfilm aus dem Internet angesehen. Der Film hatte die Misshandlung Vera Larssons in ihrem Wohnwagen gezeigt.

»Keine Bilder von den Gesichtern der Täter.«

»Nein.«

»Aber der Anfang des Films war nicht uninteressant.«

»Du meinst, als sie Sex hatten?«

»Ja.«

Mit Janne Klinga waren sie zu viert im Raum. Als die Handykamera durch das ovale Fenster das Wageninnere gefilmt und einen nackten Mann auf einer Frau gezeigt hatte, die aller Wahrscheinlichkeit nach Vera Larsson gewesen war, hatten sie alle ihre Aufmerksamkeit geschärft. Das Gesicht des Mannes war bei einer schnellen, verschwommenen

Drehung kurz zu sehen gewesen. Aber es war zu schnell gegangen, um seine Gesichtszüge erkennen zu können.

»Wir müssen diesen Mann finden.«

Die anderen stimmten Rune Forss zu. Auch wenn es nicht sehr wahrscheinlich schien, dass dieser Mann Vera Larsson misshandelt hatte, war er für ihre Ermittlungen trotzdem hochinteressant. Er musste sich ungefähr zur Tatzeit am Tatort befunden haben.

»Schickt den Film unseren Technikern und bittet sie, sein Gesicht zu bearbeiten, vielleicht bekommen wir ein schärferes Bild.«

»Glaubst du, dass der Typ auch ein Obdachloser ist?«, erkundigte sich Klinga.

»Keine Ahnung.«

»Hat Vera Larsson als Prostituierte gearbeitet?«

»Nicht dass wir wüssten«, antwortete Forss, »aber bei diesen Gestalten weiß man ja nie.«

*

Aus dem Blickwinkel einer Arztserie war alles passend choreographiert. Das grüngelbe Licht, die Apparate, das um den Körper versammelte Ärzteteam, die Schwestern im Hintergrund, der ruhige Austausch medizinischer Fachbegriffe, das Anreichen kleinerer und größerer Instrumente zwischen Händen in Latexhandschuhen.

Eine beliebige Operation.

Von innen, aus der Perspektive der Patientin betrachtet, sah die Sache ein wenig anders aus. Erstens gab es keinen Ausblick, da ihre Augen geschlossen waren. Zweitens gab es keine Wahrnehmung, da die Patientin unter Narkose stand.

Drittens gab es jedoch, worüber wir so wenig wissen, ein Wahrnehmen von Stimmen und ein inneres Kaleidoskop von Bildern, einen Strudel aus Erinnerungen, der sich in langsamen Überlappungen im tiefsten Inneren bewegt und von dem niemand weiß, wo er ist, bevor er einmal dort war.

An diesem Ort war Vera.

Während sich die Außenwelt mit ihrem Körper und ihren Organen und allem, was verletzt worden war, beschäftigte, war Vera an einem ganz anderen Ort.

Allein.

Mit einem Schlüsselbund, einem erhängten Körper und einem kreidebleichen Kind, das mit einem Stift aus Trauer auf seine Hand schrieb ... »lief alles darauf hinaus« ... »lief alles darauf hinaus« ...

Draußen, weit draußen, lag das große Söder-Krankenhaus wie ein gigantischer Bunker aus skelettweißem Stein mit seinen Reihen hell erleuchteter Fenster. In der Nähe des Parkplatzes stand in der Dunkelheit ein einsamer, langhaariger Mann. Seine Augen suchten ein Fenster, auf dem sein Blick verweilen konnte.

In dem Fenster, für das er sich schließlich entschied, ging auf einmal das Licht aus.

Am nächsten Morgen herrschte eine bedrückte Atmosphäre im Glasblåsarpark, als hätte der Wind einen Trauerflor aus Tau auf die Menschen gesenkt. Die einäugige Vera war tot. Ihre geliebte Vera war tot. Ihr Licht war als Folge innerer Verletzungen kurz nach Mitternacht erloschen. Die Ärzte hatten klinisch und professionell getan, was in ihrer Macht stand, aber als Veras Herzfrequenz zu einem dünnen Strich geworden war, hatten die Krankenschwestern den Rest übernommen.

Ad mortem.

Schweigend trafen sie einer nach dem anderen im Park ein, nickten sich kurz zu, schauderten und setzten sich auf die Parkbänke. Ein Redakteur der Obdachlosenzeitung kam zu ihnen. Er sprach einige ergreifende Worte über Wehrlosigkeit und Vera als eine Quelle menschlicher Wärme. Alle nickten und stimmten ihm zu.

Anschließend hing jeder seinen eigenen Erinnerungen an sie nach.

Ihre geliebte Vera war tot. Die Frau, die nie wirklich ins Leben gefunden hatte, die mit den Dämonen in ihrem Kopf und besudelten Kindheitserinnerungen gekämpft hatte und mit sich selbst nie im Reinen gewesen war.

Jetzt war sie tot und würde nie mehr in der untergehenden Sonne stehen und ihr heiseres Lachen hören lassen oder sich in verschlungene Argumentationen über die Verwahrlosung dessen stürzen, was sie »die Wirklichkeit der Verwirrten« genannt hatte.

Der Schneepflug war nicht mehr.

Jelle schlich sich unbemerkt in die Randzone des Parks und setzte sich auf eine ganz außen stehende Bank, wodurch er seine zwiespältigen Bedürfnisse zum Ausdruck brachte: Ich bin hier, aber gleichzeitig ein paar Meter entfernt, haltet Abstand. Er wusste nicht, warum er gekommen war, oder vielleicht doch: weil sich hier die einzigen Menschen versammelt hatten, die wussten, wer Vera Larsson war. Die erschlagene Frau aus dem nördlichen Uppland. Es gab sonst niemanden, dem sie etwas bedeutet hatte oder der um sie trauerte, nur diese verstreut auf Bänken sitzenden Menschen.

Eine Ansammlung zerlumpter Gestalten.

Und ihn.

Der mit ihr geschlafen und danach gesehen hatte, wie sie einschlief, der über ihre weißen Narben gestrichen hatte und fortgegangen war.

Wie eine feige Ratte.

Jelle stand wieder auf.

Irgendwann hatte er sich entschieden. Anfangs hatte er auf gut Glück nach einem geschützten Treppenhaus oder einem Dachboden gesucht, nach irgendeinem Ort, an dem er seine Ruhe hatte. Am Ende fiel seine Wahl dann aber doch auf den alten Holzschuppen am Järlasjön. Dort war er sicher. Dort würde ihn keiner stören.

Dort würde er sich sinnlos besaufen können.

Jelle trank sonst nie. Es war viele Jahre her, dass er einen Schnaps getrunken hatte, doch nun hatte er sich in der Zeitungsredaktion einen Hunderter gepumpt und eine Flasche Wodka und vier Dosen Bier gekauft.

Das dürfte reichen.

Er ließ sich auf den Fußboden sinken. Zwei dicke Wurzeln hatten die Bodendielen hochgedrückt, so dass ihm der modrige Geruch feuchter Erde in die Nase stieg. Er hatte braunen Karton ausgelegt und ihn an manchen Stellen mit Zeitungen bedeckt, was um diese Jahreszeit völlig ausreichte. Wenn er im Winter einschlief, kühlte er sofort aus.

Er betrachtete seine Hände. Mager, mit dünnen, langen Fingern. Sie sehen eher aus wie Krallen, dachte er, als sie sich um die erste Dose schlossen.

Und um die zweite.

Danach nahm er zusätzlich ein paar Schlucke Wodka, und als der erste Rausch einsetzte, hatte er seine Frage bereits fünf Mal leise ausgesprochen.

»Warum bin ich nur gegangen?«

Und keine Antwort auf sie gefunden. Also formulierte er die Frage ein wenig lauter um.

»Warum bin ich nicht geblieben?«

Eine ziemlich ähnliche Frage, weitere fünf Mal, und dieselbe Antwort: keine Ahnung.

Als das dritte Bier und der fünfte Schluck Wodka in seinem Körper wirkten, brach er in Tränen aus. Träge, schwere Tränen, die über seine gegerbte Haut liefen.

Man kann wegen etwas weinen, was man verloren hat, oder weil man etwas nicht bekommen hat. Man kann aus vielen trivialen oder zutiefst tragischen Gründen oder völlig grundlos weinen. Oder man heult einfach, weil man flüchtig etwas wahrgenommen hat, was ein Tor zur Vergangenheit aufgestoßen hat.

Jelles Tränen hatten einen konkreten Grund. Die einäugige Vera. Aber er wusste, dass die Quellen seiner Tränen tiefer lagen. Es ging bei ihnen um seine geschiedene Frau, um ein paar verschwundene Freunde, aber vor allem um die alte Frau auf ihrem Sterbebett in der Strahlenklinik. Ihr mit Morphium vollgepumpter Körper hatte still unter der dünnen Decke geruht, die Hand, die er hielt, war wie eine eingeschrumpfte Vogelkralle gewesen. Dennoch hatte er es gespürt, als ihre Finger sich plötzlich ein wenig gekrümmt hatten und die Augen seiner Mutter sich einen Spaltbreit öffneten, und er hatte gehört, dass über ihre schmalen, trockenen Lippen Worte kamen. Ganz nah hatte er sich zu ihrem Gesicht gelehnt, näher als er diesem seit vielen, vielen Jahren gekommen war, und hatte gehört, was sie ihm sagte. Jedes einzelne Wort. Satz für Satz.

Dann war sie gestorben.

Und nun lag er hier und weinte.

Als der Rausch ihn allmählich in einen Nebel aus grässlichen Erinnerungen zog, ertönte sein erster Schrei, und als die Bilder aus Rauch, Feuer und einer blutigen Harpune wieder auftauchten, brüllte er los.

*

Er wechselte mühelos zwischen Französisch und Portugiesisch. Französisch sprach er in das linke Handy und Portugiesisch in das rechte. Er saß in seinem exklusiven Büro in der obersten Etage seines Firmensitzes am Sveavägen, von dem aus er auf Olof Palmes Grab hinuntersehen konnte.

Ein altes Hassobjekt in seinen Kreisen.

Nicht das Grab, sondern der Mann, der in ihm beerdigt lag.

Olof Palme.

Als ihn die Nachricht von Palmes Ermordung erreichte, hatte Bertil Magnuson mit Latte und ein paar anderen fröhlichen Herren aus den oberen Zehntausend im Nachtclub Alexandra gesessen.

»Champagner!«, hatte Latte gerufen, und Champagner hatten sie die ganze lange Nacht getrunken.

Seither waren fünfundzwanzig Jahre vergangen, und der Mord war immer noch nicht aufgeklärt worden. Das war Bertil Magnuson allerdings ziemlich egal. Er verhandelte mit dem Kongo. Ein Landbesitzer nahe Walikale hatte eine absurd hohe Entschädigung verlangt. Der portugiesische Geschäftsführer vor Ort hatte Probleme. Der französische Anwalt der Firma war der Meinung, dass sie der Forderung nachkommen sollten, aber davon wollte Bertil nichts wissen.

»Ich spreche mit dem Militärchef in Kinshasa.«

Er rief an und vereinbarte wie schon so oft einen telefonischen Termin mit einem zwielichtigen Machthaber. Widerspenstige Landbesitzer waren für Bertil Magnuson ein läppisches Problem, das sich am Ende immer lösen ließ.

Auf die sanfte oder die harte Tour.

Leider ließ sich keine dieser Touren auf sein eigentliches Problem anwenden. Das Gespräch, von dem eine Tonaufnahme existierte.

Er hatte festgestellt, dass sich Wendts Anrufe nicht zurückverfolgen ließen, so dass er nicht wusste, ob Wendt ihn aus dem Ausland anrief oder sich in Schweden aufhielt, aber er ging davon aus, dass Wendt sich früher oder später bei ihm melden würde. Waren diese Telefonate sonst nicht völlig sinnlos?

Überlegte Bertil Magnuson.

Deshalb rief er K. Sedovic an, eine sehr zuverlässige Person, und bat ihn, alle Hotels und Motels und Jugendherbergen und Hostels im Großraum Stockholm nach einem Nils Wendt abzusuchen. Für den Fall, dass er sich wirklich in Schweden aufhalten sollte. Es war ein Schuss ins Blaue, das wusste Bertil nur zu gut. Selbst wenn Wendt sich in Schweden befinden sollte, war nicht gesagt, dass er in einem Hotel oder einer ähnlichen Unterkunft wohnte. Insbesondere nicht unter seinem richtigen Namen.

Aber was sollte er sonst tun?

*

Eine schöne Frau, dachte Olivia. Sie hat sich gut gehalten, in jüngeren Jahren muss sie als Escortgirl ziemlich erfolgreich gewesen sein. Sie hat von ihrem Aussehen und ihrem Körper gelebt. Olivia spulte ein wenig vor. Sie saß mit ihrem Notebook am Küchentisch und schaute sich das Interview mit Jackie Berglund an, zu dem Eva Carlsén ihr einen Link geschickt hatte. Es war in einer Boutique im Stadtteil Östermalm geführt worden, *Schräg & Schick* in der Sibyllegatan. Ein typischer Laden für diese vornehme Gegend. Kokette Einrichtungsaccessoires und sündhaft teure Designermode. Eine Fassade, hatte Eva Carlsén das Geschäft genannt, eine Fassade für Jackie Berglunds andere Aktivitäten.

Red Velvet.

Das Interview war vor zwei Jahren aufgenommen worden. Jackie Berglund bezeichnete sich als Besitzerin der Boutique. Olivia suchte sie im Internet. Das Geschäft gab es noch immer unter demselben Namen und an derselben Adresse. Und mit derselben Besitzerin: Jackie Berglund.

Diese Boutique könnte einen Besuch wert sein, dachte Olivia.

Sie verfolgte das restliche Interview. Eva Carlsén hatte Jackie Berglund dazu gebracht, über ihre Vergangenheit als Escortgirl zu sprechen. Sie schämte sich nicht dafür, im Gegenteil, es war für sie ein Weg gewesen, sich über Wasser zu halten. Allerdings leugnete sie entschieden, dass es zu sexuellen Dienstleistungen gekommen sei.

»Wir waren wie Geishas, kultivierte Gesellschaftsdamen, wurden zu Veranstaltungen und festlichen Diners eingeladen, um für bessere Stimmung zu sorgen, außerdem haben wir Kontakte geknüpft.«

Auf dieses Knüpfen von Kontakten kam sie mehrmals zurück. Als Eva ihr zu entlocken versuchte, was für Kontakte das gewesen waren, antwortete Jackie Berglund ausweichend, fast schon abweisend. Sie fand, dass das ihre Privatsache war.

»Aber waren das geschäftliche Kontakte?«, fragte Eva Carlsén.

»Was denn sonst?«

»Freundschaftliche Kontakte.«

»Sowohl als auch.«

»Stehen Sie mit diesen Leuten auch heute noch in Kontakt?«

»Mit manchen.«

In diesem Stil ging es weiter. Es war, zumindest für Olivia, leicht herauszuhören, worauf Eva Carlsén hinauswollte, sie versuchte ganz offensichtlich herauszufinden, ob Kontakte mit Kunden gleichzusetzen waren. Nicht Kunden der Boutique, sondern Kunden in dem Geschäft, für das die Boutique als Fassade diente. *Red Velvet.*

Jackie Berglunds Escortservice.

Aber diese Frau war viel zu gerissen, um darauf hereinzufallen. Als Eva Carlsén zum vierten Mal auf ihre Kunden zurückkam, musste sie schmunzeln. Ihr Grinsen verschwand jedoch blitzschnell, als Eva Carlsén ihre nächste Frage stellte.

»Haben Sie eine Kundenkartei?«

»Für meine Boutique?«

»Nein.«

»Ich verstehe nicht ganz.«

»Eine Kundenkartei für Ihr anderes Geschäft als Lieferantin von Escortgirls? Für *Red Velvet*?«

Olivia konnte es nicht fassen, dass Eva Carlsén es gewagt hatte, ihr diese Frage zu stellen. Ihr Respekt vor der Journalistin wuchs. Offenbar konnte auch Jackie Berglund es nicht ganz fassen, dass jemand es gewagt hatte, ihr diese Frage zu stellen. Sie sah Eva mit einem Blick an, der plötzlich aus einer völlig anderen, einer verbotenen Welt kam. Es war ein Blick, der Olivia sofort Eva Carlséns Warnung in Erinnerung rief. Einer Frau mit einem solchen Blick sollte man lieber nicht hinterherschnüffeln.

Erst recht nicht, wenn man dreiundzwanzig Jahre alt war, im Grunde keinerlei Beweise hatte und sich ausmalte, man wäre Sherlock Holmes.

Olivia konnte es sich nicht verkneifen, sich selbst über ihre Notebookkamera zuzulächeln, bis ihr plötzlich einfiel, dass die deutsche Polizei einen Trojaner entwickelt hatte, der sich auf ihrem Notebook einnisten und alles registrieren konnte, was vor der Kamera geschah.

Sie schob den Bildschirm ein bisschen weiter weg.

*

Es war fast Mitternacht, als Jelle in seinem stickigen Schuppen aufwachte. Langsam, mühsam, mit verklebten Augen und einem ekelhaften Geschmack im Mund. Er hatte einen höllischen Kater und hatte sich übergeben, woran er sich allerdings überhaupt nicht erinnern konnte. Sachte stemmte er sich etwas hoch und lehnte sich mit dem Rücken an die Wand. Er sah nächtliches Licht durch die Ritzen zwischen den Brettern hereinsickern. Sein Gehirn war benebelt. Lange blieb er so sitzen und spürte eine heiße Wut in sich aufsteigen, von der ihm fast schwarz vor Augen wurde. Er sprang auf und trat mit aller Kraft gegen die Tür. Die Bretter flogen in alle Richtungen. Der Mord an Vera und sein eigener Verrat an ihr füllten ihn völlig aus. Krachend schlug er mit einer Hand gegen den Türrahmen und trat nach draußen.

Aus der Leere.

Es war weit nach Mitternacht, als er links neben dem Katarinaparkhaus die Steintreppen hinaufstieg, die vom Katarinavägen zum Klevgränd hinaufführten, vier Absätze mit insgesamt 119 Steinstufen nach oben und ebenso vielen nach unten, mit einer Straßenlaterne auf jedem Absatz.

Es fiel dichter, warmer Regen, aber das machte ihm nichts aus.

Er hatte beschlossen, dass die Zeit reif war.

Früher, in uralten Zeiten, war er athletisch gebaut gewesen. Ein Meter zweiundneunzig groß und muskulös. Das war er heute nicht mehr. Er wusste, dass seine Kondition miserabel und seine Muskulatur fast verkümmert war, dass sein Körper jahrelang brachgelegen hatte und er fast ein Wrack war.

Fast.

Das würde er jetzt ändern.

Schritt für Schritt stieg er die Treppe hinauf und nahm die Zeit. Er benötigte sechs Minuten bis zum Klevgränd hinauf und vier Minuten, um wieder hinunterzukommen. Als er zum zweiten Mal hochging, verließen ihn die Kräfte.

Er ließ sich auf den ersten Treppenabsatz fallen und spürte, wie sein Herz raste. Es kam ihm fast so vor, als könnte er es durch den Brustkorb hindurch hören. Es kämpfte wie ein Eisenhammer und begriff nicht, was dieser Mensch auf einmal mit ihm vorhatte. Was glaubte er eigentlich, wer er war?

Oder wozu er fähig war?

Zu nicht sehr viel. Noch nicht. Im Moment zu gar nichts. Im Moment saß er schwitzend und keuchend da und versuchte mit großer Mühe die richtigen Knöpfe auf seinem Handy zu drücken. Schließlich gelang es ihm, und er fand im Internet den Film, der den Mord an Vera zeigte.

Der Clip begann mit dem Rücken eines Mannes, der mit einer Frau schlief, die unter ihm lag. Er und Vera. Er ging noch einmal zum Anfang des Films zurück. Sah man sein Gesicht? Eher nicht. Trotzdem. Er wusste, dass Forss und seine Politruks jedes einzelne Bild unter die Lupe nehmen würden. Der Mann in dem Wohnwagen musste für sie sehr interessant sein. Was passierte, falls es ihnen gelingen sollte, ihn zu identifizieren? Am Tatort eines Mordes? Ausgerechnet Forss?

Der Gedanke gefiel Jelle nicht. Ihm gefiel Forss nicht. Er war ein Dreckschwein, konnte aber eine Menge Unfug anrichten, falls er sich einbilden sollte, Jelle sei in den Mord an Vera verwickelt.

Man würde sehen.

Jelle ließ den Film weiterlaufen. Als sie anfingen, Vera zusammenzuschlagen, schaltete er ab und blickte auf den Katarinavägen hinaus. Diese feigen Schweine, dachte er, sie haben gewartet, bis ich gegangen bin. Als ich noch da war, haben sie sich nicht hineingetraut. Sie wollten Vera alleine fertigmachen.

Die arme Vera.

Er schüttelte den Kopf und strich sich mit der Hand über die Augen. Was hatte er eigentlich für Vera empfunden? Ehe geschah, was nun geschehen war?

Trauer.

Seit sie sich das erste Mal begegnet waren und er gesehen hatte, wie ihre Augen an seinen hingen, als wäre er eine Strickleiter zum Leben. Das war er nicht. Im Gegenteil. In den letzten Jahren war er ein ganzes Stück nach unten geklettert. Nicht ganz bis zum Grund hinunter, wo Vera war, aber er war auch nicht mehr viele Stufen darüber gewesen.

Jetzt war sie tot, und er saß völlig ausgepumpt auf einer Steintreppe in der Nähe von Slussen und dachte an sie und die Tatsache, dass er sie in ihrem Wohnwagen alleine gelassen hatte. Jetzt war die Zeit gekommen, Nacht für Nacht diese Treppen hinauf- und hinunterzusteigen, bis er so gut in Form war, dass er sich den Männern stellen konnte, die Vera ermordet hatten.

*

Bertil Magnusons Befürchtungen hatten sich bewahrheitet. K. Sedovic hatte Bericht erstattet: In keinem Hotel in Stockholm und Umgebung übernachtete ein Nils Wendt. Wo steckte er? Wenn er überhaupt hier war. Er kannte niemanden mehr in der Stadt, das hatte er diskret herausbekommen. Wendts Name war überall gestrichen worden.

Also?

Bertil Magnuson stand auf und ging zum Fenster. Auf dem Sveavägen rollten lautlos Autos vorbei. Ein paar Jahre zuvor hatte man in allen Büros zur Straße Scheiben aus exklusivem Isolierglas eingesetzt. Eine vernünftige Investition, dachte Bertil, und dann kam ihm ein ganz anderer Gedanke oder vielmehr eine Idee, wo Nils Wendt sich mit seinem widerlichen Gespräch eventuell aufhalten könnte.

Der blondgelockte Junge bremste ein wenig ab. Sein Skateboard war in der Mitte gebrochen. Er hatte es gestern in einem Müllcontainer gefunden und notdürftig geflickt. Die Rollen waren abgefahren, und an dieser Stelle ging es ziemlich steil bergab. Anschließend folgte eine lange Gerade, die zu den bunten Hochhäusern in Flemingsberg führte, vor denen kleine Baumgruppen wuchsen. Hier und da gab es einen Spielplatz. Auf fast jedem Balkon war eine Sattelitenschüssel angebracht. In diesem Vorort lebten viele Menschen, die Fernsehprogramme aus anderen Ländern sehen wollten.

Der Junge schaute zur siebten Etage in einem der blauen Häuser hinauf.

Sie saß in der Küche an einem Holzfurniertisch und rauchte dem Fenster zugewandt, das einen Spaltbreit offen stand, weil sie keinen Rauch in der Wohnung haben wollte. Eigentlich hatte sie das Rauchen schon seit Jahren aufgeben wollen, aber es war ihr einziges Laster, und sie wusste, dass die Summe aller Laster konstant blieb. Wenn sie nicht mehr rauchte, würde sie mit etwas Anderem und Stärkerem anfangen.

Sie hieß Ovette Andersson und war die Mutter von Acke, einem blondgelockten, gut zehn Jahre alten Jungen.

Ovette war zweiundvierzig.

Sie blies ein wenig Rauch durch den Spalt und drehte sich reflexhaft zur Wanduhr um, die schon seit längerem stand. Neue Batterien, neue Strümpfe, neue Laken, ein neues Leben, dachte sie. Die Liste war übermächtig lang. Ganz oben stand jedenfalls ein neues Paar Fußballschuhe für Acke. Die würde er bekommen, sobald sie ein bisschen finanziellen Spielraum hatte, das hatte sie ihm versprochen. Wenn die Miete und alles andere bezahlt war, wozu unter anderem recht hohe Schulden beim Gerichtsvollzieher und die Raten für eine Schönheitsoperation gehörten. Sie hatte sich vor ein paar Jahren kreditfinanziert die Brüste vergrößern lassen.

Jetzt musste sie jeden Groschen zwei Mal umdrehen.

»Hallo!«

Acke stellte sein gebrochenes Skateboard ab, ging zum Kühlschrank und holte kaltes Wasser heraus. Er liebte kaltes Wasser. Ovette stellte immer zwei Liter kalt, damit welches da war, wenn er heimkam.

Sie wohnten in einer Zweizimmerwohnung in einem der Hochhäuser. Acke ging in die Annersta-Schule im Zentrum, aber im Moment waren Sommerferien. Ovette zog Acke an sich.

»Ich muss heute Abend arbeiten.«

»Ich weiß.«

»Es könnte ziemlich spät werden.«

»Ich weiß.«

»Hast du heute Fußballtraining?«

»Ja«, log Acke sie an.

»Vergiss deinen Schlüssel nicht.«

»Nein.«

Acke hatte schon immer einen Schlüssel gehabt. Einen großen Teil des Tages kam er alleine zurecht. Wenn seine

Mutter zum Arbeiten in der Stadt war, spielte er Fußball, bis es zu dunkel wurde, ging anschließend nach Hause und machte sich warm, was seine Mutter für ihn vorgekocht hatte. Es schmeckte immer gut. Danach spielte er am Computer.

Wenn er nicht etwas anderes tat.

*

Olivia hatte es eilig und hasste Supermärkte, vor allem wenn sie das erste Mal in einem war. Sie hasste es, durch die engen Gänge mit den prall gefüllten Regalen zu irren, um nach einem kleinen Glas Vongole zu suchen, bis sie schließlich irgendeinen halb uniformierten Mitarbeiter ansprechen musste.

»Wie heißt das, was Sie suchen?«

»Vongole.«

»Ist das ein Gemüse?«

An diesem Tag hatte sie jedoch keine Zeit gehabt, sich das Geschäft auszusuchen. Sie kam gerade von der Hauptuntersuchung in Lännersta und war beim ICA Maxi in Nacka von der Straße abgefahren. Vom Parkplatz hastete sie zu den gläsernen Eingangstüren und überlegte, dass sie vermutlich keine Fünf- oder Zehnkronenmünze für den Einkaufswagen dabeihatte und sich deshalb mit einem Plastikkorb würde begnügen müssen. Sie hatte keine Zeit, sich den Fünfziger in ihrer Tasche wechseln zu lassen. Ein paar Meter vor dem Eingang stand ein großer, hagerer Mann mit einer Zeitung in der Hand. Einer dieser Obdachlosen, die davon lebten, *Situation Stockholm* zu verkaufen. Der Mann hatte ein paar kleine Wunden im Gesicht, seine langen Haare waren verfilzt und glänzten fettig, seinen Kleidern nach zu urteilen hatte er die letzten Wochen in Erdbodennähe verbracht. Olivia schielte zu ihm hinüber. Auf dem Namensschild um seinen Hals stand »JELLE«. Sie eilte an ihm vorbei. Manchmal kaufte sie eine Zeitung, diesmal jedoch nicht, dafür hatte sie es zu eilig. Sie trat durch die rotierende Glastür und blieb abrupt stehen. Langsam drehte sie sich um und betrachtete den Mann vor dem Eingang eine Weile. Ohne wirklich zu wissen, warum, ging sie wieder zurück, blieb in zwei Meter Entfernung von ihm stehen und musterte ihn. Der Mann drehte sich zu ihr um und kam auf sie zu.

»Situation Stockholm?«

Olivia wühlte in ihrer Tasche, zog den Fünfziger heraus, hielt ihn hoch und studierte gleichzeitig das Gesicht des Mannes, der den Geldschein annahm und ihr das Wechselgeld und eine Zeitung reichte.

»Danke.«

Olivia nahm die Zeitung und formulierte ihre Frage.

»Heißen Sie zufällig Tom Stilton?«

»Ja? Wieso?«

»Auf dem Schild da steht Jelle?«

»Tom Jesper Stilton.«

»Okay.«

»Wieso?«

Olivia ging schnell an dem Mann vorbei, trat ein zweites Mal durch die Drehtür, blieb an derselben Stelle stehen wie zuvor, atmete ruhiger und drehte sich um. Der Mann packte seinen Zeitungsstapel in einen abgewetzten Rucksack und machte sich auf den Weg. Olivia reagierte nur langsam. Sie wusste nicht, was sie tun sollte, aber irgendetwas musste sie tun. Also ging sie wieder hinaus und dem Mann hinterher, der recht zügig ausschritt. Um ihn einzuholen, musste sie die letzten Meter im Laufschritt zurücklegen. Der Mann blieb nicht stehen, bis Olivia sich ihm in den Weg stellte.

»Was ist los? Wollen Sie etwa noch eine Zeitung haben?«, fragte er.

»Nein. Ich heiße Olivia Rönning und gehe auf die Polizeischule. Ich möchte mit Ihnen über den Ufermord auf Nordkoster sprechen.«

Das verlebte Gesicht des Mannes verriet keine Reaktion. Er drehte sich nur um und lief einfach auf die Straße. Ein Auto musste abrupt bremsen, und eine Kotelettenfrisur am Steuer reckte den gestreckten Mittelfinger hoch. Der Mann ging weiter. Olivia blieb lange stehen, so lange, dass sie ihn in einiger Entfernung um eine Hausecke gehen sah, und so erstarrt, dass sich ein älterer Herr bemüßigt fühlte, sie behutsam anzusprechen.

»Geht es Ihnen gut?«

Olivia ging es überhaupt nicht gut.

Sie setzte sich in ihr Auto und versuchte, wieder zu sich zu kommen. Der Wagen stand auf dem Parkplatz des Supermarkts, vor dem sie soeben dem Mann begegnet war, der sechzehn Jahre lang die Ermittlungen in dem Mordfall auf Nordkoster geleitet hatte.

Dem ehemaligen Kriminalkommissar Tom Stilton.

»Jelle«?

Wie konnte er aus Jesper nur Jelle machen?

Laut ihrem Dozenten war er einer der besten Mordermittler Schwedens mit einer der steilsten Karrieren in der Geschichte der Polizei gewesen. Heute verkaufte er *Situation Stockholm*. Ein Penner in einer erbärmlichen körperlichen

Verfassung. So erbärmlich, dass Olivia sich regelrecht hatte zwingen müssen, sich selbst davon zu überzeugen, dass er es wirklich war.

Aber er war es.

Als sie in der Königlichen Bibliothek die Zeitungsartikel zum Ufermord gesichtet hatte, waren eine Menge Bilder von Stilton dabei gewesen, außerdem hatte sie bei Gunnar Wernemyr in Strömstad ein altes Foto von ihm gesehen. Seine intensiven Augen hatten sie fasziniert, und ihr war auch nicht entgangen, dass er attraktiv und markant ausgesehen hatte.

So sah er heute nicht mehr aus.

Der körperliche Verfall hatte seinem Äußeren alles Persönliche genommen, sogar seine Augen waren erloschen. Sein hagerer Körper trug widerwillig einen langhaarigen Kopf, der definitiv geistesabwesend war.

Trotzdem war es Tom Stilton gewesen.

Sie hatte instinktiv reagiert. Als sie an ihm vorbeiging, war ein flüchtiges Gefühl an ihr vorübergehuscht und hatte sich erst zu einem Bild geformt, als sie hinter der Drehtür innehielt: Tom Stilton? Das war unmöglich. Das war … und dann war sie wieder zurückgegangen und hatte sein Gesicht studiert.

Die Nase. Die Augenbrauen. Die deutlich erkennbare Narbe im Mundwinkel.

Er war es.

Und jetzt war er verschwunden.

Olivia beugte sich nach rechts. Auf dem Beifahrersitz lag ein Notizblock, in dem eine ganze Reihe von Fragen zum Ufermord stand, die formuliert worden waren, um dem verantwortlichen Ermittler gestellt zu werden.

Tom Stilton.

Einem schäbigen Penner.

Dieser Penner hatte sich am Ufer des Järlasjön niedergelassen. Der Rucksack hing noch auf seinem Rücken. Hier, unweit seines Holzschuppens, saß er von Zeit zu Zeit. Ein paar dichte Sträucher, langsam fließendes Wasser unter einer alten Holzbrücke, Stille.

Er zog einen Ast von einem Strauch neben sich, riss die Blätter ab, steckte ihn tief hinein und rührte in dem braunen Wasser um.

Er war verstört, aber nicht, weil man ihn erkannt hatte, denn damit musste er leben. Er war nun einmal Tom Jesper Stilton und hatte nicht die Absicht, seinen Namen zu ändern. Sondern wegen dem, was die junge Frau gesagt hatte, die sich ihm in den Weg gestellt und ihn so verblüfft angesehen hatte.

Olivia Rönning.

Der Name war ihm vertraut, sehr vertraut.

»Ich möchte mit Ihnen über den Ufermord auf Nordkoster sprechen.«

Es gab solche und solche Ewigkeiten. Und es gab Äonen. Die Ewigkeit der Ewigkeiten. So ungefähr empfand Stilton den Abstand zu seiner Vergangenheit. Dennoch bedurfte es nur eines einzigen Worts, um die Äonen zur Größe einer Zecke schrumpfen zu lassen, die lustvoll in ihn eindrang.

Ufermord.

Wie lapidar das klingt, dachte er. Ein leicht konstruiertes Wort. Ufer und Mord. Er selbst hatte es jedoch nie in den Mund genommen, weil es in seinen Augen einen der abscheulichsten Mordfälle verharmloste, in denen er jemals ermittelt hatte. Es klang nach einer Schlagzeile. Er hatte stattdessen immer vom Nordkoster-Fall gesprochen. Konkret. Polizeilich.

Und ungelöst.

Warum Olivia Rönning sich für Nordkoster interessierte, ging ihn nichts an. Sie kam aus einer anderen Welt. Aber sie hatte eine Zecke in seinem mentalen Körper platziert. Sie hatte eine Kerbe in seine Befindlichkeit geschlagen und der Vergangenheit Zugang verschafft, und das störte ihn. Er wollte nicht gestört werden, nicht von der Vergangenheit und definitiv nicht von dem, was ihn fast achtzehn Jahre lang schon genug gestört hatte.

Jelle zog den Ast aus dem Wasser.

*

Sommerregen fiel auf die Demonstranten, die sich auf dem Bürgersteig gegenüber der Firmenzentrale von MWM am Sveavägen versammelt hatten. Auf ihren Transparenten standen verschiedene Parolen: »RAUS AUS DEM KONGO!!«, »PLÜNDERER!!«, »STOPPT DIE KINDERARBEIT!!« In ihrer Nähe wartete eine Gruppe von Polizisten.

In etwas weiterer Entfernung, an der Olof Palmes gata, lehnte ein älterer Herr an der Häuserfassade. Er beobachtete die Demonstranten, registrierte ihre Transparente und las eines ihrer Flugblätter.

Der Coltanabbau der Firma MWM zerstört unersetzliche Naturgebiete!

Im Namen der Geldgier werden die Gorillas vom Aussterben bedroht sein, falls ihr Zugang zu Nahrung

verschwinden sollte! Außerdem werden sie wegen
ihres Fleischs erlegt und als bush-meat verkauft!
Stoppt die skrupellose Schändung der Natur durch die
MWM!

Das Flugblatt war mit erschreckenden Bildern toter Gorillas illustriert, die man wie blutende Christusgestalten auf Holzstangen gespießt hatte.

Der Mann senkte das Flugblatt und ließ den Blick über die gegenüberliegende Fassade zur obersten Etage hinauf schweifen, wo die Firmenzentrale lag und der Besitzer und Vorstandsvorsitzende Bertil Magnuson sein Büro hatte. Dort verharrte der Blick des Mannes. Er wusste, dass Magnuson sich in dem Raum aufhielt. Er hatte ihn in seinem blankpolierten, grauen Jaguar ankommen und in das Gebäude eilen sehen.

Du bist alt geworden, Bertil, dachte Nils Wendt. Seine Hand strich über die Tasche mit der Kassette.

Und bald wirst du noch mehr altern.

*

Im Geschäftszentrum der Stadt wurde noch gearbeitet, auch wenn der Arbeitstag sich seinem Ende zuneigte. Ovette Anderssons hatte gerade erst angefangen. Ihr Arbeitsplatz, das Straßenstück zwischen Landesbank und Kunstakademie, war im Prinzip rund um die Uhr aktiv. Die Autos krochen bereits auf ihrer Suche nach denen vorbei, die das Prostitutionsgesetz als Verkäufer von Sex bezeichnete. Im Gegensatz zu den Käufern. Als ginge es um eine nüchterne geschäftliche Transaktion mit Geschlechtsprodukten.

Es dauerte nicht lange, bis das erste Auto neben Ovette hielt und eine Scheibe heruntergelassen wurde. Als das Geschäftliche geklärt war und Ovette in den Wagen stieg, verdrängte sie den letzten Gedanken an Acke. Er war beim Training. Ihm ging es gut. Bald würde er neue Fußballschuhe bekommen.

Sie zog die Autotür zu.

*

Es war fast elf, als Olivia in ihre Wohnung kam. Elvis räkelte sich wie ein Playboymodell auf dem Teppich im Flur und hatte die Beine in alle Richtungen ausgestreckt: Er verlangte Zärtlichkeit. Olivia hob ihn hoch und bohrte ihr Gesicht in das weiche Fell des geliebten Katers. Er roch schwach nach dem Futter, das sie ihm am Morgen hingestellt hatte. Jetzt machte er es sich auf ihrer Schulter bequem, seiner Lieblingsstelle, und begann, auf ihrem Haar herumzukauen.

Mit dem Kater auf der Schulter nahm sie sich einen kalten Saft aus dem Kühlschrank und setzte sich an den Küchentisch. Auf dem Heimweg aus Nacka hatte sie ihre Begegnung mit Stilton verarbeitet. Endlich hatte sie ihn gefunden, und dann war er ein Penner. Na toll. Sie nahm an, dass es dafür Gründe gab, die sie nichts angingen. Trotzdem war er nach wie vor eine wichtige Quelle für den Ufermord. Eine offenkundig völlig desinteressierte Quelle, aber? Natürlich konnte sie den Fall aufgeben, immerhin war die Aufgabe freiwillig, aber so war sie einfach nicht gestrickt.

Im Gegenteil.

Ihre Begegnung mit Stilton hatte dem Fall eine neue Dimension hinzugefügt und ihrer Fantasie neues Futter gegeben. Hing Stiltons Abstieg vom gefeierten Kriminalkommissar zum körperlichen Wrack mit dem Ufermord zusammen? Hatte er vor sechs Jahren etwas herausgefunden, was ihn veranlasst hatte, die Polizei zu verlassen? Aber hieß es nicht, er habe aus privaten Gründen gekündigt?

»Nicht nur«, hatte Åke Gustafsson zugegeben, als sie ihn noch einmal angerufen und etwas unter Druck gesetzt hatte.

»Und worum ging es noch?«

»Es gab einen Konflikt bei einer Ermittlung.«

»Ging es um den Ufermord?«

»Das weiß ich nicht, ich war damals schon an der Polizeiakademie und habe nur auf Umwegen davon gehört.«

»Aber die Sache trug auch dazu bei, dass er gekündigt hat?«

»Schon möglich.«

Mehr brauchte Olivias Fantasie nicht. Es war »schon möglich«, dass er wegen eines Konflikt gekündigt hatte, der unter Umständen mit dem Ufermord zusammenhing. Oder einem anderen Fall, der damit etwas zu tun hatte. An welchem Fall arbeitete Stilton gerade, als er die Polizei verließ? Konnte sie das herausfinden?

Sie hatte sich entschieden. Sie würde Stilton nicht in Ruhe lassen. Stattdessen würde sie ihn suchen, in die Redaktion von *Situation Stockholm* gehen und so viel über ihn recherchieren, wie sie nur konnte. Und sich dann etwas besser vorbereitet erneut mit ihm in Verbindung setzen.

*

Auf der Treppe sahen sie sich wieder. Spät, um kurz nach eins, und rein zufällig. Stilton war zum vierten Mal auf dem Weg nach unten, als ihm der Nerz entgegenkam.

Sie trafen sich auf Absatz zwei.

»Hallo.«

»Zahnschmerzen?«

»Setz dich.«

Stilton zeigte auf eine Treppenstufe. Der Nerz horchte augenblicklich auf. Nicht nur wegen des strengen Tonfalls, sondern auch, weil Stilton nicht einfach weitergegangen war. Wollte er tatsächlich reden? Der Nerz betrachtete die Treppenstufe und überlegte, wann dort wohl der letzte Hundehaufen gelandet war. Dann setzte er sich. Stilton nahm neben ihm Platz, und zwar so nahe, dass dem Nerz ein nicht sonderlich angenehmer Geruch von Müll und Ammoniak in die Nase stieg. Sowie von ziemlich viel Schweiß.

»Wie geht es dir, Tom?«, fragte er mit seiner piepsigen Stimme.

»Sie haben Vera erschlagen.«

»War das die Frau in dem Wohnwagen?«

»Ja.«

»Du hast sie gekannt?«

»Ja.«

»Weißt du, wer es getan hat?«

»Nein. Weißt du es?«

»Warum sollte ich das wissen?«

»Früher wusstest du es vor allen anderen, wenn irgendeine Scheiße ablief. Hast du etwa keinen Biss mehr?«

Das war eine Bemerkung, die allen außer Stilton einen Schädelstoß gegen die Nasenwurzel eingetragen hätte, aber Stilton versetzte man keinen Schädelstoß. Also schluckte der Nerz seinen Ärger hinunter und betrachtete den großen, geruchsintensiven Penner neben sich. Es hatte ein paar Jahre gegeben, in denen ihre Rollen deutlich anders verteilt gewesen waren. Als der Nerz ein paar Stufen tiefer auf der gesellschaftlichen Leiter gestanden hatte als Stilton.

Jetzt lagen die Dinge anders. Der Nerz zupfte kurz an seinem Pferdeschwanz.

»Möchtest du, dass ich dir helfe?«

»Ja«, sagte Stilton.

»Okay. Und was hast du vor, wenn du sie erwischst?«

»Ich werde ihnen Grüße von Vera ausrichten.«

Stilton stand auf. Zwei Treppenstufen tiefer drehte er sich noch einmal um.

»Um diese Uhrzeit bin ich immer hier. Melde dich.«

Er ging weiter. Der Nerz blieb leicht überrumpelt sitzen. Etwas an Stiltons Art, sich zu bewegen, hatte sich verändert. Für seinen Blick galt das Gleiche.

Er war wieder fest, präsent.

In den letzten Jahren war er immer ausgewichen, wenn man versucht hatte, ihm zu begegnen. Jetzt hatten seine Augen in die des Nerzes gesehen und sich keinen Millimeter bewegt.

Jelle hatte wieder Tom Stiltons Blick.

Was war passiert?

Stilton war froh über die Begegnung auf der Treppe. Er kannte den Nerz und wusste, was er konnte. Zu den wenigen Talenten des Nerzes gehörte es, Dinge aufzuschnappen: einen Kommentar, ein zufällig mitgehörtes Gespräch. Er bewegte sich in ziemlich unterschiedlichen Kreisen und schnappte überall kleine Mosaiksteinchen auf, die er anschließend zu einem Muster, einem Namen oder einem Ereignis zusammensetzte. Unter anderen Umständen wäre er ein glänzender Gesellschaftsanalytiker geworden.

Unter deutlich anderen Umständen.

Sein Talent hatte sich für den Nerz jedoch auch so immer als sehr nützlich erwiesen, vor allem, nachdem er den damaligen Kriminalkommissar Tom Stilton kennengelernt hatte. Stilton hatte rasch erkannt, wie er sich die Aufnahmefähigkeit und skrupellose Bereitschaft des Nerzes, andere zu verpfeifen, zunutze machen konnte.

»Ich verpfeife niemanden!«

»Entschuldige.«

»Siehst du in mir etwa einen gottverdammten Spitzel?«

Stilton erinnerte sich noch gut an das Gespräch. Der Nerz war außer sich gewesen.

»Ich sehe dich als einen Informanten. Wie siehst du dich selbst?«, antwortete er.

»Informant ist okay. Zwei Berufstätige, die Erfahrungen austauschen, ist besser.«

»Und was bist du von Beruf?«

»Seiltänzer.«

Nach diesem Gespräch war Stilton klar geworden, dass der Nerz möglicherweise ein etwas komplexerer Spitzel war als die anderen und es die Mühe wert sein könnte, ihn besonders zu hegen und zu pflegen.

Ein Seiltänzer.

Eine Stunde später trug Stilton einen kleinen Umzugskarton durch den Wald Ingenting. Seine Begegnung mit dem Nerz hatte er längst vergessen. Nun war er ganz auf den grauen Wohnwagen konzentriert und versuchte, sich für die Konfrontation mit ihm zu stählen. Er hatte beschlossen, dort fürs Erste einzuziehen.

Er wusste, dass die Spurensicherung ihre Untersuchung

des Tatorts abgeschlossen hatte und die Stadt den Wagen fortschaffen wollte, aber der Mord an Vera hatte Sand in das Getriebe der Bürokratie gestreut, so dass der Wagen noch an seinem angestammten Platz stand.

Solange er dort blieb, wollte Stilton in ihm wohnen.

Falls er dazu in der Lage sein sollte.

Am Anfang war es nicht leicht. Der Anblick der Pritsche, auf der sie sich geliebt hatten, reichte schon aus, um ihn aus dem Gleichgewicht zu bringen. Trotzdem stellte er den Karton auf dem Boden ab und setzte sich auf die andere Pritsche. Hier drinnen war es wenigstens trocken. Eine Lampe, Liegen, und mit einer neuen Gasflasche und etwas Fummelei würde er den Gaskocher schon wieder in Gang bekommen. Die Ameisenstraßen waren ihm egal. Er schaute sich um. Die Polizei hatte den größten Teil von Veras persönlicher Habe mitgenommen, unter anderem auch die Abbildung einer Harpune, die er einmal gezeichnet hatte. Hier, an diesem Tisch, als Vera von ihm wissen wollte, wie seine Kindheit gewesen war.

»Wie eine Harpune?«

»So ungefähr.«

Er hatte ihr von der Schäreninsel Rödlöga erzählt. Wie es war, bei einer Großmutter aufzuwachsen, die noch eigene Erinnerungen an die Robbenjagden und Wrackplünderungen früherer Zeiten hatte. Vera hatte jedes Wort gierig aufgesogen.

»Das klingt nach einer guten Kindheit. Oder?«

»Sie war gut.«

Mehr brauchte sie nicht zu wissen. Mehr wusste außer Mette und Mårten Olsäter und seiner Exfrau keiner. Das waren alle.

Nicht einmal Abbas el Fassi wusste mehr.

In diesem Moment saß Rune Forss wahrscheinlich in irgendeinem neongelben Polizeibüro, betrachtete eine Zeichnung von einer Harpune und fragte sich, ob sie in einem Zusammenhang zu dem Mord an Vera Larsson stand. Stilton musste innerlich grinsen. Forss war ein Idiot. Er würde den Mord an Vera niemals aufklären, es nicht einmal versuchen. Er würde seine Stunden absitzen und seine Berichte zusammenstellen, und anschließend würde er seine wurstigen Finger in die Löcher einer Bowlingkugel zwängen.

Das war es, was ihm am Herzen lag.

Stilton streckte sich auf der Pritsche und setzte sich wieder auf.

Leicht fiel es ihm nicht, den Wagen zu übernehmen. Er sah und spürte noch Veras Anwesenheit. Das weggewischte Blut auf dem Fußboden hatte Spuren hinterlassen. Er stand auf und schlug mit Wucht gegen die Wand.

Und betrachtete erneut die Blutspuren.

Rache hatte in seinem Denken eigentlich nie eine Rolle gespielt. Als Mordermittler hatte er ein distanziertes Verhältnis zu Opfern und Tätern gepflegt. In seltenen Fällen hatten ihn höchstens die Angehörigen berührt. Nichts Böses ahnende Leute, in deren Herzen plötzlich der Blitz einschlug. Er erinnerte sich noch, dass er einmal an einem frühen Morgen eine alleinerziehende Mutter wecken musste, um ihr mitzuteilen, dass ihr einziger Sohn soeben drei Morde gestanden hatte.

»Mein Sohn?«

»Sie haben einen Sohn namens Lage Svensson?«

»Ja? Was haben Sie gesagt, was soll er getan haben?!«

Diese Art von Gesprächen war ihm nicht so schnell aus dem Kopf gegangen.

Aber Rache war nie ein Thema gewesen.

Bis zu Veras Tod. Das war etwas anderes.

Er ließ sich wieder auf die Pritsche zurücksinken und blickte zur schmutzigen Decke hoch. Regen klatschte auf die rissige Plexiglaswölbung. Langsam ließ er Dinge in seine Gedanken einfließen, die er sonst die meiste Zeit verdrängte.

Wie war er hier gelandet?

An einem Ort mit Ameisenstraßen und einer weggewischten Blutlache und mit einem Körper, der fast am Ende war?

In einem Wohnwagen?

Er wusste und würde niemals vergessen, was sechs Jahre zuvor der Auslöser gewesen war: die letzten Worte seiner Mutter. Dennoch hatte es ihn verblüfft, wie schnell es gegangen war, sich fallen zu lassen. Wie leicht es gewesen war, als er sich einmal dazu entschlossen hatte. Wie schnell und zielstrebig er sich hatte gehen lassen und alles aufgegeben hatte, was er aufgeben konnte, und alles dafür getan hatte, immer tiefer zu sinken. Damals hatte er gemerkt, wie leicht eins das andere ergab, wie problemlos es möglich war, zu verzichten, abzuschalten, abzuschneiden. Wie leicht es einem fiel, in diesen total anspruchslosen, vegetativen Zustand abzurutschen.

In die Leere.

In seiner Leere, abgeschnitten vom Dasein der anderen, hatte er oft über die großen Fragen wie Leben, Tod und Existenz nachgedacht. War in die Tiefe gegangen und hatte versucht, einen Anker zu finden, einen Sinn, irgendetwas, woran er sein Leben hätte aufhängen können. Aber er hatte nichts gefunden. Nicht einen Nagel. Nicht einmal eine Heftzwecke. Der Sturz von einem Platz im Konventionellen in ein Loch im Verachteten hatte ihn körperlich und mental mit leeren Händen zurückgelassen.

Eine Zeitlang hatte er versucht, sein Dasein als eine Form von Freiheit zu betrachten. Frei von sozialen Zwängen, von Verantwortung, von allem.

Ein freier Mensch!

Eine Lebenslüge, der sich so mancher Obdachloser hingab, aber er gab die Vorstellung schnell wieder auf. Er war kein freier Mensch, und das wusste er.

Dagegen war er ein Mensch mit Integrität.

Ein Wrack in einem Wohnwagen, würden viele wohl mit Fug und Recht behaupten. Aber ein Wrack, das eins gelernt hatte: Wer ganz unten auf dem Grund stand, hatte trotz allem festen Boden unter den Füßen. Das war mehr, als viele andere, hochtrabendere Menschen von sich behaupten konnten.

Stilton setzte sich auf. Würde es in Veras Wohnwagen wieder so laufen? Würde er über alles Mögliche nachgrübeln? Gerade das hatte er durch seinen Umzug doch eigentlich hinter sich lassen wollen. Er wühlte in seinem Rucksack und zog eine Pillendose heraus, die er auf den Tisch stellte.

Eine Fluchtdose.

Bei seinem Absturz hatte er schnell gelernt, wie sich gewisse Probleme lösen ließen. Man floh vor ihnen. Man goss sich ein Glas Wasser ein, nahm zwei Stesolid heraus und schluckte eine Dosis Flucht.

So einfach war das.

»Du bist wie Lügen-Benke.«

»Wer?«

Stilton erinnerte sich noch gut an das Gespräch. Er hatte mit einem Knastbruder auf dem Platz bei Mosebacke zusammengesessen und sich ziemlich schlecht gefühlt, so dass er schließlich nach seiner Dose gegriffen hatte, und daraufhin hatte ihn der Typ angesehen und den Kopf geschüttelt.

»Du bist wie Lügen-Benke.«

»Wer?«

»Wenn es schlecht lief, ist er immer abgehauen, hat was Weißes geschluckt, sich auf den Boden gelegt und Tom-Waits-Songs aus der Zeit gehört, als Waits noch ein Säufer war, und was hat ihm das gebracht? Dreißig Jahre später ist er auf demselben Fußboden gestorben, und es hat eine Woche gedauert, bis es jemand gemerkt hat. Tom Waits war es jedenfalls nicht. So sieht es aus. Man haut ab, und wenn man lange genug abhaut, wird man erst gefunden, wenn man durch den Briefeinwurf stinkt. Welchen Sinn soll das haben?«

Stilton hatte geschwiegen. Warum sollte er eine solche Frage beantworten, auf die er selbst keine Antwort hatte? Wenn du den Halt verloren hast, dann hast du den Halt verloren und haust ab, um das Dasein ertragen zu können.

Stilton nahm die Pillendose in die Hand.

Lügen-Benke konnte ihm gestohlen bleiben.

*

Der kleine Acke war nicht beim Fußballtraining, wie Ovette glaubte. Weit gefehlt.

Ein paar ältere Jungs hatten ihn abgeholt, und nun saß er weit weg von zu Hause zusammengekauert an einer Felswand. Seine Augen waren starr auf das gerichtet, was ein paar Meter entfernt geschah. Er war zum zweiten Mal dabei, in einem gigantischen Hohlraum im Fels, der ursprünglich für ein Klärwerk vorgesehen gewesen war, irgendwo in der Gegend von Årsta.

Tief unter der Erde.

Vorne hatten sie gefärbte Scheinwerfer montiert. Das helle Licht der Lampen flackerte blau, grün und rot über die Felswände. Die Geräusche derer, die gerade dran waren, drangen klar und deutlich an Ackes Ohren. Es waren keine angenehmen Laute. Er ertappte sich dabei, sich die Ohren zuzuhalten, und ließ schnell die Hände sinken. Man sollte sich bestimmt nicht die Ohren zuhalten.

Acke hatte Angst.

Er zog ein Feuerzeug heraus und schnüffelte ein bisschen.

Bald war er vielleicht an der Reihe.

Er dachte an das Geld. Wenn es gut lief, würde er ein wenig Geld bekommen, das hatten sie ihm versprochen. Sollte es nicht so gut laufen, würde er nichts bekommen. Er wollte das Geld haben. Es wusste doch, wie es zu Hause aussah, wo es immer nur gerade so viel Geld gab, wie sie unbedingt brauchten. Nie genug für etwas anderes, was seine Mutter und er zusammen unternehmen könnten. Wie manche seiner Spielkameraden es mit ihren Eltern taten, die gemeinsam in den Vergnügungspark Gröna Lund gingen oder so. Das konnten sie sich nicht leisten.

Sagte seine Mutter.

Deshalb wollte Acke ihr das Geld geben. Er hatte sich schon überlegt, wie er es ihr erklären würde. Er habe auf der Straße ein Los mit hundert Kronen Gewinn gefunden.

So viel würde er bekommen, falls es heute Abend gut laufen sollte.

Den Betrag würde er seiner Mutter geben.

In Ackes Augen spiegelte sich Stahl.

Die beiden Gestalten lauerten hinter einem Transporter. Es war kurz nach zwölf, mitten am Tag und mitten in einer Eigenheimsiedlung im Stockholmer Vorort Bromma. Auf der anderen Straßenseite ging ein Vater vorbei, der einen Kinderwagen schob. Die Kopfhörer seines Handys steckten in seinen Ohren, und er telefonierte geschäftlich. Elternzeit zu nehmen, war eine Sache, nicht mehr an die Arbeit zu denken, eine ganz andere. Glücklicherweise ließ sich heutzutage ja beides kombinieren. Voll auf seinen Job und etwas weniger auf das Kind im Wagen konzentriert, rollte das Paar deshalb vorbei und verschwand.

Die Gestalten sahen sich an.

Die Straße war wieder leer.

Rasch schoben sie sich durch die Hecke auf der Rückseite des Hauses. Der Garten war voller Apfelbäume und großer Fliederbüsche, die ihr Eindringen ausreichend verbargen. Leise und gekonnt brachen sie die Küchentür auf und verschwanden im Haus.

Eine halbe Stunde später hielt vor einem kleinen, gelben Haus in Bromma ein Taxi. Eva Carlsén stieg aus, warf einen Blick auf ihr Zuhause und rief sich in Erinnerung, dass das Dach neu gedeckt werden musste. Und neue Fallrohre benötigt wurden. Das war jetzt ihre Aufgabe. Früher war es die ihres Mannes Anders gewesen, aber nach der Scheidung musste sie sich selbst um alle praktischen Belange kümmern.

Das Haus in Stand halten und die Gartenarbeit erledigen.

Und alles andere.

Sie trat durch das Gartentor. Plötzlich packte sie die Wut. Blitzschnell kam der Schmerz. Er hatte sie verlassen! Aussortiert! Sitzengelassen! Das Gefühl übermannte sie mit solcher Kraft, dass sie stehen bleiben musste und fast ins Wanken geraten wäre. Verdammt, dachte sie. Sie hasste es, wenn sie sich nicht im Griff hatte. Sie war ein logisch denkender Mensch und hasste alles, was sich ihrer Kontrolle entzog. Um sich zu beruhigen, atmete sie mehrmals tief durch. Das ist er nicht wert, dachte sie. Das ist er nicht wert, das ist er nicht wert. Wie ein Mantra.

Sie ging auf das Haus zu.

Zwei Augenpaare verfolgten ihren Weg vom Gartentor zur Haustür. Als sie nicht mehr zu sehen war, verschwanden sie hinter dem Vorhang.

Eva Carlsén öffnete ihre Handtasche, um den Schlüssel herauszuholen, als sie im Nachbarhaus eine Bewegung wahrnahm. Wahrscheinlich spionierte Monika ihr mal wieder hinterher. Monika hatte Anders sehr gemocht. Sie hatte über den Gartenzaun hinweg über seine Scherze gelacht und ihn angestrahlt. Als sie von der Scheidung hörte, hatte sie ihre Schadenfreude kaum verbergen können.

Eva Carlsén zog den Schlüssel heraus, steckte ihn ins Schloss und öffnete die Tür. Als Nächstes würde sie eine Dusche nehmen und alles Destruktive abspülen, um sich auf das konzentrieren zu können, was wirklich wichtig war. Ihre Artikelreihe. Sie machte zwei Schritte in den Flur hinein und wandte sich den Kleiderhaken zu, um ihre dünne Jacke aufzuhängen.

Im nächsten Moment wurde sie von hinten niedergeschlagen.

*

Das Verkaufstreffen neigte sich dem Ende zu, und alle wollten in die Stadt, um ihre Zeitungen loszuwerden. Olivia musste in der Tür zur Seite treten und eine illustre Schar von Obdachlosen mit Zeitungsstapeln in den Händen vorbeilassen, die lautstark miteinander palaverten. Als Letzte kam Muriel vorbei, die sich zum Frühstück einen Schuss gesetzt hatte und sich königlich fühlte. Sie hatte keine Zeitungen, da sie keine Verkäuferin war. Um *Situation Stockholm* verkaufen zu dürfen, wurden gewisse Dinge von einem verlangt. Unter anderem, dass man in den Genuss der sozialen Unterstützung kam, die von der Gesellschaft angeboten wurde. Oder regelmäßige Kontakte zum Sozialamt, den Strafvollzugsbehörden oder der Psychiatrie hatte. Muriel konnte nichts von all dem vorweisen. War sie nicht deprimiert, war sie einfach guter Dinge. Dazwischen war sie auf der Jagd nach Stoff. Nun trippelte sie als Allerletzte ins Treppenhaus und gab Olivia die Möglichkeit, einzutreten. Sie ging zum Empfang und fragte nach Jelle.

»Jelle? Nein, keine Ahnung, wo der steckt, zum Treffen ist er jedenfalls nicht gekommen.«

Der Mann am Empfang sah Olivia an.

»Wohnt er irgendwo?«, erkundigte sie sich.

»Nein, er ist obdachlos.«

»Aber er taucht regelmäßig hier auf?«

»Ja, um sich Zeitungen zu holen.«

»Hat er ein Handy?«

»Denke schon, wenn es ihm nicht gerade geklaut worden ist.«

»Haben Sie seine Nummer?«

»Die gebe ich nicht heraus.«

»Warum nicht?«

»Weil ich nicht weiß, ob er das möchte.«

Das akzeptierte Olivia. Auch als Obdachloser hatte man das Recht auf eine gewisse Privatsphäre. Deshalb hinterließ sie stattdessen ihre eigene Handynummer und bat den Mann, sie Stilton weiterzugeben, falls er auftauchen sollte.

»Sie können ja mal in dem Handyladen an der U-Bahn-Station Hornstull nachfragen«, mischte sich Bo Fast ein. Er hatte in einer Ecke gesessen und das Gespräch belauscht. Olivia drehte sich zu ihm um.

»Er kennt die Typen ein bisschen, die da jobben«, sagte er.

»Aha? Danke.«

»Sind Sie Jelle schon einmal begegnet?«

»Ein Mal.«

»Er ist ein bisschen speziell …«

»Inwiefern?«

»Speziell.«

Okay, dachte Olivia, er ist speziell. Im Vergleich zu was? Anderen Obdachlosen? Seiner Vergangenheit? Was meinte der Mann? Sie hätte ihm gerne noch die eine oder andere Frage gestellt, hatte aber nicht den Eindruck, dass Bo Fast eine sprudelnde Informationsquelle war. Sie würde wohl warten müssen, bis die Quelle selbst sich bei ihr meldete, falls sie es denn tun sollte.

Was sie bezweifelte.

*

Die Rettungssanitäter setzten Eva Carlsén eine Sauerstoffmaske auf und schafften sie eilig in den Krankenwagen. Sie blutete aus einer Wunde am Hinterkopf. Wäre ihrer Nachbarin Monika nicht die offene Haustür mitten am Tag aufgefallen, die ihre Neugier geweckt hatte, hätte es übel für sie ausgehen können. Der Krankenwagen fuhr mit heulenden Sirenen davon, während ein Polizist Stift und Notizblock herausholte und sich der Nachbarin zuwandte.

Nein, ihr waren in der näheren Umgebung keine fremden Personen oder ungewöhnlichen Autos aufgefallen, und nein, sie hatte auch nichts Ungewöhnliches gehört.

Die Polizisten im Haus waren bei ihren Ermittlungen erfolgreicher. Alle Zimmer schienen durchsucht worden zu sein. Geleerte Schubladen und Schränke, umgekippte Kommoden und zerbrochenes Porzellan.

Alles war verwüstet worden.

»Ein Einbruch?«, sagte ein Polizist zu einem zweiten.

*

Stilton brauchte neue Zeitungen. Er hatte alle verkauft, die er am Vortag erworben hatte, unter anderem das Exemplar, das Olivia Rönning gekauft hatte. Jetzt holte er sich zehn neue.

»Jelle!«

»Ja?«

Der Mann am Empfang hatte nach ihm gerufen.

»Eine junge Frau ist hier gewesen und hat nach dir gefragt.«

»Aha?«

»Sie hat ihre Handynummer hiergelassen ...«

Stilton bekam einen Zettel mit einer Nummer und sah,

dass darunter »Olivia Rönning« stand. Er ging zu einem runden Tisch und setzte sich. An der Wand hinter ihm hing eine große Zahl schwarz gerahmter Fotos von Obdachlosen, die im Laufe des letzten Jahres gestorben waren. Pro Monat starb im Schnitt einer, dafür kamen drei neue dazu.

Das Foto von Vera war gerade erst aufgehängt worden.

Stilton rieb den Zettel mit der Nummer zwischen den Fingern. Verdammt. Es passte ihm nicht, wenn ihm irgendwer auf die Pelle rückte. Wenn jemand ihn nicht in Ruhe ließ und versuchte, in seine Leere einzudringen. Das galt insbesondere für Menschen, die keine Obdachlosen waren. Wie Olivia Rönning.

Er schaute wieder auf den Zettel. Er hatte zwei Möglichkeiten. Sie anzurufen und die Sache hinter sich zu bringen, ihre verdammten Fragen zu beantworten und zu verschwinden. Oder sie einfach nicht anzurufen. Dann riskierte er allerdings, dass sie Veras Wohnwagen fand und dort auftauchte, und das wollte er auf jeden Fall verhindern.

Er rief sie an.

»Olivia!«

»Hier ist Jelle. Tom Stilton. Rufen Sie mich an.«

Stilton unterbrach die Verbindung. Er hatte nicht die Absicht, sein Guthaben an diese Rönning zu verschwenden. Fünf Sekunden später klingelte sein Handy.

»Hallo! Hier spricht Olivia! Schön, dass Sie sich melden!«

»Ich habe es eilig.«

»Okay, aber Sie, ich … wollen wir uns treffen?! Nur kurz?! Ich könnte …«

»Was sind das für Fragen?«

»Es geht um … soll ich sie Ihnen etwa jetzt stellen?«

Stilton antwortete nicht, so dass Olivia improvisieren

musste. Glücklicherweise lag der Notizblock neben ihr und sie begann, schnell ihre Fragen zu stellen, um die Gelegenheit zu nutzen, da sie nicht wusste, wann sie wieder Kontakt zu ihm haben würde. Oder ob es überhaupt ein nächstes Mal geben würde.

»War die Frau am Ufer betäubt, als sie ertränkt wurde? Wo befanden sich ihre restlichen Kleider, wurden sie gefunden? Wurde eine DNA-Probe des Fötus gesichert? Waren Sie sich sicher, dass außer dem Opfer nur drei Personen am Ufer waren? Woher wussten Sie, dass die Frau lateinamerikanischer Herkunft war?«

Olivia kam noch dazu, zwei weitere Fragen zu stellen, ehe Stilton plötzlich, mitten in einem Satz, die Verbindung unterbrach.

Olivia saß mit dem Handy in der Hand in ihrem offenen Wagen und fluchte laut.

»Du verdammter Arsch!!!«

»Wer? Ich?!«

Ein Fußgänger, der gerade vor dem Auto vorbeiging, fühlte sich von Olivias Worten angesprochen.

»Sie stehen verdammt noch mal auf einem Zebrastreifen!?«

Das stimmte. Als Stilton anrief, hatte sie abrupt auf einem Zebrastreifen gebremst, auf dem sie immer noch stand, und sie sah, dass der verärgerte Fußgänger ihr noch einen allseits bekannten Finger zeigte, ehe er weiterging.

»Einen schönen Tag noch!«, rief Olivia ihm hinterher und legte wütend einen Kavalierstart hin.

Was glaubte dieser Stilton eigentlich, wer er war?! Ein verdammter Penner, der sie wie ein Stück Dreck behandeln konnte!? Und dachte, dass er damit durchkommen würde!?

Sie wendete gegen jede Verkehrsregel verstoßend und gab Gas.

Das Geschäft hieß *Mobil Telefonieren* und lag in der Långholmsgatan, gegenüber der Treppe, die zur U-Bahn-Station Hornstull hinunterführte. Ein schmutziges Schaufenster mit einer Reihe von Handys, kleinen Weckern und anderem Kram dahinter. Olivia nahm die zwei Steinstufen zur Ladentür und öffnete sie. Ein schmutzig grauer Vorhang war über dem Eingang halb hochgeschlagen worden. Das Geschäft besaß vier Quadratmeter freie Fläche, die von Glasvitrinen umgeben war, in denen Hunderte gebrauchter Handys aller Marken und Farben lagen. Auf einigen Regalbrettern hinter der Ladentheke standen gelbe und blaue Plastikkisten mit weiteren Stapeln gebrauchter Handys.

Das war nicht gerade eine Media-Markt-Filiale.

»Hallo, ich suche Tom Stilton, wissen Sie zufällig, wo ich ihn erwischen kann?«

Olivia hatte sich an einen Mann vor einer der Glasvitrinen gewandt. Sie versuchte auszusehen, wie sie sich beim besten Willen nicht fühlte.

Freundlich, ruhig, auf der Suche nach einem Freund.

»Stilton? Kenne ich nicht…«

»Was ist mit Jelle, er nennt sich Jelle.«

»Ach so, Jelle. Heißt er Stilton?«

»Ja.«

»Das ist ja ein Ding, ist das nicht so ein stinkender Käse?«

»Doch.«

»Er heißt so wie ein Stinkkäse?«

»Ist wohl so. Wissen Sie, wo er ist?«

»Jetzt?«

»Ja?«

»Nein. Er kommt ab und zu vorbei, wenn sie ihm sein Handy geklaut haben, die beklauen sich wie die Raben, aber das ist schon ein paar Tage her.«

»Aha …«

»Aber Sie können ja mal Weijle fragen, der vertickt drüben an der U-Bahn Zeitungen, vielleicht weiß der ja Bescheid.«

»Und wie sieht Weijle aus?«

»Den übersehen Sie nicht.«

Der Ladenbesitzer hatte recht. Weijle war an diesem U-Bahn-Aufgang wahrlich nicht zu übersehen. Abgesehen davon, dass er mit durchdringender Stimme *Situation Stockholm* verkaufte, hatte er ein Äußeres, das ihn markant vom Strom der Passanten unterschied. Zum Beispiel durch den Schlapphut mit Federn von Vögeln, die eindeutig unter Naturschutz standen. Sein Schnurrbart war eng verwandt mit Åke Gustafssons Augenbrauen. Außerdem waren da noch seine Augen, dunkel, intensiv und ausgesprochen freundlich.

»Jelle, meine werte Dame, Jelle setzt man nicht da ab, wo man ihn hinstellt.«

Olivia deutete seine seltsamen Worte so, dass Jelle unberechenbar war.

»Aber wo hat er sich in der letzten Zeit herumgetrieben?«

»Das liegt im Verborgenen.«

»Verzeihung?«

»Jelle schleicht nachts umher, wohin, weiß man nicht genau, man sitzt auf einer Bank und unterhält sich über das Sein oder Nichtsein der Nerze, und plötzlich ist er verschwunden. Wie ein Robbenjäger wird er eins mit dem Fels.«

Olivia erkannte, dass Weilje als Verkäufer wahrscheinlich viele positive Eigenschaften hatte, als Informant dagegen eher nicht. Sie kaufte ihm eine Zeitung ab, von der sie bereits ein Exemplar besaß, und ging zu ihrem Auto.

Dann klingelte ihr Handy.

Stilton hatte sich entschieden. Ihm war klar geworden, dass er sich bei seinem Telefonat mit Olivia unverschämt verhalten hatte, was ihm im Grunde allerdings egal war. Raffinesse im menschlichen Umgang war in seinen Kreisen keine hohe Tugend. Aber er befürchtete, dass sie wütend auf ihn war und so reagieren würde, wie sie es tat. Von nun an würde sie erst recht hinter ihm her sein. Also wollte er die Sache hinter sich bringen.

Aber nicht in seinem Wohnwagen, sondern an einem Ort, der ihr klarmachen würde, dass er in seiner Welt lebte und sie in ihrer. Und diese Welten würden sich nur ein einziges Mal begegnen.

Jetzt.

Olivia brauchte eine ganze Weile, um den Weg zu finden. Ihre Wohnung lag zwar ganz in der Nähe, fast um die Ecke, so dass die Adresse Bondegatan 25A ihr keine Probleme bereitete, sondern die Frage, wo der Raum mit den Müllcontainern lag. Hinter codierten Gittern und Türen. Stilton hatte ihr zwar die erforderlichen Zahlenkombinationen genannt, aber es dauerte trotzdem ein bisschen.

Auch weil sie mitten in einem Betonkorridor einem Mann in kurzer Hose und mit breiten Hosenträgern und einer Halskrause begegnete, die nicht gewaschen worden war, seitdem man sie ihm angelegt hatte. Außerdem trug der Mann eine seltsame rote Brille und schien angetrunken zu sein.

»Und wohin willst du? Zur Bibliothek?!«, sagte er.

»Bibliothek?«

»Sie hat heute die Waschküche, komm ja nicht und stiehl ihr die Zeit, sonst landest du im Trockner!«

»Ich suche den Müllkeller.«

»Willst du da pennen?«

»Nein.«

»Das ist gut. Ich habe nämlich Rattengift ausgestreut.«

»Im Müllkeller gibt es Ratten?!«

»Der eine oder andere würde sie eher Biber nennen. Manche von den Viechern sind bis zu einem halben Meter lang, das ist keine Umgebung für ein junges Wesen wie dich.«

»Und wo liegt jetzt der Müllkeller?«

»Da.«

Die Halskrause zeigte den Flur hinab, und Olivia schob sich an ihm vorbei. Zu den Ratten.

»Gibt es hier Ratten?!«

Olivia stellte die Frage unmittelbar, nachdem Stilton die massive Stahltür aufgedrückt hatte.

»Nein.«

Er verschwand in der Dunkelheit. Olivia schob die Tür noch etwas auf und folgte ihm.

»Schließen Sie die Tür.«

Olivia war sich nicht sicher, ob sie das wirklich tun sollte. Die Tür war immerhin ein Fluchtweg. Dennoch befolgte sie seine Anweisung und bemerkte daraufhin den Gestank, von denen Müllkeller, in denen die Belüftung einwandfrei arbeitete, verschont blieben. Hier funktionierte sie offensichtlich nicht.

Es stank fürchterlich.

Olivia hielt sich die Hand vor Nase und Mund und wartete, bis sich ihre Augen an die Dunkelheit gewöhnt hatten, die nur von einem kleinen Teelicht durchbrochen wurde, das mitten im Raum auf dem Boden brannte. Mit seiner Hilfe konnte sie an einer Wand Stiltons Silhouette ausmachen. Er saß auf dem Zementboden.

»Sie haben das Teelicht Zeit«, sagte er.

»Das Teelicht?«

»Bis es heruntergebrannt ist.«

Stiltons Stimme war ruhig und kurz angebunden. Er hatte beschlossen, sich zu benehmen. Olivia hatte ihrerseits beschlossen, Antworten auf ihre Fragen zu bekommen.

Anschließend würde sie gehen und nie mehr einen Fuß in Tom Stiltons Nähe setzen.

Des stinkenden Käses.

»Also, es geht um diese Fragen, die …«

»Die Frau am Ufer war nicht betäubt. Die Dosis Rohypnol in ihrem Körper hatte eine beruhigende, aber keine einschläfernde Wirkung. Sie war also bei Bewusstsein, als sie eingegraben wurde. Ihr Mantel war das einzige Kleidungsstück, das wir gefunden haben. Wir nahmen an, dass die Täter die restlichen Kleidungsstücke mitgenommen, den Mantel im Dunkeln jedoch übersehen hatten. Das einzige Interessante, was wir in dem Mantel gefunden haben, war ein kleiner Ohrring.«

»Davon stand nichts in dem …«

»Wir haben Blutproben von dem Fötus genommen. Später sind sie zur DNA-Analyse nach England geschickt worden, um eine eventuelle Vaterschaft bestätigen zu können, falls ein möglicher Kandidat auftauchen sollte, was aber nie passiert ist. Wir sind uns nicht sicher gewesen, ob sich außer dem Opfer wirklich nur drei Personen am Ufer aufhielten. Der Zeuge war neun Jahre alt, hatte panische Angst und sah das Ganze aus ungefähr hundert Meter Entfernung, im Dunkeln, aber es waren die einzigen Informationen, die uns vorlagen. Wir haben seine Aussage bei den Ermittlungen nie widerlegen können. Die Frau war wahrscheinlich lateinamerikanischer Herkunft, aber auch das konnten wir nie beweisen. Ove Gardman wohnte in Ufernähe, er hat seine Eltern alarmiert, und es dauerte ungefähr fünfundvierzig Minuten, bis der Rettungshubschrauber eintraf. Noch Fragen?«

Olivia starrte in der Dunkelheit zu Stilton hinüber. Das Teelicht flackerte ein wenig. Er hatte jede einzelne Frage beantwortet, die sie am Handy heruntergeleiert hatte, und zwar in genau der Reihenfolge, in der Olivia sie ihm gestellt hatte. Wer zum Teufel war dieser Mann?

Sie versuchte, sich an Konkretes zu halten.

»Warum war dieser Ohrring so interessant?«

»Weil das Opfer keine Ohrlöcher hatte.«

»Und es ein Steckohrring war?«

»Genau. Sind Sie fertig?«

»Nein, ich würde wirklich gerne hören, welche Theorien sie damals verfolgt haben«, sagte sie.

»Wir hatten viele.«

»Zum Beispiel?«

»Rauschgift, dass die Frau ein Drogenkurier war und für ein Kartell arbeitete, das zu jener Zeit an der Westküste operierte, und dass bei einer Lieferung etwas schiefgegangen war. Wir haben einen Drogenabhängigen vernommen, der sich kurz vor dem Mord auf der Insel aufgehalten hatte, aber die Spur führte ins Nichts. Illegale Einwanderung, dass die Frau ihren Schleuser nicht bezahlen konnte, Menschenhandel, dass die Frau eine Prostituierte war und versucht hatte, vor ihrem Zuhälter zu fliehen, und daraufhin ermordet wurde. Für keine dieser Theorien ließen sich Beweise finden. Aber unser größtes Problem bestand damals darin, dass die Frau nie identifiziert werden konnte.«

»Niemand hat sie als vermisst gemeldet?«

»Nein.«

»Aber zu dem Kind muss es doch einen Vater gegeben haben.«

»Sicher, aber vielleicht wusste er nichts von dem Kind, oder er war einer der Täter.«

Auf die Idee war Olivia noch nicht gekommen.

»Gab es auch Theorien über eine Sekte?«, fragte sie.

»Eine Sekte?«

»Ja, dass die Tat irgendwie mit Ebbe und Flut und dem Mond zusammenhing und ...«

»Eine Sekte war bei uns nie Thema.«

»Okay. Aber was ist mit der Insel, Nordkoster? Es ist recht umständlich, dorthin zu gelangen und wieder wegzukommen. Kein idealer Tatort.«

»Und wie sieht ein idealer Tatort aus?«

»Einen idealen Tatort kann man schnell verlassen, wenn man einen ziemlich ungewöhnlichen Mord geplant hat.«

Stilton schwieg einige Sekunden.

»Der Ort hat uns verblüfft.«

Im selben Moment ging das Teelicht aus.

»Die Zeit ist abgelaufen.«

»Jackie Berglund«, sagte Olivia.

Jetzt herrschte vollkommene Dunkelheit in dem Müllkeller. Keiner sah den anderen. Nur ihre Atemzüge waren zu hören. Kommen jetzt die Biber aus ihren Löchern, dachte Olivia.

»Was ist mit Jackie Berglund?«

Stilton gab ihr noch einige Sekunden in der Dunkelheit.

»Mir ist der Gedanke gekommen, dass sie irgendwie in die Sache verwickelt gewesen sein könnte, sie arbeitete damals ja als Escortgirl, und vielleicht war das Opfer auch eins oder kannte Jackie zumindest … ich meine, dass es vielleicht einen Zusammenhang zwischen ihnen gegeben haben könnte, haben Sie darüber auch nachgedacht?«

Stilton antwortete nicht sofort. Er war in Gedanken ein wenig zu Jackie Berglund und der Tatsache abgeschweift, dass die junge Frau in der Dunkelheit seine eigenen Gedankengänge in der Vergangenheit berührt hatte.

Trotzdem sagte er:

»Nein. Sind Sie jetzt fertig?«

Olivia war noch lange nicht fertig, begriff aber, dass Stilton es war, und stand auf.

Vermutlich lag es an der Dunkelheit, der relativen Anonymität, jedenfalls stellte sie, während sie sich zur Metalltür vortastete, eine Frage in den dunklen Raum hinein.

»Warum leben Sie als Penner?«

»Ich bin obdachlos.«

»Und warum sind Sie das?«

»Weil ich keine Wohnung habe.«

Mehr sagte er nicht. Olivia erreichte die Tür, drückte die Klinke herunter und wollte sie gerade öffnen, als sie hinter sich seine Stimme hörte.

»Sagen Sie …«

»Ja?«

»Ihr Vater ist bei den Ermittlungen dabei gewesen.«

»Ich weiß.«

»Warum haben Sie ihn nicht gefragt?«

»Er ist vor vier Jahren gestorben.«

Olivia stieß die Tür auf und verließ den Raum.

Er hat also nicht gewusst, dass Papa tot ist, dachte sie auf dem Weg zum Auto. Wie lange lebt er eigentlich schon als Penner? Seit er bei der Polizei gekündigt hat? Seit sechs Jahren? Aber landet man wirklich so schnell ganz unten? Dauert das nicht eine ganze Weile? Hat er wirklich jeden Kontakt zu den Leuten abgebrochen, mit denen er damals zusammenarbeitete?

Seltsam.

Jedenfalls hatte er ihre Fragen beantwortet, und sie würde vermutlich nie wieder mit Stilton zu tun haben. Jetzt würde sie zusammenstellen, was sie herausgefunden hatte, eine Art Schlussfolgerung formulieren und die Arbeit anschließend Åke Gustavsson schicken.

Aber das mit dem Ohrring war interessant.

Die Frau am Ufer hatte einen Ohrring in ihrer Manteltasche, aber keine Ohrlöcher gehabt.

Woher kam der Ohrring?

Olivia beschloss, mit ihrer Zusammenfassung noch etwas zu warten.

Im Müllkeller hatte Stilton währenddessen ein neues Teelicht angezündet. Er wollte noch sitzen bleiben, bis er sicher sein konnte, dass sie fort war. Dann würde er sie wahrscheinlich für immer los sein. Ihm war bewusst, dass er zu viele Informationen preisgegeben hatte, die eigentlich der Geheimhaltung unterlagen. Viel zu viele Details. Aber das war ihm völlig egal. Er hatte ein äußerst distanziertes Verhältnis zu seiner Vergangenheit bei der Polizei. Irgendwann würde er vielleicht jemandem erklären, warum das so war.

Er hatte allerdings keine Ahnung, wer das sein sollte.

Ein ziemlich wichtiges Detail hatte er Olivia jedoch bewusst vorenthalten. Das Kind im Bauch der ermordeten Frau hatte nach einem Notkaiserschnitt des Rettungsarztes überlebt. Eine Information, die zum Schutze des Kindes niemals öffentlich gemacht worden war.

Dann dachte er an Arne Rönning. Er war also tot? Traurig. Arne war ein guter Polizist und ein guter Mensch gewesen. Einige Jahre hatten sie sich recht nahegestanden. Sie hatten sich aufeinander verlassen, sich gemocht, eine Reihe gemeinsamer Geheimnisse gehabt.

Und nun lebte er nicht mehr, und seine Tochter war plötzlich aufgetaucht.

Stilton betrachtete seine hageren, etwas zittrigen Hände. Das Eintauchen in den Mord auf Koster hatte in seinem Inneren über die falschen Stellen geschürft. Und jetzt war auch noch die Nachricht von Arnes Tod dazugekommen. Er zerrte seine kleine Stesoliddose heraus und schraubte den Deckel ab, überlegte es sich dann jedoch anders.

Er würde sich dagegenstemmen.

Er wollte nicht so werden wie Lügen-Benke, sondern zwei Mörder finden.

Er blies das Teelicht aus und stand auf. Sein nächstes Ziel waren die Steintreppen.

*

Es war eine ziemlich große Wunde. Hätte der Schlag sie an einer etwas höheren Stelle getroffen, hätte er ihr die Schädelbasis brechen können, teilte die Ärztin Eva Carlsén mit.

So aber reichten ein paar Stiche, ein dicker Verband und Tabletten gegen die Schmerzen. Die Ärztin, eine Tunesierin, war so mitfühlend, wie Eva Carlsén es brauchte. Nicht wegen ihrer Wunde, die würde verheilen, sondern wegen des Überfalls. Die Verletzung ihrer Privatsphäre hatte sie getroffen. Fremde Menschen waren in ihr Zuhause eingedrungen, hatten in ihren Sachen herumgewühlt. Das war ekelerregend.

Einbrecher?

Welche Wertsachen hatte sie im Haus? Gemälde? Eine Kamera? Einen Computer? Kein Bargeld, da war sie sich sicher. Oder waren es gar keine Diebe gewesen, sondern Leute, die es auf sie persönlich abgesehen hatten? Die in ihrem Haus auf sie gewartet hatten, um sie niederschlagen zu können?

Jugendliche Gewalttäter?

Ging es um diese Fernsehsendung?

Zunächst fuhr sie, leicht benebelt, nach Hause, inspizierte das ganze Haus und stellte fest, dass nichts gestohlen, nur alles verwüstet worden war.

Und das tat weh.

Dann fuhr sie zum Polizeipräsidium Västerort in Solna. Auf dem Weg dorthin verfluchte sie sich dafür, dass ihre Adresse bei der Telefonauskunft verzeichnet war. Angesichts der brisanten Themen, mit denen sie sich beschäftigte, war das keine gute Idee.

Das würde sie schleunigst ändern.

*

Die Dämmerung hatte sich auf Stockholm herabgesenkt, und der Verkehr in der Innenstadt war dünner geworden. Das große Bürogebäude am Sveavägen hatte sich zwei Stunden zuvor geleert. Nur Bertil Magnuson hielt sich noch im Büro des Vorstandsvorsitzenden in der obersten Etage auf. Er versuchte, mit Hilfe von Whisky Ruhe zu bewahren. Auf die Dauer war das keine gute Methode, für den Moment, vorübergehend und in kleinen Mengen jedoch schon. Bald würde er nach Hause fahren, und er wusste, wie sensibel seine Frau reagierte. Jede kleinste Abweichung von der Normalität würde sie zuschlagen lassen.

Aber was hieß hier zuschlagen, jetzt war er ungerecht. So war sie ja gar nicht. Es war seine andere Welt, in der man zuschlug, nach rechts und links austeilte, keine Gefangenen machte und tötete, sobald dies Nutzen versprach. Es war ein Teil seiner Geschäftskultur. Und manchmal tötete man auch, obwohl man es eigentlich nicht wollte, aber musste. Wie er es indirekt getan hatte. Leider war die Sache nicht ganz sauber abgelaufen, weil es jemanden gab, der die Wahrheit kannte.

Nils Wendt.

Er besaß die Aufnahme eines Gesprächs, die Bertil nicht besaß, von deren Existenz er nicht einmal gewusst hatte.

Er trank einen großen Schluck, zündete sich einen Zigarillo an und blickte auf den Sveavägen und den Friedhof an der Adolf-Fredrik-Kirche hinunter. Er dachte an seinen eigenen Tod. In einer amerikanischen Werbebroschüre hatte er gelesen, dass es mittlerweile Särge mit eingebauter Klimaanlage gab. Interessant. Der Gedanke an einen Sarg mit Klimaanlage sprach ihn an. Ließ sich vielleicht auch noch ein Massagemotor installieren, der die Leiche in Form hielt? Er lächelte schwach.

Aber was war mit der Grabstelle?

Wo sollte er liegen? Sie besaßen ein Familiengrab auf dem Nordfriedhof, aber dort wollte er nicht beerdigt werden. Er wollte sein eigenes Grab haben. Ein Mausoleum. Eine Gedenkstätte für einen großen schwedischen Industriellen.

Oder wie bei der Dynastie der Wallenbergs. Geheime Grabhügel auf den Ländereien der Familie. Aber er war kein Wallenberg und auch kein Mygge oder Pygge oder so. Er war eher ein Selfmademan, auch wenn sein Vater und sein Onkel ihm einiges eingeimpft hatten.

Er war Bertil Magnuson.

Der Whisky hatte immerhin seine Aufgabe erfüllt, ihm seinen eigenen Wert zu zeigen.

Jetzt musste er sich nur noch um diese Wanze Nils kümmern.

*

Olivia hatte sich im Restaurant Shanti einen Karton mit indischem Essen geholt. Schnell, gut gewürzt und lecker. Nach dem Essen gönnte sie es sich, mit Elvis auf dem Bauch eine Weile zu dösen, aber dann begann ihr Kopf wieder zu rotieren. Sie rekapitulierte ihren Besuch im Müllkeller. Irgendwann werde ich Maria davon erzählen, dachte sie. Die Begegnung mit Stilton in einem Müllkeller, in dem Ratten in der Größe von Bibern an den Wänden entlanghuschten und der Gestank gut in einen Film von … hier fiel ihr kein guter Vergleich ein, so dass sie wieder von vorne anfing, mit dem Müllkeller.

Als sie sich jede seiner Äußerungen vergegenwärtigt hatte, erregte ein ganz bestimmter Augenblick ihre Aufmerksamkeit. Als sie ihre Hypothese über Jackie Berglund vorgebracht und Stilton gefragt hatte, ob ihm Ähnliches durch den Kopf gegangen sei, war es in ihrem Gespräch zu einer kurzen Unterbrechung gekommen. Es war viele Sekunden länger still geblieben, als es bis dahin der Fall gewesen war. An diesem Punkt hatte Stilton nicht wie sonst sofort geantwortet. Er hatte nachgedacht.

Jedenfalls bildete Olivia sich das ein.

Und warum hatte er das getan?

Weil da etwas mit dieser Jackie Berglund war!

Sie wälzte einen beleidigten Elvis auf den Fußboden und schnappte sich den Ordner, den sie von Eva Carlsén bekommen hatte. Es war zwar schon fast neun, aber es war Sommer und noch hell, und sie würde sich eben entschuldigen müssen.

»Tut mir leid, dass ich so spät noch störe.«

»Das ist schon okay, kommen Sie herein.«

»Danke.«

Eva Carlsén bat Olivia mit einer Armbewegung in den Flur. Als Olivia ihr den Ordner geben wollte, sah sie den Verband am Hinterkopf der Journalistin.

»Was ist passiert?!«

»Bei mir ist eingebrochen worden, und man hat mich niedergeschlagen. Ich bin gerade vom Krankenhaus und der Polizei und so weiter zurückgekommen.«

»Oje! Entschuldigen Sie! Dann will ich Sie nicht …«

»Kein Problem, mir geht es schon wieder besser.«

»Aber was soll das überhaupt heißen?! Hier ist eingebrochen worden?!«

»Ja.«

Eva Carlsén führte Olivia ins Wohnzimmer. Zwei flache Lampen warfen sanftes Licht auf die Couchgarnitur. Mittlerweile war fast alles wieder aufgeräumt. Eva Carlsén deutete auf einen Sessel und bat Olivia, Platz zu nehmen.

»Was wurde denn gestohlen?«

»Nichts.«

»Wie bitte? Was ...«

»Ich glaube, jemand wollte mir Angst einjagen.«

»Weil ... wegen dem, worüber Sie gerade schreiben?«

»Ja.«

»Das ist ja gruselig ... die Typen, die Obdachlose misshandeln?«

»Ermorden. Die Frau in dem Wohnwagen ist gestorben.«

»Das habe ich gehört.«

»Wir werden ja sehen, ob ich auch auf Trashkick lande«, erwiderte Eva Carlsén lächelnd. »Kann ich Ihnen etwas anbieten? Ich wollte mir gerade einen Kaffee machen.«

»Gerne.«

Eva Carlsén ging Richtung Küche.

»Soll ich Ihnen helfen?«, fragte Olivia.

»Nein, danke, es geht schon.«

Olivia schaute sich in dem persönlich eingerichteten Zimmer um. Leuchtende Farben, schöne Teppiche und an den Wänden Bücherregale. Ich frage mich, ob sie die alle gelesen hat, dachte Olivia. Ihr Blick fiel auf ein Regalbrett mit Fotografien, die sie wie üblich neugierig machten. Sie stand auf und ging hin: ein sehr altes Hochzeitsfoto, wahrscheinlich die Eltern. Daneben ein wesentlich neueres Hochzeitsfoto von Eva Carlsén und einem gutaussehenden Mann, und daneben das Foto einer bedeutend jüngeren Eva mit einem jungen, hübschen Mann neben sich.

»Möchten Sie Milch? Zucker?«, rief Eva Carlsén ihr aus der Küche zu.

»Etwas Milch, bitte.«

Die Journalistin kehrte mit zwei Tassen zurück. Olivia ging ihr entgegen und nahm ihr eine ab, woraufhin ihre Gastgeberin eine Geste zur Couch machte.

»Setzen Sie sich.«

Olivia nahm auf der weichen Couch Platz, stellte die Tasse auf den Tisch und nickte zu Evas Hochzeitsfoto.

»Ist das Ihr Mann?«

»War. Wir sind geschieden.«

Eva Carlsén setzte sich in einen Sessel und erzählte Olivia ein wenig von ihrem Exmann, der in früheren Jahren ein erfolgreicher Sportler gewesen war. Kennengelernt hatten sie sich, als sie an der Hochschule für Journalistik studierte. Jetzt waren sie seit gut einem Jahr geschieden. Er hatte eine neue Frau getroffen, und es war eine Scheidung voller Konflikte gewesen.

»Er hat sich benommen wie ein Schwein«, erklärte sie.

»Das tut mir leid.«

»Tja. Ich kann wirklich nicht behaupten, dass ich in meinem Leben Glück mit den Männern gehabt habe, sie haben mir vor allem Kummer und Sorgen bereitet.«

Eva Carlsén lächelte säuerlich über ihre Kaffeetasse hinweg. Olivia fragte sich, warum das Hochzeitsfoto noch im Regal stand, wenn der Exmann ein solches Schwein war? Sie selbst hätte es auf der Stelle weggeräumt. Sie nickte nochmals zu den Bildern.

»Und dieser süße junge Typ, den Sie da umarmen, ist das der erste Kummer gewesen?«

»Nein, das ist mein Bruder Sverker, er ist an einer Überdosis gestorben. Aber jetzt haben wir genug über mich geredet.«

Eva Carlséns Stimme bekam auf einmal einen völlig anderen Tonfall. Olivia zuckte zusammen und biss sich auf die Zunge. Offenbar hatte sie mit ihren persönlichen Fragen wieder einmal eine Grenze überschritten. Dass sie es aber auch nie lernte!

»Entschuldigen Sie, ich wollte nicht… Entschuldigung.«

Eva Carlsén sah Olivia an. Ihr Gesicht war für einige Sekunden seltsam streng, dann ließ sie sich in den Sessel zurückfallen und lächelte wieder.

»Ich muss Sie um Entschuldigung bitten, es ist nur … mir brummt der Schädel, und dieser Tag ist die Hölle gewesen, entschuldigen Sie. Wie läuft es denn bei Ihnen so? Konnten Sie mit dem Material etwas anfangen?«

»Ja, aber ich wollte Sie etwas fragen, wissen Sie, für wen Jackie Berglund 1987 gearbeitet hat, als sie noch selbst ein Escortgirl war?«

»Ja, für einen ziemlich prominenten Herren namens Carl Videung, er betrieb eine Firma namens *Gold Card*. Ich meine, das müsste auch irgendwo in dem Ordner stehen.«

»Tatsächlich? Dann habe ich das übersehen, was war *Gold Card*?«

»Ein Escortservice, für den unter anderem Jackie Berglund gearbeitet hat.«

»Okay, vielen Dank. Carl *Videung*, Weidenkätzchen, was für ein lustiger Name.«

»Vor allem für einen Pornokönig.«

»War er das?«

»Damals schon. Dann beschäftigen Sie sich also immer noch mit Jackie Berglund?«

»Ja.«

»Sie wissen, was ich Ihnen gesagt habe.«

»Über sie? Dass ich mich in Acht nehmen soll.«

»Ja.«

*

Jackie Berglund stand an einem Panoramafenster in einem Haus am nördlichen Mälarufer und schaute aufs Wasser hinaus. Sie liebte ihre Wohnung, sechs Zimmer in der obersten Etage mit einer fantastischen Aussicht bis zu den felsigen Anhöhen von Södermalm. Der Blick wurde lediglich von den Weiden auf der anderen Straßenseite gestört, die ihr ein wenig die Sicht versperrten. Sie fand, dass man etwas dagegen unternehmen sollte.

Sie wandte sich um und ging in das große Wohnzimmer. Ein populärer Innenarchitekt hatte vor einigen Jahren freie Hand bekommen und etwas ganz Wundervolles geschaffen, eine Mischung aus Kaltem und Warmem und ausgestopften Tieren, die ganz nach ihrem Geschmack war. Sie schenkte sich trockenen Martini nach und legte eine CD mit Tangomusik auf, sie liebte Tango. Ab und zu kamen Männer in ihre Wohnung, mit denen sie tanzte, aber Tango beherrschte nur selten jemand. Irgendwann werde ich einen Tangomann finden, dachte sie, einen geheimnisumwitterten Mann mit beweglichem Unterleib und begrenztem Wortschatz.

Darauf freute sie sich.

Sie wollte sich gerade ein weiteres Glas Martini einschenken, als das Telefon klingelte. Nicht das in ihrer Nähe, sondern der Apparat im Arbeitszimmer. Sie sah auf die Uhr, es war fast halb eins. Um diese Zeit riefen ihre Kunden häufig an.

»Jackie Berglund.«

»Hallo, Jackie, ich bin's, Latte!«

»Hallo.«

»Du, wir feiern hier gerade ein bisschen und könnten etwas Unterstützung gebrauchen.«

Stammkunden wie Lars Örnhielm wussten, wie man sich im Gespräch mit ihr auszudrücken hatte. Man durfte nicht zu deutlich werden, nicht die falschen Worte wählen.

»Wie viele braucht ihr?«

»Sieben oder acht. High Class!«

»Vorlieben?«

»Keine besonderen, aber du weißt schon, gerne ein Happy Ending.«

»Okay. Wo?«

»Ich schicke eine SMS.«

Jackie Berglund legte auf und lächelte. Happy Ending, geklaut von der Angebotspalette der asiatischen Mädchen, auf der sie wissen wollten, ob zum Abschluss eine erotische Massage gewünscht wurde.

Latte brauchte farbige Mädchen, die ein Happy Ending liefern konnten.

Kein Problem.

*

In derselben Nacht kehrte Acke grün und blau geschlagen heim. Der Zehnjährige humpelte auf der Rückseite der Hochhäuser in Flemingsberg, fernab jeder Straßenbeleuchtung, mit seinem Skateboard unter dem Arm dahin. Seine

Schmerzen rührten von zahlreichen Schlägen auf Stellen her, die verborgen blieben, solange er bekleidet war. Er fühlte sich sehr einsam und musste wieder einmal an seinen Vater denken, den es nicht gab und über den seine Mutter niemals sprach. Aber irgendwo musste es ihn natürlich geben. Jedes Kind musste doch einen Vater haben.

Er verdrängte die Gedanken und schloss die Hand um den Schlüssel an seinem Hals. Er wusste, dass seine Mutter in der Stadt war und arbeitete, und er wusste auch, was sie arbeitete.

Ein paar ältere Schulkameraden hatten es ihm vor einiger Zeit beim Fußball mitgeteilt.

»Deine Alte ist eine Prostituierte!«

Acke hatte nicht gewusst, was eine Prostituierte war, aber sobald er nach Hause gekommen war, hatte er es im Internet nachgeguckt.

Als er in der Wohnung allein war.

Anschließend hatte er die Karaffe mit kaltem Wasser geholt, die seine Mutter für ihn in den Kühlschrank gestellt hatte, bevor sie in die Stadt gefahren war, und hatte fast die ganze Karaffe geleert.

Dann hatte er sich hingelegt und an seine Mutter gedacht.

Vielleicht würde er ihr mit Geld helfen können, damit sie nicht mehr sein musste, was sie laut den anderen war.

In großen Abständen fuhren auf dem Weg von oder nach Vaxholm Autos im Dunst vorbei. Es war früher Morgen auf dem Bogesundsland, und niemand beachtete den grauen Volvo, der auf einem unauffälligen Platz in der Nähe des schönen, von Wald umgebenen Schlosses stand. In den Nebelschwaden wühlte eine Rotte Wildschweine.

Nils Wendt saß auf dem Fahrersitz und musterte im Rückspiegel sein Gesicht. Mitten in der Nacht war er in seinem Hotelzimmer aufgewacht. Gegen fünf hatte er sich dann in den Mietwagen gesetzt und die Stadt in Richtung Vaxholm verlassen. Er wollte die Menschen hinter sich lassen. Nun betrachtete er sein Gesicht im Spiegel. Abgezehrt, dachte er, du siehst abgezehrt aus, Nils.

Aber seine Kräfte würden reichen.

Es blieb nicht mehr viel zu tun, die letzten Puzzleteile hatte er sich an diesem Morgen überlegt. Während er Bertil schikaniert hatte, begann ein Plan in ihm zu reifen, als er die kritische Reportage über die Aktivitäten von MWM im Kongo sah.

Diese Firma war noch genauso skrupellos wie früher.

Seither hatte er Demonstrationen gesehen, Flugblätter gelesen und unzählige Beiträge in verschiedenen Gruppen auf Facebook angeklickt, zum Beispiel »Rape-free cellphones!«, und begriffen, wie aufgewühlt die Gefühle vieler Menschen waren.

Daraufhin hatte sein Plan Gestalt angenommen.

Er würde dort zuschlagen, wo es am meisten wehtat.

Um Viertel nach neun hatte Bertil Magnuson das Problem mit dem Landbesitzer in Walikale gelöst. Nicht er persönlich natürlich, sondern sein guter Freund, der Militärchef. Er hatte eine Gruppe von Sicherheitspolizisten zu dem Landbesitzer geschickt, die diesem erklärt hatte, angesichts der Unruhen in dem Gebiet könne sich eventuell eine Zwangsumsiedlung als notwendig erweisen. Als reine Vorsichtsmaßnahme. Der Landbesitzer war nicht auf den Kopf gefallen. Er hatte sich erkundigt, ob es eine Möglichkeit gebe, die Zwangsumsiedlung zu vermeiden. Die Polizisten erklärten daraufhin, das schwedische Unternehmen MWM habe angeboten, für die nötige Sicherheit zu sorgen, falls es im Gegenzug auf einem Teil des Lands die Schürfrechte erhalte. Auf die Art würden die Unruhen in kürzester Zeit eingedämmt werden können.

Bertil bat seine Sekretärin, den Repräsentanten der Firma in Kinshasa anzurufen und dafür zu sorgen, dass dem Militärchef ein adäquates Geschenk überbracht wurde.

»Er ist ziemlich vernarrt in Topassteine.«

Als Bertil Magnuson sich ans Fenster stellte und von der hellen Morgensonne getroffen wurde, war er deshalb relativ gut gelaunt. Walikale war vom Tisch. Er war mit seinen Gedanken noch im Kongo, als er sein vibrierendes Handy aus der Tasche zog und den Anruf entgegennahm.

»Hier spricht Nils Wendt.«

Obwohl die Stimme, die Bertil Magnuson auf dem Band gehört hatte, viele Jahre jünger geklungen hatte als die in der Leitung, war es doch zweifellos dieselbe. Diesmal kam sie allerdings nicht vom Band.

Es war Nils Wendt.

Bertil Magnuson spürte, wie ihm das Blut in den Kopf schoss. Er hasste diesen Mann. Eine kleine Wanze, die eine Katastrophe auslösen könnte. Dennoch versuchte er, sich nichts anmerken zu lassen.

»Hallo, Nils, bist du in der Stadt?«

»Wo können wir uns treffen?«

»Warum willst du dich mit mir treffen?«

»Soll ich auflegen?«

»Nein! Warte! Du willst dich treffen?«

»Du nicht?«

»Doch.«

»Wo?«

Bertil dachte fieberhaft nach und sah aus dem Fenster.

»Auf dem Friedhof an der Adolf-Fredrik-Kirche.«

»Und wo dort?«

»An Olof Palmes Grab.«

»Um dreiundzwanzig Uhr.«

Die Verbindung wurde unterbrochen.

*

Ovette Andersson trat alleine aus dem Haupteingang, es war kurz nach zehn. Sie hatte Acke gegen seinen Willen zum Hort begleitet, weil sie mit jemandem über seine blauen Flecken sprechen wollte. In der letzten Zeit war er zwei Mal nach Hause gekommen und am ganzen Körper grün und blau gewesen. Er hatte versucht, es vor ihr zu verbergen, denn sie sahen sich morgens ja fast nie, aber als er sich eines Abends auszog, hatte Ovette zufällig die Tür geöffnet und seine blauen Flecken gesehen.

»Was hast du gemacht?«

»Was meinst du?«

»Du hast ja überall blaue Flecken.«

»Die sind vom Fußball.«

»Da schlägt man sich so grün und blau?«

»Ja.«

Daraufhin hatte Acke sich ins Bett gelegt und Ovette in der Küche am Fenster gesessen und sich eine Zigarette angezündet. Fußball?

Die blauen Flecken ihres Sohnes waren ihr nicht mehr aus dem Kopf gegangen. Zwei Nächte später, als sie nach einer Nachtschicht heimkam, hatte sie sich in sein Zimmer geschlichen, vorsichtig die Decke weggezogen und sie wieder gesehen.

Sein Körper war von grünblauen Flecken und großen, verschorften Wunden übersät gewesen.

Daraufhin hatte sie beschlossen, mit den Erziehern im Hort zu sprechen.

»Nein, er wird hier nicht gemobbt.«

Ackes Erzieherin sah sie verständnislos an.

»Aber er hat doch überall blaue Flecken«, entgegnete Ovette.

»Was sagt er denn dazu?«

»Dass sie vom Fußball sind.«

»Und das sind sie nicht?«

»Solche doch nicht. Sie sind überall!«

»Nun ja, ich weiß nicht, bei uns wird er jedenfalls nicht gemobbt. Wir haben ein besonderes Programm entwickelt, um Mobbing und Gewalt zu verhindern, und wenn etwas passiert wäre, hätten wir es auf jeden Fall gemerkt.«

Mit dieser Auskunft musste sich Ovette zufriedengeben.

Und mit wem sollte sie jetzt sprechen? Sie verfügte über kein soziales Netzwerk, hatte keinen Kontakt zu den Nachbarn. Ihre Bekannten arbeiteten auf der Straße und interessierten sich nicht für die Kinder der anderen. Es war ein heikles Thema.

Ovette verließ das Hortgelände und fühlte sich plötzlich unendlich einsam. Und verzweifelt. Sie ließ ihre ganze hoffnungslose Existenz vor ihrem inneren Auge Revue passieren. Ihre Unfähigkeit, etwas anderes zu machen, als anschaffen zu gehen. Ihren gezeichneten Körper. Alles. Und nun sah sie, dass ihrem einzigen Kind übel mitgespielt wurde, und hatte keinen, an den sie sich wenden konnte. Niemanden, der ihr zuhören, sie trösten oder ihr helfen könnte. In der ganzen leeren Welt gab es nur sie und Acke.

Sie blieb an einer Straßenlaterne stehen und zündete sich eine Zigarette an. Ihre rauen Hände zitterten. Nicht wegen des kalten Windes, sondern wegen etwas viel Kälterem, das aus ihrem Inneren kam, aus einem dunklen Schlund in ihrer Brust, der bei jedem Atemzug wuchs und nur darauf wartete, dass sie nachgab. Hätte es einen Geheimausgang aus ihrem Leben gegeben, sie hätte ihn genommen.

Aber dann fiel ihr doch noch ein Mann ein, der ihr vielleicht würde helfen können.

Sie waren gemeinsam in Kärrtorp aufgewachsen, hatten im selben Mietshaus gewohnt und waren sich im Laufe der Jahre immer wieder über den Weg gelaufen. Das letzte Mal lag zwar schon recht lange zurück, aber trotzdem. Wenn sie sich sahen, spielte das eigentlich nie eine Rolle. Sie hatten eine gemeinsame Vergangenheit, die gleiche Herkunft, kannten die Schwächen des anderen und mochten sich trotzdem.

Mit ihm würde sie sprechen können: dem Nerz.

Oliva brauchte einige Zeit, um ihn aufzuspüren, aber als sein Name unter den Bewohnern eines Altenheims in Silverdal auftauchte, hatte sich die Mühe gelohnt.

Sie war verblüfft.

Das Heim lag ganz in der Nähe ihrer Polizeischule.

Die Welt ist klein, dachte Olivia, als sie den Wagen auf den ruhigen Weg lenkte und vor dem Gebäude parkte. Zwischen den Bäumen taucht schemenhaft die Schule auf, deren Atmosphäre ihr seltsamerweise sehr fern zu sein schien. Dabei war es noch gar nicht so lange her, dass sie dort auf einer Bank gesessen und einen Fall gefunden hatte, ohne zu wissen, wohin er sie noch führen würde.

In diesem Moment führte er sie zwei Etagen nach oben und auf eine kleine Terrasse hinaus, auf der gekrümmt in einem Rollstuhl ein Mann saß.

Der frühere Pornokönig Carl Videung.

Mittlerweile war er fast neunzig Jahre alt, hatte sie ermittelt. Er hatte keine Angehörigen und freute sich über jede Abwechslung in seinem Siechtum.

Egal welcher Art.

Diesmal kam sie in Gestalt Olivia Rönnings. Ihr wurde schnell klar, dass Videung extrem schwerhörig war und darüber hinaus Probleme mit dem Sprechen hatte. Also musste sie in kurzen, lauten und deutlichen Formulierungen sprechen.

»Jackie Berglund!«

Doch zwei Kaffeetassen und einige Zimtkekse später tauchte der Name in Videungs Kopf auf.

»Sie war Escortgirl.«

So verstand Olivia mit etwas Mühe.

»Erinnern Sie sich noch an andere Escortgirls!«

Nach einer neuen Tasse Kaffee und weiteren Zimtkeksen nickte Videung schließlich.

»An wen?!«

Diesmal half auch der Kaffee nicht mehr, und die Kekse waren alle. Der Mann im Rollstuhl sah Olivia nur an und lächelte anhaltend. Taxiert er mich?, dachte Olivia. Überlegt der alte Lustmolch, ob ich als Escortgirl in Frage käme? Dann machte der Mann eine Geste, die anzeigte, dass er etwas schreiben wolle. Olivia holte schnell einen Stift und einen kleinen Notizblock heraus und reichte Videung beides. Er konnte den Block nicht selbst halten, so dass Olivia ihn auf sein mageres Knie pressen und festhalten musste. Er schrieb mit einer Handschrift, die auf die neunzig zuging, aber dennoch lesbar war.

Miriam Wixell.

»Eins der Escortgirls hieß Miriam Wixell!?«

Videung nickte und ließ lange und vernehmlich einen fahren. Olivia drehte den Kopf von dem widerwärtigen Geruch fort und klappte den Block zu.

»Wissen Sie noch, ob eine der Frauen ausländischer Herkunft war?«

Videung lächelte und hielt einen Zeigefinger hoch.

»Eine von ihnen?«

Videung nickte erneut.

»Erinnern Sie sich, woher sie kam?«

Videung schüttelte den Kopf.

»Hatte sie schwarze Haare?«

Videung drehte sich ein bisschen und zeigte auf ein Usambaraveilchen in einem Topf auf der Fensterbank. Olivia betrachtete die Blume.

Sie war leuchtend blau.

»Sie hatte blaue Haare?«

Videung nickte und lächelte erneut. Blaue Haare, dachte Olivia. Hieß das, sie waren gefärbt? Färbte man sich die Haare blau, wenn man von Natur aus schwarze hatte? Durchaus möglich. Was wusste sie schon darüber, wie sich Escortgirls in den Achtzigern die Haare gefärbt hatten?

Nichts.

Sie stand auf, dankte Videung und verließ die Veranda, um einem weiteren Fanfarenstoß aus dem Hinterteil des früheren Pornokönigs zu entgehen.

Jedenfalls hatte sie einen Namen bekommen.

Miriam Wixell.

*

Ovette hatte sich für einen Tisch im hinteren Teil des Cafés entschieden. Sie wollte keinen Kolleginnen begegnen. Sie saß mit dem Rücken zum Eingang, und vor ihr stand eine Tasse Kaffee. In dem Lokal durfte man nicht rauchen, weshalb sich ihre Hände rastlos über den Tisch bewegten. Sie schob Zuckerstreuer und Besteck hin und her und fragte sich, ob er kommen würde.

»Hi, Ovette!«

Er war gekommen.

Der Nerz schob sich zu ihrem Tisch, warf den kleinen Pferdeschwanz in den Nacken und setzte sich. Er war bestens gelaunt, da er gerade kurz in einem Wettbüro vorbeigeschaut, auf Platz gesetzt und gewonnen hatte. Vierhundert bar auf die Hand, die schon in seiner Tasche brannten.

»Wie viel hast du gewonnen?«

»Viertausend!«

Der Nerz hängte immer mindestens eine Null an, es sei denn, es ging darum, wie alt er war. Dann lief es umgekehrt. Er war einundvierzig, aber abhängig von seiner Begleitung konnte sein Alter leicht zwischen sechsundzwanzig und fünfunddreißig schwanken. Als er einem Mädchen aus der Provinz weismachen wollte, er sei »Anfang zwanzig«, wäre er fast zu weit gegangen, aber sie war neu in der Stadt und wollte Spaß haben, so dass sie nichts sagte, obwohl sie eigentlich schon fand, dass er ein bisschen älter aussah.

»Diese Stadt hat ihren Preis«, hatte er ihr gesagt, und es hatte sich angehört, als wäre New York ein Vorort von Stockholm.

Aber Ovette war kein Landei und wusste, wie alt der Nerz war, so dass er ihr nichts vormachen musste.

»Danke, dass du gekommen bist.«

»Der Nerz kommt immer«, erwiderte er lächelnd und fand, dass er ein Meister des doppelten Wortsinns war. Diese Ansicht teilten nur wenige. Die meisten hielten ihn sich ein bisschen vom Leib, sobald sie seine ziemlich oberflächliche Persönlichkeit durchschaut und einmal zu viel von seinen einmaligen Abenteuern gehört hatten. Zum Beispiel, dass er den Mord an Olof Palme aufgeklärt oder Roxette entdeckt hatte. Daraufhin zogen sich viele zurück, wodurch ihnen entging, dass der Nerz unter einer Schale aus halb verzweifeltem Jargon ein großes Herz besaß, das nun heftig pochte, als er die Bilder sah, die Ovette ihm auf ihrem Handy zeigte. Bilder von einem fast nackten kleinen Jungen mit einem grün und blau geschlagenen Körper voller verschorfter Wunden.

»Ich habe sie gemacht, als er schlief.«

»Was ist passiert?«

»Keine Ahnung, im Hort sagen sie, es wäre nichts gewesen, er selbst sagt, die wären vom Fußball.«

»Solche Verletzungen holt man sich nicht beim Fußball, ich habe viele Jahre gespielt, und natürlich hat man im Strafraum auch mal was abbekommen, ich war Mittelstürmer, aber so hat man nie ausgesehen.«

»Nein.«

»Scheiße, er sieht aus, als wäre er vermöbelt worden!«

»Ja.«

Ovette wischte sich schnell ein paar Tränen aus den Augen. Der Nerz sah sie an und nahm ihre Hand in seine.

»Soll ich mal mit ihm reden?«

Ovette nickte.

Der Nerz nahm sich vor, ein ernstes Wort mit dem jungen Acke zu reden.

Fußball?

Nie und nimmer.

*

Es war kurz vor Ladenschluss. Die Geschäfte in der Sibyllegatan machten nach und nach zu. Die Boutique *Schräg & Schick* war jedoch noch hell erleuchtet. Jackie Berglund hielt ihren Laden immer eine Stunde länger geöffnet als die anderen. Das wussten ihre Kunden und konnten deshalb in letzter Minute hereinschneien und sich ein Kleidungsstück oder einen Einrichtungsgegenstand besorgen, um der Abendgesellschaft noch einen besonderen Touch zu verleihen. Momentan handelte es sich um einen vornehmen älteren Herren, der nach etwas suchte, womit er seine Gattin besänftigen konnte. Er hatte am Vortag ihren Namenstag vergessen, was unschöne Folgen gezeitigt hatte, wie er sagte.

»Es war ausgesprochen unschön«, erklärte er und befingerte ein Paar Ohrringe, die zwischen anderen echten Schmuckstücken hingen.

»Was kosten die hier?«

»Weil Sie es sind, siebenhundert.«

»Und bei anderen?«

»Fünfhundert.«

In diesem Stil unterhielten sich Jackie Berglund und ihre wohlhabenden Kunden und machten ihre debilen Scherze.

Aber es ging immer ums Geschäft.

»Was meinen Sie, würden die meiner Frau gefallen?«, fragte der Herr.

»Frauen haben eine Schwäche für Ohrringe.«

»Tatsächlich?«

»Ja.«

Da der ältere Herr keine Ahnung hatte, wofür Frauen eine Schwäche hatten, nahm er die Boutiquebesitzerin beim Wort und verließ das Geschäft mit einem Paar Ohrringe in einer hübschen, rosafarbenen Geschenkverpackung. Als die Ladentür zufiel, klingelte Jackie Berglunds Handy.

Es war Carl Videung.

Mit auffallend deutlicher Stimme und ohne größere Hörprobleme informierte er sie über eine Besucherin, eine junge Frau von der Polizeischule, die sich nach seinem Escortservice in früheren Zeiten erkundigt hatte. Er habe sich halb tot gestellt, um herauszufinden, worauf sie eigentlich hinauswollte.

»Es macht einen immer neugierig, wenn es nach Bullen riecht«, sagte er.

»Und was wollte sie?«

»Keine Ahnung, aber sie hat nach dir gefragt.«

»Nach mir?«

»Ja. Und danach, wer außer dir bei *Gold Card* gearbeitet hat.«

»Und was hast du ihr gesagt?«

»Ich habe ihr den Namen Miriam Wixell gegeben.«

»Warum denn das?«

»Weil Miriam sich auf ihre nicht so nette Art aus allem rausgezogen hat, erinnerst du dich?«

»Ja. Und?«

»Und da dachte ich, dass es der feinen Miriam vielleicht ein bisschen peinlich ist, wenn angehende Polizistinnen in ihrer Vergangenheit herumschnüffeln.«

»Du bist gemein.«

»Das will ich hoffen.«

»Und was hast du über mich gesagt?«

»Nichts. So gemein bin ich nun auch wieder nicht.«

Damit endete das Gespräch für Videung, aber Jackie Berglund beschäftigte es weiter. Warum wollte dieses Mädchen etwas über ihre Zeit als Escortgirl wissen? Und wer war sie überhaupt?

»Wie hieß sie?«

»Olivia Rönning«, hatte Videung geantwortet, als Jackie Berglund ihn noch einmal angerufen hatte.

Olivia Rönning?

*

Olivia saß in ihrer Wohnung auf der Couch und blätterte im Jahrgang 2006 der Nordischen Kriminalchronik, in der die Zusammenfassungen der Polizei zu verschiedenen Fällen im Laufe des Vorjahrs nachzulesen waren. Sie hatte die Gelegenheit genutzt, sich den Band auf dem Heimweg vom Altersheim aus der Schulbibliothek auszuleihen, wofür sie einen ganz bestimmten Grund hatte. Sie wollte sehen, ob es 2005 Fälle gegeben hatte, in denen Tom Stilton ermittelt hatte und bei denen es eventuell zu Konflikten gekommen sein konnte, wie Åke Gustafsson angedeutet hatte.

In krimineller Hinsicht war 2005 eine Menge los gewesen, so dass sie sich immer wieder festlas. Deshalb dauerte es eine Weile, bis sie zu Seite 71 vordrang.

Dort fand sie ihn.

Den brutalen Mord an einer jungen Frau namens Jill Engberg in Stockholm. Es waren die Details, die Olivias Aufmerksamkeit erregten. Jill Engberg war Escortgirl und schwanger gewesen und der Fall nie gelöst worden. War Stilton an den Ermittlungen beteiligt gewesen? Das ließ sich dem Artikel, den Rune Forss geschrieben hatte, nicht entnehmen. War das nicht der Mann im Fernsehen, der die Angriffe auf Obdachlose untersuchte?, dachte Olivia und wählte gleichzeitig Åke Gustafssons Nummer.

Sie war auf Touren gekommen.

»Hat Tom Stilton 2005 im Mordfall Jill Engberg ermittelt?«

»Das weiß ich nicht«, antwortete Gustafsson.

Ihr Schwung wurde ein wenig gebremst, ihre Fantasie dagegen nicht. Jill war ein schwangeres Escortgirl gewesen. Sechzehn Jahre zuvor war Jackie Berglund Escortgirl gewesen. Das Mordopfer auf Nordkoster war schwanger gewesen. Jackie Berglund hatte sich auf der Insel aufgehalten. Gab es einen Zusammenhang zwischen Jill und Jackie? Arbeitete

Jill für Jackie? Für *Red Velvet*? Hatte Stilton solche Verbindungen entdeckt und mit dem Ufermord in Zusammenhang gebracht? War es deshalb bei ihrem Gespräch eine Weile so seltsam still geworden?

Sie atmete tief durch. Sie hatte geglaubt, ihr Treffen im Müllkeller wäre der letzte Kontakt gewesen, den sie zu Tom Stilton würde haben müssen. Einen tiefen Atemzug später rief sie ihn an.

»Haben Sie 2005 im Mordfall Jill Engberg ermittelt?«

»Ja, eine gewisse Zeit.«

Antwortete er und drückte sie weg.

Ein Verhalten, an das Olivia sich allmählich gewöhnte. Wahrscheinlich rief er in zehn Minuten an und wollte sich an irgendeinem gemütlichen Ort mit ihr treffen und im Dunkeln zwischen Bibern und Gestank ihre Fragen beantworten.

Aber das tat er nicht.

*

Stilton saß fast alleine in der Redaktion von *Situation Stockholm*. Am Empfang arbeitete eine junge Frau. Er durfte einen der vorhandenen Computer benutzen, war ins Internet gegangen und sah sich nun die Filme auf Trashkick an. Die ersten beiden waren verschwunden, die anderen drei konnte man noch anklicken. Die Misshandlung eines obdachlosen Einwanderers namens Julio Hernandez unter der Väster-Brücke, der vorletzte Angriff auf Benseman und schließlich Vera. Nach ihrer Ermordung war nichts mehr hochgeladen worden.

Stilton zwang sich, konzentriert hinzusehen, auf jedes Detail zu achten, den Bildschirm nach anderem abzusuchen als dem, was im Mittelpunkt stand. Wahrscheinlich entdeckte er es deshalb in dem Film von der Väster-Brücke. Er fluchte, weil er nicht näher heranzoomen konnte, aber wenigstens ließ sich das Bild anhalten, und als er sich zum Bildschirm vorlehnte, sah er es halbwegs deutlich. Auf dem Unterarm eines Täters befand sich ein Tattoo. Zwei Buchstaben, KF, in einem Kreis.

Stilton lehnte sich zurück und schaute auf. Sein Blick fiel auf das schwarz gerahmte Foto von Vera am hinteren Ende der Reihe von Verstorbenen. Stilton zog einen Notizblock näher, schrieb »KF« und zeichnete einen Kreis um die Buchstaben.

Dann betrachtete er noch einmal das Foto von Vera.

*

Die Spätvorstellung von *Black Swan* war gerade aus, und die Zuschauer strömten aus dem Kino Grand am Sveavägen. Viele von ihnen gingen in Richtung Kungsgatan. Es war ein schöner, lichter Abend mit einer angenehm lauen Brise, die über den Adolf-Fredrik-Friedhof wehte und die Blumen auf den Gräbern schwanken ließ. Hier war es, zumindest an manchen Stellen, etwas finsterer. Palmes Grab lag halb im Dunkeln. Von der Straße aus waren die vier Personen, die sich dort trafen, kaum zu erkennen.

Zwei von ihnen waren Bertil Magnuson und Nils Wendt.

Die beiden anderen waren auf Vermittlung K. Sedovics hinzugerufen worden, den Bertil Magnuson immer dann anrief, wenn Drecksarbeit erledigt werden musste. Er nahm an, dass dies eventuell nötig sein würde.

Davon ging auch Nils Wendt aus.

Er wusste, dass Bertil zu einem solchen Treffen niemals ohne Rückendeckung erscheinen würde. Deshalb hatte er sich nicht über die beiden zusätzlichen Männer gewundert und auch nicht, als Bertil ihm freundlich mitteilte, seine beiden »Berater« wollten überprüfen, ob Wendt ein Aufnahmegerät bei sich trüge.

»Du kannst dir ja vielleicht denken, warum.«

Das konnte Wendt und ließ die Berater ihre Arbeit tun. Diesmal hatte er keinen Rekorder dabei. Dagegen trug er eine Kassette mit der Aufnahme des Gesprächs bei sich, die einer der Gorillas Bertil Magnuson übergab. Er hielt sie vor Wendt hoch.

»Unsere Unterhaltung?«

»Ja. Besser gesagt eine Kopie der Aufnahme. Hör sie dir bei Gelegenheit mal an«, antwortete Wendt.

Bertil Magnuson betrachtete die Kassette.

»Ist der Rest des Gesprächs auch auf dem Band?«

»Ja, das ganze.«

»Und wo befindet sich das Original?«

»An einem Ort, an dem ich spätestens am ersten Juli zurückerwartet werde. Komme ich bis dahin nicht zurück, wird das Gespräch der Polizei übergeben.«

Bertil Magnuson lächelte schwach.

»Eine Lebensversicherung?«

»Ja.«

Der Industrielle ließ den Blick über den Friedhof schweifen und gab seinen Beratern mit einem Kopfnicken zu verstehen, dass sie sich ein wenig zurückziehen konnten. Wendt musterte Bertil Magnuson, dem sicher klar war, dass auch er ein Mensch war, der nie etwas dem Zufall überließ. Früher war das die Basis ihrer geschäftlichen Zusammenarbeit gewesen. Bertil Magnuson hatte gelegentlich improvisiert, Wendt nie. Er hatte in jeder Situation alle Eventualitäten bedacht. Wenn er nun also behauptete, das Original befinde sich an einem unbekannten Ort und werde nach dem ersten Juli der Polizei zugespielt werden, falls er nicht auftauchen sollte, dann stimmte das auch.

Davon würde Bertil Magnuson ausgehen. Was er auch tat. Er wandte sich wieder Wendt zu.

»Du bist alt geworden«, sagte er.

»Du auch.«

»Einer für alle, erinnerst du dich?«

»Ja.«

»Wo ist uns das abhandengekommen?«

»In Zaire«, antwortete Wendt.

»Und nicht nur das. Du bist mit fast zwei Millionen abgehauen.«

»Warst du überrascht?«

»Ich war stinksauer.«

»Das kann ich verstehen. Bist du eigentlich noch mit Linn verheiratet?«

»Ja.«

»Weiß sie hiervon?«

»Nein.«

Die beiden Männer sahen sich an. Bertil Magnuson drehte sich zum Friedhof. Die laue Abendbrise wehte zwischen den Grabsteinen heran. Wendts Augen waren fest auf sein Gesicht gerichtet.

»Hast du Kinder?«, fragte er.

»Nein. Du?«

Hätten sie an einer weniger dunklen Stelle gestanden,

hätte Bertil Magnuson vielleicht das kurze Zucken in Wendts Lidern bemerkt, aber so entging es ihm.

»Nein, ich habe keine Kinder.«

Es entstand eine kurze Pause. Bertil Magnuson schaute verstohlen zu seinen Beratern hinüber. Ihm war immer noch nicht klar, was hier eigentlich vorging. Worauf wollte Wendt hinaus?

»Also schön, was willst du?«, sagte er und wandte sich wieder Wendt zu.

»Innerhalb von drei Tagen wirst du eine Pressemitteilung veröffentlichen, in der du erklärst, dass die MWM mit sofortiger Wirkung den Abbau von Coltan im Kongo einstellt. Außerdem werdet ihr alle Einwohner im Gebiet von Walikale, die unter eurer Ausbeutung der Bodenschätze gelitten haben, finanziell entschädigen.«

Bertil Magnuson betrachtete Wendt. Für einen kurzen Moment schoss ihm durch den Kopf, dass er es mit einem Geisteskranken zu tun hatte. Aber das stimmte nicht. Wendt war auf jeden Fall krank, aber nicht geisteskrank. Nur völlig verrückt.

»Soll das ein Witz sein?«

»Ist es meine Art, Witze zu machen?«

Nein, Nils Wendt machte niemals Witze. Er war einer der nüchternsten Menschen, denen Bertil Magnuson jemals begegnet war, und obwohl viele Jahre vergangen waren, seit sie sich näher gekannt hatten, sah er doch Wendts Augen und Gesicht an, dass er mit den Jahren nicht humorvoller geworden war.

Er war todernst.

»Du meinst also, wenn ich nicht tue, was du sagst, landet dieses Gespräch bei der Polizei?«

Er musste es laut aussprechen, um die Bedeutung zu erfassen.

»Ja«, antwortete Wendt. »Die Konsequenzen dürften dir bewusst sein.«

Das waren sie. So dumm war er nun auch wieder nicht. Die Konsequenzen einer Veröffentlichung des Gesprächs hatte er bereits durchgespielt, als er den ersten kurzen Ausschnitt daraus gehört hatte. Sie würde auf allen Ebenen katastrophale Folgen haben, und das war Nils Wendt natürlich bewusst.

»Viel Glück.«

Wendt wandte sich um und ging.

»Nils!«

Wendt drehte sich halb um.

»Jetzt mal im Ernst, worum geht es hier … wirklich?«

»Um Rache.«

»Um Rache? Wofür?«

»Nordkoster.«

Wendt ging weiter.

Die Berater warteten auf Bertil Magnusons Reaktion. Er hatte den Blick nach unten gerichtet, auf einen Punkt in der Nähe von Olof Palmes Grab.

»Können wir Ihnen noch irgendwie behilflich sein?«, erkundigte sich einer der beiden.

Bertil Magnuson hob den Kopf und betrachtete Wendts Rücken zwischen den Grabsteinen.

»Ja.«

*

Stilton saß auf dem dritten Treppenabsatz und telefonierte mit dem Nerz.

»Zwei Buchstaben. K und F. In einem Kreis.«

»Ein Tattoo?«, fragte der Nerz.

»Es sah so aus, könnte aber auch mit einem Stift gezeichnet worden sein, das weiß ich nicht genau.«

»Welcher Arm?«

»Ich meine, es war der rechte, aber es war ein ziemliches Durcheinander, so dass ich mir nicht sicher bin.«

»Okay.«

»Sonst hast du nichts gehört?«

»Noch nicht.«

»Tschüss.«

Stilton setzte sich wieder in Bewegung. Zum fünften Mal in dieser Nacht stieg er die Treppen zum Klevgränd hinauf. Seine Zeit hatte er mittlerweile um mehrere Minuten gesenkt, und er spürte, dass seine Lunge mitspielte. Er keuchte nicht mehr so viel und schwitzte auch viel weniger als beim ersten Mal.

Er war unterwegs.

Linn Magnuson war gestresst. Sie hing auf dem Weg in die Stadt in einem Stau fest. In einer knappen halben Stunde würde sie beim Städtetag am Rednerpult stehen und vor einer großen Zahl von Abteilungsleitern über »Gelungene Personalführung« dozieren. Glücklicherweise wusste sie genau, welche Themen sie ansprechen musste. Klare Anweisungen, Kommunikation, zwischenmenschliche Beziehungen. Drei Punkte, die sie in- und auswendig beherrschte.

Zwischenmenschliche Beziehungen, dachte sie, ein Glück, dass es ums Arbeitsleben geht und nicht ums Privatleben. Auf dem Gebiet fühlte sie sich derzeit nicht gerade wie eine Expertin. Ihre Beziehung zu Bertil war ins Wanken geraten, ohne dass sie begriff, warum es so war. Es lag jedenfalls nicht an ihr. Mitten in der Nacht war er nach Hause gekommen, gegen drei, glaubte sie, und sofort auf die Veranda hinausgegangen, wo er in der Dunkelheit gesessen hatte, was im Grunde nicht weiter ungewöhnlich war. Er hatte oft Telefonkonferenzen zu den unmöglichsten Zeiten und kam hinterher erst spät nach Hause. Ungewöhnlich war vielmehr, dass er sich dort mit einer kleinen Flasche Mineralwasser niedergelassen hatte. Das war, soweit sie sich erinnern konnte, noch nie passiert. Wenn er ein Getränk mit hinausnahm, war es eigentlich immer ein kleines Glas mit einer bräunlichen Flüssigkeit darin. Whisky, Calvados, Cognac. Niemals Wasser. Und in einer engen Beziehung wie der ihren waren es solche scheinbar unwichtigen Abweichungen, die einen ins Grübeln brachten und spekulieren ließen.

Die Firma? Eine andere Frau? Die Blase? Hatte er sich heimlich durchchecken lassen und erfahren, dass er an Krebs litt?

Irgendetwas stimmte nicht, und zwar schon seit längerem.

Als sie ihn am Morgen zur Rede stellen wollte, war er fort. Und nicht nur das, er war gar nicht erst im Bett gewesen.

Der Stau löste sich auf, und sie gab Gas und fuhr an der Universität vorbei.

*

»Eine Seminararbeit?«

»Ja.«

Olivia war es gelungen, unter Vorspiegelung falscher Tatsachen ein Treffen mit Miriam Wixell zu vereinbaren. Sie hatte behauptet, sie besuche im dritten Semester die Polizeischule, was der Wahrheit entsprach, und habe die Aufgabe erhalten, über so genannte Escortservices zu schreiben. »Eine total wichtige Arbeit.« Sie hatte sich bewusst naiv gegeben, die Treuherzige und Unwissende gespielt. Auf Wixells Namen war sie angeblich gestoßen, als einer ihrer Dozenten ihr eine alte Ermittlungsakte zu *Gold Card* gegeben hatte. Wixell sei die Einzige gewesen, die sie erreicht habe.

»Was wollen Sie denn wissen?«, hatte Wixell sie am Telefon gefragt.

»Na ja, irgendwie, wie Sie gedacht haben. Ich bin ja selbst dreiundzwanzig und versuche mir vorzustellen, wie Sie gedacht haben. Warum man Escortgirl wurde. Was war daran so verlockend?«

Nach weiterem Unsinn dieser Art hatte Wixell schließlich angebissen.

Nun saßen sie in einem Straßencafé in der Birger Jarls gatan. Grelles Sonnenlicht fiel zwischen den Häuserblocks auf sie herab, so dass Wixell sich eine dunkle Sonnenbrille aufgesetzt hatte. Olivia zog pflichtschuldig einen kleineren Notizblock heraus und sah sie an.

»Sie schreiben über Essen?«

»Ja, als freiberufliche Journalistin, vor allem für Reisezeitschriften.«

»Klingt echt spannend. Aber wird man davon nicht dick?«

»Wie meinen Sie das?«

»Na, da muss man doch sicher total viel essen, wenn man über so etwas schreiben will?«

»Das ist halb so wild.«

Wixell lächelte kurz. Sie hatte sich zu einem Interview und zu einer Einladung zum Mittagessen bereit erklärt und erzählte von ihrer Zeit als Escortgirl, die allerdings nur kurz gewesen war. Als von ihr Dinge verlangt wurden, zu denen sie nicht bereit war, hatte sie aufgehört.

»Wie zum Beispiel Sex?«, sagte Olivia mit besonders dümmlichem Augenaufschlag.

»Zum Beispiel.«

»Aber für *Gold Card* arbeiteten viele Frauen?«

»Ja.«

»Waren das nur Schwedinnen?«

»Das weiß ich nicht mehr.«

»Erinnern Sie sich noch an ein paar von den anderen?«

»Warum wollen Sie das wissen?«

»Ach, ich dachte, ich könnte vielleicht noch wen anrufen.«

»Ich erinnere mich nicht mehr an die anderen.«

»Okay ...«

Olivia merkte, dass Wixell inzwischen etwas auf der Hut war, aber sie war noch nicht am Ziel.

»Wissen Sie noch, ob es auch eine gab, die blaue Haare hatte?«, fragte sie.

»Ja, allerdings.«

Wixell musste lachen. Die Erinnerung an eine Frau mit blauen Haaren war offenbar lustig.

»Das war diese Blondine aus Kärrtorp, ich glaube, sie hieß Ovette, sie hat sich eingebildet, die blauen Haare würden sexy aussehen.«

»Aber das stimmte nicht?«

»Es war einfach nur hässlich.«

»Kann ich mir denken. Erinnern Sie sich, ob es jemanden gab, der ein bisschen lateinamerikanisch aussah?«

»Ja ... sie ... ich weiß nicht mehr, wie sie hieß, aber es gab da ein ziemlich süßes Ding, das so aussah.«

»Ein dunkler Typ? Schwarze Haare?«

»Ja ... ja? Kennen Sie die Frau?«

»Nee, aber in der Ermittlungsakte wurde jemand so beschrieben, und da dachte ich, dass sie vielleicht keine Schwedin war und Einwanderer damals bestimmt eher eine Ausnahme waren.«

»Aha? Das waren sie eigentlich gar nicht.«

Wixell hatte plötzlich das unbestimmte Gefühl, dass sie nicht ganz begriff, was diese junge Frau da eigentlich machte. Deshalb bedankte sie sich für das Essen, stand auf und brach, ein wenig überstürzt, auf. Olivia hatte noch eine Frage, kam aber nicht mehr dazu, sie zu stellen: »War diese schwarzhaarige Frau oft mit Jackie Berglund zusammen?«

Olivia stand ebenfalls auf und ging zum Stureplan. Lauer Wind wehte von der Nybroviken herauf. Leichtbekleidete Fußgänger strömten in alle Richtungen. Olivia ließ sich treiben. Auf Höhe des Restaurants East kam ihr schließlich die Idee.

Sie war doch nur zwei Häuserblocks von dem Geschäft entfernt.

Schräg & Schön.

Da lag sie.

Jackie Berglunds Boutique in der Sibyllegatan. Olivia musterte das Geschäft eine Weile von der anderen Straßenseite aus. Sie hatte noch Eva Carlséns mahnende Worte im Ohr: Schnüffeln Sie nicht Jackie Berglund hinterher.

Ich werde nicht herumschnüffeln, ich werde lediglich in ihren Laden gehen und mir ihre Sachen anschauen. Ich bin eine wildfremde Frau für sie, eine Kundin. Das kann ja wohl nicht gefährlich sein.

Dachte Olivia.

Und betrat das Geschäft.

Das Erste, was ihr auffiel, war der Geruch. Sie sog den Duft eines schweren, halbsüßen Parfüms ein.

Das zweite war das Sortiment der Boutique, das ziemlich weit von ihren eigenen Vorlieben entfernt war. Es bestand aus Sachen, die sie sich niemals bei sich zu Hause vorstellen konnte, und Kleidern, die ihr niemals stehen würden und Preise hatten, die in ihren Augen reichlich absurd waren. Sie beugte sich zu einem Kleid hinunter, und als sie aufblickte, stand Jackie Berglund direkt vor ihr. Sorgsam geschminkt, dunkelhaarig, überdurchschnittlich groß. Ihre intensiven blauen Augen betrachteten die junge Kundin.

»Kann ich Ihnen weiterhelfen?«

Olivia war überrumpelt und wusste nicht, was sie antworten sollte.

»Nein, ich schaue mich nur etwas um.«

»Sie interessieren sich für Einrichtungsaccessoires?«

»Nein.«

Keine clevere Antwort. Olivia bereute sie sofort.

»Vielleicht werfen Sie ja mal einen Blick auf die Kleider hier, es sind gebrauchte und neue dabei«, sagte Jackie Berglund.

»Aha … ja … nein, ich glaube nicht, dass die mein Stil sind.«

Aber das hat sie mit Sicherheit schon kapiert, als ich hereingekommen bin, dachte Olivia. Sie schaute sich noch ein wenig um, nahm Ohrringe in die Hand und befingerte einen Grammophontrichter aus den dreißiger Jahren. Dann hatte sie das Gefühl, dass es allmählich Zeit wurde zu gehen.

»Trotzdem vielen Dank!«, sagte sie und verließ das Geschäft.

Im selben Moment wusste Jackie Berglund Bescheid oder glaubte zumindest, Bescheid zu wissen. Sie rief Carl Videung an.

»Diese Olivia Rönning, die bei dir war und nach mir gefragt hat, wie sah die eigentlich aus?«

»Dunkle Haare.«

»Hatte sie einen leichten Silberblick?«

»Ja.«

Jackie beendete das Gespräch und wählte eine andere Nummer.

*

Der Nerz war eher ein Nacht- als ein Morgenmensch. Nachts war er in seinem Element. Dann bewegte er sich in seinen Kreisen und sah zu, dass er hier etwas bekam, was er dort wieder loswurde. Dabei konnte es sich um Tipps oder ein weißes Tütchen oder auch nur einen Hund handeln: In dieser Nacht hatte er einen abgezehrten Schäferhund von einem Herrchen mit einer Überdosis im Park Kungsträdgården zu einer Krankenschwester im Vorort Bandhagen verfrachtet, die daraufhin zusammengebrochen war. Sie hatte gewusst, dass ihr Freund Drogen nahm, aber geglaubt, er habe die Sache im Griff. Das hatte er nicht.

Danach saß er in der S-Bahn nach Flemingsberg, weil er beschlossen hatte, mit Acke zu reden.

Im Hort.

Der Nerz war kein strategisches Genie.

Acke war nicht im Hort.

Der Nerz horchte die Kinder vor dem Haus aus und musste relativ schnell feststellen, dass keiner von ihnen wusste, wo Acke war.

»Bist du Ackes Papa?«

»Nein, ich bin sein Mentor«, behauptete der Nerz. Ganz gut, dachte er. Er war sich zwar nicht ganz sicher, was das Wort genau bedeutete, aber ein Mentor war auf jeden Fall jemand, der mehr wusste als ein anderer, und der Nerz wusste eine ganze Menge.

Deshalb gefiel ihm die Bezeichnung.

Auf dem Rückweg zur U-Bahn-Station sah er dann unverhofft Acke, oder vielmehr einen einsamen Jungen, der immer wieder einen Ball gegen einen Zaun schoss, und wenn er sich die Bilder aus Ovettes Handy vergegenwärtigte, könnte dies Acke sein. Außerdem hatte er den Jungen ein paar Mal zusammen mit Ovette gesehen, als er noch kleiner war.

»Hi, Acke!«

Acke drehte sich um. Der Nerz ging lächelnd auf ihn zu.

»Darf ich die Kugel auch mal haben!?«

Acke rollte dem kleinen Mann mit dem Pferdeschwanz den Ball zu und musste sich anschließend schnell ducken, als der Nerz abzog und sein Schuss in eine Richtung flog, die er mit Sicherheit nicht beabsichtigt hatte.

»Perfekt!«

Der Nerz lächelte. Acke schaute dem verschwundenen Ball hinterher.

»Spielst du gerne Fußball?«, sagte der Nerz.

»Ja.«

»Ich auch. Weißt du, wer Zlatan Ibrahimovic ist?«

Acke musterte diesen seltsamen Typen ein wenig ungläubig. Wer Zlatan war? Hatte der Kerl sie noch alle?

»Ja, klar. Er spielt für Inter.«

»Und davor hat er in Spanien und Holland gespielt. Weißt du, ich habe mit Zlatan am Anfang seiner Karriere gearbeitet, ich bin sein Mentor gewesen, als er für Malmö gespielt hat, ich habe damals dafür gesorgt, dass er ins Ausland gehen konnte.«

»So, so …«

»Man könnte sagen, dass ich ihm freie Bahn verschafft habe.«

Acke war zehn Jahre alt, und jetzt stand ein Erwachsener vor ihm und redete über Zlatan, und er begriff nicht ganz, wovon der Mann eigentlich sprach.

»Du kennst Zlatan?«

»Na, und ob, was meinst du wohl, wen Zlatan anruft, wenn er Probleme auf dem Platz hat? Wir zwei sind so!«

Der Nerz hielt zwei über Kreuz gelegte Finger hoch.

»Ach übrigens, man nennt mich Nerz.«

»Aha.«

»Ich kenne deine Mama, Ovette. Möchtest du einen Hamburger?«

Acke verdrückte bei *Flempans Kebab & Grill* im Einkaufszentrum einen doppelten Cheeseburger. Der Nerz saß ihm gegenüber. Er dachte darüber nach, wie er vorgehen sollte. Zehnjährige gehörten nicht unbedingt zu seiner Kernkompetenz, deshalb kam er ohne Umschweife zur Sache.

»Deine Mutter sagt, dass du jede Menge blaue Flecken hast und es aufs Fußballspielen schiebst, aber ich denke ehrlich gesagt, du lügst.«

Im ersten Moment wollte Acke sofort aufstehen und gehen. Hatte seine Mutter diesem Typen von seinen blauen Flecken erzählt? Warum hatte sie das getan?«

»Was geht das dich an?«

»Dass du lügst?«

»Ich lüge nicht!«

»Ich habe viele Jahre Fußball auf Topniveau gespielt, deshalb kenne ich ja auch Zlatan, ich weiß also genau, welche Verletzungen man sich auf dem Platz holt. Deine blauen Flecke kommen nicht vom Fußball, da musst du dir schon etwas Besseres einfallen lassen.«

»Mama glaubt mir.«

»Macht es dir Spaß, sie zu belügen?«

»Nein.«

»Und warum tust du es dann?«

Acke drehte sich weg. Es machte ihm keinen Spaß, seine Mutter zu belügen, aber er traute sich auch nicht, ihr die Wahrheit zu sagen.

»Okay, Acke, dann sagen wir jetzt Folgendes, du kannst Ovette ruhig weiter belügen, das finde ich eigentlich ganz okay, ich habe meine Mutter auch belogen, und zwar mehr als einmal, aber unter uns, nur unter uns, das sind doch keine Verletzungen vom Fußball, stimmt's?«

»Nein.«

»Hast du dich geprügelt?«

»So ungefähr.«

»Dann erzähl mal«, forderte der Nerz ihn auf.

Acke zögerte kurz. Dann zog er den Ärmel seines Hemds ein wenig hoch.

»Ich bin einer von denen.«

Der Nerz betrachtete den entblößten Arm, auf dem mit einem Filzschreiber gezeichnet in einem Kreis die Buchstaben KF standen.

»Was bedeutet das?«

Zehn Minuten später verließ der Nerz das Lokal, um zu telefonieren. Acke wartete drinnen auf ihn.

Er rief Stilton an.

»Kid Fighters?«

»Ja«, bestätigte der Nerz. »So nennen sie sich, die älteren Jungen lassen sich als Tattoo die Buchstaben KF in einem Kreis stechen.«

Stilton atmete heftig in den Hörer.

»Und wo findet man die?«

»Er weiß es nicht genau, irgendwo in Årsta, in einem unterirdischen Raum.«

»Immer an derselben Stelle?«

»Ja.«

»Und die sind da jeden Abend?«

»Er glaubt schon.«

»Kennst du eigentlich noch jemanden von UE?«

»Bestimmt. Irgendeine Telefonnummer müsste ich …«

»Schick sie mir.«

Stilton wusste, dass der Nerz jeden Kontakt speicherte. Davon hing sein Überleben ab.

Der Nerz begleitete Acke nach Hause. Es schien ihm das Beste zu sein. Als Ovette sie hereinließ, umarmte Acke sie, lief anschließend in sein Zimmer und holte seine Fußballklamotten.

»Willst du jetzt Fußball spielen gehen?«

»Ja!«

Ovette sah den Nerz an, der seinerseits Acke ansah, der ihm zuzwinkerte und nach draußen verschwand.

»Geht er zum Fußball?«, fragte Ovette.

Sie sah leicht besorgt aus.

»Ja.«

Der Nerz ging unaufgefordert in die Küche.

»Aber was hat er denn jetzt gesagt? Hast du etwas aus ihm herausbekommen?«, wollte Ovette wissen.

»Es sind keine Verletzungen vom Fußball. Musst du diese Nacht arbeiten?«

»Nein.«

Ovette setzte sich ihm gegenüber. Das kalte Licht der Neonröhre über der Spüle ließ ihr Gesicht in all seiner unsentimentalen Verlebtheit hervortreten. Zum ersten Mal sah der Nerz, was für ein hartes Leben Ovette rein körperlich führte. Nie zuvor war sie ihm ungeschminkt begegnet, auch im Café neulich nicht, aber nun übertünchte kein Make-up in ihrem Gesicht, was es bedeutete, sich seinen Lebensunterhalt auf ihre Art zu verdienen.

»Musst du diesen Mist machen?«

»Du meinst, auf den Strich gehen?«

»Ja?«

Ovette öffnete das kleine Lüftungsfenster und zündete sich eine Zigarette an. Der Nerz kannte sie von früher ziemlich gut und wusste einiges über ihr Leben. Warum sie auf den Strich ging, wusste er allerdings nicht, aber er nahm an, dass es ums Geld ging. Ums Überleben und darum, sich ständig einzureden, die nächste Nacht werde die letzte sein. Oder die vorletzte. Nur noch eine Nacht, dann würde man endgültig aufhören.

Aber diese Nacht kam nie.

»Was soll ich denn sonst machen?«

»Dir einen Job suchen? Irgendeinen?«

»So wie du?«

Der Nerz grinste und zuckte mit den Schultern. Wenn es um diese Seite der Wirklichkeit ging, war er mit Sicherheit kein leuchtendes Vorbild. Seit er in jungen Jahren einen Sommer lang als Liftboy im Katarina-Aufzug gearbeitet hatte, war er nie mehr fest angestellt gewesen. Neun Stunden lang rauf und runter, und danach war es nur noch bergab gegangen.

»Hast du einen Kaffee für mich?«

»Ja.«

Während Ovette Kaffee kochte, versuchte der Nerz, ihr möglichst einfühlsam den Grund für Ackes blaue Flecken zu erläutern. Damit es kein zu harter Schlag für Ovette wurde.

Der Nerz hatte Stilton vor Jahren, als dieser noch bei der Polizei war, einmal geholfen, mit der UE in Kontakt zu kommen, als es um den Verdacht eines unerlaubten Eindringens in ein unterirdisches Militärlager gegangen war. Die Abkürzung UE stand für Urban Exploration, und es handelte sich um einen losen Verbund Einzelner, die es sich zum Ziel gesetzt hatten, unterirdische Orte in urbanen Umgebungen zu erkunden. Tunnelsysteme. Stillgelegte Fabriken. Felsräume. Schutzräume. Verlassene Räumlichkeiten, deren Betreten häufig verboten war.

Es war also eine nicht ganz legale Tätigkeit.

Der Nerz hatte ihm die Nummer seines Kontaktmanns bei der UE gesimst, und Stilton hatte angerufen und um ein Treffen gebeten. Er hatte behauptet, er arbeite für die Zeitschrift *Situation Stockholm* an einer Reportage über ungewöhnliche und verborgene Orte in der Großstadtregion Stockholm. Der Bursche kannte die Zeitung, mochte sie und war einverstanden.

Die Aktivitäten der UE waren wie gesagt nicht immer legal, weshalb es Stilton nicht wunderte, dass die beiden Männer ihre Gesichter hinter Kapuzen verbargen. Das fand er in Ordnung. Auch der Treffpunkt war dem Wunsch nach Diskretion geschuldet. Ein Transporter im Hammarby-Hafen. Einer der Männer saß hinter dem Lenkrad, der andere auf der Rückbank. Stilton hatte auf dem Beifahrersitz Platz genommen. Da er für *Situation Stockholm* schrieb, war seine äußere Erscheinung kein Problem, keiner der beiden nahm Anstoß an ihr.

»Was willst du wissen?«

Stilton erklärte, worum es in seiner Reportage gehen sollte. Er wolle zeigen, wie unglaublich viele verborgene

Räume es unter einer Stadt wie Stockholm gab, und die Leute von UE wüssten darüber mit Sicherheit am meisten. Schmeicheleien und glatte Lügen. Einer der Männer lachte kurz und wollte wissen, ob es auch darum gehen solle, über Plätze zu informieren, an denen sich Penner aufhalten könnten. Stilton fiel in sein Lachen ein und meinte, die Gefahr bestünde durchaus, damit müsse man rechnen. Anschließend sahen sich die Burschen kurz an und zogen ihre Kapuzen ab. Einer der beiden war eine Frau.

Das hat man nun von seinen Vorurteilen, dachte Stilton.

»Hast du eine Karte?«, fragte die Frau.

Stilton hatte sich eine besorgt. Er zog sie heraus und faltete sie auseinander.

Die nächste halbe Stunde verbrachten die beiden damit, ihm auf der Karte alle möglichen seltsamen Räume in der Stockholmer Unterwelt zu zeigen. Stilton gab sich abwechselnd fasziniert und überrascht, aber im Grunde musste er sich nicht verstellen. Viele der genannten Orte verblüfften ihn wirklich. Nicht nur die Tatsache, dass sie existierten, sondern auch, dass sie diesem jungen Paar bekannt waren. Er war beeindruckt.

»Unglaublich«, sagte er mehr als einmal.

Nach einer halben Stunde hatte er das Gefühl, dass die Zeit reif war. Er erzählte, einer seiner obdachlosen Kumpel habe behauptet, in der Gegend von Årsta gebe es richtig irre unterirdische Räume, von denen kaum einer wisse.

»Kennt ihr die?«

Der Mann und die Frau grinsten sich an. Es gab nichts, was sie im Stockholmer Untergrund nicht kannten …

»Es gibt dort einen Raum«, erklärte der Mann, »der Wein und Schnaps genannt wird.«

Die Frau zog die Karte zu sich heran und zeigte auf eine Stelle.

»Er liegt hier.«

»Groß?«, fragte Stilton.

»Gigantisch. Ursprünglich war dort eine Kläranlage geplant, heute steht alles leer. Mehrere Etagen unter der Erde.«

»Seid ihr da schon einmal gewesen?«

Das Paar warf sich verstohlene Blicke zu. Wie viel sollten sie ihm erzählen?

»Ich werde eure Namen nicht nennen und keine Bilder machen, keiner wird erfahren, mit wem ich geredet habe, keine Sorge«, sagte Stilton beschwichtigend.

Sie wogen kurz das Für und Wider ab.

»Wir sind da gewesen«, sagte die Frau.

»Wie kommt man da runter? Ist es schwierig?«

»Sowohl als auch«, antwortete der Mann.

»Was soll das heißen?«

»Man nimmt entweder den Weg durch die Gittertüren auf der Vorderseite und anschließend durch einen ziemlich langen Felstunnel, es ist ein Kabeltunnel, der nicht mehr benutzt wird, und kommt zu einer Stahltür, die in den eigentlichen Felsraum hineinführt. Die ist aber meistens abgeschlossen ... das ist der einfache Weg«, erläuterte der Mann.

»Und der schwierige?«

Die junge Frau sah den Mann am Lenkrad an, der wiederum Stilton ansah. Jetzt ging es um Geheimwissen.

»Es gibt da einen engen Schacht, in den man über eine Abdeckung in der Straße gelangt ... hier ...«

Er zeigte wieder auf die Karte.

»In der Wand unter der Abdeckung ist eine schmale Metallstiege verankert, die man ungefähr fünfzehn Meter tief hinunterklettern muss, bis man zu einer Eisenluke kommt, hinter der sich ein weiterer Schacht befindet …«

»Der zu dem Raum im Fels führt?«

»Ja, aber das ist …«

Der Mann verstummte.

»Das ist ein echt verdammt enger Schacht.«

»Und er ist lang und stockfinster«, ergänzte die Frau.

»Okay.«

Stilton nickte. Die Frau faltete die Karte zusammen. Der Mann sah Stilton an.

»Du hast ja wohl hoffentlich nicht vor, über den Schacht da reinzugehen?«

»Nie im Leben.«

»Das ist gut so, du würdest da nämlich nicht durchpassen.«

Der Nerz rief an, als Stilton auf dem Rückweg vom Hammarby-Hafen war.

»Hast du dich mit ihnen getroffen?«

»Ja.«

»Wussten sie was?«

»Ja.«

»Es gibt in Årsta einen unterirdischen Raum im Fels?«

»Ja.«

»Okay, dann wissen wir das.«

»Wir«, dachte Stilton und fand, dass der Nerz sich ein bisschen anhörte wie früher. Glaubte er, dass sie jetzt wieder eine Art Team waren?

»Was hast du jetzt vor?«, fragte der Nerz.

»Ich werde ihn mir ansehen.«

*

Er würde mit Hilfe der Metallstiege an der Wand in den engen Schacht unter der Abdeckplatte hinuntersteigen. In fünfzehn Meter Tiefe würde es dann eine Eisenluke in der Felswand geben. Wenn er Glück hatte, stand sie offen. Wenn er noch mehr Glück hatte, würde er seinen Körper hineinzwängen und sich auf dem Bauch robbend durch einen stockfinsteren Schacht vorwärtsbewegen können, in dem es unmöglich sein würde, sich umzudrehen. Wenn er nicht mehr weiterkam, würde er deshalb versuchen müssen, sich wieder zurückzuschieben, und konnte nur hoffen, dass er dabei nicht stecken blieb.

Es war einer seiner regelmäßig wiederkehrenden Alpträume, irgendwo festzustecken. Es waren in jedem Traum andere Orte, aber das Szenario war immer gleich: Er lag eingeklemmt, hing fest und wusste, dass er sich niemals befreien können würde. Dass er in einem Schraubstock des Grauens dahinsiechen musste.

Nun hatte er also vor, sich diesem Albtraum freiwillig auszusetzen. Er würde in einen unbekannten Felsschacht hineinrobben, der wenig größer war als ein menschlicher Körper.

Wenn er darin stecken blieb, dann für immer.

Sehr langsam kletterte er die Metallstiege hinunter. Dicke schwarze Spinnen krabbelten über die Wände. Auf halber Strecke dachte er, dass die Luke vielleicht doch nicht offen stand, aber das war eine verbotene Hoffnung, die er schnell wieder verdrängte.

Die Luke stand natürlich offen.

Zumindest halboffen. Stilton drückte sie mit dem Fuß möglichst weit auf und schaffte es, seinen Oberkörper durch die Öffnung zu schieben. Er schaute hinein, was allerdings einigermaßen sinnlos war. Es war nur ein schwarzes Loch.

Als er seine kleine Taschenlampe einschaltete, sah er, dass sich der Schacht nach ein paar Metern krümmte und man nicht erkennen konnte, wohin er danach führte.

Er zwängte sich ganz durch die Öffnung und stöhnte auf. Der Schacht war viel enger, als er sich das vorgestellt hatte. Er lag mit ausgestreckten Armen auf dem Bauch und begriff, was für eine idiotische Idee das war, aber dann dachte er an Vera, schaltete die Taschenlampe aus und robbte weiter.

Um voranzukommen, musste er sich mit den Zehen abdrücken. Hob er den Kopf, schlug er gegen den Fels. Senkte er ihn, schürfte sein Kinn über den Grund. Er kam nur sehr langsam voran, aber er kam voran. Zentimeter für Zentimeter schob er sich durch den schwarzen Schacht. Schweiß lief seinen Hals hinab. Es dauerte eine Weile, bis er sich der Biegung näherte, die er gesehen hatte. Dort würde er eine Entscheidung treffen müssen. Wenn die Krümmung zu stark war, würde er niemals hindurchpassen. Die Gefahr, stecken zu bleiben und seinen Alptraum zu erleben, wäre dann zu groß.

Jetzt hatte er die Biegung erreicht.

Er schaltete die Taschenlampe ein und sah gut einen Meter vor sich die gelben Augen einer Ratte. Das machte ihm nichts aus. Wenn man einige Jahre als Obdachloser gelebt hatte, wurde rattus norvegicus zu einem guten Bekannten. Ratten waren oft die einzige Gesellschaft, die es gab. Wahrscheinlich empfand das Tier ähnlich, denn nach ein paar Sekunden machte es kehrt und verschwand hinter der Biegung.

Stilton robbte der Ratte hinterher und in die Biegung hinein. Auf halbem Weg kam er nicht mehr weiter. Der Winkel war zwanzig oder dreißig Zentimeter zu steil, was

Stilton dummerweise etwas zu spät auffiel, als er den größten Teil seines Oberkörpers bereits hindurchgezwängt hatte. Er würde es nicht schaffen. Existentiell betrachtet wesentlich schlimmer war jedoch, dass er auch nicht mehr zurück konnte. Sein Körper steckte in dieser Biegung wie in einem Schraubstock fest.

*

Er hatte seinen grauen Jaguar in der Nähe des Schifffahrtsmuseums mit der Front zum Djurgårds-Kanal geparkt. Trotzdem hatte er sich umgeschaut, ehe er Wendts Kassette herauszog. Eine alte Musikkassette. Warum hat er das Gespräch nicht auf eine CD gebrannt, dachte er. Typisch Nils. Glücklicherweise verfügte das luxuriöse Auto auch über einen Kassettenrekorder.

Jetzt wurde das Band wieder ausgeworfen, und er nahm es in die Hand. Er hatte sich das ganze Gespräch angehört, obwohl er sich ohnehin an jedes Wort erinnerte.

Er hatte sich selbst gequält.

Sehr langsam zog er das schmale Plastikband aus der Kassette. Zug um Zug, bis er ein ganzes Knäuel davon in der Hand hielt. Nicht, dass es etwas bringen würde, die Kassette zu zerstören. Es gab ja noch das Original. An einem unbekannten Ort. Mit dem gleichen Dialog und den gleichen verhängnisvollen Informationen. Ein Original, das er irgendwie in die Finger bekommen musste, und zwar am besten innerhalb der nächsten zweiundsiebzig Stunden. Er hatte nicht vor, auf Wendts Ultimatum einzugehen. Das kam überhaupt nicht in Frage.

Noch nicht.

Andererseits war er Realist und wusste deshalb, dass es möglicherweise doch in Frage kommen würde. Sobald die drei Tage verstrichen waren.

Was würde er tun, wenn Wendt das Gespräch veröffentlichte? Was würden seine Anwälte tun können? Es als eine Fälschung darstellen? Aber eine Stimmenanalyse würde enthüllen, dass er tatsächlich auf dem Band zu hören war. Und Linn? Sie würde seine Stimme natürlich sofort erkennen. Bertil zündet sich einen Zigarillo an. Fast eine ganze Schachtel hatte er an diesem Tag geraucht. Er warf im Rückspiegel einen Blick auf sein Gesicht. Er sah genauso abgezehrt aus wie Wendt. Unrasiert, graue Haut. Kein Schlaf, kein Frühstück, ein paar aggressive Kommentare über abgesagte Termine und dann Linn. Er wusste, dass sie etwas spürte und ahnte und ihm eine Reihe ziemlich lästiger Fragen stellen würde, wenn sie die Chance dazu bekäme. Fragen, die er nur mit Lügen beantworten könnte. Und es war nicht leicht, Linn anzulügen.

Er war ein Mann, der unter ziemlich großem Druck stand.

»Du hörst dich an, als stündest du unter Druck?«

»Tatsächlich? Ach, es ist gerade etwas stressig.«

Erik Grandén hatte ihn überraschend angerufen. Er war aus Brüssel zurückgekehrt und bestand auf einem gemeinsamen Essen, und da Bertil möglichst lange vermeiden wollte, Linn gegenüberzutreten, war er sofort einverstanden.

»Um halb acht im *Teatergrillen*.«

»In Ordnung.«

»Kommt Linn mit?«

»Nein.«

Bertil Magnuson sah auf den Bandsalat in seiner Hand, blickte auf den Djurgårds-Kanal hinaus und spürte, dass er einen Kloß im Hals hatte. Er schluckte und schluckte, und dann gab er nach.

Im Restaurant *Teatergrillen* herrschte eine intime Atmosphäre. Dunkelrote Tapeten, kleine Gemälde in Goldrahmen und Wandlampen, die gedämpftes Licht verströmten. Hier fühlte sich Erik Grandén wohl. Mitten im Zentrum. Wo er hingehörte. Vorher hatte er noch kurz im Auktionshaus Bukowski vorbeigeschaut, wo man sich die Bilder der bevorstehenden Auktion moderner Kunst ansehen konnte. Grandén hatte einen frühen Bærtling gefunden, der ihn ansprach. Sollte er auf das Gemälde bieten? Bærtling war in letzter Zeit ja wieder zu einer lohnenden Investition geworden.

Er hatte seinen großen, schlaksigen Körper seinem alten Spielkameraden Bertil Magnuson gegenüber in ein kleines Separée mit Polsterbänken geschoben. Nicht dass sie gemeinsam im Sandkasten gespielt hätten, aber in ihren Kreisen waren die Leute gerne »Spielkameraden«. Jetzt saßen sie zusammen und spielten bei einer Seezunge meunière und einem Glas Weißwein bester Qualität. Der Wein war Grandéns Domäne. Er hatte eine hübsche Summe in eine Reihe seltener erlesener Tropfen investiert, die er in einem Spezialraum im Restaurant *Operakällaren* lagerte.

»Prost!«

»Prost.«

Bertil war schweigsam, was Grandén ganz recht war, da er sich selbst gerne reden hörte. Eloquent, stets mit der richtigen Wortwahl, das hatte er lange im Scheinwerferlicht geübt, in dem er sich sichtlich wohlfühlte.

Wenn er sich über seine »mögliche« zukünftige Aufgabe

auf höchstem europäischem Niveau ausließ, hatte man das Gefühl, einer Wahlrede zu lauschen.

»Ich sage mögliche, weil auf diesem Niveau nichts mehr sicher ist, ehe es ganz sicher ist, wie Sarkozy zu sagen pflegt. Wir haben übrigens in Paris denselben Friseur. Aber es sollte mich doch sehr wundern, wenn es nicht klappen würde. Wen sollten sie sonst nehmen?«

Bertil Magnuson wusste, dass dies eine rhetorische Frage war, so dass er sich noch einen Bissen Seezunge in den Mund schob.

»Aber jetzt haben wir lange genug über mich gesprochen, wie läuft es für MWM? Wenn ich recht sehe, ist anlässlich deiner Auszeichnung ein wenig Staub aufgewirbelt worden.«

»Ja.«

»Der Kongo?«

»Ja.«

»Ich habe von dieser Kinderarbeit gelesen, das macht natürlich keinen guten Eindruck.«

»Nein.«

»Vielleicht solltet ihr etwas Geld spenden?«

»Wofür?«

»Für ein Kinderkrankenhaus in Walikale, ihr finanziert den Bau und die Ausstattung und buttert ein paar Millionen in das örtliche Gesundheitssystem, das würde so manches freundlicher aussehen lassen.«

Grandén verfügte über die außerordentliche Fähigkeit, realpolitisch und taktisch zu denken, er war ein Meister darin, die Dinge freundlicher wirken zu lassen.

»Mag sein. Das eigentliche Problem ist der Abbau selbst, wir kommen nicht an das Land, das wir haben wollen.«

»Seid ihr etwa zu schnell vorgeprescht?«

Bertil Magnuson musste schmunzeln. Erik Grandén war wirklich unglaublich gut darin, sich unbeteiligt zu geben. In allen Situationen, in denen etwas nicht reibungslos »klappte«.

»Du weißt ganz genau, wie schnell wir vorgeprescht sind, Erik, du hast doch selbst die gesamte Planung begleitet, nicht wahr?«

»Darauf brauchen wir nicht näher einzugehen.«

Grandén mochte es nicht, wenn man ihn daran erinnerte, dass seine Finger noch im Honigtopf steckten. Offiziell hatte er sie vor langer Zeit sauber geleckt.

»Bist du deshalb ein bisschen abwesend?«, fragte er.

»Nein.«

Plötzlich war Bertil kurz, ganz kurz davor, zu viel zu sagen. Es mochte mit dem Wein zusammenhängen, mit dem Schlafmangel, dem Druck oder auch nur mit dem Bedürfnis, irgendjemandem sein Herz auszuschütten. Bei einem alten Musketier ein wenig Dampf abzulassen.

Aber er bremste sich.

Er hätte keine Chance, die Aufnahme des Gesprächs zu erklären. Und selbst wenn er es täte, wenn er seinem alten Freund und Spielkameraden gestände, was der Grund für das Gespräch gewesen war, wusste er keineswegs, wie Erik reagieren würde. Dagegen wusste er sehr wohl, dass Erik aus demselben Holz geschnitzt war wie er selbst und im selben egozentrischen Stahlanzug steckte. Erführe er von dem Gespräch, wäre es durchaus möglich, dass er um die Rechnung bitten, sich für eine lange und ertragreiche Freundschaft bedanken und anschließend für immer aus Bertil Magnusons Leben verschwinden würde.

Also brachte er das Gespräch stattdessen auf Erik Grandéns Lieblingsthema.

»Was ist das eigentlich für ein Posten, den du da in Aussicht hast?«

»Die Sache ist vertraulich, aber wenn alles klappt, stößt du bei unserem nächsten Essen hier mit einem der mächtigsten Männer Europas an.«

Erik Grandén sog die Unterlippe leicht ein, eine organische Bewegung, die etwas Unausgesprochenes ausdrücken sollte.

In Bertil Magnusons Augen sah das einfach nur affektiert aus.

*

Er nahm an, dass er eine Weile eingenickt war. Als er wieder aufwachte, spürte er, dass es in dem engen Schacht kalt zog. Am anderen Ende, in dessen Richtung er lag, musste eine Luke geöffnet worden sein und für kalte Zugluft gesorgt haben. Vermutlich war es die Kühle, die seinen Körper um einige Millimeter schrumpfen ließ, so dass er sich zumindest so weit befreien konnte, dass er sich mit Hilfe seiner wie wild scharrenden Füße durch die Biegung pressen und wieder gerade liegen konnte.

Minutenlang atmete er tief durch und stellte fest, dass er auf keinen Fall zurückrobben konnte. Wollte er diesen Schacht verlassen, gab es dafür nur einen Weg, und der führte nach innen.

Er robbte weiter.

Da er längst jegliches Zeitgefühl verloren hatte, wusste er nicht, wie lange er für die Strecke benötigte, aber plötzlich hatte er fast das Ende des Schachts und eine Öffnung erreicht, die ungefähr so groß war wie die, durch die er hineingekrochen war. Er robbte das letzte Stück und schaute in einen gigantischen unterirdischen Raum im Fels.

Den Anblick, der sich ihm bot, würde er nie wieder vergessen.

Als Erstes fiel ihm das Licht auf. Oder besser gesagt die Lichter. Mehrere Gerüste, an denen Scheinwerfer hingen, die den gesamten Raum in blitzend rotierendes, grelles rotes und grünes Licht tauchten. Stiltons Augen brauchten eine ganze Weile, um sich an die Helligkeit zu gewöhnen.

Dann sah er die beiden rechteckigen, drei Meter breiten und zwei Meter hohen Käfige in der Mitte. Sie waren aus Stahlrahmen zusammengesetzt worden, die Wände bestanden aus grauem Maschendraht.

Und in den Käfigen sah er die Kinder.

Zwei ungefähr zehn oder elf Jahre alte Jungen in jedem, die außer kurzen Hosen aus schwarzem Leder nackt waren und sich nahezu besinnungslos und ohne Handschuhe prügelten. An manchen Körperstellen sah man blutende Wunden.

Und dann die Zuschauer.

In mehreren Reihen standen sie rund um die Käfige, feuerten die Kinder an, schrien und hetzten sie aufeinander. Ihre Hände waren voller Geldscheine, die im Laufe der Schlägerei mehrfach den Besitzer wechselten.

Käfigkämpfe mit Wetten.

Wäre er durch Ackes Geschichte nicht vorgewarnt gewesen, hätte er lange gebraucht, um zu begreifen, was er da sah.

Es fiel ihm auch so schwer genug.

Dabei hatte er an einem Computer in der Redaktion von *Situation Stockholm* das Suchwort »Cagefighting« eingegeben und war auf erschreckende Informationen gestoßen. Das Ganze hatte offenbar vor einigen Jahren in England mit

Eltern begonnen, die ihre Kinder in Metallkäfigen kämpfen ließen, um sie zu »trainieren«, wie ein Vater sich ausgedrückt hatte. Er hatte ein Video auf YouTube gesehen, in dem sich zwei Achtjährige in einem Stahlkäfig im Greenlands Labour Club in Preston geprügelt hatten. Ihm war fast schlecht geworden.

Trotzdem hatte er weitergeklickt.

Systematisch war er zu immer obskureren Informationen darüber vorgedrungen, wie sich dieses Cagefighting in anderen Ländern verbreitet hatte und immer weiter eskaliert war, wobei Geld und Wetten eine immer größere Rolle gespielt und sich das Ganze parallel zur immer weiteren Verbreitung immer mehr im Verborgenen abgespielt hatte. Um schließlich ganz im Untergrund stattzufinden.

So blieben die Kämpfe den meisten Menschen verborgen, aber wer Gefallen daran fand, Kindern zuzusehen, die wie minderjährige Gladiatoren miteinander kämpften, wusste Bescheid.

Wie zum Teufel lässt sich das geheim halten, dachte Stilton.

Und wie brachten sie die Kinder nur dazu, dabei mitzuspielen?

Die Antwort erhielt er durch weitere Recherchen. Das Kind, das einen Kampf gewann, stieg auf einer Rangliste nach oben. Wer nach zehn Kämpfen ganz oben stand, gewann Geld. Die Welt war voller armer Kinder, obdachloser Kinder, entführter Kinder, um die sich kein Mensch kümmerte und die vielleicht ihre Chance gekommen sahen, es zu etwas zu bringen, indem sie sich in diesen Käfigen schlugen.

Oder es waren Kinder, die einfach nur versuchen wollten, auch etwas zur Haushaltskasse beizutragen.

Widerlich, dachte Stilton. Er las, dass die Kämpfe häufig von Jugendlichen arrangiert wurden, die ihre Laufbahn selbst in den Käfigen begonnen hatten. Und dass es ein spezielles Tattoo gab, das signalisierte, wer sie waren.

Zwei Buchstaben. KF. In einem Kreis.

Wie einer der Männer es hatte, die den Obdachlosen an der Väster-Brücke misshandelt hatten.

Kid Fighters, laut Acke.

Deshalb lag er hier.

Es fiel ihm schwer, den Blick weiter auf die Käfige zu richten. Einer der Jungen war niedergeschlagen worden und lag blutend auf dem Boden des Käfigs. Eine Metallluke wurde aufgezogen und sein Körper hinausgeschleift wie ein Kadaver. Der andere Junge tanzte durch den Käfig, während die Zuschauer johlten und ihn feierten und schließlich verstummten. Ein neuer Kampf sollte beginnen.

Das war der Moment, in dem er niesen musste, und nicht nur ein Mal, sondern gleich vier Mal. Der Staub in dem Schacht war ihm offenbar in die Nase gestiegen. Beim vierten Niesen wurde er entdeckt.

Vier Männer zerrten ihn aus der Öffnung, und einer schlug ihn nieder. Im Fallen prallte er mit dem Kopf gegen die Felswand. Sie schleiften ihn in einen kleineren Hohlraum, der sich den Blicken der Zuschauer entzog. Dort rissen sie ihm, immer noch zu viert, die Kleider vom Leib. Zwei der Männer waren etwas jünger, zwei schon älter. Sie stellten ihn auf und warfen ihn gegen die kalte Granitwand. Aus seiner Kopfwunde lief Blut über seine Schultern. Einer der Jüngeren zog eine Spraydose heraus und sprühte TRASHKICK auf seinen nackten Rücken.

Ein anderer zog ein Handy aus der Tasche.

Ein Nachteil von Handys bestand darin, dass es einem leicht passierte, jemanden versehentlich anzurufen. Von Vorteil war dagegen, dass man schnell an die zuletzt gewählte Rufnummer kam. Das war der Fall, als das Telefon des Nerzes klingelte. Ein zweiter Anruf von einer Person, die beim letzten Telefonat konzentriert und lebhaft geklungen hatte, nun jedoch in einer völlig anderen Verfassung war, einer so schlechten Verfassung, dass der Nerz nur ein schwaches Röcheln hörte. Das Display zeigte ihm jedoch an, wer am anderen Ende der Leitung war: Stilton.

Dem Nerz war schnell klar, wo er ungefähr sein musste.

Årsta war groß, wenn man nicht wusste, wo man suchen sollte, so dass der Nerz einige Zeit darauf verwandte, nichts und niemanden zu finden. Schließlich rief er Ovette an, ließ sich Acke geben und bekam von ihm eine etwas genauere Beschreibung davon, wo er zu suchen hatte, die ihm zumindest ein bisschen weiterhalf, weil er sich nun ein passables Bild von der näheren Umgebung machen konnte, so dass er Stilton am Ende fand. Er saß zusammengesunken, nackt und blutig an eine graue Steinwand gelehnt. Seine Kleider lagen um ihn herum verstreut. Er hielt sein Handy in der Hand. Der Nerz sah, dass man Stilton übel mitgespielt hatte, aber er lebte und war ansprechbar. Es gelang ihm, Stilton die Hose und eine Jacke anzuziehen.

»Du musst ins Krankenhaus.«

»Nein!«

Stilton hasste Krankenhäuser. Der Nerz überlegte, ob er ihn zwingen sollte, entschied sich jedoch dagegen und rief ein Taxi.

Das erste machte sofort kehrt, als der Fahrer die beiden

sah. Das zweite hielt, aber der Fahrer schlug ihnen vor, sie sollten lieber einen Krankenwagen rufen, und fuhr davon. Das dritte hatte gerade einen Fahrgast abgesetzt, als der Nerz es heranwinkte. Mittlerweile hatte er seine Lektion gelernt und Stilton ein paar Meter entfernt hinter einem Strauch abgesetzt. Schnell erklärte er dem Taxifahrer, dass sein Kumpel Prügel bezogen hatte und ein paar Pflaster benötigte, und bevor der Fahrer noch etwas sagen konnte, hatte der Nerz ihm durchs Fenster schon zwei Fünfhunderter zugesteckt. Den Wettgewinn des Tages.

»Ich bin selbst viele Jahre Taxi gefahren, ich weiß, wie das manchmal mit Betrunkenen und so ist, aber keine Sorge, wir wollen nur zum Wiboms väg in Solna, tausend Kronen bar auf die Hand und ohne Taxameter, das klingt doch nicht schlecht, was?«

Olivia saß mit ihrem aufgeklappten Notebook in der Küche und aß ein Eis. Plötzlich ließ sie das Eis fallen und starrte auf den Bildschirm. Sie war aus reiner Neugier auf Trashkick gegangen. Zunächst hatte sie auf ziemlich dunklen Bildern einen nackten Mann gesehen, der in einem Felsraum misshandelt wurde. Danach wurde sein Körper irgendwo hinausgeworfen und landete an einer Steinwand.

Stilton?!!

Im ersten Moment wurde ihr innerlich ganz kalt. Dann wählte sie Stiltons Nummer und wartete.

Elvis schleckte in der Zwischenzeit rasch das schmelzende Eis vom Boden auf.

Würde er sich melden? Schließlich nahm eine fremde Stimme das Gespräch an.

»Hallo, hier spricht der Nerz, der an Stiltons Handy geht.«

Der Nerz? War das einer der Männer, die ihn misshandelt hatten? Hatte er Stiltons Handy geklaut? Aber warum meldete er sich dann?

»Hallo, ich heiße Olivia Rönning und … Ist Tom da? Stilton?

»Ja.«

»Wo?«

»In Veras Wohnwagen. Was wollen Sie?«

Veras Wohnwagen? Die Vera, die ermordet worden war?

»Wie geht es ihm? Ich habe im Internet gesehen, dass er zusammengeschlagen wurde, und …«

»Er ist okay. Kennen Sie ihn?«

»Ja.«

Halb gelogen, dachte Olivia, aber am besten mache ich in dem Stil weiter.

»Er hilft mir im Moment bei einem Job. Wo steht Veras Wohnwagen?«

Der Nerz brauchte Hilfe. Vor allem benötigte er Verbandszeug und Pflaster, und Olivia konnte ihm das alles besorgen, so dass er ihr erklärte, wo Veras Wohnwagen stand, und sie bat, sich zu beeilen.

Olivia suchte ihren Verbandskasten heraus und warf sich ins Auto. Warum, war ihr nicht ganz klar. Hatte sie Mitgefühl mit dem misshandelten Stilton?

Wahrscheinlich.

Aber letztlich folgte sie vor allem einem spontanen Impuls.

Stilton zeigte ihm den Schrank, in dem die Salbe stand. Vera hatte sie selbst einige Male benutzt, wenn sie sich verletzt hatte. Der Nerz holte ein Glas mit einem gelblich braunen, wachsartigen Inhalt heraus. Auf dem handgeschriebenen Etikett stand »Wundharz« sowie eine Auflistung der Inhaltsstoffe.

»Harzsalbe, Schaffett, Bienenwachs, Alaunextrakt…«, las er von dem Etikett des Glases ab.

»Schmier's einfach drauf.«

Stilton saß halbnackt auf der Pritsche, um den oberen Teil seines Kopfes war ein blutiges Handtuch geschlungen. Bei seinem Sturz gegen die Felswand hatte er sich am Hinterkopf eine größere Wunde aufgeschlagen. Er zeigte auf seine anderen offenen Wunden, die nicht mehr bluteten. Der Nerz betrachtete die seltsame Schmiere in dem Glas.

»Du vertraust diesem Zeug?«

»Vera hat der Salbe vertraut. Das Rezept hatte sie von ihrer Großmutter bekommen, bevor die sich erhängt hat.«

»Oh verdammt, da sieht man's mal wieder.«

Was sieht man mal wieder?, dachte Stilton. Der Nerz begann, die Salbe aufzutragen.

Als Olivia sich dem Wohnwagen näherte und vorsichtig zum Fenster hineinschaute, sah sie sich im schwachen Licht der Kupferlampe mit einem seltsamen Anblick konfrontiert. Eine kleine, dünne, spitznasige Gestalt mit Pferdeschwanz hockte vor einem entkleideten Stilton. Der Kleine war dabei, einen Teil von Stiltons verletzter Brust mit einer gelbbraunen Schmiere aus einem alten Einmachglas einzusalben. Für einen Moment überlegte sie, ob sie einen Rückzieher machen, zurückfahren und sich ein neues Eis kaufen sollte.

Klopf, klopf!

Der Nerz öffnete die Tür.

»Olivia?«

»Ja.«

Der Nerz wich mit dem Glas in der Hand in den Wohnwagen zurück und fuhr fort, Stiltons Brust einzuschmieren. Olivia stieg zwei Stufen hoch und trat ein. Sie stellte den Verbandskasten ab. Stilton sah sie an.

»Hallo, Tom.«

Stilton antwortete nicht.

Auf dem Weg zum Wald war Olivia klar geworden, welcher Impuls sie geleitet hatte. Warum wollte sie zu dem Wohnwagen? Und vor allem, was würde Stilton wohl davon halten? Wusste er, dass sie auftauchen würde? Musste ihm das nicht klar geworden sein, als der Nerz ihr erklärt hatte, wo der Wohnwagen stand? Oder war er zu benebelt gewesen, um es mitzubekommen? Drang sie nicht in seine Privatsphäre ein, wenn sie einfach bei ihm auftauchte? Sie hatten sich bisher doch nur einmal in diesem Müllkeller getroffen. Sie sah Stilton an, der weiter den Blick gesenkt hielt. War er wütend?

»Was ist passiert?«, fragte sie. »Sind Sie …«

»Vergessen Sie es.«

Stilton schnitt ihr, ohne aufzublicken, das Wort ab. Olivia wusste nicht, ob sie wieder gehen oder sich setzen sollte. Sie setzte sich. Stilton warf ihr einen kurzen Blick zu und ließ sich auf die Pritsche zurücksinken. Er hatte viel größere Schmerzen, als er nach außen zeigte. Er musste sich hinlegen. Der Nerz deckte ihn zu.

»Gibt es hier irgendwo Schmerztabletten?«, erkundigte er sich.

»Nein, doch, da drüben.«

Stilton zeigte auf seinen Rucksack. Der Nerz öffnete ihn und zog eine kleine Dose heraus.

»Was ist das?«

»Stesolid.«

»Das sind doch keine Schmerztabletten, das sind …«

»Zwei Tabletten und Wasser.«

»Okay.«

Olivia schaute sich rasch um, sah eine Plastikflasche mit Wasser und goss es in ein ungespültes Glas. Saubere gab es offenbar nicht. Der Nerz nahm das Glas und half Stilton, die Tabletten zu schlucken. Gleichzeitig flüsterte er Olivia etwas zu.

»Stesolid ist ein Beruhigungsmittel, nichts gegen Schmerzen.«

Olivia nickte. Beide betrachteten Stilton, der die Augen geschlossen hatte. Olivia sackte auf der anderen Pritsche ein wenig zusammen. Der Nerz setzte sich an die Tür gelehnt auf den Boden. Olivia musterte den Raum.

»Wohnt er hier?«

»Anscheinend.«

»Das wissen Sie nicht? Sie kennen ihn nicht?«

»Ich kenne ihn, er wohnt mal hier, mal da, im Moment wohnt er anscheinend hier.«

»Haben Sie ihn gefunden?«

»Ja.«

»Sind Sie auch obdachlos?«

»Nein, wo denken Sie hin. Ich wohne in Kärrtorp, in einer Dachgeschosswohnung mit Panoramafenstern, eine Eigentumswohnung, die heute sicher ihre fünf Millionen wert ist.«

»So, so, sind Sie Künstler?«

»Jongleur.«

»Was heißt das?«

»Dass ich mich auf ziemlich vielen Geschäftsfeldern bewege. Kapital, Wertpapiere, Import-Export, zwischendurch geht es häufig um Kunst, Picasso, Chagall, Dickens.«

»War Dickens nicht Schriftsteller?«

»In erster Linie, sicher, aber in jungen Jahren hat er eine Reihe von Radierungen angefertigt, tolle Arbeiten, ziemlich unbekannt, aber gut!«

Stilton blinzelte den Nerz an.

»Aber jetzt muss ich mal für kleine Jungs.«

Der Nerz verließ den Wohnwagen. Als er die Tür zugedrückt hatte, öffnete Stilton die Augen ganz. Olivia sah ihn an.

»Ist dieser Typ ein Freund von Ihnen? Der Nerz?«

»Er ist ein alter Spitzel von mir. Gleich werden Sie sich anhören müssen, wie er den Mord an Palme gelöst hat. Warum sind Sie hergekommen?«

Olivia wusste nicht, was sie darauf antworten sollte. Der Verbandskasten? Das wäre nur eine Entschuldigung gewesen.

»Ich weiß es nicht genau. Möchten Sie, dass ich gehe?«

Stilton antwortete nicht.

»Möchten Sie das?«

»Ich möchte, dass Sie mich mit diesem Mordfall in Ruhe lassen. Sie haben mich angerufen und gefragt, ob ich im Fall Jill ermittelt hätte. Das habe ich, und dabei sind mir Verbindungen zu Jackie Berglund aufgefallen. Jill hat für sie gearbeitet, für *Red Velvet*, und angesichts des Mordes und Jills Schwangerschaft bin ich wieder auf den Mord auf Nordkoster zurückgekommen, aber das war eine Sackgasse. War es das jetzt zwischen uns?«

Olivia sah Stilton an. Sie begriff, dass sie eigentlich gehen sollte. Aber es gab etwas, was sie ihm erzählen wollte, und jetzt hatte sie vielleicht zum letzten Mal die Chance dazu.

»Vor einer Woche war ich auf Nordkoster, an der Bucht, und bin am Ufer einem sehr seltsamen Mann begegnet. Darf ich Ihnen davon erzählen?«

Stilton betrachtete Olivia.

Vor dem Wohnwagen stand der Nerz in der Dunkelheit und zog sich etwas Bewusstseinserweiterndes durch die Nase. Er war kein Kostverächter. Eine Zeitlang hatte er eine private Pipeline von Colombia direkt in seine Nase besessen, aber als die Ärzte seine Nasenscheidewand durch ein Kunststoffplättchen ersetzen mussten, hatte er begriffen, dass es Zeit wurde, das Ganze etwas ruhiger angehen zu lassen, und war zu sanfteren Drogen übergegangen.

Er warf durch das ovale Fenster einen kurzen Blick in den Wohnwagen und sah, dass Olivia in einem fort redete.

Hübsche Braut, dachte er. Ich frage mich, woher die zwei sich kennen?

Die hübsche Braut goss Stilton noch ein Glas Wasser ein. Sie war fertig mit ihrer Geschichte, aber Stilton hatte sie mit keinem Wort kommentiert. Sie reichte ihm das Glas und sah sich noch einmal in dem heruntergekommenen Wohnwagen um.

»Hat Vera Larsson hier gewohnt?«

»Ja.«

»Wurde sie hier …«

»Vergessen Sie es.«

Schon wieder.

Dann kam der Nerz mit einem völlig unmotivierten, aber

sehr charakteristischen Lächeln auf den Lippen herein, mit dem er Stilton auf seiner Pritsche ansah.

»Fühlst du dich besser?!«

»Und du?«

Der Nerz lachte kurz auf. Da war er wohl erwischt worden, aber so what? Hatte er dem früheren Bullen nicht in einer äußerst prekären Lage beigestanden?

»Ich fühle mich super!«

»Schön. Könnt ihr jetzt bitte gehen«, sagte Stilton und schloss erneut die Augen.

Seite an Seite entfernten sie sich von dem Wohnwagen, eine nachdenkliche Olivia neben einem kleinen, abgedrehten Spitzel.

»Nee, wie gesagt, man hat ja so einiges auf dem Kasten, es kommt nur darauf an, seine …«

»Kennen Sie Stilton schon lange?«

»Eine halbe Ewigkeit. Früher war er ja ein Bulle, wir haben viele Jahre zusammengearbeitet. Man kann durchaus sagen, dass einige seiner Skalps ohne mich auf den Schädeln ihrer Besitzer geblieben wären, wenn Sie kapieren, was ich meine, es wird ja immer einer gebraucht, der den letzten Nagel in den Sarg schlägt, und das bin ich. Übrigens habe ich den Mord an Olof Palme aufgeklärt.«

»Ach wirklich?«

Olivia biss die Zähne zusammen. Jeder Meter, der sie von ihrem Auto trennte, kam ihr vor wie ein Sumpf, bis ihr klar wurde, dass er sie natürlich bitten würde, ihn mitzunehmen. Wie zum Teufel sollte sie hier, mitten im Wald, nur aus dieser Klemme herauskommen?

»Allerdings, ich habe diesem Hans Holmér, dem Ermittlungsleiter, einen todsicheren Namen auf den Schreibtisch geknallt, aber meinen Sie, der hätte angebissen? Nichts! Dabei ist die Sache doch so klar wie Kloßbrühe, habe ich ihm gesagt, seine Frau, Lisbeth, hat ihn erschossen! Er hatte doch hier eine Affäre und da eine Affäre, und sie hatte das alles gründlich satt, und dann peng! Es hat doch keiner gesehen! Stimmt's?«

Bei diesen Worten hatten sie den Mustang erreicht.

The crucial point.

Der Nerz glotzte nur.

»Gehört der Ihnen?«

»Ja.

»Oh, scheiße! Was für ein… verdammt, das ist ja ein Thunderbird!«

»Mustang.«

»Nicht wahr? Nehmen Sie mich mit? Wissen Sie was, wir könnten in Kärrtorp vorbeifahren, dann tische ich uns ein paar leckere Sachen auf, das Bett ist frei, und der Nerz ist gut bestückt!«

Das brachte das Fass zum Überlaufen. Olivia schaute auf den einen Kopf kleineren und breit lächelnden Mann ohne Schultern hinab und trat einen Schritt auf ihn zu.

»Jetzt mal halblang, du kleiner Wicht. Dich würde ich nicht einmal mit der Kneifzange anfassen, selbst dann nicht, wenn man mir eine Pistole an die Schläfe halten würde… du bist nichts als ein lächerlicher kleiner Scheißer, kapiert? Nimm die Bahn.«

Sie setzte sich ins Auto und legte einen Kavalierstart hin.

*

In dem unterirdischen Felsraum in Årsta herrschte fieberhafte Aktivität. Stiltons Auftauchen hatte die Veranstalter in Angst und Schrecken versetzt. Wussten auch noch andere, wo sie waren? Die Zuschauer waren in aller Eile hinausgeschafft worden. Jetzt schleppte man die gesamte Beleuchtung und sonstige Elektronik fort. Die Käfige wurden abmontiert.

Der Ort war verbrannt.

»Wohin bringen wir das ganze Zeug?«

Der Bursche, der die Frage stellte, trug einen schwarzen Kapuzenpullover und hieß Liam. Sein Kumpel Isse, der einen dunkelgrünen Kapuzenpullover anhatte, schleppte gerade eine schwere Metallkiste vorbei. Auf dem Unterarm sah man sein KF-Tattoo.

»Keine Ahnung, das bequatschen sie gerade!«

Isse nickte zurück zu einer Felswand, an der vier junge Männer mit einer großen Karte zwischen sich diskutierten. Liam wandte sich wieder um und zog sein Handy heraus. Er wollte nachsehen, wie viele Leute den neuen Film auf ihrer Seite angeklickt hatten.

Den Film mit dem nackten Penner.

*

Als Olivia die Haustür öffnete, war sie immer noch wütend. »Der Nerz ist gut bestückt!« Mit ihren Gedanken war sie noch im Wald, als sie sich im Treppenhaus nach dem Lichtschalter streckte und ihr jemand eine Ohrfeige gab. Bevor sie schreien konnte, legte sich eine Hand auf ihren Mund und ein Arm um ihre Taille und sie wurde in den Aufzug gezerrt, einen sehr alten Aufzug für zwei Personen, mit einer Falttür aus Eisen. Im Treppenhaus war es stockfinster. Sie sah nichts, spürte aber, dass sich eine weitere Person in den viel zu engen Aufzug presste. Die Hand lag weiter auf ihrem Mund. Die Eisentür wurde zugezerrt, und der Aufzug setzte sich in Bewegung. Olivia hatte panische Angst. Sie begriff nichts. Die Körper, die sich gegen sie pressten, waren so hart, dass es Männer sein mussten. Der Geruch beißenden Schweißes und schlechten Atems stieg ihr in die Nase. Keiner von ihnen konnte sich bewegen. Sie standen in der Dunkelheit wie eine Packung eingeschweißter Fleischstücke.

Plötzlich hielt der Aufzug zwischen zwei Stockwerken.

Stille … Olivias Magen krampfte sich zusammen.

»Ich nehme jetzt die Hand weg. Wenn du schreist, breche ich dir das Genick.«

Die heisere Stimme kam von hinten. Olivia spürte Atemzüge auf ihren Nackenhaaren. Die Hand vor ihrem Mund drehte ihren Kopf zwei Mal hin und her. Dann löste sie sich vom Mund. Olivia schnappte nach Luft.

»Warum interessierst du dich für Jackie Berglund?«

Diesmal kam die Stimme schräg von der Seite. Eine hellere, zehn Zentimeter von ihrer linken Wange entfernte Männerstimme.

Jackie Berglund.

Um sie ging es hier also.

Jetzt bekam sie wirklich Angst.

Sicher, sie hatte Zivilcourage, aber eine Lisbeth Salander war sie nicht. Bei weitem nicht. Was hatten diese Männer vor? Sollte sie schreien und riskieren, dass ihr das Genick gebrochen wurde?

»Jackie mag es nicht, wenn man ihr hinterherschnüffelt«, erklärte die helle Stimme.

»Okay.«

»Du schnüffelst doch sicher nicht mehr herum?«

»Nein.«

»Gut.«

Wieder legte sich eine dicke Hand auf ihren Mund. Die Körper der Männer pressten sich fest gegen sie. Sie kämpfte darum, durch die Nase Luft zu bekommen. Tränen liefen ihre Wangen hinunter. Die Atemzüge der Männer trafen ihr Gesicht. Plötzlich fuhr der Aufzug in der Dunkelheit wieder bis ins Erdgeschoss hinunter. Die Eisentür wurde aufgerissen, und die Männer zwängten sich hinaus. Olivia fiel gegen die hintere Aufzugwand. Sie sah zwei grobschlächtige Gestalten auf die Straße laufen. Die Haustür fiel ins Schloss.

Langsam rutschte sie auf den Boden, ihr drehte sich der Magen um. Ihre Kniescheiben schlugen gegeneinander. Dann schrie sie wie am Spieß, bis das Licht im Treppenhaus anging und ein Hausbewohner aus der ersten Etage heruntergelaufen kam und sie fand.

Der Nachbar half ihr die Treppe hinauf. Olivia erzählte ihm, zwei Männer hätten ihr im Hauseingang Angst eingejagt. Sie nannte ihm nicht den Grund und bedankte sich bei dem Mann, der wieder nach unten ging, während Olivia sich zu ihrer Wohnungstür umdrehte – die einen Spaltbreit offen stand. Waren die beiden etwa auch in ihrer Wohnung gewesen!? Diese Schweine! Olivia drückte die Tür auf, trat schnell ein, schloss ab und setzte sich im Flur auf den Fußboden. Als sie das Handy herauszog, zitterten ihre Hände noch immer. Ihr erster spontaner Gedanke war, die Polizei zu rufen. Aber was sollte sie den Beamten sagen? Ihr fiel nichts Gutes ein, so dass sie stattdessen Lennis Nummer wählte, auf deren Mailbox landete und die Verbindung unterbrach. Sollte sie ihre Mutter anrufen? Sie ließ das Handy sinken und blickte auf. Sie zitterte nicht mehr, und ihr Magen hatte sich beruhigt. Von ihrem Sitzplatz im Flur konnte sie ins Wohnzimmer sehen und bemerkte auf einmal, dass eines der Fenster halboffen stand, das geschlossen gewesen war, als sie die Wohnung verlassen hatte. Oder nicht? Sie stand auf, und dann fiel ihr Elvis ein.

»Elvis!«

Rasch durchsuchte sie ihre kleine Wohnung. Kein Elvis. Das Fenster?! Sie wohnte in der zweiten Etage, und es war schon vorgekommen, dass Elvis auf das Fensterblech gesprungen war. Im Frühjahr war ihm sogar einmal das Kunststück geglückt, auf das Fensterblech des Nachbarn unter ihr und von dort aus in den Hof zu springen. Sie schloss das Fenster und lief mit einer Taschenlampe bewaffnet in den Hof hinunter.

Ein kleiner Innenhof mit Bäumen und Bänken und ziemlich vielen Möglichkeiten für einen geschickten Kater, in die nächstgelegenen Nachbarhöfe zu gelangen.

»Elvis!«

Kein Kater.

*

Bertil Magnuson lag mit einem glühenden Zigarillo in der Hand in seinem Büro schräg auf der Couch. Nach dem Essen im Restaurant *Teatergrillen* war er rastlos und nervös hierher gefahren, hatte Linn angerufen und zu seiner Erleichterung nur ihre Mailbox erreicht. Schnell hatte er behauptet, er müsse leider wegen einer nächtlichen Besprechung mit Sydney im Büro bleiben und werde wahrscheinlich im

Büro übernachten. Das kam gelegentlich vor. Am Ende des Korridors gab es ein bequemes Übernachtungszimmer, aber Bertil hatte nicht die Absicht, es zu benutzen. Er hatte generell nicht vor zu schlafen. Er wollte nur allein sein. Ein paar Stunden zuvor hatte er einen Entschluss gefasst, zu dem er gekommen war, als er sich an ein paar Worte auf dem Friedhof am Vorabend erinnerte.

»*Bist du noch mit Linn verheiratet?*«

»*Ja.*«

»*Weiß sie hiervon?*«

»*Nein.*«

War das eine verdeckte Drohung gewesen? Hatte Nils vor, sich mit Linn in Verbindung zu setzen und ihr das Band vorzuspielen? Konnte er wirklich so ein Schwein sein? Egal, wie es sich damit verhielt, Bertil Magnuson hatte jedenfalls nicht vor, ein solches Risiko einzugehen. Also hatte er stattdessen einen Entschluss gefasst.

Und nun musste er allein sein.

Dann rief Latte an.

Er hatte im Laufe des Abends schon einige Mal angerufen, aber Bertil Magnuson hatte keine Lust gehabt, seine Anrufe anzunehmen. Jetzt meldete er sich, um es hinter sich zu bringen.

»Wo bist du? Hier läuft eine Superparty!«, schrie Latte ins Handy.

Der Kubb-Club feierte ein Fest. Es handelte sich um einen Zusammenschluss von achtzehn Männern reifen Alters, die einander über verwandtschaftliche Beziehungen, Industrieverflechtungen oder Internatsschulen verbunden waren und alle ein unerschütterliches Vertrauen in die Diskretion der anderen setzten.

»Wir haben den ganzen Club gemietet!«

»Du, ich bin nicht in …«

»Und Jackie hat uns ein paar richtige Spitzenkräfte geliefert! Keine älter als vierundzwanzig! Mit einem Happy Ending im Vertrag! Du musst kommen, Bibbe!«

»Ich bin nicht in Form, Latte.«

»Du wirst schon noch in Form kommen! Verdammt, wir müssen doch das Unternehmen des Jahres feiern! Ich habe eine Truppe von Liliputanern aufgetrieben, die in Ballettkleidchen kellnern, und Nippe hat fünf Kilo iranischen Kaviar einfliegen lassen! Natürlich musst du kommen!«

»Nein!«

»Was ist denn nur los mit dir?«

»Nichts, ich bin nur einfach nicht in Stimmung. Grüß die anderen von mir!«

Bertil Magnuson unterbrach die Verbindung und schaltete das Handy aus. Er wusste, dass Latte es noch einmal versuchen würde, und danach würden Nippe und alle anderen es versuchen. Wenn sie einmal beschlossen hatten zu feiern, ließen sie es immer richtig krachen. Dann konnte sie nichts aufhalten. An Geld mangelte es ihnen jedenfalls nie, genauso wenig wie an bizarren Einfällen. Bertil Magnuson hatte bei einer ganzen Reihe von Festen in einer ganzen Reihe irrwitziger Umgebungen mitgefeiert. Vor einem Jahr hatten sie eine Party in einer gigantischen Scheune auf dem Land organisiert, die voller unfassbar teurer Luxuslimousinen, künstlicher Rasenflächen mit Wasserfällen und einer mobilen Bar war, die sich auf Stahlschienen durch die Scheune bewegt hatte. In jedem Wagen hatte eine halbnackte junge Dame auf dem Fahrersitz gesessen, die Jackie Berglund engagiert hatte, damit sie zu Diensten war, wenn die Spielkameraden in die entsprechende Stimmung kamen.

Eine Stimmung, in der Bertil Magnuson momentan so gar nicht war.

Er hatte nicht vor, auf eine Party zu gehen.

Unter gar keinen Umständen.

Nicht in dieser Nacht.

Die Natur war in diesem Frühjahr und Frühsommer regelrecht explodiert. Es war eine extrem warme und sonnige Zeit gewesen. Hätte man sein Geschäft zwischen der Traubenkirschen- und der Fliederblüte schließen wollen, wäre der Urlaub 2011 sehr kurz ausgefallen.

Sie blühten nämlich gleichzeitig und ungewöhnlich früh.

Ein Vorteil des schönen Wetters war jedoch, dass sich das Wasser des Mälarsees schnell erwärmt hatte und man fast überall schwimmen gehen konnte. Jedenfalls manche Menschen, Lena Holmstad dagegen nicht. Sie fand das Wasser vorerst noch eine Spur zu kalt. Lieber saß sie auf einem sonnenwarmen Felsen und lauschte einem Hörbuch. Neben ihr stand eine Kaffeetasse. Sie trank einen Schluck und war zufrieden mit sich. Sie war eine gute Mutter gewesen, hatte alles für ein Picknick besorgt und war mit ihren beiden Söhnen zu ihrer Lieblingsstelle auf der Mälarinsel Kärsön hinausgeradelt.

Die beiden würden zum ersten Mal in diesem Jahr schwimmen gehen.

Lena Holmstad hatte sogar Zimtschnecken gebacken.

Eigentlich sollte sie ein Foto von ihrem Picknickkorb machen und das Bild auf ihre Facebookseite hochladen. Damit ihre Freunde sahen, was für eine tolle Mutter sie war.

Lena begann, nach ihrem Handy zu tasten, als ihr älterer Sohn Daniel mit blauen Lippen und triefend nass zu ihr hochgelaufen kam. Er wollte seine Taucherbrille mit Schnorchel haben. Lena zog die Kopfhörer heraus, zeigte auf eine Plastiktüte und versuchte, ihren Sohn darauf hinzuweisen, dass er sich vielleicht erst ein wenig aufwärmen sollte, bevor er wieder ins Wasser sprang.

»Mir ist nicht kalt!«

»Aber du klapperst doch mit den Zähnen, Mausebär!«

»Ach was!«

»Wo ist Simon?«

Lena Holmstad schaute aufs Wasser hinaus. Wo war ihr jüngerer Sohn? Ein paar Sekunden zuvor hatte sie ihn doch noch gesehen. Sie geriet in Panik, sah den kleinen Simon nicht. Hastig stand sie auf und kippte dabei ihre Tasse um, deren Inhalt sich über das Handy ergoss.

»Was machst du denn da?«

Daniel zog ihr kaffeegetränktes Handy zu sich.

»Er ist doch dahinten«, sagte er.

Daraufhin sah sie ihn auch. Einen kleinen auf- und abschaukelnden Kopf, der links von ihr, unterhalb der Felsen, in seiner Schwimmweste schwamm. Ein bisschen zu weit weg, wie seine Mutter fand.

»Simon! Komm zurück! Da ist es zu tief für dich.«

»Ist es gar nicht«, rief der Fünfjährige. »Guck! Ich kann hier stehen!«

Simon stellte sich vorsichtig auf, um nicht das Gleichgewicht zu verlieren. Das Wasser reichte ihm bis zum Bauch. Daniel trat neben Lena.

»Da kann er stehen? Komisch.«

Das stimmte. Lena wusste, dass das Wasser an der Stelle eigentlich ziemlich tief war. Manchmal sprangen die Leute von den Felsen darüber hinein. Das wusste Daniel auch.

»Ich schwimme zu ihm! Bleib stehen, Simon! Ich komme!«

Daniel warf sich mit Taucherbrille und Schnorchel in der Hand ins Wasser und schwamm zu seinem kleinen Bruder. Lena beobachtete ihre Söhne und spürte, dass sich ihr Puls allmählich wieder beruhigte. Was glaubte sie eigentlich? Er trug doch eine Schwimmweste, und es waren ja nur ein paar Sekunden vergangen. Dass man mit den Jahren so schreckhaft wurde. Sobald man sein erstes Kind zur Welt gebracht hatte, ergriff es Besitz von einem.

Das Katastrophendenken.

Daniel hatte seinen kleinen Bruder fast erreicht. Simon fror ein wenig und versuchte, sich warm zu halten, indem er die Arme um seine Brust schlang.

»Simon! Worauf stehst du da?«, rief Daniel.

»Auf einem Stein, glaube ich. Er ist ein bisschen rutschig, aber groß. Ist Mama böse?«

»Nein.«

Daniel war jetzt bei seinem Bruder.

»Sie hat sich nur ein bisschen Sorgen gemacht«, sagte er. »Ich guck mir das mal an, und dann schwimmen wir zurück.«

Daniel senkte seinen Kopf mit der Taucherbrille und begann, durch den Schnorchel zu atmen. Er liebte es zu schnorcheln. Auch wenn es hier nicht so viel Spaß machte wie in Thailand. In dem relativ trüben Wasser konnte er die Füße seines kleinen Bruders sehen. Er stand auf … ja, auf was? Daniel schwamm näher heran, um es genauer sehen zu können, und die Sicht wurde immer besser. Als er direkt vor seinem Bruder war, erkannte er, worauf sein Bruder stand.

Lena Holmstad war am Ufer. Sie überlegte, ob sie ihr Hörbuch weiterhören sollte. Plötzlich sah sie Daniels Kopf mit einem Schrei aus dem Wasser schießen.

»Mama! Da unten ist ein Auto! Er steht auf einem Autodach! Da sitzt ein Mann drin!«

*

Es war fast elf. Sie hatte gut acht Stunden geschlafen wie ein Stein. Quer auf dem Bett liegend, in voller Montur. Sie hasste es, angezogen aufzuwachen, riss sich die Kleider vom Leib und wollte schon unter die Dusche steigen, als ihr wieder alles einfiel.

»Elvis!?«

Es war kein Elvis in der Wohnung. Sie sah auf den Hof hinaus.

Kein Kater.

Sie duschte und ließ das lauwarme Wasser einen Teil ihrer nächtlichen Erlebnisse fortspülen, aber was sie bei ihrem Besuch in dem Wohnwagen und im Aufzug erlebt hatte, wurde sie nicht so leicht los. Hatten diese Schweine im Aufzug etwas mit Elvis' Verschwinden zu tun? Hatten sie das Fenster aufgemacht, damit der Kater weglaufen konnte? Was sollte sie tun?

Sie rief bei der Polizei an und meldete, dass ihr Kater verschwunden war. Er war gechipt, trug aber kein Halsband. Die Polizistin am Telefon gab sich mitfühlend und versprach, sich sofort bei ihr zu melden, wenn sie etwas erfahren würden.

»Danke.«

Sie erwähnte die Schweine aus dem Aufzug nicht, weil sie nicht wirklich wusste, wie sie den Vorfall erklären sollte, ohne auszuplaudern, was sie selber machte: der eleganten Besitzerin einer Boutique im vornehmen Stadtteil Östermalm wegen einer Seminararbeit zu einem ungelösten Mord auf Nordkoster im Jahre 1987 hinterherspionieren.

Das klang nicht sehr logisch.

Dagegen hatte sie vor, zu Stilton hinauszufahren, um zu schauen, wie es ihm ging. Sie hatte das Gefühl, dass er sehr viel schlechter beieinader gewesen war, als er am Vorabend zugegeben hatte. Außerdem überlegte sie, ihm von dem Zwischenfall im Aufzug zu erzählen. Er wusste ja, wer Jackie Berglund war.

Olivia verdrückte auf dem Weg zum Auto ein Knäckebrot mit Kaviarcreme. Das sonnige Wetter besserte ihre Laune ein wenig. Sie öffnete das Verdeck, ließ sich auf den Fahrersitz fallen, setzte die Kopfhörer auf, ließ die vier Zylinder an und fuhr los.

Zum Wald Ingenting.

Das spezielle Gefühl, bei Sonne und Wind in einem Cabrio zu sitzen, tat ihr gut. Das Tempo und der Wind wehten einen Teil des nächtlichen Unbehagens fort. Nach und nach kehrte ihr inneres Gleichgewicht zurück. Sollte sie Stilton vielleicht etwas mitbringen? Dieser Wohnwagen war nicht sonderlich gut ausgestattet gewesen. Sie hielt vor einem Seven Eleven, um ein paar belegte Brote und Teilchen zu kaufen. Als sie aus dem Wagen stieg und an der Motorhaube vorbeikam, stieg ihr aus dem Motorraum ein seltsamer Geruch in die Nase, den sie nicht kannte. Hoffentlich war da nichts angebrannt, ein Riemen oder so, nicht an diesem Tag, nicht nach dieser Nacht. Das kann ich jetzt wirklich nicht gebrauchen, dachte sie und öffnete die Motorhaube.

Fünf Sekunden später übergab sie sich auf die Straße.

Was von ihrem geliebten Elvis übriggeblieben war, lag verkohlt neben dem Motorblock. Die Hitze im Motorraum während ihrer Fahrt von Södermalm nach Solna hatte den Kater in ein Stück rußendes schwarzes Fleisch verwandelt.

*

Ein Kranwagen war dabei, das graue Auto an den Felsen auf Kärsön aus dem See zu ziehen. Aus der offenen Fahrertür schoss Wasser. Die Leiche war von Tauchern an Land gebracht, auf einer Bahre in einen blauen Sack gelegt und das gesamte Gelände weiträumig abgesperrt worden. Die Kriminaltechniker sicherten auf der Böschung oberhalb der Felsen Reifenspuren.

Und anderes.

Die Frau, die eins der Absperrbänder aus Plastik anhob und sich der Bahre näherte, war vor einer Stunde von der Polizeipräsidentin persönlich benachrichtigt worden. Weil es noch zwei weitere Mordermittlungen gab und viele Kollegen in Urlaub waren, herrschte kurzfristig Personalmangel, so dass Mette Olsäter von der Landeskriminalpolizei gefragt worden war, ob sie einspringen könne. Außerdem hatte Carin Götblad schon immer viel von ihr gehalten. Sie wusste, dass der Fall bei ihr in guten Händen sein würde. Mette hatte in ihrer untadeligen Karriere zahlreiche Ermittlungserfolge vorzuweisen. Dies war bestimmt ihr fünfzigster Mordfall.

Dass es sich um einen Mord oder Totschlag handelte, stand schnell fest. Die Möglichkeit, dass der Fahrer mit dem Wagen selbst über die Felsen ins Wasser gefahren war, hatte sich erledigt, als der Mann auf die Bahre gelegt wurde und der Gerichtsmediziner feststellte, dass er ein ziemlich großes Loch im Hinterkopf hatte. Groß genug, um auszuschließen, dass er das Auto selbst gefahren hatte. Außerdem hatte man ein paar Meter von der Böschung entfernt auf einem Granitfelsen Blutspuren gefunden, die eventuell von dem Mann im Auto stammten.

Mette hielt fest, dass eine oder mehrere Personen mit dem Auto zu diesem Ort gekommen sein mussten. Der Mann war da bereits tot gewesen oder hier gestorben. Das mussten das Blut auf dem Felsen und der Gerichtsmediziner entscheiden. Anschließend hatte man den Mann auf den Fahrersitz gesetzt, und einer oder mehrere Täter hatten dafür gesorgt, dass der Wagen die Böschung hinunterrollte und im Wasser landete.

Soweit war die Sache, zumindest hypothetisch, relativ klar.

Unklarer dagegen war die Identität des Mannes, der keine persönlichen Gegenstände bei sich trug. Mette bat den Gerichtsmediziner, den Reißverschluss zu öffnen und das Gesicht des Mannes noch einmal zu entblößen. Sie studierte es eine ganze Weile, durchforstete ihr fotografisches Gedächtnis und bekam ihn beinahe zu fassen. Keinen Namen, aber ein vages Gefühl von etwas aus der Vergangenheit.

*

»Glauben Sie, dass er noch gelebt hat, als ich den Wagen angelassen habe?«

»Schwer zu sagen ...«

Die Polizistin hielt Olivia eine neue Serviette hin. Langsam hatte sie den ersten Schock überwunden und weinte mittlerweile vor allem, weil sie einfach nicht mehr aufhören konnte. Der Besitzer des Seven Eleven hatte die Polizei gerufen, als er gesehen hatte, was passiert war. Er und ein Verkäufer aus dem Geschäft hatten die sterblichen Überreste des Katers in eine Plastiktüte gelegt. Olivia hatten sie in einen Streifenwagen gesetzt und zum Präsidium gefahren. Dort war es ihr schließlich gelungen, den Beamten alles zu erzählen. Über die Männer, die sie in einem Aufzug bedroht hatten, über die offene Wohnungstür, über den verschwundenen Kater und den Zusammenhang. Anschließend hatte sie eine Personenbeschreibung der Männer abgegeben, die allerdings eher kurz ausfiel. Schließlich hatte sie die beiden in der Dunkelheit kaum gesehen. Viel mehr konnte man aus Sicht der Polizei im Moment nicht tun.

»Wo ist das Auto?«, fragte sie.

»Es steht auf dem Hof, wir haben es hergefahren. Aber es wäre vielleicht besser, wenn Sie …«

»Können Sie es bitte für mich nach Hause fahren?«

Das taten sie, vielleicht auch, weil Olivia eine zukünftige Kollegin war. Sie selbst wollte nicht mitfahren.

Sie wollte sich nicht in den Mustang setzen.

*

Mette Olsäter stand in der Gerichtsmedizin mit einem Kollegen zusammen. Vor ihnen lag eine nackte Leiche. Eine gute Stunde zuvor hatte Mettes Gedächtnis das richtige Bild aus der Vergangenheit gefischt. Das Bild eines Mannes, der vor sehr langer Zeit verschwunden war und den sie damals vergeblich zu finden versucht hatte.

Nils Wendt.

Das muss er sein, dachte sie. Viele Jahre älter auf dieser Bahre. Ertränkt und mit eingeschlagenem Hinterkopf, aber ansonsten mit einer Physiognomie, die sie ziemlich sicher machte.

Ein interessanter Fall, dachte sie und studierte die nackte Leiche.

»Er hat einige äußere Merkmale vorzuweisen, die euch bei der Identifizierung helfen können.«

Der Pathologe sah Mette an.

»Eine alte Goldplombe im Oberkiefer, eine Blinddarmnarbe, noch eine Narbe hier an der Augenbraue, und dann noch das hier.«

Der Pathologe zeigte auf ein großes, gezacktes Muttermal auf der Außenseite des linken Oberschenkels. Mette beugte sich über die Leiche. Das Mal kam ihr vage bekannt vor, aber es wollte ihr nicht einfallen, woher.

»Wann ist er gestorben?«

»Eine vorläufige Schätzung?«

»Ja.«

»In den letzten vierundzwanzig Stunden.«

»Und diese Verletzung am Hinterkopf, könnte die daher stammen, dass er da draußen auf den Fels geschlagen ist?«

»Durchaus möglich. Ich melde mich.«

Mette Olsäter trommelte auf die Schnelle eine kleinere Ermittlungsgruppe zusammen. Mischte zwei alte Füchse mit zwei Nachwuchskräften, die noch nicht in Urlaub waren. Die Gruppe richtete sich in einem zentralen Ermittlungsraum ein und machte sich systematisch an die Arbeit.

Sie hatten Beamte losgeschickt, die in der Umgebung der

Insel nach Zeugen suchten. Andere versuchten wiederum, Angehörige von Nils Wendt aufzutreiben. Sie hatten eine Schwester gefunden, die in Genf lebte. Seit dem Verschwinden ihres Bruders in den achtziger Jahren hatte sie nichts mehr von ihm gehört, bestätigte jedoch die Beschreibung, die sie ihr geben konnten. Die Narbe an der Augenbraue stammte aus Kindertagen. Sie hatte ihren Bruder damals gegen ein Bücherregal geschubst.

Das war bis auf weiteres alles. Jetzt kam es darauf an, möglichst schnell alle Berichte vorliegen zu haben. Vor allem den der Spurensicherung, die das graue Auto unter die Lupe nahm.

Mette informierte Lisa Hedqvist und Bosse Thyrén, die jüngeren Mitglieder ihrer Ermittlungsgruppe, über Wendts Verschwinden 1984, kurz nachdem ein schwedischer Journalist namens Jan Nyström tot in seinem Auto aufgefunden worden war. Auch dieser Wagen war in der Nähe von Kinshasa im damaligen Zaire in einen See gefahren worden.

»Das ist schon ein bisschen seltsam«, sagte Mette.

»Du meinst, dass die Vorgehensweise sich ähnelt?«, fragte Lisa Hedqvist nach.

»Ja. Jedenfalls wurde der Vorfall in Zaire vor Ort als Unfall eingestuft, aber wir hatten damals den dringenden Verdacht, dass es sich auch um einen Mord handeln könnte. Zur selben Zeit verschwand Wendt aus Kinshasa, und es wurde viel darüber spekuliert, inwiefern er in die Sache verwickelt war.«

»In den Tod des Journalisten?«

»Ja. Dieser Journalist arbeitete an einem Artikel über Wendts Unternehmen, MWM. Aber dieser Zusammenhang ist nie genauer untersucht worden.«

Lisa Hedqvists Handy klingelte. Sie meldete sich, machte sich Notizen und beendete das Gespräch.

»Die Taucher haben ungefähr da, wo das Auto stand, ein Handy im Wasser gefunden«, sagte sie. »Könnte es aus der offenen Fahrertür gefallen sein?«

»Funktioniert es?«, fragte Mette.

»Noch nicht, sie bringen es den Kriminaltechnikern.«

»Gut.«

Mette Olsäter wandte sich an Bosse Thyrén.

»Du könntest vielleicht mal versuchen, Wendts damalige Freundin zu finden, vor seinem Verschwinden lebte er mit einer Frau zusammen.«

»Damals in den Achtzigern?«

»Ja, ich glaube, sie hieß Hansson, ich schaue mal nach.«

Bosse Thyrén nickte und verließ den Raum. Ein älterer Kollege kam zu Mette Olsäter.

»Wir haben alle Hotels in Stockholm überprüft, aber ein Nils Wendt hat nirgendwo übernachtet.«

»Okay, setzt euch mit den Kreditkartenunternehmen in Verbindung und schaut, ob die etwas für euch haben. Und mit den Fluggesellschaften.«

Die Gruppe verließ den Raum. Jeder wusste, was er zu tun hatte. Mette Olsäter blieb alleine zurück.

Sie machte sich Gedanken über das Motiv.

*

Olivia kämpfte darum, nicht zusammenzubrechen.

Als Erstes spülte sie die Futternäpfe aus und stellte sie in den Küchenschrank. Anschließend trug sie die Katzenstreu hinaus und sammelte alle Knäuel und Bälle ein, mit denen

Elvis immer gespielt hatte. Dabei wäre sie fast in Tränen ausgebrochen. Sie legte alles in eine Plastiktüte und wusste nicht, ob sie diese wegwerfen sollte. Noch nicht, dachte sie, noch nicht. Sie stellte die Tüte auf die Fensterbank und schaute lange regungslos hinaus.

Sie spürte, dass die Angst in ihrer Brust größer wurde, es in ihrem Magen brannte und es ihr schwerfiel zu atmen. Mit jeder neuen Frage wuchs der Druck. Hat er noch gelebt, als ich losgefahren bin? Habe ich ihn totgefahren? Habe ich Elvis getötet? Fragen, von denen sie wusste, dass sie ihr noch lange zusetzen würden.

In ihrem tiefsten Inneren wusste sie gleichzeitig aber auch, wer wirklich Schuld an dem Ganzen hatte, und das war nicht sie. Sie hatte Elvis nicht unter die Motorhaube gesteckt, sondern ein paar Schweine, die Jackie Berglund zu ihr geschickt hatte.

Sie hasste diese Frau!

Im nächsten Moment merkte sie, dass es ihr guttat, ihren Hass und ihre Verzweiflung gegen eine konkrete Person zu richten. Eine alte Luxushure!

Sie wandte sich vom Fenster ab, hüllte sich in eine Decke, nahm eine Tasse heißen Tee in die Hand, ging ins Schlafzimmer und setzte sich ans Kopfende gelehnt auf ihr Bett. Auf der Tagesdecke hatte sie alle Fotos von Elvis verteilt, die sie gefunden hatte. Es waren viele. Sie berührte die Bilder, eines nach dem anderen, und spürte, dass der Schock allmählich nachließ, so dass sie sich den harten Fakten stellen konnte.

Wen würden sie als Nächstes töten, wenn sie weitermachte?

Sie?

Es wurde Zeit, die Sache fallen zu lassen.

Jetzt musste Schluss sein, sie würde den Ufermord auf sich beruhen lassen. Es gab Grenzen, und ihre war durch den Tod von Elvis erreicht worden.

Olivia setzte sich im Bett auf und stellte die Tasse ab. Am besten brachte sie das extrem schwierige Telefonat mit ihrer Mutter hinter sich. Am besten rief sie Maria an, bevor sie endgültig zusammenbrach.

»Was sagst du da?«

»Ja, ich weiß, es ist schlimm«, erwiderte Olivia.

»Wie kannst du nur das Fenster aufstehen lassen, wenn er alleine zu Hause ist?«

»Ich weiß es nicht, ich habe es wohl einfach vergessen, er ist ja auch früher schon einmal entwischt und …«

»Aber da war er dann unten im Hof, nicht?«

»Ja.«

»Und da hast du alles abgesucht?«

»Ja.«

»Hast du der Polizei Bescheid gesagt?«

»Ja.«

»Gut. Wirklich traurig, Liebes, aber er ist sicher bald wieder zurück! Katzen streunen manchmal tagelang herum!«

Sobald sie aufgelegt hatten, brach Olivia zusammen. Sie konnte nicht mehr. Es war ihr gelungen, ihrer Mutter die einzige glaubwürdige Version einzureden, die ihr eingefallen war: dass Elvis verschwunden war. Ihr zu erzählen, was sich wirklich ereignet hatte, war ihr unmöglich erschienen und hätte zu tausend Nachfragen geführt, die sich zu einer einzigen gebündelt hätten.

»Hast du ihn totgefahren?«

Diese Frage wollte sie nicht hören, nicht von ihrer Mutter.

Die würde sie niemals ertragen können. Also tischte sie ihr eine dicke Lüge auf, und mit der würden sie ab heute leben müssen. Elvis würde verschwunden bleiben, und sie würde trauern, weil er fort war.

Ein Familiengeheimnis.

Sie kauerte sich zwischen den Fotos zusammen und ließ ihren Tränen freien Lauf.

VERSCHWUNDENER UNTERNEHMER ERMORDET AUFGEFUNDEN«

Die Nachricht von Nils Wendts Ermordung erregte in den Medien eine gewisse Aufmerksamkeit. Zum Zeitpunkt seines Verschwindens war er der Kompagnon von Bertil Magnuson in ihrer gemeinsamen Firma gewesen. Damals war darüber spekuliert worden, ob der Grund für sein Verschwinden ein Konflikt zwischen den Geschäftspartnern gewesen sein könnte. Oder sogar, ob Magnuson persönlich in Wendts Verschwinden verwickelt war. Das wurde jedoch nie abschließend geklärt.

Vielleicht würde es sich jetzt klären lassen.

Außerdem tauchten natürlich neue Spekulationen auf, etwa darüber, dass der Mord möglicherweise in einer Verbindung zur MWM von heute stand, sowie zu der Frage, wo Nils Wendt sich all die Jahre aufgehalten hatte. Immerhin war er schon seit 1984 verschwunden gewesen.

Und nun hatte man ihn in Stockholm ermordet aufgefunden.

*

Bertil Magnuson saß in einem Rohrsessel im Wellnessbereich des Sturebads. Er hatte gerade zwanzig Minuten im Dampfbad verbracht und fühlte sich angenehm träge. Auf dem Glastisch neben ihm lagen mehrere Tageszeitungen, die dem Mord an Nils Wendt größere oder kleinere Artikel gewidmet hatten. Bertil studierte jeden einzelnen, um zu sehen, ob irgendwo etwas dazu stand, wo Wendt sich aufgehalten hatte, bevor er als Leiche in Stockholm auftauchte, fand aber nichts, nicht einmal wüste Spekulationen. Wendts Aktivitäten zwischen 1984 und heute waren nach wie vor unbekannt. Niemand wusste, wo er gelebt hatte.

Bertil Magnuson strich mit den Händen über seinen Frotteebademantel. Neben ihm stand ein beschlagenes Glas kaltes Mineralwasser. Er grübelte über seine Lage nach. Er war gerade ein akutes Dreitageproblem losgeworden und hatte stattdessen ein Erster-Juli-Problem bekommen. Das war zwar eine etwas längere Galgenfrist, aber die Zeit verging schnell, wenn der Hahn gespannt war.

Dann trat, auch er in einem weißen Frotteemantel, Erik Grandén ein.

»Hallo, Bertil. Man hat mir gesagt, dass ich dich hier finden würde.«

»Du willst in die Sauna?«

Grandén ließ den Blick durch den Raum schweifen und stellte fest, dass sie allein waren. Dennoch senkte er seine wohltönende Stimme.

»Ich habe das von Nils gelesen.«

»Ja.«

»Ermordet?«

»Offensichtlich.«

Grandén ließ sich in den Rohrsessel neben Bertil Magnuson fallen. Selbst im Sitzen war er fast einen Kopf größer. Er schaute auf seinen Freund hinunter.

»Aber ist das nicht ungeheuer, wie soll ich es sagen, unangenehm?«

»Für wen?«

»Für wen? Wie meinst du das?«

»Du wirst ihn ja wohl kaum vermisst haben.«

»Nein. Aber wir waren doch mal Freunde, in früheren Zeiten, einer für alle.«

»Das ist lange her, Erik.«

»Sicher, aber trotzdem. Berührt dich das nicht?«

»Doch.«

Aber nicht so, wie du denkst, dachte Bertil.

»Und warum war er auf einmal wieder hier?«, sagte Grandén.

»Keine Ahnung.«

»Könnte es etwas mit uns zu tun haben? Mit der Firma?«

»Warum sollte es?«

»Das weiß ich nicht, aber in meiner momentanen Lage wäre es höchst unpassend, wenn jemand anfangen würde, in der Vergangenheit herumzuschnüffeln.«

»Du meinst deine Zeit im Vorstand?«

»Ich meine meine Verbindung zu MWM. Auch wenn es daran nicht das Geringste auszusetzen gibt, passiert es so leicht, dass das eine auf das andere abfärbt.«

»Ich glaube nicht, dass hiervon etwas auf dich abfärben wird, Erik.«

»Schön.«

Grandén stand auf, zog den Frotteemantel aus und entblößte einen schlanken Leib, der kaum weniger weiß war als der Frotteestoff. In Lendenhöhe hatte er ein sehr kleines, blaugelbes Tattoo.

»Was ist denn das?«, fragte Bertil.

»Ein Wellensittich. Er hieß Jussi. Er flog uns weg, als ich sieben war. Ich gehe dann mal ins Dampfbad.«

»Tu das.«

Grandén entfernte sich. Als die Tür hinter ihm zufiel, klingelte Bertil Magnusons Handy.

Es war Mette Olsäter.

*

Stilton hatte ziemlich lange dagegen angekämpft, aber nach einer weiteren Nacht mit pulsierenden Leibschmerzen hatte er aufgegeben und sich zur Krankenstation Pelarbacken geschleppt, die von der Diakonie Ersta betrieben wurde und sich auf die Behandlung Obdachloser konzentrierte.

Dort stellte man einiges fest, allerdings nichts, was so schwerwiegend war, dass ein Aufenthalt in einem Krankenhausbett notwendig geworden wäre. Wenn es nicht absolut notwendig war, nahm man nur ungern jemanden stationär auf. Seine inneren Organe waren unverletzt geblieben, und die äußeren Verletzungen wurden versorgt, wobei sich der junge Arzt, der mit einem ziemlich langen Instrument in der seltsamen gelbbraunen Schmiere stocherte, die auf den meisten Wunden lag, wunderte.

»Was ist denn das?«

»Wundharz.«

»Harz?«

»Ja.«

»Aha? Seltsam.«

»Was denn?«

»Nun, die Wundränder verheilen auffallend schnell.«

»Ach ja?«

Was glaubte der Kerl eigentlich? Dass nur Ärzte etwas von Heilmitteln verstanden?

»Kann man das irgendwo kaufen?«

»Nein.«

Stilton bekam einen neuen und sauberen Verband um den Kopf und verließ das Gebäude mit einem Rezept für Medikamente, die er niemals abholen würde. Auf der Straße tauchten wieder die Bilder in seinem Kopf auf. Die Bilder blutiger, gehetzter kleiner Jungen, die in Käfigen miteinander kämpften. Widerwärtige Bilder. Er verdrängte sie und dachte an den Nerz. Der kleine Tausendsassa hatte ihm tatsächlich mehr oder weniger das Leben gerettet. Wenn er die restliche Nacht draußen in Årsta liegen geblieben wäre, hätte die Sache richtig übel ausgehen können. Der Nerz hatte ihn nach Hause gebracht, ihn eingesalbt und zugedeckt.

Ich hoffe, sie hat ihn mitgenommen, dachte Stilton.

»Haben Sie ihn mitgenommen?«

»Wen?

»Den Nerz? Letztens?«

Olivia hatte angerufen, als Stilton im Zentrum der Stadtmission stand. Er versuchte, ein paar neue Kleider für sich zu finden. Die alten waren ziemlich blutverschmiert.

»Nein«, sagte sie.

»Warum nicht?«

»Wie geht es Ihnen?«

»Warum haben Sie ihn nicht mitgenommen?«

»Er wollte zu Fuß gehen.«

Unsinn, dachte Stilton. Wahrscheinlich waren sie schon einen halben Meter von der Tür entfernt aneinandergeraten.

Er wusste nur zu gut, wie der Nerz manchmal sein konnte, und das Wenige, was er von Rönning gesehen hatte, sagte ihm, dass das nichts für sie war.

»Was wollen Sie?«, fragte er. »Ich habe gedacht, wir wären fertig miteinander.«

»Erinnern Sie sich noch an das, was ich Ihnen im Wohnwagen von meinem Besuch auf Nordkoster erzählt habe, von einem Mann, der dort aufgetaucht ist, erst oben am Ufer und dann bei meiner Hütte?«

»Ja. Und?«

Olivia erzählte, was sie nur zehn Minuten vorher auf einer Nachrichtenseite im Internet gesehen und ihr Herz zum Pochen gebracht hatte. Als sie fertig war, sagte Stilton: »Das müssen sie demjenigen erzählen, der die Ermittlungen in dem Mordfall leitet.«

*

Die Frau, die in dem Mordfall die Ermittlungen leitete, saß dem früheren Kompagnon des ermordeten Nils Wendt in einer Lobby im zweiten Stock des Bürogebäudes am Sveavägen gegenüber. Magnuson hatte ihr zehn Minuten zugebilligt. Danach müsse er dringend in eine Besprechung, hatte er behauptet. Mette Olsäter kam direkt zur Sache.

»Haben Sie und Wendt in der letzten Zeit in Kontakt gestanden?«

»Nein. Sollten wir?«

»Er hat sich offensichtlich in Stockholm aufgehalten, und sie haben eine gemeinsame Vergangenheit. Magnuson Wendt Mining.«

»Wir haben keinen Kontakt gehabt. Wie Sie sicher verstehen werden, bin ich natürlich sehr geschockt, all die Jahre haben wir doch geglaubt, dass er … nun ja …«

»Dass er?«

»Es ist einem natürlich alles Mögliche durch den Kopf gegangen, dass er sich umgebracht hat oder ihm etwas zugestoßen ist, Raubmörder, oder dass er einfach nur verschwunden ist.«

»Wissen Sie, warum er plötzlich wieder aufgetaucht ist?«

»Nein. Wissen Sie es?«

»Nein.«

Mette Olsäter betrachtete den Mann vor sich. Eine Sekretärin schaute aus ihrem Büro heraus und gab Magnuson einen Wink. Er entschuldigte sich und erklärte, dass sie auf seine Hilfe zählen könne, soweit seine Zeit dies zulasse.

»Wir hatten ja trotz allem, wie Sie bereits gesagt haben, eine gemeinsame Vergangenheit.«

*

Über die Information im Präsidium erfuhr Olivia, wer die Ermittlungen im Mordfall Nils Wendt leitete, aber als sie sich mit Mette Olsäter in Verbindung setzen wollte, kam sie nicht weiter. Eine Telefonnummer verweigerte man ihr. Es gebe eine allgemeine Nummer für sachdienliche Hinweise.

Olivia hatte kein Interesse daran, sich an eine solche Nummer zu wenden. Stattdessen rief sie Stilton wieder an.

»Ich komme nicht an die Leiterin der Ermittlungen heran.«

»Wer ist es?«

»Mette Olsäter.«

»Aha.«

»Was soll ich jetzt tun?«

Stilton überlegte einige Sekunden. Er wusste, dass Mette Olsäter möglichst schnell erfahren musste, was Olivia ihr zu erzählen hatte.

»Wo sind Sie jetzt?«, fragte er.

»Zu Hause.«

»Holen Sie mich in zwei Stunden an der Kammakargatan 46 ab.«

»Ich habe kein Auto.«

»Wie bitte?«

»Es ist … mit dem Motor stimmt was nicht.«

»Okay, dann treffen wir uns an der Haltestelle Slussen, wo die Busse nach Värmdö abgehen.«

Es dämmerte schon, als sie aus dem Bus der Linie 448 stiegen und durch eine Siedlung mit schönen alten Einfamilienhäusern gingen. An der Bushaltestelle hatte Fösabacken gestanden. Es war eine Gegend, die Olivia völlig fremd war.

»Hier entlang.«

Stilton nickte mit seinem bandagierten Kopf. Sie bogen in eine kleine, begrünte Straße, von der aus man auf das Wasser der Fahrrinne nach Stockholm hinuntersah. Plötzlich blieb Stilton vor einer Ligusterhecke stehen.

»Da vorne ist es.«

Er zeigte auf ein altes, großes, gelbes und grünes Holzhaus mit Türmchen und Erkern auf der anderen Straßenseite.

»Da wohnt sie?«

»Soweit ich weiß, ja.«

Olivia war verblüfft. Sie war das Opfer ihrer stereotypen Vorstellungen davon geworden, wie hochgestellte Kriminalkommissare wohnen mussten. Überall außer in so einem alten Holzkasten. Stilton sah sie an.

»Wollen Sie nicht hingehen?«

»Kommen Sie nicht mit?«

»Nein.«

Stilton würde sie nicht bis zur Tür begleiten. Das musste Olivia schon alleine schaffen.

»Ich warte hier.«

Er hatte nicht vor, ihr einen Grund für sein Verhalten zu nennen.

Olivia ging zu dem großen Holztor und betrat das Grundstück. Staunend kam sie an allen möglichen seltsamen kleinen Bauten vorbei. Eine Art wüst zusammengeschusterte Spielhütte mit herabhängenden Seilen und groben Netzen und Balken aus Holz. Außerdem hingen da und dort verschiedene bunte Lampen. Ein stillgelegter Zirkus?, dachte sie. An einer großen Schaukel weiter hinten spielten zwei halbnackte Kinder, die Olivias Anwesenheit ignorierten. Zögernd stieg sie die alte, fächerförmige Holztreppe hinauf und klingelte.

Sie musste ein wenig warten, denn das Haus war groß. Schließlich öffnete Mette Olsäter die Tür. Sie war seit den frühen Morgenstunden auf den Beinen, hatte die Ermittlungen zu Wendt angeleiert und ihre Mitarbeiter so eingeteilt, dass sie rund um die Uhr im Einsatz waren. Sie selbst würde am nächsten Tag die Nachtschicht übernehmen. Jetzt schaute sie zur Tür hinaus und wirkte für ein paar Sekunden ziemlich konsterniert, bis sie sich wieder erinnerte. Das war doch die junge Frau, die nach Tom gefragt hatte. Olivia Rönning? Ja genau, und was wollte sie jetzt von ihr? Sie etwa wieder nach Tom fragen?

»Hallo?«, sagte sie.

»Hallo, im Präsidium wollte man mir Ihre Nummer nicht geben, deshalb habe ich Tom Stilton gefragt, und er hat mich hierher mitgenommen und …«

»Ist Tom hier?«

»Ja, er …«

Als Olivia sich unwillkürlich zur Straße umdrehte, folgte Mette ihrer Blickrichtung und sah einige Meter die Straße hinunter eine Gestalt.

Mehr war nicht nötig.

»Treten Sie ein!«

Mit einigen hastigen Schritten war sie an Olivia vorbei. Ihr üppiger Körper bewegte sich verblüffend schnell über das Grundstück und durch das Tor. Stilton hatte sich nur ein paar Meter entfernt, als sie ihn auch schon einholte. Wortlos stellte sie sich vor ihn hin. Stilton wich ihrem Blick aus, das konnte er gut. Mette blieb stehen, wie Vera es auch immer getan hatte. Einen Augenblick später schob sie ihren Arm unter Stiltons, drehte ihn um und kehrte mit ihm zum Haus zurück.

Wie ein altes Ehepaar gingen sie. Ein großgewachsener, abgezehrter Herr mit Kopfverband und eine gelinde gesagt voluminöse Frau mit ein paar Schweißtropfen auf der Oberlippe. Als sie durch das Gartentor gekommen waren, blieb Stilton stehen.

»Wer ist alles da?«

»Jimi spielt mit den Kindern Computerspiele, sie sind in der oberen Etage, Jolene schläft. Mårten ist in der Küche.«

Olivia hatte Mette Olsäters Aufforderung befolgt und war in den Flur getreten oder wie man diesen mehr oder weniger überfüllten Raum nennen sollte, in dem sie über alles Mögliche steigen musste, um in ein angrenzendes Zimmer zu gelangen, in dem Licht brannte. Was für eine Art Zimmer das war, dafür hatte Olivia keine Worte. Es war groß, die Wände waren hübsch mit Holzlatten vertäfelt, an der Decke gab es weiße Stuckleisten, und im Raum verteilt lagen und standen seltsame Gegenstände.

Für die Leute, die sie auf unzähligen Reisen rund um den Globus besorgt hatten, waren sie allerdings nicht so seltsam. Philippinische Brautkronen, auf denen kleine, federverkleidete Affenschädel angebracht waren. Massaikeulen. Bunte Webarbeiten aus den Ghettos von Kapstadt. Große Rohre mit gemahlenem Skelett, die wie Geisterstimmen klangen, wenn man sie umdrehte. Es waren Gegenstände, die jemandem ins Auge gefallen waren und für die es in diesem großen Haus genügend Platz gab. Wo, war nicht so wichtig. Zum Beispiel hier, in diesem Zimmer.

Olivia kam aus dem Staunen nicht mehr heraus.

Kann man wirklich so wohnen?, dachte sie. Von ihrem gepflegten und ordentlichen Elternhaus in Rotebro war das hier mindestens Lichtjahre entfernt.

Vorsichtig durchquerte sie den Raum und hörte im Hintergrund leises Klappern, auf das sie über zwei weitere exotisch eingerichtete Zimmer zuging, die Olivias Gefühl von … nun ja, sie wusste nicht recht, von was, verstärkten. Aber es gab etwas in diesen Räumen, das sie umschloss und ihre Faszination mit etwas anderem vermischte, was sie nicht in Worte fassen konnte.

Sie gelangte in die Küche, die nach ihren Maßstäben riesig und voller intensiver Düfte war, die ihr sofort in die Nase stiegen. Vor einem großen, modernen Gasherd stand ein korpulenter Mann mit wirren grauen Haaren und einer karierten Schürze. Er war siebenundsechzig Jahre alt und drehte sich gerade um.

»Hallo! Und wer sind Sie?«

»Olivia Rönning. Mette Olsäter meinte, ich solle hineingehen, sie ist …«

»Herzlich willkommen! Ich heiße Mårten. Wir wollten gerade essen, haben Sie Hunger?«

Mette schloss hinter Stilton die Tür und ging vor. Stilton blieb im Flur kurz stehen. An der Wand hing in einem Goldrahmen ein großer Spiegel, und als er zufällig einen Blick hineinwarf, zuckte er unwillkürlich zusammen. Gut vier Jahre war es her, dass er sein Gesicht gesehen hatte. Er schaute nie in Schaufenster, und auf Toiletten mied er bewusst jeden Spiegel. Er wollte sich nicht sehen, aber jetzt ließ es sich nicht mehr vermeiden. Er musterte das Gesicht im Spiegel. Es war nicht seins.

»Tom.«

Mette Olsäter stand ein paar Meter entfernt und sah ihn an.

»Wollen wir hineingehen?«

»Na, duftet das nicht herrlich?«

Mårten zeigte mit einem Schöpflöffel auf einen großen Topf auf dem Herd. Olivia stand neben ihm.

»Ja. Was ist das?«

»Tja, meine Liebe. Es war als Suppe gedacht, aber ich weiß nicht recht, wir werden es wohl einfach probieren müssen.«

Mette und Stilton traten ein. Mårten brauchte ein paar Sekunden, die Stilton nicht entgingen, aber dann lächelte er.

»Hallo, Tom.«

Stilton nickte ihm zu.

»Möchtest du etwas essen?«

»Nein.«

Mette war bewusst, wie sensibel die Situation war. Sie wusste genau, falls sich Spannungen einstellen sollten, könnte Tom das Haus von einer Sekunde auf die nächste wieder verlassen. Deshalb wandte sie sich rasch Olivia zu.

»Sie wollten mich sprechen?«

»Ja.«

»Sie heißt Olivia Rönning«, warf Mårten ein.

»Ich weiß, wir sind uns schon einmal begegnet.«

Mette drehte sich zu Olivia um.

»Arnes Tochter, stimmt's?«

Olivia nickte.

»Geht es um ihn?«

»Nein, es geht um diesen Nils Wendt, der ermordet worden ist. Ich bin ihm begegnet.«

Mette zuckte zusammen.

»Wo? Wann?«

»Auf Nordkoster, letzte Woche.«

Olivia erzählte schnell von ihrer Begegnung mit dem Mann auf Nordkoster.

Sie hatte ihn auf dem Porträtfoto von Nils Wendt wiedererkannt, das eine Zeitung veröffentlicht hatte. Es war zwar eine sehr alte Aufnahme gewesen, aber die Ähnlichkeit war dennoch so unverkennbar, dass Olivia sich ihrer Sache ziemlich sicher war.

»Er muss es gewesen sein. Er hat gesagt, sein Name sei Dan Nilsson«, erklärte sie.

»Dann ist er es tatsächlich gewesen.«

Mette war sich aus einem sehr konkreten Grund absolut sicher.

»Als er hier ein Auto mieten wollte, hat er denselben Namen benutzt.«

»Aha? Aber was hat er auf Nordkoster und an der Bucht gemacht?«

»Das weiß ich nicht, aber er hatte eine Verbindung zu der Insel, vor vielen Jahren, vor seinem Verschwinden hat ihm dort ein Sommerhaus gehört.«

»Wann ist er verschwunden?«

»Mitte der achtziger Jahre«, antwortete Mette.

»Dann ist er der Mann gewesen, über den sie gesprochen hat?«

»Wer?«

»Eine Frau, von der ich dort eine Hütte gemietet habe, sie heißt Betty Nordeman. Sie hat mir von jemandem erzählt, der verschwunden ist und vielleicht ermordet wurde und der diesen Magnuson kannte, über den heute was in der Zeitung stand.«

»Bertil Magnuson. Sie waren Kompagnons und hatten beide Sommerhäuser auf der Insel.«

Mette war scheinbar ganz auf Olivia Rönning und ihre Informationen konzentriert, behielt Tom jedoch die ganze Zeit im Auge. Sein Gesicht, seine Augen, seine Körpersprache. Noch saß er. Sie hatte Jimi und die Enkelkinder gebeten, nicht herunterzukommen, und hoffte bei Gott, dass Mårtens Fingerspitzengefühl funktionierte und er nicht plötzlich auf die Idee kommen würde, Tom in ihre Unterhaltung einzubeziehen.

»Sag mal, Tom, woher kennt ihr zwei euch eigentlich, du und Olivia?«, sagte Mårten unvermittelt. Er hatte das Fingerspitzengefühl eines steifgefrorenen Fäustlings. Es wurde mucksmäuschenstill am Tisch. Mette vermied es, Tom anzusehen, um ihn nicht unter Druck zu setzen.

»Wir sind uns in einem Müllkeller begegnet«, sagte Olivia.

Ihre Stimme war fest und klar. Jeder durfte selbst entscheiden, ob ihre Worte scherzhaft gemeint waren oder einen intuitiven Versuch bildeten, Stilton zu retten, oder ob es sich einfach nur um eine Information handelte. Mårten entschied sich für diese Deutung.

»In einem Müllkeller? Was habt ihr da gemacht?«

»Ich hatte sie gebeten, dorthin zu kommen.«

Stilton sah Mårten in die Augen, als er es sagte.

»Oh, verdammt. Wohnst du etwa in einem Müllkeller?«

»Nein, in einem Wohnwagen. Wie geht es Kerouac?«

Plötzlich löste sich der Krampf in Mettes Brust.

»Es geht so, ich glaube, er leidet an Arthritis.«

»Wie kommst du darauf?«

»Es fällt ihm schwer, die Beine zu bewegen.«

Olivia sah von Stilton zu Mårten.

»Wer ist Kerouac?«

»Ein guter Freund von mir«, antwortete Mårten.

»Kerouac ist eine Spinne.«

Stilton grinste bei seinen Worten und begegnete gleichzeitig Mettes Blick, und was sie in einigen endlosen Sekunden austauschten, verdrängte in Mette Jahre der Verzweiflung.

Tom war wieder ansprechbar.

»Aber da war noch etwas.«

Olivia wandte sich Mette zu, während Mårten aufstand und begann, seltsam geformte Teller zu verteilen.

»Was denn?«

»Am Ufer der Bucht hat er einen Koffer dabeigehabt, so einen mit Rädern, den man hinter sich herziehen kann, und an meiner Hütte hat er ihn auch dabeigehabt. Als ich dann später wach geworden bin, hat er neben meiner Eingangstreppe gelegen, und als ich ihn aufgemacht habe, war er leer.«

Mette hatte zu einem kleinen Schreibblock gegriffen und notierte sich ein paar Worte. Zwei lauteten: »Leerer Koffer?«

»Denkt ihr, dass dieser Wendt in den Mord von 1987 verwickelt war?«, fragte Olivia.

»Sicher nicht, er ist drei Jahre vor dem Mord verschwunden.«

Mette schob den Block von sich.

»Aber könnte er nicht zur Insel zurückgekehrt und anschließend wieder verschwunden sein, ohne dass es jemand bemerkt hat?«

Mette und Stilton mussten schmunzeln. Der eine in sich gekehrt und die andere etwas offener.

»Sie haben am Frühstückstisch offenbar einiges mitbekommen.«

Auch Olivia lächelte und musterte das, was laut Mårten eventuell eine Suppe sein sollte. Das Gericht sah jedenfalls gut aus. Alle begannen zu essen, auch wenn Stilton für fünf Löffel der anderen nur einen aß. Er hatte immer noch Schmerzen im Bauchbereich. Mette hatte sich bisher nicht getraut, ihn nach dem Verband um seinen Kopf zu fragen.

Sie aßen.

Die Suppe enthielt Fleisch und Gemüse und war stark gewürzt, und dazu tranken sie Rotwein, während Mette von Wendts früherem Leben erzählte, als er und Bertil

Magnuson die damalige Magnuson Wendt Mining gegründet hatten und schnell international erfolgreich geworden waren.

»Indem sie mit einer Menge beschissener afrikanischer Diktatoren gemauschelt haben, um deren Rohstoffe auszubeuten! Die Apartheid und Mobutu und so weiter, das ist denen doch alles scheißegal gewesen!«

Mårten war auf einmal explodiert. Er hasste sowohl die alte als auch die neue MWM. Einen großen Teil seiner linksradikalen Jahre hatte er damit verbracht, gegen das Unternehmen zu demonstrieren und empörte Flugblätter über die Ausbeutung armer Länder und die damit verbundene Umweltzerstörung zu drucken.

»Schweine!«

»Mårten.«

Mette legte eine Hand auf den Arm ihres erregten Mannes. Immerhin war er in einem Alter, in dem ein solcher Wutausbruch zu gesundheitlichen Konsequenzen führen konnte. Mårten zuckte kurz mit den Schultern und sah Olivia an.

»Wollen Sie mal einen Blick auf Kerouac werfen?«

Olivia schaute verstohlen zu Mette und Stilton hinüber, ohne dass die beiden ihr zu Hilfe geeilt wären. Mårten war schon unterwegs. Also stand sie auf und folgte ihm. Als Mårten sich in der Tür umdrehte, um zu sehen, ob sie auch mitkam, warf Mette ihm einen vielsagenden Blick zu.

Er verließ das Zimmer.

Stilton wusste genau, was dieser Blick bedeutete. Er nickte in Richtung des Kellers unter dem Küchenfußboden.

»Raucht er immer noch?«

»Nein.«

Mettes Antwort kam so schnell und fiel so kurz aus, dass Stilton begriff. Punktum. Ihm selbst war das vollkommen egal, das war es immer gewesen. Er wusste, dass Mårten sich in seinem Musikzimmer zu nächtlicher Stunde ab und zu einen Joint gönnte. Und Mette wusste, dass er es wusste und dass sie die Einzigen auf der Welt waren, die es außer dem Kiffer selbst wussten.

Und so sollte es auch bleiben.

Mette Olsäter und Stilton sahen sich an. Nach einigen Sekunden spürte Stilton, dass er nun endlich die Frage stellen musste, die ihm auf den Lippen lag, seit sie ihn auf der Straße eingeholt hatte.

»Wie geht es Abbas?«

»Gut. Er vermisst dich.«

Es wurde wieder still. Stilton strich mit einem Finger über den Rand seines Wasserglases. Ein Glas Wein hatte er dankend abgelehnt. Jetzt dachte er an Abbas, was für ihn ziemlich schmerzhaft war.

»Grüß ihn bitte von mir«, sagte er.

»Das werde ich tun.«

Dann wagte Mette es, ihre Frage zu stellen.

»Was ist mit deinem Kopf passiert?«

Sie zeigte auf Stiltons Verband, und er hatte keine Lust auf eine Ausrede, so dass er ihr erzählte, was ihm zugestoßen war.

»Du warst bewusstlos?«

Und von den Kämpfen in den Käfigen.

»Kinder, die sich in Käfigen prügeln!?!«

Und von seiner privaten Jagd auf die Mörder Vera Larssons und deren Verbindung zu den kämpfenden Kindern. Als er verstummte, war Mette spürbar aufgebracht.

»Aber das ist ja schrecklich! Das müssen wir sofort stoppen! Hast du mit den zuständigen Ermittlern gesprochen?«

»Mit Rune Forss?«

»Ja.«

Sie sahen sich einige Sekunden an.

»Großer Gott, Tom, das ist jetzt über sechs Jahre her.«

»Meinst du, ich hätte es vergessen?«

»Nein, das meine ich nicht, oder besser gesagt, das weiß ich nicht, aber wenn dir etwas daran liegt, dass wir die Männer finden, die diese Frau in ihrem Wohnwagen erschlagen haben, dann finde ich, du solltest das hinunterschlucken und auf der Stelle mit Forss reden! Hier sind Kinder betroffen! Sonst tue ich es!!«

Stilton blieb stumm. Durch den Küchenboden drangen seit Kurzem schwere Basstöne.

*

Linn Magnuson saß alleine auf ihrer eleganten Segelyacht, einer Bavaria 31 Cruiser. Das Boot lag an ihrem privaten Anleger im Sund nahe der Stocksund-Brücke. Abends saß sie gerne dort, ließ sich von den Wellen schaukeln und schaute aufs Wasser hinaus. Auf der gegenüberliegenden Seite lag die Insel Bockholmen mit ihrem schönen, alten Gasthaus. Rechts von sich sah sie Autos über die Brücke gleiten und etwas oberhalb gelegen den Cedergren'schen Turm, der sich über die Bäume erhob und im selben Moment ihren Mann oben vor der Villa, der mit einem kleinen Glas mit brauner Flüssigkeit auf dem Weg zu ihr war.

Schön.

»Hast du schon gegessen?«, fragte sie.

»Ja.«

Bertil Magnuson ließ sich auf dem Holzpoller neben der Yacht nieder. Er nippte an seinem Glas und sah seine Frau an.

»Ich muss mich entschuldigen.«

»Wofür?«

»Für einiges, ich bin eine Zeitlang ziemlich abwesend gewesen …«

»Stimmt. Geht es deiner Blase wieder besser?«

Die Blase? Die hatte sich schon recht lange nicht mehr gemeldet.

»Das scheint sich gegeben zu haben«, antwortete er.

»Das ist gut. Hast du noch etwas über den Mord an Nils gehört?«

»Nein. Oder doch, die Polizei hat sich heute gemeldet.«

»Bei dir?«

»Ja.«

»Was wollten sie?«

»Sie wollten wissen, ob Nils sich mit mir in Verbindung gesetzt hat.«

»Aha? Was … aber das hat er doch nicht getan, oder?«

»Nein. Seit er das Büro in Kinshasa verlassen hat, habe ich keinen Mucks mehr von ihm gehört.«

»Vor siebenundzwanzig Jahren«, sagte Linn Magnuson.

»Ja.«

»Und jetzt ist er ermordet worden. Siebenundzwanzig Jahre lang war er verschwunden, und dann wird er hier, in Stockholm, ermordet. Ist das nicht seltsam?«

»Unfassbar.«

»Und wo ist er all die Jahre gewesen?«

»Wenn ich das wüsste.«

Er hätte seine rechte Hand dafür gegeben, mit jemandem zu sprechen, der es wusste. Diese Frage stand bei ihm ganz oben auf der Tagesordnung. Wo zum Teufel hatte Wendt gelebt? »Das Original befindet sich an einem unbekannten Ort.« Das konnte überall sein. Als würde man nach einer Nadel in einem Heuhaufen suchen.

Bertil Magnuson lehnte sich leicht zurück und leerte sein Glas.

»Hast du wieder angefangen zu rauchen?«

Die Frage kam aus dem Nichts und überrumpelte ihn.

»Ja.«

»Warum?«

»Warum nicht?«

Seine Frau hörte den schneidenden Unterton sofort. Er war darauf eingestellt, direkt zum Angriff überzugehen, falls sie nachhaken sollte. Sie ließ die Sache auf sich beruhen.

Hatte ihn der Mord an Nils vielleicht doch mehr getroffen, als er ihr zeigen wollte?

*

»Da ist sie!«

Mårten zeigte auf die weißgetünchte Steinwand im Keller. Olivia folgte seinem Finger und sah eine große, schwarze Kellerspinne, die aus einer Spalte in der Wand krabbelte.

»Das ist Kerouac?«

»Ja. Eine echte Kellerspinne, keine gewöhnliche Hausspinne, sie ist acht Jahre alt.«

»So, so.«

Olivia betrachtete mit leicht kribbelnder Haut Kerouac,

die eventuell an Arthritis leidende Spinne. Sie sah, dass sich das Tier mit langen, schwarzen Beinen und einem Körper, der einen Durchmesser von einem guten Zentimeter hatte, vorsichtig über die Wand bewegte.

»Kerouac liebt Musik, ist aber ziemlich wählerisch, es hat Jahre gedauert, bis ich herausgefunden habe, was ihm gefällt und was nicht, passen Sie auf!«

Mårten strich mit dem Finger über die andere Wand, die bis zur Decke mit großen und kleinen Vinylplatten vollgestellt war. Mårten war ein echter Fan, ein Vinylliebhaber mit einer der originellsten Plattensammlungen Schwedens. Jetzt zog er eine Single von Little Gerhard heraus, einem schwedischen Rock-'n'-Roll-König von anno dazumal, und legte die B-Seite auf den Plattenspieler.

Einen Apparat mit einem Tonarm und einer Nadel.

Es dauerte nur wenige Akkorde, bis Kerouac stoppte. Als Little Gerhards Stimme in voller Lautstärke ertönte, änderte die Spinne die Richtung und krabbelte wieder auf ihren Spalt zu.

»Aber jetzt werden Sie Augen machen!«

Mårten war wie ein übereifriges Kind. Rasch zog er eine CD aus der wesentlich kleineren Sammlung an der Kopfwand, riss gleichzeitig den Tonarm von der Vinylplatte und presste die CD in den modernen Player.

»Schauen Sie! Und hören Sie!«

Es war Gram Parsons, ein Countrysänger, der eine Reihe von unsterblichen Liedern geschrieben hatte, ehe er an einer Überdosis starb. Nun ertönte der Song »Return of the Grievous Angel« aus Mårtens großen Boxen. Olivia starrte Kerouac an, der kurz vor dem Spalt stehen geblieben war. Die Spinne drehte ihren dicken schwarzen Körper um fast einhundertachtzig Grad und bewegte sich wieder in die ursprüngliche Richtung.

»Ziemlich eindeutig, nicht wahr?!«

Mårten sah Olivia an und lächelte. Sie wusste nicht recht, ob sie sich in der geschlossenen Abteilung einer Nervenheilanstalt oder im Haus der Kriminalkommissarin Mette Olsäter befand. Sie nickte und fragte, ob Mårten Töpfer sei.

»Nein, das sind Mettes Sachen.«

Olivia hatte zu der Tür genickt, hinter der sie kurz zuvor an einem Raum mit einem großen Brennofen vorbeigekommen waren. Sie wandte sich Mårten zu.

»Und was machen Sie beruflich?«

»Ich bin Rentner.«

»Aha, und bevor sie in Rente gegangen sind?«

Stilton und Mette Olsäter standen im Flur, als Mårten und Olivia aus dem Keller kamen. Mette warf Stilton einen kurzen Blick zu, beugte sich ein wenig zu ihm vor und senkte die Stimme.

»Du weißt, dass du immer hier schlafen kannst.«

»Danke.«

»Und denk daran, was ich dir gesagt habe.«

»Worüber?«

»Über Rune Forss. Entweder du oder ich.«

Stilton blieb stumm. Mårten und Olivia traten zu ihnen, und Stilton nickte Mårten zum Abschied zu, bevor er das Haus verließ. Mette umarmte Olivia leicht und flüsterte:

»Danke, dass Sie Tom mitgenommen haben.«

»Er hat eigentlich eher mich mitgenommen.«

»Ohne Sie wäre er jedenfalls niemals hier gewesen.«

Olivia lächelte kurz. Mette gab ihr eine Visitenkarte mit

ihrer Telefonnummer. Olivia dankte ihr und folgte Stilton ins Freie. Als Mette die Tür geschlossen hatte, drehte sie sich um und sah Mårten an. Er zog sie an sich, denn er wusste genau, welche Nervenbelastung der Besuch für sie gewesen war. Er strich ihr übers Haar.

»Tom war ansprechbar«, sagte er.

»Ja.«

Im Bus zurück in die Stadt schwiegen beide in Gedanken versunken. Stilton dachte an die Begegnung mit den Olsäters. Seit fast vier Jahren hatten sie sich zum ersten Mal wieder gesehen. Er staunte darüber, wie leicht es gegangen war, wie wenig gesagt werden musste, wie schnell ihm alles ganz natürlich erschienen war.

Der nächste Schritt würde Abbas sein.

Dann dachte er an dieses Gesicht im Spiegel, das nicht seins gewesen war. Es hatte ihn schockiert.

Olivia dachte an das große alte Holzhaus.

An den Keller und an Kerouac. Ist man nicht ein bisschen merkwürdig, wenn man die Gesellschaft einer Spinne sucht? Doch, dachte sie, das ist man definitiv. Oder ist man vielleicht eher originell? Mårten war ein origineller Mensch mit einer faszinierenden Vergangenheit. Im Keller hatte er ihr ein wenig von sich erzählt. Vor seiner Pensionierung war er Kinderpsychologe gewesen. Viele Jahre lang hatte er sich für eine neue Pädagogik eingesetzt und teilweise auch Erfolg gehabt. Darüber hinaus war er lange ein enger Mitarbeiter von Skå-Gustav Jonsson gewesen und an einer Reihe von Projekten für misshandelte Kinder beteiligt gewesen. Außerdem hatte er sich politisch für die Linke engagiert.

Sie mochte Mårten.

Und Mette.

Und ihr seltsam warmes Haus.

»Sie haben sich mit dem Nerz gestritten«, sagte Stilton unvermittelt.

»Was heißt hier gestritten …«

Olivia sah aus dem Busfenster.

»Er hat versucht, mich anzubaggern«, sagte sie.

Stilton nickte kurz. »Er leidet an Migro«, erklärte er dann.

»Was ist das?«

»Ein von Minderwertigkeitskomplexen untergrabener Größenwahn. Ein Gott auf tönernen Füßen.«

»Okay. Ich finde ihn einfach strange.«

Stilton grinste.

Sie trennten sich an Slussen. Olivia wollte zu Fuß nach Hause in die Skånegatan gehen und Stilton zum Katarinaparkhaus.

»Wollen Sie nicht zu Ihrem Wohnwagen?«

»Nein.«

»Und was machen Sie am Katarinaparkhaus?«

Stilton antwortete nicht.

»Ich kann auch den anderen Weg nehmen, über Mosebacke.«

Das musste Stilton akzeptieren. Während ihres kurzen gemeinsamen Spaziergangs erzählte Olivia ihm von ihrem Besuch in Jackie Berglunds Boutique und den Schweinen im Aufzug. Sie vermied es, den Kater zu erwähnen.

Als sie verstummte, warf Stilton ihr einen unmissverständlichen Blick zu.

»Legen Sie den Fall jetzt zu den Akten?«

»Ja.«

»Gut.«

Zehn Sekunden. Dann konnte sie sich die Frage nicht mehr verkneifen.

»Warum haben Sie damals ihren Job als Polizist aufgegeben? Hatte es etwas mit dem Mord an Jill Engberg zu tun?«

»Nein.«

Sie blieben an den Holztreppen stehen, die nach Mosebacke hinaufführten. Dann ging Stilton einfach davon, zu den Steintreppen auf der anderen Seite des Parkhauses.

Olivia sah ihm hinterher.

*

In einem halb verdunkelten Raum saß die MO-Gruppe zusammen und schaute sich einen Film auf der Internetseite Trashkick an, in dem Tom Stilton entkleidet, sein Rücken mit Farbe besprüht, er schwer misshandelt und zu einer Steinwand geschleift wurde. Nach dem Film war es still im Raum. Jeder der Anwesenden wusste, wer Stilton war oder vielmehr gewesen war. Jetzt hatten sie ein misshandeltes menschliches Wrack gesehen. Forss schaltete eine Lampe an und brach das Schweigen.

»Das war ja wohl nicht anders zu erwarten gewesen«, sagte er.

»Wie meinst du das?«

Klinga sah Forss an.

»Stilton war schon 2005 völlig von der Rolle, damals ist er mitten in den Ermittlungen zu dem Mord an dieser Nutte Jill Engberg zusammengebrochen. Ich musste den Fall damals übernehmen. Er ist einfach verschwunden, hat gekündigt und ist verschwunden. Und jetzt ist er da gelandet.«

Forss nickte zum Bildschirm, stand auf und nahm seine Jacke vom Haken.

»Aber sollten wir ihn nicht trotzdem vernehmen?«, fragte Klinga. »Immerhin ist er ganz offensichtlich misshandelt worden.«

»Natürlich. Wenn wir ihn finden. Bis Morgen.«

*

Mårten und Mette waren ins Bett gegangen. Ihr Sohn Jimi würde sich um das schmutzige Geschirr kümmern müssen. Sie waren beide erschöpft und schalteten ziemlich schnell das Licht aus, schliefen aber nicht gleich. Mårten drehte sich zu Mette um.

»Du hast gedacht, dass ich mich benehme wie ein Elefant im Porzellanladen, stimmt's?«

»Ja.«

»Es war umgekehrt, als du dich mit Olivia über Koster unterhalten hast, habe ich Tom genau beobachtet, und er war da, anwesend, er hat zugehört, mitgedacht, aber ich habe gesehen, dass er sich nicht von sich aus in das Gespräch einschalten würde, deshalb habe ich ihn hineingezogen.«

»Du hast gepokert.«

»Nein.«

Mette lächelte und küsste Mårten sanft auf den Hals, der es bereute, dass er zwei Stunden zuvor kein Viagra genommen hatte. Sie drehten sich beide um.

Er dachte an Sex.

Sie dachte an einen leeren Koffer auf Nordkoster.

*

Olivia dachte an ihren Kater. Sie lag im Bett und vermisste das warme Tier an ihren Füßen. Sein Schnurren und wie er mit dem Kopf ihr Bein angestupst hatte. Die weiße Maske an der Wand starrte sie an. Mondlicht fiel auf die bleichen Zähne. Jetzt gibt es nur noch dich und mich, dachte sie, und du bist eine verdammte Holzmaske! Olivia sprang auf, hob die Holzmaske herunter, knallte sie unters Bett und legte sich wieder hin.

Voodoo, dachte sie plötzlich. Jetzt liegt er unter mir und stiert hoch und lässt sich irgendeine Teufelei einfallen. Obwohl, Voodoo kommt doch von Haiti, und die Maske stammt aus Afrika, und Elvis ist tot.

Und Kerouac ist eine verdammte Spinne!

Blendend! Ich fühle mich blendend!

Von wegen.

Olivia stand nackt vor ihrem Badezimmerspiegel und musterte ihr junges, gealtertes Gesicht. Gestern dreiundzwanzig Jahre alt und heute mindestens fünfzig. Aufgedunsen und rot gefleckt, die Augen von dünnen roten Striemen marmoriert. Sie schlüpfte in ihren weißen Bademantel und spürte, dass ihre Brüste spannten und ihr Bauch sich verkrampfte. Das hat mir jetzt gerade noch gefehlt, dachte sie und legte sich wieder ins Bett.

*

Auf dem Dach eines Polizeigebäudes in der Bergsgatan gab es eine Reihe von vergitterten Höfen für den Freigang von Untersuchungshäftlingen. An diesem Morgen waren alle außer einem leer, in dem einsam und allein ein Spatz auf dem Zementboden saß. Umso regeres Treiben herrschte in einem der Ermittlungszimmer im Gebäude C.

»Der Koffer war leer?«

»Ja«, antwortete Mette.

»Und wo ist er jetzt?«

»Sie hat ihn bei dem Typen abgegeben, der die Ferienhütten verwaltet, er heißt Axel Nordeman.«

Mette saß am hinteren Ende des Raums. Teile ihrer Ermittlungsgruppe erstatteten Bericht. Der Ton war ruhig, aber angespannt. Die Information über den Koffer war interessant. Nils Wendts Besuch auf Nordkoster war generell interessant. Warum war er dort gewesen? Wen hatte er dort getroffen? Warum hatte er einen leeren Koffer zurückgelassen? Bevor sie am Vorabend zu Bett gegangen war, hatte Mette zwei Polizisten auf die Insel geschickt, die sich um den Koffer kümmern und die Anwohner befragen sollten.

»Wissen wir, wann er auf Nordkoster eingetroffen ist?«, erkundigte sich Lisa Hedqvist.

»Noch nicht, die Beamten vor Ort melden sich im Tagesverlauf. Dagegen wissen wir, wo Olivia Rönning ihn zum ersten Mal gesehen hat, und zwar an der Nordseite der Insel, bei Hasslevikarna, sie konnte mir allerdings nicht genau sagen, um wie viel Uhr, da sie sich selbst verlaufen hatte, aber sie schätzt, dass es ungefähr gegen neun Uhr abends gewesen sein dürfte.«

»Und eine Stunde später ist er dann zu ihrer Hütte gekommen?«

»Eher zwei Stunden später, irgendwann vor zwölf«, antwortete Mette. »Etwas präziser wissen wir, dass er ziemlich genau um Mitternacht am westlichen Anleger ein Taxiboot genommen hat, das ihn nach Strömstad gebracht hat. Dort verliert sich seine Spur.«

»Nicht ganz.«

Bosse Thyrén stand auf. Seit Mettes Anruf am Vorabend hatte er minutiös recherchiert.

»Dan Nilsson hat sich um 04.35 am Montagmorgen eine Fahrkarte für den Zug von Strömstad nach Göteborg gekauft, danach den Schnellzug von Göteborg um 07.45 genommen und ist um 10.50 im Hauptbahnhof von Stockholm eingetroffen. Das hat mir die Buchungsstelle der Schwedischen Bahn bestätigt. Am Hauptbahnhof hat er um Viertel nach elf bei Avis ein Auto gemietet und sich kurz vor zwölf unter dem Namen Dan Nilsson ein Zimmer im Hotel Oden am Karlbergsvägen genommen. Die Spurensicherung untersucht es derzeit.«

»Ausgezeichnet, Bosse.«

Mette drehte sich zu den anderen um.

»Habt ihr noch etwas von seinem Handy gehört?«

»Nein, aber der Obduktionsbericht ist gekommen. Das Blut auf dem Granitfelsen am Tatort stammt von Nils Wendt. Es gab auch Hautfragmente. Das Blut auf der Erde neben den Reifenspuren stammt ebenfalls von ihm.«

»Die Schädelquetschung rührt also eindeutig von dem Granitfelsen her?«

»Sieht ganz so aus.«

»Aber ist er auch an ihr gestorben oder ist er ertrunken?«

Lisa Hedqvist schaute in den Bericht.

»Als er ins Wasser gefahren wurde, lebte er noch, war aber höchstwahrscheinlich bewusstlos. Er ist ertrunken.«

»Dann wissen wir Bescheid.«

Mette stand auf.

»Gute Arbeit, Leute ..., jetzt konzentrieren wir uns darauf herauszufinden, was er vom Einchecken ins Hotel bis zu seinem Tod gemacht hat. Er muss doch danach noch im Hotel gesehen worden sein, er muss in Restaurants gegessen haben, und vielleicht hat er dabei mit derselben Kreditkarte bezahlt, mit der er das Auto gemietet hat, vielleicht hat er mit dem Telefon in seinem Hotel ...«

»Hat er nicht, das habe ich schon gecheckt«, sagte Lisa.

»Gut.«

Mette ging zur Tür. Alle Anwesenden machten sich an die Arbeit.

*

Ein paar Gebäude weiter im selben Häuserblock saß Rune Forss in einem ganz ähnlichen Raum mit Janne Klinga zusammen. Die MO war nach dem Tod Vera Larssons zu einer Mordermittlung hochgestuft und die Gruppe um zwei Personen verstärkt worden, außerdem hatte man Forss einige zusätzliche Mittel zur Verfügung gestellt.

Er hatte Ermittler in die Stadt geschickt und mit den Obdachlosen gesprochen, die vor dem Mord an Vera Larsson misshandelt worden waren. Einer von ihnen lag immer noch im Krankenhaus, ein übergewichtiger Nordschwede, der sich an absolut nichts erinnerte. Viel mehr konnten sie im Moment nicht tun.

So sah es jedenfalls Rune Forss.

Er blätterte in *Strike*, einer Bowlingzeitschrift, und Klinga ging den Bericht der Spurensicherung zum Wohnwagen durch.

»Wir werden schon noch sehen, ob uns der Film weiterbringt«, sagte Klinga.

»Auf dem sie in dem Wohnwagen vögeln?«

»Ja.«

Der Mann, der mit Vera Larsson geschlafen hatte, war nach wie vor nicht identifiziert worden. Es klopfte an der Tür.

»Herein!«

Stilton trat mit einem Verband um den Kopf ein. Forss ließ die Zeitschrift sinken und betrachtete ihn. Stilton sah Janne Klinga an.

»Hallo, ich heiße Tom Stilton.«

»Hallo.«

Janne Klinga trat zu ihm und gab ihm die Hand.

»Janne Klinga.«

»Du bist also jetzt obdachlos?«, fragte Forss.

Stilton ignorierte ihn. Er hatte sich mental vorbereitet und gewusst, dass es so ablaufen würde. Das machte ihm nichts aus. Er sah Janne Klinga an.

»Leiten Sie die Ermittlungen im Mordfall Vera Larsson?«

»Nein, das tut ...«

»Weißt du, wer dich vermöbelt hat?«, wollte Forss wissen.

Er musterte Stilton, dessen Blick weiter auf Janne Klinga gerichtet war.

»Ich glaube, dass Vera Larsson von zwei sogenannten Kid Fighters ermordet wurde«, sagte Stilton.

Sekundenlang herrschte Stille im Raum.

»Kid Fighters?«, sagte Klinga.

Stilton erzählte ihm alles, was er wusste. Über die Kämpfe in den Käfigen, wo der unterirdische Raum lag, wer an ihnen teilnahm und wer das Ganze seiner Vermutung nach arrangierte.

Und welche Symbole einige von ihnen sich auf den Arm hatten tätowieren lassen.

»Zwei Buchstaben in einem Kreis, KF, man kann sie auf einem der Filme auf Trashkick erkennen. Sind sie euch auch aufgefallen?«, erkundigte er sich.

»Nein.«

Klinga schielte zu Forss hinüber.

»KF steht für Kid Fighters«, sagte Stilton.

Er ging zur Tür.

»Woher wissen Sie das alles?«, sagte Klinga.

»Der Tipp kam von einem kleinen Jungen in Flemingsberg, er heißt Acke Andersson.«

Er verließ den Raum, ohne Rune Forss auch nur einmal angesehen zu haben.

Kurz darauf waren Forss und Klinga auf dem Weg in die Kantine. Forss stand Stiltons Informationen sehr skeptisch gegenüber.

»Kinder, die in Käfigen gegeneinander antreten? Bei uns in Schweden?! Verdammt, davon hätten wir doch mit Sicherheit längst etwas gehört. In meinen Ohren klingt das total irre.«

Klinga antwortete nicht. Forss deutete an, dass Stilton möglicherweise wieder ein Opfer seiner Psychosen geworden sei und eine völlig absurde Geschichte halluziniert habe.

»Oder was meinst du? Kid Fighters? Denkst du, an der Sache könnte wirklich etwas dran sein?«

»Keine Ahnung«, antwortete Klinga.

Er war sich längst nicht so sicher, dass Stiltons Informationen abwegig waren, und beschloss, die Trashkick-Filme noch einmal durchzugehen, um zu sehen, ob er dieses Tattoo finden konnte.

Später, allein.

*

Ovette Andersson ging den Karlavägen hinab. Schwarze Stilettos, ein enger, schwarzer Rock und eine kurze, braune Lederjacke. Sie hatte gerade einen Kunden in einem privaten Parkhaus in der Banérgatan gehabt und war wieder dort abgesetzt worden, wo sie in den Wagen gestiegen war. Dies war eigentlich nicht ihr angestammtes Revier, aber es hatte Gerüchte gegeben, dass an der Mäster Samuelsgatan Fahnder unterwegs waren, deshalb hatte sie sich hierhin verzogen.

Sie zog ihren Lippenstift nach und bog auf dem Weg zur U-Bahn in die Sibyllegatan. Plötzlich sah sie in einem Geschäft auf der anderen Straßenseite ein bekanntes Gesicht.

In der Boutique *Schräg & Schön*.

Ovette blieb stehen.

So sah also ihr Laden aus, ihre schicke Fassade. Sie hat sich weit davon entfernt, Schwänze zu lutschen, während einem Koks aus der Nase läuft, dachte sie. Es war das erste Mal, dass sie an Jackie Berglunds Laden vorbeikam. Es war nicht ihre Gegend, jedenfalls heute nicht mehr, aber es hatte einmal eine Zeit gegeben, in der Ovette sich in Östermalm ziemlich gut ausgekannt hatte, auch wenn das heute kaum zu glauben war.

In der Zeit vor Acke.

Schräg und schön, dachte sie. Wirklich pfiffig. Aber Jackie war schon immer clever gewesen, clever und berechnend. Ovette überquerte die Straße und blieb vor dem Schaufenster stehen. Wieder sah sie die elegante Frau in dem Laden, die sich im selben Moment umdrehte und Ovette direkt in die Augen sah. Ovette hielt ihrem Blick stand. Früher, Ende der achtziger Jahre, waren sie Kolleginnen gewesen, Escortgirls bei *Gold Card*. Sie, Jackie und Miriam Wixell. Miriam war ausgestiegen, als sexuelle Dienste gefordert wurden. Ovette und Jackie hatten weitergemacht und gutes Geld verdient.

Jackie war die clevere von ihnen gewesen, die jede Chance ergriffen hatte, die Klientel kennenzulernen, für die sie da sein sollten. Ovette war einfach nur mitgelaufen und hatte mit ihren Kunden nur gelegentlich und ohne jeden Hintergedanken etwas Kokain geschnupft. Als *Gold Card* aufgelöst wurde, übernahm Jackie Berglund das Geschäft von Carl Videung unter dem neuen Namen *Red Velvet*. Ein exklusiver Escortservice für einen kleinen, exklusiven Kundenkreis. Ovette folgte Jackie in die neue Firma, arbeitete ein paar Jahre für sie und wurde von einem Kunden schwanger.

Das war nicht gut.

Jackie Berglund hatte von ihr verlangt, das Kind abtreiben zu lassen, aber Ovette hatte sich geweigert. Sie erwartete zum ersten und wahrscheinlich auch zum letzten Mal ein Kind. Sie wollte es behalten, also hatte Jackie sie buchstäblich auf die Straße geworfen, wo sie sich mit einem neugeborenen Kind hatte durchschlagen müssen, so gut es eben ging.

Acke. Der Sohn eines Kunden, dessen Identität nur Ovette und Jackie bekannt war. Nicht einmal der Kunde selbst wusste Bescheid.

Jetzt standen sie sich nur durch eine Schaufensterscheibe getrennt Auge in Auge gegenüber. Die Hure vom Straßenstrich und die Luxusnutte. Am Ende schlug Jackie Berglund die Augen nieder.

Hat sie nicht sogar ein bisschen ängstlich ausgesehen?, dachte Ovette, blieb noch einen Moment stehen und beobachtete, wie Jackie, der Ovettes Anwesenheit auf der Straße bewusst war, in ihrem Laden aufräumte.

Sie hat Angst vor mir, dachte Ovette, weil ich Bescheid weiß und das ausnutzen könnte. Aber das würde ich niemals tun, denn ich bin nicht wie du, Jackie Berglund. Das ist der Unterschied zwischen uns, der dazu führt, dass ich auf den

Strich gehe und du da drinnen stehst. Aber das muss mir die Sache wert sein. Ovette ging mit hocherhobenem Kopf zur U-Bahn-Station.

Jackie Berglund räumte leicht manisch in ihrem Geschäft auf. Sie war erregt und verstört. Was machte sie hier? Ovette Andersson! Wie konnte sie es nur wagen? Schließlich drehte sie sich wieder um. Ovette war fort. Jackie dachte an sie. Ovette, die lebhafte, mit den fröhlichen Augen, die sie damals noch hatte. Die auf die Idee gekommen war, sich die Haare blau zu färben, was Carl bis zur Weißglut gereizt hatte. Ovette war weder besonders clever gewesen noch hatte sie strategisch gedacht. Zum Glück, dachte Jackie. Über manche Kunden wusste Ovette nämlich ein bisschen zu viel, aber sie hatte all die Jahre brav den Mund gehalten.

Sie hat mit Sicherheit Angst vor mir. Sie weiß, wer ich bin und was passiert, wenn mir jemand droht. Sie ist bestimmt nur zufällig vorbeigekommen.

Jackie Berglund arbeitete weiter, und es gelang ihr, den unangenehmen Anblick hinter der Fensterscheibe zu verdrängen. Nach einer Weile hatte sie mental eine Kehrtwende vollzogen. Dieses kleine Flittchen aus Kärrtorp, das einen Sohn am Hals hatte. Was für ein Abstieg! Statt abzutreiben und sich auf ein ganz anderes Niveau hochzuarbeiten. Manche Menschen treffen wirklich immer die falschen Entscheidungen im Leben, dachte sie und öffnete gleichzeitig lächelnd einer ihrer Stammkundinnen die Tür.

Linn Magnuson.

*

Rune Forss leerte in der Kantine gerade seine zweite Tasse Kaffee, als Mette Olsäter zu seinem Tisch kam. Janne Klinga war bereits gegangen.

»Hat Tom Stilton sich bei dir gemeldet?«, fragte Mette, als sie vor ihm stand.

»Was meinst du mit gemeldet?«

»Hat er heute mit dir gesprochen?«

»Ja.«

»Über diese Kämpfe und Kid Fighter?«

»Ja?«

»Gut. Tschüss!«

Mette entfernte sich wieder.

»Olsäter!«

Mette drehte sich um.

»Hat er dir auch davon erzählt?«, fragte Forss.

»Ja. Gestern.«

»Kaufst du ihm dieses Gelaber ab?«

»Warum sollte ich das nicht tun?«

»Weil er … Hast du nicht gesehen, in was für einem Zustand er ist?«

»Was hat das mit seinen Informationen zu tun?«

Mette und Forss sahen sich sekundenlang an. Ihre Abneigung beruhte auf Gegenseitigkeit. Als Forss seine Kaffeetasse hob, ging sie. Forss sah ihr nach.

Wollte sich die Landeskripo jetzt etwa in seinen Fall einmischen?

*

Olivia lag halb aufgerichtet im Bett, das weiße Notebook auf dem Schoß und einen Becher *Ben & Jerry's* in der Hand. Sie schaffte problemlos den ganzen und brauchte dann kein Abendessen mehr.

Nicht sehr gesund, aber lecker.

Zwei Stunden hatte sie im Internet gesurft und sich mit Nils Wendts früherem Leben als Unternehmer und Kompagnon von Bertil Magnuson beschäftigt. Sie fand nicht, dass sie damit ihr Versprechen brach, den Ufermord zu den Akten zu legen. Es gab doch gar keine Verbindung zwischen ihm und dem Mord an Wendt.

Vorläufig nannte sie es eine Recherche, bei der es in erster Linie um die Firma Magnuson Wendt Mining ging, die sich auch damals schon mit ziemlich harscher Kritik von verschiedenen Seiten konfrontiert gesehen hatte. Vor allem wegen ihrer guten Beziehungen zu totalitären Staaten, genau wie Mårten Olsäter es bei seinem kleinen Wutanfall während des Essens angedeutet hatte.

Ihre Gedanken schweiften zu der großen, alten Holzvilla vor den Toren Stockholms. Sie dachte an den Vorabend, der ein ziemlich überwältigendes Erlebnis gewesen war. Sie ließ sich Ausschnitte aus den Dialogen durch den Kopf gehen und versuchte, den verborgenen Untertönen zwischen Stilton und den Olsäters auf die Spur zu kommen, aber das war schwierig. Sollte sie jemals die Gelegenheit dazu bekommen, würde sie Mette oder Mårten fragen, wie ihre Beziehung zu Stilton eigentlich aussah und was sie darüber wussten, was mit Stilton geschehen war.

Sie war sicher, dass die beiden mehr darüber wussten als sie.

Plötzlich tauchte ein Foto von einem jungen Nils Wendt auf dem Bildschirm auf, der neben einem ebenso jungen Bertil Magnuson stand. Das Foto stammte aus einem Artikel von 1984, in dem es darum ging, dass die beiden Männer gerade einen millionenschweren Vertrag mit Präsident Mobutu im damaligen Zaire geschlossen hatten. Beide lächelten in die Kamera. Zu ihren Füßen lag ein toter Löwe.

Magnuson zeigte sich stolz mit einem Gewehr in der Hand.

Widerlich, dachte Olivia. Dann klingelte ihr Handy. Sie warf einen Blick auf das Display, aber die Nummer sagte ihr nichts.

»Olivia Rönning.«

»Hallo, hier spricht Ove Gardman, ich habe gerade meine Mailbox abgehört, und Sie haben zwei Mal versucht, mich zu erreichen. Sie wollten mich sprechen?«

»Ja. Allerdings!«

Olivia schob das Notebook mit eisklebrigen Fingern von sich und setzte sich auf. Ove Gardman, der als Kind Zeuge der Tat geworden war!

»Worum geht es?«, erkundigte sich Gardman.

»Nun, es geht um den Mord auf Nordkoster 1987, den ich gerade studiere. Soweit ich weiß, haben Sie ihn beobachtet?«

»Ja, das stimmt. Das ist ja lustig.«

»Was denn?«

»Ach, ich habe erst vor einer guten Woche mit einem Mann in Mal Pais über die Sache gesprochen.«

»Wo liegt das?«

»In Costa Rica.«

»Und Sie haben sich über diesen Mord unterhalten?«

»Ja?«

»Wer war der Mann?«

»Er heißt Dan Nilsson.«

Olivia vergaß endgültig ihr Versprechen zum Ufermord und versuchte, möglichst ruhig zu bleiben.

»Sind Sie jetzt in Schweden?«

»Ja.«

»Wann sind Sie zurückgekommen?«, fragte sie.

»Heute Nacht.«

»Dann haben Sie wahrscheinlich noch nichts von dem Mord an Nils Wendt gehört?«

»Wer ist das?«

»Dan Nilsson. Er hat diesen Namen benutzt, obwohl er eigentlich Nils Wendt hieß.«

»Und er ist ermordet worden?«

»Ja. Vorgestern. In Stockholm.«

»Oh.«

Olivia ließ Gardman ein wenig Zeit. Sie hatte weitere Fragen, aber Gardman kam ihr zuvor.

»Mein Gott, er schien mir so ... Das ist wirklich unheimlich, ich war doch bei ihm zu Hause und ...«

Gardman verstummte und Olivia meldete sich wieder zu Wort.

»Wie sind Sie sich begegnet?«

»Also, ich bin Meeresbiologe und war in San José, um bei der Planung eines großen Wasserreservats auf der Nicoya-Halbinsel zu helfen, und dann bin ich für zwei Tage auf die Pazifikseite gefahren, um mich dort ein wenig umzuschauen, und dabei habe ich ihn kennengelernt, er war Fremdenführer in einem Naturschutzgebiet in der Nähe von Mal Pais.«

»Da hat er gewohnt? In Mal Pais?«

»Ja ... wir haben uns ein bisschen unterhalten, Schweden kommen im Regenwald wahrscheinlich eher selten vorbei, und dann hat er mich zum Essen zu sich nach Hause eingeladen.«

»Und bei dem Essen haben Sie dann über den Mord auf Nordkoster gesprochen?«

»Ja, wir haben Wein getrunken, und dann sind wir irgendwie darauf zu sprechen gekommen, dass wir beide eine Verbindung zu der Insel haben, weil ihm vor vielen Jahren ein Sommerhaus auf Nordkoster gehört hat, und daraufhin habe ich ihm von dem Abend erzählt, an dem ich den Mord gesehen habe.«

»Und wie hat er darauf reagiert?«

»Na ja, er... es war schon ein bisschen seltsam, er hat sich nämlich sehr dafür interessiert und wollte alle möglichen Details hören, aber ich war damals doch erst neun, und das Ganze ist über zwanzig Jahre her, so dass ich mich nicht mehr besonders gut erinnern konnte.«

»Aber er ist sehr neugierig geworden?«

»Irgendwie schon. Danach ist er verreist. Ich bin am nächsten Abend noch einmal hingefahren, um meine Mütze zu holen, die ich bei ihm liegen gelassen hatte, und da war er schon fort. Zwei kleine Jungs sind vor seinem Haus herumgelaufen und haben mit der Mütze gespielt, aber sie wussten nicht, wo er war, nur dass er verreist ist.«

»Er ist nach Nordkoster gefahren.«

»Tatsächlich?«

»Ja.«

»Und jetzt ist er tot?«

»Leider. Darf ich fragen, wo Sie jetzt sind?«

»Zu Hause. Auf Nordkoster.«

»Sie kommen nicht zufällig in der nächsten Zeit nach Stockholm?«

»Im Moment nicht.«

»Okay.«

Olivia bedankte sich bei Gardman. Im Grunde für viel mehr, als er begriff. Unmittelbar darauf wählte sie Stiltons Nummer.

Stilton stand vor der Markthalle auf Södermalm und verkaufte *Situation Stockholm*, aber das Geschäft lief schleppend, nur zwei Exemplare in einer Stunde. Nicht etwa, weil nur wenig Leute unterwegs gewesen wären, sondern weil sich praktisch jeder ein Handy ans Ohr hielt oder Kopfhörer trug, die mit einem Handy in der Hand verbunden waren. Wahrscheinlich sind wir mitten in einer Mutation, dachte Stilton. Eine neue Rasse entsteht. Der homo digitalis, eine vernetzte Version des Neandertalers. Dann klingelte sein eigenes Handy.

»Hier ist Olivia. Raten Sie mal, was ich über Nordkoster erfahren habe!«

»Sie wollten doch die Finger von dem Fall lassen?! Sie haben mir doch gesagt, dass Sie …«

»Nils Wendt ist vor einer guten Woche dem kleinen Jungen von damals begegnet, dem Zeugen! In Costa Rica!«

Stilton verstummte.

»Das ist bemerkenswert«, sagte er schließlich.

»Nicht wahr?«

Eine aufgeregte Olivia berichtete rasch, was Gardman Wendt über den Ufermord erzählt hatte und dass Wendt kurz darauf nach Schweden gereist war.

»Warum hat er das getan?«, fragte sie. »Warum hat Gardmans Geschichte von dem Mord bei Wendt diese Reaktion ausgelöst? Er ist doch schon drei Jahre vor dem Mord verschwunden. Hat es eine Verbindung zwischen ihm und der Frau am Ufer gegeben? Immerhin war sie wahrscheinlich lateinamerikanischer Herkunft.«

»Olivia.«

»Haben die beiden sich in Costa Rica kennengelernt?! Hat Wendt sie nach Nordkoster geschickt, um etwas zu holen, was er in seinem Sommerhaus versteckt hatte?!«

»Olivia!«

»Ist sie im Wasser gefoltert worden? Von Leuten, die den Tipp bekommen hatten, dass sie auftauchen würde, und ihr gefolgt sind? Hatte sie …«

»Olivia!«

»Ja?«

Stilton hatte Olivias Verschwörungstheorien endgültig satt.

»Sie müssen noch einmal mit Mette sprechen.«

»Okay. Sicher, natürlich!«

»Und halten Sie sich an die Fakten. An Gardman und Wendt. Den Rest schafft sie schon alleine.«

»Okay. Kommen Sie mit?«

Das tat er. Außerdem hatte er seinen Verband entfernt und durch ein großes Pflaster auf dem Hinterkopf ersetzt, das etwas diskreter war. Sie wollten in ein Restaurant. Olivia hatte Mette Olsäter erreicht, als die gerade auf dem Weg zu ihrem Auto war. Mårten und Jolene waren bei einer Ballettvorführung in der Stadt und würden erst spät nach Hause kommen. Sie selbst hatte vor, in einem kleinen Restaurant in Saltsjö-Duvnäs Halt zu machen und einen Happen zu essen.

»Stazione«, sagte Mette.

»Wo liegt das?«

»In einem roten Bahnhofsgebäude, die Station heißt Saltsjö-Duvnäs auf der Bahnlinie nach Saltsjöbaden.«

Nun saßen sie dort in der Abendsonne auf einem hölzernen Bahnsteig an der Rückseite des hübschen Bahnhofgebäudes, an einem kleinen runden Tisch, zwei Meter von den Zügen entfernt, die eintrafen und wieder abfuhren, wodurch eine seltsam kontinentale Atmosphäre entstand. Das Restaurant war sehr beliebt und vor allem bei Familien für sein gutes Essen bekannt, so dass sie nur noch einen Tisch im Freien auf der Bahnsteigseite bekommen hatten, was ihnen allerdings nichts ausmachte, da er für ihre Zwecke perfekt war. Niemand saß ihnen so nahe, dass er ihr Gespräch hätte belauschen können, nicht einmal, als Mette gelegentlich ihre markante Stimme erhob.

»In Costa Rica?!«

Endlich bekam sie eine Antwort auf die Frage, mit der sie sich siebenundzwanzig Jahre zuvor so lange beschäftigt hatte. Endlich wusste sie, wo Nils Wendt sich all die Jahre versteckt hatte.

»In Mal Pais, auf der Nicoya-Halbinsel«, ergänzte Olivia.

»Unglaublich!«

Olivia war ziemlich stolz darauf, bei der abgebrühten Mordermittlerin eine solche Reaktion auszulösen, und sah sehr zufrieden aus, als Mette sofort Lisa Hedqvist anrief und sie bat, sich mit Ove Gardman in Verbindung zu setzen und ihn zu befragen. Die Information über Wendts Aufenthaltsort war für Mette weitaus interessanter als seine mögliche Verbindung zum Ufermord. Der Fall war zwar noch nicht verjährt, aber sie musste sich um eine wesentlich aktuellere Mordermittlung kümmern. Außerdem hatte sie das Gefühl, dass der Mord auf der Insel immer noch Toms Fall war.

Sie beendete ihr Gespräch und sah Stilton an.

»Das müssten wir uns eigentlich genauer ansehen.«

»Du meinst, Mal Pais?«

»Ja. Wendts Haus. Möglicherweise gibt es dort Beweismaterial, das uns bei den Ermittlungen weiterhelfen könnte, zum Beispiel ein Motiv für den Mord oder eine Erklärung dafür, warum er damals verschwunden ist. Aber das könnte knifflig werden.«

»Warum?«, erkundigte sch Olivia.

»Weil ich wenig Vertrauen zur dortigen Polizei habe, die bestimmt nicht sehr effektiv arbeitet, außerdem gibt es sicher ziemlich viel Bürokratie.«

»Und?«

Olivia sah, dass Mette und Stilton einen Blick wechselten, der schnell Einverständnis signalisierte.

Dann baten sie um die Rechnung.

Es kam nicht oft vor, dass Mette Olsäter das *Casino Cosmopol* besuchte. Die umfangreiche Frau zog einige Blicke auf sich, als sie einen der Spielsäle betrat. Nicht zuletzt Abbas' Blicke. Sie war ihm schon in der Tür ins Auge gefallen. Ein kurzer Blickwechsel reichte aus, damit er begriff, dass es an der Zeit wäre, einen anderen Croupier zu bitten, seinen Tisch zu übernehmen.

Stilton und Olivia standen gegen Mettes Auto gelehnt in der Nähe des Kasinos. Auf der Fahrt in die Stadt hatte sie eine kurze Beschreibung des Menschen bekommen, den sie hier treffen wollten. Abbas el Fassi. Ehemaliger Taschenverkäufer, heute renommierter Croupier. Im Laufe der Jahre hatte er für Mette und Stilton immer wieder Aufträge undercover ausgeführt.

Was ihm immer besser gelungen war und die beiden davon überzeugt hatte, dass Abbas absolut zuverlässig Dinge erledigte, die abseits offizieller Dienstwege ablaufen mussten.

Wie jetzt.

Wenn man die einheimische Polizei nicht einschalten und sich nicht mit ihrer Bürokratie herumschlagen wollte, um an die eigentlich offiziell benötigten Genehmigungen zu kommen, entschied man sich für den anderen Weg namens Abbas.

Olivia sah Stilton an.

»Immer?«

Stilton hatte ihr gerade von Abbas und seiner Vergangenheit erzählt, jedoch ohne in die Details zu gehen. Vor allem ohne darauf einzugehen, aus welchem Grund Abbas mit Hilfe Stiltons aus einem halbkriminellen Sumpf gezogen und in die Obhut von Mette und Mårten Olsäter gegeben worden war. Von diesen war er nach einer Weile als Teil der Familie betrachtet worden, was vor allem dem mongoloiden Mädchen Jolene zu verdanken war. Als Abbas zu ihnen kam, war sie sieben gewesen, und ihr war es mit der Zeit gelungen, seine raue Schale zu durchbrechen und ihm den Mut zu geben, die Fürsorge und Liebe der Familie anzunehmen und seine eigene offen zu zeigen. Ein ziemlich großer Schritt für einen armen, elternlosen Jungen aus Marseille. Abbas gehörte bis heute zu Familie Olsäter.

Er selbst wachte mit Adleraugen über Jolene.

Und trug ein Messer.

»Immer«, wie Stilton bestätigte.

Er hatte das Bild abgerundet, indem er Abbas' extreme Vorliebe für Messer angedeutet hatte. Er trug stets ein sehr spezielles Messer bei sich, das er eigenhändig hergestellt hatte.

»Und was ist, wenn er es verliert?«

»Er hat fünf davon.«

Mette und Abbas verließen das Kasino und kamen zum Auto. Stilton hatte sich innerlich für die Begegnung mit Abbas gewappnet. Es war lange her, dass sie sich unter Umständen begegnet waren, die Stilton sich nur ungern vergegenwärtigte.

Jetzt sahen sie sich wieder.

Aber es lief wie fast immer bei Abbas. Ein paar kurze Blicke, ein Kopfnicken, und damit war die Sache erledigt. Als Abbas auf dem Beifahrersitz Platz nahm, spürte Stilton, wie sehr er ihn vermisst hatte.

Mette hatte vorgeschlagen, zu Abbas in der Dalagatan zu fahren, und nun saßen sie in seinem Wohnzimmer, und Mette brachte ihr Anliegen vor. Eine Reise zu Wendts Aufenthaltsort Mal Pais in Costa Rica und eine Durchsuchung seines Hauses. Eine begrenzte Zusammenarbeit mit der örtlichen Polizei würde Mette über ihre Kanäle einfädeln. Die Hauptaufgabe musste Abbas allerdings nach eigenem Ermessen erledigen.

Die Kosten würde Mettes Abteilung übernehmen.

Anschließend referierte sie alle bisher bekannten Details des Falls, und Abbas lauschte ihr schweigend.

Als Mette mit den Erläuterungen fertig war, die mit ihrer

aktuellen Mordermittlung zusammenhingen, brachte Stilton einen zusätzlichen Wunsch vor.

»Wenn du schon einmal da bist, kannst du ja mal schauen, ob du eine Verbindung zwischen Wendt und der Frau findest, die 1987 auf Nordkoster ermordet wurde. Vielleicht haben sie sich in Costa Rica kennengelernt, und sie ist nach Nordkoster gereist, um dort etwas zu holen, was Wendt in seinem Sommerhaus versteckt hatte, okay?«

Olivia horchte auf. Ohne sie eines Blickes zu würdigen, hatte Stilton einen Teil ihrer »Verschwörungstheorien« geklaut und sich zu eigen gemacht. So ist er einfach, dachte sie. Das werden wir uns merken.

Jetzt warteten sie auf Abbas' Antwort.

Olivia hatte die ganze Zeit kein Wort gesagt. Sie spürte, dass hier drei Menschen über eine ganz spezielle Chemie miteinander verbunden waren, die weit in die Vergangenheit zurückreichte. Ihr Umgang miteinander war von großem gegenseitigem Respekt geprägt. Außerdem war ihr aufgefallen, dass Stilton und Abbas sich ab und zu kurze, verstohlene Blicke zuwarfen, als gäbe es zwischen ihnen etwas Unausgesprochenes. Aber was?

»Ich fahre.«

Mehr sagte Abbas zu dem Thema nicht und fragte stattdessen, ob jemand einen Tee haben wolle. Mette wollte nach Hause, und Stilton wollte raus, so dass beide dankend ablehnten und schon auf dem Weg in den Wohnungsflur waren, als Olivia das Angebot annahm.

»Gern.«

Olivia wusste nicht genau, warum sie das sagte, aber Abbas hatte etwas. Schon als er sich in einer einzigen gewandten Bewegung in den Wagen geschoben und auf den Sitz fallen gelassen hatte, war sie fasziniert gewesen. Und wie er duftete. Es war kein Parfum, sondern etwas anderes, was sie nicht kannte. Gerade betrat er mit einem kleinen Silbertablett, auf dem eine Teekanne und Tassen standen, den Raum.

Olivia betrachtete das Zimmer, in dem sie saß, ein sehr schönes Zimmer. Weiß gestrichen, luftig möbliert, mit ein paar hübschen Lithografien an einer Wand, einem dünnen, matten Stofftuch an einer anderen Wand, keinem Fernseher, einem sanft abgetretenen Holzfußboden. Sie fragte sich, ob Abbas eventuell ein bisschen pedantisch war.

Das war er, in manchen Dingen.

Die anderen Dinge kannten nur sehr wenige Menschen.

Olivia musterte Abbas. Er stand vor einem flachen, sorgsam geordneten Bücherregal voller sehr dünner Bücher. Sein weißes, kurzärmliges Hemd hing locker über gut geschnittene Chinos herab. Wo hat er das Messer?, fragte Olivia sich. Laut Stilton trug er es doch immer bei sich. Immer. Ihre Augen studierten seinen Körper. Er hat ja kaum etwas an. Hat er es etwa abgelegt?

»Sie haben neugierige Augen.«

Abbas fuhr mit einer kleinen Tasse Tee in der Hand herum, und Olivia fühlte sich ertappt und wollte nicht, dass Abbas ihren Blick falsch verstand.

»Stilton sagt, dass Sie immer ein Messer bei sich tragen.«

Abbas reagierte kaum merklich, aber dennoch deutlich und gereizt. Warum hatte Stilton Olivia von seinem Messer erzählt? Das hätte er sich sparen können. Das Messer war ein Teil von Abbas' verborgenem Charakter, es gehörte nicht in die Öffentlichkeit. Nicht einmal diese junge Frau sollte Zugang zu dieser Information haben.

»Stilton redet manchmal ein bisschen viel.«

»Aber stimmt es? Tragen Sie es gerade bei sich?«

»Nein. Zucker?«

»Ein bisschen.«

Abbas drehte sich wieder um, und Olivia ließ sich in den flachen Sessel zurücksinken. Im selben Moment knallte es in dem Holzrahmen neben ihr – ein langes, dünnes und schwarzes Messer zitterte wenige Zentimeter von ihrer Schulter entfernt im Holz. Olivia schreckte zurück und starrte Abbas an, der mit einer Tasse Tee in der Hand auf sie zukam.

»Das ist kein Messer, das ist ein Black Circus, 260 Gramm leicht, ohne Verzierungen. Wollen wir uns ein bisschen über diesen Ufermord unterhalten?«

»Klar.«

Olivia nahm ihre Tasse an und begann, ein bisschen zu schnell und erregt zu erzählen. Das Messer steckte neben ihr noch im Holz, und in ihrem Hinterkopf meldete sich hartnäckig die Frage: Wo zum Teufel hatte er es gehabt?

*

Ove Gardman saß in der Küche seines Elternhauses auf Nordkoster und schaute aus dem Fenster. Gerade hatte er mit einer Polizistin in Stockholm telefoniert und ihr alles erzählt, was er über Nils Wendt und Mal Pais wusste. Die Ravioli aus der Dose hatte er vertilgt. Sie waren kein kulinarischer Höhepunkt gewesen, hatten jedoch ihre Aufgabe erfüllt und seinen Hunger gestillt. Morgen würde er bessere Lebensmittel einkaufen gehen.

Er sah sich in seinem alten Elternhaus um.

Er war zu einem kurzen Zwischenstopp in seiner Zweizimmerwohnung in Göteborg gewesen, ehe er nach Strömstad gefahren war, seinen Vater im Altersheim besucht hatte und anschließend die Fähre nach Hause genommen hatte. Nach Nordkoster. Sein Zuhause, weil er hier hingehörte.

So war es einfach.

Mittlerweile lebten seine Eltern nicht mehr in dem Haus, was ihn etwas wehmütig stimmte. Seine Mutter war vor drei Jahren gestorben, und sein Vater hatte kürzlich einen Gehirnschlag erlitten. Seither war seine rechte Körperhälfte teilweise gelähmt. Ein trauriges Handicap für einen alten, wettergegerbten Hummerfischer, der mit seinem kraftstrotzenden Körper ein Leben lang dem Meer getrotzt hatte.

Ove seufzte, stand vom Küchentisch auf, stellte den Teller ins Spülbecken und dachte an Costa Rica. Es war eine fantastische Reise gewesen, lehrreich und eigenartig.

Noch eigenartiger war es dann geworden, als er nach Hause gekommen war und diese Olivia Rönning angerufen hatte. Dan Nilsson war ermordet worden, ein verschwundener Geschäftsmann, der in Wahrheit Nils Wendt hieß und unmittelbar nach ihrer Begegnung in Mal Pais nach Nordkoster gereist und kurz darauf getötet worden war. Was hatte er auf der Insel gewollt? Merkwürdig. Unheimlich. Gab es einen Zusammenhang zu dem, was er dem Mann über die Frau am Ufer erzählt hatte?

Er ging zur Haustür und verriegelte sie, was er sonst nie tat. Auf Nordkoster war das eigentlich nicht nötig, aber jetzt tat er es trotzdem. Danach ging er zu seinem alten Kinderzimmer, stellte sich in den Türrahmen und ließ den Blick durch das Zimmer schweifen. Seit er zum Studium nach Göteborg gezogen war, hatte es sich kaum verändert. Die alte Tapete mit dem Muschelmuster, die ganz den Wünschen des jungen Ove entsprochen hatte, war schäbig geworden und müsste eigentlich ersetzt werden.

Er ging in die Hocke. Der Linoleumboden hatte seine Funktion erfüllt. Unter ihm gab es mit Sicherheit einen Dielenboden, den er neu lackieren oder auch nur abschleifen und einölen konnte. Er versuchte, das Linoleum an der Türschwelle abzuziehen, um nachzusehen, was sich darunter verbarg, aber es klebte fest. Und wenn er es mit einem Stemmeisen versuchte? Er ging zum großen Werkzeugschrank im Flur, dem Stolz seines Vaters, in dem alles in perfekter Ordnung sortiert war.

Als er den Schrank öffnete und sie sah, musste er schmunzeln: seine alte Sachensucherkiste. Eine Holzkiste, die er im Werkunterricht in der Größe eines Schuhkartons gebaut und als kleiner Junge mit Strandgut gefüllt hatte. Dass es die tatsächlich noch gab! Und ausgerechnet hier, in Bengts geliebtem Werkzeugschrank. Er hob den Bohrmaschinenkoffer herunter und zog vorsichtig die Sachensucherkiste heraus, nahm sie ins Schlafzimmer mit und öffnete sie auf dem Bett. Es war alles noch da: der Vogelschädel, den er und seine Mutter am Ufer gefunden hatten, Bruchstücke von Vogeleiern, schöne Steine und Hölzer und Glasscherben, die das Meer abgeschliffen hatte. Ein paar seltsamere Dinge, die angetrieben worden waren. Zum Beispiel eine halbe Kokosnuss, und natürlich zahllose Schneckenhäuser und Muscheln, die Häuser von Wellhornschnecken, Herzmuscheln, Austern und Venusmuscheln, die er und Iris in dem Sommer gesammelt hatten, als sie neun Jahre alt und ineinander verliebt gewesen waren. Und natürlich die Haarspange, die er etwas später in jenem Sommer gefunden hatte. Iris' Haarspange. Er hatte sie am Ufer im Tang gefunden und ihr zurückgeben wollen, aber sie war schon abgereist, und im nächsten Sommer hatte er sowohl die Spange als auch Iris längst vergessen.

Ove nahm sie aus der Kiste.

Es hing sogar noch eines ihrer Haare darin. Nach all den Jahren. Aber? Ove hielt die Spange ins Licht der Tischlampe. War Iris nicht blond gewesen? Dieses Haar war viel dunkler, fast schwarz. Wie seltsam.

Ove dachte nach. Wann hatte er diese Spange eigentlich gefunden? War das nicht an dem Abend gewesen, als … Doch, genau! Plötzlich erinnerte er sich wieder! Er hatte die Spange neben den frischen Fußspuren im Sand im Tang gefunden, und dann … dann hatte er die Stimmen am Ufer gehört und sich hinter den Felsen versteckt!

In jener Nacht mit der Springflut.

*

Abbas löste sein Messer aus dem Holzrahmen des Sessels. Olivia hatte ihren Tee getrunken und war gegangen. Er hatte sie zur Tür begleitet. Das war alles gewesen. Jetzt tippte er eine Nummer in sein Handy und wartete. Als sich am anderen Ende der Leitung jemand meldete, äußerte er seinen Wunsch in seiner zweiten Muttersprache Französisch.

»Wie lange wird das dauern?«, sagte er.

»Zwei Tage. Wo treffen wir uns?«

»In San José, Costa Rica. Ich schicke dir eine SMS.«

Einer von ihnen hatte Brotkrümel auf der Brust, ein anderer kaute auf einer Tablette gegen Sodbrennen herum und musste dauernd schlucken, ein dritter hatte vergessen, sich die Zähne zu putzen. Alle eilten verschlafen, aber hochmotiviert durch die Korridore der Landeskriminalpolizei.

Mette Olsäter hatte die Besprechung ihrer Gruppe besonders früh angesetzt, um 6.30 waren sie versammelt. Zehn Minuten später hatte sie Olivias Informationen vom Vortag an alle weitergeleitet. Ergänzt wurden sie von Lisa Hedqvists Unterhaltung mit Gardman am Vorabend, bei der allerdings keine neuen Informationen hinzugekommen waren. Aber nun wussten sie wenigstens, wo Wendt gelebt hatte, bevor er nach Schweden zurückgekehrt war. Auf einem Computerbildschirm war eine große Karte von Costa Rica zu sehen. Mette zeigt auf Mal Pais auf der Nicoya-Halbinsel.

»Ich habe einen persönlichen Kontakt von mir hingeschickt.«

Keiner reagierte, da sich alle blind darauf verließen, dass Mette wusste, was sie tat.

Bosse Thyrén trat an die Tafel. Mette hatte ihn nach ihrem Besuch bei Abbas angerufen und ihm die nötigen Informationen gegeben, damit er an die Arbeit gehen konnte.

»Ich habe Wendts Reiseroute ermittelt«, erklärte er. »Er hat im Flughafen von San José in Costa Rica unter demselben Namen eingecheckt, unter dem er auch das Auto gemietet hat. Dan Nilsson.«

»Wann war das?«

»Am Freitag, den 10. Juni, um 23.10 Ortszeit.«

Bosse notierte die Angaben auf der Tafel.

»Mit welchen Papieren ist er gereist?«

»Daran arbeiten wir noch. Der Flug ging über Miami nach London, Ankunftszeit 06.10, und von dort hat er dann die Maschine genommen, die am Sonntag, den 12. Juni, um 10.35 in Göteborg gelandet ist.«

»Immer noch als Dan Nilsson?«

»Ja. Vom Flughafen hat er ein Taxi zum Hauptbahnhof genommen, und wenn man bedenkt, dass er am Abend desselben Tages auf Nordkoster aufgetaucht ist, darf man wohl annehmen, dass er auf direktem Weg nach Strömstad gefahren ist und von dort eine Fähre genommen hat.«

»Ja, danke, Bosse. Hast du diese Nacht überhaupt geschlafen?«

»Nein. Aber das ist schon okay.«

Mette warf ihm einen anerkennenden Blick zu.

Bosses Informationen wurden schnell mit seinen früheren Recherchen zu Wendts Aktivitäten auf Nordkoster verbunden. Nun lag ihnen ein Bewegungsmuster vor, das sich von San José in Costa Rica über Nordkoster bis zum Hotel Oden am Karlbergsvägen in Stockholm erstreckte.

»Die Kriminaltechniker haben sich übrigens wegen Wendts Handy gemeldet, es funktioniert wieder.«

Einer der älteren Ermittler kam mit einer Plastikmappe zu Mette.

»Hast du den Bericht gelesen?«

»Ja.«

»Ist etwas Interessantes dabei?«

»Ja, ich denke schon.«

Eine kleine Untertreibung, stellte Mette fest, als sie den Bericht überflog, der unter anderem eine detaillierte Anrufliste mit Datum und Uhrzeit enthielt.

*

Ove Gardman hatte Olivia am späten Abend angerufen und ihr von der Spange mit dem schwarzen Haar erzählt, die er gefunden hatte. Könnte sie von Interesse sein?

Allerdings.

Gardman war zudem kurzfristig gefragt worden, ob er am nächsten Tag an einer meeresbiologischen Anhörung in Stockholm teilnehmen könne, und würde am nächsten Morgen den Zug in die Hauptstadt nehmen.

»Die Bar in der Lobby des Hotels *Royal Viking*. Am Hauptbahnhof. Ginge das?«, fragte Olivia.

»In Ordnung.«

Gardman schlenderte in einer verwaschenen Jeans und einem schwarzen T-Shirt in die Bar, er war braungebrannt, seine Haare waren von der Sonne gebleicht. Olivia musterte den Fremden und fragte sich, ob er wohl Single war. Dann wandte sie den Blick ab. Gardman ging zur Bar und bestellte einen Espresso. Als er seinen Kaffee bekommen hatte, drehte er sich um, schaute auf die Uhr und sah an der großen Fensterfront eine junge, dunkelhaarige Frau sitzen. Er trank einen Schluck und wartete ab. Einen Schluck später hob Olivia den Kopf und blickte erneut zu dem Mann an der Bar hinüber.

»Olivia Rönning?«, fragte Gardman.

Olivia war völlig überrumpelt, nickte aber. Er ging zu ihr.

»Ove Gardman«, stellte er sich vor.

»Hallo.«

Gardman setzte sich.

»Wie jung Sie sind«, sagte er.

»Ah ja? Wie meinen Sie das?«

»Ach, Sie wissen schon, man hört eine Stimme am Telefon und macht sich ein Bild von dem Menschen und, na ja … ich habe irgendwie gedacht, Sie wären älter.«

»Ich bin dreiundzwanzig. Haben Sie die Haarspange dabei?«

»Ja.«

Gardman zog eine kleine, durchsichtige Plastiktüte mit einer Haarspange darin heraus. Olivia betrachtete sie, und Gardman erzählte ihr, wo, wie und vor allem wann er sie gefunden hatte.

»Und das war kurz bevor Sie die Stimmen gehört haben?«

»Ja. Sie lag neben frischen Fußspuren im Tang, und ich bin den Spuren mit den Augen gefolgt, und daraufhin habe ich diese Leute gesehen und mich versteckt.«

»Dass Sie sich daran noch erinnern können!«

»Na ja, das war schon ein ganz besonderes Erlebnis für mich, ich hätte mich sicher nicht so im Detail erinnert, wenn ich nicht die Haarspange gefunden hätte.«

»Darf ich sie eine Weile behalten?«

Olivia hob die Plastiktüte hoch und sah Gardman an.

»Ja klar, kein Problem. Ich soll Sie übrigens von Axel Nordeman grüßen, er hat mich heute Morgen nach Strömstad übergesetzt.«

»Danke.«

Gardman schielte auf seine Armbanduhr.

»Mist, ich muss leider los.«

Schon, dachte Olivia. Gardman stand auf und sah sie an.

»Die Anhörung fängt in einer halben Stunde an, aber es war nett, Sie kennengelernt zu haben! Sagen Sie mir Bescheid, wenn die Spange Sie weitergebracht hat?!«

»Selbstverständlich, das mache ich.«

Gardman nickte und ging. Olivias Augen folgten ihm. Warum habe ich ihm nicht vorgeschlagen, ein Bier trinken zu gehen, ehe er wieder fährt, dachte sie.

Das hätte Lenni getan.

*

Der junge Polizeiinspektor Janne Klinga hatte mit einiger Mühe herausgefunden, wo er Stilton finden konnte. In einem Wohnwagen im Wald Ingenting. Allerdings wusste er nicht genau wo, so dass er eine Weile zwischen Hundebesitzern und frühen Sonnenanbetern umherging, bis er ihn sah. Nun klopfte er an die Tür. Stilton schaute aus dem Fenster und öffnete. Klinga nickte ihm zu.

»Störe ich?«

»Was wollen Sie?«

»Ich glaube, dass an dem, was Sie uns gestern über Kid Fighters erzählt haben, etwas dran sein könnte.«

»Glaubt Rune Forss das auch?«

»Nein.«

»Kommen Sie rein.«

Klinga trat ein und schaute sich um.

»Haben Sie hier früher schon gewohnt?«, sagte er.

»Wann?«

»Als Vera Larsson hier noch wohnte?«

»Nein.«

Stilton hatte keine Lust, Privates preiszugeben. Er war auf der Hut. Vielleicht wollte Forss ihm mit diesem Besuch nur eins auswischen, die Möglichkeit bestand durchaus. Er kannte Janne Klinga nicht.

»Weiß Forss, dass Sie hier sind?«

»Nein … könnte das vielleicht unter uns bleiben?«

Stilton betrachtete den jungen Polizisten. War er einer von den Guten und nur durch Zufall an einen schlechten geraten? Er deutete auf eine der Pritschen. Klinga setzte sich.

»Warum sind Sie gekommen?«

»Weil ich glaube, dass Sie auf der richtigen Spur sind. Wir haben uns diese Trashkickfilme heruntergeladen, und ich habe sie mir diese Nacht noch einmal angesehen und dabei das Tattoo bei einem der Täter entdeckt. KF in einem Kreis. Wie Sie gesagt haben.«

Stilton schwieg.

»Danach habe ich mich über Cagefighting informiert und einiges gefunden, vor allem in England, Jungen, die sich in Käfigen prügeln, obwohl in den meisten Fällen die Eltern dabei zu sein scheinen.«

»Als ich die Kämpfe gesehen habe, waren mit Sicherheit keine Eltern dabei.«

»Sie meinen, da draußen in Årsta?«

»Ja.«

»Ich bin gestern dort gewesen, der Raum war vollkommen leer.«

»Als ich aufgetaucht bin, haben diese Typen bestimmt Schiss bekommen und sind mit Sack und Pack weitergezogen.«

»Wahrscheinlich. Es gab in der Tat eine Menge Spuren von

Aktivitäten in dem Raum, Fetzen von Klebeband, Schrauben, eine zerbrochene rote Glühbirne und eine Menge Schnüfflerzeug. Obwohl das ja eigentlich nichts mit den Kämpfen zu tun hat.«

»Nein.«

»Jedenfalls lasse ich das Gelände überwachen.«

»Hinter Forss' Rücken?«

»Ich habe ihm gesagt, dass Sie da draußen misshandelt worden sind und es vielleicht die Mühe wert sein könnte, die Gegend im Auge zu behalten.«

»Und das hat er Ihnen abgekauft?«

»Ja. Ich glaube, er hat mit jemandem von der Landeskripo gesprochen und will zeigen, dass er nicht untätig herumsitzt.«

Stilton war sofort klar, wer mit Forss gesprochen hatte. Sie kann es nicht lassen, dachte er.

»Außerdem habe ich mit dem Jugenddezernat gesprochen. Die Kollegen wussten nichts von diesen Kämpfen, wollen sich aber umhören.«

»Gut.«

Inzwischen hatte Stilton seine Zurückhaltung aufgegeben. Er hatte das Gefühl, sich auf Janne Klinga verlassen zu können, so dass er einen Stadtplan von Stockholm herausholte und zwischen ihnen ausbreitete.

»Sehen Sie die Kreuze?«, sagte er.

»Ja.«

»Das sind die Tatorte der Überfälle. Ich wollte herausfinden, ob es einen geographischen Zusammenhang gibt.«

»Und, gibt es ihn?«

»Nicht für die Überfälle, aber drei der misshandelten Personen, unter anderem Vera Larsson, sind vor der Markthalle

Södermalm gewesen und haben dort Obdachlosenzeitungen verkauft, bevor sie überfallen wurden. Das ist das Kreuzchen hier.«

Er verschwieg Klinga, dass Vera an dem Abend dort eigentlich keine Zeitungen verkauft hatte, das hatte nämlich er getan, aber sie war dorthin gekommen, und sie waren gemeinsam von dort weggegangen.

»Also, wie lautet Ihre Theorie?«, fragte Klinga.

»Es ist keine Theorie, es ist nur eine Hypothese. Diese Typen gucken sich ihre Opfer möglicherweise an der Markthalle aus und folgen ihnen dann.«

»Was ist mit den beiden anderen Opfern, insgesamt waren es doch fünf, haben die nicht da gestanden?«

»Einen habe ich bisher nicht gefunden, der andere hat nicht dort gestanden, sondern an der Ecke Götgatan und Ringvägen.«

»Das ist aber auch nicht weit von der Markthalle entfernt.«

»Richtig. Außerdem ist er auf dem Weg zum Ringvägen an der Markthalle vorbeigekommen.«

»Das heißt, wir sollten die Markthalle besonders im Auge behalten?«

»Vielleicht, das ist nicht meine Entscheidung.«

Nein, dachte Klinga, eher meine oder die von Forss. Er hätte sich gewünscht, dass Forss ein bisschen mehr wäre wie Stilton.

Ein bisschen engagierter.

Klinga stand auf.

»Wenn Ihnen noch etwas einfällt, können Sie sich ja direkt mit mir in Verbindung setzen. Ich möchte das ein bisschen unabhängig verfolgen.«

Von wem »unabhängig« lag auf der Hand.

»Hier ist meine Visitenkarte, für den Fall, dass Sie mich erreichen wollen«, sagte Klinga.

Stilton nahm die Karte an.

»Und wie gesagt, das bleibt unter …«

»Natürlich.«

Klinga nickte und ging zur Tür, wo er sich noch einmal umdrehte.

»Da ist noch etwas. Auf dem Film, der hier gedreht wurde, haben die Täter vorher durch eine Fensterscheibe gefilmt … das müsste die da gewesen sein. Man sieht einen nackten Mann, der auf dieser Pritsche mit ihr schläft.«

»Ah ja?«

»Sie wissen nicht zufällig, wer das war?«

»Doch, das war ich.«

Klinga zuckte kurz zusammen. Stilton sah ihm unverwandt in die Augen.

»Aber das bleibt unter uns.«

Klinga nickte, verließ den Wohnwagen und wäre fast mit einer spürbar aufgeregten Olivia Rönning zusammengestoßen. Sie warf einen Blick auf Klinga, trat ein und zog die Tür zu.

»Wer war denn das?!«

»Jemand von der Stadt.«

»Aha? Also, wissen Sie, was das hier ist!?«

Olivia hielt Gardmans kleine Plastiktüte mit der Haarspange hoch.

»Eine Haarspange«, sagte Stilton.

»Von Hasslevikarna auf Nordkoster! Ove Gardman hat sie am Abend des Mordes neben den Fußspuren eines der Täter oder des Opfers gefunden!«

Stilton betrachtete die Tüte.

»Und warum hat er sie uns damals nicht gegeben?«

»Keine Ahnung, er war neun und wusste vermutlich nicht, dass sie wichtig sein könnte. Für ihn war sie Strandgut.«

Stilton streckte sich nach der Tüte.

»Es hängt noch ein schwarzes Haar in ihr«, sagte Olivia.

Stilton war vollkommen klar, worauf das Raketengeschoss Rönning hinauswollte.

»DNA?«

»Ja.«

»Warum?«, sagte Stilton.

»Wenn es die Haarspange des Opfers ist, dann ist das natürlich uninteressant, aber wenn nun nicht?«

»Dann könnte sie einem der Täter gehören?«

»Ja.«

»Jemandem mit einer Haarspange?«

»Einer von ihnen könnte eine Frau gewesen sein.«

»Uns liegen keine Informationen vor, nach denen sich dort eine Frau aufgehalten haben soll.«

»Ach ja? Wer sagt das? Das sagt ein vollkommen verängstigter Neunjähriger, der ziemlich weit weg gehockt hat, es war fast Nacht, und er hat ein paar dunkle Gestalten gesehen und eine Frau schreien gehört und geglaubt, dass es drei oder vier Personen waren, aber er hatte doch gar keine Chance zu sehen, ob mehr als *eine* Frau darunter war. Stimmt's!?«

»Sie sind jetzt wieder bei Jackie Berglund?«

»Habe ich nicht gesagt.«

Aber gedacht hatte Olivia durchaus an sie. Stilton brauchte nur den Namen zu erwähnen, und schon packte sie die Wut.

Inzwischen hatte sie sehr persönliche Gründe, Jackie Berglund auf den Fersen zu sein.

Einen Aufzug und einen Kater.

Vor allem einen Kater.

Aber das ging Stilton nichts an.

Er warf einen verstohlenen Blick auf Olivia. Er wusste, dass sie recht hatte.

»Dann müssen sie mit den Cold-Case-Leuten reden.«

»Die sind nicht interessiert.«

»Warum nicht?«

»Der Fall ist laut Verner Brost nicht gangbar.«

Sie sahen sich an. Stilton sah fort.

»Aber arbeitet Ihre Exfrau nicht beim SKL?«, fragte das Raketengeschoss.

»Woher zum Teufel wissen Sie das?«

»Weil ich Arnes Tochter bin.«

Stilton musste grinsen. Ein wenig traurig, fand Olivia. Waren ihr Vater und er eigentlich eng befreundet gewesen?

Das würde sie ihn bei Gelegenheit einmal fragen.

*

Es war ein klassisches, nur zu diesem Zweck eingerichtetes Vernehmungszimmer. Auf der einen Seite des Tisches saß Mette Olsäter mit zwei A4-Blättern vor sich, auf der anderen Seite Bertil Magnuson. An diesem Tag in einem anthrazitfarbenen Anzug und mit einer weinroten Krawatte sowie einer Anwältin, die eiligst ins Präsidium zitiert worden war, um bei der Vernehmung dabei zu sein. Er hatte zwar keine Ahnung, worum es eigentlich ging, aber er war ein Mann, der sich gerne absicherte.

»Die Vernehmung wird aufgenommen«, erklärte Mette Olsäter.

Magnuson wandte sich kurz seiner Anwältin zu, die nickte. Mette schaltete das Aufnahmegerät ein und gab die notwendigen Fakten zu Protokoll.

Dann fing sie an.

»Als ich vorgestern bei Ihnen gewesen bin, haben Sie verneint, in der letzten Zeit Kontakt zu dem ermordeten Nils Wendt gehabt zu haben. Ihr letzter Kontakt zu dem Mordopfer habe ungefähr siebenundzwanzig Jahre zurückgelegen, ist das korrekt?«

»Ja.«

Magnuson war von einem Streifenwagen in seinem Büro am Sveavägen abgeholt und die kurze Strecke bis zum Präsidium in der Polhemsgatan chauffiert worden. Er war auffallend ruhig. Mette registrierte ein äußerst markantes Herrenparfüm und den leichten Dufthauch eines Zigarillos. Sie setzte eine schlichte Lesebrille auf und studierte das Blatt vor sich.

»Am Montag, den 13. Juni, hat Nils Wendt um 11.23 Uhr von seinem Handy aus ein Handy mit dieser Nummer angerufen.«

Mette hielt ein Blatt vor Magnuson hoch.

»Ist das Ihre Handynummer?«

»Ja.«

»Das Gespräch dauerte elf Sekunden. Am selben Abend ist diese Nummer um 19.32 Uhr wieder von Wendts Handy aus angerufen worden. Das Gespräch dauerte neunzehn Sekunden. Am nächsten Abend, Dienstag, den 14., folgte das nächste Gespräch, das ungefähr genauso lange dauerte, zwanzig Sekunden. Vier Tage später, am Samstag, den 15. Juni, um

15.45, erfolgte ein weiterer Anruf Nils Wendts auf das gleiche Handy, ihr Handy. Dieses Telefonat dauerte etwas länger, eine gute Minute.

Mette setzte ihre Brille ab und betrachtete den Mann vor sich.

»Worum ging es in diesen Gesprächen?«

»Das waren keine Gespräche. Ich bin zu den von Ihnen genannten Zeiten angerufen worden, habe mich gemeldet und keine Antwort bekommen. Am anderen Ende der Leitung blieb es still, und dann wurde die Verbindung unterbrochen. Ich bin davon ausgegangen, dass jemand anonym bleiben und mir Angst einjagen oder das Gefühl geben wollte, dass ich bedroht werde. In der letzten Zeit hat es ja einige Aufregung um unser Unternehmen gegeben, wie sie vielleicht wissen.«

»Das weiß ich. Das letzte Gespräch war länger?«

»Ja, das ... also ehrlich gesagt bin ich wütend geworden, es ist das vierte Mal gewesen, dass mich jemand angerufen und dann nichts gesagt hat, also habe ich selbst ein paar deutliche Worte dafür gefunden, was ich von dieser erbärmlichen Art halte, andere Leute einzuschüchtern, und danach selbst die Verbindung unterbrochen.«

»Sie hatten also keine Ahnung, dass es Nils Wendt war, der sie angerufen hat?«

»Nein. Woher sollte ich das wissen? Der Mann ist siebenundzwanzig Jahre lang verschwunden gewesen.«

»Wissen Sie, wo er sich in dieser Zeit aufgehalten hat?«

»Keine Ahnung. Wissen Sie es?«

»Er hatte seinen Wohnsitz in Mal Pais in Costa Rica. Sie hatten keinen Kontakt zu ihm?«

»Nein, ich habe ihn für tot gehalten.«

Magnuson hoffte inständig, dass seine Mimik nicht verriet, was ihm gerade durch den Kopf ging. Mal Pais? Costa Rica? Das musste der unbekannte Ort sein, an dem sich die Originalaufnahme befand!

»Ich würde es zu schätzen wissen, wenn Sie Stockholm in der nächsten Zeit nicht verlassen würden.«

»Heißt das, für mich gilt ein Reiseverbot?«, fragte Magnuson.

»Das ist definitiv nicht der Fall«, ergriff seine Anwältin plötzlich das Wort.

Magnuson konnte sich ein Lächeln nicht verkneifen, das allerdings schnell verschwand, als er Mettes Blick sah. Hätte er ihre Gedanken lesen können, wäre es wahrscheinlich noch schneller verschwunden.

Mette Olsäter war sich nämlich sicher, dass er log.

*

Vor nicht allzu langer Zeit wimmelte es rund um den Platz Nytorget im Stadtteil Södermalm von vielen kleinen, ungewöhnlichen und originellen Geschäften, deren Besitzer oft genauso ungewöhnlich und originell waren. Die meisten von ihnen verschwanden jedoch, als neue Einwohner mit anderen Ansprüchen die Gegend in Besitz nahmen und in einen Laufsteg für Hipster verwandelten. Inzwischen hielt sich nur noch eine Handvoll der ursprünglichen Geschäfte über Wasser, die vor allem als Kuriositäten und pittoreske Elemente im Straßenbild wahrgenommen wurden. Eins von ihnen war ein kleines Antiquariat, das von einem Mann namens Ronny Redlös geführt wurde. Es lag dem Haus des legendären Fußballspielers Nacka Skoglund in der Katarina Bangata gegenüber. Dort lag es, als Nacka geboren wurde, als er lebte und als er starb, und dort lag es auch heute noch.

Ronny Redlös hatte es von seiner Mutter übernommen.

Das Antiquariat sah aus, wie überlebende Antiquariate dieser Art im Allgemeinen aussehen. Überfüllt. Bis zur Decke vollgestopft mit Regalen und Bücherstapeln auf Tischen und Schemeln. »Ein herrliches Tohuwabohu aus Kostbarkeiten«, wie es auf einem kleinen Schild im Schaufenster stand. Ronny hatte an einer Wand einen durchgesessenen Sessel platziert, über den eine Stehlampe aus der Zeit des Ersten Weltkriegs geneigt stand. Dort saß er mit einem Buch auf dem Schoß. *Kater Klas im Wilden Westen.*

»Beckett in Comicform«, wie Ronny Redlös behauptete.

Er schlug das Buch zu und sah den Mann an, der ein paar Meter entfernt auf einem schlichten Stuhl saß. Der Mann war obdachlos und hieß Tom Stilton. Der Antiquar bekam oft Besuch von Obdachlosen. Er hatte ein großes Herz und verfügte über gewisse finanzielle Mittel, die es ihm erlaubten, die Bücher anzukaufen, die im Altpapier oder in Müllcontainern oder sonstwo gefunden wurden. Er fragte nie, zahlte ein paar Kronen pro Buch und half so einem Obdachlosen. Oft warf er die Bücher nachts in irgendeinen Container, nur um eine Woche später dieselben Bücher erneut angeboten zu bekommen.

So ging es immer weiter.

»Ich muss mir einen Mantel leihen«, sagte Stilton.

Er kannte Ronny Redlös seit vielen Jahren, nicht erst, seitdem er obdachlos war. Zum ersten Mal begegnet waren sie sich, als Stilton noch bei der Flughafenpolizei arbeitete und er zwei von Ronnys Mitreisenden nach einem Rückflug aus

Island in Gewahrsam nehmen musste. Der Antiquar hatte damals eine kleine Gruppenreise zum Penismuseum in Reykjavík organisiert, und zwei seiner Reisegefährten hatten auf dem Heimweg etwas zu viel getankt.

Der Buchhändler allerdings nicht.

Er trank nur einmal im Jahr Alkohol, aber dann betrank er sich dafür gründlich. Wenn sich der Tag jährte, an dem seine Freundin im Hammarby-Hafen im Eis eingebrochen und ertrunken war. Am Jahrestag ihres tödlichen Unfalls ging Ronny zu dem Kai hinunter, an dem sie auf die Eisscholle gesprungen war, und betrank sich bis zur Bewusstlosigkeit. Ein Ritual, das seinen Freunden bekannt war, so dass sie sich hüteten, ihn dabei zu stören. Sie blieben jedoch in der Nähe, bis Ronny völlig blau war. Dann schafften sie ihn in sein Antiquariat und legten ihn im Hinterzimmer ins Bett.

»Du brauchst einen Mantel?«, sagte Ronny.

»Ja.«

»Beerdigung?«

»Nein.«

»Ich habe nur einen schwarzen.«

»In Ordnung.«

»Du hast dich rasiert.«

»Ja.«

Stilton hatte sich rasiert und einen Teil seiner Haarpracht abgeschnitten. Nicht sonderlich gekonnt, aber immerhin so, dass die Haare nicht überall herumhingen. Jetzt benötigte er einen Mantel, um halbwegs anständig auszusehen. Und etwas Geld.

»Wie viel denn?«

»Genug für eine Zugfahrkarte nach Linköping.«

»Was hast du dort vor?«

»Einer jungen Frau helfen.«

»Wie jung?«

»Dreiundzwanzig.«

»Verstehe. Einen Augenblick!«

Ronny Redlös verschwand in einem Hohlraum und kehrte mit seinem schwarzen Mantel und einem Fünfhunderter zurück. Stilton probierte den Mantel an. Er war zwar ein bisschen kurz, aber es ging noch.

»Wie geht es Benseman?«

»Schlecht«, antwortete Stilton.

»Seine Augen haben nichts abbekommen?«

»Ich glaube nicht.«

Benseman und Ronny Redlös hatten wesentlich mehr gemeinsamen Gesprächsstoff als Stilton und der Antiquar. Benseman war belesen, das war Stilton nicht. Andererseits war Stilton kein Alkoholiker.

»Mir ist zu Ohren gekommen, dass du wieder ein bisschen Kontakt zu Abbas hast«, erklärte Ronny Redlös.

»Woher weißt du das?«

»Kannst du das hier für ihn mitnehmen.«

Der Antiquar hielt ihm ein dünnes, nicht gebundenes Buch hin.

»Er wartet seit fast einem Jahr darauf, ich habe es erst vor ein paar Tagen für ihn auftreiben können, es heißt *Erinnerung der Freunde*, es sind sufische Gedichte in der Übersetzung Eric Hermelins.«

Stilton nahm das Buch an, las den Text auf dem Titelblatt, Shaikh'Attar, »Aus dem Tazkiratú'l-Awliyã I«, und steckte es in die Innentasche des Mantels.

Als Gegenleistung.

Immerhin hatte er einen Mantel und fünfhundert Kronen bekommen.

*

Marianne Boglund ging auf die Gartenpforte ihres weißen Reihenhauses am Stadtrand von Linköping zu. Es war fast sieben, und aus den Augenwinkeln nahm sie wahr, dass auf der anderen Straßenseite jemand an eine Straßenlaterne gelehnt stand. Ihr Licht fiel auf einen hageren Mann, dessen Hände in den Taschen eines etwas zu kurzen, schwarzen Mantels steckten. Das gibt es nicht, dachte sie, obwohl sie bereits wusste, wer es war.

»Tom?«

Ohne sie aus den Augen zu lassen, überquerte Stilton die Straße. Zwei Meter vor ihr blieb er stehen. Marianne Boglund redete nicht lange um den heißen Brei herum.

»Du siehst grauenhaft aus.«

»Dann hättest du mich mal heute Morgen sehen sollen.«

»Lieber nicht. Wie geht es dir?«

»Gut. Du meinst, von wegen …«

»Ja.«

»Gut … oder sagen wir besser.«

Sie sahen sich kurz an. Keiner von ihnen hatte Lust, sich in Toms Krankheit zu vertiefen, vor allem Marianne nicht und erst recht nicht auf der Straße vor ihrem Haus.

»Was willst du?«

»Ich brauche deine Hilfe.«

»Geht es um Geld?«

»Geld?«

Stilton warf ihr einen Blick zu, der schmerzte. Das war nicht sehr feinfühlig gewesen.

»Hierbei brauche ich deine Hilfe.«

Stilton fischte eine kleine Plastiktüte mit der Haarspange von Nordkoster aus der Tasche.

»Was ist das?«

»Eine Haarspange mit einem Haar. Ich benötige eine DNA-Analyse. Können wir vielleicht ein paar Schritte gehen?«

Stilton machte eine einladende Geste. Marianne drehte sich halb zu dem Reihenhaus um und sah, dass sich darin ein Mann durch die halb dunkle Küche bewegte. Hatte er sie gesehen?

»Es dauert nicht lange.«

Stilton ging los. Marianne blieb stehen. Das war so typisch für Tom, er tauchte aus heiterem Himmel als menschliches Wrack auf und ging anschließend ganz selbstverständlich davon aus, dass er wieder das Kommando übernehmen konnte.

»Tom.«

Stilton drehte sich um.

»Was immer du von mir willst, das ist die falsche Art, es zu bekommen.«

Stilton blieb stehen. Er sah Marianne an, senkte leicht den Kopf und hob ihn dann wieder.

»Entschuldige. Ich bin ein bisschen aus der Übung.«

»Das sieht man.«

»Was zwischenmenschliche Umgangsformen angeht, meine ich. Ich bitte um Entschuldigung. Ich brauche wirklich deine Hilfe. Du entscheidest. Wir können uns hier oder später unterhalten oder …«

»Wofür brauchst du diese DNA-Analyse?«

»Um sie mit der DNA aus dem Ufermord auf Nordkoster vergleichen zu können.«

Stilton wusste, dass dies Wirkung zeigen würde. Marianne hatte während der gesamten Ermittlungen zu dem Fall mit Tom zusammengelebt. Sie wusste, wie sehr er sich hineingekniet hatte und was das ihn und sie gekostet hatte. Und jetzt beschäftigte er sich offenbar wieder damit. In einer körperlichen Verfassung, die sie in einem Teil ihres Inneren sehr bedrückte, was sie allerdings aus verschiedenen Gründen verdrängte.

»Erzähl.«

Ohne darüber nachzudenken, hatte Marianne sich in Bewegung gesetzt. Als sie auf der Höhe von Stilton war, begann er zu erzählen. Dass diese Haarspange am Abend des Mordes gefunden worden und in der Schatzkiste eines kleinen Jungen gelandet sei, in der er sie plötzlich vor ein paar Tagen entdeckt und einer jungen angehenden Polizistin namens Olivia Rönning übergeben habe.

»Rönning?«

»Ja.«

»Die Tochter von …«

»Ja.«

»Und jetzt willst du wissen, ob es eine Übereinstimmung zwischen der Spange und der DNA des Opfers auf Nordkoster gibt?«

»Ja. Kannst du das überprüfen?«

»Nein.

»Kannst du oder willst du nicht?«

»Pass gut auf dich auf.«

Marianne drehte sich um und ging wieder auf das Reihenhaus zu. Stilton sah ihr nach. Würde sie sich umdrehen? Das tat sie nicht. Das hatte sie nie getan. Wenn ihre Entscheidung einmal gefallen war, dann war sie gefallen, basta. Das wusste er.

Aber er hatte es wenigstens versucht.

»Wer war das?«

Marianne hatte die Frage auf dem Rückweg zum Haus bereits in Gedanken durchgespielt. Sie wusste, dass Tord durch das Küchenfenster gesehen hatte, dass sie weggegangen war. Sie wusste, dass ihr die Frage nicht erspart bleiben würde.

»Tom Stilton.«

»Ach wirklich? Er war das also. Was wollte er hier?«

»Meine Hilfe bei einer DNA-Probe haben.«

»Ich denke, er ist nicht mehr bei der Polizei?«

»Stimmt.«

Marianne hängte ihren Mantel an ihren Haken. Jedes Familienmitglied hatte seinen eigenen Haken, die Kinder genau wie Tord und sie. Es waren Tords Kinder aus seiner ersten Ehe, Emelie und Jacob. Sie liebte die beiden, genau wie Tords Vorliebe für Ordnung, auch im Flur. So war er einfach. Alles an seinem Platz und keine Experimente im Bett. Er war Sportwart. Durchtrainiert, ausgeglichen, versiert. In vieler Hinsicht ein jüngerer Stilton.

In vieler Hinsicht auch wieder nicht.

Ihm fehlten die Eigenschaften, die sie damals dazu gebracht hatten, sich Hals über Kopf in einen Morast aus Leidenschaft und Chaos zu stürzen, und die sie schließlich, achtzehn Jahre später, veranlasst hatten, aufzugeben und Stilton zu verlassen.

»Es war eine private Bitte um Hilfe«, erläuterte sie.

Tord blieb abwartend im Türrahmen stehen. Ihm war mit Sicherheit bewusst, dass ihre Liebe nicht so intensiv war wie ihre frühere zu Stilton, und das verunsicherte ihn möglicherweise ein wenig, aber dass er eifersüchtig war, glaubte sie eigentlich nicht. Dazu war ihre Beziehung zu stabil. Aber er fragte sich eben.

»Was heißt privat?«

»Was spielt das für eine Rolle?«, antwortete sie und spürte gleichzeitig, dass sie zu defensiv war. Das war dumm von ihr. Sie hatte überhaupt keinen Grund, sich zu verteidigen. Oder etwa doch? Hatte die Begegnung mit Stilton sie in einer Weise berührt, auf die sie nicht vorbereitet gewesen war? Seine erbärmliche körperliche Verfassung? Seine Konzentration? Seine völlige Gleichgültigkeit der Situation gegenüber, sich der Exfrau vor deren Haus zu stellen? Schon möglich, aber das gehörte definitiv nicht zu den Dingen, die ihr Mann würde nachvollziehen können.

»Tord, es war Toms Idee, mich aufzusuchen. Ich habe seit sechs Jahren nicht mehr mit ihm gesprochen, und jetzt arbeitet er an einer Sache, die mich nichts angeht, aber ich musste ihn doch wenigstens anhören, oder?«

»Warum?«

»Er ist wieder gefahren.«

»Okay. Nein, schon gut, war ja nur eine Frage, du bist gekommen, und dann seid ihr zusammen weggegangen. Wollen wir Bratkartoffeln machen?«

*

Stilton saß in Linköping alleine im Bahnhofscafé, in einer Umgebung, in der er sich einigermaßen wohlfühlte. Eine

Tasse Kaffee, keine Blicke, man kam und trank und ging wieder. Er dachte an Marianne und an sich selbst. Was hatte er erwartet? Ihr letzter Kontakt lag sechs Jahre zurück. Sechs Jahre eines unaufhaltsamen Absturzes auf allen Ebenen. Sie hatte sich in diesen sechs Jahren überhaupt nicht verändert, zumindest im Halbdunkel der Reihenhaussiedlung nicht. Für manche geht das Leben weiter, dachte er, bei anderen verlangsamt es sich, und bei wieder anderen kommt es völlig zum Erliegen. In seins kam allmählich wieder Bewegung. Langsam, stockend, aber es ging eher vorwärts als abwärts, was schon mal ein Fortschritt war.

Er hoffte wirklich, dass Marianne behütete, was sie besaß, was immer das sein mochte. Das hatte sie verdient. In wirklich gesunden Momenten wurde ihm schlagartig bewusst, wie sehr sein Verhalten und seine zunehmenden psychischen Probleme sie in ihrer letzten gemeinsamen Zeit gequält haben mussten. Seine heftigen Gefühlsschwankungen hatten ausgehöhlt, was sie gemeinsam aufgebaut hatten, und am Ende war dann alles zusammengebrochen.

Und daraufhin waren diese gesunden Momente nicht mehr ganz so gesund.

Stilton stand auf. Er musste sich bewegen. Er spürte, wie der Druck in seiner Brust in seine Arme ausstrahlte, und seine Stesolidtabletten hatte er im Wohnwagen gelassen. Dann klingelte sein Handy.

»Jelle.«

»Hallo Tom, ich bin's, Marianne.«

Sie sprach ziemlich leise.

»Woher hast du meine Nummer?«, fragte Stilton.

»Olivia Rönning findet man im Gegensatz zu dir über die Telefonauskunft, ich habe ihr eine SMS geschickt und um deine Nummer gebeten. Eilt die Sache mit der Haarspange?«

»Ja.«

»Dann komm vorbei und gib sie mir.«

»Okay. Warum hast du es dir anders überlegt?«

Marianne unterbrach die Verbindung.

*

Olivia fragte sich, warum Marianne Boglund Stiltons Handynummer haben wollte. Die beiden hatten doch gar nichts mehr miteinander zu tun? Oder interessierte er sich jetzt etwa doch für die Haarspange? Im Wohnwagen hatte er jedenfalls darum gebeten, sie behalten zu dürfen. Mein Gott, dachte sie. Immerhin hat er sich etliche Jahre mit dem Fall beschäftigt, ohne ihn aufklären zu können. Natürlich interessiert ihn die Spange. Aber würde er sich deshalb tatsächlich mit seiner Exfrau in Verbindung setzen? Sie erinnerte sich an ihre Begegnung mit Marianne Boglund und wie kühl und distanziert die Frau reagiert hatte, als Olivia sie nach Stilton gefragt hatte. Sie war fast abweisend gewesen. Und nun hatte sie um seine Nummer gebeten. Warum haben sie sich scheiden lassen?, dachte sie. Hatte das auch etwas mit dem Ufermord zu tun?

Wahrscheinlich waren es diese Grübeleien, die sie schließlich in den Bus zu der alten Holzvilla der Olsäters steigen ließen. Sie wusste instinktiv, dass es da draußen viele Antworten auf ihre Fragen gab. Außerdem empfand sie etwas eher Undefinierbares, was mit dem Haus selbst und seiner Atmosphäre zusammenhing und wonach sie sich fast ein wenig sehnte, ohne genau zu wissen, warum.

Mårten Olsäter hielt sich in seinem Musikzimmer auf, das für ihn Höhle und Versteck war. Er liebte seine hemmungslose Familie und die vielen Bekannten und Unbekannten, die laufend in ihr Haus einfielen und Essen und Feste haben wollten. Es blieb fast immer Mårten überlassen, dann in der Küche den Überblick zu behalten. Er liebte das.

Aber zwischendurch musste er sich verkriechen.

Deshalb hatte er sich vor vielen Jahren seine Höhle eingerichtet und allen klargemacht, dass dieser Raum seine Privatsphäre war. Von da an hatte er im Laufe der Jahre Kindern und Enkelkindern klarmachen müssen, was er unter einer Privatsphäre verstand.

Einen Raum, der ihm allein gehörte und den keiner betrat, der nicht ausdrücklich eingeladen war.

Und weil Mårten seiner Familie so viel bedeutete, wurde sein Wunsch erhört.

Er bekam seine kleine Höhle im Keller, in der er sich an die Vergangenheit erinnern und der Nostalgie und Sentimentalität hingeben konnte. In ihr durfte er seiner Trauer über alles nachgeben, was Verzweiflung in seine Lebensbahn gebracht hatte. Und wenn man ins Rentenalter kam, war das so einiges.

Er pflegte diese Trauer.

Außerdem gönnte er sich ab und zu heimlich ein Gläschen. In den letzten Jahren kam das zwar seltener vor, aber manchmal musste es einfach sein, um Kontakt zu dem zu bekommen, was Abbas im Sufismus suchte. Zu dem, was hinter der nächsten Ecke verborgen lag.

Das konnte nicht schaden.

In besonders beschwingten Nächten sang er im Duett mit sich selbst.

Dann verkroch Kerouac sich in seinem Spalt.

Als Olivia plötzlich vor der großen Holztür stand und klingelte, wusste sie immer noch nicht genau, warum sie gekommen war.

Sie war einfach da.

»Hallo!«, sagte Mårten.

Er öffnete in einem Aufzug, den eine junge Frau aus Olivias Generation wohl kaum als Hippiekleidung wiedererkennen würde. Ein bisschen orange, ein bisschen rot und ein bisschen alles Mögliche umwallten Mårtens üppigen Körper. Er hielt einen Teller in der Hand, den Mette getöpfert hatte.

»Hallo. Ich … ist Mette zu Hause?«

»Nein. Reiche ich Ihnen etwa nicht? Kommen Sie herein!«

Mårten ging vor, und Olivia folgte ihm. Diesmal war niemand in die obere Etage verwiesen worden. Das Haus wimmelte von Kindern und Enkelkindern. Die Tochter Janis wohnte mit Mann und Kindern in einem eigenen, kleineren Haus auf demselben Grundstück und betrachtete das Elternhaus als ihres. Zwei andere Kinder, oder eher Enkelkinder, wie Olivia annahm, liefen in eigens für sie genähten Kostümen herum und beschossen sich mit Wasserpistolen. Mårten winkte an einer Tür stehend Olivia zu sich, der es mit Mühe und Not gelang, zwei Wasserstrahlen auszuweichen, bevor sie bei ihm war. Mårten schloss die Tür hinter ihnen.

»Es ist ein bisschen trubelig«, sagte er lächelnd.

»Ist es immer so?«

»So trubelig?«

»Ja, ich meine, sind hier immer so viele Leute?«

»Immer. Wir haben fünf Kinder und neun Enkelkinder. Und Ellen.«

»Wer ist das?«

»Meine Mutter. Sie ist zweiundneunzig und wohnt auf dem Dachboden. Ich habe ihr gerade einen Teller Tortellini gemacht. Kommen Sie mit!«

Mårten führte Olivia über Wendeltreppen in die oberste Etage.

»Wir haben ihr hier ein Zimmer eingerichtet.«

Mårten öffnete die Tür zu einem hellen und kleinen, spärlich möblierten Zimmer, das ganz anders war als die Räumlichkeiten zwei Etagen darunter. Ein weißes Eisenbett, ein kleiner Tisch und ein Schaukelstuhl, in dem eine sehr alte Frau mit schlohweißen Haaren saß und mit einer sehr schmalen Strickarbeit beschäftigt war, die sich meterlang über den Fußboden ringelte.

Olivia betrachtete die lange, schmale Strickarbeit.

»Sie glaubt, dass sie ein Gedicht strickt«, flüsterte Mårten ihr zu. »Jede linke und rechte Masche bilden zusammen eine Strophe.«

Er wandte sich seiner Mutter zu.

»Ellen, das ist Olivia.«

Die Frau blickte von ihrem Strickzeug auf und lächelte.

»Sehr gut«, sagte sie.

Mårten ging zu ihr und tätschelte ihre Wange.

»Mama ist ein bisschen dement«, flüsterte er.

Ellen strickte weiter. Mårten stellte den Teller neben ihr ab.

»Ich werde Janis bitten, hochzukommen und dir zu helfen, Mama.«

Ellen nickte. Mårten drehte sich zu Olivia um.

»Möchten Sie ein Glas Wein?«

Sie landeten in einem der vielen Zimmer im Erdgeschoss, dessen Tür das Lärmen der Kinder fast vollständig ausschloss.

Und tranken Wein, was Olivia sonst eigentlich nur tat, wenn sie, wie bei ihrer Mutter, dazu eingeladen wurde. Ansonsten blieb sie bei Bier. Nach zwei Gläsern eines Tropfens, den Mårten als ausgesprochen preisgünstigen Rotwein bezeichnete, redete Olivia deshalb ein bisschen mehr, als sie eigentlich geplant hatte. Ob es an der Umgebung, dem Wein oder auch nur an Mårten lag, wusste sie nicht, aber sie sprach jedenfalls sehr offen über sich, über Arne und wie es war, seinen Vater zu verlieren und bei seinem Tod nicht bei ihm zu sein. Über ihr ständiges schlechtes Gewissen deshalb.

»Meine Mutter glaubt, dass ich Polizistin werden will, um mein schlechtes Gewissen zu betäuben«, sagte sie.

»Das glaube ich nicht.«

Mårten hatte ihr lange und schweigend gelauscht. Er war ein guter Zuhörer. Viele Jahre mit schwierigen Menschen hatten ihm ein gutes Ohr für emotionale Zustände verliehen und sein Einfühlungsvermögen geschult.

»Warum glauben Sie das nicht?«

»Wir tun nur selten Dinge, um einen Schuldkomplex zu befriedigen, bilden uns aber häufig ein, es wäre so. Oder schieben es darauf, weil wir nicht wissen, warum wir unsere Entscheidungen treffen.«

»Und warum möchte ich Polizistin werden?«

»Vielleicht, weil Ihr Vater einer war, aber nicht, weil er starb und sie nicht bei ihm waren. Das ist schon ein Unterschied. Bei dem einen geht es um Erbe und Beeinflussung und bei dem anderen um Schuld. Ich glaube nicht an Schuld.«

Ich eigentlich auch nicht, dachte Olivia. Das tat nur ihre Mutter.

»Und, haben Sie sich Gedanken über Tom gemacht?«

Mårten wechselte das Thema, weil er das Gefühl hatte, das könnte Olivia guttun.

»Warum fragen Sie mich das?«

»Ist das nicht der Grund, warum Sie hergekommen sind?«

An diesem Punkt ihres Gesprächs fragte Olivia sich allmählich, ob Mårten eine Art Medium war. Ob sie in die Hände eines paranormalen Phänomens geraten war. Jedenfalls hatte er den Nagel auf den Kopf getroffen.

»Stimmt, ich habe ziemlich viel über ihn nachgedacht, und es gibt eine Menge Dinge, die ich nicht begreife.«

»Wie er zu einem Penner geworden ist?«

»Einem Obdachlosen.«

»Semantik«, entgegnete Mårten lächelnd.

»Wie auch immer, er war Kriminalkommissar, und wenn mich nicht alles täuscht, ein verdammt guter, und muss doch ein gut funktionierendes soziales Netz gehabt haben, nicht zuletzt Ihre Familie, und dann endet er als Obdachloser. Ohne drogensüchtig oder etwas anderes zu sein.«

»Was ist etwas anderes?«

»Das weiß ich nicht, aber es muss doch ein unglaublich großer Schritt von dem Menschen gewesen sein, der er früher war, zu dem, der er heute ist.«

»Ja und nein. Auf manchen Ebenen ist er heute durchaus noch der Mensch, der er einmal war, auf anderen nicht.«

»Lag es an seiner Scheidung?«

»Sie hat sicher dazu beigetragen, aber zu der Zeit driftete er ohnehin schon ab.«

Mårten nippte an seinem Weinglas. Er dachte kurz darüber nach, wie offen er sein sollte. Er wollte vermeiden, Tom auf eine falsche Art oder auf eine, die falsch verstanden werden könnte, bloßzustellen.

Also entschied er sich für einen Mittelweg.

»Tom kam an einen Punkt, an dem er sich fallen ließ. Es gibt einen psychologischen Fachbegriff dafür, der uns hier nicht zu interessieren braucht, aber ganz konkret war er in einer Lage, in der er sich nicht mehr festklammern wollte.«

»Woran?«

»An dem, was wir die Normalität nennen.«

»Und warum wollte er das nicht?«

»Aus mehreren Gründen, wegen seiner psychischen Probleme, seiner Scheidung und ...«

»Er hat psychische Probleme?«

»Er hatte Psychosen. Ob er die heute noch hat, weiß ich nicht. Als ihr zu uns gekommen seid, hatte ich ihn seit etwa vier Jahren nicht mehr gesehen.«

»Warum hat er Psychosen bekommen?«

»Psychosen können durch viele Dinge ausgelöst werden. Die Menschen sind mehr oder weniger verletzlich, und wenn man sehr verletzlich ist, reicht manchmal schon langanhaltender Stress aus. Eine Überanstrengung, oder es passiert akut etwas, was zum Auslöser wird.«

»Ist bei ihm etwas passiert?«

»Ja.«

»Was?«

»Das soll er Ihnen selbst erzählen, wenn und wann er möchte.«

»Okay, aber was haben Sie und Ihre Frau getan? Konnten Sie nichts für ihn tun?«

»Ich denke, wir haben getan, was wir konnten. Immer

wieder mit ihm geredet, als er zu menschlichen Kontakten noch fähig war, und ihm angeboten, hier zu wohnen, als er aus seiner Wohnung geworfen wurde, aber dann ist er immer weiter abgedriftet, nicht mehr wie verabredet aufgetaucht, nicht erreichbar gewesen, bis er am Ende mehr oder weniger verschwunden war. Wir wussten, dass Tom ein Mensch war, der sich kaum umstimmen ließ, sobald er sich einmal für etwas entschieden hatte, also ließen wir ihn ziehen.«

»Sie ließen ihn ziehen?«

»Sie können einen Menschen nicht festhalten, der nicht da ist.«

»Aber war das nicht furchtbar?«

»Es war grauenvoll, vor allem für Mette, sie hat jahrelang darunter gelitten und leidet sicher immer noch, aber nach Ihrem gemeinsamen Besuch hat sich etwas entkrampft, sie ist wieder an ihn herangekommen, das war unglaublich … intensiv. Für sie und für mich.«

Mårten füllte die Weingläser, nippte an seinem und lächelte. Olivia sah ihn an und wusste, in welche Richtung sie das Gespräch lenken wollte.

»Wie geht es Kerouac?«, erkundigte sie sich.

»Gut! Na ja, da ist natürlich die Sache mit seinen Beinen, aber für eine Spinne kann man ja schlecht einen Rollator besorgen, nicht wahr?«

»Das stimmt.«

»Haben Sie Haustiere?«

Darauf hatte Olivia hinausgewollt. Darüber wollte sie mit jemandem sprechen, der ihr nicht allzu nahestand, ihr in diesem Augenblick aber dennoch näher stand als jeder andere.

»Ich hatte einen Kater, den ich totgefahren habe«, erklärte sie, um das Schmerzhafteste sofort gesagt zu haben.

»Sie haben ihn überfahren?«

»Nein.«

Und dann erzählte Olivia, so offen sie dazu in der Lage war, von dem Moment an, in dem sie das offene Fenster gesehen hatte, über den Augenblick, in dem sie den Zündschlüssel gedreht hatte, bis zum Anheben der Motorhaube.

Danach brach sie in Tränen aus.

Mårten ließ sie weinen. Er begriff, dass dies eine Trauer war, die sie in sich bewahren würde, um sich ihr von Zeit zu Zeit hinzugeben. Eine Trauer, die niemals ganz verschwinden würde. Nun hatte Olivia sie in Worte gefasst, und das war ein Teil des Heilungsprozesses gewesen. Er strich über ihre dunklen Haare und reichte ihr eine Stoffserviette. Sie wischte sich die Tränen aus den Augen.

»Danke.«

Dann wurde die Tür aufgerissen.

»Hallo!! Hallo!!«

Jolene stürzte ins Zimmer und umarmte Olivia über den Tisch hinweg. Es war ihre erste Begegnung, und Olivia war ein wenig überrumpelt. Als Nächstes trat Mette ein, und Mårten schenkte ihr rasch ein Glas Wein ein.

»Ich will dich zeichnen!«, sagte Jolene zu Olivia.

»Mich?«

»Nur dich!«

Jolene hatte bereits den Block aus einem Regal geholt und war vor Olivia auf die Knie gegangen, die rasch noch einmal ihre Tränen abwischte und versuchte, natürlich auszusehen.

Dann klingelte ihr Handy. Es war Stilton.

»Marianne macht es«, sagte er.

»Sie führt eine DNA-Analyse durch?«

»Ja, genau.«

»Nimm das weg!«, sagte Jolene und zeigte auf das Handy.

Mårten beugte sich zu Jolene hinunter und flüsterte ihr etwas zu, während sie sich über ihrem Block zusammenkauerte. Olivia stand auf und entfernte sich ein paar Schritte.

»Und wann macht sie die Analyse?!«

»Sie ist schon dabei«, antwortete Stilton.

»Aber wie hat sie … Sind Sie bei ihr gewesen? In Linköping?«

»Ja.«

Olivia hätte ihn am liebsten umarmt.

»Danke«, war alles, was sie herausbekam. Olivia drehte sich um und merkte, dass Mette sie ansah.

»War das Tom?«

»Ja.«

Olivia erzählte schnell und leicht erregt von der Haarspange, dem DNA-Abgleich und der möglichen Bedeutung für den Ufermord und wunderte sich ein wenig, dass Mette nur wenig Interesse zeigte.

»Ist das nicht interessant?«, sagte Olivia.

»Für ihn schon.«

»Für Stilton?«

»Ja. Und es ist gut, dass er sich mit etwas beschäftigt.«

»Aber für Sie ist es nicht interessant?«

»Im Moment nicht.«

»Warum nicht.«

»Ich bin vollauf damit beschäftigt, den Mord an Nils Wendt aufzuklären. Er ist gerade erst verübt worden, der andere Mord liegt fast vierundzwanzig Jahre zurück. Das ist der eine Grund. Der andere lautet, dass es Toms Fall ist.«

Mette erhob ihr Weinglas.

»Und das wird er auch bleiben.«

Auf dem Heimweg gingen Olivia ihre Worte nicht mehr aus dem Kopf. Meinte sie, dass Stilton die Arbeit an seinem alten Fall wiederaufnehmen würde? Aber er war doch gar kein Polizist mehr. Er war ein Obdachloser. Wie sollte er da erneut an seinem alten Fall arbeiten können? Mit ihrer Hilfe? Hatte sie es so gemeint? »Ohne Sie wäre er nicht hier gewesen«, diese Worte waren Olivia von ihrem letzten Besuch in Erinnerung geblieben. Außerdem entsann sie sich nur zu gut, dass Stilton bei Abbas ohne mit der Wimper zu zucken ihre Hypothese zu Wendts Verbindung zu dem Mordopfer am Ufer geklaut hatte. Stieg Stilton mit ihrer Hilfe wieder in seinen alten Fall ein?

Obwohl ihr der Kopf vor lauter Gedanken und Fragen schwirrte, war sie extrem auf der Hut, als sie sich ihrem Hauseingang näherte. Wahrscheinlich würde sie diese Tür nie mehr öffnen können, ohne hellwach zu sein.

Vor allem nach Stiltons Anruf zu dem DNA-Test, bei dem ihr sofort wieder Jackie Berglund eingefallen war, die sie so hasste.

Es gibt eine ganze Reihe selten aktiver Vulkane in Costa Rica und ein paar aktive, zum Beispiel den Arenal. Seine vulkanische Aktivität bildete ein spektakuläres Naturphänomen, vor allem nachts, wenn sich das Magma in bereits vorhandene Furchen ergoss, den Berg wie mit glühenden Tentakeln umarmte und der Rauch senkrecht und schwarzgrau in den Himmel hochstieg. Sah man einen solchen Ausbruch durch ein kleines, ovales Flugzeugfenster, hatte sich die Reise fast schon gelohnt.

Abbas el Fassi interessierte sich nicht für Vulkane. Stattdessen hatte er Flugangst.

Extreme Flugangst.

Warum das so war, wusste er nicht. Wahrscheinlich gab es keine rationale Erklärung dafür. Aber wenn er nur von einer dünnen Plastikhülle umschlossen zehntausend Meter über der Erde schwebte, stand er jedes Mal kurz davor, in Panik zu geraten. Doch er hatte sich im Griff, und das musste er auch, aber da er kein Freund von Medikamenten oder alkoholhaltigen Betäubungsmitteln war, litt er jedes Mal aufs Neue.

Nur sein natürlich brauner Teint verhinderte, dass er aussah wie eine frisch ausgegrabene Leiche, als er in San José mit ungeschminkten Augen die Ankunftshalle betrat und von einem zigarettenrauchenden, jüngeren Mann erwartet wurde, der ein Schild mit der Aufschrift »ABASELFAS« in der Hand hielt.

»Das bin ich«, sagte Abbas.

Er sprach sehr gut Spanisch. Rasch stiegen sie in das kleine, gelbgrüne Auto des Mannes, das vor dem Flughafen stand. Erst als er am Steuer saß, wandte sich der Mann Abbas zu.

»Manuel Garcia. Polizeimeister. Wir fahren nach Mal Pais.«

»Später. Erst müssen wir in die Calle 34 in San José, wissen Sie, wo das ist?«

»Ja, aber ich habe Anweisung bekommen, dass wir direkt nach …«

»Ich ändere diese Anweisung.«

Garcia sah Abbas an, der seinen Blick erwiderte. Ihm steckte ein ziemlich übler Flug von Stockholm über London und Miami nach San José in den Knochen. Seine Nerven lagen blank, was Garcia offenbar begriff.

»Calle 34.«

Abbas hob vorsichtig den Deckel des kleinen Etuis ab und enthüllte zwei schmale, schwarze Messer. Spezialanfertigungen von seinem Hauptlieferanten in Marseille, einem schlanken, blassen Burschen, der kam, wenn Abbas ihn anrief, und für ihn bereithielt, was Abbas nicht durch die Sicherheitskontrollen an den Flughäfen dieser Welt schleusen konnte. Deshalb musste der Blasse sie vor Ort herstellen. Ganz gleich, wo dieser Ort war.

Diesmal war es die Calle 34 in San José in Costa Rica.

Sie kannten sich schon lange.

Deshalb nahm es der Blasse auch nicht übel, als Abbas ihn um zwei Spezialwerkzeuge bat, von denen er wusste, dass er sie dabeihatte. Mit Hilfe eines kleinen Mikroskops fügte er ein letztes Detail auf den Klingen hinzu.

Um die Waffen perfekt auszubalancieren, was für das Überleben noch von entscheidender Bedeutung werden könnte.

»Danke.«

Sie nahmen die Fähre von Puntaneras zur Nicoya-Halbinsel und fuhren auf direktem Weg und sporadisch Konversation machend nach Mal Pais. Abbas erfuhr, welche Instruktionen Garcia von der schwedischen Polizei, also von Mette, bekommen hatte. Garcia sollte den schwedischen »Repräsentanten« fahren und ihm beistehen und ansonsten im Hintergrund bleiben. Irgendwann fragte der Polizist ihn, worum es bei seinem Aufenthalt gehe.

»Um einen Schweden, nach dem gesucht wird.«

Mehr erfuhr er nicht.

Das gelbgrüne Auto wirbelte mächtig Staub auf. Die Straßen auf der Pazifikseite waren ungewöhnlich trocken.

»Mal Pais!«, sagte Garcia.

Sie näherten sich einer Siedlung, die genauso aussah wie alle anderen, an denen sie vorbeigekommen waren. Ein paar Häuser an einer schmalen, knochentrockenen Schotterpiste, nur einen Katzensprung vom Meer entfernt. Keine Form von Ortszentrum, nicht einmal eine Straßenkreuzung, nur eine staubige Straße, die schnurgerade hindurchführte. Das Auto hielt, und Abbas stieg aus.

»Warten Sie im Wagen«, sagte er.

Abbas drehte eine Runde mit einer kleinen Plastikmappe in der Hand, die zwei Fotos enthielt. Eins vom Mordopfer auf Nordkoster und eins von Dan Nilsson.

Alias Nils Wendt.

Sein Rundgang durch Mal Pais war ziemlich schnell beendet. Die Straße hinunter und wieder hinauf. Keine Bars. Zwei Restaurants, die etwas oberhalb am Hang lagen, aber geschlossen waren, einige kleinere Hotels und ein Strand. Als er hin und her gegangen war, ohne einer Menschenseele zu begegnen, ging er zum Strand hinunter, wo er zwei kleinen Jungs begegnete, die spielten, sie wären Warane, sich im Sand wälzten und kurze, seltsame Laute ausstießen. Abbas wusste, dass kleine Jungs große Augen und Ohren hatten, wenn sie wollten, so war zumindest er in seiner Kindheit gewesen, was ihm geholfen hatte, in den Armenvierteln von Marseille zu überleben. Er ging neben den Jungen in die Hocke und zeigte ihnen das Bild von Dan Nilsson.

»Der große Schwede!«, sagte der eine sofort.

»Wisst ihr, wo der große Schwede wohnt?«

»Ja.«

Die Sonne versank schnell im Ozean, und Mal Pais wurde in träge Dunkelheit gehüllt. Ohne die kleinen Jungen hätte er das einfache Holzhaus zwischen den Bäumen niemals entdeckt, aber so war es kein Problem.

»Da.«

Abbas betrachtete das hübsche Haus.

»Da wohnt der große Schwede?«

»Ja. Aber er ist nicht da.«

»Ich weiß. Er ist nach Schweden gefahren.«

»Wer bist du?«

»Ich bin sein Cousin, er möchte, dass ich ein paar Sachen für ihn hole, die er vergessen hat.«

Manuel Garcia war Abbas und den kleinen Jungen im Schritttempo gefolgt. Jetzt stieg er aus und kam zu ihnen.

»Ist das sein Haus?«

»Ja. Kommen Sie.«

Abbas gab jedem der Jungs hundert Colones und bedankte sich für die Hilfe. Die Jungen blieben stehen.

»Ihr könnt jetzt gehen.«

Die Jungen blieben immer noch stehen. Abbas gab ihnen noch hundert Colones. Daraufhin bedankten sie sich und rannten davon. Abbas und Garcia gingen durch das Gartentor und zum Haus. Abbas nahm an, dass es abgeschlossen war, und hatte recht. Er sah Garcia an.

»Ich habe meine Karte im Auto vergessen«, sagte er.

Garcia grinste. Wenn er es so haben wollte, kein Problem. Garcia kehrte zum Wagen zurück und wartete eine Weile. Als er sah, dass im Haus das Licht anging, kehrte er zurück. Abbas öffnete von innen die Haustür, er hatte eine kleine Scheibe auf der Rückseite eingedrückt und ein Fenster geöffnet. Die Dunkelheit, die sich rasch vertiefte, bot genügend Schutz für ein solches Eindringen. Außerdem war die Luft voller ganz verschiedener Tierrufe. Von Vögeln, Affen und Abbas' weniger bekannten Primatenkehlen. Die trockene Stille vor einer Stunde war einer feuchten, regenwaldgesättigten Kakophonie gewichen.

»Wonach suchen Sie?«, fragte Garcia.

»Nach Papieren.«

Garcia zündete sich eine Zigarette an und setzte sich in einen Sessel.

Und zündete sich noch eine Zigarette an.

Und noch eine.

Abbas war ein gründlicher Mann. Zentimeter für Zentimeter durchsuchte er das Haus des großen Schweden. Ihm entging nicht einmal die dunkle Steinplatte unter dem Doppelbett, die eine Pistole verbarg. Er ließ sie liegen.

Pistolen waren nichts für ihn.

Als die Zigarettenschachtel leer war und Abbas zum dritten Mal die Küche durchforstete, stand Garcia auf.

»Ich fahre mal kurz Zigaretten holen, kann ich Ihnen etwas mitbringen?«

»Nein.«

Garcia trat durch das Gartentor, setzte sich ins Auto und fuhr davon. Er verließ Mal Pais mit einer Staubwolke hinter sich und fuhr zu einer Bar in Santa Teresa. Als sich der Staub gelegt hatte, schob sich ein dunkler Transporter aus einem der kleinen Wege zum Meer hinunter. Der Wagen hielt zwischen ein paar Bäumen. Drei bullige Männer stiegen aus, die Drogenringe in Stockholm gerne in ihren eigenen Reihen begrüßt hätten.

Im Schutz der Dunkelheit schlichen sie sich zum Garten des großen Schweden und betrachteten das hell erleuchtete Haus. Einer von ihnen zog ein Handy heraus und schoss zwei Fotos von dem Mann, der sich in dem Haus bewegte.

Die beiden anderen begaben sich auf die Rückseite.

Abbas setzte sich im Wohnzimmer in einen Bambusstuhl. Er hatte nichts von Interesse gefunden, nichts, was Mette weiterhelfen könnte. Keine Papiere, keine Briefe. Keine Verbindungen zu dem Mord an Nils Wendt in Stockholm. Und nicht den geringsten Zusammenhang mit dem Mordopfer auf Nordkoster, auf den Stilton so gehofft hatte. Bis auf die Pistole unter dem Bett war das Haus sauber. Abbas lehnte sich zurück und schloss die Augen. Die lange Flugreise forderte körperlich Tribut. Mental war er in sein Mantra vertieft, seine Art, innere Kraft zu schöpfen, um sich konzentrieren zu können. Deshalb bemerkte er die Schritte nicht, die durch die Hintertür ins Haus führten, jene Tür, die er selbst benutzt hatte. Eine Sekunde später hörte er sie, erhob sich lautlos wie ein geschmeidiger Schatten von seinem Stuhl und huschte ins Schlafzimmer. Die Schritte kamen näher. Garcia? Schon? Er hörte, dass die Schritte das Zimmer betraten, in dem er gerade noch gesessen hatte. Stammten sie von zwei Menschen? Es klang so. Dann wurde es still. Wussten sie, dass er hier war? Anzunehmen. Das Haus war hell erleuchtet. Man hatte ihn von draußen sicher sehen können. Abbas presste sich gegen die Holzwand. Vielleicht waren es Nachbarn, die gesehen hatten, dass das Licht an war und die Hintertür offenstand, und die sich fragten, was er in dem Haus zu suchen hatte. Aber es konnten natürlich auch ganz andere Leute mit ganz anderen Absichten sein. Warum hörte er nichts? Abbas dachte nach. Die da draußen wussten, dass er sich im Haus aufhielt, in dem es nur wenige Stellen gab, an denen man sich befinden konnte. Die kleine Küche war vom Wohnzimmer komplett einsehbar, so dass sie wussten, dass er dort nicht war. Also musste ihnen klar sein, wo er war. Hier. Er atmete möglichst lautlos. Warum kamen sie dann nicht herein? Sollte er abwarten? Still… Schließlich entschied er sich und trat in den Türrahmen. Zwei sehr brutal gebaute Männer mit mindestens genauso brutalen Pistolen standen zwei Meter vor ihm und hatten die Mündungen seelenruhig auf seinen Körper gerichtet.

»Wen sucht ihr?«, fragte Abbas.

Die Männer wechselten schnell einen Blick: Er sprach Spanisch. Der rechte Mann zeigte mit seiner Pistole auf den Stuhl, in dem Abbas kürzlich gesessen hatte.

»Setz dich.«

Abbas betrachtete die Mündungen, ging zu dem Stuhl und setzte sich. Die Männer waren wahrscheinlich Costa Ricaner, dachte er. Böse Costa Ricaner. Einbrecher?«

»Worum geht es?«, sagte er.

»Du bist im falschen Haus«, entgegnete der linke Mann.

»Gehört es euch?«

»Was machst du hier?«

»Aufräumen.«

»Das war eine dämliche Antwort. Versuch's noch mal.«

»Ich suche nach einem verschwundenen Waran«, sagte Abbas.

Erneut sahen sich die Männer kurz an. Der Kerl war ein sturer Hund. Einer der beiden zog ein dünnes Seil heraus.

»Steh auf.«

Diese Bewegung beherrschte Abbas im Schlaf: leicht vorgebeugt, den Kopf auf die Brust gesenkt von einem Stuhl aufzustehen und dabei zu agieren. Keiner der Männer sah, was er tat, aber der eine spürte, wie das dünne Messer eindrang, seinen Kehlkopf durchschlug und durch die Halsschlagader wieder austrat. Dem anderen spritzte ein dünner Strahl warmes Blut ins Auge, so dass er unwillkürlich einen Schritt zur Seite machte, bevor ein zweites Messer tief in seine Schulter eindrang. Seine Pistole rutschte über den Fußboden.

Abbas hob sie auf.

»JUAN!!«

Der Mann mit dem Messer in der Schulter rief zur Tür hinaus. Abbas warf einen Blick aus dem Fenster.

Der dritte Mann hörte den Ruf aus dem Haus. Er wollte den anderen zu Hilfe eilen, als ihn Garcias Scheinwerfer trafen, woraufhin er sich neben dem Gartentor in den Straßengraben hockte. Das gelbgrüne Auto hielt vor dem Haus, und Garcia stieg mit einer Zigarette im Mund aus.

Hoffentlich ist dieser seltsame Schwede jetzt endlich fertig, dachte er.

Das war er.

Als Garcia das Wohnzimmer betrat, lagen zwei Männer auf dem Fußboden. Der Polizist erkannte sie sofort aus Fahndungsmeldungen und unzähligen Lagebesprechungen. Die beiden Männer waren zwei dringend gesuchte Kriminelle. Der eine lag in einer großen Blutlache und war ganz offensichtlich tot. Der andere saß an die Wand gelehnt und hielt eine Hand gegen seine blutende rechte Schulter. Der seltsame Schwede stand an der gegenüberliegenden Wand und war dabei, zwei lange, schmale Messer abzuwischen.

»Einbrecher«, bemerkte der Schwede trocken. »Ich gehe mal kurz nach Santa Teresa.«

Abbas war sich des dritten Manns bewusst, der sich irgendwo hinter ihm in der Dunkelheit bewegte. Zumindest nahm er das an. Außerdem wusste er, dass es nach Santa Teresa ein langer Spaziergang an einer inzwischen sehr dunklen und leeren Landstraße war, und er ging davon aus, dass der dritte begriffen hatte, was mit seinen Kumpels passiert war. Nicht zuletzt, weil Garcia aus dem Haus gestürmt war, sein Handy aus der Tasche gezerrt und mit einer sich fast ins Falsett steigernden Stimme das halbe Polizeicorps der Nicoya-Halbinsel alarmiert hatte.

»Mal Pais!!«

Das musste auch der dritte gehört haben.

Abbas war hochkonzentriert, als er mit dem Rücken zu

dem Mann weiterging. Meter für Meter, durch stille, dunkle Kurven marschierte er auf die fernen Lichter Santa Teresas zu. Er wusste, dass er Gefahr lief, sich eine Kugel in den Rücken einzufangen. Dagegen halfen auch keine schwarzen Messer. Gleichzeitig kam er zu dem Schluss, dass der dritte zusammen mit den beiden anderen einen Auftrag erhalten hatte. Das waren keine gewöhnlichen Einbrecher gewesen, denn warum sollten drei Einbrecher in ein Haus eindringen, das schon von weitem signalisierte, dass es in ihm sicher nichts zu holen gab? Zumal es an den umliegenden Hängen weitaus interessantere Häuser gab, die mehr im Regenwald verborgen und abgelegener lagen?

Dieses Trio war im Haus des ermordeten Nils Wendt auf der Suche nach etwas ganz Bestimmtem gewesen.

Was?

Die Bar hieß *Good Vibrations Bar*. Ein Werbegag, mit dem sich die Beach Boys wohl würden abfinden müssen. Kalifornien lag nicht gerade um die Ecke, aber die amerikanischen Surfer vor Ort verspürten vielleicht dennoch einen Hauch von Nostalgie, wenn sie die ziemlich schäbige Spelunke in Santa Teresa betraten.

Abbas saß am hinteren Ende einer langen und rauchgeschwängerten Theke. Alleine und mit einem knapp bemessenen Gin Tonic vor sich. Ausnahmsweise mal ein Drink. Er war mit angespannten Muskeln und Sinnen und kleinen Bewegungen, die spürten, wo die Messer saßen, durch die Dunkelheit gegangen. Und ohne eine Kugel im Rücken in der Bar angekommen. Jetzt hatte er Lust auf einen Drink. Wider besseres Wissen, sagte ein kleiner Winkel seines Gehirns, aber das restliche Gehirn fand es in Ordnung.

Er nahm an, dass der dritte draußen in der Dunkelheit wartete.

Abbas nippte an seinem Glas. Igeno, der Barkeeper, hatte ihn perfekt gemixt. Abbas drehte sich um und musterte die Klientel in der Bar. Braune und noch braunere und fast verbrannte Männer mit Oberkörpern, die einen bedeutenden Teil ihrer Identität ausmachten. Und Frauen. Einheimische Frauen und Touristinnen. Manche von ihnen waren vermutlich Reiseführer, ergänzt um eine Reihe von Surffans, alle im Gespräch mit dem einen oder anderen Oberkörper. Abbas' Blick wanderte vom Schankraum über die Theke zur gegenüberliegenden Wand. Zwei ziemlich lange Bretter voller Schnaps- und Likörflaschen, die alle einem einzigen Zweck dienten.

Dann sah er sie.

Die Kakerlake.

Ein richtiges Prachtexemplar mit langen Fühlern und kräftigen gelbbraunen, auf dem Körper anliegenden Flügeln. Sie kroch in einer Lücke im Spirituosenregal über eine Bretterwand, die von Touristenfotos und Ansichtskarten bedeckt war. Plötzlich entdeckte Igeno Abbas' Blick und ihm folgend die Kakerlake. Grinsend erschlug er das Insekt mit der flachen Hand. Mitten auf einem Foto, auf dem Nils Wendt einen Arm um eine junge Frau gelegt hatte.

Abbas stellte mit einem leisen Knall seinen Drink ab. Er zog ein Blatt aus seiner Gesäßtasche und versuchte, das Bild darauf mit dem Foto unter der zerquetschten Kakerlake zu vergleichen.

»Können Sie die bitte entfernen?«

Abbas zeigte auf die Kakerlake. Igeno wischte sie von der Wand.

»Sie mögen keine Kakerlaken?«

»Nein, sie versperren die Aussicht.«

Igeno lächelte, Abbas nicht. Er erkannte schnell, dass die junge Frau, um die Nils Wendt den Arm gelegt hatte, identisch war mit dem Mordopfer auf Nordkoster, jener Frau, die dort ertränkt worden war. Er leerte sein Glas. »Schau mal, ob du eine Verbindung zwischen Nils Wendt und dem Opfer auf Nordkoster findest«, hatte Stilton gesagt.

Er hatte sie gefunden.

»Noch einen?«

Igeno stand wieder vor Abbas.

»Nein, danke. Wissen Sie, wer die beiden auf dem Foto da sind?«

Abbas zeigte auf die Wand, und Igeno drehte sich um und zeigte auch auf das Bild.

»Das da ist der große Schwede, er heißt Dan Nilsson, aber die Frau sagt mir nichts.«

»Kennen Sie jemanden, der wissen könnte, wer sie ist?«

»Nein, oder doch, Bosques vielleicht ...«

»Wer ist das?«

»Ihm hat die Bar hier früher einmal gehört, er hat die ganzen Bilder aufgehängt.«

Igeno nickte zu den Aufnahmen an der Wand.

»Wo finde ich diesen Bosques?«

»Zuhause. Er verlässt nie sein Haus.«

»Und wo steht das?«

»In Cabuya.«

»Ist das weit von hier?«

Igeno griff nach einer kleinen Landkarte und zeigte ihm darauf das Dorf, in dem Bosques wohnte. Abbas überlegte, ob er nach Mal Pais zurückkehren und Garcia bitten sollte, ihn hinzufahren, entschied sich jedoch aus zwei Gründen dagegen. Zum einen wegen des dritten Mannes, der sich wahrscheinlich irgendwo in der Nähe der Bar verborgen hielt. Zum anderen wegen der Polizei. Um Wendts Haus wimmelte es mittlerweise mit Sicherheit von Streifenwagen. Irgendwer würde ihm womöglich eine Menge Fragen stellen, die Abbas nur ungern beantworten wollte.

Also sah er den grinsenden Igeno an.

»Sie wollen nach Cabuya?«

»Ja.«

Igeno telefonierte, und zwei Minuten später tauchte vor der Bar einer seiner Söhne auf einem Quad auf. Abbas bat, sich das Foto an der Wand ausleihen zu dürfen, ging nach draußen, setzte sich hinter den Sohn und ließ den Blick über die nähere Umgebung schweifen. Obwohl es ziemlich dunkel war und aus der Bar kaum Licht ins Freie fiel, sah er für einen flüchtigen Moment hinter einer dicken Palme den Schatten.

Der dritte Mann.

»Fahren Sie.«

Abbas klopfte Igenos Sohn auf die Schulter, und das Quad fuhr los. Als Abbas sich umdrehte, sah er, dass der dritte Mann erstaunlich schnell nach Mal Pais zurücklief, wahrscheinlich, um dort sein Auto zu holen. Abbas erkannte, dass ihr Verfolger nicht lange brauchen würde, um sie einzuholen, da es nur eine einzige Straße in eine einzige Richtung gab.

Nach Cabuya.

Igenos Sohn fragte ihn, ob er warten solle, aber Abbas schickte ihn weg, da er nicht wusste, wie lange er bleiben würde. Er brauchte schon ziemlich lange, um zu Bosques' Haus vorzudringen, da man über einiges Gerümpel steigen musste, bis man schließlich die Veranda erreichte, auf der Bosques in dünnen weißen Kleidern schlampig rasiert auf einem Stuhl an der Wand saß. Er hielt ein Glas Rum in der Hand, und neben ihm hing eine nackte, ausgeschaltete Glühbirne. Das Konzert der Zikaden im Dschungel störte seine Ohren genauso wenig wie das leise Rauschen eines kleineren Wasserfalls im Dickicht. Er beobachtete ein sehr kleines Insekt, das über seine braune Hand krabbelte.

Dann blickte er zu Abbas hinunter.

»Wer sind Sie?«

»Ich heiße Abbas el Fassi, ich komme aus Schweden.«

»Kennen Sie den großen Schweden?«

»Ja. Kann ich zu Ihnen hochkommen?«

Bosques betrachtete Abbas, der einige Meter unterhalb der Veranda stand. Der Mann sah eigentlich nicht aus wie ein Schwede oder Skandinavier. Er sah ganz anders aus als der große Schwede.

»Was wollen Sie?«

»Mich mit Ihnen über das Leben unterhalten, Bosques.«

»Kommen Sie herauf.«

Abbas stieg auf die Veranda hinauf, und Bosques trat einen Hocker in seine Richtung. Abbas setzte sich.

»Wenn Sie von dem großen Schweden sprechen, meinen Sie dann Dan Nilsson?«, fragte Abbas.

»Ja. Sind Sie ihm begegnet?«

»Nein. Er ist tot.«

Bosques' Gesichtsausdruck war in der Dunkelheit kaum

zu erkennen, aber Abbas sah, dass er einen Schluck aus seinem kleinen Glas nahm und das Glas ein wenig zitterte, als er es abstellte.

»Wann ist er gestorben?«

»Vor ein paar Tagen, er wurde ermordet.«

»Von Ihnen?«

Eine etwas seltsame Frage, dachte Abbas. Andererseits befand er sich auf der anderen Seite der Welt in einem gottverlassenen Dorf im Regenwald und sprach mit einem Mann, über den er ebenso wenig wusste wie über seine Beziehung zu Nils Wendt, den Bosques den großen Schweden nannte.

»Nein. Ich arbeite für die schwedische Polizei.«

»Können Sie sich ausweisen?«

Bosques konnte man so leicht nichts vormachen.

»Nein.«

»Warum soll ich Ihnen dann glauben?«

Tja, warum sollte er, dachte Abbas.

»Haben Sie einen Computer?«, fragte er dann.

»Ja.«

»Haben Sie hier auch Internetzugang?«

Bosques sah Abbas mit so kalten Augen an, dass sie die Dunkelheit durchdrangen. Er stand auf und ging ins Haus. Abbas blieb sitzen. Kurz darauf kehrte Bosques mit einem Notebook zurück und setzte sich wieder. Vorsichtig schloss er ein mobiles Modem an und klappte das Gerät auf.

»Suchen Sie nach Nils Wendt, Mord, Stockholm.«

»Wer ist Nils Wendt?«

»Das ist Dan Nilssons richtiger Name. Er schreibt sich mit W und am Ende mit dt.«

Der blaue Lichtschein des Computerbildschirms fiel auf Bosques' Gesicht. Seine Finger bewegten sich über die Tastatur. Dann wartete er, den Blick auf den Bildschirm gerichtet, und obwohl er von dem, was dort auftauchte, kein Wort verstand, erkannte er auf dem Titelbild einer Tageszeitung natürlich Dan Nilsson, den großen Schweden. Ein siebenundzwanzig Jahre altes Bild, auf dem Nilsson ungefähr so aussah wie damals, als er zum ersten Mal in Mal Pais aufgetaucht war.

Unter der Aufnahme stand: »Nils Wendt«.

»Er ist ermordet worden?«

»Ja.«

Bosques klappte das Notebook zu und legte es auf den Holzboden. Anschließend fischte er eine halbvolle Flasche Rum aus der Dunkelheit und füllte großzügig sein Glas.

»Das ist Rum. Möchten Sie einen Schluck?«

»Nein, danke«, antwortete Abbas.

Bosques leerte sein Glas in einem Zug, ließ es auf den Schoß sinken und strich sich mit der anderen Hand über die Augen.

»Er war ein Freund.«

Abbas nickte kurz und machte eine mitfühlende Geste. Ermordete Freunde verdienten Respekt.

»Wie lange haben Sie sich gekannt?«, erkundigte er sich.

»Lange.«

Eine ziemlich vage Zeitangabe. Abbas wollte eine etwas genauere hören, die er mit dem Bild der Frau auf dem Foto aus der Bar verknüpfen konnte.

»Kann man die da vielleicht anmachen?«

Abbas zeigte auf die nackte Glühbirne. Bosques drehte sich halb um und streckte sich nach einem alten, schwarzen Bakelitschalter an der Wand. Das Licht blendete Abbas für einige Sekunden, dann zog er das Bild heraus.

»Ich habe mir in Santa Teresa ein Foto geliehen, auf dem Nilsson mit einer Frau zusammensteht.«

Abbas gab Bosques die Aufnahme.

»Wissen Sie, wer sie ist?«

»Adelita.«

Endlich ein Name!

»Nur Adelita oder …?«

»Adelita Rivera. Aus Mexiko.«

Abbas dachte nach. Sollte er erzählen, dass auch Adelita Rivera ermordet worden war? Dass man sie in Schweden ertränkt hatte? War sie vielleicht auch eine Freundin von Bosques gewesen? Zwei ermordete Freunde, und die Rumflasche war schon fast leer.

Er entschied sich dagegen.

»Wie gut kannte Dan Nilsson diese Adelita Rivera?«

»Sie erwartete ein Kind von ihm.«

Abbas sah Bosques weiter in die Augen, denn für die Atmosphäre ihres Gesprächs war es wichtig, dass keiner von ihnen aus der Rolle fiel. Gleichzeitig begriff er natürlich, welche Bedeutung dies für Tom haben würde. Nils Wendt war der Vater des Kindes gewesen!!

»Können Sie mir ein bisschen über Adelita erzählen?«

»Sie war eine sehr schöne Frau.«

Und dann erzählte Bosques ihm alles, was er über Adelita wusste, und Abbas versuchte, sich jedes Detail zu merken. Er wusste, wie wertvoll diese Informationen für Tom sein würden.

»Und dann fuhr sie weg«, sagte Bosques.

»Wann war das?«

»Vor vielen Jahren. Wohin, weiß ich nicht, aber sie kehrte nie zurück. Der große Schwede wurde traurig. Er fuhr nach

Mexiko, um nach ihr zu suchen, aber sie war verschwunden. Dann ist er nach Schweden gereist.«

»Aber erst kürzlich?«

»Ja. Ist er in Ihrem Heimatland ermordet worden?«

»Ja, und wir wissen noch nicht, wer es getan hat oder warum. Ich bin hier, um nach etwas zu suchen, was uns helfen kann«, erklärte Abbas.

»Den Mörder zu finden?«

»Ja, und ein Motiv für den Mord.«

»Als er abgereist ist, hat er mir eine Tasche hiergelassen.«

»Aha?«

Abbas war hellwach.

»Was ist in der Tasche?«

»Das weiß ich nicht. Er hat gesagt, wenn er vor dem ersten Juli nicht zurück sei, solle ich sie der Polizei übergeben.«

»Ich bin Polizist.«

»Sie können sich nicht ausweisen.«

»Das ist nicht nötig.«

Bevor Bosques mit seinen dünnen Lidern blinzeln konnte, traf ein langes, schwarzes Messer die Stromleitung an der Wand. Mit einem kurzen Zischen erlosch die Glühbirne an der Decke. Abbas sah Bosques in der Dunkelheit an.

»Ich habe noch eins.«

»Okay.«

Bosques stand auf und ging wieder ins Haus. Schneller als beim letzten Mal kam er mit einer Ledertasche in der Hand heraus und überreichte sie Abbas.

Der dritte Mann hatte seinen dunklen Transporter in gebührendem Abstand zu Bosques' Haus abgestellt und sich so nahe herangeschlichen, wie er es nur wagte. Die Entfernung war zu groß, um mit bloßem Auge etwas zu sehen, aber mit Hilfe seines Nachsichtgeräts konnte er müheloslos erkennen, was Abbas aus der kleinen Tasche auf der Veranda hob.

Einen kleinen Umschlag, eine Plastikmappe und eine Kassette.

Abbas legte die Gegenstände zurück. Ihm war schlagartig klar geworden, dass die Gorillas in Wendts Haus es auf diese Tasche abgesehen hatten. Ihren Inhalt würde er sich vorerst nicht genauer ansehen. Außerdem hatte er ja selbst das einzige Licht gelöscht, das es auf der Veranda gab. Er hob die Tasche ein wenig an.

»Die werde ich wohl mitnehmen müssen.«

»Das ist mir klar.«

Das schwarze Messer hatte Bosques' Verständnis deutlich verbessert.

»Dürfte ich mal Ihre Toilette benutzen?«

Abbas stand auf, und Bosques zeigte auf eine Tür im zweiten Zimmer. Abbas zog sein Messer aus der Wand und verschwand mit der Tasche in der Hand im Haus. Die würde er nicht mehr aus den Augen lassen. Bosques blieb auf seinem Stuhl sitzen. Die Welt ist seltsam, dachte er. Und der große Schwede ist tot.

Er zog ein kleines Fläschchen aus der Hosentasche und begann in der Dunkelheit, seine Nägel zu lackieren.

Abbas kam wieder heraus und verabschiedete sich von Bosques, der ihm viel Glück wünschte. Ein bisschen widerwillig musste Abbas es sich gefallen lassen, dass Bosques ihn überraschend umarmte. Dann ging der alte Mann ins Haus.

Abbas ging zur Straße hinunter und machte sich auf den Weg. Er war in Gedanken. Er hatte den Namen der Frau erfahren, nach der Tom über zwanzig Jahre lang gesucht hatte. Adelita Rivera, eine Mexikanerin, die ein Kind von dem ermordeten Nils Wendt erwartete.

Eigenartig.

Etwa hundert Meter von Bosques' Haus entfernt, wo die Straße am schmalsten und das Mondlicht am dünnsten war, spürte er plötzlich eine Pistole in seinem Nacken, die so nahe war, dass seine Messer ihm nichts nutzten. Der dritte Mann, dachte er. Im selben Moment wurde ihm die Tasche aus der Hand gerissen, und als er sich umdrehen wollte, traf ihn ein kräftiger Schlag auf den Hinterkopf. Er strauchelte, fiel neben der Straße ins Gras, blieb liegen und sah noch, wie ein großer Transporter aus dem Wald schoss und davonfuhr, bevor er bewusstlos wurde.

Das Auto fuhr von Cabuya aus quer über die halbe Nicoya-Halbinsel. In der Nähe des Flughafens von Tambor hielt es am Straßenrand. Der dritte Mann schaltete das Licht im Auto an und öffnete die Ledertasche.

Sie war voller Toilettenpapier.

Abbas erwachte neben der Straße. Er tastete seinen Hinterkopf ab und stellte fest, dass er sich eine dicke Beule eingehandelt hatte, die heftig schmerzte. Doch das war die Sache wert gewesen. Er hatte dem Mann gegeben, was er haben wollte. Die Ledertasche.

Ihr Inhalt dagegen steckte unter Abbas' Hemd.

Dort würde er ihn aufbewahren, bis er Schweden erreicht hatte.

Der dritte Mann blieb im Auto sitzen. Er hatte eine ganze Weile mit sich und seinem blockierten Kopf gekämpft. Dann war ihm langsam, aber sicher klar geworden, dass er nicht viel tun konnte. Dieser Messerwerfer hatte ihn übertölpelt und war mittlerweile sicher längst zu den Polizisten in Mal Pais zurückgekehrt. Er zog sein Handy heraus, rief das Bild des Messerwerfers auf, das er durch das Fenster von Wendts Haus geknipst hatte, versah es mit einer kurzen Bildunterschrift und verschickte es.

Es erreichte K. Sedovic in Schweden, der die Nachricht unverzüglich an einen Mann weiterleitete, der auf einer großzügigen Veranda in der Nähe der Stocksund-Brücke saß, während seine Frau unter der Dusche stand. Er las den kurzen Text, der den Inhalt der Tasche beschrieb, die später mit Toilettenpapier gefüllt worden war: ein kleiner Umschlag, eine Plastikmappe und eine Musikkassette. Die Originalkassette, dachte er. Mit der Aufnahme eines Gesprächs, das für Bertil Magnuson von alles entscheidender Bedeutung war.

Dann betrachtete er das Bild des Messerwerfers Abbas el Fassi.

Der Croupier?! Aus dem *Casino Cosmopol*?! Was machte der in Costa Rica?

Und was zum Teufel hatte er mit der Kassette vor?

Olivia hatte schlecht geschlafen.

Sie war über das Mittsommerwochenende mit ihrer Mutter und zwei ihrer Bekannten auf Tynningö gewesen. Eigentlich hätte sie auch mit Lenni und einer ganzen Clique von Freunden draußen auf der Insel Möja feiern können, aber sie hatte sich für Tynningö entschieden. Die Trauer um Elvis übermannte sie immer wieder, deshalb wollte sie alleine oder mit Menschen zusammen sein, die von ihr nicht verlangten, dass sie fröhlich war. Gestern waren ihre Mutter und sie alleine im Haus geblieben und hatten gemeinsam die halbe Fassade auf der Sonnenseite gestrichen. Damit Arne sich nicht schämen muss, wie Maria gesagt hatte. Danach hatten sie gemeinsam etwas zu viel Wein getrunken, was sich in der Nacht gerächt hatte. Gegen drei war sie aufgewacht und erst um sieben, eine halbe Stunde, bevor der Wecker klingelte, wieder eingeschlafen.

Inzwischen hatte sie sich zwei Reiswaffeln einverleibt und war in ihrem Bademantel gerade auf dem Weg zur Dusche, als es an der Tür klingelte.

Sie machte auf. Stilton stand in einem etwas zu kurzen, schwarzen Mantel davor.

»Hallo«, sagte er.

»Hallo! Sie haben sich die Haare schneiden lassen?«

»Marianne hat sich gemeldet, es gab keine Übereinstimmung.«

Olivia sah, wie sich ein Nachbar mit einem forschenden Blick auf den Mann vor ihrer Tür vorbeischob. Sie trat zur Seite und machte eine einladende Geste. Stilton kam herein, und Olivia zog die Tür zu.

»Keine Übereinstimmung?«

»Nein.«

Olivia ging in die Küche. Stilton folgte ihr, ohne den Mantel auszuziehen.

»Das Haar stammte also nicht vom Opfer?«

»Nein.«

»Dann könnte es natürlich von einem der Täter stammen.«

»Wäre möglich.«

»Jackie Berglund«, schlug Olivia vor.

»Hören Sie auf damit.«

»Aber warum denn nicht? Warum soll es nicht ihr Haar sein können? Sie hat dunkle Haare, befand sich zum Zeitpunkt des Mordes auf der Insel und hatte eine sehr faule Ausrede dafür, warum sie kurz danach von dort abgehauen ist. Stimmt's?«

»Ich gehe mal duschen«, entgegnete Stilton.

Olivia wusste nicht, was sie darauf erwidern sollte, und zeigte deshalb nur stumm auf die Badezimmertür. Als er dahinter verschwand, war sie immer noch sprachlos. Bei jemandem zu duschen war für manche Menschen etwas ziemlich Intimes, für andere spielte es offenbar keine Rolle. Olivia brauchte eine ganze Weile, bis sie sich an den Gedanken gewöhnt hatte, dass Stilton sich jetzt in ihrem Badezimmer aufhielt und wusch.

Dann war sie mit ihren düsteren Gedanken wieder bei Jackie Berglund.

»Vergessen Sie Jackie Berglund«, sagte Stilton.

»Und warum?«

Er hatte eine lange, kühle Dusche genommen, über Olivias Fixierung auf Jackie Berglund nachgedacht und beschlossen, sie in gewisse Dinge einzuweihen. Olivia hatte sich angezogen und bot ihm am Küchentisch einen Kaffee an.

»Es war so«, setzte er an, »2005 wurde eine junge, schwangere Frau namens Jill Engberg ermordet und der Fall mir übertragen.«

»Das weiß ich schon.«

»Ich will nur vorne anfangen. Jill war Escortgirl. Wir fanden ziemlich schnell heraus, dass sie für Jackie Berglunds *Red Velvet* gearbeitet hatte. Gewisse Umstände des Mordes ließen uns glauben, dass einer von Jackies Kunden der Mörder sein könnte. Ich habe diese Spur ziemlich hartnäckig verfolgt, aber dann war Schluss.«

»Was heißt das?«

»Es sind ein paar Dinge passiert.«

»Was denn?«

Stilton verstummte, und Olivia wartete.

»Was ist passiert?«, fragte sie schließlich.

»Im Grunde sind mehrere Dinge gleichzeitig geschehen, ich bin durchgedreht, habe unter anderem eine Psychose bekommen und bin eine Weile krankgeschrieben worden. Als ich zurückkam, hatte man mir die Zuständigkeit für den Fall entzogen.«

»Warum?«

»Ofiziell hieß es, ich sei zum gegenwärtigen Zeitpunkt nicht in der Verfassung, eine Mordermittlung zu leiten, was sicher nicht ganz falsch war.«

»Und inoffiziell?«

»Gab es Personen, die mich, glaube ich, von dem Fall abziehen wollten.«

»Weil?«

»Weil ich Jackie Berglunds Escortservice etwas zu sehr auf die Pelle gerückt bin.«

»Sie meinen, ihren Kunden?«

»Ja.«

»Wer hat den Fall übernommen?«

»Rune Forss. Ein Polizist, der …«

»Ich weiß, wer das ist, aber er hat den Mord an Jill nicht aufgeklärt. Das habe ich gelesen, als ich …«

»Nein, er hat ihn nicht aufgeklärt.«

»Aber Sie müssen doch das Gleiche gedacht haben wie ich, als Sie an dem Fall Jill gearbeitet haben?«

»Dass es gewisse Ähnlichkeiten zu Nordkoster gibt?«

»Ja.«

»Sicher, das stimmt … Jill war schwanger«, fuhr Stilton fort, »genau wie das Opfer am Ufer, und Jackie Berglund taucht in beiden Ermittlungen auf. War das Opfer also auch ein Escortgirl? Wir wussten doch nicht das Geringste über sie. Also ist mir der Gedanke gekommen, dass es da eventuell einen Zusammenhang geben und es sich um denselben Täter mit demselben Motiv handeln könnte.«

»Was sollte das sein?«

»Eine Prostituierte zu ermorden, die ihn auf Grund ihrer Schwangerschaft erpresst hat. Deshalb entnahmen wir von Jills Fötus eine DNA-Probe und verglichen sie mit der DNA des Kindes vom Ufermord, aber es gab keine Übereinstimmung.«

»Das schließt aber nicht aus, dass Jackie Berglund in die Sache verwickelt ist.«

»Nein, und eine Zeitlang habe ich deshalb auch mit einer Hypothese gearbeitet, die sie betraf. Immerhin ist sie dort zusammen mit zwei Norwegern auf einer Yacht gewesen, und ich dachte, dass sie vielleicht ursprünglich zu viert waren und das Opfer die vierte Person war und es dann irgendwie Streit zwischen ihnen gab und drei von ihnen die vierte ermordeten.«

»Aber?«

»Es ist nichts dabei herausgekommen, es konnte niemandem nachgewiesen werden, dass er oder sie am Tatort gewesen war oder etwas mit dem Opfer zu tun hatte, dessen Identität uns noch dazu unbekannt war.«

»Vielleicht kann man Jackie Berglunds Anwesenheit am Ufer ja jetzt nachweisen?«

»Mit Hilfe der Haarspange?«

»Ja, warum nicht?«

Stilton sah Olivia an. Sie gab nicht auf, ihre Beharrlichkeit und Hartnäckigkeit beeindruckten ihn, genau wie ihre Fähigkeit …

»Der Ohrring.«

Olivia unterbrach Stiltons Gedankengänge.

»Sie haben gesagt, dass Sie in der Manteltasche des Opfers einen Ohrring gefunden haben, der wahrscheinlich nicht ihr gehört hat. Stimmt's? Sie fanden das ein bisschen seltsam.«

»Ja.«

»Gab es Fingerabdrücke darauf?«

»Nur die des Opfers. Möchten Sie ihn sehen?«

»Sie *haben* ihn?«

»Ja, im Wohnwagen.«

Stilton zog seinen Umzugskarton unter einer der Pritschen hervor. Olivia saß auf der anderen. Er öffnete den Karton und hob eine Plastiktüte mit einem schönen, kleinen Silberohrring heraus.

»So sieht er aus.«

Stilton gab den Ohrring an Olivia weiter.

»Warum haben Sie ihn hier?«, fragte sie.

»Er ist versehentlich zwischen dem ganzen Zeug gelandet, das ich in meinem Büro zusammengerafft habe, als ich abgezogen wurde, er muss in einem Karton gelegen haben, den ich leergeräumt habe.«

Olivia hielt den Ohrring in der Hand. Er hatte eine ziemlich ungewöhnliche Form, sah fast aus wie eine Schleife, die zu einem Herz wurde. Unten baumelte eine Perle, und in der Mitte befand sich ein blauer Stein. Es war ein sehr schönes Schmuckstück. Sie stutzte ein wenig. Hatte sie nicht erst neulich einen Ohrring gesehen, der genauso ausgesehen hatte?

»Darf ich mir den bis morgen ausleihen?«

»Warum?«

»Weil … ich habe vor Kurzem einen ganz ähnlichen gesehen.«

Vielleicht in einem Geschäft, überlegte sie.

Einem Geschäft in der Sibyllegatan?

*

Mette Olsäter saß mit einem Teil ihrer Ermittlungsgruppe im Präsidium zusammen. Zwei Kollegen hatten sich über Mittsommer freigenommen, die beiden anderen weitergearbeitet. Gerade hatten sie sich zum dritten Mal Mettes Vernehmung von Bertil Magnuson angehört. Alle hatten das gleiche Gefühl: Was er über die Telefonate sagte, war gelogen. Im Grunde war es sogar mehr als nur ein Gefühl. Sie waren erfahrene Ermittler, die bei Vernehmungen jede Veränderung im Ton des Befragten einzuschätzen wussten. Und warum sollte Nils Wendt vier Mal Bertil Magnuson anrufen und jedes Mal stumm bleiben, wie Magnuson behauptet hatte. Wendt musste doch klar gewesen sein, dass Magnuson nicht im Traum auf die Idee kommen würde, dass es der seit siebenundzwanzig Jahren verschwundene Nils Wendt war, der am anderen Ende der Leitung keinen Mucks von sich gab. Aber welchen Sinn sollten die Gespräche dann für Wendt gehabt haben?

»Er ist nicht stumm geblieben.«

»Nein.«

»Aber was hat er gesagt?«

»Etwas, was Magnuson uns nicht verraten will.«

»Und worum ging es dabei?«

»Um die Vergangenheit.«

Mit diesen Worten schaltete sich Mette in die Überlegungen ihrer Kollegen ein. Sie ging davon aus, dass Wendt tatsächlich siebenundzwanzig Jahre lang verschwunden und dann plötzlich in Stockholm aufgetaucht war und seinen früheren Kompagnon angerufen hatte. Und das Einzige, was die beiden Männer heute noch verband, war ihre gemeinsame Vergangenheit.

»Wenn wir rein hypothetisch davon ausgehen, dass Magnuson hinter dem Mord an Wendt steckt, muss das Motiv in diesen vier Telefonaten zu finden sein«, meinte sie.

»Erpressung?«

»Vielleicht.«

»Aber was hatte Wendt in der Hand, um Magnuson damit heute erpressen zu können?«, fragte Lisa Hedqvist.

»Etwas, was damals passiert ist.«

»Und wer außer Magnuson könnte etwas darüber wissen?«

»Wendts Schwester in Genf?«

»Das bezweifle ich.«

»Seine Exfreundin?«, schlug Bosse vor.

»Oder Erik Grandén«, warf Mette ein.

»Der Politiker?«

»Als Wendt verschwand, saß er im Vorstand von Magnuson Wendt Mining.«

»Soll ich ihn anrufen?«, fragte Lisa.

»Tu das.«

*

Olivia saß in der U-Bahn. Auf dem Rückweg vom Wohnwagen hatte sie über Stiltons Informationen nachgegrübelt. Sie war sich nicht ganz sicher, was genau er gemeint hatte. Abgesehen davon, dass es keine gute Idee war, Jackie Berglund auf die Pelle zu rücken. Als er selbst es getan hatte, war ihm der Fall abgenommen worden. Sie war allerdings keine Polizistin, jedenfalls noch nicht. Sie war an keiner offiziellen Ermittlung beteiligt. Niemand konnte ihr den Fall abnehmen. Sicher, man konnte ihr drohen und ihren Kater in einem Motorraum umbringen. Aber nicht mehr. Sie fand, dass sie freie Hand hatte zu tun, was immer sie wollte.

Und sie wollte dieser Katzenmörderin Jackie Berglund auf die Pelle rücken und versuchen, etwas von ihr an sich zu bringen, wovon man eine DNA-Probe entnehmen konnte, um festzustellen, ob Gardman am Ufer ein Haar von Jackie Berglund gefunden hatte.

Aber wie sollte sie das anstellen?

Sie konnte ja schlecht noch einmal in Jackies Geschäft gehen. Sie brauchte Hilfe. Dann kam ihr eine Idee, die sie zu etwas Widerwärtigem zwingen würde.

Etwas wirklich Widerwärtigem.

*

Man hörte ein Zischen. Ein Lichtreflex huschte über den Fußboden. Es war eine verwohnte Zweizimmerwohnung im Vorort Kärrtorp. Es stand kein Name an der Tür, und die Zimmer waren kaum möbliert. Am Fenster stand nur in Unterhose der Nerz und setzte sich einen Schuss, was er in letzter Zeit nur noch sehr selten tat. Mittlerweile nahm er sanftere Sachen. Aber manchmal musste er einfach richtig high werden. Er blickte auf die Straßenzüge hinaus und war immer noch stinksauer wegen dem, was neulich abends vor dem Wohnwagen passiert war. »Nicht einmal mit der Kneifzange.« Diese verdammte Tussi hatte ihn abserviert wie einen simplen kleinen Spitzel, wie einen Loser, einen dieser Typen, die in Hauseingängen standen und sich einen runterholten.

Er fühlte sich beschissen.

Aber mit einem ordentlichen Schuss ließ sich jedes ramponierte Ego auf Vordermann bringen. Weniger als zehn Minuten später war er wieder in der Spur, und sein flimmerndes Gehirn hatte bereits eine ganze Reihe von Erklärungen für seine Demütigung konstruiert, angefangen dabei, dass dieses Mädel einfach nicht gewusst hatte, mit wem sie eigentlich redete, dem großen Nerz, bis dahin, dass sie schlichtweg total bescheuert war. Außerdem schielte sie. Sie war bloß eine kleine Fliegenfotze, die glaubte, sie könnte dem Nerz etwas anhaben.

Er fühlte sich schon viel besser.

Als es an der Tür klingelte, war er wieder ganz der Alte. Seine Beine setzten sich praktisch von alleine in Bewegung. Vollgedröhnt? Na und, er war ein Typ, der es draufhatte. Ein Trickser, der alles unter Kontrolle hatte. Er riss die Tür auf.

Die Fliegenfotze???

Der Nerz starrte Olivia an.

»Hallo«, sagte sie.

Der Nerz starrte sie weiter an.

»Ich wollte mich nur entschuldigen«, fuhr sie fort. »Neulich abends war ich furchtbar gemein, und das wollte ich wirklich nicht sein, ich war nur so geschockt von dem, was man Stilton angetan hatte, es war nichts Persönliches, ehrlich. Ich habe mich echt bescheuert benommen. Wirklich. Entschuldigung.«

»Was zum Teufel wollen Sie?«

Olivia fand, dass sie sich ziemlich klar ausgedrückt hatte, und hielt sich deshalb an ihren Plan.

»Ist das die Eigentumswohnung, die fünf Millionen wert ist?«

»Mindestens.«

Sie hatte ihre Strategie gut durchdacht. Sie wusste genau, wie sie diese kleine Witzfigur anpacken musste, sie musste nur einen Punkt finden, bei dem sie ansetzen konnte.

»Ich suche gerade eine neue Wohnung«, behauptete sie. »Wie viele Zimmer hat Ihre?«

Der Nerz drehte sich um und ging in die Wohnung, ließ

die Tür aber offen stehen, was Olivia als eine Art Einladung auffasste. Sie betrat die fast leere und verwohnte Zweizimmerwohnung, in der an manchen Stellen schon die Tapete von den Wänden kam. Plötzlich tauchte er wieder auf.

»Sie sind noch da?!«

Er hatte sich eine Art Bademantel angezogen und hielt einen Milchkarton in der Hand, aus dem er trank.

»Was zum Teufel wollen Sie?!«

Ganz so leicht würde es offenbar doch nicht laufen.

Also kam Olivia direkt zur Sache.

»Ich brauche Ihre Hilfe. Ich muss mir eine DNA-Probe von einer Frau beschaffen und traue mich nicht, mich ihr zu zeigen, und dann ist mir eingefallen, was Sie mir erzählt haben.«

»Was denn?«

»Dass Sie Stilton bei einer Menge schwerer Fälle geholfen haben, sozusagen seine rechte Hand gewesen sind, richtig?«

»Richtig.«

»Und dann dachte ich, dass Sie vielleicht Erfahrung mit so etwas haben, Sie haben doch so viele Talente, nicht?«

Der Nerz trank noch einen Schluck Milch.

»Aber vielleicht machen Sie so etwas ja auch nicht mehr?«, sagte Olivia.

»Ich mache das meiste.«

Ich habe ihn am Haken, dachte sie. Jetzt muss ich ihn nur noch einholen.

»Würden Sie es wirklich wagen, so etwas zu tun?«

»Was heißt denn hier wagen?! Was denken Sie denn? Um was geht es überhaupt?«

Und ob sie ihn am Haken hatte.

Olivia verließ die U-Bahn-Station am Östermalmstorg in Begleitung eines total aufgekratzten Herrn an ihrer Seite, dem großen Nerz, einem Mann, der fast alles wagte.

»Vor ein paar Jahren bin ich den K2 hoch, Sie wissen schon, den vierthöchsten im Himalaya, Göran Kropp, ich und ein paar Sherpas waren dabei, eisige Winde, minus zweiunddreißig Grad … es war echt hart.«

»Haben Sie es bis zum Gipfel geschafft?«

»Die anderen schon, aber ich musste mich um einen Engländer kümmern, der sich den Fuß gebrochen hatte, ich habe ihn auf dem Rücken ins Basislager hinuntergetragen. Es war übrigens ein Adliger, ich kann ihn jederzeit auf seinem Gut in New Hampshire besuchen.«

»Liegt das nicht in den USA?«

»Wie heißt das Geschäft noch?«

»*Schräg & schön*. Es liegt da vorne, in der Sibyllegatan.«

Olivia blieb in einiger Entfernung von dem Laden stehen. Sie beschrieb, wie Jackie Berglund aussah und was sie brauchte.

»Also ein Haar oder so?«, sagte der Nerz.

»Oder Speichel.«

»Oder eine Kontaktlinse, so haben wir jedenfalls den Typen in Halmstad geschnappt, er hatte die ganze Wohnung gesaugt, nachdem er seine Frau erschlagen hatte, und dann haben wir eine seiner Kontaktlinsen im Staubsaugerbeutel gefunden und die DNA ermittelt. Schon hatten wir ihn am Wickel.«

»Ich weiß nicht, ob Jackie Berglund Kontaktlinsen benutzt.«

»Dann muss ich improvisieren.«

Der Nerz trabte zu der Boutique.

Man konnte sich fragen, was er wohl unter Improvisation verstand. Jedenfalls betrat er ohne Umschweife das Geschäft, sah Jackie Berglund, die ihm den Rücken zukehrte und mit einer Kundin vor einem Kleiderständer stand, ging schnurstracks zu ihr und riss ihr eine kleine Haarsträhne aus. Jackie Berglund schrie auf und fuhr herum, woraufhin der Nerz ein sehr verblüfftes Gesicht machte.

»WAS ZUM TEUFEL!? Entschuldigen Sie bitte! Ich dachte, Sie wären diese verdammte Nettan!«

»Wer?«

Der Nerz fuchtelte in klassischer Fixermanier mit den Armen, was ihm momentan nicht sonderlich schwerfiel.

»Das tut mir jetzt echt leid!! Entschuldigung! Sie hat die gleiche Haarfarbe wie Sie und hat mir ein Tütchen Koks geklaut. Sie ist in diese Richtung gerannt! Ist sie hier gewesen?!«

»Raus!!«

Jackie Berglund packte seine Jacke und zerrte ihn zur Tür, was dem Nerz nur recht war. Seine Hand umschloss die Haarsträhne. Die Ladenbesitzerin drehte sich zu ihrer leicht schockierten Kundin um.

»Diese Junkies! Sie treiben sich im Park herum und kommen manchmal vorbei und versuchen, etwas zu stehlen. Ich bitte vielmals um Entschuldigung.«

»Kein Problem. Hat er etwas gestohlen?«

»Nein.«

Eine Einschätzung, über die sich streiten ließ.

*

Erik Grandén war gerade dabei, seinen Terminkalender durchzusehen. Sieben Länder in ebenso vielen Tagen. Er liebte es zu reisen, zu fliegen, ständig in Bewegung zu sein. Das ließ sich zwar eigentlich nicht mit seinem Posten im Außenministerium vereinbaren, aber bislang hatte sich noch keiner beschwert. Letztlich war er ja auch immer über Twitter erreichbar. Dann rief Lisa Hedqvist an und wollte sich mit ihm treffen.

»Das geht leider nicht.«

Für ein solches Treffen hatte er nun wirklich keine Zeit. Sein arroganter Ton stellte klar, dass er wesentlich wichtigere Dinge zu tun hatte, als mit einer jungen Polizistin zu sprechen. Lisa Hedqvist würde sich wohl oder übel mit einem Telefonat begnügen müssen.

»Es geht um das frühere Unternehmen Magnuson Wendt Mining.«

»Was ist damit?«

»Sie saßen doch im Vorstand der …«

»Früher, ja. Das ist jetzt siebenundzwanzig Jahre her. Ist Ihnen das bekannt?«

»Ja. Gab es damals im Vorstand der Firma einen Konflikt?«

»Worüber?«

»Das weiß ich nicht, aber gab es Differenzen zwischen Nils Wendt und Bertil Magnuson?«

»Nein.«

»Überhaupt keine?«

»Meines Wissens nicht.«

»Aber Ihnen ist bekannt, dass Nils Wendt erst kürzlich in Stockholm ermordet wurde?«

»Das ist eine ungewöhnlich dämliche Frage. War es das jetzt?«

»Im Moment ja.«

Grandén hielt sein Handy in der Hand.

Die Sache gefiel ihm nicht.

*

Es war viel leichter gewesen, als sie geglaubt hatte. Auf dem Weg zum Wohnwagen hatte sie sich eine umfangreiche Batterie von Argumenten zurechtgelegt und versucht, jede mögliche Gegenfrage zu bedenken, um eine Antwort auf sie zu haben, und dann sagte er bloß:

»Okay.«

»Okay?«

»Wo sind die Haare?«

»Hier!«

Olivia gab ihm die kleine Plastiktüte mit den ausgerissenen Haaren Jackie Berglunds, und Stilton steckte sie in seine Tasche. Olivia traute sich nicht zu fragen, warum er nicht mehr dazu sagte. Okay? Lag es daran, dass er wieder an dem Ufermord arbeitete? Oder wollte er ihr nur einen Gefallen tun? Aber warum sollte er das tun?

»Supernett!«, sagte sie trotzdem. »Wann glauben Sie wird Marianne …«

»Keine Ahnung.«

Stilton wusste nicht, wann seine Exfrau ihm wieder würde helfen können. Er wusste nicht einmal, ob sie dazu bereit war. Als Olivia gegangen war, rief er sie an.

Sie war dazu bereit.

»Ihr wollt, dass ich diese Haarsträhne mit dem Haar aus der Spange abgleiche?«

»Ja. Das Haar könnte von einem der Täter stammen.«

»Weiß Mette hiervon?«, erkundigte sich Marianne.

»Noch nicht.«

»Wer übernimmt die Kosten?«

Darüber hatte Stilton auch schon nachgedacht. Er wusste, wie teuer es war, eine solche Analyse durchzuführen, und er hatte sich schon eine erbettelt. Um eine weitere zu bitten, war ganz schön dreist.

Also blieb er lieber stumm.

»Okay«, sagte Marianne. »Ich melde mich.«

»Danke.«

Eigentlich müsste Rönning die Kosten übernehmen, dachte er. Sie treibt die Sache doch voran. Sie könnte ja ihren abgewrackten Mustang verkaufen.

Jetzt hatte er wichtigere Dinge zu tun.

Er rief den Nerz an.

*

Bertil Magnuson fuhr in seinem grauen Jaguar nach Hause. Er war angespannt und nervös. Er durchschaute nicht, was für ein Spiel dieser Croupier da eigentlich spielte. Abbas el Fassi. Er hatte den vollständigen Namen und die Adresse des Mannes recherchiert und K. Sedovic gebeten, seine Wohnung in der Dalagatan im Auge zu behalten. Für den Fall, dass er dort auftauchen sollte. Außerdem hatte er dafür gesorgt, dass Leute am Flughafen auf ihn warteten. Falls er dort auftauchen sollte. Normalerweise müsste er mit der Originalaufnahme bereits auf dem Rückweg nach Schweden sein. Aber was hatte er mit ihr vor? Hatte er Nils gekannt? Wollte er ihn jetzt erpressen, oder arbeitete er etwa für die Polizei? Aber er war doch verdammt noch mal ein Croupier?! Fast immer, wenn sie dort gespielt hatten, hatte er im *Cosmopol* gearbeitet. Bertil verstand die Welt nicht mehr und war deshalb angespannt und nervös.

Ein Gutes hatte die Sache immerhin. Die Originalaufnahme würde wahrscheinlich bald in Schweden sein. Sie war nicht mehr in Costa Rica und würde nicht in die Hände der dortigen Polizei gelangen. Jetzt musste er nur noch dafür sorgen, dass sie nicht bei der schwedischen Polizei landete.

Sein Handy klingelte. Es war Erik Grandén.

»Hat die Polizei mit dir gesprochen?!«, erkundigte er sich.

»Worüber?«

»Über den Mord an Nils?! Mich hat gerade eine sehr neugierige Dame angerufen, die wissen wollte, ob es zwischen dir und Nils irgendwelche Konflikte gab, als ich damals im Vorstand saß.«

»Was denn für Konflikte?«

»Das habe ich sie auch gefragt! Warum interessiert sich die Polizei dafür?«

»Das weiß ich nicht.«

»Unangenehm.«

»Und was hast du gesagt?«

»Nein.«

»Dass es keinen Konflikt gab?«

»Soweit ich mich erinnern kann, gab es doch auch keine Differenzen zwischen euch.«

»Nicht die geringsten.«

»Also manchmal fragt man sich schon, auf welchem Niveau die schwedische Polizei arbeitet.«

*

Acke Andersson saß mit dem Mann, der ein Freund seiner Mutter war, und einem Freund von ihm im Einkaufszentrum von Flemingsberg zusammen. Es war ein Typ mit einem großen Pflaster am Hinterkopf. Sie aßen Hamburger, zumindest der Nerz und er aßen einen. Der andere trank einen Vanillemilchshake.

Dieser andere hatte ihn treffen wollen.

»Ich weiß echt nicht viel«, sagte Acke.

»Weiß du denn, wer das Ganze organisiert?«, fragte Stilton.

»Nein.

»Aber wie erfährst du, wann ihr kämpfen sollt?«

»SMS.«

»Sie simsen?«

»Ja.«

»Hast du ihre Nummer?«

»Wie jetzt?«

»Die Typen, die dir simsen, die haben doch Handys, kannst du nicht sehen, wer dir simst?«

»Nein.«

Stilton gab auf. Er hatte den Nerz gebeten, ein Treffen mit Acke zu arrangieren, um herauszufinden, ob der Junge mehr über die Organisation der Kämpfe wusste. Namen, Adressen, aber das war offensichtlich nicht der Fall. Er bekam eine SMS und fuhr hin oder wurde von irgendwem abgeholt.

»Und wer holt dich ab?«

»So Typen.«

»Weißt du, wie die heißen?«

»Nein.«

Stilton resignierte und saugte die letzten Tropfen seines Milchshakes auf.

Unweit des Imbisses standen Liam und Isse in ihren Kapuzenjacken. Auch sie hatten Acke schon einmal zu Kämpfen abgeholt. Eigentlich hatten sie ihn jetzt wieder holen wollen, sahen ihn nun aber mit dem Burschen reden, den sie in einem Wohnwagen gefilmt hatten, als er eine von ihren Trashkicks gevögelt hatte, und der ihnen bei den letzten Kämpfen hinterherspioniert hatte.

Ein Penner.

Warum zum Teufel quatschte Acke mit dem?!

»Vielleicht ist er ja gar kein Penner, sondern ein Bulle?«

»Ein verdeckter Ermittler?«

»Warum nicht?«

Sie verließen die Imbissbude zu dritt. Die beiden Erwachsenen gingen zur S-Bahn-Station, und Acke lief in seine Richtung und merkte nicht, dass Liam und Isse ihm folgten. Neben dem verwaisten Fußballplatz holten sie ihn ein.

»Acke!«

Acke blieb stehen. Er kannte die beiden. Sie hatten ihn einmal zum Kämpfen abgeholt. Waren neue geplant? Aber er wollte doch gar nicht mehr mitmachen. Wie sollte er ihnen das klarmachen?«

»Hallo«, sagte er.

»Mit wem hast du da gerade einen Burger gegessen?«, wollte Liam wissen.

»Wie meinst du das?«

»Gerade eben. Wir haben dich gesehen. Wer waren die zwei?«

»Ein Kumpel meiner Mutter und ein Freund von ihm.«

»Der mit dem Pflaster?«, fragte Isse.

»Ja.«

»Was hast du ihm gesagt?«

»Worüber denn? Ich hab nichts gesagt!«

»Der Typ mit dem Pflaster ist neulich bei den Kämpfen aufgetaucht. Woher wusste er von denen?«, sagte Liam.

»Das weiß ich doch nicht.«

»Wir haben was gegen Typen, die andere verpfeifen.«

»Ich hab niemanden …«

»Halt's Maul!«, schrie Isse.

»Aber ich schwöre es! Ich hab …«

Acke bekam einen Schlag ins Gesicht, und ehe er ausweichen konnte, noch einen. Liam und Isse packten Ackes Jacke, schauten sich um und verzogen sich mit dem kleinen, blutenden Jungen. Acke warf in panischer Angst einen Blick über die Schulter, um zu sehen, wohin die Erwachsenen gegangen waren.

Sie standen weit entfernt auf einem Bahnsteig.

Der Anruf kam mitten in der Nacht um kurz nach drei. Stilton brauchte eine Weile, um richtig wach zu werden und sich zu melden. Es war Abbas. Er war zwischengelandet und fasste sich kurz. Die ermordete Frau auf Nordkoster hieß Adelita Rivera, stammte aus Mexiko und erwartete ein Kind von Nils Wendt.

Dann beendete er die Verbindung.

Stilton saß lange auf seiner Pritsche und starrte das Handy in seiner Hand an. Abbas' Informationen waren unglaublich. Nach dreiundzwanzig Jahren hatte er bekommen, was er damals nie gefunden hatte: einen Namen für das Opfer und einen Vater für das Kind.

Adelita Rivera und Nils Wendt.

Sie war vor fast vierundzwanzig Jahren ermordet worden, er vor einer Woche.

Unfassbar.

Als ihm das Unglaubliche etwa eine halbe Stunde lang durch den Kopf gegangen war, dachte er an Olivia. Sollte er sie anrufen und ihr alles ohne Umschweife erzählen? Oder nicht? Wie viel Uhr war es eigentlich? Er schaute wieder auf sein Handy. Halb vier. Das war noch ein bisschen früh.

Er legte das Handy fort und betrachtete den Fußboden. Ein nie versiegender Ameisenstrom schob sich ein, zwei Meter vor seinen Füßen vorbei. Er beobachtete die Insekten. Es waren zwei Reihen, eine in jede Richtung, dicht nebeneinander. Keine von ihnen wich vom Kurs ab. Alle liefen in die Richtung, in die alle anderen auch liefen. Keine machte kehrt und krabbelte woandershin oder blieb stehen.

Er wandte den Blick von den Ameisen ab.

Eine Mexikanerin und Nils Wendt.

Er kehrte in Gedanken wieder zu dem Unfassbaren zurück und versuchte nachzudenken, Zusammenhänge und Verbindungen zu erkennen. Fakten. Hypothesen. Er merkte, dass er langsam, aber sicher ein wenig von dem zurückgewann, was jahrelang verschüttet gelegen hatte. Auf einer primitiven Ebene funktionierte er wieder. Er konnte die Dinge zusammenfügen und auseinandernehmen, sie analysieren.

Allerdings bei weitem noch nicht so wie früher. Wenn er damals ein Porsche gewesen war, dann war er heute ein Skoda ohne Räder. Aber immerhin.

Er befand sich nicht mehr in der Leere.

*

Ovette Andersson stand vor dem Einkaufszentrum *Gallerian* in der Stockholmer Innenstadt und wartete. Es nieselte. Sie hatten zehn Uhr ausgemacht, und jetzt war es fast halb elf. Ihre blonden Haare waren nass.

»Entschuldige!«

Der Nerz trippelte auf sie zu und breitete in einer entschuldigenden Geste den Arm aus. Ovette nickte. Sie gingen in Richtung Norrmalmstorg und bildeten ein etwas ungewöhnliches Paar in dieser Umgebung und um diese Uhrzeit, zu der eifrige Konsumenten und Bankangestellte die Straße bevölkerten. Der Nerz warf einen kurzen Blick auf Ovette. Sie war zwar geschminkt, aber das nutzte ihr im Moment auch nicht viel. Ihr Gesicht war vor lauter Sorgen und weggewischter Tränen zerquält.

Acke war verschwunden.

»Was heißt das?«

»Als ich nach Hause gekommen bin, war er nicht in der Wohnung. Ich habe diese Nacht nicht so lange gemacht wie sonst, und dann ist er nicht in seinem Bett. Er war nirgendwo. Er hat gar nicht im Bett gelegen, und das Essen stand auch noch im Kühlschrank, als wäre er überhaupt nicht zu Hause gewesen!«

»Ich habe mich gestern mit ihm getroffen.«

»Hast du?«

»Ich bin mit ihm in dieser Kebabbude im Einkaufszentrum gewesen, und da ist er wie immer gewesen. Dann ist er gegangen, und ich bin in die Stadt. Und im Hort ist er auch nicht?«

»Nein. Da habe ich angerufen. Was macht er denn nur?!«

Der Nerz hatte natürlich keine Ahnung, spürte aber, dass Ovette kurz vor einem Nervenzusammenbruch stand. Er legte einen Arm um ihre Schultern. Sie war mindestens einen Kopf größer als er, so dass die Bewegung etwas unnatürlich wirkte.

»So etwas kommt schon mal vor, er ist bestimmt … er macht bestimmt irgendetwas.«

»Aber ich muss die ganze Zeit daran denken, was du mir erzählt hast, was ist, wenn er deshalb nicht zu Hause ist?«

»Du meinst diese Prügeleien?«

»Ja!«

»Das glaube ich nicht, ich bin mir ziemlich sicher, dass er da nicht mehr mitmacht.«

»Woher willst du das wissen?!«

»Das spielt keine Rolle, aber wenn du dir wirklich solche Sorgen machst, dann ruf die Bullen an.«

»Die Bullen?«

»Ja.«

Der Nerz wusste, was Ovette dachte. Eine heruntergekommene Hure würde man nicht gerade bevorzugt behandeln. Aber vielleicht konnte die Polizei ihr ja trotzdem helfen. Dafür war sie doch da. Sie blieben stehen.

»Ich kann mich ja ein bisschen umhören«, sagte der Nerz.

»Danke.«

*

Der Regen trommelte auf die schmutzige Plexiglaswölbung in der Decke herab. Stilton saß auf seiner Pritsche und salbte die Wunden auf seiner Brust mit Veras Harz ein. Das Glas war fast leer, und ein neues würde es nicht geben. Vera und ihre Großmutter lebten nicht mehr. Er warf einen Blick auf ein kleines Foto von Vera, das im Regal stand. Er hatte darum gebeten, eine Kopie ihres Verkäuferausweises mit ihrem Bild zu bekommen. Er dachte oft an sie. Als sie noch lebte, hatte er das nie getan. Damals hatte er an ganz andere Menschen gedacht, die ihm etwas bedeutet hatten, bis er sie aufgegeben hatte. Abbas, Mårten und Mette. Am Ende waren es immer diese drei gewesen. Ab und zu war Marianne vorbeigehuscht. Aber die Gedanken an sie waren zu groß, zu schmerzhaft, zu traurig und kosteten ihn zu viel von seiner wenigen Kraft.

Er schaute in das Glas, es war kaum noch etwas übrig. Dann klopfte es an der Tür. Stilton rieb sich weiter ein, im Moment hatte er keine Lust auf Besuch. Das änderte sich jedoch zwei Sekunden später, als das Gesicht seiner Exfrau im Fenster des Wohnwagens auftauchte. Ihre Blicke begegneten sich ziemlich lange.

»Komm rein.«

Marianne öffnete die Tür und schaute in den Wohnwagen hinein. Sie trug einen schlicht geschnittenen, hellgrünen Sommermantel und hielt einen Schirm in der Hand. In der anderen trug sie eine graue Aktentasche.

»Hallo, Tom.«

»Wie hast du hergefunden?«

»Rönning. Darf man reinkommen?«

Stilton machte eine einladende Geste, und Marianne trat ein. Er hatte die notdürftig weggewischten Blutflecken auf dem Fußboden mit Zeitungen abgedeckt, hoffte, dass in diesem Moment keine seltsamen Insekten herumkrabbelten, stellte das Glas mit Wundharz weg und zeigte auf die gegenüberliegende Pritsche.

Ihm war nicht ganz wohl bei der Sache.

Marianne schloss den Regenschirm und sah sich um. Wohnte er wirklich so unglaublich schäbig? War das vorstellbar? Sie beherrschte sich und sah zum Fenster.

»Hübsche Vorhänge.«

»Findest du?«

»Ja … nein.«

Marianne lächelte, schob ihren Mantel ein wenig hoch, setzte sich und schaute sich noch einmal um.

»Ist das dein Wohnwagen?«

»Nein.«

»Nicht … nein, ich sehe …«

Marianne nickte zu einem von Veras Kleidern, das neben dem rostigen Gaskocher hing.

»Gehört der Wagen ihr?«

»Ja.«

»Ist sie nett?«

»Sie ist ermordet worden. Wie ist es gelaufen?«

Um nicht reden zu müssen, kam er wie üblich sofort zur Sache. Es war immer das Gleiche. Dennoch wirkte er konzentriert. In seinen Augen sah sie Ansätze seines alten Blicks. Damit hatte er sie stets tief berührt, früher.

»Die DNA stimmt überein.«

»Wirklich?«

»Das Haar aus der Haarspange und die Haarsträhne stammen von derselben Frau. Wer ist sie?«

»Jackie Berglund.«

»Die Jackie Berglund?!«

»Ja.«

Als Stilton 2005 die Ermittlungen im Mordfall Jill Engberg übernommen und dabei ihre Arbeitgeberin Jackie Berglund aufs Korn genommen hatte, waren er und Marianne noch verheiratet gewesen. Er hatte daheim, in der Küche, im Badezimmer, im Bett diverse Hypothesen zu Jackie Berglund durchgespielt, ehe er seine erste Psychose erlitt und in der Psychiatrie gelandet war. Die Psychose hatte nichts mit seiner Arbeit zu tun gehabt, auch wenn sein hohes Arbeitspensum sicher eine Voraussetzung dafür gewesen war. Marianne wusste genau, was seine Psychose ausgelöst hatte, und vermutlich war sie die Einzige. Sie hatte mit ihm gelitten. Dann war ihm der Fall entzogen worden, und ein halbes Jahr später hatten sie sich getrennt.

Es passierte nicht über Nacht, es war kein überstürzter Entschluss, sondern eine Folge von Toms mentalem Zustand gewesen. Er hatte sich ganz bewusst immer mehr von ihr distanziert, ihre Hilfe nicht gewollt und auch nicht gewollt, dass sie ihn ansah oder anfasste. Am Ende hatte er sein Ziel erreicht. Marianne hatte nicht mehr die Kraft gehabt, jemanden zu stützen, der nicht gestützt werden wollte.

Deshalb waren sie getrennte Wege gegangen.

Und er in einem Wohnwagen gelandet.

Und nun saß er hier.

»Das heißt also, dass Jackie Berglund am Abend des Mordes höchstwahrscheinlich am Ufer war…«, sagte Stilton halb zu sich selbst.

Das hatte sie in den Vernehmungen entschieden geleugnet.

Er versuchte, diese verblüffende Information zu verdauen.

»Sieht ganz so aus«, bestätigte Marianne.

»Olivia«, murmelte Stilton leise.

»Hat sie das Ganze angeleiert?«

»Ja.«

»Und was macht ihr jetzt damit?«

»Keine Ahnung.«

»Du kannst ja wohl kaum selbst an dem Fall arbeiten, oder?«

Und warum nicht, dachte er im ersten Moment leicht aggressiv, bis er sah, wie Marianne verstohlene Blicke auf das Glas mit der seltsamen Schmiere und die zwei Exemplare von *Situation Stockholm* auf dem Tisch und dann wieder auf ihn warf.

»Nein«, antwortete er. »Wir werden uns wohl von Mette helfen lassen müssen.«

»Wie geht es ihr?«

»Gut.«

»Und Mårten?«

»Gut.«

Jetzt sind wir wieder an dem Punkt, dachte Marianne. Verschlossen und halb verstummt.

»Wie kommt es, dass du mich hier besuchst?«, fragte Stilton.

»Ich halte eine Vorlesung im Präsidium.«

»Aha.«

»Bist du geschlagen worden?«

»Ja.«

Stilton hoffte inständig, dass Marianne sich keine Handyfilme auf Trashkick ansah. Das Risiko, dass sie ihn erkennen würde, wie er auf Vera lag, war recht groß.

Das wollte er nicht.

»Danke, dass du mir geholfen hast«, sagte er.

»Bitte.«

Es wurde still. Stilton sah Marianne an, und sie wich seinem Blick nicht aus. Die ganze Situation war unendlich traurig, das spürten sie beide. Sie wusste, wer er gewesen war, und dieser Mensch existierte nicht mehr. Das war auch ihm bewusst.

Er war ein anderer.

»Du bist sehr schön, Marianne, das weißt du.«

»Danke.«

»Geht es dir gut?«

»Ja. Und dir?«

»Nein.«

Das hätte sie ihn im Grunde nicht fragen müssen. Sie streckte eine Hand über die Sperrholztischplatte und legte sie auf Stiltons geäderten Handrücken.

Er ließ zu, dass sie dort liegen blieb.

Als Marianne den Wohnwagen verlassen hatte, rief Stilton Olivia an und erzählte ihr von Abbas' Anruf. Sie reagierte wie erwartet überrascht.

»Adelita Rivera?«

»Ja.«

»Aus Mexiko?«

»Ja.«

»Und Nils Wendt war der Vater des Kindes?!«

»Sagt Abbas. Wir werden wohl mehr erfahren, wenn er zurück ist.«

»Unglaublich! Nicht wahr?«

»Ja.«

In vielerlei Hinsicht, dachte Stilton und erzählte Olivia anschließend von der Übereinstimmung der beiden DNA-Proben, worauf sie wenn möglich noch heftiger reagierte.

»Jackie Berglunds?!«

»Ja.«

Als sie sich ein wenig beruhigt hatte und meinte, dass sie damit vielleicht den Mord auf Nordkoster aufgeklärt hätten, musste Stilton sie darauf hinweisen, dass die Spange zu einem ganz anderen Zeitpunkt als der Tatzeit an dem Ufer gelandet sein konnte. Zum Beispiel tagsüber. Ove Gardman hatte nicht gesehen, wie Jackie Berglund sie verloren hatte.

»Müssen Sie eigentlich immer so negativ sein!«

»Im Gegenteil, wenn Sie eine gute Polizistin werden wollen, müssen Sie lernen, sich niemals auf etwas zu versteifen, wenn es auch noch andere Möglichkeiten gibt, sonst fällt Ihnen das im Gericht wie ein Bumerang wieder vor die Füße.«

Stilton schlug vor, mit Mette Olsäter zu sprechen.

»Warum?«

»Weil keiner von uns Jackie Berglund vernehmen kann.«

Mette traf sich in der Nähe des Präsidiums mit Stilton und Olivia. Sie war sehr beschäftigt und hatte keine Zeit, in die Stadt zu kommen. Stilton hatte dem Treffpunkt nur widerwillig zugestimmt, weil er viel zu nahe an der Umgebung und den Menschen lag, die für ihn zu einer schmerzhaften Vergangenheit gehörten.

Aber Mettes Bedürfnisse gingen nun einmal vor.

Sie steckte mitten in den Ermittlungen zum Mord an Wendt und wartete nur darauf, dass sie das Material von Abbas in die Hände bekam, das er unter seinem Hemd trug, wie er sich ausgedrückt hatte. Als er ihr leicht verharmlosend von seinen Erlebnissen in Costa Rica erzählt hatte, war ihr klar geworden, dass sein Material wichtige Informationen für ihre Ermittlung enthalten könnte. Zum Beispiel ein Motiv. Bestenfalls sogar einen oder mehrere Mörder.

Deshalb war sie ein wenig gestresst, aber gleichzeitig natürlich auch eine routinierte und kluge Polizistin. Sie erkannte sofort, dass die Übereinstimmung der DNA-Proben, auf die Stilton und Olivia gestoßen waren, für Jackie Berglund ziemlich unangenehm war. Genauso schnell war ihr klar, dass die beiden Personen, die vor ihr saßen, selbst nichts tun konnten. Eine angehende Polizistin und ein Obdachloser. Stilton war zwar kein x-beliebiger Obdachloser, aber momentan niemand, den man bei einer noch nicht verjährten Mordermittlung mit einer Tatverdächtigen alleine in ein offizielles Vernehmungszimmer ließe.

Also würde sie das Verhör übernehmen müssen.

»Kommt in vier Stunden wieder her.«

Als Erstes verschaffte sie sich einen Überblick über den Ufermord, anschließend holte sie ein paar ergänzende Informationen aus Norwegen ein. Als das erledigt war, wählte sie ein Vernehmungszimmer aus, das in sicherer Entfernung von unnötigen Kommentaren lag und zwei Türen besaß, die es Stilton erlaubten, sich hinter ihr hineinzuschieben, ohne die Blicke anderer auf sich zu ziehen.

Olivia musste dagegen in der Polhemsgatan warten.

»Uns liegen einige Auszüge aus den Vernehmungen vor, die 1987 im Zusammenhang mit dem Mord auf Nordkoster mit Ihnen geführt wurden«, erklärte Mette mit betont neutraler Stimme. »Sie hielten sich zur Tatzeit auf der Insel auf?«

»Ja.«

Jackie Berglund saß Mette gegenüber, neben der wiederum Stilton saß. Jackies und Stiltons Blicke waren sich kurz zuvor begegnet. Beide waren unergründlich gewesen. Was sie dachte, konnte er sich eventuell noch denken, dagegen hatte sie keine Ahnung, was er dachte. Sie trug ein gut sitzendes, gelbes Kostüm und hatte ihre dunklen Haare zu einem straffen French Twist hochgesteckt.

»In zwei Vernehmungen, die erste fand in der Mordnacht statt, die zweite am nächsten Tag in Strömstad, haben Sie behauptet, dass sie nie am Tatort Hasslevikarna waren. Ist das korrekt?«

»Ja, ich bin niemals dort gewesen.«

»Sind sie vielleicht tagsüber einmal dort gewesen?«

»Nein, ich habe meinen Fuß nie dorthin gesetzt, ich habe auf einer Yacht im Hafen gewohnt, und das wissen Sie auch, es steht in den Vernehmungsprotokollen.«

Mette ging ruhig und systematisch vor. Pädagogisch erläuterte sie dem hartgesottenen früheren Escortgirl, dass es der Polizei gelungen war, ihre Anwesenheit in der Nähe des Tatorts mit Hilfe einer DNA-Probe von einer Haarspange nachzuweisen.

»Wir wissen, dass Sie dort waren.«

Nach diesen Worten wurde es kurz still. Jackie Berglund behielt einen kühlen Kopf und begriff, dass sie ihre Strategie ändern musste.

»Wir haben miteinander geschlafen«, sagte sie.

»Wir?«

»Ich bin mit einem der Norweger da oben gewesen und habe mit ihm geschlafen, dabei muss ich die Haarspange verloren haben.«

»Vor weniger als einer Minute haben Sie noch behauptet, Sie seien niemals dort gewesen. Das Gleiche haben Sie auch in den Vernehmungen 1987 zu Protokoll gegeben. Jetzt sagen Sie auf einmal, dass Sie dort waren?«

»Ich war dort.«

»Warum haben Sie uns angelogen?«

»Weil ich nicht in diesen Mord verwickelt werden wollte.«

»Wann waren Sie dort und hatten Sex mit dem Norweger?«

»Tagsüber oder vielleicht auch gegen Abend, ich erinnere mich nicht mehr, das ist über zwanzig Jahre her!«

»Es befanden sich zwei Norweger auf der Yacht. Geir Andresen und Petter Moen. Mit welchem der beiden hatten Sie Sex?«

»Mit Geir.«

»Dann könnte er also Ihre Geschichte bestätigen?«

»Ja.«

»Leider ist er tot. Das haben wir überprüft.«

»Ach ja? Dann werden Sie mir wohl einfach glauben müssen.«

»Müssen wir das?«

Mette sah Jackie Berglund an, der soeben ein paar saftige Lügen nachgewiesen worden waren. Die Frau stand unter Druck, und so sah sie auch aus.

»Ich möchte mit einem Anwalt sprechen«, erklärte sie.

»Dann beenden wir die Vernehmung an dieser Stelle.«

Mette schaltete das Aufnahmegerät aus, und Jackie Berglund stand schnell auf und ging zur Tür.

»Sagen Sie, kennen Sie eigentlich Bertil Magnuson? Den Vorstandsvorsitzenden von MWM?«, fragte Mette sie plötzlich.

»Warum sollte ich ihn kennen?«

»1987 besaß er ein Sommerhaus auf Nordkoster. Vielleicht sind Sie sich ja zufällig begegnet?«

Jackie Berglund verließ den Raum, ohne die Frage zu beantworten.

Olivia ging auf dem Bürgersteig vor dem Kronobergspark auf und ab. Sie fand, dass das Ganze ewig dauerte. Was machten die da drinnen nur? Würden sie Jackie Berglund verhaften? Plötzlich fiel ihr Eva Carlsén ein. Sollte sie der Journalistin davon erzählen? Immerhin war ihr Jackie Berglund vor allem dank ihr ins Auge gefallen.

Olivia rief sie an.

»Hallo! Hier spricht Olivia Rönning! Wie geht es Ihnen?«

»Gut. Die Kopfschmerzen sind weg.«

Eva Carlsén lachte kurz auf.

»Und wie läuft es bei Ihnen?«, erkundigte sich die Journalistin.

»Es läuft super! Wir haben eine DNA-Probe gesichert, mit der sich Jackie Berglunds Anwesenheit am Tatort nachweisen lässt. Am Abend des Mordes!«

»Wir?«

»Ja, genau, ich arbeite jetzt mit zwei Polizisten zusammen!«

»Ach, wirklich?«

»Ja. Jackie Berglund wird gerade vernommen!«

»Tatsächlich? Das ist ja ein Ding. Dann war sie an dem Abend also am Ufer?«

»Ja!«

»Wie seltsam. Und die Polizei hat die Ermittlungen wiederaufgenommen?«

»Das weiß ich nicht, offiziell vielleicht noch nicht, bis jetzt haben vor allem Tom und ich an dem Fall gearbeitet.«

»Wer?«

»Tom Stilton.«

»Aha, heißt das, er arbeitet jetzt wieder an der Sache?«

»Ja. Widerwillig!«

Diesmal lachte Olivia und sah gleichzeitig Jackie Berglund, die aus dem Gebäude der Landeskriminalpolizei trat.

»Kann ich Sie später noch einmal anrufen?«

»Tun Sie das. Tschüss!«

Olivia sah Jackie Berglund in ein Taxi steigen. Als es losfuhr, schaute die Frau direkt in ihre Richtung, und Olivia begegnete ihrem Blick. Katzenmörderin, dachte sie, und spürte, wie sich ihr ganzer Körper anspannte. Dann verschwand das Taxi.

Stilton kam heraus, und Olivia rannte zu ihm.

»Wie ist es gelaufen? Was hat sie gesagt?«

Als sie das Vernehmungszimmer verließ, wurde Mette im Flur von Oskar Molin, einem hohen Polizeibeamten, aufgehalten.

»Hast du gerade Jackie Berglund vernommen?«

»Wer hat das gesagt?«

»Forss hat gesehen, dass sie da war.«

»Und dich angerufen?«

»Ja. Außerdem behauptet er, Tom Stilton hier gesehen zu haben, war er etwa auch in dem Raum?«

»Ja.«

»Während du Jackie Berglund vernommen hast?«

»Ja.«

Oskar Molin sah Mette an. Sie hatten oft zusammengearbeitet und respektierten einander. Zum Glück, dachte Mette, denn die Sache war natürlich nicht ganz koscher.

»Worum ging es bei dem Verhör? Um den Mord an Nils Wendt?«

»Nein, um den Mord an Adelita Rivera.«

»Und wer zum Teufel ist das?«, fragte Molin.

»Die Frau, die 1987 auf Nordkoster ertränkt wurde.«

»Arbeitest du an dem Fall?«

»Ich helfe.«

»Wem?«

»Ist das mit Jackie Berglund ein Problem?«, erkundigte sich Mette.

»Nein? Wie meinst du das?«

»2005, als Stilton hinter ihr her war, schien es eins zu sein.«

»Warum sollte es ein Problem sein?«

»Weil du und ich wissen, was sie so treibt, und es in ihrer Kundenkartei vielleicht etwas gibt, was es dort besser nicht gäbe?«

Oskar Molin sah Mette an.

»Wie geht es Mårten?«, erkundigte er sich.

»Gut. Denkst du, dass er in ihrer Kartei steht?«

»Das weiß man nie.«

Beide lächelten ein wenig gezwungen.

Oskar Molin hätte sich sein Lächeln wahrscheinlich verkniffen, wenn er gewusst hätte, dass Mette Olsäter gelungen war, was Stilton 2005 nicht geschafft hatte. Sie hatte sich mit einer ziemlich vagen Begründung einen Durchsuchungsbefehl für Jackie Berglunds Wohnung beschafft, aber Mette war eben gut vernetzt.

Deshalb verschaffte Lisa Hedqvist sich während Jackie Berglunds Vernehmung Zugang zu deren Wohnung. Immerhin ging es um einen noch nicht verjährten Mord. Sie schaltete unter anderem Jackie Berglunds Computer ein und kopierte Teile ihrer Festplatte auf einen USB-Stick.

Das hätte Oskar Molin nicht gefallen.

*

Stundenlang war sie durch Flemingsberg gelaufen, hatte nach Acke gesucht und alle kleinen Jungen gefragt, denen sie begegnet war, ob sie vielleicht Acke Andersson gesehen hatten, aber niemand hatte ihr weiterhelfen können.

Jetzt saß sie in Ackes Zimmer und hielt zwei kleine, verschlissene Fußballschuhe in der Hand. Sie saß auf seinem Bett, und ihre Augen waren starr auf das kaputte Skateboard gerichtet. Acke hatte versucht, es mit Klebeband zu flicken. Wieder einmal wischte sie sich die Tränen von den Wangen. Sie weinte schon lange. Vor einer Stunde hatte der Nerz angerufen, ihr aber nichts Neues mitteilen können. Acke blieb weiterhin verschwunden. Sie wusste, dass etwas passiert war, das spürte sie am ganzen Körper, und es musste irgendwie mit diesen Kämpfen zusammenhängen. Sie sah seine vielen blauen Flecken vor sich, die zahlreichen Wunden an seinem kleinen Körper. Warum hatte er das getan, warum hatte er sich in Käfigen geschlagen? So war er doch sonst nicht. Überhaupt nicht! Er prügelte sich doch nie. Wer hatte ihn dazu verführt? Ovette drehte die Fußballschuhe in ihren hageren Händen. Wenn er einfach wieder auftauchte, würde sie ihm neue Schuhe kaufen. Sofort. Und mit ihm in den Vergnügungspark gehen. Wenn er doch nur … sie drehte sich um und griff nach ihrem Handy.

Sie würde die Polizei anrufen.

Der Müllcontainer stand vor einem Hauseingang im Diagnosvägen und war mit ein paar schmutzigen Matratzen, einem teilweise verkohlten Ledersofa und einer Menge Gerümpel aus einem Keller gefüllt. Das Mädchen, das über den Rand des Containers schaute, erblickte mitten in dem Krempel eine DVD-Hülle. War vielleicht noch ein Film darin? Mit etwas Mühe gelang es ihr, sich über den Rand zu hieven und auf dem Sofa zu landen. Vorsichtig stakste sie zu der Hülle. War sie leer oder ein Glücksfund? Als das Mädchen sich nach ihr streckte, sah sie ihn, einen kleinen schmalen Arm, der zwischen zwei Sofapolstern herauslugte.

Kurz über dem Handgelenk waren in einem Kreis die Buchstaben KF gemalt.

Stilton stand vor der Markthalle Södermalm und verkaufte mit mäßigem Erfolg Zeitungen. Er war sehr müde. In der vorherigen Nacht war er zwei Stunden lang die Steintreppen hinauf- und wieder hinuntergestiegen. Die meiste Zeit hatte er dabei an Mariannes Besuch in Veras Wohnwagen gedacht. Die eine der beiden war tot und die andere glücklich verheiratet. Jedenfalls nahm er das an. Bevor er im Wohnwagen eingedöst war, hatte er an Mariannes Hand auf seiner eigenen gedacht. War das nur eine Geste des Mitgefühls gewesen?

Wahrscheinlich schon.

Er warf einen Blick in den Himmel und sah, dass dunkle Wolken aufzogen. Wenn es Regen gab, hatte er keine Lust, noch länger stehen zu bleiben. Also packte er seine Zeitungen in den Rucksack und brach auf. Mette hatte ihn vor Kurzem angerufen und gesagt, dass sie Jackie Berglund eine Weile in Ruhe lassen müsse, der andere Fall gehe vor. Sie werde sich bei ihm melden, wenn weitere Vernehmungen geplant seien.

»Sei bitte vorsichtig«, hatte sie gesagt.

»Wieso?«

»Du weißt doch, wie die Berglund ist, und jetzt weiß sie, wer ihr auf den Fersen ist.«

»Okay?«

Stilton hatte Mette nichts von Olivias Erlebnis im Aufzug erzählt. Hatte Olivia das vielleicht selbst getan? Oder waren Mettes Worte nur eine allgemeine Warnung gewesen?

Als er den Medborgarplatsen verließ, fiel ihm die Hypothese wieder ein, die er Janne Klinga vorgetragen hatte. Dass die Täter ihre Opfer eventuell an der Markthalle auswählten.

Um den Gedanken weiterzuspinnen, war er zu müde.

Langsam ging er die letzten Meter durch den Wald. Er war ziemlich erschöpft und atmete tief durch, als er die Tür zu dem Wohnwagen öffnete, der eigentlich längst hätte fort sein sollen. Doch der Mord hatte alles zum Stillstand gebracht.

An diesem Abend würde er keine Treppen steigen.

Der Wald Ingenting machte nach nordschwedischem Maßstab gemessen als Wald nicht viel her, war aber dennoch groß und felsig genug, um jemandem, der nicht gesehen werden wollte, genügend Schutz zu bieten. Oder mehreren, zum Beispiel zwei dunkel gekleideten Gestalten, die der vorhandene Wald auf der Rückseite eines grauen Wohnwagens ganz ausgezeichnet verbarg.

Stilton zog die Tür hinter sich zu. Als er sich gerade auf eine der Pritschen fallen lassen wollte, rief Olivia an, um mit ihm über Jackie Berglund zu sprechen, aber Stilton hatte keine Lust.

»Ich muss mal eine Runde schlafen«, sagte er.

»Aha. Okay… aber schalten Sie das Handy nicht aus.«

»Warum nicht?«

»Für den Fall, dass etwas passieren sollte.«

Hat Mette jetzt etwa auch mit ihr gesprochen?, fragte Stilton sich.

»Okay. Ich mache es nicht aus. Wir telefonieren.«

Stilton ließ sich auf die Pritsche zurücksinken und schaltete sein Handy aus. Er wollte nicht mehr gestört werden. Die Vernehmung Jackie Berglunds am Vortag hatte ihm eine gewisse Anspannung abverlangt, aber anderen Dingen musste er größeren Tribut zollen. Sich in dem Gebäude aufzuhalten, in dem er so viele erfolgreiche Jahre als Mordermittler tätig gewesen war, hatte ihn sehr aufgewühlt. Sich wie ein räudiger Hund hinausschleichen zu müssen, um nicht den Blicken alter Kollegen zu begegnen, hatte wehgetan.

Er spürte, dass die Wunde noch lange nicht verheilt war, zu der er gekommen war, als man ihn damals abgeschoben und als erledigt abgestempelt hatte. Okay, er hatte an einer Psychose gelitten, an panischer Angst, und sich in Behandlung begeben müssen. Aber daran hatte es in seinen Augen gar nicht gelegen, er war überzeugt, dass man ihn bewusst kaltgestellt hatte.

Natürlich hatte es damals auch Kollegen gegeben, die ihn unterstützt hatten, aber der böswillige Klatsch hinter seinem Rücken war von Tag zu Tag lauter geworden. Er wusste genau, wer ihn geschürt hatte, und an einem Arbeitsplatz, an dem alle so eng zusammenarbeiteten, war die Atmosphäre schnell vergiftet gewesen. Ein abfälliges Wort hier, eine zweideutige Bemerkung dort. Abgewandte Blicke, Leute, die lieber zu einem anderen Tisch gingen, wenn man in der Kantine alleine saß. Am Ende konnte man nur noch den Dienst quittieren.

Zumindest, wenn man noch ein bisschen Stolz im Leib hatte, und das hatte Stilton.

Er hatte seine Sachen in zwei Kartons geräumt, kurz mit seinem Chef gesprochen und war gegangen.

Dann war er abgestürzt, und nun döste er auf seiner Pritsche erschöpft ein.

Plötzlich klopfte es an der Tür. Stilton zuckte zusammen. Erneutes Klopfen. Stilton stemmte sich hoch, sollte er öffnen? Ein weiteres Klopfen. Stilton fluchte, stand auf, machte die zwei Schritte zur Tür und öffnete sie.

»Hallo, ich heiße Sven Bomark und komme von der Stadtverwaltung Solna.«

Der Mann war um die vierzig und trug einen braunen Mantel und eine Schiebermütze.

»Darf ich eintreten?«

»Warum?«

»Um mit Ihnen über den Wohnwagen zu sprechen.«

Stilton ging zu seiner Pritsche zurück und setzte sich. Bomark zog die Tür hinter sich zu.

»Darf ich mich setzen?«

Stilton nickte, und Bomark nahm ihm gegenüber Platz.

»Wohnen Sie jetzt hier?«

»Wonach sieht es denn aus?«

Bomark schmunzelte.

»Sie wissen vielleicht, dass wir den Wagen fortschaffen müssen.«

»Und wann?«

»Morgen.«

Bomark sprach ruhig und freundlich. Stilton betrachtete die weißen, wenig strapazierten Innenflächen seiner Hände.

»Wo bringen Sie ihn hin?«

»Auf eine Müllkippe.«

»Wird er verbrannt?«

»Wahrscheinlich. Können Sie woanders unterkommen?«

»Nein.«

»Sie wissen, dass wir eine Herberge haben, in der …«

»War sonst noch was?«

»Nein.

Bomark blieb sitzen. Die Männer sahen sich an.

»Es tut mir leid«, sagte Bomark und stand auf. »Kann ich Ihnen eine von denen abkaufen?«

Er zeigte auf einen kleinen Stapel *Situation Stockholm*, der auf dem Tisch lag. Stilton schob ihm eine Zeitung zu.

»Das macht vierzig Kronen.«

Bomark zog sein Portemonnaie heraus und gab ihm einen Fünfziger.

»Ich kann nicht wechseln«, erklärte Stilton.

»Das macht nichts.«

Bomark nahm seine Zeitung, öffnete die Tür und ging.

Stilton fiel wieder auf die Pritsche zurück. Er konnte einfach nicht mehr denken. Morgen sollte der Wohnwagen abgeschleppt werden. Er sollte weg. Alles sollte weg. Er spürte, dass er immer tiefer und tiefer sank.

Die beiden dunklen Gestalten warteten, bis der Mann mit der grauen Schiebermütze außer Sichtweite war. Dann schlichen sie sich mit ihrem dicken Brett zum Wagen. Gemeinsam pressten sie es leise unter die Klinke. Einer von ihnen legte einen großen Stein als Bremsklotz vor das untere Ende des Bretts. Schnell schraubten sie den Deckel von dem kleinen Kanister.

Stilton wälzte sich auf der Pritsche hin und her, als ihm ein schwacher, beißender Geruch in die Nase stieg. Er war benommen und viel zu müde, um zu reagieren, aber der stechende Geruch drang immer tiefer vor und löste sich in seinem Unterbewusstsein auf, bis Feuer, Rauch und Frauenschreie durch sein umnebeltes Gehirn zogen. Erst als er sich aufsetzte, sah er die Flammen.

Hohe, gelblich blaue Flammen leckten außen an dem Wohnwagen. Schwerer, ätzender Rauch drang in ihn ein. Stilton geriet in Panik. Mit einem angsterfüllten Schrei sprang er von seiner Pritsche auf und schlug mit dem Kopf gegen einen Schrank. Er stürzte zu Boden, rappelte sich wieder auf und warf sich gegen die Tür, aber sie ging nicht auf.

Er schrie und warf sich noch einmal gegen die Tür.

Sie ging nicht auf.

Einige Meter entfernt standen die beiden dunklen Gestalten und betrachteten den Wohnwagen. Das dicke Brett unter der Klinke hielt. Die Tür war blockiert. Außerdem hatten sie rund um den Wohnwagen reichlich Benzin ausgegossen. Das Feuer verbiss sich regelrecht in den Wänden.

Bei einem normalen Wohnwagen dauerte es eine ganze Weile, bis das Plastik anfing zu schmelzen, aber ein Wagen wie Veras verwandelte sich binnen weniger Sekunden in ein flammendes Inferno.

Als der ganze Wagen von brüllenden Flammen umhüllt war, wandten die Gestalten sich ab und liefen durch den Wald davon.

*

Abbas el Fassi verließ durch die enge Türöffnung das Flugzeug. Er war müde, und sein Hinterkopf tat nach dem Schlag darauf immer noch weh. Außerdem hatte er wieder eine schlimme Flugreise mehr in den Knochen.

Ein ziemlich heftiger Schweißausbruch, ausgelöst von zwei überraschenden Luftlöchern über Dänemark, hatte ihn gezwungen, sein Beweismaterial unter dem Hemd hervorzuholen und in eine blaue Plastiktüte zu stecken, die er jetzt in der Hand trug. Ansonsten hatte er auch auf seinem Rückflug kein Gepäck dabei.

Er war niemand, der Souvenirs kaufte.

Die Messer hatte er zwei kleinen Jungen in Mal Pais geschenkt.

Auf dem Weg durch die Fluggastbrücke zog er sein Handy heraus und rief Stilton an, der sich jedoch nicht meldete.

Als er aus der Brücke trat, wurde er bereits von Lisa Hedqvist und Bosse Thyrén erwartet. Gemeinsam gingen sie Richtung Ankunftshalle. Lisa und Abbas zogen ihre Handys heraus, und Lisa rief Mette an, um ihr mitzuteilen, dass alles in Ordnung war.

»Wohin sollen wir fahren?«

Mette dachte kurz nach. Sie wollte, dass Stilton dabei war, wenn Abbas sein Material aus Costa Rica präsentierte. Nach dem, was Abbas bei seiner Zwischenlandung erzählt hatte, betrafen seine Informationen auch den Ufermord. Das Präsidium ist dafür nicht der richtige Ort, dachte sie.

»Fahrt ihn zu seiner Wohnung in der Dalagatan. Wir treffen uns vor dem Haus.«

Abbas telefonierte gleichzeitig mit Olivia.

»Wissen Sie, wo Stilton ist?«

»In seinem Wohnwagen?«

»Er meldet sich nicht.«

»Ach wirklich? Aber er muss da sein, ich habe eben noch mit ihm telefoniert, und da hat er gesagt, er sei dort. Er schien sehr müde zu sein, ich glaube, er wollte schlafen.

Eigentlich sollte er das Handy anlassen, aber vielleicht ist er einfach zu müde, um dranzugehen.«

»Okay. Bis später.«

Abbas gelangte flankiert von Bosse Thyrén und Lisa Hedqvist in die Ankunftshalle, und sie gingen zum Ausgang. Keinem von ihnen fiel der Mann auf, der an einer Wand stand und dem Croupier aus dem *Casino Cosmopol* hinterhersah, der die Halle durchquerte. K. Sedovic zog sein Handy heraus.

»Ist er allein?«, fragte Bertil Magnuson.

»Nein. Er wird von einem Mann und einer Frau in Zivil begleitet.«

Bertil Magnuson verarbeitete diese Information. Waren das Leute, die er auf dem Flug kennengelernt hatte? Oder Arbeitskollegen? Oder waren es Polizeibeamte in Zivil?

»Folgen Sie ihnen.«

Olivia saß mit dem Handy in der Hand in ihrer Küche. Warum hatte Stilton sich nicht gemeldet, als Abbas ihn anrief? Er sollte sein Handy doch nicht ausschalten! Wenn er gesehen hätte, dass es Abbas war, hätte er sich mit Sicherheit gemeldet. Hatte er es also doch ausgeschaltet? Sie wählte seine Nummer, aber ohne Erfolg. Hatte er kein Geld mehr auf seiner Karte? Aber dann müsste er eigentlich trotzdem noch Anrufe empfangen können. In dem Punkt war sie sich allerdings nicht sicher.

Ihre Fantasie schlug Kapriolen.

War etwas passiert? War er wieder misshandelt worden? Oder steckte diese verdammte Jackie Berglund dahinter? Immerhin war Stilton bei ihrer Vernehmung dabei gewesen.

Sie sprang auf.

Als sie auf die Straße trat, war sie außer sich und traf eine Entscheidung.

Der Mustang!

Sie lief zum Parkplatz und blieb mit gemischten Gefühlen vor dem Auto stehen. Seit Elvis gestorben war, hatte sie sich nicht mehr hineingesetzt. Sie hatte beide geliebt, und jetzt war alles anders. Sie hatten ihr nicht nur Elvis und den Mustang genommen, sondern auch ein Stück von ihrem Vater. Den Duft von Arne in dem Coupé. Diesen Duft würde sie nie mehr riechen. Aber jetzt ging es um Stilton, ihm war vielleicht etwas zugestoßen! Sie riss die Tür auf und setzte sich ans Steuer. Als sie den Zündschlüssel ins Schloss steckte und drehte, zitterte sie am ganzen Körper. Sie zwang sich, den Schalthebel auf Drive zu stellen und loszufahren.

Es gab eine natürliche Erklärung dafür, dass Stilton sich nicht meldete. Sein Handy lag als kleiner geschmolzener Plastikklumpen in der Asche dessen, was einmal Vera Larssons Wohnwagen gewesen war. Mittlerweile hatte sich dieser in eine schwarze, rußende Ruine verwandelt, um die ein paar Löschfahrzeuge standen, die ihre Schläuche wieder einrollten. Sie hatten die letzten brennenden Überreste mit Wasser bespritzt, dafür gesorgt, dass das Feuer nicht auf den Wald übergriff, und den Ort abgesperrt, um die Schaulustigen auf Distanz zu halten, die sich zuflüsterten, jetzt sei dieser abstoßende Wohnwagen endlich fort.

Olivia parkte den Mustang in etwa hundert Meter Entfernung, lief zu der kleinen Lichtung im Wald und musste sich zur Absperrung vorkämpfen. Dort wurde sie von Streifenpolizisten aufgehalten, hinter denen zwei Ermittler in Zivil standen: Rune Forss und Janne Klinga. Die beiden waren gerade erst eingetroffen und hatten festgestellt, dass der Tatort des Mordes an Vera Larsson ausgelöscht worden war.

»Da haben sich wohl irgendwelche Kids einen Spaß erlaubt…«, meinte Forss und stellte Klinga damit vor eine schwierige Entscheidung. Wenn er seinem Kollegen erzählte, dass Stilton in den Wagen eingezogen war, musste er auch sagen, woher er das wusste. Dafür hatte er jedoch keine gute Erklärung zur Hand.

Jedenfalls nicht für Forss.

»Nach ihrem Tod könnte natürlich auch jemand anderes darin gewohnt haben«, bemerkte er deshalb nur.

»Schon möglich, das muss die Spurensicherung klären. Wenn jemand in dem Wagen war, als er gebrannt hat, dürften wir jedenfalls niemanden mehr haben, den wir verhören können. Stimmt's?«

»Stimmt, aber wir sollten vielleicht trotzdem…«

»Ist jemand in dem Wohnwagen gewesen?«

Olivia hatte sich noch etwas näher geschoben. Forss sah sie an.

»Soll denn jemand darin gewesen sein?«

»Ja.«

»Woher wissen Sie das?«

»Weil ich den Mann kenne, der in ihm gewohnt hat.«

»Und wer soll das sein?«

»Er heißt Tom Stilton.«

Klinga war erleichtert, Forss dagegen sprachlos. Stilton? Hatte er in dem Wagen gewohnt? War er etwa verbrannt? Forss betrachtete die rauchenden Ruinen.

»Wissen Sie, ob er da war?!«

Klinga sah Olivia an. Er erinnerte sich, dass sie sich zwei

Tage zuvor in der Tür zum Wohnwagen begegnet waren, und begriff, dass sie Stilton kannte. Was sollte er sagen?

»Das wissen wir noch nicht, unsere Kriminaltechniker müssen erst prüfen, ob …«

Olivia drehte sich abrupt um und lief zu einem Baum, an dem sie sich vollkommen fertig zur Erde sinken ließ und hyperventilierte. Sie versuchte, sich einzureden, dass Stilton nicht in dem Wohnwagen gewesen war, jedenfalls nicht, als es gebrannt hatte.

Verwirrt und schockiert kehrte sie zu ihrem Auto zurück. Hinter ihr fuhren Löschzüge durch den Wald, und die Schaulustigen zerstreuten sich plaudernd in alle Richtungen. Als wäre nichts passiert, dachte sie. Mit zitternden Händen zog sie ihr Handy aus der Tasche und wählte eine Nummer. Mårten meldete sich. Mit stockender Stimme versuchte sie, ihm zu erzählen, was geschehen war.

»Ist er verbrannt?!«

»Ich weiß es nicht! Sie wissen es nicht! Ist Mette da?!«

»Nein.«

»Sie soll mich bitte anrufen!«

»Olivia! Sie müssen …«

Olivia beendete die Verbindung und wählte Abbas' Nummer.

Er meldete sich aus einem zivilen Wagen der Polizei auf dem Weg vom Flughafen in die Stadt. Im Moment stand das Auto allerdings. Einem Lastzug war das Kunststück gelungen, ins Schleudern zu geraten, die Absperrung zwischen den Fahrbahnen zu durchbrechen und die Gegenfahrbahn so zu blockieren, dass nur noch eine Fahrspur frei war und es entsprechend lange dauerte, an der Unfallstelle vorbeizukommen.

Das galt auch für den Wagen, der dem ihren folgte und direkt hinter ihnen war.

Abbas beendete die Verbindung. War Tom in dem Wohnwagen gewesen? Hatte er sich deshalb nicht gemeldet? Abbas sah aus dem Fenster, über den weiten grünen Feldern hingen Nebelschwaden. Erhält man so die Nachricht vom Tode eines Menschen?, dachte er.

In einem Stau?

Olivia fuhr zu ihrer Wohnung, stellte den Wagen ab und ging mit schleppenden Schritten zum Hauseingang. Sie konnte nicht klar denken, es einfach nicht fassen, was passiert war, aber ihre Instinkte funktionierten noch. Als sie den Türcode eintippte und die Haustür öffnete, tat sie es mit der gebotenen Vorsicht. Sie hatte Jackie Berglunds Blick aus dem Taxi und den niedergebrannten Wohnwagen gesehen. War das ihre Rache für das Verhör gewesen?

Es brannte kein Licht im Treppenhaus, aber sie wusste genau, wie weit es bis zum Schalter war. Sie konnte ihn erreichen und mit dem Fuß gleichzeitig die Tür offen halten. Als sie sich nach dem Schalter streckte, zuckte sie zusammen, weil sie aus den Augenwinkeln etwas wahrnahm. Eine dunkle Gestalt an der Treppe. Sie schrie auf und drückte gleichzeitig auf den Knopf. Das Licht fiel auf eine klägliche Gestalt mit versengten Haaren, verbrannten Kleidern und blutenden Armen.

»Tom!?!«

Stilton sah sie an und hustete heftig. Olivia eilte zu ihm und half ihm auf die Beine. Vorsichtig nahmen sie die Treppe zu ihrer Wohnung, wo Stilton sich in der Küche auf einen Stuhl fallen ließ. Olivia rief Abbas an. Der Stau hatte sich inzwischen aufgelöst, und sie waren schon in der Stadt.

»Ist er bei Ihnen?«, sagte Abbas.

»Ja! Rufen Sie bitte Mette an? Ich kann sie nicht erreichen.«

»Okay. Wo wohnen Sie?«

Olivia verband notdürftig seine Schnittwunden, öffnete ein Fenster, um den beißenden Rauchgeruch auszulüften, und versuchte, ihm einen Kaffee anzubieten. Stilton sagte kein Wort. Er ließ sie machen. Der Schock saß ihm noch in den Gliedern. Er wusste, wie knapp es gewesen war. Wenn es ihm nicht gelungen wäre, das Fenster auf der Rückseite mit der Gasflasche einzuschlagen, hätten die Kriminaltechniker jetzt in einem Leichensack ein deformiertes Skelett abtransportieren müssen.

»Danke.«

Stilton nahm ihr mit leicht zittrigen Händen die Kaffeetasse aus der Hand. Panik? Ja, er war in Panik geraten, was vielleicht nicht weiter verwunderlich war, wenn man in einem brennenden Wohnwagen in der Falle saß. Dennoch wusste er, dass seine Panik von etwas anderem ausgelöst worden war. An die Worte seiner Mutter auf ihrem Sterbebett erinnerte er sich nur zu gut.

Olivia setzte sich ihm gegenüber an den Tisch. Stilton musste wieder husten.

»Sie waren in dem Wagen?«, fragte sie schließlich.

»Ja.«

»Aber wie sind Sie …«

»Vergiss es.«

Schon wieder. Olivia gewöhnte sich allmählich daran. Wenn er nicht wollte, dann wollte er eben nicht. Sturkopf. So langsam verstand sie Marianne Boglund. Stilton stellte die Tasse ab und lehnte sich zurück.

»Was denkst du, steckt Jackie Berglund dahinter?«, wollte Olivia wissen.

»Keine Ahnung.«

Sie könnte durchaus etwas damit zu tun haben, dachte er. Vielleicht hatten es aber auch ganz andere Leute getan, die ihm von der Markthalle aus gefolgt waren, aber das ging Olivia nichts an. Wenn er wieder bei Kräften war, würde er Janne Klinga anrufen. Im Moment sorgte der heiße Kaffee jedenfalls dafür, dass sein Atem ruhiger ging. Er merkte, dass Olivia ihn verstohlen ansah. Sie ist hübsch, dachte er. Darüber hatte er sich bisher noch keine Gedanken gemacht.

»Bist du eigentlich mit jemandem zusammen?«, wollte er auf einmal wissen.

Die Frage überraschte Olivia. Bisher hatte Stilton kein Interesse an ihrem Privatleben gezeigt.

»Nein.«

»Ich auch nicht.«

Er grinste, Olivia auch. Plötzlich klingelte ihr Handy. Es war Ulf Molin von der Akademie.

»Hallo?«

»Wie geht es dir?«, sagte er.

»Gut. Was willst du?«

»Mein Alter hat eben angerufen, er hat ein paar Dinge über diesen Tom Stilton gehört, nach dem du gefragt hast, erinnerst du dich?«

»Ja.«

Olivia drehte sich mit dem Handy weg. Stilton beobachtete sie.

»Er lebt offenbar als Penner«, sagte Ulf.

»Aha?«

»Hast du ihn gefunden?«

»Ja.«

»Und, ist er ein Penner?«

»Ein Obdachloser.«

»Okay. Ist das ein Unterschied?«

»Du, kann ich dich vielleicht zurückrufen, ich habe gerade Besuch.«

»Aha? Okay, tu das! Tschüss!«

Stilton hatte begriffen, um wen es in ihrem Telefonat gegangen war. In Olivias Bekanntenkreis gab es außer ihm sicher nicht viele Obdachlose. Er sah sie an, und sie erwiderte seinen Blick. Der Ausdruck in seinen Augen rief ihr plötzlich ihren Vater in Erinnerung, wie er auf dem Foto von Stilton und Arne bei Wernemyrs in Strömstad ausgesehen hatte.

»Wie gut hast du meinen Vater eigentlich gekannt?«, fragte sie.

Stilton senkte den Blick.

»Habt ihr lange zusammengearbeitet?«

»Ein paar Jahre. Er war ein guter Polizist.«

Stilton schaute wieder auf und sah Olivia in die Augen.

»Darf ich dich etwas fragen?«, sagte er.

»Ja.«

»Warum hast du dir diesen Ufermord ausgesucht?«

»Weil mein Vater bei den Ermittlungen dabei war.«

»Ist das der einzige Grund gewesen?«

»Ja. Warum fragst du?«

Stilton dachte einen Moment nach, aber als er gerade zu einer Antwort ansetzen wollte, klingelte es an der Tür. Olivia ging, um zu öffenen. Es war Abbas, der eine blaue Plastiktüte in der Hand hielt. Olivia führte ihn in die Küche und musste an das Durcheinander dort denken. Verdammt, wie das hier aussah!

Alleine mit Stilton hatte sie sich darüber keine Gedanken gemacht.

Bei Abbas war das etwas anderes.

Er betrat die Küche und begegnete Stiltons Blick.

»Wie geht es dir?«

»Beschissen«, antwortete Stilton. »Danke für Adelita Rivera.«

»Bitte.«

»Was hast du da in der Tüte?«

»Das Beweismaterial aus Mal Pais. Mette ist unterwegs.«

K. Sedovic, der die Anweisung erhalten hatte, dem Croupier zu folgen, lieferte am Handy konkrete Informationen.

»Der Croupier ist ins Haus gegangen, die beiden anderen sind im Auto geblieben.«

Er saß einige Meter von Olivias Hauseingang entfernt und betrachtete das andere Auto, das direkt vor der Haustür parkte.

»Hat er die Tüte mit ins Haus genommen?«, erkundigte sich Bertil Magnuson.

»Ja.«

Bertil Magnuson war völlig verwirrt. Was zum Teufel trieb Abbas el Fassi in der Skånegatan? Wer wohnte dort? Und warum warteten die beiden anderen im Auto? Und wer waren sie?

Eine Frage, auf die er unmittelbar darauf eine Antwort erhielt, als Mette Olsäter vor Lisa Hedqvists Wagen parkte und ausstieg. Sie ging zu der heruntergelassenen Scheibe an der Fahrerseite.

»Fahrt schon mal zur Landeskripo. Trommelt die anderen zusammen. Ich melde mich.«

Mette verschwand im Haus. K. Sedovic rief erneut Bertil Magnuson an und erstattete Bericht.

»Wie sah die Frau aus?«, fragte dieser.

»Üppige graue Haare. Sehr umfangreich«, antwortete K. Sedovic.

Bertil Magnuson ließ das Handy sinken und blickte auf den Friedhof an der Adolf-Fredrik-Kirche hinunter. Ihm war augenblicklich klar, wer diese Frau war. Mette Olsäter, die Kommissarin, die sich nach Wendts kurzen Anrufen erkundigt hatte und ihm einen sehr vielsagenden Blick zugeworfen hatte, der besagte: Du lügst.

Das war nicht gut.

Die Sache lief gründlich schief.

»Hier stinkt es nach Rauch«, meinte Mette, als sie die Küche betrat.

»Das bin ich«, erwiderte Stilton.

»Bist du okay?«

»Ja.«

Olivia betrachtete Stilton. Zwei Tage zuvor war er brutal zusammengeschlagen worden, und nun war er fast verbrannt. Und dann behauptete er, er sei okay? Wollte er sich nichts anmerken lassen oder von sich ablenken? Wahrscheinlich, denn Mette Olsäter gab sich mit seiner Antwort zufrieden. Sie kennt ihn besser als ich, dachte Olivia.

Abbas leerte die Plastiktüte auf dem Küchentisch aus: eine Kassette, ein kleiner Umschlag und eine Plastikhülle mit einem Blatt Papier darin. Olivia besaß glücklicherweise vier Stühle, war sich allerdings nicht sicher, wie Mette auf ihrem landen würde. Sie waren ein bisschen klapprig.

Sie landete schwer, und Olivia sah, dass die Stuhlbeine ein wenig auseinandergeschoben wurden. Mette zog dünne Gummihandschuhe an und griff nach der Kassette.

»Die habe ich angefasst«, sagte Abbas.

»Gut zu wissen.«

Mette wandte sich an Olivia.

»Hast du einen alten Kassettenrekorder?«

»Nein.«

»Okay, dann nehme ich sie gleich mit ins Präsidium.«

Mette steckte die Kassette in die Tüte zurück und griff nach dem kleinen Umschlag, der in der Ledertasche gelegen hatte. Es war ein alter Umschlag mit einer alten schwedischen Briefmarke darauf, in dem ein kurzer, mit Schreibmaschine getippter Brief lag. Mette warf einen Blick darauf.

»Er ist auf Spanisch.«

Sie hielt ihn Abbas hin, der ihn übersetzte.

»Dan! Es tut mir leid, aber ich glaube nicht, dass wir füreinander bestimmt sind, und nun habe ich die Chance, ein neues Leben anzufangen. Ich kehre nicht zu dir zurück.«

Mette hielt den Brief unter die Küchenlampe. Er war handschriftlich unterzeichnet: *»Adelita«*.

»Darf ich mal den Umschlag sehen«, sagte Stilton.

Abbas reichte ihm das Kuvert, und Stilton musterte die Briefmarke.

»Er ist erst fünf Tage nach dem Mord an Adelita abgestempelt worden.«

»Also kann er wohl kaum von ihr selbst verfasst worden sein«, sagte Mette.

»Richtig.«

Mette öffnete die Plastikhülle und zog ein maschinengeschriebenes Blatt im DIN-A4-Format heraus.

»Das hier scheint erst kürzlich geschrieben worden zu sein, es ist auf Schwedisch.«

Mette las den Text vor.

»*An die schwedische Polizei!*, das Schreiben ist auf den 8. Juni 2011 datiert, also vier Tage, bevor Wendt nach Nordkoster gekommen ist«, sagte sie und fuhr fort. »*Heute Abend habe ich hier in Mal Pais Besuch von einem Schweden namens Ove Gardman bekommen, der mir von einem Mord auf der Insel Nordkoster in Schweden erzählt hat. Später konnte ich über Internet feststellen, dass das Mordopfer Adelita Rivera war, eine Mexikanerin, die ich liebte und die mein Kind erwartete. Auf Grund verschiedener Umstände, in erster Linie finanzieller, war sie nach Schweden und auf die Insel Nordkoster gereist, um dort Bargeld zu holen, das ich zum damaligen Zeitpunkt leider nicht selbst holen konnte. Sie kehrte niemals zurück. Jetzt begreife ich, warum, und bin mir ziemlich sicher zu wissen, wer für den Mord an ihr verantwortlich ist. Ich werde nun nach Schweden reisen, um nachzusehen, ob mein Geld noch auf der Insel ist.*«

»Der leere Koffer«, sagte Olivia.

»Welcher Koffer?«, fragte Abbas.

Olivia erzählte ihm kurz von Dan Nilssons leerem Trolley.

»Er muss ihn dabeigehabt haben, um sein Geld darin verstauen zu können«, sagte sie.

Mette las weiter.

»*Sollte das Geld nicht da sein, weiß ich, was passiert ist, und werde entsprechend handeln. Ich nehme eine Kopie der Kassette mit, die in dieser Tasche liegt. Die Stimmen auf dem Band sind meine eigene und Bertil Magnusons. Die Aufnahme spricht für sich.* Unterzeichnet ist der Brief *Dan Nilsson/Nils Wendt.*«

Mette ließ das Blatt sinken. Auf einen Schlag hatte sie ziemlich viel in den Händen, vor allem, was Nils Wendts kurze Anrufe bei Bertil Magnuson anging, in denen es um das verschwundene Geld gegangen sein musste.

»Vielleicht solltest du das hier auch an dich nehmen.«

Abbas öffnete seine Jacke und zog das Foto aus der Bar in Santa Teresa heraus. Das Bild von Nils Wendt und Adelita Rivera.

»Darf ich mal sehen?!«

Olivia streckte sich nach der Aufnahme. Stilton lehnte sich zu ihr vor. Beide betrachteten das Paar, das sich umarmte. Stilton stutzte kurz.

»Sie sehen glücklich aus«, sagte Olivia.

»Ja.«

»Und jetzt sind sie beide tot. Traurig …«

Olivia schüttelte den Kopf und reichte das Foto weiter. Mette nahm es an und stand auf. Da sie die Einzige war, die offiziell in einem Mordfall ermittelte, protestierte niemand, als sie die blaue Plastiktüte mit dem gesamten Beweismaterial an sich nahm. Auf dem Weg zur Tür fiel ihr ein kleines Katzenspielzeug auf der Fensterbank ins Auge. Es war das Einzige, das Olivia aufbewahrt hatte.

»Du hast eine Katze?«, fragte sie.

»Ich hatte, sie … ist verschwunden.«

»Wie schade.«

Mette Olsäter verließ die Küche.

Sie trat mit der blauen Plastitktüte in der Hand aus dem Haus, ging zu ihrem schwarzen Volvo, stieg ein und fuhr los. Unmittelbar darauf setzte sich ein anderes Auto in Bewegung und folgte ihr.

Bertil Magnuson stand am Fenster seines dunklen Büros. Er hielt laufend Kontakt zu K. Sedovic. In Gedanken ging er verschiedene Szenarien durch. Das erste und verzweifeltste lautete, Olsäters Wagen zu stoppen und die Plastiktüte mit Gewalt an sich zu bringen. Dies hieße, auf offener Straße einen Überfall auf eine hochrangige Polizistin zu wagen. Das zweite lautete abzuwarten, wohin sie unterwegs war. Fuhr sie vielleicht nach Hause? Dann würde man bei ihr einbrechen und sich die Tüte auf diesem Weg beschaffen können, was wesentlich weniger riskant wäre. Die dritte Möglichkeit lautete, dass sie auf direktem Weg ins Präsidium fuhr.

Das wäre eine Katastrophe, war aber leider am wahrscheinlichsten.

In Olivias Küche herrschte bedeutungsschwere Stille. Stilton war eine Weile alles Mögliche durch den Kopf geschossen. Nach all den Jahren waren wirklich verblüffende Informationen aufgetaucht. Schließlich sah Olivia Abbas an.

»Dann war Nils Wendt also der Vater von Adelitas Kind?«

»Ja.«

»Haben Sie von diesem Bosques noch etwas mehr über sie erfahren?«

»Ja.«

Abbas hielt erneut seine Jacke auf und zog eine kleine Speisekarte aus dem Flugzeug heraus.

»Ich habe mir gemerkt, was er erzählt hat, und es im Flugzeug aufgeschrieben …«

Abbas las von dem Zettel in seiner Hand ab.

»Sie war sehr schön und stammte aus Playa del Carmen in Mexiko. Sie war mit einem berühmten Künstler verwandt und stellte selbst …«

Abbas verstummte.

»Was?«

»Ich kann nicht lesen, was ich geschrieben habe, wahrscheinlich ein Luftloch … Doch! Gobelins! … *Sie hat schöne Gobelins gewebt und war sehr beliebt in Mal Pais. Sie liebte Dan Nilsson.* Das war es in etwa.«

»Wo haben sie sich kennengelernt?«

»Ich glaube, in Playa del Carmen, und von dort sind sie dann nach Costa Rica gegangen, um gemeinsam ein neues Leben anzufangen. Wie Bosques sich ausgedrückt hat.«

»Und das war Mitte der achtziger Jahre?«, fragte Olivia.

»Ja, und dann wurde sie schwanger.«

»Und ist nach Nordkoster gereist und dort ermordet worden«, meinte Stilton.

»Aber von wem? Und warum?«, fragte Abbas.

»Möglicherweise von Bertil Magnuson«, antwortete Stilton. »Wendt hat doch geschrieben, er sei ebenfalls auf der Kassette zu hören, außerdem besitzt er auch ein Sommerhaus auf der Insel.«

»Gehörte ihm das auch damals schon?«

»Ja«, sagte Olivia.

Sie hatte sich gemerkt, was Betty Nordeman ihr erzählt hatte.

»Damit hätte sich deine Jackie-Theorie wohl erledigt«, erklärte Stilton.

»Wieso denn das? Magnuson kennt vielleicht auch Jackie Berglund und gehört eventuell sogar zu ihren Kunden. Vielleicht hat sie ihn auch damals schon gekannt, und sie stecken beide in der Sache drin. Immerhin sind drei Menschen am Ufer gewesen.«

Stilton zuckte mit den Schultern. Er hatte keine Lust,

schon wieder über Jackie Berglund zu sprechen. Olivia wandte sich Abbas zu und wechselte das Thema.

»Die Männer, die in Wendts Haus eingebrochen sind, was ist mit denen passiert?«

»Sie haben es bereut.«

Stilton schielte zu Abbas hinüber. Er wusste zwar nicht, was genau vorgefallen war, ging aber davon aus, dass es Details gab, die nichts für die Ohren der jungen Frau Rönning waren.

»Aber sie müssen doch hinter dem her gewesen sein, was Sie von Bosques bekommen haben, nicht?«, sagte Olivia.

»Wahrscheinlich.«

»Dann stellt sich doch die Frage, wer sie beauftragt hat? Muss das nicht jemand aus Schweden gewesen sein?«

»Ja, das ist richtig.«

»Pass auf, gleich sagt sie wieder Jackie Berglund«, mischte Stilton sich ein, schmunzelte dabei jedoch. Mittlerweile hatte er so viel Respekt vor Olivia, dass er sie und ihre Meinung ernst nahm. Er stand auf und sah Abbas an.

»Ist es okay, wenn ich …«

»Das Bett ist frisch bezogen.«

»Danke.«

Ein Dialog, den Olivia so deutete, dass Stilton bei Abbas übernachten würde.

Der Wohnwagen stand ja nicht mehr zur Verfügung.

*

Es zeigte sich, dass das katastrophale Szenario eintrat. Mette Olsäter fuhr mit ihrer blauen Plastiktüte geradewegs zur Zentrale der Landeskriminalpolizei und verschwand hinter deren Glastüren, wie K. Sedovic Bertil Magnuson berichtete, der daraufhin eine Weile darüber nachdachte, einfach zu verschwinden, das Land zu verlassen, es wie Nils Wendt zu machen. Diese Gedanken verwarf er jedoch ziemlich schnell, da er wusste, dass dies niemals funktionieren würde, und daraufhin erkannte er, worauf sich alles reduziert hatte.

Eine Frage der Zeit.

Er parkte den Jaguar vor seiner Villa, ging sofort auf die Veranda, setzte sich und zündete sich einen Zigarillo an. Es war eine klare und warme Sommernacht, das Wasser glitzerte. Von der Insel Bockholmen hallten singende Stimmen herüber. Linn war irgendwo in der Nachbarschaft bei einem, wie sie selbst gesagt hatte, vollkommen uninteressanten Frauenabend mit einem Damenclub, der sich »Stocksunds Kleiderstoff« nannte. Eine Gruppe zurückgelassener Hausfrauen, die sich die Zeit mit Wohltätigkeitsveranstaltungen vertrieben. Mit diesen Frauen hatte Linn herzlich wenig gemeinsam, im Grunde nichts als die Adresse. Aber da Bertil Magnuson ihr gegenüber behauptet hatte, er müsse einige geschäftliche Telefonate führen und werde wahrscheinlich erst spät heimkommen, war sie elegant gekleidet und schön zu dem Essen gegangen.

Bertil Magnuson dachte an sie und daran, wie sie reagieren würde. An ihre Augen. Wie sie ihn ansehen und wie er selbst mit der Demütigung umgehen würde. Und dann dachte er an den Grund für alles. An die Personen in der Landeskriminalpolizei, die in diesem Moment einer Tonaufnahme lauschten, auf der er seine Verstrickung in einen Mord gestand. Er war nicht nur in ihn verwickelt gewesen, er, Bertil Magnuson, hatte ihn sogar in Auftrag gegeben.

Aber welche Wahl hatte er denn schon gehabt?

Damals hatte immerhin die Existenz der ganzen Firma auf dem Spiel gestanden!

Deshalb hatte er einen anderen Weg als den von Nils Wendt vorgeschlagenen eingeschlagen.

Ein katastrophaler Fehler, wie sich heute zeigte.

Als er die ungeöffnete Whiskyflasche aus der Bar holte, sah er jede denkbare Schlagzeile vor sich, hörte er jede einzelne, erregte Frage von Journalisten aus aller Welt und wusste, dass er sie nicht würde beantworten können.

Keine einzige von ihnen.

Er war in diesen Mord verwickelt gewesen.

*

Das gedämpfte Licht reichte kaum zu dem schmalen, weißen Arm herab, der ein wenig vom Bett herabhing. Die Buchstaben KF waren inzwischen fast völlig verblasst. Acke lag bewusstlos, betäubt, voller Schläuche im Bett. Ovette saß auf einem Stuhl an seinem Bett und beweinte still alles, was in ihrem Leben schiefgegangen war. Nicht einmal um ihr eigenes Kind konnte sie sich richtig kümmern. Der kleine Acke. Jetzt lag er dort, wand sich und hatte Schmerzen, und sie konnte nichts für ihn tun. Sie wusste nicht einmal, wie sie ihn trösten sollte. Sie wusste gar nichts. Warum war es so gekommen? Sie konnte Jackie nicht für alles die Schuld geben, denn sie war trotz allem ein freier, erwachsener Mensch gewesen und hatte ihre eigenen Entscheidungen getroffen. Aber wie frei war sie eigentlich gewesen? In der ersten Zeit nach ihrem Rauswurf aus *Red Velvet* hatte sie etwas Sozialhilfe bekommen. Einen Anspruch auf Arbeitslosengeld hatte sie allerdings nicht besessen, da sie all die Jahre schwarzgearbeitet hatte. Sie hatte außerhalb des Systems gestanden. Dann war sie für eine Weile Putzfrau geworden, hatte sich aber nicht wohl dabei gefühlt und ihre Arbeit auch nicht sonderlich gut gemacht. Nach ein paar Jahren war sie zu dem zurückgekehrt, was sie so gut beherrschte.

Sex zu verkaufen.

In der Zwischenzeit war sie jedoch älter geworden und selbst auf diesem Markt nicht mehr so begehrenswert wie früher. Außerdem hatte sie wegen Acke keine Kunden in ihre Wohnung mitnehmen wollen und war deshalb auf den Strich gegangen.

Rückbänke, Hinterhöfe und Garagen.

Sie war ganz unten gelandet.

Sie betrachtete Acke in dem gedämpften Licht und hörte das leise Rauschen in den Schläuchen. Wenn du wenigstens einen Vater hättest, dachte sie. Einen richtigen Vater wie deine Freunde, der dir helfen könnte, aber das hast du nicht. Dein Vater weiß nichts von dir.

Ovette schluckte einen dicken Kloß im Hals hinunter und hörte hinter sich die Tür quietschen. Sie drehte sich um und sah den Nerz, der mit einem Fußball in der Hand in der Tür stand. Ovette ging zu ihm.

»Wir gehen raus«, flüsterte sie.

Ovette zog ihn ein Stück den Krankenhausflur hinunter. Sie musste unbedingt eine Zigarette rauchen und hatte einen kleinen Balkon hinter einer Glastür gefunden. Dort zündete sie sich eine an und musterte den Ball.

»Den hat Zlatan signiert«, sagte der Nerz und präsentierte einen Namenszug, den man mit einigem Wohlwollen als Zlatan Ibrahimovics deuten konnte. Ovette lächelte und tätschelte seine Hand.

»Danke, dass du für uns da bist, außer dir sind das weiß Gott nicht viele, du weißt ja, wie es ist…«

Das wusste der Nerz. So sahen die Bedingungen aus. Wenn man dort gelandet war, wo Ovette jetzt war, musste man gewisse Dinge verdrängen, um durchhalten zu können, und daraufhin gab es kaum noch Spielraum, um auch für andere da zu sein. Das galt für alle in ihrem Umfeld.

»Ich mache Schluss«, sagte Ovette.

»Womit?«

»Ich gehe nicht mehr auf den Strich.«

Der Nerz sah sie an und erkannte, dass sie es ernst meinte, zumindest an diesem Ort und in diesem Moment.

Am anderen Ende des Flurs näherte sich eine Ärztin mit zwei Polizisten, Forss und Klinga. Die Spurensicherung hatte die beiden gerade informiert: In den Überresten des Wohnwagens waren keine Spuren eines menschlichen Körpers gefunden worden. Wenigstens ist Stilton am Leben, dachte Forss, der die Nachricht mit einer Erleichterung aufgenommen hatte, die ihn selbst überraschte. Jetzt wollte er mit Acke Andersson sprechen. Stilton hatte den Namen des Jungen im Zusammenhang mit den Käfigkämpfen und seiner eigenen Misshandlung genannt, und nun wollte er hören, ob ihnen der Junge etwas zu den Tätern sagen konnte. Vielleicht waren es dieselben Männer, die auch für den Mord an Vera Larsson und die Trashkickfilme verantwortlich waren.

»Ich glaube ehrlich gesagt nicht, dass er ansprechbar ist«, meinte die Ärztin.

Sie hatte recht, das war er nicht. Klinga setzte sich auf

Ovettes Stuhl neben dem Bett. Forss stellte sich auf die andere Seite. Ackes Augen waren geschlossen.

»Acke.«

Klinga versuchte, Kontakt zu Acke aufzunehmen, aber er rührte sich nicht. Forss sah die Ärztin an und zeigte mit dem Finger auf die Bettkante. Die Ärztin nickte, woraufhin er vorsichtig auf dem Bett Platz nahm und Acke ansah. Verprügelte Nordschweden und erschlagene Penner weckten nicht so leicht sein Mitgefühl, aber das hier war etwas anderes. Ein kleiner Junge. Zusammengeschlagen und in einen Müllcontainer geworfen. Forss ertappte sich dabei, eine Hand auf die Decke über Ackes Bein zu legen. Klinga beobachtete es verstohlen.

»Zum Kotzen«, sagte Forss eher zu sich selbst.

Die beiden Polizisten gingen in den Flur hinaus. Die Ärztin blieb bei Acke.

Forss blieb vor der Tür stehen, atmete tief durch und schaute in die andere Richtung zu einem Balkon mit einer Glastür, hinter der Ovette stand, rauchte und den Flur hinabsah. Forss stutzte für den Bruchteil einer Sekunde, irgendetwas huschte vorbei. Dann drehte er sich um und entfernte sich in die entgegengesetzte Richtung.

Für Ovette war es nicht nur etwas Flüchtiges. Ihre Augen folgten seinem Rücken, bis er verschwand.

Sie wusste ganz genau, wer er war.

*

Abbas und Stilton sprachen auf dem Weg in die Wohnung in der Dalagatan kaum ein Wort miteinander. Sie waren keine Männer, die Konversation machten, sondern beide recht verschlossene Menschen. Aber sie hatten eine gemeinsame Vergangenheit und Gegenwart, und zwischen diesen Polen war die Balance zwischen ihnen schwierig gewesen. Abbas hatte mit beiden Beinen im Leben gestanden, als Stilton fiel und ihre Rollen vertauscht wurden, was für keinen von ihnen ein leichter Rollenwechsel gewesen war. Stilton war Abbas, einem der wenigen Menschen, denen er unter normalen Umständen blind vertraute, tunlichst aus dem Weg gegangen. Als sich die Umstände zu Stiltons Nachteil verändert hatten, hatte er es nicht mehr ertragen, Abbas zu begegnen. Er hatte gewusst, was Abbas sah, und das war für Stilton zu demütigend gewesen.

Abbas hatte das nicht so empfunden.

Seine Persönlichkeit war weitaus vielschichtiger, als Stilton ahnte, und in einer dieser Schichten lag eine bedingungslose Solidarität verankert, die Stilton galt. Abbas war über Stiltons Lage im Steinslum fast immer bestens informiert gewesen, und als Stilton während seiner schlimmsten Phase zwei Mal akut selbstmordgefährdet gewesen war, hatte Abbas ihn aufgefangen, ihn der richtigen Hilfe zugeführt und sich anschließend diskret zurückgezogen, um Stilton nicht in Verlegenheit zu bringen.

Das war Stilton sehr wohl bewusst.

Deshalb machten die beiden Männer nicht viele Worte. Sie wussten Bescheid. Stilton ließ sich in einen der Holzsessel fallen, und Abbas legte eine CD auf und holte ein Backgammonspiel heraus.

»Hast du Lust?«

»Nein.«

Abbas nickte und legte das Spiel wieder weg. Er setzte sich in den Sessel neben Stilton und überließ alles der Musik.

Lange lauschten sie den schönen, spröden Klängen. Ein einsames Klavier, eine Bratsche, ein paar schlichte Phrasen, die sich ineinanderschlangen, wiederholt und variiert wurden. Stilton drehte sich zu Abbas um.

»Was ist das für eine Musik?«

»Das Stück heißt *Spiegel im Spiegel.*«

»Aha?«

»Es ist von Arvo Pärt.«

Stilton warf einen Blick auf Abbas. Er hatte ihn wirklich vermisst.

»In Costa Rica sind Messer zum Einsatz gekommen?«, fragte er.

»Ja.«

Abbas betrachtete seine feingliedrigen Hände. Stilton setzte sich ein wenig auf.

»Ronny hat mir vor ein paar Tagen ein Buch für dich mitgegeben.«

Stilton zog den schmalen Band aus dem Antiquariat heraus und überreichte ihn Abbas. Glücklicherweise hatte er das Büchlein in die Gesäßtasche seiner Hose gesteckt, denn sein Mantel war im Wohnwagen verbrannt.

»Danke«, sagte Abbas. »Oh!«

»Was ist das für ein Buch?«

»Das ist… danach habe ich wirklich lange gesucht. *Die Erinnerung der Freunde*, in Hermelins Übersetzung.«

Stilton sah, wie Abbas behutsam über den weichen Umschlag des dünnen Büchleins strich, als würde er eine schlafende Frau liebkosen, und es anschließend öffnete.

»Worum geht es in dem Buch?«, fragte Stilton.

»Um die Welt der Sufis… die hinter der nächsten Ecke.«

Stilton betrachtete Abbas, aber als dieser den Mund öffnete, um einem vollkommenen Ignoranten klarzumachen, dass es darauf ankam, die eingerostete Denkfähigkeit zu ölen, rief der Nerz an, der vorher wiederum Olivia angerufen hatte, um Stilton zu sprechen, und von ihr Abbas' Nummer bekommen hatte.

»Einen Augenblick.«

Abbas reichte sein Handy an Stilton weiter. Der Nerz sprach leise.

»Ich stehe in einem Krankenhausflur. Acke ist zusammengeschlagen worden.«

Da er in den letzten vierundzwanzig Stunden genug eigene Probleme hatte durchstehen müssen, wusste Stilton davon noch nichts, aber seine analytische Gehirnhälfte war auf dem Weg der Besserung, so dass er sofort eine Verbindung zwischen dem Überfall auf Acke und Veras niedergebranntem Wohnwagen herstellte. Kid Fighters.

»Kid Fighters?«, erkundigte sich Abbas, als Stilton ihm das Handy zurückgab.

Stilton holte Abbas schnell aus seiner Welt hinter der nächsten Ecke in eine wesentlich konkretere Wirklichkeit voller misshandelter Kinder, ermordeter Obdachloser und niedergebrannter Wohnwagen zurück. Und zu seiner eigenen Jagd auf die Männer, die in den Schlagzeilen die Handymörder genannt wurden.

»Sag mir Bescheid, wenn du Hilfe brauchst.«

Der Mann mit den Messern lächelte.

*

Bertil Magnuson lächelte nicht. In seinem schnell zunehmenden Whiskyrausch versuchte er, sich einen Reim auf alles zu machen, aber es wollte ihm einfach nicht gelingen. Er begriff weder was Wendt eigentlich von ihm gewollt noch was er mit »Rache« gemeint hatte, aber letztlich spielte das jetzt auch keine Rolle mehr. Er war am Ende.

Da er Vorsitzender des Vereins der Freunde und Förderer des Cedergren'schen Turms war, der die Bewahrung des alten Kulturdenkmals unterstützte, hatte man ihm einen Schlüssel zum Turm anvertraut, den er mit etwas linkischer Mühe aus einer der hübschen kleinen Perlmuttschachteln seiner Frau auf der Kommode im Flur heraussuchte. Anschließend öffnete er seinen privaten Safe.

*

Mette Olsäter und ihre engsten Mitarbeiter saßen konzentriert in ihrem Ermittlungsraum im Gebäude der Landeskriminalpolizei. Zwei Frauen und drei Männer hatten sich um einen Kassettenrekorder mit einer alten Aufnahme eines Gesprächs versammelt, die sie sich inzwischen zum dritten Mal anhörten.

»Das ist Magnusons Stimme.«

»Zweifellos.«

»Wer ist der andere?«

»Seinem eigenen Brief zufolge Nils Wendt.«

Mette betrachtete die Tafel an der Wand. Die Fotos vom Tatort am Ufer von Kärsön. Von der Leiche Nils Wendts. Die Karten von Costa Rica und Nordkoster und zahlreiche andere Bilder.

»Dann wissen wir jetzt wohl, worum es in den kurzen Anrufen Wendts gegangen ist.«

»Wahrscheinlich um eine Erpressung.«

»Mit Hilfe dieser Kassette.«

»Auf der Magnuson zugibt, dass er einen Mord in Auftrag gegeben hat.«

»Bleibt die Frage, welche Forderungen Wendt gestellt hat?«

»Geld?«

»Vielleicht. In dem Brief, den er in Mal Pais geschrieben hat, heißt es, er wolle nach Nordkoster fahren, um nach dem Geld zu suchen, das er dort versteckt hatte …«

»… und da er einen leeren Koffer zurückließ, hat er dort kein Geld gefunden?«

»Genau.«

»Aber es muss nicht unbedingt um Geld gegangen sein«, warf der junge und begabte Bosse Thyrén ein.

»Nein.«

»Könnte es nicht auch eine Art Rache gewesen sein, bei der es um etwas ganz anderes ging?«

»Diese Frage kann uns nur Bertil Magnuson beantworten.«

Mette stand auf und wies ihre Mitarbeiter an, Bertil Magnuson zu verhaften.

*

Im Cedergren'schen Turm war es für einen normalen Menschen sehr dunkel und still. Oder vielmehr für einen Menschen im Normalzustand, in dem Bertil Magnuson definitiv nicht war. Er hielt eine kleine Taschenlampe in der Hand und stieg in den obersten Teil des Gebäudes hinauf, ins Turmzimmer, jenen kargen, schmucklosen Raum mit Backsteinwänden, der nur ein paar kleine Luken zur Welt besaß, einer Welt, die vor Kurzem noch ihm gehört hatte.

Er war der Mann gewesen, der Coltanerz abgebaut und

der Welt der Elektronik Tantal geliefert hatte, das die Grundlage für die interaktive Expansion bildete.

Bertil Magnuson.

Ab heute verantwortlich für einen Mord.

Doch daran dachte er nicht, als er sich mit Hilfe seines kleinen Maglites auf der engen Steintreppe hochtastete. Da er betrunken war, musste er sich immer wieder an den Backsteinwänden abstützen.

Stattdessen dachte er wieder an Linn, an die Schande und daran, ihr ins Gesicht sehen und ihr sagen zu müssen: »Es ist wahr. Jedes einzelne Wort auf dieser Kassette entspricht der Wahrheit.«

Das würde er niemals ertragen.

Und deshalb war er hier.

Als er sich endlich bis ins Turmzimmer hochgekämpft hatte, war er jenseits aller Empfindungen. In dem Raum war es unangenehm dunkel und feucht, aber das machte ihm nichts aus. Er tastete sich zur nächstgelegenen kleinen Luke vor, zog seine graue Pistole aus der Tasche und steckte sie sich in den Mund. Dann sah er hinaus und hinunter.

Das hätte er vielleicht nicht tun sollen.

Tief unter ihm, in direkter Blickrichtung von seiner Luke, sah er Linn auf die große Veranda hinaustreten. Ihr hübsches Kleid. Ihre Haare, die so schön auf die Schultern fielen. Ihr schlanker Arm, der nach der fast leeren Whiskyflasche griff und sie anhob, und ihr Kopf, der sich leicht erstaunt ein wenig drehte und dann hochblickte.

Zum Cedergren'schen Turm.

Dann begegneten sich ihre Blicke, wie sie es manchmal über weite Distanzen hinweg in dem Bemühen tun, einander zu erreichen.

Mette und ihre Mitarbeiter erreichten Magnusons Anwesen mit hoher Geschwindigkeit. Sie stiegen aus und näherten sich der hell erleuchteten Villa. Da ihnen auch nach mehrmaligem Klingeln niemand öffnete, gingen sie um das Haus herum auf die Veranda. Die Tür zum Haus stand offen, und auf der Veranda lag eine leere Schnapsflasche.

Wie lange sie dort gesessen hatte, wusste sie nicht. Zeit spielte keine Rolle mehr. Sie hielt den zerschossenen Kopf ihres Mannes im Schoß ihres kirschfarbenen Kleids. Teile seines Gehirns hatten die gegenüberliegende Backsteinwand getroffen.

Der erste Schock, den sie bekam, als sie den Schuss aus dem Turm hörte und sah, wie Bertils Gesicht aus der Luke verschwand, hatte sie in Panik in das Gebäude rennen lassen.

Der zweite Schock, als sie die Treppe hochkam und ihn sah, war ebenfalls abgeklungen. Jetzt war sie von allem abgekoppelt, in einem neuen Zustand, langsam unterwegs zur Trauer. Ihr Mann hatte sich erschossen. Er war tot. Vorsichtig strich sie über Bertils kurze Haare. Ihre Tränen tropften auf sein dunkles Jackett. Sie zupfte ein wenig an seinem blauen Hemd mit dem weißen Kragen. Bis zuletzt, dachte sie, hob den Kopf und schaute durch die kleine Luke zu ihrer Villa hinunter. Streifenwagen in der Einfahrt? Fremde Menschen auf der Veranda? Sie begriff nicht ganz, wer diese dunkel gekleideten Leute waren, die sich dort unten bewegten. Sie sah eine dicke Frau, die ein Handy herauszog, und Sekunden später klingelte Bertils Handy in seinem Jackett. Sie zog es heraus. Einen seltsamen, klingelnden Gegenstand hielt sie da in der Hand. Sie nahm das Gespräch an, lauschte und antwortete.

»Wir sind im Turm.«

Mette und die anderen waren schnell bei ihr und stellten mindestens genauso schnell fest, dass Bertil Magnuson tot war und seine Frau unter Schock stand. Theoretisch bestand natürlich die Möglichkeit, dass Magnuson von seiner Frau erschossen worden war, aber angesichts der Vorgeschichte und der Situation im Turm erschien ihnen dies wenig wahrscheinlich.

Das Ganze war einfach nur tragisch.

Mette betrachtete das Ehepaar Magnuson. Wenn es um Schuld und Sühne ging, war sie nicht besonders emotional veranlagt, und ihr Mitgefühl galt deshalb ganz der Ehefrau. Für Bertil Magnuson empfand sie dagegen nichts als einen Anflug polizeilicher Enttäuschung.

Das Mitgefühl für seine Frau ließ sie etwas später in der Villa dennoch Auskunft geben. Linn Magnuson hatte ein Beruhigungsmittel bekommen und sie gebeten, ihr zu erklären, was eigentlich passiert war. Warum sie da waren und ob ihre Anwesenheit etwas mit dem Tod ihres Mannes zu tun hatte. Also erzählte Mette ihr möglichst schonend ausgewählte Teile der Geschichte. Sie war der Meinung, dass die Wahrheit am besten heilte, auch wenn sie einen im ersten Moment quälte. Es wäre zu viel verlangt gewesen von Linn Magnuson, voll und ganz zu verstehen, worum es ging, denn das begriff selbst Mette im Moment noch nicht. Trotzdem lieferte die Aufnahme des Gesprächs eine Erklärung für den Selbstmord ihres Mannes.

Und auf dem Band war es um einen Mord gegangen.

Bertil Magnusons Selbstmord war rasch überall in den Schlagzeilen, vor allem im Internet.

Zu den ersten, die auf seinen Tod reagierten, gehörte Erik Grandén. In einem furiosen Wutausbruch twitterte er seine Empörung über die Hetzjagd, die in der letzten Zeit auf Bertil Magnuson stattgefunden habe. Eine der schädlichsten Kampagnen gegen einen Einzelnen in der modernen schwedischen Geschichte sei dies gewesen. Als ein vergleichbares Beispiel falle ihm höchstens die Ermordung Axel von Fersens im Jahre 1810 ein, nachdem diesem fälschlich die Schuld am Tod des Kronprinzen gegeben worden sei. »Es ist eine widerwärtige Schuld, die sich diese Hetzer aufgebürdet haben! Ihr habt einen Menschen in den Selbstmord getrieben!«

Eine gute Stunde nach seiner Tirade rief der Parteivorstand an und wollte ihn sehen.

»Jetzt?«

»Ja.«

Als Grandén zu der Besprechung eilte, regten sich widersprüchliche Gefühle in ihm. Einerseits musste er an Bertils grauenvollen Selbstmord und an seine Frau denken. Er durfte nicht vergessen, sie anzurufen. Andererseits war er wegen des Treffens mit dem Parteivorstand freudig erregt, da er ganz selbstverständlich davon ausging, dass es um seinen zukünftigen Posten auf europäischer Ebene gehen würde, denn sonst hätte man ihn nicht so unvermittelt hinzugebeten. Es ärgerte ihn ein wenig, dass er keine Zeit mehr gehabt hatte, vor der Sitzung zum Friseur zu gehen.

Die Presse würde mit Sicherheit vor Ort sein und berichten.

*

Mette Olsäter saß in ihrem Büro. In einigen Minuten würde sie sich zu einer Besprechung mit ihrem Ermittlungsteam treffen. Magnusons Selbstmord hatte alles nur noch schwieriger gemacht. Die Aufnahme des Gesprächs würde im Mittelpunkt stehen, aber keiner der beiden Gesprächspartner war noch am Leben. Die Chancen, einem möglichen Täter den Mord an Nils Wendt nachzuweisen, hatten sich radikal verringert.

Vermutlich war er ebenfalls tot.

Was sie in der Hand hatten, waren Indizien. Wunschdenken, würde ein gewiefter Anwalt der versammelten Presse dazu sagen.

Also ließ Mette den Mord an Wendt für einen Moment ruhen und begann, einen Auszug aus Jackie Berglunds Computerdateien zu studieren. Eine von ihnen enthielt ein Kundenregister mit einer wüsten Mischung aus bekannten und unbekannten Personen. Einige Namen erregten jedoch ganz besonders ihre Aufmerksamkeit.

Vor allem einer.

*

Grandén nahm an dem ovalen Tisch Platz. Normalerweise gehörten achtzehn Personen zum Vorstand. An diesem Tag hatte sich eine kleinere Gruppe versammelt. Er kannte jeden der Anwesenden gut. Manche von ihnen hatte er selbst in die Politik gelotst, andere hatte er akzeptieren müssen.

So lauteten die Regeln des politischen Spiels.

Er schenkte sich aus der Karaffe vor ihm lauwarmes Wasser ein und wartete ab, dass jemand die Initiative ergriff. Seine Augen schweiften über den Tisch, aber keiner begegnete seinem Blick.

»Schon ein kleiner historischer Augenblick für uns alle, nicht nur für mich«, sagte er und zog die Unterlippe in seiner charakteristischen Bewegung ein wenig zurück. Die Gruppe betrachtete ihn.

»Das mit Magnuson ist wirklich tragisch.«

»Sehr«, erwiderte Grandén. »Wir müssen irgendwie Stellung beziehen gegen diese Pöbelmentalität, das könnte sonst wirklich jeden treffen.«

»Ja.«

Der Mann lehnte sich zu einem kleinen CD-Spieler auf dem Tisch vor. Kurz bevor er ihn einschaltete, hielt sein Finger kurz inne.

»Das hier haben wir eben erst bekommen.«

Sein Blick war unverwandt auf Grandén gerichtet, der sich gerade mit der Hand über die Haare strich und sich fragte, ob sie so dämlich abstanden, wie sie es bei etwas Gegenwind gerne einmal taten.

»Aha?«

Der Mann drückte auf den Knopf, und die Aufnahme eines Gesprächs begann. Grandén erkannte die Stimmen sofort. Zwei der drei Musketiere, der dritte war er selbst.

»Jan Nyström ist heute Morgen tot in seinem Auto in einem See gefunden worden.«

»Ich habe davon gehört.«

»Und?

»Was soll ich sagen?

»Ich weiß, dass du bereit bist, weit zu gehen, Bertil, aber ein Mord?

»Niemand kann uns damit in Verbindung bringen.«

»Aber wir *wissen Bescheid.«*

»Wir wissen gar nichts ... wenn wir nicht wollen. Warum regst du dich so auf?«

»Weil ein unschuldiger Mensch ermordet worden ist!«

»Das ist deine Interpretation.«

»Und was ist deine?!«

»Ich habe ein Problem gelöst.«

An diesem Punkt des Gesprächs dämmerte es Grandén, dass es in dieser Sitzung nicht um seinen Absprung auf die europäische Bühne und in die Arme von Sarkozy und Merkel ging. Er versuchte, Zeit zu gewinnen.

»Kannst du noch mal ein bisschen zurückgehen?«

Der Mann bediente den CD-Spieler. Das Gespräch begann von vorn. Grandén lauschte intensiv.

»Das ist deine Interpretation.«

»Und was ist deine?!«

»Ich habe ein Problem gelöst.«

»Durch die Ermordung eines Journalisten?«

»Dadurch, dass ich die Verbreitung einer Menge haltloser Behauptungen über uns gestoppt habe.«

»Wer hat ihn ermordet?«

»Das weiß ich nicht.«

»Du hast einfach jemanden angerufen?«

»Ja.«

»Hallo, hier spricht Bertil Magnuson, ich möchte, dass Jan Nyström aus dem Weg geräumt wird.«

»So ungefähr.«

»Und daraufhin ist er ermordet worden.«

»Er ist bei einem Autounfall gestorben.«

»Wie viel hast du dafür bezahlt?«

»Fünfzigtausend.«

»Ist das der Preis für einen Mord in Zaire?«

»Ja.«

Der Mann drückte eine Taste auf dem CD-Player und sah den auffallend gefassten Grandén an. Im Hintergrund rauschte leise der Wasserspender. Jemand kritzelte auf einem Block.

»Der Journalist Jan Nyström wurde am 23. August 1984 in Zaire ermordet. Wie wir gerade gehört haben, geschah der Mord im Auftrag von Bertil Magnuson, Vorstandsvorsitzender der damaligen Firma MWM. Zum gleichen Zeitpunkt saßt du selbst im Vorstand des Unternehmens.«

»Das ist korrekt.«

Seine Unterlippe hatte er wieder vorgeschoben.

»Was hast du gewusst?«

»Von dem Mord?«

»Ja.«

»Nichts. Aber ich erinnere mich, dass Nils Wendt mich nach Nyströms Tod anrief und mir erzählte, der Journalist sei mit einer sehr kritischen Reportage über das Projekt der MWM dort unten in ihr Büro in Kinshasa gekommen und habe um einen Kommentar gebeten.«

»Hat er einen bekommen?«

»Magnuson und Wendt versprachen ihm, am nächsten

Morgen Stellung zu seinem Artikel zu beziehen, aber er tauchte nicht auf.«

»Er wurde ermordet.«

»Offensichtlich.«

Grandén warf einen Blick auf den CD-Spieler.

»Hat Wendt damals noch etwas gesagt?«, fragte der Mann.

»Er behauptete plötzlich, dass an dem, was der Journalist in der Reportage schreibe, eine Menge dran sei und er selbst die Nase voll habe von Magnusons Methoden und aussteigen wolle.«

»Aus der MWM?«

»Ja. Er hatte die Absicht, das Unternehmen zu verlassen und abzuhauen. ›In den Untergrund zu gehen‹, wie er sich ausdrückte. Aber erst wolle er sich noch eine Lebensversicherung besorgen.«

Der Mann zeigte auf den CD-Player.

»Er hat offenbar versteckt einen Kassettenrekorder mitgenommen und Bertil Magnuson dazu gebracht, ihm zu gestehen, dass er den Mord in Auftrag gegeben hatte.«

»Sieht ganz so aus.«

Grandén verschwieg ihnen einen weiteren Anruf, den er am nächsten Tag von Bertil Magnuson bekommen hatte, der ihm erzählt hatte, dass Wendt verschwunden war und fast zwei Millionen Dollar von einem Konto für »diverse Kosten« fehlten. Grandén wusste, dass dieses Konto für Wirtschaftsprüfer unsichtbar war und benutzt wurde, um für die Dienste lichtscheuerer Gestalten zu zahlen, wenn Probleme auftraten.

Wie es sie mit Jan Nyström augenscheinlich gegeben hatte.

»Woher habt ihr das Gespräch?«, erkundigte er sich.

»Von Mette Olsäter, Landeskriminalpolizei. Anscheinend hatte sie von deinem empörten Beitrag auf Twitter gehört und fand, dass wir die Chance haben sollten, uns das hier anzuhören und mit dir zu sprechen, bevor die Medien Wind davon bekommen.«

Grandén nickte. Langsam ließ er den Blick über die Gruppe schweifen, aber niemand sah ihn an. Schließlich stand er auf und schaute sich um.

»Bin ich eine Belastung?«

Er kannte die Antwort bereits.

Einen hohen politischen Posten in der europäischen Spitze konnte er jedenfalls vergessen, dafür bildete sein enger privater und offizieller Kontakt zu Bertil Magnuson eine zu große Belastung. Außerdem hatte er zum Zeitpunkt des Mordauftrags im Vorstand von MWM gesessen.

Mit großen Schritten verließ er den Regierungssitz und ging in die Altstadt. Er wusste, dass er vor den Trümmern seiner politischen Karriere stand. Bald würde die Treibjagd auf ihn beginnen, nachdem er so lange und gut von seinen öffentlichen Auftritten und seinen arroganten Twitterbeiträgen gelebt hatte. Sie würden ihn in der Luft zerreißen, das wusste er.

Ziellos flanierte er durch die engen Gassen. Der laue Gegenwind ließ seine dünnen, blonden Haare hochstehen. Gebückt ging er in seinem eng geschnittenen, blauen Anzug dahin, alleine und wie eine gespenstische Vogelscheuche. Die jahrhundertealten Häuser neigten sich über seinen großen, schlanken Körper.

Seine Zeit als Twitterer war vorbei.

Plötzlich stand er vor dem Salon seines Friseurs in der Köpmangatan. Er trat ein und grüßte mit einem Kopfnicken den Friseur, der gerade etwas Gel in die schwarzen Haare eines schläfrigen Mannes massierte.

»Herr Grandén, guten Tag! Sie haben doch keinen Termin, oder?«, sagte der Friseur.

»Nein, ich wollte nur fragen, ob ich mir mal kurz ein Rasiermesser ausleihen könnte, ich habe da ein paar Barthaare am Hals, die ich gerne loswerden würde.«

»Sicher … nehmen Sie das da.«

Der Friseur zeigte auf ein kleines Glasregal, in dem ein gutes altes Rasiermesser mit einem braunen Bakelitgriff lag. Grandén nahm das Messer, ging in die Toilette am hinteren Ende des Salons und schloss hinter sich ab.

Einer für alle.

*

Mette betrat als Letzte den Raum und ließ den Blick über ihre Gruppe schweifen. Alle waren anwesend und hochkonzentriert. Der Selbstmord Magnusons in der letzten Nacht hatte sie kalt erwischt.

Deshalb übernahm Mette sofort das Kommando.

»Ich schlage vor, dass wir noch einmal ganz von vorne anfangen. Thesen und Hypothesen.«

Sie stellte sich an die Tafel, an der Adelitas gefälschter Brief an Wendt neben seinem eigenen »Erklärungsbrief« aus Mal Pais hing. Unmittelbar darunter hing das Foto von Wendt und Adelita, das Abbas aus der Bar in Santa Teresa mitgebracht hatte.

»Fangen wir mit der Aufnahme des Gesprächs aus dem Jahre 1984 an. Bertil Magnuson gibt darin zu, dass der Journalist Jan Nyström in seinem Auftrag ermordet worden ist«, sagte Mette. »Da Magnuson tot ist, können wir davon absehen, der Fall wird auf anderen Ebenen Konsequenzen haben. Dagegen wissen wir, dass Nils Wendt Kinshasa kurz nach dem Mord verließ und spurlos verschwand. Seine damalige Lebensgefährtin meldete ihn eine Woche später als vermisst.«

»Ging er direkt nach Costa Rica?«

»Nein, erst ist er nach Playa del Carmen in Mexiko gereist, wo er Adelita Rivera kennenlernte. Wir wissen nicht genau, wann er in Mal Pais aufgetaucht ist, aber wir wissen, dass er sich 1987 dort aufgehalten hat.«

»Das Jahr, in dem Adelita Rivera von Costa Rica aus nach Nordkoster gereist ist«, sagte Lisa Hedqvist.

»Richtig.«

»Um Geld zu holen, das Wendt dort in seinem Sommerhaus versteckt hatte.«

»Warum ist er nicht selbst gefahren?«

»Das wissen wir nicht«, antwortete Mette. »In seinem Brief schreibt er, er habe nicht gekonnt.«

»Vielleicht hing es mit Magnuson zusammen, vielleicht hatte er Angst vor ihm.«

»Kann sein.«

»Woher kam dieses Geld?«, fragte Bosse Thyrén.

»Das wissen wir auch nicht.«

»Vielleicht war es Geld, das er vor seinem Verschwinden aus ihrer gemeinsamen Firma abgezweigt hat.«

»Gut möglich«, kommentierte Mette.

»Und all die Jahre, bis er wieder aufgetaucht ist, hat er dann also in Mal Pais verbracht?«

»Wahrscheinlich. Laut Ove Gardman hat er dort als Fremdenführer in einem Naturschutzgebiet gearbeitet.«

»Und gedacht, diese Adelita Rivera hätte ihm das Geld abgeluchst?«

»Könnte sein. Immerhin hat er einen gefälschten Brief bekommen, in dem sie sich ziemlich abrupt von ihm verabschiedet hat und den die Leute aufgesetzt haben müssen, die Rivera 1987 auf Nordkoster ermordet haben. Der Brief sollte Wendt offenbar davon abhalten, Nachforschungen anzustellen, um den Grund dafür zu erfahren, dass sie nicht zu ihm zurückkam.«

»Ganz schön abgebrüht, unsere Täter«, meinte Bosse Thyrén.

»Ja. Aber dann taucht vor drei Wochen Gardman in Mal Pais auf und erzählt von dem Mord, dessen Zeuge er als kleiner Junge geworden ist, und mit Hilfe des Internets erkennt Wendt daraufhin, dass damals Adelita Rivera ermordet wurde, und reist nach Schweden.«

»Und damit wären wir in der Gegenwart.«

»Genau. Wir kennen Wendts Weg ziemlich gut. Wir wissen, dass er die Aufnahme des Gesprächs in Kinshasa 1984 dabeihatte, und wir können davon ausgehen, dass er Bertil Magnuson in seinen kurzen Anrufen Teile davon vorgespielt hat.«

»Bleibt die Frage, was er eigentlich von ihm wollte?«

»Könnte es mit dem Mord an Rivera zusammenhängen?«

»Du meinst, er hat gedacht, dass Magnuson etwas damit zu tun hatte?«

»Ja.«

»Das könnten wir vielleicht hiermit feststellen.«

Lisa Hedqvist zeigte auf den alten Umschlag an der Tafel.

»Dieser Brief ist doch mit Adelita unterzeichnet und fünf Tage nach ihrer Ermordung abgesendet worden, stimmt's?«

»Ja.«

»Dann müssten wir an der Briefmarke eigentlich eine DNA-Probe sichern und mit Magnusons DNA vergleichen können. Speichel lässt sich doch auch noch nach dreiundzwanzig Jahren sichern, oder?«

»Ja.«

Lisa Hedqvist ging zur Tafel, nahm den Umschlag herunter und verließ den Raum.

»Auch wenn wir das Ergebnis abwarten müssen, können wir jedenfalls festhalten, dass Magnuson durch Wendts Anrufe mächtig unter Druck geraten ist, da er in der Aufnahme immerhin die Beteiligung an der Ermordung eines Journalisten zugibt«, sagte Mette. »Die Konsequenzen einer Veröffentlichung dieser Aufnahme müssen ihm bewusst gewesen sein.«

»Also hat er versucht, an die Kassette zu kommen, indem er Nils Wendt ermordete.«

»Das ist zumindest ein naheliegendes Motiv.«

»Aber Wendt hatte in Costa Rica doch eine Kopie der Aufnahme.«

»War das Magnuson bekannt?«

»Das wissen wir nicht, aber ich könnte mir schon vorstellen, dass Wendt es als eine Art Lebensversicherung erwähnt hat, immerhin wusste er, wozu Magnuson fähig war.«

»Dann hat Magnuson also versucht, die Kassette in Mal Pais zu finden, als Abbas el Fassi in Wendts Haus überfallen wurde?«

»Ja«, antwortete Mette. »Natürlich wissen wir das nicht mit absoluter Sicherheit, aber es erscheint mir doch ziemlich wahrscheinlich.«

»Und wenn es so war, musste er erkennen, dass sein Versuch gescheitert und die Aufnahme bei uns gelandet war.«

»Und daraufhin hat er sich erschossen.«

»Was bedeutet, wenn er der Täter war, werden wir niemals ein Geständnis für den Mord an Nils Wendt bekommen.«

»Ja.«

»Und vielleicht auch nicht für die Ermordung von Adelita Rivera.«

»Richtig.«

Sie verstummten. An diesem Punkt waren sie in einer Sackgasse. Es gab keine Spuren, die Magnuson mit dem Mord an Wendt in Verbindung brachten. Alles, was sie hatten, waren Indizien, ein mögliches Motiv und ein eigentlich schon eingestelltes Ermittlungsverfahren.

Falls sich nicht doch noch herausstellen sollte, dass Magnuson an der Briefmarke geleckt hatte.

*

Stilton ging davon aus, dass sie ihm von der Markthalle zum Wohnwagen gefolgt waren und diesen anschließend in Brand gesteckt hatten. Außerdem nahm er an, dass dieselben Täter Acke misshandelt hatten. Vielleicht hatten sie beobachtet, wie er sich mit dem Jungen getroffen hatte. Des Weiteren ging er davon aus, dass sie dachten, er wäre verbrannt. Wenn sie ihn wiedersähen, würde das Wirkung zeigen.

Er hatte in der Redaktion vorbeigeschaut und einen Stapel Zeitungen gekauft. Alle hatten von dem Wohnwagen gehört, und er war von vielen umarmt worden.

Nun stand er vor der Markthalle, verkaufte seine Zeitungen und war extrem wachsam.

Für die Passanten sah er allerdings aus wie immer, wie ein obdachloser Verkäufer von *Situation Stockholm*, der dort stand, wo er in der letzten Zeit schon des Öfteren gestanden hatte.

Sie hatten keine Ahnung.

Als es donnerte und anfing, in Strömen zu regnen, ging er.

Gewitterwolken hatten den Himmel verdunkelt, und Blitze zuckten über den Häuserdächern. Noch ehe sie den Lilla Blecktornspark erreichten, waren Liam und Isse klatschnass. Im Grunde brauchten sie sich zwischen den Bäumen unterhalb des Ringvägen gar nicht zu verstecken, und als sie in den Park gelangten, gab es ohnehin genügend Sträucher und Bäume, um sich den Blicken anderer zu entziehen. Außerdem trugen sie ihre dunklen Kapuzenjacken.

»Da.«

Isse zeigte auf eine Bank in der Nähe eines kräftigen Baums, auf der leicht gekrümmt eine große, hagere Gestalt mit einer Dose Bier in der Hand saß, über deren Körper der Regen lief.

»Scheiße, das ist er!«

Liam und Isse sahen sich an. Sie waren immer noch verblüfft. Als sie Stilton vor der Markthalle gesehen hatten, hatten sie ihren Augen nicht getraut. Wie zum Teufel hatte er das Feuer in dem Wohnwagen überlebt?! Isse zog einen kurzen Baseballschläger heraus, der im Zwielicht kaum zu sehen war. Liam warf einen kurzen Blick darauf. Er wusste, wozu Isse fähig war, wenn bei ihm eine Sicherung durchbrannte. Vorsichtig gingen sie ein paar Schritte und schauten sich um. Der Park war menschenleer, bei diesem Wetter ging kein Mensch freiwillig vor die Tür.

Außer diesem Wrack auf der Bank.

Stilton war in Gedanken versunken. In dieser Umgebung allein zu sein, ließ ihn an Vera denken, an ihre Stimme, an das einzige Mal, dass sie miteinander geschlafen hatten, kurz bevor sie erschlagen wurde. Diese Erinnerung war zum Verzweifeln.

Dann bemerkte er sie aus den Augenwinkeln. Sie hatten seine Bank schon fast erreicht, und der eine hielt einen Baseballschläger in der Hand.

Feiglinge, dachte er. Zwei gegen einen, und sie brauchen trotzdem so ein Ding. Gleichzeitig wünschte er sich, er hätte sein Treppentraining vor sechs Jahren begonnen, oder auch, dass es diese sechs Jahre niemals gegeben hätte. Aber es hatte sie gegeben, und er war nach wie vor weit von seiner früheren Form entfernt.

Er blickte auf.

»Hallo«, sagte er. »Wollt ihr einen Schluck Bier?«

Stilton hielt ihnen die Bierdose hin. Isse schwang locker seinen Baseballschläger und traf die Dose perfekt. Sie flog einige Meter weit, und Stilton schaute ihr hinterher.

»Homerun«, sagte er lächelnd. »Ihr solltet vielleicht …«

»Schnauze!!«

»Entschuldigung.«

»Wir haben deinen verdammten Wohnwagen abgefackelt! Scheiße, was tust du hier?«

»Ein Bier trinken.«

»Verdammter Wichser! Kapierst du denn gar nichts? Willst du, dass wir dich erschlagen?!«

»Wie ihr Vera erschlagen habt?«

»Welche verdammte Vera?! War das die Hure in dem Wohnwagen? War das deine Hure?!«

Isse lachte und sah Liam an.

»Hast du gehört?! Wir haben seine Hure kaltgemacht!«

Liam grinste und zog sein Handy heraus. Stilton sah, dass er die Kamera einschaltete. Gleich war es so weit, und er wusste nicht genau, wie er vorgehen sollte.

Ich rede Klartext, dachte er.

»Ihr seid zwei richtige kleine Scheißer, wisst ihr das?«, sagte er auf einmal.

Isse starrte ihn an. Er konnte nicht fassen, was er gerade gehört hatte. Wie konnte es dieser Säufer nur wagen?! Liam schielte zu Isse hinüber. Bald würde seine Sicherung durchbrennen.

»Euch sollte man lebenslänglich einsperren und mit verfaulter Katzenscheiße füttern.«

Die Sicherung brannte durch. Isse brüllte, holte mit dem Baseballschläger aus und wollte mit voller Wucht Stiltons Kopf treffen, aber der Schläger erreichte nie sein Ziel. Isse hatte ihn gerade von hinten über die Schulter geschwungen, als ihn ein langes schwarzes Messer in den Oberarm traf. Woher es kam, sah er genauso wenig wie Liam das zweite. Aber er spürte, dass es seine Hand durchstieß, und sah, dass sein Handy in einem hohen Bogen über die Bank flog.

Stilton war blitzschnell auf den Beinen und schnappte sich den Baseballschläger. Isse war in die Hocke gegangen, schrie und starrte das Messer in seinem Oberarm an. Regen prasselte auf sein Gesicht. Stiltons Atem ging schnell, und er spürte, wie sich Veras elender Tod bis in das Holz fortpflanzte. Er hielt ihn in Höhe von Isses Kopf. Ihm war schwarz vor Augen. Er packte den Schläger fest mit beiden Händen und holte mit dem ganzen Körper zu einem Schlag gegen Isses Hals aus.

»Tom!!«

Der Ruf drang weit genug in sein finsteres Gehirn ein, um die Bewegung für eine Sekunde aufzuhalten. Stilton warf sich herum. Abbas kam auf ihn zu.

»Leg das Ding weg«, sagte er.

Stilton starrte Abbas an.

»Tom.«

Stilton ließ den Baseballschläger ein wenig sinken. Plötzlich sah er, dass Liam versuchte, davonzustolpern, machte zwei schnelle Schritte und schlug ihm so in die Kniekehlen, dass er der Länge nach hinschlug. Abbas erreichte Stilton und griff nach dem Schläger.

»Es gibt bessere Wege«, sagte er.

Stilton beruhigte sich ein wenig, sah Abbas an und versuchte, gleichmäßig zu atmen. Ein paar Sekunden später ließ er den Baseballschläger los. Abbas warf ihn ins Gebüsch. Stilton schaute zu Boden und begriff, wie knapp das gewesen war. Die Demütigung in dem unterirdischen Raum und alles andere hatten ihn fast so weit getrieben, jede Grenze zu überschreiten.

»Kannst du mir kurz helfen?«

Stilton wandte sich um. Abbas hatte das Messer aus Isses Bizeps gezogen und ihn auf die nasse Bank gesetzt. Stilton zerrte den völlig verängstigten Liam von der Erde hoch und schleuderte ihn neben Isse auf die Bank.

»Was tun wir jetzt?«, fragte Abbas.

»Wir ziehen sie aus.«

Das musste Stilton alleine übernehmen. Abbas stand ein paar Meter entfernt und wischte das Blut von seinen Messern. Die beiden Männer auf der Bank starrten ihn angsterfüllt an.

»Steht auf!«

Stilton riss Isse auf die Beine. Liam stand von selbst auf. Stilton zerrte ihnen möglichst schnell die Kleider vom Leib. Als sie splitternackt waren, stieß er sie wieder auf die Bank. Abbas stellte sich mit seinem Handy vor sie, schaltete die Kamera ein und hielt wegen des Regens eine schützende Hand über das Telefon.

»Also«, sagte er, »wollen wir uns ein bisschen unterhalten?«

Es war eine kurze, aber recht dramatische SMS, die Janne Klinga erhielt: »Die Handymörder sitzen auf einer Bank im Lilla Blecktornspark. Ihr Geständnis ist auf Trashkick online.«

Die Nummer sagte ihm nichts.

Klinga, der so eine Ahnung hatte, wer die SMS geschickt hatte, war mit drei Polizisten so schnell vor Ort, wie es nur ging. Im Park verhafteten sie zwei nackte, klatschnasse Burschen, die verletzt und gebrochen an eine Holzbank gefesselt waren.

Eine Stunde später saß er mit seinem Chef Rune Forss und der ganzen Sonderkommission in einem Besprechungszimmer. Als Klinga auf Trashkick ging, hing ein spürbarer Schweißgeruch in der Luft. Sie fanden einen frisch hochgeladenen Handyfilm auf der Seite, der zwei junge Männer zeigte, die mit verängstigten Augen nackt auf einer Bank saßen und erzählten, wie sie eine Frau in einem Wohnwagen zusammengeschlagen und einen Typen in einem Park am Värtahafen vermöbelt und einige Zeit später einen Wohnwagen abgefackelt hatten. Anschließend berichteten sie ausführlich von weiteren Überfällen auf Obdachlose.

Rune Forss sprang plötzlich auf. Er war erregt. Zum einen, weil man ihm die beiden Männer auf dem Präsentierteller serviert hatte. Zum anderen, weil sich diejenigen, die das Geständnis gefilmt hatten und offenbar hinter dem Ganzen steckten, nicht identifizieren ließen.

Aber vor allem, weil die Tattoos der Burschen so deutlich zu sehen waren: KF in einem Kreis.

Genau wie Stilton gesagt hatte.

*

Als Erstes hatte er bei Ronny Redlös vorbeigeschaut und bedauert, dass Ronnys Mantel verbrannt war. Er hatte ein neues Buch mitgenommen, anschließend nach Arvo Pärt gesucht und ihn in einem Schlafsack unter einer Bank im Fatburspark am Südbahnhof gefunden. Pärt war genauso nass wie sein Schlafsack. Eine Stunde später hatten sie Muriel ausfindig gemacht. Nur Sekunden später hätte sie sich in einem Fahrradkeller einen Schuss gesetzt.

Nun saßen sie alle drei in der Nähe eines Krankenzimmers in einer Poliklinik am Mariatorget.

»Sie können jetzt zu ihm.«

Sie gingen zu dem Zimmer, auf das die Krankenschwester gezeigt hatte. Die Tür stand offen, und Benseman lag in einem Bett an der Wand. Körperlich war er noch ziemlich mitgenommen, aber er lebte. Er hatte ein Zimmer in der Klinik bekommen, was eigentlich gegen die Vorschriften verstieß, aber es war schwierig, einen schwer ramponierten Obdachlosen zu entlassen, damit er in einem Müllkeller schlief.

»Sie sind gefasst worden«, sagte Stilton.

»Danke, Jelle«, erwiderte Benseman.

Muriel nahm Bensemans Hand. Pärt rieb sich die Augen. Er weinte schnell. Stilton gab Benseman ein Buch.

»Ich bin bei Ronny Redlös gewesen, er schickt dir das hier.«

Benseman nahm das Buch an und grinste. Es war *Ich und Paula* von Akbar del Piombo. Ein absolut manischer Porno mit Nonnen und geilen Männern.

»Was ist das für ein Buch?«, wollte Muriel wissen.

»Eines, wie es gewisse große Schriftsteller einmal im Leben schreiben müssen, um ein paar Dinge loszuwerden, die sie unter ihrem richtigen Namen niemals hätten schreiben können. Akbar del Piombo ist ein Pseudonym für William S. Burroughs.«

Den dreien, die um das Bett standen, sagten beide Namen nichts, aber solange Benseman zufrieden wirkte, waren sie es auch.

*

Mette stand vor der Tafel im Ermittlungszimmer. Ihre Mitarbeiter waren dabei, ihre Unterlagen zusammenzupacken. Die Ermittlungen im Fall Nils Wendt traten auf der Stelle. Lisa Hedqvist kam zu ihr.

»Was denkst du?«

Mettes Blick ruhte auf den Bildern von Nils Wendts Leiche, auf seinem nackten Körper und dem großen, unverwechselbaren Muttermal auf seinem linken Oberschenkel.

»Da ist irgendetwas mit diesem Muttermal auf seinem Oberschenkel…«

Sie nahm eines der Bilder von der Tafel.

*

Olivia hatte den Tag damit verbracht, endlich ein paar Dinge zu erledigen. Zu putzen, staubzusaugen und mit Lenni zu telefonieren, die ohne Jakob zum Musikfestival *Peace & Love* fahren würde.

»Und warum?«

»Ach, seine Ex ist wieder auf der Bildfläche erschienen.«

»Das tut mir leid.«

»Ja, ich kapiere echt nicht, was er in ihr sieht. Das Einzige, was er jemals von ihr bekommen hat, waren Filzläuse.«

»Das ist ja ekelhaft!«

»Allerdings.«

»Dann fährst du jetzt allein?«

»Nein, ich fahre mit Erik.«

»Erik? Jakobs Freund?«

»Ja, wieso? Du willst doch nichts von ihm, oder?«

»Nee, keine Sorge, aber ich dachte, dass er und Lollo …«

»Nee, sie hat ihn abserviert und ist gestern nach Rhodos gefahren. Du musst ein bisschen besser auf dem Laufenden bleiben, Olivia, du kriegst ja echt gar nichts mehr mit!«

»Ich werde mir Mühe geben, versprochen!«

»Aber jetzt muss ich packen, mein Zug geht gleich. Ich melde mich. Küsschen!«

»Küsschen!«

Danach ging es für ein paar Stunden in die Waschküche. Als sie vor der letzten Maschine die Taschen ihrer Kleider leerte, ertastete sie in einer plötzlich eine kleine Plastiktüte. Der Ohrring! Den hatte sie ja völlig vergessen. Der Ohrring von der Insel, den sie sich von Stilton ausgeliehen hatte. Sie holte ihn heraus und sah ihn sich an. Hatte sie nicht einen ganz ähnlichen in Jackie Berglunds Laden gesehen?! Sie setzte sich leicht erregt an ihr Notebook und klickte die

Homepage der Boutique an. Unter der Rubrik »Produkte« fand sie ziemlich viel, was Jackie zum Verkauf anbot, darunter auch eine Sammlung von Ohrringen, allerdings keinen, der Olivias ähnelte. Eigentlich nicht weiter verwunderlich, dachte sie. Der Ohrring von Nordkoster ist immerhin mindestens dreiundzwanzig Jahre alt. Also musste sie ihn wohl irgendwo anders gesehen haben. In einem anderen Geschäft? Oder hatte ihn jemand getragen? Hatte sie ihn bei irgendwem zu Hause gesehen?

Plötzlich fiel es ihr wieder ein!

Es war definitiv nicht in Jackie Berglunds Laden gewesen.

Stilton ging den Vanadisvägen hinunter. Der Regen hatte nachgelassen. Er war auf dem Weg zu Abbas, wo er noch eine Nacht schlafen würde. Dann musste er weitersehen, denn die Situation gefiel ihm nicht. Abbas fand das Arrangement völlig in Ordnung, das wusste er. Aber das war auch nicht sein, sondern Stiltons Problem. Er wollte allein sein. Er wusste, dass er jederzeit furchtbare Albträume bekommen konnte und in seinem Inneren stets der Schrei lauerte. Damit wollte er Abbas nicht belasten.

Nach der Begegnung mit den beiden Burschen im Blecktornspark hatten sie sich getrennt. Vorher hatte Abbas aber noch hören wollen, woher Stilton gewusst hatte, dass sie ausgerechnet dort auftauchen würden?

»Ich habe gemerkt, dass sie mir von der Markthalle gefolgt sind, und dich angerufen.«

»Aber du hast doch im Moment gar kein Handy?«

»Es gibt Tabakgeschäfte.«

Daraufhin waren sie auseinandergegangen. Abbas wollte den Handyfilm hochladen, sie hatten sich von den Tätern die Zugangsdaten zu Trashkick geben lassen. Stilton wollte sich ein neues Handy besorgen, das jetzt in seiner Tasche lag. Abbas hatte ihm das nötige Geld dafür geliehen. Plötzlich hörte er in unmittelbarer Nähe ein seltsames Heulen. Er drehte sich um. Er war allein. Ein weiteres Heulen. Stilton zog sein neues Handy aus der Tasche. Der Klingelton war auf »Fabriksirene« eingestellt.

Er meldete sich.

»Ich bin's, Olivia! Ich weiß jetzt, wo ich diesen Ohrring schon einmal gesehen habe!«

Stilton brauchte nicht lange, um zu erkennen, dass Olivia, wie üblich, Mette anrufen musste.

»Jetzt? Aber es ist doch schon ziemlich spät.«

»Polizisten arbeiten rund um die Uhr. Bringt man euch das etwa nicht bei?«

Mette arbeitete nicht rund um die Uhr. Sie arbeitete sehr effektiv und verteilte die Verantwortung anschließend auf mehrere Schultern, was für alle von Vorteil war. Als Olivia sie anrief, war sie deshalb nach einigen Überstunden bereits auf dem Heimweg. Während sie telefonierte, schaffte sie es bis ins Foyer, wo sie jedoch abrupt kehrtmachte. Olivias Informationen zu dem Ohrring hatten bei ihr endlich, nach sechsundzwanzig Jahren, den Groschen fallen lassen.

Sie würde wohl doch noch ein paar Überstunden machen müssen.

Mit schnellen Schritten eilte sie zu ihrem Büro zurück, wo sie eine kleine Abstellkammer öffnete und einen Karton mit der Aufschrift *Nils Wendt 1984* heraushob. Mette war niemand, der Akten einfach schredderte. Man wusste nie, ob man sie früher oder später nicht doch noch einmal brauchen würde. Sie öffnete den Karton und suchte einen kleinen Stapel Urlaubsfotos heraus. Mit den Bildern in der Hand ließ sie die Jalousien herunter. Sie schaltete die Schreibtischlampe an, setzte sich und zog eine Schublade heraus, in der eine Lupe lag. Vor ihr lag das Bild von Nils Wendts Leiche aus der Gerichtsmedizin. Mette hielt eines der Urlaubsfotos hoch und studierte es durch die Lupe. Es war 1985 aus einiger Entfernung geknipst worden und ziemlich unscharf. Zu sehen war ein Mann in Shorts. Seine Gesichtszüge ließen sich nicht wirklich identifizieren, aber das Muttermal auf seinem linken Oberschenkel war deutlich zu erkennen. Anschließend warf Mette einen Blick auf die Aufnahme von Wendts Leiche und das Muttermal. Es war mindestens ebenso deutlich zu sehen und identisch mit dem auf dem Urlaubsfoto. Der Mann darauf war Nils Wendt.

Mette lehnte sich zurück.

Mitte der achtziger Jahre hatte sie eine Zeitlang die Suche nach Nils Wendt geleitet, und damals hatte sich ein schwedisches Pärchen bei ihr gemeldet, das in Playa del Carmen in Mexiko Urlaub gemacht hatte. Die beiden hatten heimlich ein paar Fotos von einem Mann gemacht, den sie für den Geschäftsmann hielten, der vor einiger Zeit unter unklaren Umständen verschwunden war, aber es war nicht möglich gewesen, eine Bestätigung dafür zu bekommen, dass es sich bei dem Mann wirklich um Nils Wendt handelte.

Seltsam, dachte Mette. Sie betrachtete die beiden Bilder vor sich. Dieses Muttermal ist doch nun wirklich unverkennbar, oder?

Eine Stunde später trafen sie sich zu dritt, Mette, Stilton und Olivia. Es war schon fast Nacht. Mette erwartete die beiden im Foyer und schleuste sie problemlos an den erforderlichen Kontrollen vorbei. Sie betraten ihr Büro, in dem die Jalousien immer noch heruntergelassen waren und die Schreibtischlampe brannte. Olivia erinnerte sich an den Raum. Obwohl es nur ein paar Wochen her war, hatte sie das Gefühl, vor einer Ewigkeit hier gewesen zu sein. Mette deutete wie eine Lehrerin auf zwei Stühle vor dem Schreibtisch und sah ihre Besucher an: einen ehemaligen, inzwischen obdachlosen Kriminalkommissar und eine junge, angehende Polizistin mit leichtem Silberblick. Sie hoffte, dass Oskar Molin keine Überstunden machte.

»Darf ich jemandem etwas anbieten?«, fragte sie.

»Einen Namen«, sagte Stilton.

»Eva Hansson.«

»Wer ist das?«, erkundigte sich Olivia.

»In den achtziger Jahren war sie Nils Wendts Lebensgefährtin, die beiden besaßen gemeinsam ein Sommerhaus auf Nordkoster. Heute heißt sie Eva Carlsén.«

»Was?!«

Olivia wäre fast aufgesprungen.

»Eva Carlsén ist mit Nils Wendt zusammen gewesen?«

»Ja. Wie bist du mit ihr in Kontakt gekommen?«

»Durch meine Seminararbeit.«

»Und bei ihr zu Hause hast du dann das Foto mit den Ohrringen gesehen?«

»Ja.«

»Wann war das?«

»Das ist jetzt … zehn, zwölf Tage her.«

»Was hast du bei ihr gemacht?«

»Ich wollte ihr einen Aktenordner zurückgeben.«

Stilton musste innerlich grinsen, das Gespräch hatte den

Charakter eines Verhörs angenommen. Das gefiel ihm. Er mochte es, wenn Mette auf Hochtouren kam.

»Woher wusstest du, dass sie zum Zeitpunkt des Mordes auf Nordkoster war?«, fragte Mette.

»Das hat sie mir selbst erzählt.«

»In welchem Zusammenhang?«

»Das … ja, das war … wir haben uns auf Skeppsholmen getroffen und …«

»Wie persönlich ist deine Beziehung zu Eva Carlsén?«

»Sie ist überhaupt nicht persönlich.«

»Aber du bist bei ihr zu Hause gewesen?«

»Ja.«

Was soll denn das?, dachte Olivia. Ist das hier ein verdammtes Kreuzverhör? Ich habe ihr doch von den Ohrringen erzählt? Aber Mette machte einfach weiter.

»Ist dir außer den Ohrringen noch etwas anderes bei ihr aufgefallen?«

»Nein.«

»Was habt ihr gemacht?«

»Wir haben Kaffee getrunken. Sie hat mir erzählt, dass sie geschieden ist und einen Bruder hatte, der an einer Überdosis gestorben ist, und danach haben wir uns über …«

»Weißt du, wie er hieß?«, mischte Stilton sich plötzlich ein.

»Wer?«, fragte Olivia.

»Der Bruder, der an einer Überdosis gestorben ist.«

»Sverker, glaube ich. Warum willst du das wissen?«

»Weil bei unseren Ermittlungen auf Nordkoster zwei Junkies auftauchten, sie hatten …«

»Sie wohnten in einer der Ferienhütten!«

Olivia wäre fast wieder aufgesprungen.

»Welche Ferienhütten?«, fragte Mette.

»Betty Nordemans! Sie hat die Junkies rausgeworfen, weil sie Drogen genommen haben! Aber sie meinte, die beiden hätten die Insel einen Tag vor dem Mord verlassen.«

»Ich habe einen von ihnen vernommen«, meldete sich Stilton zu Wort. »Er hat das Gleiche gesagt, sie seien vor dem Mord abgehauen. Sie hätten ein Boot geklaut und seien damit ans Festland gefahren.«

»Habt ihr das mit dem Boot überprüft?«, erkundigte sich Mette.

»Ja. Es war in der Nacht vor dem Mord gestohlen worden. Es gehörte einem der Sommerurlauber.«

»Wem?«

»Das weiß ich nicht mehr.«

»Könnte es Eva Hanssons gewesen sein?«, fragte sie.

»Möglich.«

Stilton sprang plötzlich auf und ging im Raum auf und ab. Herrlich, dachte Mette. Ihr fiel ein, dass ihn bei der Kripo früher einige Eisbär genannt hatten. Sobald er auf Touren kam, trottete er auf und ab. So wie jetzt.

»Einer von diesen Junkies in der Hütte könnte dieser Sverker, Eva Hanssons Bruder, gewesen sein«, sagte er.

»Wie viele haben die Hütte gemietet?«, fragte Mette.

»Zwei.«

»Und laut Ove Gardman waren drei Personen am Ufer«, warf Olivia ein.

Es wurde still. Mette verschränkte ihre Hände und ließ die Finger knacken. Stilton war stehen geblieben. Olivia sah vom einen zum anderen. Mette war es, die es schließlich aussprach.

»Also ist es denkbar, dass die Personen am Ufer Eva Hansson, ihr Bruder und sein Kumpel waren.«

Das mussten alle erst einmal verdauen.

Zwei von ihnen wussten, dass noch ein weiter Weg vor ihnen lag, bis sie auch nur den Hauch einer Chance haben würden zu beweisen, was Mette gerade gesagt hatte. Die Dritte, Olivia, war angehende Polizistin und glaubte, der Fall wäre so gut wie gelöst.

»Wo befinden sich die Ermittlungsakten?«, fragte Stilton.

»Die liegen mit Sicherheit in Göteborg«, antwortete Mette.

»Kannst du dort anrufen und sie bitten, in den Vernehmungsprotokollen nachzusehen, wie dieser Junkie hieß? Und wessen Boot sie geklaut haben?«

»Sicher, aber das wird dauern.«

»Über Betty Nordeman geht es vielleicht einfacher«, sagte Olivia.

»Wieso?«

»Sie hat behauptet, dass sie über ihre Gäste in den Ferienhütten Buch führt. Eine Art Empfangsbuch, nehme ich an. Vielleicht hat sie es ja noch? Die Nordemans schienen mir ziemlich ordnungsliebend zu sein.«

»Ruf an und frag die Frau«, sagte Mette.

»Jetzt?«

Als sie das sagte, schielte sie gleichzeitig zu Stilton hinüber. »Polizisten arbeiten immer.« Aber hieß das auch, dass man alte Frauen auf abgelegenen Inseln zu so später Stunde wecken durfte?

»Oder willst du, dass ich sie anrufe?«, erkundigte sich Mette.

»Ich rufe an.«

Olivia zog ihr Handy heraus und rief Betty Nordeman an.

»Hallo, hier spricht Olivia Rönning.«

»Die Mordtouristin?«, fragte Betty Nordeman.

»Äh, ja, genau. Ich bitte vielmals um Entschuldigung, dass ich so spät noch anrufe, aber wir …«

»Haben Sie etwa gedacht, ich läge schon im Bett?«, sagte Betty.

»Vielleicht, es ist ja schon ziemlich spät und …«

»Wir machen Armdrücken.«

»Aha? … Wer denn?«

»Wir vom Verein.«

»So, so. Schön. Ja, also, ich hätte da eine Frage, Sie haben mir erzählt, dass in dem Sommer, in dem die Frau ermordet wurde, in einer Ihrer Hütten Drogensüchtige wohnten, erinnern Sie sich?«

»Halten Sie mich für senil?«

»Ganz und gar nicht, wissen Sie noch, wie die hießen?«

»Nein, so senil bin ich dann doch.«

»Aber ich meine, Sie hätten mir gesagt, dass Sie über Ihre Gäste Buch führen würden.«

»Ja.«

»Könnten Sie …«

»Einen Moment.«

Am anderen Ende der Leitung wurde es ziemlich lange still. Im Hintergrund hörte Olivia Gelächter und Stimmen. Sie sah, dass Mette und Stilton sie anschauten, und Olivia versuchte, pantomimisch zu demonstrieren, dass man auf Nordkoster mit Armdrücken beschäftigt war. Weder Mette noch Stilton verzogen eine Miene.

»Grüße von Axel«, sagte Betty plötzlich.

»Danke.«

»Alf Stein.«

»Alf Stein? War das einer von …«

»Das war der Mann, der die Hütte gemietet hatte, einer dieser Fixer«, erwiderte Betty.

»Dann wissen Sie also nicht, wie der andere hieß?«

»Nein.«

»Sie erinnern sich nicht zufällig an den Namen Sverker Hansson?«

»Nein.«

»Wissen Sie, ob einer dieser Drogensüchtigen eine Schwester hatte, die auf der Insel wohnte?«

»Nein.«

»Okay, vielen Dank. Und richten Sie Axel schöne Grüße aus!«

Olivia beendete die Verbindung. Stilton sah sie an.

»Axel?«

»Nordeman.«

»Alf Stein?«, sagte Mette. »Das war sein Name?«

»Ja«, antwortete Olivia.

Mette sah Stilton an.

»War das der Mann, den du vernommen hast?«

»Möglich. Vielleicht. Der Name kommt mir bekannt vor ...«

»Okay, ich rufe in Göteborg an, die sollen nachsehen, ob er es war, aber jetzt habe ich anderes zu tun.«

»Zum Beispiel?«

»Polizeiarbeit, die unter anderem deine Exfrau einschließt. Gute Nacht.«

Mette zog ihr Handy heraus.

Olivia fuhr durch die helle Sommernacht. Neben ihr saß ein schweigender Stilton. Beide waren in Gedanken versunken.

Olivia dachte an die eigenartige Situation in Mettes Büro.

Eine aktive Kriminalkommissarin und ein ehemaliger Kommissar und schließlich sie, eine angehende Polizistin, die mit ihnen zusammensitzen und eine Mordermittlung diskutieren durfte. Sie spürte, dass sie eine wichtige Funktion erfüllt und einiges zur Aufklärung beigetragen hatte.

Stilton dachte an Adelita Rivera, die schwangere Frau am Ufer. Behutsam strich seine Hand über das abgewetzte Armaturenbrett des Mustangs.

»Das ist Arnes alter Wagen, stimmt's?«

»Ja, ich habe ihn geerbt.«

»Schönes Auto.«

Olivia schwieg.

»Was war denn kaputt?«

»Vergiss es.«

Sie hatte dazugelernt und zahlte es ihm nun mit gleicher Münze heim. Es wurde still im Mustang.

Die Strahlen der Morgensonne fielen auf das gelbe Einfamilienhaus im Vorort Bromma und enthüllten unbarmherzig, wie schmutzig die Schlafzimmerfenster waren. Darum kümmere ich mich, wenn ich wieder zurück bin, dachte Eva Carlsén und zog den Reißverschluss ihres Koffers zu. Man hatte ihr angeboten, nach Brasilien zu reisen, um eine Reportage über ein erfolgreiches Betreuungsprogramm für schwer erziehbare Jugendliche zu machen. Das kam ihr sehr gelegen. Sie brauchte einen Tapetenwechsel. Der Überfall in ihren eigenen vier Wänden hatte Spuren hinterlassen, genau wie die ganze Aufregung um den Mord an Nils. Sie musste einfach mal raus. In einer halben Stunde würde sie das Visum abholen und ein Taxi zum Flughafen nehmen.

Sie trug den Koffer in den Flur hinunter, zog ihre Jacke an und öffnete die Tür.

»Eva Carlsén?«

Lisa Hedqvist kam auf die Eingangstreppe des Hauses zu. Hinter ihr ging Bosse Thyrén.

*

Die Verhaftung von zwei Männern, die eine Obdachlose in einem Wohnwagen ermordet hatten, sorgte ebenso für Schlagzeilen in den Medien wie die Spekulationen rund um den Selbstmord von Bertil Magnuson und den eigenartigen Zwischenfall mit Staatssekretär Erik Grandén.

Grandéns Verbindung zu den sensationellen Enthüllungen über die Vorgänge in Zaire 1984 hatte in den Nachrichtenredaktionen fieberhafte Aktivitäten ausgelöst. Alle wollten eine Stellungnahme von ihm haben. Gefunden wurde er schließlich von einem Fotografen, der sich verfahren hatte und daraufhin beschloss, sein Auto am Kai in der Altstadt zu parken. Dort hatte das politische Wunderkind von einst gesessen. Auf der Rückseite der Statue von Gustav III. Mit einem zugeklappten Rasiermesser in der Hand und verstörtem Blick. Als der Fotograf ihn anzusprechen versuchte, hatte er nur aufs Wasser hinausgeschaut.

»Jussi«, war das Einzige, was er sagte.

Am Ende wurde er mit dem Krankenwagen in eine Klinik gebracht. Die Konservative Partei erklärte in einer Pressemitteilung, Erik Grandén habe persönliche Probleme und nehme sich eine Auszeit. Mehr wurde nicht verlautbart.

*

Stilton hatte durch Mettes Vermittlung einen Anruf vom Zentralarchiv in Göteborg bekommen, wo man das Protokoll seiner Vernehmung mit dem Drogensüchtigen auf Nordkoster gefunden hatte. Sein Name war Alf Stein, und das gestohlene Boot hatte Eva Hansson gehört. Mette hatte seinen Namen in der Straftäterkartei aufgerufen und einiges gefunden, unter anderem eine Adresse im Stockholmer Vorort Fittja, die sie Stilton gegeben hatte.

Sie nahmen Olivias Auto nach Fittja und parkten in der Nähe des Zentrums. Olivia würde im Wagen warten.

Stilton hatte sich ein recht genaues Bild über Alf Steins derzeitige Lebenssituation verschafft, die nicht sonderlich kompliziert war. Höchstwahrscheinlich würde er den Mann in Gesellschaft anderer Alkoholiker in der Nähe des staatlichen Alkoholgeschäfts finden.

So war es dann auch.

Stilton fügte sich mühelos in die Gruppe ein.

Er setzte sich auf dieselbe Bank wie Alf Stein, zog eine kleine Flasche Wodka heraus, nickte dem Mann zu und sagte:

»Jelle.«

»Hi.«

Alf Stein warf verstohlene Blicke auf die Flasche. Stilton hielt sie ihm hin, und er schlug zu wie eine ausgehungerte Kobra.

»Danke! … Alf Stein!«

Stilton zuckte ein wenig zusammen.

»Alf Stein?«, sagte er.

»Ja?«

»Scheiße, hast du nicht Sverre gekannt?«

»Welchen verdammten Sverre?«

»Sverre Hansson. Blonder Typ.«

»Ach so, der, ja. Aber das ist verdammt lange her.«

Stein wirkte plötzlich misstrauisch.

»Scheiße, warum fragst du überhaupt nach dem?! Hat er irgendwelche Scheiße über mich gelabert?!«

»Ne, ne, gar nicht, er hat dich gemocht, aber er ist abgekratzt.«

»Oh verdammt.«

»Überdosis.«

»Armer Teufel. Aber der hat auch echt harte Sachen genommen.«

Stilton nickte. Alf Stein trank, ohne mit der Wimper zu zucken, einen großen Schluck Wodka.

Stilton nahm die Flasche wieder an.

»Aber wie jetzt, er hat von mir geredet?«, fragte Alf Stein.

»Ja.«

»Was Besonderes?«

Machst du dir etwa Sorgen, dachte Stilton.

»Nee, nicht wirklich … er hat nur erzählt, ihr wärt früher Kumpel gewesen und hättet viel zusammen unternommen.«

»Was denn?«

»Ach, nur dass ihr herumgehangen und einen draufgemacht habt und einen Heidenspaß hattet, du weißt schon …«

Alf Stein entspannte sich ein wenig. Stilton reichte ihm erneut die Flasche, und Stein trank in großen Schlucken. Ein durstiger Herr, dachte Stilton. Alf Stein wischte sich grob den Mund trocken und gab die Flasche zurück.

»Ja, Scheiße, wir hatten echt viel Spaß. Und haben ein paar ziemlich abgedrehte Sachen gemacht. Du weißt ja, wie das manchmal ist …«

Ich weiß, dachte Stilton.

»Hatte er nicht auch eine Schwester?«, sagte er.

»Was soll das? Warum willst du das wissen?«

Stilton merkte, dass er es ein wenig zu eilig hatte.

»Ach nichts, er hat nur ziemlich oft von ihr geredet.«

»Ich habe keine Lust, über seine verdammte Schwester zu reden!«

Alf Stein stand abrupt auf und starrte auf Stilton hinunter.

»Kapiert!?«

»Jetzt komm mal wieder runter, verdammt!«, sagte Stilton. »Entschuldige. Setz dich.«

Stilton hielt ihm in einer versöhnlichen Geste die begehrenswerte Flasche hin. Aus den Augenwinkeln nahm er wahr, dass Olivia vor dem Auto stand und sie mit einem Eis in der Hand beobachtete. Alf Stein wankte ein wenig und erkannte, dass er sich wohl lieber wieder hinsetzen sollte.

»Vergiss seine Schwester, wenn die dich so aufregt«, meinte Stilton.

Stein trank wieder einen Schluck aus der Flasche und senkte den Blick.

»Sie hat uns mal reingelegt. Kapiert?«

»Kapiert. Ist immer scheiße, wenn man reingelegt wird.«

»Da hast du verdammt recht.«

Daraufhin beschloss Stilton, seinem neuen Freund Alf eine Räuberpistole aufzutischen, in der er selbst von einem miesen Kumpel dazu verführt worden war, ihm dabei zu helfen, einen anderen Typen zu vermöbeln. Sein Kumpel hatte behauptet, der Typ habe seine Freundin angebaggert, und sie hatten ihn tüchtig in die Mangel genommen. Später war er dann zufällig der Freundin seines Kumpels begegnet, die meinte, das stimme gar nicht. Das sei gelogen gewesen, sein Kumpel habe dem Typen Geld geschuldet und ihn bloß loswerden wollen.

»Er hat mich reingelegt, und ich habe ihm geholfen, einen Typen um die Ecke zu bringen, kapierst du?«

Alf Stein hörte ihm schweigend und voller Mitgefühl zu. Zwei Pechvögel, die hinters Licht geführt worden waren. Als Stilton fertig war, erklärte er:

»Verdammt harte Story. Echt Scheiße.«

Er verstummte. Stilton wartete ab. Nach einer Weile ergriff Stein wieder das Wort.

»Mir ist mal was ganz Ähnliches passiert, besser gesagt, Sverre und mir, seine Schwester hat uns damals so richtig in die Scheiße geritten …«

Stilton war ganz Ohr.

»Sie hat uns dazu überredet… verdammt, was hätte ich diesen ganzen Mist gerne vergessen …«

Er streckte sich nach der Flasche.

»Das würde man gern«, kommentierte Stilton. »An so einen Mist will man sich am liebsten gar nicht mehr erinnern.«

»Ne, aber den wird man nicht wieder los… weißt du, danach haben Sverre und ich uns völlig aus den Augen verloren. Wir konnten es echt nicht ertragen, uns zu sehen, verdammt, das war doch eine Schnalle!!«

»Eine Schnalle?«

»Ja?! Wir haben eine Schnalle fertiggemacht…, aber was heißt hier eigentlich wir, seine verdammte Schwester hat uns dazu angestachelt. Nur weil sie mit dem armen Mädel noch eine alte Rechnung offen hatte. Dabei hatte die auch noch einen dicken Bauch!«

»Die Schwester?«

»Nein! Das Mädel!«

Alf Stein sackte ein wenig in sich zusammen. Seine Augen füllten sich mit Tränen.

»Wo ist das passiert?«

Stilton wusste, dass er Stein bedrängte, aber der Mann war inzwischen ganz in seine alkoholgeschwängerten Erinnerungen versunken und merkte es nicht.

»Auf irgendeiner verdammten Insel …«

Plötzlich sprang er auf.

»Scheiße, ich muss gehen, ich halt's echt nicht aus, darüber zu reden, das ist alles so was von Scheiße gelaufen!«

Stilton reichte ihm die Flasche.

»Hier, kannst du haben!«

Alf Stein nahm die Flasche mit den letzten Schlucken, wankte und sah Stilton an.

»Und dann habe ich von der Alten auch noch ein paarmal Geld bekommen, damit ich die Klappe halte! Kapierst du?!«

»Kapiere, das ist echt hart.«

Der Mann taumelte in den Schatten eines Baums. Stilton beobachtete ihn, als er sich fallen ließ, um vor seiner Angst in den Schlaf zu fliehen. Als er weggedämmert war, stand Stilton auf. Er schob die Hand in die Innentasche seiner fadenscheinigen Jacke und schaltete die Aufnahmefunktion von Olivias Handy aus.

Er hatte bekommen, was er wollte.

*

Mette ließ Eva Carlséns Haus durchsuchen, was eine ganze Weile dauerte, da es ein ziemlich großes Haus war, aber dafür tauchte bei der Aktion auch einiges auf. Unter anderem ein gut versteckter Umschlag hinter einem Küchenregal.

Beschriftet war er mit »Playa del Carmen 1985«.

*

Der Raum war nicht sonderlich groß und spärlich eingerichtet. Ein Tisch, drei Stühle, ein Aufnahmegerät. Ein Vernehmungszimmer in Stockholm. Auf zwei Stühlen saßen Mette Olsäter und Tom Stilton. Er hatte sich von Abbas eine schwarze Lederjacke und ein Poloshirt geliehen. Ihnen gegenüber saß Eva Carlsén mit offenen Haaren und in einer dünnen, hellblauen Bluse. Auf dem Tisch zwischen ihnen lagen diverse Blätter und Gegenstände. Mette hatte um eine Tischlampe gebeten. Sie wollte eine intime Atmosphäre schaffen. Jetzt schaltete sie die Lampe ein.

Sie führte die Vernehmung durch.

Vorher hatte sie sich mit Oskar Molin in Verbindung gesetzt und die Situation erläutert.

»Ich möchte, dass Tom Stilton bei der Vernehmung anwesend ist.«

Molin hatte ihre Beweggründe verstanden und seine Zustimmung gegeben.

In einem angrenzenden Raum saßen und standen die meisten aus Mettes Ermittlungsgruppe sowie Olivia. Sie konnten die Vernehmung auf einem Bildschirm verfolgen. Mehrere von ihnen hielten Notizblöcke in den Händen.

Olivias Blick war auf den Bildschirm gerichtet.

Mette hatte gerade Datum, Uhrzeit und die Namen der Anwesenden genannt. Sie sah Eva Carlsén an.

»Sie wollen keinen Anwalt hinzuziehen?«

»Dazu sehe ich keine Veranlassung.«

»In Ordnung. 1987 sind Sie zu einem Mord auf Nordkoster befragt worden, da Sie sich zum Tatzeitpunkt auf der Insel aufhielten, stimmt das?«

»Ja.«

»Damals hießen Sie Eva Hansson, ist das auch korrekt?«

»Das wissen Sie doch, Sie haben mich ja selbst nach Nils' Verschwinden 1984 vernommen.«

Eva Carlséns Stimme hatte einen leicht aggressiven Unterton. Mette zog ein altes Urlaubsfoto aus einer Plastikmappe und schob es über den Tisch.

»Erkennen Sie das Bild wieder?«

»Nein.«

»Auf dem Foto ist ein Mann abgebildet. Sein Gesicht lässt sich nicht richtig erkennen, aber sehen Sie dieses Muttermal hier?«

Mette zeigte auf ein sehr charakteristisches Muttermal auf dem linken Oberschenkel des Mannes. Eva nickte.

»Ich wäre Ihnen dankbar, wenn Sie antworten würden, statt nur zu nicken.«

»Ich sehe das Muttermal.«

»Das Foto wurde vor fast sechsundzwanzig Jahren von einem Touristen geknipst, der dachte, der abgebildete Mann sei ihr damaliger Lebensgefährte Nils Wendt, der zu diesem Zeitpunkt als vermisst gemeldet war und gesucht wurde. Erinnern Sie sich, dass ich Ihnen die Aufnahme gezeigt habe?«

»Das mag sein, aber ich erinnere mich nicht.«

»Ich wollte von Ihnen wissen, ob Sie in dem Mann auf dem Foto Ihren Lebensgefährten erkennen.«

»Aha.«

»Sie haben ihn nicht erkannt, vielmehr mit Nachdruck behauptet, dies sei nicht Nils Wendt.«

»Und worauf wollen Sie hinaus?!«

Mette legte ein frisches Obduktionsbild von Wendts nackter Leiche vor Eva Carlsén auf den Tisch.

»Dies ist ein Bild von Wendts nacktem Körper nach seiner Ermordung. Sehen Sie das Muttermal auf seinem linken Oberschenkel?«

»Ja.«

»Dasselbe Muttermal wie auf dem Urlaubsfoto, nicht wahr?«

»Ja.«

»Zum Zeitpunkt von Wendts Verschwinden lebten sie seit vier Jahren zusammen. Wie konnten Sie nur behaupten, Sie würden dieses sehr charakteristische Muttermal auf dem linken Oberschenkel nicht wiedererkennen?«

»Was wollen Sie wissen?«

»Ich will wissen, warum Sie mich angelogen haben. Warum haben Sie gelogen?«

»Ich habe nicht gelogen! Dann habe ich mich eben damals, vor sechsundzwanzig Jahren, geirrt. Es übersehen. Was weiß ich?!«

Eva Carlsén strich sich mit einer gereizten Geste eine Strähne aus dem Gesicht. Mette sah sie an.

»Sie wirken gereizt.«

»Und was wären Sie in meiner Situation?«

»Um die Wahrheit bemüht.«

Bosse Thyrén grinste und notierte sich etwas in seinem Block. Olivias Augen waren wie gebannt auf den Bildschirm gerichtet. Sie war Eva Carlsén zwei Mal begegnet und hatte sie als eine energische, aber freundliche Frau kennengelernt. Jetzt sah sie eine ganz andere Seite von ihr, eine spürbar angespannte Frau, die unausgeglichen und verletzlich wirkte. Das ließ Olivia nicht unberührt. Sie hatte sich geschworen, professionell zu sein, das Ganze als Polizistin und neutrale Beobachterin, als eine zukünftige Mordermittlerin zu verfolgen, aber das gelang ihr bereits jetzt nicht mehr.

Mette legte Eva Carlsén ein weiteres Foto vor, die Aufnahme aus der Bar in Santa Teresa, die Abbas el Fassi mitgebracht hatte.

»Dieses Bild kommt aus Santa Teresa in Costa Rica. Der Mann auf dem Bild ist Nils Wendt, nicht wahr?«

»Ja.«

»Erkennen Sie die Frau, um die er einen Arm gelegt hat?«

»Nein.«

»Sie haben die Frau noch nie gesehen?«

»Nein. Ich bin noch nie in Costa Rica gewesen.«

»Aber vielleicht haben Sie sie ja auf Fotos gesehen?«

»Das habe ich nicht.«

Mette zog den Umschlag heraus, den sie hinter einem Regal in Eva Carlséns Küche gefunden hatten. Sie holte sechs Bilder aus dem Umschlag und legte sie auf dem Tisch aus.

»Hier haben wir sechs Fotos, die alle Nils Wendt und die Frau von dem anderen Bild zeigen, die sie nicht erkannt haben. Sie sehen, dass es dieselbe Frau ist?«

»Ja.«

»Diese Fotos haben wir in Ihrer Küche gefunden.«

Eva Carlsén sah erst Mette, dann Stilton und anschließend wieder Mette an.

»Verdammt, was sind Sie niederträchtig …«

Sie schüttelte den Kopf. Mette ließ ihr etwas Zeit.

»Warum haben Sie gesagt, dass Sie die Frau nicht wiedererkennen würden?«

»Ich habe nicht gesehen, dass es dieselbe Frau ist.«

»Wie auf den Fotos aus Ihrem Haus?«

»Ja.«

»Wie sind diese sechs Bilder in Ihren Besitz gelangt?«

»Das weiß ich nicht mehr.«

»Wer hat sie gemacht?«

»Keine Ahnung.«

»Aber es war Ihnen offensichtlich bekannt, dass sie in Ihrem Haus waren?«

Eva Carlsén antwortete nicht. Stilton fiel auf, dass die Schweißflecken auf ihrer Bluse größer wurden.

»Möchten Sie etwas trinken?«, fragte Mette.

»Nein. Sind wir bald fertig?«

»Das liegt an Ihnen.«

Mette zog ein weiteres Foto heraus, eine alte Privataufnahme, auf der eine lächelnde Eva mit ihrem jüngeren Bruder Sverker zusammenstand, worauf Eva Carlsén heftig reagierte.

»Sie sind sich wirklich für nichts zu schade«, sagte sie mit wesentlich leiserer Stimme.

»Wir machen nur unsere Arbeit. Wann wurde dieses Foto gemacht?«

»Mitte der achtziger Jahre.«

»Also vor dem Mord auf Nordkoster?«

»Ja? Aber was hat das mit …«

»Sie tragen recht spezielle Ohrringe auf dem Foto.«

Mette zeigte auf Evas lange, schöne Ohrringe auf dem Bild.

»Ich hatte damals eine Freundin, die Silberschmiedin war, sie hat sie mir zu meinem fünfundzwanzigsten Geburtstag geschenkt.«

»Dann wurden sie also exklusiv für sie hergestellt?«

»Ja.«

»Es waren Einzelstücke?«

»Ich denke schon.«

Mette holte eine kleine Plastiktüte mit einem Ohrring heraus.

»Erkennen Sie ihn?«

Eva musterte den Ohrring.

»Er sieht aus wie einer von ihnen.«

»Ja.«

»Wo haben Sie den her?«, erkundigte sich Eva Carlsén.

»Aus der Manteltasche der Frau, die 1987 auf Nordkoster ermordet wurde. Wie ist er dorthin gekommen?«

Olivia wandte den Blick vom Bildschirm ab. Sie fand Mettes Art, ihr Opfer seelenruhig und hinterhältig zu einem einzigen Zweck zu quälen, immer unerträglicher.

»Sie haben keine Ahnung, wie er in den Mantel der Frau gelangt ist?«, fragte Mette.

»Nein.«

Mette drehte sich ein wenig zur Seite und begegnete Stiltons Blick. Ein kleiner Trick. Die Verdächtige sollte das Gefühl bekommen, dass die Ermittler mehr wussten, als sie sagten. Mette sah erneut Eva Carlsén an und richtete anschließend den Blick auf das alte Privatfoto.

»Ist der Mann neben Ihnen Ihr Bruder?«

»Ja.«

»Stimmt es, dass er vor vier Jahren an einer Überdosis gestorben ist?«

»Ja.«

»Sverker Hansson. Hat er Sie schon mal in Ihrem Sommerhaus besucht?«

»Gelegentlich.«

»Ist er in dem Spätsommer dort gewesen, in dem der Mord geschehen ist?«

»Nein.«

»Warum lügen Sie?«

»War er da?«

Eva Carlsén wirkte erstaunt. Spielt sie?, fragte sich Stilton. Ihre Reaktion musste gespielt sein.

»Wir wissen, dass er dort war«, erklärte Mette.

»Und woher wissen Sie das?«

»Er war mit einem Mann dort, der Alf Stein heißt. Die beiden haben auf der Insel eine Ferienhütte gemietet. Kennen Sie den Mann? Alf Stein?«

»Nein.«

»Uns liegt aber die Aufnahme eines Gesprächs vor, in dem er bestätigt, dass die beiden dort gewesen sind.«

»So, so, dann sind sie eben da gewesen.«

»Aber Sie erinnern sich nicht?«

»Richtig.«

»Sie sind weder Alf Stein noch Ihrem Bruder begegnet?«

»Das ist schon möglich … jetzt, wo Sie es sagen, ich erinnere mich, dass Sverker irgendwann einmal mit einem Freund da war …«

»Alf Stein.«

»Ich weiß nicht, wie er hieß …«

»Aber Sie haben ihm ein Alibi für den Zeitpunkt des Mordes gegeben.«

»Was soll ich getan haben?«

»Sie haben behauptet, Sverker und sein Freund hätten Ihr Boot gestohlen und seien in der Nacht vor dem Mord verschwunden. Wir glauben aber, dass dies erst in der nächsten Nacht, der Nacht nach dem Mord, geschehen ist. War es nicht so?«

Eva Carlsén antwortete nicht. Mette sprach weiter.

»Alf Stein behauptet, Sie hätten ihm im Laufe der Jahre mehrmals Geld gegeben. Haben Sie das getan?«

»Nein.«

»Er lügt also.«

Eva Carlsén strich sich mit einem Arm über die Stirn. Sie

würde nicht mehr lange durchhalten, das spürten Mette und Stilton. Plötzlich klopfte es an die Tür. Alle drehten sich um. Eine Polizistin öffnete und streckte ihnen eine grüne Plastikmappe entgegen. Stilton stand auf, holte sie und reichte sie Mette, die sie öffnete, das oberste Blatt überflog und sie wieder zuklappte.

»Was war das?«, fragte Eva Carlsén.

Mette antwortete nicht. Langsam lehnte sie sich in das Licht der Tischlampe.

»Eva Carlsén, haben Sie Adelita Rivera getötet?«

»Wer ist das?«

»Das ist die Frau, die man auf den vielen Fotos, die wir Ihnen gezeigt haben, mit Nils Wendt zusammen sieht. Sind Sie es gewesen?«

»Nein.«

»Dann machen wir weiter.«

Mette griff nach dem gefälschten Brief von Adelita.

»Dieser Brief wurde aus Schweden an Dan Nilsson in Costa Rica geschickt, Dan Nilsson war der Name, unter dem Nils Wendt dort lebte. Ich werde Ihnen das Schreiben vorlesen, es ist auf Spanisch, aber ich übersetze. ›Dan! Es tut mir leid, aber ich glaube nicht, dass wir füreinander bestimmt sind, und nun habe ich die Chance, ein neues Leben anzufangen. Ich kehre nicht zu dir zurück.‹ Der Brief ist handschriftlich unterzeichnet worden. Wissen Sie, wer ihn unterzeichnet hat?«

Eva Carlsén antwortete nicht. Sie schaute nicht einmal auf. Mette legte den Brief auf den Tisch. Stiltons Blick blieb auf Eva Carlsén gerichtet.

»Vor ein paar Tagen sind Sie zu Hause überfallen worden«, sagte Mette. »Unsere Kriminaltechniker haben auf dem Teppich in Ihrem Flur Blutspuren gesichert, um festzustellen, ob sie eventuell von den Tätern stammten. Aus diesem Grund mussten Sie eine DNA-Probe abgeben, die zeigte, dass es Ihr Blut war.«

»Ja.«

Mette öffnete die grüne Mappe, die sie gerade bekommen hatte.

»Wir haben eine DNA-Probe von dem Speichel der Person genommen, die eine Briefmarke auf diesen Brief von ›Adelita‹ geklebt hat, und sie mit Ihrer verglichen. Die beiden Proben stimmen überein. Sie haben an der Briefmarke geleckt. Haben Sie auch den Brief geschrieben?«

In jedem Menschen gibt es einen Punkt, hinter dem der Abgrund gähnt. Wird man unter Druck gesetzt, erreicht man ihn früher oder später. Jetzt war Eva Carlsén zu diesem Punkt vor dem Abgrund gekommen. Es dauerte einige Sekunden, fast eine Minute, dann sagte sie leise:

»Können wir bitte eine Pause machen?«

»Gleich. Haben Sie diesen Brief geschrieben?«

»Ja.«

Stilton lehnte sich zurück. Es war vorbei. Mette beugte sich zum Aufnahmegerät vor.

»Wir machen eine kurze Pause.«

*

Forss und Klinga hatten Liam und Isse zwei Stunden lang vernommen. Beide waren im Vorort Hallonbergen aufgewachsen. Klinga hatte Liam übernommen. Er wusste in etwa, was er zu hören bekommen würde. Vor dem Verhör hatte er herausgesucht, was sie in ihren Unterlagen zu

Liam hatten. Schon als Jugendlicher hatte er einiges auf dem Kerbholz gehabt. Als Liam am Ende davon erzählte, wie sein Vater der großen Schwester immer dabei geholfen hatte, sich am Küchentisch einen Schuss zu setzen, hatte Klinga ein klares Bild vor Augen.

Gedemütigte Kinder. Hatte die Frau im Fernsehen sie nicht so genannt?

Liam war ein ungeheuer gedemütigtes Kind.

Forss hatte zu Isse ein ähnliches soziales Umfeld ermittelt. Ursprünglich stammte er aus Äthiopien und war einfach so im Stich gelassen worden, noch ehe er in den Stimmbruch gekommen war. Gedemütigt und verletzt. Voller aufgestauter Aggressionen.

Jetzt ging es in den Fragen um die Kämpfe.

Es dauerte eine Weile, bis sie aus den beiden herausgeholt hatten, was sie wussten, aber am Ende nannten sie die Namen anderer junger Männer, die mitmachten und alles organisierten, aber vor allem: Wann und wo die nächsten Kämpfe stattfinden sollten.

In einer alten, stillgelegten Zementfabrik außerhalb der Stadt, zu der nur gewisse Leute Zugang hatten.

Forss hatte den Ort schon Stunden vorher beobachten lassen, aber eingreifen wollten sie erst, wenn die Veranstaltung in Gang gekommen war. Als die ersten kleinen Jungen in die Käfige gesperrt wurden und die Anfeuerungsrufe ertönten, war das Ganze schnell vorbei. Die Polizei hatte alle Fluchtwege abgesperrt und ging mit schwer bewaffneten Beamten hinein. Die Einsatzbusse vor der Fabrik waren rasch gefüllt.

Als Forss und Klinga herauskamen, wurden sie von Journalisten und Fotografen erwartet.

»Wann haben Sie von diesen Kämpfen erfahren?«

»Vor einer Weile, durch unsere Ermittlungen, der Fall hatte in der letzten Zeit höchste Priorität«, verkündete Forss in eine Kamera.

»Und warum haben Sie dann nicht schon früher zugeschlagen?«

»Wir wollten sichergehen, alle Drahtzieher zu erwischen.«

»Und das ist Ihnen jetzt gelungen?«

»Ja.«

Als Forss in eine neue Kamera blickte, ging Klinga.

*

Teile der Ermittlungsgruppe hatten den Raum verlassen, aber Olivia war zusammen mit Bosse Thyrén und Lisa Hedqvist geblieben. Es herrschte große Erleichterung darüber, dass ein ungelöster Mordfall kurz vor der Aufklärung stand. Olivia machte sich Gedanken über das Motiv. Warum hatte Eva Carlsén das getan? Sie ahnte, wie die Antwort lauten würde.

Das Trio im Vernehmungszimmer hatte Kaffee bekommen. Es herrschte eine ruhige Atmosphäre. Zwei der Anwesenden empfanden Erleichterung, und möglicherweise galt dies sogar für die dritte Person im Raum. Mette schaltete ihr Aufnahmegerät wieder ein und sah Eva Carlsén an.

»Warum haben Sie es getan? Können Sie darüber sprechen?«, fragte sie.

Ihre Stimme war auf einmal verändert. Verschwunden war die unpersönliche Vernehmungsstimme, die nur dem Zweck gedient hatte, ein Geständnis zu bekommen. Die neue Stimme sprach von Mensch zu Mensch und hoffte zu verstehen, warum der andere so gehandelt hatte, wie er es getan hatte.

»Warum?«, erwiderte Eva Carlsén.

»Ja.«

Eva Carlsén hob ein wenig den Kopf. Wenn sie über ihre Beweggründe sprechen sollte, musste sie sich verdrängtem, sublimiertem Schmerz stellen, aber sie spürte, dass sie sich zumindest um eine Erklärung bemühen und formulieren sollte, was sie ihr Leben lang zu sühnen versucht hatte.

Den Mord an Adelita Rivera.

»Wo soll ich anfangen?«

»Wo Sie wollen.«

»Als Erstes ist Nils verschwunden. Damals, 1984, ohne ein Wort. Auf einmal war er einfach weg. Ich habe gedacht, er wäre ermordet worden, dass ihm in Kinshasa etwas zugestoßen ist, davon sind Sie doch auch ausgegangen, nicht wahr?«

Eva Carlsén sah Mette an.

»Das war in der Tat eine unserer Arbeitshypothesen.«

Eva Carlsén nickte und strich mit einer Hand über die andere. Sie sprach jetzt sehr leise und mit brechender Stimme.

»Jedenfalls ist er nicht wieder aufgetaucht. Ich war verzweifelt. Ich liebte ihn und war am Boden zerstört. Dann sind Sie auf einmal gekommen und haben mir diese Urlaubsfotos aus Mexiko gezeigt, und ich habe natürlich sofort gesehen, dass das Nils war und dass er lebte und braungebrannt war und sich in irgendeinem Urlaubsort in Mexiko aufhielt, und ich war völlig … ich weiß nicht … das hat mich wirklich ungeheuer getroffen. Keinen Mucks hatte ich von ihm gehört, keine Postkarte, nichts. Er stand da einfach in der Sonne, und ich war hier und hatte getrauert und war so verzweifelt gewesen und ... das hatte etwas unglaublich Demütigendes ... als wäre ich ihm einfach scheißegal ...«

»Warum haben Sie mir damals, 1985, nicht gesagt, dass er es war, als ich Ihnen das Foto gezeigt habe?«

»Ich weiß es nicht. Es kam mir so ... ich wollte ihn selbst finden, allein, wollte eine Erklärung bekommen, wollte verstehen, warum er mir das angetan hatte. Ob es etwas Persönliches zwischen uns war, ob er mich verletzen wollte oder was das sollte. Aber dann ist mir klar geworden, worum es ging.«

»Und wie?«

»Als ich die anderen Fotos bekam.«

»Die wir bei Ihnen zu Hause gefunden haben?«

»Ja. Ich hatte eine Detektei im Ausland beauftragt, die darauf spezialisiert war, Vermisste zu finden, ich sagte ihnen, wo man ihn zuletzt gesehen hatte, in Playa del Carmen in Mexiko, sie hatten mir ja die Urlaubsfotos von dort gezeigt, und daraufhin hat die Detektei ihn gesucht und gefunden ...«

»In Playa del Carmen?«

»Ja. Sie haben mir eine Menge Fotos geschickt, die ihn und eine junge Frau zeigten. Intime Bilder, Sexszenen im Schlafzimmer und in Hängematten und auf dem Strand und so weiter ... Sie haben sie ja selbst gesehen, es war furchtbar. Das klingt vielleicht ... aber ich war einfach unheimlich verletzt ... nicht nur betrogen. Es ging um die ganze Art, wie er es gemacht hatte, als wäre ich einfach nur Luft, als wäre ich niemand, der existierte, nur jemand, den man behandeln konnte wie ... ich weiß auch nicht ... Und dann kam dieser Tag ...«

»An dem die junge Frau plötzlich auf Nordkoster auftauchte?«

»Ja. Schwanger. Von ihm. Sie kam mit ihrem dicken Bauch und hatte keine Ahnung, dass ich sie von den Fotos wiedererkannte, und mir war natürlich sofort klar, dass sie geschickt worden war.«

»Von Nils?«

»Ja? Warum sollte sie sonst dort auftauchen? Und dann habe ich gesehen, wie sie am Abend auf der Rückseite unseres Sommerhauses herumschlich, und ich hatte Wein getrunken und wurde … ich weiß nicht, ich geriet einfach außer mir vor Wut. Was machte sie da? An unserem Haus! Suchte sie etwas? Und dann …«

Eva Carlsén verstummte.

»Wo haben sich Sverker und Alf Stein zu diesem Zeitpunkt aufgehalten?«, fragte Mette.

»Sie waren im Haus. Ich wollte eigentlich nicht, dass sie bei mir wohnen, aber man hatte sie aus ihrer Ferienhütte geworfen, deshalb sind sie bei mir eingezogen …«

»Was ist dann passiert?«

»Wir sind in den Garten gelaufen und haben die Frau ins Haus gezerrt, und sie hat um sich geschlagen und geschrien, und dann meinte Sverker, dass wir ihr ein bisschen Abkühlung verschaffen sollten, er hatte irgendetwas eingeschmissen.«

»Und daraufhin haben Sie die Frau zu der Bucht gebracht?«

»Ja. Wir wollten irgendwohin, wo sonst keiner war.«

»Was ist dort passiert?«

Eva drehte ihren Daumen mit der anderen Hand. Sie musste in ihr tiefstes Inneres vordringen, um das Geschehen in Worte fassen zu können.

»Als wir ans Ufer kamen, gab es dort kein Wasser, es war

Ebbe, es würde eine Springflut geben, der Meeresgrund lag ewig weit trocken. Und da ist mir die Idee gekommen …«

»Mit der auflaufenden Flut?«

»Ich hatte vorher schon versucht, aus ihr herauszuholen, was sie an dem Haus zu suchen hatte, was sie wollte, wo Nils war, aber sie hatte kein Wort gesagt, einfach geschwiegen.«

Eva Carlsén konnte den Kopf nicht mehr hochhalten. Ihre Stimme war fast nur noch ein Flüstern.

»Die Jungs holten einen Spaten und hoben ein Loch aus … und stellten sie hinein … und dann kam die Flut …«

»Sie wussten, dass sie kommen würde?«

»Ich hatte ein paar Jahre auf der Insel gelebt, jeder dort wusste, wann eine Springflut auflief. Ich wollte ihr Angst einjagen, sie zum Reden bringen …«

»Und, hat sie geredet?«

»Anfangs nicht. Aber dann … als das Wasser kam … am Ende …«

Eva Carlsén verstummte. Mette musste den Faden aufgreifen.

»Sie hat Ihnen erzählt, wo Nils Wendt sein Geld versteckt hatte?«

»Ja … und wo er wohnte.«

Stilton lehnte sich ein wenig vor.

»Und dann haben Sie die Frau dort zurückgelassen?«

Es waren seine ersten Worte seit Beginn des Verhörs. Eva Carlsén zuckte zusammen. Sie hatte einen schmerzhaften Dialog mit Mette geführt, der Mann neben der Kommissarin hatte für sie überhaupt nicht existiert.

Jetzt war er plötzlich da.

»Die beiden anderen sind nach Hause gelaufen, ich bin stehen geblieben. Ich wusste, dass wir zu weit gegangen waren, dass das Ganze Irrsinn war. Aber ich habe diese Frau im Wasser so wahnsinnig gehasst. Ich wollte sie quälen, weil sie mir Nils weggenommen hatte.«

»Sie wollten sie töten.«

Stilton saß weiter vorgebeugt.

»Nein, sie quälen. Es klingt vielleicht seltsam, aber ich bin wirklich nicht auf die Idee gekommen, dass sie sterben würde. Ich weiß nicht, was ich gedacht habe, ich konnte keinen klaren Gedanken fassen. Ich bin gegangen.«

»Aber Sie wussten, dass es eine Springflut war?«

Eva Carlsén nickte schweigend und begann, leise zu weinen. Stilton sah sie an. Jetzt hatten sie das Motiv für den Mord an Adelita Rivera. Er suchte Eva Carlséns Blick.

»Dann sollten wir jetzt vielleicht auch noch über Nils Wendt sprechen«, sagte er. »Wie ist er gestorben?«

Mette zuckte zusammen. Sie war ganz darauf konzentriert gewesen, Eva Carlsén den Mord auf Nordkoster nachzuweisen. Der Mord an Nils Wendt hatte nicht auf ihrer Tagesordnung gestanden, weil sie überzeugt war, dass Bertil Magnuson dahintersteckte. Nun musste sie auf einmal erkennen, dass Stilton ihr einen Schritt voraus gewesen war.

Wie früher.

»Haben Sie noch die Kraft, auch darüber zu sprechen?«, fragte er.

Die hatte sie, was für Mette und Stilton ein Glück war, da sie nichts Konkretes in der Hand hatten, was Eva Carlsén mit dem, was ihrem früheren Lebensgefährten zugestoßen war, in Verbindung brachte. Aber die Frau ihnen gegenüber hatte keinen Grund mehr zu lügen. Sie hatte bereits einen brutalen Mord gestanden und wollte offenbar auch den Rest loswerden. Außerdem wusste sie natürlich nicht, wie viel die beiden eigentlich wussten. Sie wollte nicht noch einmal von Mette in die Zange genommen werden.

Das würde sie nicht ertragen.

»Da gibt es nicht viel zu erzählen«, sagte sie. »Er klingelte eines Abends an der Tür, und ich bekam einen ziemlichen Schock. Nicht weil er lebte, das wusste ich ja, aber weil er plötzlich einfach bei mir auftauchte.«

»An welchem Abend war das?«

»Das weiß ich nicht mehr. Einen Tag, bevor er gefunden wurde.«

»Was wollte er?«

»Ich weiß es nicht genau, er … das Ganze war so eigenartig …«

Sie verstummte und versank in Gedanken. Langsam rief sie sich die seltsame Begegnung mit ihrem früheren Lebensgefährten in Erinnerung, der so unvermittelt an ihrer Tür geklingelt hatte.

Eva Carlsén öffnete die Tür. Im schwachen Licht der Eingangslampe stand Nils Wendt vor ihr, der eine braune Jacke trug. Sie starrte ihn an und konnte kaum fassen, was sie sah.

»Hallo, Eva.«

»Hallo.«

»Du erkennst mich?«

»Ja.«

Sie musterten sich gegenseitig.

»Darf ich hereinkommen?«

»Nein.«

Es vergingen einige Sekunden. Ziemlich viele. Nils? Nach all den Jahren? Was zum Teufel machte er hier? Sie versuchte, sich wieder in den Griff zu bekommen.

»Könntest du dann vielleicht herauskommen?«, fragte Nils lächelnd.

Als wären sie zwei Jugendliche, die nicht wollten, dass ihre Eltern sie sahen? Hatte er sie nicht mehr alle? Was zum Teufel wollte er von ihr? Eva drehte sich um, zog eine Jacke an, trat aus dem Haus und schloss die Tür.

»Was willst du?«, fragte sie.

»Bist du noch verheiratet?«

»Geschieden. Wieso? Woher weißt du, wo ich wohne?«

»Ich habe vor Jahren im Internet gelesen, dass du geheiratet hast, dein Mann war Anders Carlsén, ein ziemlich erfolgreicher Stabhochspringer. Du hast seinen Namen behalten.«

»Ja. Du hast mich im Auge behalten?«

»Nein, das war eher Zufall.«

Nils drehte sich ein wenig um, wollte, dass sie ihm folgte, und ging zum Gartentor. Eva blieb stehen.

»Nils.«

Nils hielt inne.

»Wo bist du all die Jahre gewesen?«

Das wusste sie nur zu gut, aber er hatte natürlich keine Ahnung, dass sie es wusste.

»Im Ausland«, antwortete er.

»Und warum tauchst du jetzt wieder auf?«

Er sah sie an. Sie spürte, dass sie ein wenig näher gehen, etwas intimer sein sollte. Sie ging zu ihm.

»Ich muss ein bisschen in meiner Vergangenheit aufräumen«, antwortete er leise.

»So, so, und was gibt es da aufzuräumen?«

»Einen alten Mord.«

Eva schaute sich instinktiv um und spürte, wie sich ihre Nackenmuskeln anspannten. Ein alter Mord? Der Mord auf

Nordkoster? Aber er konnte doch unmöglich wissen, dass sie etwas damit zu tun hatte? Was meinte er?

»Das klingt unschön«, sagte sie.

»Das ist es auch, aber ich bin hier bald fertig, und dann reise ich wieder heim.«

»Nach Mal Pais?«

Das war ihr erster Fehler gewesen. Es war ihr einfach so herausgerutscht. Im nächsten Moment wurde ihr bewusst, was sie gesagt hatte.

»Woher weißt du, dass ich da wohne?«, fragte Nils.

»Tust du das nicht?«

»Doch. Sollen wir eine kleine Spritztour machen?«

Nils nickte zu einem grauen Auto hinüber, das vor dem Gartentor stand. Eva dachte nach. Sie hatte nach wie vor keine Ahnung, was er von ihr wollte. Ein bisschen quatschen? Unsinn. Ein alter Mord? Was konnte er darüber wissen?

»Sicher«, sagte sie.

Sie setzten sich in den Wagen und fuhren los. Ein paar Minuten später fragte Eva:

»Was ist das für ein alter Mord?«

Nils überlegte kurz und erzählte ihr dann von dem Mord an dem Journalisten Jan Nyström, den Bertil Magnuson in Auftrag gegeben hatte. Eva sah ihn an.

»Bist du deshalb hergekommen?«

»Ja.«

»Um Bertil fertigzumachen?«

»Ja.«

Sie entspannte sich. Es ging also gar nicht um Nordkoster.

»Ist das nicht ein bisschen gefährlich?«, meinte sie.

»Bertil anzugreifen?«

»Ja. Immerhin hat er offenbar einen Journalisten ermorden lassen.«

»Er wagt es nicht, mich zu ermorden.«

»Warum nicht?«

Nils grinste, sagte aber nichts. Sie fuhren über die Drottningholm-Brücke und anschließend auf die hintere Seite der Insel Kärsön. Nils hielt an einer Böschung, die zum Wasser hinunterführte, und sie stiegen aus dem Auto. Der Himmel war sternenklar. Das Licht des Halbmonds beschien das Wasser und die Felsen. Es war ein sehr schöner Ort, zu dem sie früher einige Male spätabends gefahren waren, um ungestört und nackt schwimmen zu gehen.

»Hier ist es noch genauso schön wie früher«, sagte Nils.

»Ja.«

Eva sah ihn an. Er wirkte ruhig, so als wäre nichts passiert. Als wäre alles noch so, wie es einst gewesen war. Nichts ist mehr, wie es einmal war, dachte sie.

»Nils.«

»Ja.«

»Ich muss dich noch etwas fragen …«

»Ja?«

»Warum hast du dich nie gemeldet?«

»Bei dir?«

»Ja, bei wem sonst? Wir waren ein Paar, erinnerst du dich? Wir wollten heiraten und Kinder bekommen und zusammenleben. Hast du das etwa vergessen? Ich habe dich geliebt.«

Plötzlich spürte sie, dass sie von völlig falschen Gefühlen in die völlig falsche Richtung gelenkt wurde. Aber die ganze Situation, mit Nils nach siebenundzwanzig Jahren wieder an diesem Ort zu sein, war so absurd. Die Vergangenheit wallte als blinder Hass in ihr auf, und sie war diesem Gefühl hilflos ausgeliefert.

»Das war dumm von mir, ich hätte mich wirklich bei dir melden müssen. Entschuldige bitte«, sagte Nils.

Er entschuldigt sich, dachte sie.

»Du entschuldigst dich? Nach siebenundzwanzig Jahren?«

»Ja? Was erwartest du von mir?«

»Hast du jemals daran gedacht, was du mir angetan hast? Was ich durchmachen musste?«

»Aber nun hör mal, es hat doch keinen Sinn …«

»Du hättest dich doch bei mir melden und mir sagen können, dass du mich satthast und mit ihr ein neues Leben anfangen willst! Das hätte ich schon akzeptiert.«

»Mit wem?«

Das war ihr zweiter Fehler gewesen, aber sie spürte, dass es ohnehin keinen Sinn mehr hatte, sich zurückzuhalten, sie hatte sich nicht mehr in der Gewalt. Nils wirkte auf einmal äußerst angespannt.

»Mit wem sollte ich ein neues Leben anfangen wollen?«

»Das weißt du ganz genau! Stell dich nicht dümmer, als du bist! Jung und schön und schwanger, und dann schickst du sie hierher, um dein Geld aus dem Versteck zu holen, und glaubst, dass sie …«

»Woher zum Teufel weißt du das?!«

Nils' Augen wurden auf einmal eiskalt. Er machte einen Schritt auf Eva zu.

»Was meinst du!?!«, entgegnete sie. »Das von dem Geld?!«

Nils sah sie lange genug an, um zu erkennen, wie sehr er sich die ganze Zeit geirrt hatte. Es war gar nicht Bertil gewesen, dem es gelungen war, ihn über Mexiko in Mal Pais aufzuspüren und Adelita nach Schweden zu folgen, um an das Geld zu kommen, das man ihm gestohlen hatte. Bertil hatte mit dem Mord nicht das Geringste zu tun. Eva hatte sich das Geld geschnappt und …

»Du hast Adelita ermordet?«, fragte er.

»War das ihr Name?«

Evas Gesicht wurde ohne Vorwarnung von einer Ohrfeige getroffen. Nils war außer sich vor Wut.

»DU WARST DAS, DU DRECKIGES SCHWEIN!!«

Er stürzte sich auf Eva, die seinen nächsten Schlag abzuwehren versuchte. Sie war durchtrainiert und er körperlich nicht in bester Verfassung. Auf einmal schlugen sie sich wutentbrannt, zerrten aneinander, traten sich, bis sie seine Jacke zu packen bekam und ihn herumzog. Nils taumelte, stolperte über einen Stein, fiel rücklings und schlug mit dem Kopf gegen eine Felskante. Sie hörte den dumpfen Knall, als der Schädel gegen den scharfkantigen Granit schlug. Nils sackte auf der Erde zusammen. Aus einem Loch in seinem Hinterkopf pulsierte Blut. Sie starrte ihn an.

Mette lehnte sich im Licht der Lampe vor.

»Sie haben gedacht, er wäre tot?«

»Ja. Erst habe ich mich nicht getraut, ihn anzurühren, er lag da und blutete und rührte sich nicht, und ich war schockiert und außer mir vor Wut.«

»Aber Sie haben nicht die Polizei gerufen?«

»Nein.«

»Warum nicht?«

»Ich weiß es nicht, ich habe mich auf die Erde fallen lassen und ihn angesehen. Nils Wendt, den Mann, der einmal mein Leben ruiniert hatte. Und jetzt tauchte er auf und bat um

Entschuldigung und fing an, mich zu schlagen. Außerdem hatte er begriffen, was ich auf Nordkoster getan hatte. Also habe ich ihn zu seinem Auto geschleift und auf den Fahrersitz bugsiert. Der Wagen stand ja schon auf der Böschung zum Wasser hinunter, ich musste also nur noch die Handbremse lösen …«

»Aber Ihnen muss doch klar gewesen sein, dass wir ihn finden würden?«

»Ja, aber ich dachte … ich weiß nicht … er hatte doch Bertil Magnuson bedroht …«

»Sie dachten, man würde Magnuson die Schuld an seinem Tod geben?«

»Vielleicht. Hat man das getan?«

Mette und Stilton sahen sich kurz an.

*

Am Abend herrschte keine ausgelassene Stimmung in Mettes Wagen. Sie waren auf dem Weg zu ihrer großen Holzvilla in Kummelnäs. Jeder von ihnen hing seinen Gedanken nach.

Stilton dachte an die Aufklärung des Ufermords und daran, dass ein einziges, kleines Ereignis eine solche Kettenreaktion voller Gewalt auslösen konnte. Zwei Schweden begegnen sich auf einem anderen Kontinent und teilen sich eine Flasche Wein. Der eine erzählt dem anderen etwas, was auf einmal etwas erklärt, worüber er dreiundzwanzig Jahre lang nachgegrübelt hat. Er fährt nach Schweden, um den Mord an der Frau zu rächen, die er geliebt hat. Dann besucht er seine frühere Lebensgefährtin und wird getötet, woraufhin er von Mette gefunden wird, die auf seinem Oberschenkel ein Muttermal entdeckt, das ihr bekannt vorkommt, während gleichzeitig Olivia beginnt, in Sachen Ufermord zu recherchieren.

Seltsam.

Anschließend schweiften seine Gedanken zu wesentlich schwierigeren Dingen ab, die in Kürze bei Mette und Mårten auf der Tagesordnung stehen würden, und er fragte sich, wie er die Sache angehen sollte.

Mette dachte daran, wie falsch sie bei ihrer Jagd auf Bertil Magnuson gelegen hatte. Andererseits hatte er trotz allem einen Mord in Auftrag gegeben, sich der Anstiftung zum Mord schuldig gemacht. Seinen Selbstmord würde sie nicht auf ihre Kappe nehmen.

Olivia dachte an Jackie Berglund. Was für ein Irrtum. Hätte sie sich nicht so auf diese Frau versteift, wäre Elvis noch am Leben. Eine teure Lektion.

»So muss es gewesen sein.«

Mette brach als Erste das Schweigen. Sie hatte das Gefühl, dass sie alle den Fall hinter sich lassen mussten. Bald würden sie ihr Haus erreichen, und dort wollte sie weder Schweigen noch bedrückte Gedanken verbreiten.

»Was meinst du?«, fragte Stilton.

»Bertil Magnuson muss die Typen geschickt haben, die bei Eva Carlsén eingebrochen sind und sie niedergeschlagen haben.«

»Warum?«

»Um dort nach der Kassette zu suchen. Magnuson hat mit Sicherheit genau wie wir alle Hotels überprüfen lassen und dabei festgestellt, das nirgendwo jemand namens Wendt übernachtet hat, und daraufhin ist ihm Wendts frühere Lebensgefährtin eingefallen, immerhin müssen sie damals regen Kontakt gehabt haben, da beide Sommerhäuser auf Nordkoster besaßen, und daraufhin ist er auf die Idee gekommen, dass Wendt sich vielleicht bei ihr versteckt hält und die Aufnahme dort verwahrt.«

»Das klingt logisch«, meinte Stilton.

»Und der Ohrring?«, meldete sich Olivia zu Wort. »Wie ist der in Adelitas Manteltasche gelangt?«

»Schwer zu sagen«, antwortete Mette, »vielleicht, als sie und Adelita im Haus miteinander gerungen haben.«

»Ja.«

Mette hielt vor ihrem Haus.

Auf dem Weg zur Haustür klingelte Mettes Handy, und sie blieb im Garten stehen. Es war Oskar Molin. Er kam gerade aus einer Besprechung mit Catrin Götblad, bei der sie über einen Namen in Jackie Berglunds Kundenkartei gesprochen hatten, den er von Mette bekommen hatte.

»Was habt ihr beschlossen?«, erkundigte sich Mette.

»Uns vorerst zurückzuhalten.«

»Warum denn das? Weil es um Jackie Berglund geht?«

»Nein, weil es die Umstrukturierungsmaßnahmen stören würde.«

»Okay. Aber er wird informiert?«

»Ja. Das übernehme ich.«

»Gut.«

Als Mette die Verbindung trennte, sah sie, dass Stilton zwei Meter weiter stehen geblieben war und ihr Gespräch mitgehört hatte. Mette ging wortlos an ihm vorbei und stieg die Eingangstreppe hoch.

Einen Arm um Jolene gelegt, öffnete Abbas die Tür. Olivia wurde von ihr herzlich umarmt.

»Wir haben Hunger!«, verkündete Mette.

Sie kreuzten durch die Zimmer in die große Küche, wo Mårten mit zahlreichen Zutaten zu einem Essen jonglierte, das er als den kulinarischen Höhepunkt des Sommers ankündigte.

Spaghetti carbonara mit aufgetauten Pfifferlingen.

Der restliche Familienclan war bereits abgefüttert und hatte sich im Haus verteilt, weil Mårten erklärt hatte, seine Frau wünsche sich Ruhe und ihre Gäste wollten ungestört essen. Wer das nicht akzeptiere, werde zu Ellen hochgeschickt und müsse Maschen zählen.

Es war relativ ruhig im Haus.

»Setzt euch!«

Mårten zeigte auf den gedeckten Tisch, auf dem eine ganze Reihe von Mettes Töpferarbeiten verteilt stand. Schüsseln, Teller und eventuell Tassen.

Sie ließen sich nieder.

Mette schenkte Wein ein, den Stilton dankend ablehnte. Warmes Kerzenlicht schimmerte in den Weingläsern der anderen, als sie sich zuprosteten, tranken und sich auf ihren Stühlen zurücksinken ließen.

Es war für alle ein langer Tag gewesen, auch für Mårten, der einige Zeit damit verbracht hatte, darüber nachzudenken, was bald kommen würde und wie er damit umgehen sollte. Er war sich nicht sicher. Die Sache konnte so oder so laufen, und in beiden Fällen würde es nicht leicht werden.

Er wartete ab, genau wie alle anderen, außer Olivia. Sie spürte, dass die ersten Schlucke Wein sie entspannten und sich Wärme in ihrem Inneren ausbreitete. Sie betrachtete die Menschen am Tisch, die für sie bis vor Kurzem noch Fremde gewesen waren.

Stilton, der Obdachlose mit einer Vergangenheit, aus der

ihr ein paar Bruchstücke bekannt waren, die jedoch nicht ausreichten, um das Ganze zu erkennen, auf das sie allerdings ziemlich gespannt war. Sie rief sich in Erinnerung, wie er bei ihrer ersten Begegnung in Nacka ausgesehen hatte. Heute hatte er schon einen ganz anderen Blick.

Mårten, der Mann mit Kerouac, der Kinderpsychologe, der sie dazu gebracht hatte, in einer Offenheit mit ihm zu sprechen, die sie selbst verblüfft hatte. Wie war ihm das nur gelungen?

Mette, seine Frau, die ihr bei der ersten Begegnung ziemliche Angst eingejagt hatte und immer noch etwas auf Distanz blieb, sie aber respektierte. Immerhin hatte sie Olivia gestattet, bei den Ermittlungen dabei zu sein.

Und schließlich Abbas, dieser zartgliedrige Mann mit den verborgenen Messern und seinem ganz eigenen Duft. Jemand, der sich auf sanften Pfoten und mit offenen Augen hereinschlich. Wer war er wirklich?

Sie trank noch einen Schluck Wein und bemerkte im selben Moment eine irgendwie gedämpfte Stimmung am Tisch. Niemand lächelte, niemand unterhielt sich, alle schienen abzuwarten.

»Was ist los, warum seid ihr so still?«, fragte sie die anderen, die untereinander Blicke wechselten, die letztlich immer zu Stilton führten, der froh gewesen wäre, wenn er sein Stesolid dabeigehabt hätte.

»Als wir nach dem Wohnwagenbrand bei dir zu Hause waren, habe ich dich gefragt, warum du dir ausgerechnet den Ufermord ausgesucht hast. Erinnerst du dich?«, sagte er plötzlich.

Seine Frage überrumpelte Olivia.

»Stimmt.«

»Du hast geantwortet, weil dein Vater in dem Fall ermittelt hat.«

»Ja.«

»Sonst ist dir nichts aufgefallen?«

»Nein ... doch, etwas später. Adelita ist am Tag meiner Geburt ermordet worden. Ein seltsamer Zufall.«

»Das war kein Zufall.«

»Wie meinst du das? Was war kein Zufall?«

Mette schenkte Olivia noch etwas Wein ein. Stilton sah sie an.

»Weißt du, was an jenem Abend passiert ist, nachdem Ove Gardman vom Ufer aus nach Hause gelaufen ist?«

»Ja, sie ... warte mal, wie meinst du das? Direkt danach?«

»Als er nach Hause kam und seinen Eltern erzählte, was er gesehen hatte, haben diese den Rettungshubschrauber alarmiert und sind zum Ufer gerannt.«

»Ja, ich weiß.«

»Seine Mutter war Krankenschwester. Als sie am Tatort eintrafen, waren die Täter schon verschwunden, aber es gelang ihnen, Adelita aus dem Schlick und dem Wasser zu ziehen. Sie war bewusstlos, hatte aber noch einen schwachen Puls, so dass Frau Gardman es mit Mund-zu-Mund-Beatmung versuchte und sie noch eine ganze Weile am Leben hielt, aber kurz nach dem Eintreffen des Hubschraubers ist sie dann schließlich doch gestorben.«

»Aha?«

»Aber das Kind in ihrem Bauch lebte noch, so dass der Notarzt einen Notkaiserschnitt durchführen und es holen konnte«, fuhr Stilton fort.

»Was? Das Kind hat überlebt?«

»Ja.«

»Warum habt ihr mir nichts davon gesagt? Was ist mit dem Kind passiert?«

»Wir haben uns damals aus Sicherheitsgründen entschieden, geheim zu halten, dass das Kind überlebt hat.«

»Warum?«

»Weil wir das Motiv für den Mord nicht kannten. Schlimmstenfalls hätte in Wahrheit das ungeborene Kind getötet werden sollen.«

»Und was habt ihr mit dem Kind gemacht?«

Stilton versuchte, sich bei Mette Unterstützung zu holen, aber ihr Blick war auf den Tisch gerichtet. Er musste alleine weitermachen.

»Anfangs hat sich einer unserer Ermittler um das Kind gekümmert, weil wir dachten, dass wir die Identität der Frau sicher noch herausfinden würden oder dass der Vater des Kindes sich bei uns melden würde, aber diese Hoffnung hat sich leider nie erfüllt.«

»Und dann?«

»Der Ermittler, der sich bereits um das Kind kümmerte, bat darum, es adoptieren zu dürfen, seine Frau und er hatten keine Kinder. Wir hielten das für eine gute Lösung.«

»Und wer war dieser Ermittler?«

»Arne Rönning.«

Wahrscheinlich hatte Olivia bereits geahnt, worauf Stilton hinauswollte, aber sie musste es hören, denn es war unfassbar.

»Ich … ich soll dieses Kind sein?«, sagte Olivia.

»Ja.«

»Das würde bedeuten, ich bin … die Tochter von Adelita Rivera und Nils Wendt?«

»Ja.«

Mårten hatte Olivia die ganze Zeit im Auge behalten, Mette versuchte, ihre Körpersprache zu deuten. Abbas hatte seinen Stuhl ein wenig zurückgeschoben.

»… das ist nicht wahr.«

Olivias Stimme klang immer noch beherrscht, sie hatte es noch nicht mit letzter Konsequenz begriffen.

»Es tut mir leid«, sagte Stilton.

»Leid?«

»Tom meint, dass du es vielleicht besser auf eine andere Art, bei einer anderen Gelegenheit und unter anderen Umständen erfahren hättest.«

Mårten versuchte, Olivia an ihrem Platz zu halten. Sie sah Stilton an.

»Dann hast du das also die ganze Zeit gewusst?«

»Ja.«

»Dass ich das Kind im Bauch der ertränkten Frau war?«

»Ja.«

»Und hast kein Wort gesagt.«

»Ich war ein paar Mal kurz davor, aber …«

»Weiß meine Mutter davon?«

»Die genauen Umstände kennt sie nicht, Arne wollte sie ihr nicht erzählen«, antwortete Stilton. »Ob er ihr vor seinem Tod mehr erzählt hat, weiß ich nicht.«

Olivia schob ihren Stuhl zurück, stand auf, ließ den Blick über die Anwesenden gleiten und verharrte bei Mette.

»Wie lange habt ihr das schon gewusst?«

Sie sprach jetzt etwas lauter, und Mårten wusste, dass es bald so weit war.

»Tom hat es uns vor ein paar Tagen erzählt«, sagte Mette. »Er wusste nicht, was er tun sollte, ob er es dir erzählen sollte oder nicht. Er brauchte Hilfe, es hat ihn sehr gequält …«

»Es hat ihn gequält.«

»Ja.«

Olivia sah Stilton an und schüttelte den Kopf. Dann lief sie los. Abbas stand schon bereit und versuchte, sie aufzuhalten, aber Olivia riss sich los und verließ den Raum. Stilton wollte ihr hinterherrennen, wurde aber von Mårten aufgehalten.

»Das übernehme ich.«

Mårten lief ihr hinterher.

Er holte sie ein paar Meter die Straße hinunter ein, wo sie mit den Händen vor dem Gesicht an einen Eisenzaun gelehnt zusammengesunken war. Mårten beugte sich zu ihr hinunter, woraufhin Olivia blitzschnell aufsprang und wieder loslief. Mårten folgte ihr und holte sie erneut ein. Diesmal packte er sie, drehte sie um und schloss sie fest in seine Arme. Nach einer Weile beruhigte sie sich ein wenig, und man hörte nur ihr verzweifeltes Schluchzen an seiner Brust. Behutsam strich Mårten ihr über den Rücken. Hätte sie seine Augen in diesem Moment gesehen, wäre ihr klar geworden, dass sie mit ihrer Verzweiflung nicht alleine war.

Stilton hatte sich in einem der vielen Zimmer ans Fenster gestellt. Das Licht war aus, und die Gardine hatte er zur Seite gezogen, so dass er bis zu dem einsamen Paar auf der Straße sehen konnte.

Mette gesellte sich zu ihm und schaute in dieselbe Richtung.

»Haben wir wirklich das Richtige getan?«, überlegte sie laut.

»Ich weiß es nicht …«

Stilton schaute zu Boden. Er war hundert verschiedene

Möglichkeiten durchgegangen, seit sie ihn zum ersten Mal angesprochen und ihm erzählt hatte, sie heiße Olivia Rönning und sei Arnes Tochter. Keine war ihm richtig erschienen. Mit der Zeit war ihm die Situation immer unangenehmer geworden, und gleichzeitig war es für ihn immer schwieriger gewesen, sie in Angriff zu nehmen. Feige, dachte er jetzt. Ich war zu feige. Ich habe mich nicht getraut. Ich habe tausend Dinge vorgeschoben, um es ihr nicht sagen zu müssen.

Am Ende hatte er sich an die einzigen Menschen gewandt, denen er vertraute. Damit es ihm erspart blieb, es ihr alleine zu sagen, damit er es ihr wenigstens in der Gegenwart von Menschen sagen konnte, die in der Lage waren, mit einer Situation umzugehen, die ihn selbst völlig überforderte.

Zum Beispiel Mårten.

»Jedenfalls ist es jetzt raus«, sagte Mette.

»Ja.«

»Das arme Mädchen. Aber sie wusste doch sicher, dass sie adoptiert war?«

»Kann sein. Ich habe keine Ahnung.«

Stilton blickte auf. Weiter kamen sie mit der Sache im Moment nicht. Er sah Mette an.

»Das Telefonat eben, im Garten, ging es dabei um Jackie Berglunds Kunden?«, fragte er.

»Ja.«

»Wen hast du gefunden?«

»Unter anderem einen Polizisten.«

»Rune Forss?«

Mette kehrte wortlos in die Küche zurück. Wenn Tom jetzt wieder auf die Beine kommt, werden wir uns später gemeinsam um Jackie Berglund und ihre Kundschaft kümmern, dachte sie.

Stilton sah zu Boden und merkte, dass Abbas neben ihn trat.

Beide wandten sich der Straße zu.

Olivia lag nach wie vor in Mårtens Armen. Sein Kopf war zu ihrem geneigt und seine Lippen bewegten sich. Was er ihr sagte, war nicht für die Ohren der anderen bestimmt, aber er wusste, dass es für Olivia lediglich der Anfang einer langen, melancholischen und frustrierenden Reise sein würde, die sie alleine unternehmen musste. Er würde ihr beistehen, wenn sie ihn brauchte, aber es war ganz allein ihre Reise.

Irgendwo unterwegs, an einem verlassenen Bahnhof, würde er ihr ein junges Kätzchen schenken.

EPILOG

Sie saß ruhig in der Sommernacht, einer Nacht, die keine Nacht war, sondern ein Rendezvous von Abenddämmerung und Morgengrauen, durchschimmert von jenem magischen Licht, das die Menschen aus südlicheren Gefilden im Norden so oft bezaubert. Es war sinnlich, aber Olivia nahm es kaum wahr.

Sie saß alleine in den Dünen und hatte die Beine unter das Kinn gezogen. Lange hatte sie auf die Bucht hinausgeschaut. Es war Ebbe, der Meeresgrund war bis weit draußen trocken gefallen, in dieser Nacht würde eine Springflut auflaufen. Sie hatte dort gesessen und gesehen, wie die warme Sonne unterging und der Mond seinen Auftritt mit seinem geliehenen Licht hatte, das kälter, blauer, ohne großes Mitgefühl war.

In der ersten Stunde war sie gefasst gewesen und hatte versucht, an konkrete Dinge zu denken. Wohin genau am Ufer hatte man Adelita geführt? Wo hatte ihr Mantel gelegen? Wie weit nach draußen hatten die Täter ihre Mutter gebracht? Wo war sie eingegraben worden? Da vorn? Oder dort? Es war eine Methode, hinauszuzögern, was unausweichlich kommen würde.

Dann dachte sie an ihren leiblichen Vater, Nils Wendt, der eines Nachts mit einem Trolley hierhergekommen, weit hinausgegangen und dann stehen geblieben war. Hatte er gewusst, dass seine geliebte Adelita an diesem Ort ertränkt worden war? Das musste er gewusst haben, denn warum hätte er sonst hierherkommen sollen. Olivia begriff, dass Nils Wendt den Ort aufgesucht hatte, an dem Adelita gestorben war, um dort um sie zu trauern.

Genau hier.

Und sie hatte hinter ein paar Felsen gehockt und diesen Moment beobachtet.

Sie atmete heftig ein und blickte wieder aufs Meer hinaus. Vieles ging ihr durch den Kopf, und sie versuchte, sich nicht von ihren Gedanken überwältigen zu lassen.

Die Hütte. Er war doch zu ihrer Hütte gekommen, um sich ihr Handy zu leihen. Plötzlich erinnerte sie sich an einen kurzen Moment, in dem Nils Wendt gezögert und sie mit fragender Miene angeschaut hatte. Als hätte er etwas gesehen, was er nicht erwartet hatte. Hatte er, für Sekundenbruchteile, Adelita in ihr gesehen?

Dann kamen die zweite und die dritte Stunde, als das Konkrete und die Tatsachen nicht mehr reichten, um ausreichend Widerstand zu leisten. Als das Kind in ihr lange Zeit alles beherrschte.

Bis ihre Tränen schließlich versiegten und sie die Kraft fand, wieder hinauszuschauen und klar zu denken. An diesem Ufer bin ich geboren worden, dachte sie, herausgeschnitten aus dem Bauch meiner ertränkten Mutter, in einer Nacht mit Springflut und Mondschein wie dieser.

An diesem Ort.

Sie ließ den Kopf zwischen die Beine sinken.

So sah er sie, aus der Ferne. Er stand hinter den Felsen, an derselben Stelle wie damals. Ein paar Stunden zuvor war sie an seinem Haus vorbeigegangen und nicht zurückgekehrt. Jetzt sah er sie dort fast an derselben Stelle hocken, an der in jener Nacht die anderen gestanden hatten.

Wieder hörte er das Meer.

Olivia hatte ihn nicht kommen hören und bemerkte ihn erst, als er neben ihr in die Hocke ging und sich nicht mehr rührte. Sie wandte sich ihm zu und begegnete seinem Blick. Der Junge, der alles gesehen hatte. Der Mann mit den sonnengebleichten Haaren. Sie schaute wieder hinaus. In Costa Rica hat er mit meinem Vater gesprochen, dachte sie, und hier hat er den Mord an meiner Mutter beobachtet, aber das weiß er natürlich nicht.

Irgendwann werde ich es ihm erzählen.

Gemeinsam schauten sie aufs Meer hinaus. Auf das feuchte, langgestreckte Ufer, das in Mondlicht getaucht war. Kleine, glänzende Uferkrabben liefen kreuz und quer über den Schlick wie schimmernde Reflexe in dem stahlblauen Licht. Die Mondstrahlen glitzerten in den Rinnsalen zwischen den Schlickwellen. Die Schnecken saugten sich besonders fest an die Steine.

Als die Springflut kam, gingen sie.

Für ihre wertvollen Informationen danken wir Polizeimeisterin Ulrika Engström, Kriminalkommissar Anders Claesson von der Landeskriminalpolizei und Ulf Stolt, dem Chefredakteur der Obdachlosenzeitung *Situation Stockholm.*

Für ihre sorgfältige und analytische Lektüre danken wir Camilla Ahlgren und Estrid Bengtsdotter.

Für ihre vorbehaltlose Begeisterung vom ersten Moment an danken wir Lena Stjernström von der Grand Agency und Susanna Romanus sowie Peter Karlsson, Lektorin beziehungsweise Textredakteur beim Verlag Norstedts.

© Thron Ullberg

STARKE CHARAKTERE UND EIN PERFEKTER PLOT

Rolf & Cilla Börjlind
über ihren ersten gemeinsamen Roman
»Die Springflut«

Sie sind die renommiertesten Krimi-Drehbuchschreiber Schwedens. Was ist anders, wenn man einen Roman schreibt?

Die Unterschiede sind gewaltig! Das Verführerische daran, einen Roman zu schreiben, bestand für uns darin, dass wir dabei die totale Kontrolle über unsere Arbeit haben. Was wir schreiben, ist genau das, was der Leser bekommt!

Die Freiheit für uns als Autoren ist viel größer. Und wir können uns überall in der Welt bewegen, ohne an das Budget für den Film denken zu müssen. Wenn man für Film und Fernsehen arbeitet, ist man viel eingeschränkter. Es sind so viele Leute daran beteiligt, und das endgültige Resultat, der Film oder die TV-Serie, sieht am Schluss nicht immer genauso aus, wie wir das ursprünglich geplant haben. Diese größere Freiheit macht einen natürlich auch angreifbar. Wenn die Leute den Roman schlecht finden, kann man nicht dem Regisseur oder schlechten Schauspielern die Schuld geben, man ist selbst der Dumme.

Ein weiterer Unterschied ist der, dass sich 90 Prozent eines Drehbuchs aus Dialogen zusammensetzt. In einem Roman musst du dich auch um Sachen kümmern, die im Film andere Menschen übernehmen: Wie schauen die Leute aus? Wie sind sie angezogen? Wie schaut die Umgebung aus und so weiter.

Als wir anfingen, an der *Springflut* zu arbeiten, haben wir uns auch gefragt, welche Art von Sprache wir verwenden wollen. Auf welche »Ebene« wir unsere Sprache bringen wollen. Diese Diskussionen gab es früher so nicht.

Aber sonst sind wir ganz ähnlich vorgegangen wie beim Drehbuchschreiben: Wir haben immer schon die ganze Geschichte im Kopf, bevor wir mit dem Schreiben beginnen. Wir haben den Roman als Ganzen strukturiert, so wie wir unsere Drehbücher strukturieren. Weil wir zu zweit sind, geht es gar nicht anders. Für uns ist das die wichtigste Hälfte unserer Arbeit. Einiges kannst du während des Schreibens lösen, aber nicht alles.

Was war als Erstes da?
Die Figuren oder die Geschichte?

Es war die schwangere Frau im Sand, die langsam ertrinkt, als die Flut hereinbricht. Das erste Kapitel des Buches. Danach kamen die anderen. Diejenigen, die nach unserem Willen diesen Fall lösen sollten.

Uns war klar, dass wir kein Ermittlungsteam wollten, das reine Polizeiarbeit betreibt – denn dies kannten wir aus unserer Arbeit für die Kommissar-Beck-Serie zur Genüge. Wir wünschten uns Charaktere, die verschieden waren: nicht im selben Alter, die in einem ganz anderen Lebensabschnitt standen, unterschiedlichen Geschlechts waren.
Und wir wollten interessante Charaktere, denen wir die Stange über mehrere Bücher halten könnten und die Entwicklungsmöglichkeiten hatten. Und so kamen sie auf den Plan: Olivia Rönning, Tom Stilton, Abbas el Fassi, Mette Olsäter und ihre Familie.

Zu diesem Zeitpunkt hatten wir noch keine Ahnung von der Geschichte als solcher. Wir wussten noch nicht, warum die Frau ermordet worden war. Zunächst schufen wir also die Menschen, die diesen Fall lösen würden, und danach taten wir gemeinsam mit ihnen genau das … den Fall lösen.

Darüber hinaus war uns schon immer wichtig, aktuelle Themen aufzugreifen. Es ist beispielsweise kein Zufall, dass das Minenunternehmen im Buch einer sehr bekannten schwedischen Ölkompagnie ähnelt oder dass eine Figur in unserem Buch, nämlich Grandén, einem unserer Politiker ähnelt …

Wer ist Ihnen am meisten ans Herz gewachsen in der Springflut?

Schwer zu sagen. Wenn wir einen besonders hervorheben, sind die anderen möglicherweise beleidigt.

☺ Wir lieben alle unsere Hauptfiguren, mit all ihren Unterschieden und Schwächen, sonst hätten wir sie ja nicht erfunden. Manchmal macht es mehr Spaß, über Olivia zu schreiben, und manchmal ist es schöner, bei Tom Stilton zu bleiben.
So in der Art.

Streiten Sie sich auch manchmal, wenn Sie miteinander an einem Projekt arbeiten?

Wir sind beide eigentlich recht friedliche Menschen und arbeiten seit zwanzig Jahren zusammen, wissen also, um was es geht.
Nach 26 Kommissar-Beck-Verfilmungen und zahlreichen

anderen Krimidrehbüchern haben wir reichlich Erfahrung darin, wie es ist, zusammen an einer Geschichte zu arbeiten. Wir diskutieren sehr viel, sind aber meist einer Meinung. Und wenn nicht, ist es meist nichts Dramatisches, eher Kleinkram.

Wie geht's weiter mit Tom Stilton und Olivia Rönning im nächsten Buch?

Wir wollen an dieser Stelle nicht zu viel verraten – vor allem, um denen, die »Die Springflut« noch nicht kennen, nicht den Spaß zu verderben. Aber was wir sagen können, ist Folgendes: Es gibt Einiges, was wir nach dem ersten Band noch zu erledigen haben.

Unsere Hauptdarsteller haben eine Menge durchgemacht, besonders Olivia und Stilton. Wir können ebenfalls sagen, dass ein Teil des Buches in Marseille spielen wird, wo Abbas el Fassi aufgewachsen ist. Wir erfahren im nächsten Buch also mehr über Abbas und seine Vergangenheit, über die wir in der *Springflut* nicht so viel verraten haben. Trotzdem spielt die Handlung vorwiegend in Stockholm, wo Olivia in einen Mordfall verwickelt wird, obwohl sie eigentlich ganz andere Pläne für ihr Leben hat.

Die Fragen stellte Regina Kammerer.

Ein neuer Fall für
Olivia Rönning und Tom Stilton!

Freuen Sie sich auf

»Die dritte Stimme«

Kriminalroman

Aus dem Schwedischen von Paul Berf

544 Seiten, gebunden mit Schutzumschlag

Auf den folgenden Seiten finden Sie eine Leseprobe.

Cilla & Rolf Börjlind

Die dritte Stimme

Ich stehe immer noch am Rand des Daches, barfuß, neun Stockwerke schaue ich hinunter auf die graue Straße. Sie ist leer. Die Stadt schläft. Es ist windstill. Ich gehe ein paar Schritte am Rand entlang und breite die Arme aus, so ist es einfacher, die Balance zu halten. Ein Vogel gleitet herab und lässt sich ein Stück von mir entfernt nieder, ich glaube, es ist eine Krähe, sie schaut über die schweigenden Häuserdächer. Auch sie hat Flügel. Meine sind weiß, ihre sind schwarz.

Bald wird es hell.

Ich gehe ein paar Schritte auf die Krähe zu, vorsichtig, um sie nicht zu erschrecken, sie soll verstehen, warum ich hier bin. Um diese Uhrzeit.

Ich möchte es erklären.

Ich habe meinen Körper letzte Nacht verlassen, flüstere ich der Krähe zu, noch bevor ich tot war. Ich bin ein Stück nach oben geschwebt, als er anfing, mich zu misshandeln, ich habe alles von oben gesehen. Ich habe gesehen, wie die Riemen mir den Hals zuschnürten, er hatte sie viel zu straff gezogen, ich begriff, dass ich gleich erwürgt werden würde. Deshalb schrie ich so schrecklich, es tat so weh, ich habe noch nie auf diese Art geschrien. Das war wohl auch der Grund, warum er anfing, mich zu schlagen, immer und immer wieder, der schwere Aschenbecher zertrümmerte meine Schläfe. Es sah so fürchterlich aus.

Jetzt kann ich den Wind spüren.

Es ist die erste sanfte Brise, die vom Meer heranzieht, die Krähe schaut mich aus einem Auge an, in weiter Ferne sehe

– LESEPROBE –

ich die riesige Madonna aus Gold. Sie steht auf der Kirchturmspitze, ganz oben, ihr Gesicht ist mir zugewandt. Hat sie auch gesehen, was letzte Nacht passiert ist? War sie mit im Raum? Hätte sie mir dann nicht helfen können?

Ich schaue wieder die Krähe an.

Bevor ich starb, war ich blind, flüstere ich, deshalb war es letzte Nacht so schrecklich. Wir waren nicht allein im Raum, er und ich, andere Stimmen waren zu hören. Ich bekam Angst vor dem, was ich nicht sah, vor den Stimmen der Männer, die ich hörte, sie sprachen in einer fremden Sprache, ich wollte es nicht mehr. Alles stank. Dann starb ich. Da waren nur er und ich in dem Zimmer, er musste all das Blut alleine wegwischen. Das dauerte so lange Zeit.

Die Krähe sitzt immer noch auf derselben Stelle, reglos. Ist es ein Vogelengel? Wurde er in einem Netz gefangen und brach sich das Genick? Oder von einem Fernlaster zerquetscht? Jetzt höre ich Geräusche von der Straße tief dort unten, jemand ist aufgewacht, der Geruch von verbranntem Abfall dringt bis hier nach oben. Bald wird es zwischen den Häusern von Menschen wimmeln.

Ich muss mich beeilen.

Er trug mich in der Dunkelheit hinaus, flüstere ich der Krähe zu, niemand hat uns gesehen. Ich schwebte ein Stück darüber. Er legte mich in einen Kofferraum und schob meine dünnen Beine hinterher, er hatte es eilig. Wir fuhren zu einer Steilküste, ans Wasser. Er legte meinen nackten Körper neben dem Wagen auf den Boden, auf die Kiesel, ich wollte mich hinunterbeugen und mit einer Hand über meine Wange streichen. Ich sah so geschändet aus. Er zog mich an den Armen hinter sich her, weit hinein zwischen Bäume und Felsen. Dort zerstückelte er mich. Zuerst schnitt er den Kopf ab. Ich fragte mich, wie er sich wohl dabei fühlte, er machte es so schnell, mit einem großen Messer. Er vergrub mich an sechs verschiedenen Stellen, jeweils weit voneinander entfernt, er wollte auf keinen Fall, dass ich gefunden werde. Als er von dort wegfuhr, flog ich hierher. Auf das Dach.

Jetzt bin ich bereit.

In weiter Ferne über den nördlichen Bergen sind die ersten Sonnenstrahlen über den Spitzen zu sehen, der Tau funkelt auf den Häuserdächern, ein einsames Fischerboot ist auf dem Weg hinein in den Hafen.

Es wird ein schöner Tag.

Die Krähe neben mir lässt sich mit gestreckten Flügeln in den Wind fallen, ich kippe nach vorn und folge ihr.

Jemand wird mich finden.

Das weiß ich.

Aus dem Bauch meiner ermordeten Mutter geschnitten.« Olivia quälte sich selbst, Tag und Nacht, schwarze, eklige Gedanken beherrschten ihre Nächte, tagsüber blieb sie für sich.

Das ging eine ganze Weile so.

Das ging so, bis sie mehr oder weniger apathisch wurde.

Bis es nicht mehr ging.

Eines Morgens schlug der Überlebensinstinkt zu und zerrte sie zurück in die Welt.

Da fasste sie einen Entschluss.

Sie wollte das letzte Semester auf der Polizeihochschule beenden, ihren Anwärterdienst ableisten und die Ausbildung zur Polizistin beenden. Anschließend würde sie ins Ausland reisen. Sie würde sich nicht um eine feste Stelle bewerben. Sie würde verschwinden, weit weg, und versuchen, in Kontakt mit der Person zu kommen, die sie gewesen war, bevor sie zur Tochter zweier ermordeter Elternteile geworden war.

Wenn das möglich war.

Sie führte ihre Pläne aus, lieh sich Geld von einem Verwandten und fuhr im Juli los.

Allein.

Zuerst nach Mexiko, ins Heimatland ihrer ermordeten Mutter, an unbekannte Plätze mit unbekannten Menschen und einer fremden Sprache. Sie reiste mit leichtem Gepäck, einem braunen Rucksack und einer Karte, sie hatte keinen Plan und kein Ziel. Alle Orte waren neu, und sie war ein Niemand. So konnte sie sich selbst in ihrem eigenen Takt begegnen. Niemand sah, wenn sie weinte, niemand wusste, warum sie plötzlich an einem Flusslauf niedersank und das lange schwarze Haar eine Weile in der Strömung mitschwimmen ließ.

Sie lebte in ihrem eigenen Universum.

Vor der Reise hatte sie vage daran gedacht, ob sie nicht versuchen sollte, die Herkunft ihrer Mutter herauszufinden, vielleicht irgendwelche Verwandten aufspüren, doch bald sah sie ein, dass sie viel zu wenig wusste, um überhaupt irgendwo anzufangen.

Also stieg sie in einem kleinen Ort in den Bus und stieg in einem noch kleineren Ort wieder aus.

Nach gut drei Monaten landete sie in Cuatro Cienegas.

Sie nahm ein Zimmer im Xipe Totec, dem Hotel des gehäuteten Gottes, am Rande der kleinen Stadt. In der Dämmerung ging sie barfuß auf den schönen Markt im Zentrum, es war ihr fünfundzwanzigster Geburtstag, und sie wollte unter Leute. Bunte Lampions hingen in den Platanen, um jeden Baum scharten sich kleine Gruppen von Jugendlichen, junge Mädchen in bunten Kleidern und junge Männer, den Schritt mit Taschentüchern ausgepolstert. Sie lachten. Die Musik aus den Bars vermischte sich mit den Geräuschen des Marktes, die Esel standen ruhig am Springbrunnen, viele sonderbare Düfte zogen durch die Luft.

Sie saß wie eine Fremde auf der Bank und fühlte sich vollkommen sicher.

Nach einer Stunde ging sie zurück ins Hotel.

Der Abend war immer noch warm, als sie sich auf eine Holzveranda setzte, mit Blick auf die weitgestreckte Chihuahuawüste, der schrille Gesang der Zikaden vermengte sich mit klappernden Pferdehufen in der Ferne. Sie hatte sich gerade mit einem kalten Bier selbst zugeprostet und überlegte, ob sie noch eines trinken sollte. Da passierte es. Zum ersten Mal. Sie spürte etwas festen Boden unter den Füßen.

Ich sollte meinen Nachnamen ändern, dachte sie.

Schließlich bin ich Halbmexikanerin. Ich sollte den Namen meiner Mutter annehmen. Sie hieß Adelita Rivera. Ich werde meinen Nachnamen von Rönning in Rivera ändern.

Olivia Rivera.

Sie schaute auf die Wüste hinaus. Natürlich, dachte sie, damit muss ich anfangen. Ganz einfach. Dann drehte sie sich um, hielt ihre leere Bierflasche hoch und warf einen Blick in die Bar. Gleich würde sie eine neue bekommen.

Die sie dann als Olivia Rivera trinken würde.

Wieder schaute sie über die Wüste, sah, wie der leichte Wind ein paar trockene Büsche über den heiß flimmernden Boden rollte, sie sah eine grünschwarze Eidechse auf einen dreiarmigen gezackten Saguarokaktus klettern, sie sah, wie ein paar lautlose Raubvögel dem glühenden Horizont entgegenflogen, und plötzlich fing sie an zu lachen, einfach so, ohne jeden Grund. Zum ersten Mal seit dem Spätsommer des letzten Jahres fühlte sie sich fast glücklich.

So einfach war das!

In der Nacht schlief sie mit Ramón, dem jungen Barkeeper, der ein wenig lispelte, als er sie höflich fragte, ob sie Liebe machen wolle.

– LESEPROBE –

Sie war fertig mit Mexiko. Die Reise hatte sie an den Punkt geführt, an den sie hatte kommen müssen. Das nächste Ziel war Costa Rica und dort die Stadt Mal Pais, der Ort, an dem ihr biologischer Vater ein Haus gehabt hatte. Er hatte sich dort Dan Nilsson genannt, obwohl er eigentlich Nils Wendt hieß.

Er hatte ein Doppelleben geführt.

Während der Reise fasste sie ein ganzes Bündel an Beschlüssen, alle dem Namen Olivia Rivera entsprungen. Aus der spürbaren Kraft, die ihr der neue Nachname gab.

Ein Entschluss: die Polizeikarriere wollte sie auf Eis legen und stattdessen Kunstgeschichte studieren. Adelita war Künstlerin gewesen und hatte wunderschöne Teppiche gewebt, vielleicht konnten sie so auf irgendeine Art und Weise in Kontakt kommen.

Ein anderer und noch weitreichenderer Entschluss betraf ihr Verhalten: von dem Augenblick an, in dem sie wieder schwedischen Boden betreten würde, wollte sie ihren eigenen Weg gehen. Sie war von den Menschen, denen sie vertraut hatte, enttäuscht worden. Sie war naiv und offen gewesen und hatte eine Handgranate ins Herz geworfen bekommen. So einer Situation wollte sie sich nicht wieder aussetzen. Ab jetzt wollte sie nur einem einzigen Menschen vertrauen.

Olivia Rivera.

Es war bereits Nachmittag, als sie am Strand der Nicoya-Halbinsel in Costa Rica aus dem Meer kam. Ihr langes schwarzes Haar fiel ihr über die tiefbraunen Schultern, sie war inzwischen seit vier Monaten in der tropischen Sonne gewesen. Sie lief den leeren Strand hinauf und warf sich ein Handtuch über die Schultern, eine grüne Kokosnuss rollte in der Uferbrandung hin und her, sie wandte sich dem Meer zu und wusste, sie musste das Ganze noch einmal durchgehen.

– LESEPROBE –

Hier und jetzt.

»Aus dem Bauch meiner ermordeten Mutter geschnitten.«

Das Bild tauchte erneut vor ihrem inneren Auge auf. Der Strand, die Frau, der Mond. Der Mord. Ihre Mutter war von einer Springflut ertränkt worden, eingegraben an einem Strand auf Nordkoster. Bevor ich geboren war, dachte Olivia, sie starb, bevor ich geboren wurde.

Sie hat mich nie sehen können.

Jetzt stand sie selbst an einem ganz anderen Strand und versuchte den Gedanken, nie im Blick der eigenen Mutter gewesen zu sein, zu akzeptieren, und das war schwerer, als es nur zu verstehen.

Der Mann saß auf dem langen Baumstamm am Ufer. Er war 74 Jahre alt und hatte sein ganzes Leben lang hier in der Gegend gelebt. Früher hatte ihm eine Bar in Santa Teresa gehört, jetzt saß er meist auf der Veranda seines sonderbaren Hauses und trank Rum. Er hatte mit fast allem abgeschlossen. Als sein geliebter Freund vor einigen Jahren gestorben war, verschwand damit das Letzte, was die Lebensflamme noch am Leben gehalten hatte, jetzt war nicht mehr viel davon übrig. Einatmen und ausatmen, früher oder später war es zu Ende. Doch er beklagte sich nicht. Er hatte ja seinen Schnaps. Und seine Vergangenheit. Viele Menschen waren im Laufe seines Lebens gekommen und gegangen, einige davon waren in seiner Erinnerung haften geblieben. Zwei davon waren Adelita Rivera und Dan Nilsson.

Und jetzt sollte er ihre Tochter kennenlernen.

Eine Tochter, die ihren Eltern niemals begegnet war.

Er bereute, nicht einen ordentlichen Schluck Rum getrunken zu haben, bevor er zum Strand gegangen war.

Olivia sah ihn bereits von weitem. Sie wusste ungefähr, wie er aussah, das hatte Abbas el Fassi ihr erzählt. Doch ganz sicher konnte sie nicht sein. Sie blieb ein Stück entfernt stehen und wartete darauf, dass der Mann aufschaute.

Doch das tat er nicht.

»Rodriguez Bosques?«

»Bosques Rodriguez. Bosques ist der Vorname. Du bist Olivia?«

»Ja.«

Jetzt schaute Bosques auf. Als seine alten schmalen Augen Olivias Gesicht erreichten, zuckte es in ihnen. Nicht sehr, doch es genügte, dass Olivia einen deutlichen Flashback hatte: Genauso hatte Nils Wendt reagiert, als er sie in einer Hüttentür auf Nordkoster im vergangenen Jahr gesehen hatte, ohne zu ahnen, wer sie war. Und schon gar nicht, dass sie seine Tochter und die von Adelita Rivera war.

»Du bist sehr schön«, sagte er. »Wie sie.«

»Du hast meine Mutter gekannt.«

»Ja. Und deinen Vater. Den großen Schweden.«

»Wurde er so genannt?«

»Ja, von mir. Und jetzt sind sie beide tot.«

»Ja. Du hast geschrieben, du hättest ein Foto von meiner Mutter?«

»Ein Foto und ein paar andere Dinge.«

Olivia hatte Bosques' Mailadresse von Abbas el Fassi bekommen. Irgendwo in Mexiko war sie in ein Internetcafé gegangen, hatte an Bosques gemailt, ihm erklärt, wer sie war und dass sie plane, nach Costa Rica zu fahren und ihn dort zu treffen. Bosques hatte sehr schnell geantwortet – eine persönliche Mail bekam er nur alle Jubeljahre – und berichtet, dass er einige persönliche Dinge ihrer Eltern besaß.

Jetzt nahm er eine kleine längliche Metalldose hoch, rot

und gelb, ursprünglich gedacht für recht exklusive kubanische Zigarren, öffnete sie und holte ein Foto heraus. Seine Hand zitterte ein wenig.

»Das ist deine Mutter. Adelita Rivera.«

Olivia beugte sich zu Bosques und nahm das Foto. Sie konnte einen leichten Zigarrengeruch wahrnehmen. Es war ein Farbfoto. Sie hatte schon ein Foto ihrer Mutter gesehen, Abbas hatte es im letzten Jahr aus Santa Teresa mitgebracht, doch dieses hier war viel schärfer und schöner. Sie betrachtete es und sah, dass ihre Mutter leicht auf einem Auge schielte.

Genau wie Olivia.

»Adelita ist nach einer mexikanischen Freiheitsheldin benannt worden«, erzählte Bosques. »Adelita Velarde. Sie war Soldatin während der mexikanischen Revolution. Ihr Name ist zu einem Symbol für Frauen voller Stärke und Mut geworden. Es gibt auch ein Lied über sie. *La Adelita.*«

Plötzlich fing Bosques an zu singen, leise, eine weiche spanische Melodie, das Lied über eine starke, mutige Frau, in die alle Rebellen verliebt waren. Olivia schaute ihn an, dann wieder das Foto ihrer Mutter, der vibrierende Gesang des alten Mannes drang bis in ihr Innerstes. Sie hob den Blick und schaute über den Ozean, die ganze Situation war absurd, magisch, so weit entfernt von der Anwärterschaft bei der Stockholmer Polizei, wie es nur ging.

Bosques verstummte und senkte seinen Blick. Olivia sah ihn an und erkannte, dass auch Bosques trauerte.